悦读·纪
ENJOY READING ERA
文化品位
优雅生活

兰烛寐

上

归采薇 ○ 著

青岛出版社
QINGDAO PUBLISHING HOUSE

图书在版编目（ＣＩＰ）数据

兰烛寐／归采薇著. —— 青岛：青岛出版社，
2016.7
ISBN 978-7-5552-3982-6

Ⅰ．①兰… Ⅱ．①归… Ⅲ．①长篇小说－中国－当代
Ⅳ．①I247.5

中国版本图书馆CIP数据核字（2016）第104308号

书　　名　兰烛寐
著　　者　归采薇
出版发行　青岛出版社
社　　址　青岛市海尔路182号（266061）
本社网址　http://www.qdpub.com
邮购电话　010-85787680-8015　13335059110
　　　　　　0532-85814750（传真）　0532-68068026
责任编辑　杨　琴
选题策划　杨　琴　颜小欣
封面设计　李红艳
版式设计　刘丽霞
印　　刷　三河市南阳印刷有限公司
出版日期　2016年7月第1版　2016年7月第1次印刷
开　　本　32开（880mm×1230mm）
印　　张　17
字　　数　293千
书　　号　ISBN 978-7-5552-3982-6
定　　价　49.80元（全二册）

编校质量、盗版监督服务电话　4006532017　0532-68068670
青岛版图书售后如发现质量问题，请寄回青岛出版社出版印务部调换。
电话：010-85787680-8015　0532-68068629

目 录
CONTENTS

目 录
CONTENTS

目 录
CONTENTS

楔子

轰隆——

数声巨响从檀宫主殿极高的穹顶传来，仿佛天雷乍破重击了整个宫殿的琉璃砖瓦。窗外的火烧成了燎原之势，熊熊火光闪烁如蛇，宫外的尖叫声乱成一团。无数断木砸在殿顶之上，轰隆之声不绝，浓烟滚滚，暗无天日。

极度的混乱之中，云姬慌慌张张地拍着殿门大喊："主人啊！主人！十二株灵檀已倒了五株，您若再不出来，只怕我们……"

她声嘶力竭的尖叫声很快被淹没在漫天的轰隆声中。

对此一切，我充耳不闻。此时的我正手持残冰剑，剑尖绽放成一朵巨大的雪花，铸成一道法阵如罗盘般旋转。檀宫外大火弥漫，殿内却是冰天雪地，我紧紧地盯着剑阵之中被我束缚在空中的男子。

他一袭月白长衣，长发如墨般垂下，眸子如同幽蓝的火焰。他看着我，眼中的情绪有些许明了和恍然。

"寐儿，"风阡缓缓说道，声音一如既往地平静，"原来你做的是这样的打算。难怪今夜对我那般温顺，令我措手不及。"

在我与他之间的几案之上，杯盏四散碎裂，一盏红烛在风中摇摇欲灭。它或许本该见证一个靡丽的夜晚，如今却像是一抹狰狞的血痕，在白雪之中显得分外刺眼。

咔啦——

宫殿顶上又一声巨响传来，我知是又一株千年檀木折断了。云姬的尖叫声已彻底听不见，整个檀宫外一片嘈杂，宫殿摇摇欲坠，几欲崩毁。

唯有我手中这残冰剑坚如磐石，稳如泰山。

"十剑冰杀。"风阡眼波微动，打量着将他束缚住的冰雪剑阵，"真是令人惊讶……你练了多久了？"

他的声音柔和而平静，仿佛对这剧变置若罔闻，在这漫天的混乱中显得极不真实。

我沉默良久，方才回答："二十年。"我盯着他的眼睛，"二十年，不眠不休，冬寒夏暑……就是为了等到这一天！"

就在我说话间，又有两声巨响伴着冲天的火焰轰然落地。与此同时，我手中冰剑所操控的法阵发出炫目的白光，如大雪般将风阡包围，雪光开始糅合旋转，一点点将他冻结吞噬。

"嗯……"风阡似乎感觉到了疼痛，闭上眼睛，复又睁开，蓝色的眼瞳映着漫天的大雪，诡异而妖冶。

"如此迅速地斩去宫内的十二灵檀，以解缚你的灵力……寐儿，你着实令我刮目相看。"风阡的声音依旧平缓，却似是虚弱了许多，"若我不能在灵檀全毁前脱身于这十剑冰阵，便会死在你的剑下，是这样吗？"

我紧紧握着残冰剑，一刻不敢放松。风阡说得不错。若我此刻一个不慎让他脱离了束缚，纵是一百个我加起来，也不是他的对手。但是，一旦我此举成功……

他将灰飞烟灭，再也不会存在于这世间。

"寐儿，你一定要我死吗？"风阡轻声叹道。

我没有说话。

"十剑冰杀煞气极重，会耗去你这数百年修来的所有灵力，甚至可能会让你神魂俱灭……"风阡望着我，"纵使如此，你也定要让我死吗？"

我依然没有回答。

"呵呵。"风阡笑了，蓝色的眸子如同蔚蓝的湖水荡漾开来，"难道你认为，我若死了，你的兄长和族人便可复生，是这样吗？"

他那样笑起来，无瑕的容貌在冰雪之中愈发美得惊人。

而我时刻提醒着自己，不论风阡说什么话，做怎样的事，都不可对其心软。风阡善使迷心之术，但在十剑冰阵之中，任何法术都不会起作用。

"风阡，"我低声说道，字字沉重，"你必须死！"

"你这数百年的寿命，本就是我给你的。你这一身法术，也全是我教授的。"风阡望着我说，"若不是我，无论是你还是你的族人，全然不可能活到二十年前。而你如今，已经决意要对我恩将仇报了吗？"

"住口！"我高声打断了他，"风阡，此事我早已同你了断，你从头到尾，都不过是在利用我们而已，何谈恩德？我若贪恋这几年寿命，今日也不会站在这里！"

我听着自己的声音，像是在听一名陌生人在说话，高亢而坚决，冷漠而嘶哑。

"没有贪恋……很好。"风阡微微叹息，闭上眼睛，敛去神情，仿佛已疲于交谈。

他不再言语，也没有做出任何反抗的举动。漫天冰雪在剑阵之中回旋飞舞，像是张牙舞爪的妖兽。案上烛火疯狂摇动却仍未熄灭，在风中散成缭乱的弱光。

又是三声巨响交替轰隆。我默默数着，如此一来，十二株灵檀已去十一。

只剩下最后一株……一旦灵檀毁尽，我所有被束缚的法力将澎湃而出，我将用尽我全部的力量将风阡置于死地，永无复生之日。

我咬紧牙关，暗自为自己鼓劲：坚持住，一定要坚持住。就差一点了，就差一点点……

就在我以为一切已成定局，不会再有任何意外的时候，冰雪中的风阡突然睁开了眼睛。

那一刹那，我如同堕入噩梦。

他的眼瞳竟倏然从幽蓝变为了漆黑，神情也从淡漠转为了痛苦，好似全然变了一个人……变成了另外一个人。

我惊得手中冰剑颤抖，"水陌？"

法阵中的男子双瞳如墨，这不是风阡，这是水陌！纵然他们二人生得一模一样，只有眼瞳颜色不同，可我还是认得清明——这是水陌。是我曾经的爱人……纵然一切不复从前，他仍旧是我唯一的爱人。前尘如梦，却是刻骨铭心，难以遗忘。

风阡和水陌，一个是我的仇敌，一个是我的爱人，偏偏他们长了一模一样的面孔。这里面的原因和种种纠葛难以言明，我亦不愿再去回想。然而当水陌以如此猝不及防的方式出现在我的剑下，我还是被狠狠击中了胸口，哽住了喉咙，一时间透不过气来。

"水陌……你……"我如堕入梦幻，喃喃道，"你竟还活着吗……"

风雪之中，水陌缓缓地抬起头来。

我看见他的神情痛苦已极，脸色比剑阵里的雪还要苍白。他漆黑的眼瞳望着我，艰难地唤我，声若游丝，"寐……寐儿……"

我的眼睛渐渐变得蒙眬。风雪模糊了法阵中男子的轮廓和眼瞳。那月白长衣，那长发如墨……

我突然一个激灵惊醒。不，不对——这不是水陌，这明明应是风阡！

我不知风阡的神识能否附在其他人身上，难道我的计划被他看出端倪，他在我下手之前便附在了水陌身上？

或者，他只是在用幻术迷惑我，为了让我不忍下手，所以故意幻化成了水陌的样子？

可我已来不及思考了。

摇摇欲坠的冰阵之中，水陌又在唤我，他的眼瞳中有我看得分明的哀伤和痛苦。

"你……可否救我……寐儿……"

雪光吞噬了整个檀宫，却吞噬不了这一声呼唤。

而这一声熟悉的呼唤，令我全身失去了力气。

风阡是神仙，而水陌并不是，他怎耐得住我手中这十剑冰杀！

然而若是此时放手，就会功亏一篑，我将永远失去杀死风阡的机会。

可是，那是水陌啊……

看着水陌的脸，记忆里的往事一幕幕在我脑中浮现，那些欢乐和哀伤，那些幸福和悲戚，那些我想要忘记却永远难以忘记的过往……我全身颤抖，耳畔嗡嗡作响，残冰剑在手中已握不安稳。

而事实上……我已经永远失去了所有机会。十剑冰杀必须依赖着强烈的恨意和执念才可释放，受不得任何犹豫和干扰，而我的心神动荡过大，十剑冰阵很快便不再受我控制。就在我失神的那片刻之间，冰雪铸成的剑阵摇摇欲坠，忽地轰然崩塌，封存的剑气霎时间冲破桎梏，仿佛漫天破碎的冰刺，竟向我反噬扑来！

叮残冰剑落在地上，像是一角冰凌在时光中断裂，碎了一地，岁月如雪花般流落铺陈。而那雪花尚未凋零消散，无边剑气已汹涌而来，刹那间穿透了我的身体。

而我不同于其他凡人，魂魄一旦离体，便是神魂俱灭。

身体忽然变得那样轻。蒙眬中，我已看不见法阵中的男子究竟是谁，只看见自己的身体变得粉碎，如同尘埃散落在漫天的飞雪里。迷离中犹见那一盏兰烛在雪中摇曳，可我一切的恩怨和记忆，都已不复存在，永远不复存在。

我低低笑了，缓缓闭上眼睛。

其实这一天早该到来了。

权当是我又做了一个长长的梦吧。

梦里的檀宫风轻云淡。梦里的桃花源落英缤纷。

梦里也曾是这样漫天的飞雪，雪中有人笑着回头望我，一双黑眸明如墨玉。

归去也……十月雪影如花落，三月春雀正好音。

一

风起／烛摇／

明宫里／

【烛】

我叫烛，烛火之烛，是大明京师天草门下的弟子。

我不知道师父为何会给我起这样一个名字，每当我向别人介绍自己"我是烛"，他们都会莫名大笑，笑弯了腰。

这样的事情经历得多了，我便奔去问师父自己名字的来历。而师父则干脆回答道："当年，捡到你时是在蜀地的大火之中。为师觉得你与火有缘，故而为你起名叫'烛'。如何？你可喜欢？"

我说不出话来。

师父是个极怕麻烦的人，最怕的就是记别人的名字，于是就给我和四位师兄各自取了一个单字名；我叫烛，修的是火术；大师兄名锟，修的是金术；二师兄名柯，修的是木术；三师兄和四师兄分别叫淇和垠，修的自然是水术和土术。师父很是得意，说这金木水火土做偏旁是太祖给皇家子孙定下的起名规矩，本是极难避讳，偏偏给他找着了这几个不俗的字给我们五人取名，实在是妙哉高也。

我和四个师兄都是孤儿，没有姓，也没有父母亲人，从小同师父一起生活在这天草门中。时值大明嘉靖二十一年，当今圣上醉心于长生之术，于是特意在京师西边山上的天草阁设立了天草门。天草阁本是一座行宫，周边的山上栽满了枫树，每逢秋至，寒山石径之上千万株红枫灿如晚霞，清风拂过，落英缤纷，几如仙境。

师父名讳邵元节，号雪崖真人，因道行高深而极受圣上器重，便带领着我们这几名弟子还有一些药童仆从在山上居住，专为圣上炼制长生不老的灵丹妙药。我从记事以来，便一直生活在这山上，跟在师父屁股后跑前跑后，学着倒药渣、擦药炉，其余的时间则跟着几位师兄修习法术。只是，每当我被自己变出来的火烧得嗷嗷叫的时候，心里都禁不住会产生疑问：我们不过是一群炼药的，为何还须这般苦炼五行法术？

有一天清晨在天草门的枫园里练功时，我向同在练功的大师兄提出了这个疑问。

彼时正值深秋，满园的枫叶红得灿烂，大师兄一边凝息运功，一边回答我道："若是单纯炼药，自是不用修习五行法术。但若要去捕捉一些炼药用的灵兽异草，必然要身具奇术。一则要在寻找宝物的路上除妖伏魔，二则那些千年人参万年灵芝都成了精，可不是能被我们乖乖收入囊中的。"

大师兄锟已年及二十，在我们师兄妹五人之中最为年长稳重，道法修为也最为高深。听了他的话，我思忖片刻，恍然道："大师兄说得甚是。"

大师兄又道："小烛，你尚未出师，也未出过京城。待你仙术炼成，我们自会带你出门去仙境灵域采药，到那时你便知道了。"

大师兄话音方落，倏然间袍袖一动，一指弹出，真气犹如金铁之声霹雳作响，轿在面前三株并排的枫树之上，那三株枫树立刻被齐腰折断，咔啦啦数声巨响后倒在地上，轰然扬起大片尘土，红叶乱散在空中，过了好一会儿才纷纷铺落了一地。

我瞠目结舌，大为叹服，"大师兄，你的修为已经如此深厚了！"待了一会儿，我才回过神来，忙道："今日还望大师兄多多指点，小烛感激不尽。"

因这些年来大师兄常年出门云游不在门中，这次好不容易趁他有空，我便趁机拉他同来枫园，嘴上说是要一起练功，其实更想让他指导我几分。近年来我仙术进境缓慢，师父嫌麻烦懒得管我，其他几位师兄也帮不上什么忙，我只好求助于见多识广的大师兄，望他的提点可以让我渡过这个坎。

大师兄收手拍去袖上尘土，自言道："这一式'无金戈'练习了一年有余，也是时候成功了。"说着，他转头看我，"小烛，看你的了，虽然我们二人修习法术不同，但我会尽我所能提点于你。"

我郑重地点点头，右手捏了个诀，默默念起口诀，试图将我一直以来都在练习的一式火术使将出来。

术书上说，我这一式叫作"秉双烛"，是道家火术的第一层境界。

这一层境界我从十岁练到今天，已经差不多有六个年头。六年如一日，小小火苗从我指尖冒出，又嗞的一声熄灭，不知是不是因为今日有人在侧令我有些紧张，微弱更胜往时。

我皱皱眉，凝神屏气，干脆将那口诀喊了出来，喝道："嘛咪嘛咪吙——嗨嘿！"

指尖的火苗像是烟花一样，绽放了又蔫萎，火星落在地上就没了影子。

大师兄微微皱眉，问道："小烛，你确定你的口诀念的是对的？"

"呃……"我犹豫了一下，"或许是我记错了？难道我这六年来都念错了？"

大师兄一怔，无言。

"那……我再试试看。"我有些心虚，"嘛咪嘛咪嗨！"

这一回，指尖那一串火苗忽然变为火舌，在我的指尖跳跃，如同一盏烛火，明亮又鲜活。

我惊喜不已，口中喊道："多谢大师兄提点，果然是我记错了！"

"啊——"说话间，那火苗竟向我蹿了过来，像一条小小的火蛇，张牙舞爪地吞掉了我的眉毛。

大师兄惊道："小烛小心！"

我双手乱抓，想要从这火烧眉毛的窘境中脱身，奈何今日这火不同于往日的小火花，一时间烧得我龇牙咧嘴，无计可施。就在这紧急时刻，忽然哗啦一声，漫天水花从天而降，劈头将我淋成了落汤鸡。

"咳咳！"我被呛得大咳，半天说不出话来。

大师兄连忙走近，"小烛，你可还好？"

"我……没事。"我缓过气来，抬起头来看到两名来人，忙躬身行礼，"小烛见过二师兄、三师兄。多谢三师兄出手相助。"

"哈哈哈，小烛，"二师兄笑着走来，在我面前停步俯身，一双眼睛笑成月牙，揶揄道，"若不是我正好带着三师弟经过枫园，你可又要像去年那般道姑变尼姑了。"

三师兄跟着走来，只点点头，"不谢。"

二师兄柯为人诙谐风趣，常爱同人开玩笑，三师兄淇则沉默寡言，惜字如金。方才那道水花自然是修习水术的三师兄施法所为。听了二师兄的打趣，我嘿嘿笑了笑，没有说什么，只擦了擦脸上的灰土。

大师兄见我没事，方放下心来，道："小烛，火术在五行之中最为危险且不易操纵，你平日里可要多加小心才是。"

二师兄又笑道："大师兄，你这些年不常在门中不知道，小烛平日里，可有一半的时间是没有眉毛的。"

我惭愧地低下头。说起来，事实的确如此，因我天资鲁钝，火术又是五行中最难驾驭的，所以每每会烧到眉毛和头发，头上秃一块少一撮是常事。我自己虽不怎么在乎这个，却也常常连累到师兄们的衣角和鬓毛，让我甚是过意不去。

"好在小烛现在大了，不哭鼻子了。"二师兄又道，"想当初小烛小时候练功没进境，一不如意就哭鼻子，整件衣服都被你哭没了，像个小乞丐，比现在还狼狈几分。"

说起来，师父和师兄们平素最怕的就是我哭，倒不是嫌我吵闹，而是因为我的眼泪颇为与众不同——除了我自己的皮肤不会被腐蚀外，见布烧布，见人烧人，比我的法术可灵验多了。听师父说，小时候我哭泣流泪，他抱着我哄，谁知我的眼泪流在他身上，瞬间就将他的衣袖烧了个窟窿，连手臂都燎起了水泡。师父吓得不轻，说给我取名为烛，我就当真成了个蜡烛精，烛泪滚烫，能烫死人。

后来我渐渐长大，这个毛病可没少添麻烦，不仅是衣服，有时候连吃饭的盘子、炼药的炉子都未能幸免，更出现过我拉着师兄们的衣袖哭闹，把他们都哭成衣衫褴褛的状况，大师兄还被我烫伤过。再后来，师兄们一见我掉眼泪就如临大敌，只好天天哄我开心逗我笑，我懂事后也渐渐明白了自己这个惹人胆战心惊的毛病，再也不会随意哭了。

大师兄哭笑不得，叹息着摇了摇头。二师兄看着我，摸着下巴若有所思道："说来奇怪，女孩子家体质属阴，修习水术本应最为适合，可偏偏师父让小烛去修习火术，反而让三师弟修习水术，说什么见三师弟儿时怕水，所以定要让他修习水术好不再怕水，还威胁他不练水术就逐出师门，哈，真不知道他老人家怎么想的……"

三师兄在旁没有说话。

我擦了擦眉毛，也叹了口气。

说实话，我从前也不明白师父为什么定要让我修习火术，直到几个月前我趁着一次炼药的机会去询问他，师父则又是干脆地回答道："当年，捡到你时是在蜀地的大火之中。为师觉得你与火有缘，故而为你起名叫'烛'。如何？你可喜欢？"

我像上次一样，还是说不出话来。

我从小就是个迟钝的孩子，半天憋不出一个字来是常事，师父也就毫不在意，挥挥手让我离开，"小烛，你是个天分极高的孩子，你想想看，有几人似你这般天生神泪的？你可要好好修习，休要辜负了为师一片心血栽培。"

师父几句话就把我打发了，我啼笑皆非。人家都是天生神力，我这"天生神泪"是个什么鬼？师父这是老眼昏花，看不见我脑袋上烧的几道焦痕吗？我这若叫"天分极高"，那师兄们岂不是都要成仙了？

无论如何，虽然师父有诸般不靠谱，但毕竟还是我们师兄妹五人的授业恩师，须得日日请安，时时恭敬。我同三位师兄寒暄一阵，便到了辰时，是该去给师父问晨安的时候。我们四人一起离开枫园去了师父平时起居所在的秋岚堂。

秋岚堂是天草阁的主堂，师父一般会在此打坐看书，偶尔也会在里面打哈欠看斗鸟。师父是个闲云野鹤的老道人，不喜束缚，不过偶尔也有被人缠住的时候。我们一行人走到门口，师父的贴身药童当归正站在门外打扫落叶。当归看见我们，忙扔了扫帚，迎上来行礼，"当归问各位少主晨安，主人刚刚起身不久，四少主已经在内请安了。"

果然，我们这还没进大门，便听到四师兄高亢的声音从里面传来："师父您看，这明明白白是个'天山遁'卦，卦象险之又险，若贸然出门，可是大大不妙啊！"

四师兄垠是个话唠书呆子，平日修炼法术之余最喜爱研究易经八卦，尤喜缠着人高谈阔论，也不管别人高不高兴，连师父也拿他没办法。我与三位师兄相视一眼，会心一笑，一起进了院子。

走过藤蔓缠绕的庭院，朱漆正门大开，堂中师父坐在紫藤椅上合着眼睛打哈欠，眉毛胡子耷拉下来，一脸倦怠的模样。而四师兄背对着大门，正手脚比画着口沫横飞地说话："师父，您听我的准没错，明日绝非进宫吉日。您若不信，我跟您打个赌：我今早还卜了个卦，等今日小烛来请安，她必定又被火烧了眉毛！"

我尴尬地在门口停下了脚步。

二师兄忍不住在一旁噗地笑出了声。师父闻声睁开眼睛，目光落在我的脸上，先是愣了一下，继而哈哈大笑，白胡子抖个不停，"行了老四，为师信你说的了！"

我同三位师兄忙进屋向师父行礼问安。四师兄一怔，回头看见我们，啊了一声，急忙道："垠见过大师兄、二师兄、三师兄。"说着，他转向我，作了一揖，"小烛，对不住，师兄绝非有心笑你，而且……"四师兄仔细看了看我，笑道，"今日这焦痕比往日重许多，你的法术定然又进境了！"

我被这直肠子一根筋的四师兄弄得没了脾气，只能扶额说道："师兄当真厉害。"

几个没良心的师兄和师父哈哈笑成一片，就连一向寡言的三师兄也在旁忍俊不禁。我咳了数声，大声盖过他们的笑声，道："师父，您方才可是在与四师兄谈论进宫之事？可是圣上又派了您什么苦差事？"

一提到"苦差事"三字，师父脸上的笑一下子就凝固了，叹了口气，颇为忧伤地抬起头，脸上的皱纹和白胡子里满是愁绪。

气氛一凝重，几个师兄也不敢笑了。大师兄问道："师父，有何烦心之事，可需弟子们为您排解？"

师父依然一脸忧伤地望着屋梁，没有答话。

四师兄偷瞄了师父一眼，悄声对我们说："你们没来之前，师父跟我说，圣上传他老人家去面圣，要封他为'靖微妙济守静修真凝元衍范志默秉诚致一真人'。师父想要拖到明天再去谢恩，我就顺手卜了个卦，结果大大不妙。于是我力劝他老人家明日不宜出门，最好今天就去面圣……"

我还在被四师兄那一口气说下来的一大串封号绕得晕乎，迷茫地看向几位师兄，却见他们对望一眼，均是一脸肃然之色。我微微一怔，回过神来，微一思索，心下便也了然。

师父天不怕地不怕，最怕的就是圣上的封赏，只因依照当今圣上的脾气，封赏之后必然会催着师父，要他加紧炼出能长生不老的所谓"仙丹"。

我们几个修道弟子，都知道师父的难处。圣上几十年来一心追求长生不老，白日飞升，可在这尘世凡间，并非所有凡人都能修成仙体。有些人灵根不化，吃了仙丹只有被噎死的份儿。不幸的是，圣上便是这一类人。但是，上一个对圣上直言此事的道士，已被他盛怒之下凌迟处死了。

所以，师父从没敢告诉圣上真相，虽说灵芝人参采了不少，但一直进贡给他的都是些滋阴补肾无关痛痒的药丹，只说是飞升前要强身健体。圣上平日里对师父所说的话深信不疑，但每隔一段时间成仙的欲望就会大炽，然后就会给师父加官晋爵，逼着师父给他长生不老药。而每一回师父都要绞尽脑汁才能哄骗过去，得以保住项上的脑袋。

所以，总的来说，师父就是一个坑蒙拐骗的老道士，只不过胆子比较大，坑的是当今天子。

"小烛，你定又在腹诽为师是个坑蒙拐骗的老道士，对不对？"师父突然瞪大眼睛看着我。

"弟子岂敢！"我被他吓了一跳，忙辩解道，"那个啥，师父只是暂时还没炼出能让凡人飞升成仙长生不老的药罢了。弟子相信，以师父的法术修为，只需假以时日，必能一举成功！"

"谁说为师能炼出长生不老药？净是瞎说胡扯！"师父吹胡子瞪眼，粗声粗气地说，"老夫若是有那个本事，早吞下仙丹自己成仙了，还在这凡间哄那个坐龙椅的家伙玩个屁！"

我与几位师兄惊恐地对望一眼。师父口无遮拦，平日里肆无忌惮，这话若让旁人听去，落在圣上的耳朵里可不得了。

大师兄忙道："师父莫着急，说起来弟子此次出门采药，也见识了不少仙境奇域。仙界传说众多，说不定这世间当真有长生不老的仙药，能被我们寻到也未可知……"

"哦？"师父挑眉，"你倒是说说，哪里可能寻到长生不老的仙药？"

大师兄迟疑片刻，说道："比如弟子听说，上古曾有一支术士世家，称兰氏族人，传说曾受仙神恩赐灵根，他们本于战国末年被秦王所灭，却又在魏晋之时被发现了踪迹……"

师父突然脸色大变。

三师兄在我身旁忽然一动。我抬头看他，见他面上闪过一丝奇怪的神色，但很快恢复了正常。

我正疑惑，忽见师父厉声问道："你从何处知道这些的？"

大师兄一怔，"是在旅途中无意听说……"

四师兄在旁咦了一声，问道："大师兄，你说兰氏族人？莫不是那什么桃花源的传说——"

"住口！"师父突然喝道。

师父的口气如此凌厉，吓得四师兄忙闭上了嘴巴。

师父冷冷说道："这件事你们想也别想，不过都是些无知的术士瞎传罢了，史上为此传说趋之若鹜之人不知有多少，几乎全都枉然送了性命。你们若是还有点脑子，就给为师忘了这个胡说八道的故事！"

"是！弟子冒昧了，师父请息怒。"大师兄低头认错。

四师兄连连摆手，"弟子不说，不说了。"

然而我在一边听着却越来越好奇，忍不住问道："师父，师兄，你们到底在说什么啊？什么兰氏族人、桃花源——"

"胡闹！你师兄在瞎说，别听他的。"师父打断了我。

见师父表情不对，我只好闭了口，偷偷瞅了一眼三师兄，但见他低头不言，对方才的争吵恍若未闻。

师父缓下气来，面色凝重，半晌不语。

一阵沉默过后，师父深深叹了口气，放缓了声音，"罢了，躲得了一时，躲不了一世，为师这就收拾下进宫。你们若是无事，也跟我一起去吧。"

我们五人面面相觑，"师父，我们也进宫去？"

师父瞪眼道："老夫若是不能哄那小子开心，他定会派人来拿你们相威胁，还不如直接带在身边，让为师放心些。"

我们顿时心下一暖，齐道："多谢师父……"

唯独四师兄像是突然想起些什么，道："师父慢着，弟子才想起，还未为今日出行卜卦，您且稍等，待弟子算算，今日之卦为……"

四师兄拿起随身携带的六爻筒摇了摇，伸头一看，愣了一会儿，突然脸色一变。

师父挑眉看他，"又怎的了？"

"不好，师父，今日之卦是'风泽中孚'，卦象比明日的更为险恶！"四师兄一脸惊恐，大呼道，"弟子错了，不该劝您今日进宫！您看，要不还是拖到明日——"

师父一拍桌子，对着他吼道："扯淡！你那卜卦还不是我教的，到底几分可信，我心中自然有数！为师偏要今日进宫。你，你，你，你，还有你，你们五个快去收拾一下，过午都跟为师一起进宫面圣去！"师父大手一挥，一语定音。

师父若做了什么决定，那定是八匹马也拉不回头。我们忙行礼告退，拉着大呼小叫的四师兄出了秋岚堂，把他按回住处，各自再匆匆回房更换服饰修饰仪容，跟着师父去觐见圣上。

【禁宫】

午时过后，我同四位师兄已经整装完毕，跟在师父后面来到紫禁城
门外。

算起来，这已是我与师兄们第三次面圣了。想当年我们几人第一次
跟着师父进宫之时，我也是刚刚把自己烧了一脸灰，不得已之下就用煤
灰画了眉毛，穿上道袍进了宫。那日坐在龙椅上的圣上望见我们五个弟
子，眼中颇有惊艳之色，"邵爱卿，你这五个徒儿，当真是风姿不俗，
像是金童玉女一般哪！"

这话算是说对了一多半。的确，四位师兄都是一表人才、风华如
玉之人。大师兄稳重，二师兄洒脱，三师兄内敛，四师兄蓬勃，均有道
门风骨却又各有千秋，其中尤以三师兄相貌为最，站在一起宛如四名谪
仙，着实令人赏心悦目。相形起来，我这个小师妹在旁边就显得有些格
格不入。彼时圣上的目光在我们身上扫来扫去，我只好试图将自己隐藏
起来，极力低头将两条假眉毛掩盖住。

而师父那时在一边笑容满面，与有荣焉，"谢圣上夸奖。实不相
瞒，当年臣下挑选弟子，首先便是皮相要紧。若是容貌丑陋，就算他们
有朝一日真修炼成了仙人，也会被仙班给退回来！"

我和四名师兄都张口结舌。

天知道师父对他说的这句话有多后悔。圣上听见此言，眼中立现光

芒，急切道："邵爱卿，你这话是说，凡人若经修炼，有朝一日也可位列仙班？"

不出意外，师父当场就像吃多了螃蟹一样卡了壳。

后来师父编了许多故事把此事糊弄过去，圣上才暂时不再追问凡人成仙之事。我跟几位师兄在一旁都冷汗直冒。伴君如伴虎，一句话不对便会落得那被凌迟的道士的下场，更何况师父这不修边幅、口无遮拦的老家伙。

不知今日圣上又会问些什么话，师父他老人家能否顶得住？

我正出神发呆，身边的四师兄悄悄碰了碰我，低声道："小烛，我今天眼皮跳得厉害啊。"

我回过神看他。四师兄身穿宽衣大袖的黑白道袍，衬着他年轻俊俏的脸，当真是飘飘欲仙，只是那一脸东张西望的焦躁模样，未免与这仙气大为不称。我凑过去，压低声音问道："哪只眼皮？"

四师兄道："两只眼皮都跳。"

我悄悄道："那再好不过，我在一本书上看到说双眼皮齐跳，那定是远方有姑娘在思念你。"

四师兄一愣，结巴道："你……你从哪儿看来这乱七八糟的，这，这也能信？"

"哦，那你从哪里算来的那些卦，那些便不是乱七八糟了？"我忍着笑道。

"你懂个啥！"四师兄愤然道，"'风泽中孚'乃是下下卦，卦辞曰：'路上行人色匆匆，急忙无桥过薄冰。小心谨慎过得去，一步错了落水中。'若想化凶为吉，必须步步小心，否则必如卦辞中所说落水无救……"

四师兄又开始滔滔不绝，我只好支着耳朵听他说话。四师兄这话唠一开说可不得了，将将说了有一炷香工夫，我几乎听到耳朵起茧，终于忍不住张口打断了他，"四师兄，咱们现下可是已到了宫外，师父都已叫人进宫通报了，难道你想拗过师父，半途偷偷溜回去不成？"

"啊？"四师兄被我打断，瞪眼看我。

我咳了咳，一本正经道："况且，师兄你自己也说了，只有谨慎小心即可化凶为吉，像你这般魂不守舍的样子，如何能履薄冰而不落水？说起来，卦象怎样，横竖只是周遭形势有利或无利而已。而吉凶到底如何，还是要看咱们自己啊。"

四师兄张大了嘴，看了我半晌才道："小烛，没想到你平日里看起来呆呆的，说起正经事来这么厉害。"

二师兄也凑了过来，笑道："四师弟，你可别小看小烛。别瞧她平时不爱说话，倘若是惹得她劲头上来，连我都说不过她。"

我嘿嘿笑了笑，刚想说话，大师兄回头轻斥我们，"小点声，有人来了。"

我跟师兄们忙闭了口。不多时，宫门大开，有太监走了出来，尖声宣道："宣邵真人及五名弟子入宫！"

深秋的紫禁城一如既往地庄严肃穆。我跟在众人身后，一行人跟着那传话的公公悄无声息地穿过层层深宫，一直走到圣上平日所居的乾清宫外，看到那大殿重檐如蟠龙，在阳光下映出刺目的金色。

"邵真人请在此等候！"

那公公尖声说完话便自行走进了宫内，然后再也没有出现。

秋日烈当空，我与师父、师兄们站在宫外等了将近半个时辰，几乎被太阳烤成了人干。

乾清宫今日门外竟然没有守卫，只是在我们等候的期间，有宫装打扮的侍女陆续从各个方向走来，目不斜视地走进那乾清宫。

大师兄轻声道："师父，您可还挺得住？"

"这有何挺不住！"师父擦了一把汗，"想当年为师在大火旁困了一天一夜，一样没被烤死。小烛，你怎样？"

我没想到师父会问到我，忙道："师父放心，小烛没事。"

堂堂偌大的皇宫里，我们居然就这样被晾在此地没人管，这实在有

些奇怪。四师兄第一个站不住，恰好此时又有一名宫女端着一个玉盘向

一 风起烛摇明宫里

些奇怪。四师兄第一个站不住，恰好此时又有一名宫女端着一个玉盘向着乾清宫走去，四师兄忙上前喊住她："请问这位姑娘，圣上何时能召见我们？"

那宫女慢慢转过身来面对四师兄，慢吞吞地说道："圣上还在午休。"

四师兄一愣，张大了嘴巴。

什么？圣上在午休？

那是谁把我们传进宫来的？

我与师兄们对望一眼，心下均甚诧异。

宫女不再搭理我们，转回身如之前宫女一样，端着玉盘缓步走进了乾清宫去。

师父眉头皱起，"此事有些奇怪，不似圣上的行事作为……"

四师兄却还在张着大嘴，愣愣地看那个宫女离开的方向，一动不动。

我戳了戳他，"喂，四师兄，眼珠子掉出来啦，有那么好看吗——"

我话没说完，四师兄突然高声叫道："师父！方才那宫女眼中有鬼火闪烁，怕是被妖物施法控制了！"

他这一句话说得极为焦急，我吓了一跳，倒退一步，差点撞在三师兄身上。

师父一愣，神色登时凝重起来，"老四，你确定你看清楚了？"

四师兄急促道："是，师父！那宫女目光呆滞，眼中隐隐有蓝色鬼火，极为诡异！"

师父皱眉，沉思片刻，忽然间袍袖一挥，一道白光倏然射出，向那宫殿的方向疾刺而去。白光快要撞上屋檐的那一刻，却像是碰到一堵看不见的铜墙铁壁，那壁上金铁之光噼啪四射，竟瞬间将师父这一击挡了回来。

这一下，看得几位师兄都倒抽一口冷气。

二师兄惊呼："这里被设了结界！"

四师兄当即抬脚朝着那结界之处冲了过去。不出意外，他像是遇上一堵透明的墙，砰的一声，被硬生生撞了回来。

"啊！"我惊叫一声，忙捂住嘴巴。

我们全然无法越过的结界，那些眼中闪着怪异鬼火的宫女却能安然走过。没有守卫的乾清宫，一进宫门便失踪了的公公，宣了我们进宫却又跑去午休的圣上……

种种怪象在前，便是迟钝如我，也明白此事已严重到我们无法想象。有不明来历的妖物就在我们眼皮底下作怪，倘若圣上当真出了什么意外，我们几人身怀道术近在咫尺却未能阻止，只怕都逃脱不了罪责牵连！

师父马上吼道："你们几个，都过来，助为师破界！"

四位师兄立即上前，我也跟着冲了上去。

师父立刻道："别，小烛，你在旁看着便是。"

我停下脚步，有点不知所措，眼望着几位师兄相助师父破印。一时间，师父和师兄们各显神通，各色法术都向那结界招呼上去，那结界却坚如磐石，岿然不动，犹如一面巨大的琉璃镜横亘于我们面前，散发出诡异的气息。

师父皱眉，沉声道："没用。看来只有干掉那作法妖物，才能使结界变弱。以这阵势看来，那妖物必在方圆三里之内！"

大师兄凝神寻找着结界的破绽，道："师父，这是金术结界！那妖物定然处于西方，而且法术虽强，但防御甚弱，不必强攻，最好借用相克之法……"

师父看了我一眼，沉吟不语。

我闻言一怔。

南火克西金。而五人之中，只有我练的是火术。

我登时明白，立刻接口说道："师父，师兄，那我现下就去寻那妖物！"

说完，我拔腿便欲转身。

　　"小烛！"二师兄叫住了我，"你可从未接触过如此凶险之事，当真无妨？——师父，不如让弟子陪小烛同去？"

　　师父略一思索，道："不，老二，你所修木术帮不上忙，不如留在这里助为师破界，还是叫老三陪小烛去看看。"

　　四师兄道："师父说得没错。若是小烛又把自己烧着了，三师兄也好给她浇浇水。"

　　"噗……"二师兄没忍住笑出了声。我挠了挠头，只觉紧张的气氛好像缓和了些。师父瞪了四师兄一眼，对我道："小烛，若是那妖物太过厉害，你休要勉强自己。老三，你注意护着小烛，速去速回。"

　　我与三师兄齐声应道："是，师父！"

【鹤石】

　　秋阳的光透过树叶投上宫墙，影影绰绰，有鸟儿穿梭其中，叫了一声就没了影子。整个宫里都是一片死寂，静得让人耳膜发胀。

　　我与三师兄一同向着西方走去，绕过层层叠叠的宫殿亭台，路上没遇到一个人影。情景如此诡异，纵然此刻太阳当头高照，我也不禁有些头皮发麻。

　　我从小到大，去过最远的地方就是京师东门，见过的最怪的东西就是半夜里乱嚎的黄鼠狼精。那大约是在三年前，有头黄鼠狼精鬼鬼祟祟摸进天草门偷"仙丹"，结果不小心闯进了地符阁，被那里的缚符封住了差点没命，鬼哭狼嚎了一晚上，闹得天草门人人不得安宁——除了我。我当时睡得太死，等早晨听说这事跑去帮忙，那妖精已经被大师兄收服打回原形了。

　　我糊里糊涂长了十六年，空有个道姑的名号，这还是第一次碰到需要亲自上阵斩妖除魔的紧急状况，难免有些忐忑不安。倘若现下在我身边的是其他几位师兄，我定会找他们倾诉寻求鼓励，不过此刻陪着我的是三师兄，他向来沉默而严肃，我颇有些怕他，好几次想开口搭话，又闭上了嘴巴。

　　三师兄一路无话，神情严肃，脚步急促，笔直地向西方行进。我小跑追上他，擦汗道："三……三师兄，为何走这么快？我们不用沿途寻找吗？"

"你看不到吗？"三师兄忽然停下脚步问我。

"看到什么？"我摸不着头脑。

"那里。"三师兄指向前方。

我一怔，顺三师兄指引的方向望去，透过层层叠叠的树木和宫墙，竟见到西方的尽头有隐隐的蓝光闪现，一波又一波，极不寻常。

我大惊，"看到了！"连忙跟着三师兄向那蓝光之处跑去。

我们很快便寻到了蓝光之源，就在御花园里的假山之后——竟只是一枚小小的圆石，大小不过寸余，通体晶莹，悬浮在花园池塘之上三尺高处，犹如白日星辰般散出阵阵蓝光。蓝光向四周发散，至丈余外方淡无踪影。

我一愣，"这个……便是作法的妖物？"

我本来以为闹出如此严重的一个大阵势，始作俑者应是传说中的三尾妖狐、九命猫妖一类，再不济也得是花精草怪之流，黄鼠狼也不是不可以。可这个小石头是什么东西？难道石头也会成精化妖不成？

我问着三师兄，而三师兄却定定地看着那石头，一脸复杂的神色，仿佛掺杂着震惊和不可置信。

"三师兄……三师兄？"我疑惑地唤他。

三师兄回过神来，很快恢复了淡定的神情。他摇了摇头，回答我道："山石无灵根，不可能修炼出心智。这石头只是一样灵物，被人利用作施法载体，真正作怪的另有其人。"

我一惊，"啊？那我们是不是要去别处找真凶？"

三师兄道："现下恐怕来不及了。"

"那，我们是否要先毁去此物？"我问道。

"毁去？"三师兄突然变色，"不可！"

我吓了一跳，"那，那就不毁去。"

三师兄定了定神，低声说道："不必毁去，只需收服它便好。"

"嗯，知道了……"三师兄如此反常，我心下愈发疑惑，只是不好询问。

三师兄走上前，想要碰触那石头，却猛地收回了手，面上微现痛苦之色。

我看向他，"三师兄？怎么了？"

三师兄回望着我，神情略带诧异，"小烛，这蓝光有尖刃般刺感，愈近愈是明显，你没有感觉到？"

"没有啊。"我一愣，想了想，随即恍然道，"或许因我从小习练火术，所以遇见金性法术自然就化解了吧。"

三师兄目光一转，又看了那灵石片刻，点了点头，退后数步站在安全的角落，"小烛，我碰触不得，只有你能收服它了。你可准备好了？"

"呃……"我不知该怎么回答。以我迄今为止只放得出小火苗的功力来讲，还真不知道自己有什么好准备的。

三师兄备好架势，道："不必担心，有我在此，必不会让这……这东西伤你。"

我心知此事关系重大，肃然点了点头，走上前去，在那光圈外停下脚步，盯着那异石半晌，举起手来，心中默念口诀，小小的火苗从掌中发出。我凝神导引着它，那火如燃烧的细细长蛇，蜿蜒着，缠绕着，最终攀上那异石，火花闪烁，试图将它熔毁。

堪堪半炷香时间过去，我已额头见汗，而那异石分毫不动。这实在不算奇怪，这妖物能控制多人的心智，还能放出连师父都破不了的结界，灵力之强超乎寻常，我这点火怕只能给它挠痒痒。

三师兄道："小烛，若是不成，我们就回去另想办法——"

"不，让我再试一下。"

我深吸一口气，大胆地向前靠了一步，进入了那蓝光萦绕的区域。

"小烛！"

我道："无妨，三师兄，我没有半分不适，马上就好。"

我重新燃起火苗，凝神盯着那异石，准备重复方才的动作和法咒。

这一回，我离它如此之近，透过莹莹蓝光看清了它。凑近看来，原来它并非石子，而是一枚小小的白玉，与蓝光交映成淡淡的月白色。不仅如此，上面还雕刻了什么图案。

我微感惊讶，不由得好奇。定睛一看，只见那玉石上刻着一只白鹤，昂首长唳，栩栩如生。一旁还雕了一根白鹤的落羽，雕工极为细致，甚至还看得到羽骨之上有奇特的缠绕花纹。

刹那之间，仿佛有重锤击中了我的心口，我的眼睛蓦然失去了焦点。

这个花纹……这块玉石……

是……我……

脑海中突然一片混乱，胸口仿佛快要胀裂开来，体内不知从何而来的真气灵力霎时间澎湃而出，我掌心弱小的火苗突然像是被添了把柴，竟腾空而起数尺高，瞬间将那玉石吞没。

"啊——"我从没见过自己放出过这样大的火，一时间惊得呆了。

然而不等我反应过来，那火舌已张牙舞爪吞上异石，而异石周围那蓝光竟似全被燎着了一般，刹那间燃成了弥天大火，瞬间将我整个包围！

三师兄惊道："小烛！"

剧变陡生，炙热的烈火舔上我的脸，我动弹不得，僵在原地，心下只道此生无幸。

危急之中，只闻轰的一声，我脚下的池塘之水忽然升起，将我与那大火隔离开来。我蓦地回神望去，原来是三师兄正奋力与那大火相搏。他施法将那池水引将出来，随即凝结成冰雪，幻化成冰状长剑劈开那大火。一时间，周边风火长啸，我的身旁却是冰雪刺骨。我呆呆地看着眼前的场景。

三师兄好厉害……

不，不对，这不是重点。

重点是……这场景对我而言，似曾相识。

似曾相识……

我怔怔地立在那里，仿佛脑海中突然破了一个缺口，有记忆倾泻而下，风雪如雷，阵阵轰隆，大火弥漫。模糊的视线里，有一盏红烛在那狂风之中疯狂摇动，有一个声音传到我的耳边。

"寐儿……"那声音温柔而缥缈。

什么……什么寐儿？……谁是寐儿？

"寐儿……救我……"那声音痛苦而虚弱。

那声音声声逼近，带米力千刻骨的悲伤从心中贯穿而过，几乎令我失去呼吸。无数人声人影犹如乱麻，纷至沓来，可是我一个都看不清明。

头痛欲裂，我惨叫一声捂住头颅，脚下一软跪在地上，失去了知觉。

二

秦时月／如昔／

【兰寐】

"你名叫兰寐，兰芷之兰，寤寐之寐。"

哥哥说这句话的时候，正在庭院里的梨花树下为我梳发。满树梨花如雪，随着微风飘飘洒洒落下来，我本懒洋洋地伏在他的膝上，结果被他这句话连同发根传来的轻微痛感刺到，不禁打了个激灵。

我长到十一岁，才第一次知道自己的名字竟然是这样写的。

我抬起头，瞪大眼睛望着他，"可是哥哥，你以前不是说，只因我出生时是你的小妹妹，所以叫'兰妹'吗？"

哥哥笑了，"我说什么，你就信什么啊？"

春阳从梨树的缝隙里洒下来，映在哥哥清秀俊雅的脸上。他的笑容那般温柔，一如这明媚而和煦的春光。

我怔住，噎了半天。

那是自然。哥哥说什么，我就会信什么啊。

兰寐，我叫兰寐。

我趴在哥哥膝上，鼓着嘴捡起一根树枝，在地上歪歪扭扭地写下自己这个复杂而陌生的名字。

彼时我兰家庭院里的春光尚安好恬静，一片宁和，而不远的城外却已是战乱频仍，烽火连天。

　　我生于大周王朝的末年，那是一个兵荒马乱、万人争雄的时代，后世称之为战国。自我记事起，诸侯之间便交战不休，所幸父亲统治着一方独立于各诸侯国的"兰邑"，使我们得以避乱世而独居。兰邑方圆数十里，这块封地可有着大大的来头。早在数百年前，周武王便赐予我兰氏祖先这块封地，作为我们的祖先曾助他杀死纣王身边九尾妖狐的奖赏。

　　在我小的时候，哥哥曾握着传了百年的竹简，向我讲述那一段我们家族作为术士世家的辉煌过去。

　　"我们的先祖在殷商时期曾于蜀地救起一只溺水的白鹤，谁知那白鹤竟是仙人化灵，感其恩德，便赐予先祖灵根法术，令他成为名震四方的术士。几百年后，妖狐妲己迷惑纣王，当时我兰氏一族的族长挺身而出，襄助武王与姜太公同那妲己大战百日，血尘蔽天，方以烈火诀杀死妖狐，武王得以平复中原。自此我兰氏族人扬名天下，成为大周第一术士之族……"

　　哥哥讲得慷慨生动，儿时的我在一旁听得热血沸腾，兴奋地跟哥哥闹道："哥哥哥哥，等我长大了，也想去打妖狐！"

　　哥哥合上竹简，对我笑道："那么寐儿，你可要好好练习法术才是。"

　　哥哥兰宁比我年长五岁，因母亲早逝，父亲又事务繁忙，从小一直是哥哥伴我读书玩耍，陪我长大。哥哥为人谦和文雅，眉目温润，是我见过的生得最好看的男孩子，连兰邑满城雪白的梨花都及不上他的清朗如玉。

　　而同哥哥一起去梨花树下练习法术，也是我儿时最喜欢做的事情之一。可惜我资质平平，学起法术来很是艰难，进境甚是缓慢，有时候懊恼起来就钻去哥哥怀里撒娇，嚷嚷练功好累，练功好烦。

　　"寐儿不要练法术了，要去后院林子里看鸟儿！"

　　哥哥低头看我，"怎么，你不想练成法术去打妖狐了？"

　　"不要！我要看鸟儿……"

"好好，不练不练了。"哥哥无奈。他从来不逼迫我，我练功三分钟热度，他也随着我去。于是我欢喜地拉起哥哥的手跑去后林，看那归来的燕雀跳跃呢喃，一派浓浓春光。

那时候，我爱跳舞，也爱唱歌，哥哥便吹笛为我伴奏。我最爱唱的是一曲《梨花殇》，那是一支在我们兰邑流传已久的曲子：

孟月飞雪，陟彼远冈，桑梨漫野，盈我顷筐。

彼女之嗟，彼子之狂，东风其郁，岁华其伤……

哥哥的笛声悠扬，那是这世上最好听的曲调，我在曲声里旋转着舞蹈，那是这一生中最快乐的时光。

如此宁静而欢乐的日子一天天过去，又一年梨花飘得满城似雪，我在兰邑的四月度过了十三岁的生辰。

生辰这日，哥哥给我用梨花枝编了个花环戴在发上，我开心地在梨树下转来转去。

"哥哥，我好看吗？"我笑着问哥哥。

"那是当然，寐儿长大了，是兰邑城里最好看的姑娘。"哥哥抚摸着我的头发，笑道，"等下个月祭典，族中长老兄姐们见了你，也定会夸你出落得美丽极了。"

"啊……"

哥哥一说我这才想起，这一年的五月初一，乃是我兰氏家族五年一度的祭神盛典。

所谓祭神，便是祭那鹤灵之神。传说数百年前就是在这一日，我族祖先得到了白鹤之神赐予的灵根，我兰氏一族才有了今日的繁荣。兰氏一族自殷商繁衍至今，已有上百余口。但身为族长的女儿，我并不怎么认识那些叔伯姑婶、族兄族姐，除了平日例行的家族聚会，也只有在这家族祭祀之时才偶尔见他们一面。

我同他们不熟悉，所以对这祭典并无太大兴趣，我想到的反而是另一件事情。

我担心地抬头，"哥哥，祭典结束以后，父亲会不会又来查我功课？"

父亲平日事务繁忙，并不常见我，而他每一次见我，都会摆一摆父亲的谱，要我给他展示一下法术进境。上一次见他还是二月的时候，我费尽浑身解数给他展示了一套笨拙的五行法术，父亲皱眉，训了我一通，勒令我好好练功，下次再查。而我这几个月几乎毫无进境，简直不知该如何再见父亲。

哥哥微怔，随即摇了摇头，"父亲忙得很，未必能想起此事，尤其是最近，他似在忧虑什么事情，连我都不常见他……寐儿不必担忧，最近你五行金术不是有所进境？你给他看那个，总能糊弄过去。"

我心中忐忑。就凭我那稀松本事，能发功从树上轰下一只蚂蚁来，已经是谢天谢地了。

不过事已至此，只好听天由命。我叹了口气，将头上的梨花揪下几朵，嘟起嘴吹散了那雪白的花瓣。

【鹤祭】

在梨花快要落尽的时候，五月初一这天便到来了。我一早醒来，窗外浓浓的晨曦已渗入屋内，晃得我睁不开眼睛。

"寐姑娘，宁少爷昨日吩咐过，让您辰时赶快去祭坛呢！"一旁的侍女催促着我。

我想起即将要见到父亲，不由得心中惶恐，只好匆匆起身，在侍女的帮助下盛装打扮，辰时准时赶到了鹤灵祭坛。

祭坛设在兰邑的正中，四周尚有未凋零的梨花漫漫，于枝头悄然绽放。

我上一次来到这里，还是五年以前。五年时光过去，祭坛似乎并未发生任何变化。巨大的青铜祭坛之上，有一尊高达丈余的白鹤雕像。这尊鹤像铸造已有几百年，呈引颈长唳之状，至今仍傲然矗立着。

我到场的时候，父亲已然立在主祭司的位置之上。哥哥也在他身边，看见我到来微微点头，示意我站在他旁边。

仅仅几月不见，父亲却像是苍老了许多，白发染鬓，看上去眉头不展，心事重重。他看见我，只是稍稍颔首，便不再理会。我心中微微惊讶，低头走过去，老老实实地贴着哥哥站着。

待得族人到齐，百余名男女老少皆身着盛装，庄严肃穆地立在祭坛之下，磬鼓声响，祭典便正式开始了。

"吉日良辰，华衣沐芳，神兮既降，日月齐光……"

父亲的声音低沉而沙哑，口中念念有词。他张开双臂，祭出一块白色玉石，那玉石在他的咒诀之下渐渐苏醒，缓缓在半空中升起，直至祭坛的中央。玉石旋转着，有淡蓝色的光芒从中放出，玉身如同透明，上面的花纹分毫毕现。

玉石之上雕着一只昂首长喙的白鹤，一旁还雕了一根白鹤的落羽，栩栩如生。

我认得那玉石，便是我兰氏一族的传家之宝——鹤羽灵石。殷商之时，这块灵石同灵根一同被鹤神赐予我族先祖，相当于我族同鹤灵之神的信物，传说借之施法，可以召唤鹤神亲临护佑。然而这块灵石灵力无穷，若施法人贸然使用，反而会被其巨大的灵力反噬。即使是身为族长的父亲，也只敢在这祭典之时小心翼翼地将它取出，毕恭毕敬地唱起祝词，赞颂着鹤神的恩德，祈祷着鹤神庇佑。

"鹤灵之神，请护佑我族，渡此难关……"

父亲口中喃喃，闭上眼睛，一副虔诚之色。

我听到了"难关"二字，一愣抬头。

难关？什么难关？

我转头看了看哥哥，哥哥亦是微微讶异，一头雾水。

而族中各位长老均是神情肃穆，同父亲一起虔诚地唱起祝歌。我不明所以，只好跟着一起唱。

我一边唱着祝词，一边瞥眼看向那灵石。祭坛之上，鹤羽灵石依旧闪耀着蓝色光芒，映得那一尊白鹤雕像波光粼粼，似乎展翅欲飞。

就在这时，我恍然看见那白鹤之上的虚空中，似是突然出现了一个男子，双瞳如同幽蓝的火焰，正自那半空之中向我看来。

我蓦然睁大了眼睛。

那男子身着一袭白衣，长发如墨，蓝瞳如火，面貌在幻光之中看不清晰，却莫名能感受到惊心动魄的美。灵石的蓝光将他那一身白衣映成浅浅的月白。他高高在上，低首俯视着祭坛，目光缓缓扫过上百名虔诚的族人。

最后他的目光停在了我身上，那双蓝色的眸子同我对视片刻，竟微微一笑。

"啊——"我吓得一声大叫。

我的尖叫打断了众人的祝歌，大家停了下来，纷纷向我看来。

哥哥急忙拉住我，"寐儿，怎么了？"

我颤抖着指着那白衣男子，"那里……那里……"

哥哥循着我的目光看去，却是不明所以，"那里怎么了？"

我语无伦次地急道："那里……有个人！"

哥哥皱眉，"什么？那里什么也没有啊！"

我惊惶地看看他，又看看那赫然立在半空的蓝瞳男子。而那蓝瞳男子又是微微一笑，竟然慢慢隐去了身形，消失在空中。

我瞠目结舌，脚下一软，一屁股坐在地上。

我突如其来的异常导致祭典一片混乱，祝歌已被打断，祭坛下的族人都在窃窃私语，而我脑中一片混乱，嗡嗡直响，一时间做不出任何反应。

"寐儿……寐儿！"哥哥焦急地呼唤着我。

"这是怎么回事？"父亲也来到我的面前，皱眉看着我，对我突然打断祭典颇为不满。

我回过神来，结巴道："哥哥……父亲……"

"族长莫急，寐姑娘这样必然是事出有因，不要责怪于她，不如问个明白。"一个苍老的声音从父亲身后传来。

我转头看向父亲身后的白须老人，是族中的长老封伯。封伯是现今兰氏一族年岁最大的长老，见多识广，亦深得父亲敬重。父亲听了封伯的话，神情缓和了些许，点了点头。

封伯便向我温言问道："寐姑娘，你方才看到了什么？"

我定了定神，说道："我……我方才在那祭坛鹤像之上，看见了一个人……”

“人？”父亲皱眉，“什么样的人？”

“是一个男子，长发白衣，目如蓝火……”

我断断续续地描述着那蓝瞳男子的模样，仍然心有余悸。我难以全然描绘出那个男子的样貌——那绝不是人间的样貌。可是那或许只有仙人才会拥有的美并没有让我崇敬赞叹，反而令我感到莫名的畏惧和惊惶。

父亲听着我的描述，脸色却渐渐变得错愕，急忙看向封伯。

“长老，”他的声音微微颤抖，“寐儿说的莫不是……”

封伯亦是一脸不可置信的愕然，“我的老天，白衣蓝瞳，这……这可正是传说中的鹤神相貌！”

这话一说出，不仅是我、父亲还有哥哥，所有族人闻言均耸然轰动。

“寐姑娘，你可是看到了鹤神真身？”封伯声音颤抖。

“我……我不知道……”

我不知所措，求助地看向哥哥。哥哥一脸震惊地呆立着，而父亲神色刹那间变化莫测，沉默不言。

“那……鹤神他现在是否还在？”封伯又问我。

“不，他只出现了那一瞬，现在已经消失了……”我低声回答。

封伯的神情渐渐由惊愕转为平静，最终一声长叹，喃喃道：“三百年来，我族繁衍数百人，只有寐姑娘一人在祭典之上看到了鹤神真身，而且竟是在这个时候……”

父亲脸色铁青，依然不语。

“族长，这或许真的是鹤神授意……”封伯望着他道。

过了许久，父亲方开了口，“封长老，请您代我安抚族人，继续祭典。寐儿，你跟我来。”

我不知父亲想要做什么，糊里糊涂地跟在他身后离开了祭坛。

父亲一路向西方走去，穿过层层梨林，不到一盏茶工夫，我们便到了离住处不远的一处空地，四周仅有稀疏的树木花草，一片寂静安谧。

我不由得一愣，这正是上一次父亲考教我法术功课的地方，这回莫不也是……

果不其然，父亲回过身来，开口便道："寐儿，你的五行法术修炼得如何了？"

我噎了一会儿，硬着头皮道："我……我最近在修习金术……"

"练至第几层？"

"第……第二层。"我怯怯说道。

父亲皱了一下眉，"施展来让我看看。"

我定了定神，环顾四周，看见身边一棵小树上有一只小小的天牛在爬，便走了过去，深吸一口气，回忆了一下术书上的内容和哥哥的讲解，口中念了几句诀，手指一挥，口中嗨了一声，于是一道金光从我手中发出，直指那天牛而去。

然后……只听得极轻的啪啪两声，那天牛晃了晃，竟似未受到任何攻击，触角动了动，似是在哂笑我，然后又慢慢爬走了。

我石化在当地。

父亲蹙眉不语。

我马上回头对父亲说："父亲，刚才那个请您当作没看见！我……我再试试。"

"寐儿，来。"父亲打断了我，伸出手递给我一样东西，"试试这个。"

"哦……"我闻言转身，走了过去。

然而待我看清父亲掌中之物，蓦地瞪大眼睛。

父亲掌中一块小小的白色玉石蓝光莹莹，宛如潭水的粼粼波光，萦绕着上面的白鹤与鹤羽花纹。

竟然……竟然便是方才祭典上使用的传族圣物，鹤羽灵石！

我大吃一惊，愕然地看着父亲，"这……"

父亲竟然没有将鹤羽灵石留给封伯继续主持祭典，而是带到了这里来，还要我……

"试试它？"

"可是……"

"拿着它，再试试看。"父亲又道。

我犹豫了一会儿，战战兢兢地接过鹤羽灵石，小心地捧在手心，呆呆地看着它。玉石安静地躺在我的手掌之中，莹莹蓝光绕着鹤羽花纹，温润轻巧，似全然无害。

然而所谓"灵力不足会被灵石反噬"，那可怕的传说我仍记得清清楚楚，不由得抬头看了看父亲。

父亲对我点了点头，放缓了声音，温言道："有我在旁，你不必害怕。"

我心一横，闭上眼睛，将灵石握在手中，开始默念方才没有成功的金术口诀。

不到片刻，我便感到一股极大的力量向我汹涌而来。我一个踉跄，退后数步，睁开眼睛，只见手心的灵石如同苏醒一般，开始泛出耀眼的蓝色光芒。

"寐儿，你做得很好。继续。"父亲在旁鼓励着我。

我咬着牙，拼命与那力量对峙着，而那股力量竟有增无减，将我包围。灵石在我手心渐渐升起，我念出的金术口诀仿佛借这灵石生出千万锋利的无形刀刃，它们在我四周来回翻滚，几乎生生将我刺穿，令我疼痛难忍。

"唔——"我忍不住呻吟出声。

"寐儿，再坚持一下……"父亲的声音微微发抖。

我胸中难受至极，天旋地转，突然狂喷出一口鲜血，脚下一软，向后倒去。

父亲一惊，正要上前扶住我，然而在此之前，我已经跌入了另一个熟悉的怀抱。

"父亲！"哥哥的声音在我身边响起，显得焦躁而慌张。

我浑身瘫软地倒在哥哥怀中，听着哥哥冲父亲喊道："父亲，您这是在做什么？"

父亲停下脚步，皱眉看他，"你怎么会在这里？"

"我担心寐儿，就跟了过来……父亲，您究竟是在做什么？寐儿她修行尚浅，若强行使用灵石，会要了她的命的！"

父亲不语。

过了良久，我才终于缓了过来，在哥哥的搀扶下站起身，费劲地擦了擦嘴角的血迹，低声道："对不住，父亲，我——"

"寐儿，不是你的错。"哥哥立刻将灵石从我手中拿开，"我族繁衍数百年，从没有一人能真正操纵鹤羽灵石之后全身而退，就算是殷商之末借灵石之力同九尾狐妲己作战的族长兰麒，最后也因灵力反噬伤重而亡……"

我憷然环顾四周，发现方圆三丈以内的花草树木仿佛经历了一场飓风，不少被连根拔起，东倒西歪，一片狼藉，而我面前三株大树在我施展的金术攻击之下，竟已全部拦腰折断，倒在地上，雪白的梨花散落一地。

我不禁瞠目结舌。

以我这样低微的修为，竟然也能借此灵石释放出如此巨大的力量。这鹤羽灵石果真绝非凡石，难怪数百年来被族人奉为传族之圣物。

"寐儿，你确定你没事？"哥哥问道。

我定了定神，道："我没事。"

哥哥转而望向父亲。

父亲望着远方，目光悠远，似是出了神。

"父亲……"哥哥欲言又止。

"即使寐儿能看到鹤神，也无法操纵鹤羽灵石吗？"父亲喃喃自语，摇了摇头，仰起头来，长长叹道，"罢了，就算是天要绝我兰氏……"

哥哥矍然一惊，"父亲，您这是何意？"

父亲良久不语。

"父亲，这几个月来究竟发生了什么？我族究竟遇到了什么样的难关？"哥哥追问道。

父亲看了他一眼，却没有回答。

"父亲！我是您的长子，将来亦要继承族长之位，倘若我族有难，我有何理由被蒙在鼓里，不能得知真相？"哥哥一向温和的声音激动起来，微微发颤。

父亲望了望他，又看了看我。

"父亲，哥哥说得对。"迟钝如我终于也反应过来，父亲如此反常地命我试用灵石，必定与那"难关"有关。可是我不明白，兰氏一族乃是传世术士之族，自武王以来，数百年一直以结界固守封地，年年风调雨顺，即使在这诸侯争战之时仍是无人招惹，与世无争，还能遇见什么难关？

我一直以为，这样的兰邑会永世安在，我也会永远留在这里，从来没有想过自己有朝一日会离开兰邑，会离开这安宁的生长之地，去往未知的城外，去见那传说中的乱世烽火。

——就像我从来没有想到过，那日竟会是我最后一次看到兰邑漫漫飘落的如雪梨花。

【秦乱】

"你们……跟我来。"

父亲终于点了点头，回过身，迈步向着北方走去。

哥哥立刻跟了上去。我亦跟在哥哥身后，同他们来到兰邑的最北方。

这里矗立着兰邑的北城门，巨大的城墙高达十余丈。我在城墙之下驻了足，仰头望去，回想上一次来这里玩耍，似乎还是七八岁的时候，而这城门常年紧闭不开，城墙之上已是荒草丛生，一片萧索，这五六年来像是未有任何变化。

而哥哥却显然同我不是一个想法，他看到城门，突然立住脚步，道："父亲，此处的结界可是出了什么问题？"

我闻言一愣，转头看他。

我一直知道，兰邑之所以能在乱世中独善其城，是要归功于一位先祖在四面城墙上设下的结界。这结界不仅可以在城外将城墙隐去，还能够抵御兵马攻击，且每年都会有法力高强的族长和长老亲来加固，坚不可摧，就算是寻常军队前来都难以攻破。

那么哥哥说的，是什么问题？

"宁儿，你看出什么来了？"父亲没有回头，只是问道。

"西北角的日光有些倾斜，那边的墙也不像是原来的样子……"

哥哥喃喃道，忽然一惊，"父亲，难道说，有人在城外攻打我们的结界？"

父亲袍袖缓缓一挥，在城墙上一丈高处，似乎出现了一个透明的旋涡，成为一处窗界，让我们得以看见城外的景象。

我矍然一惊，退后两步，睁大眼睛，"那……那是什么？"

我竟看见浩浩荡荡的军队包围了兰邑，兵马极其众多，一眼望不到边际，至少有数千人，更有几十辆庞大的攻城战车聚集在城门之外。除此之外，还有十几名术士打扮的人立在那战车之上，各色法术都向着这兰邑的结界之上攻来，每攻击一次，那看不见的结界都要颤抖几分，连带着城墙也会产生微微塌落。

我惊呆在地，说不出话来。

哥哥颤声道："他们是谁派来的？"

"你们可知现今的秦王，嬴政？"父亲缓缓说道。

秦王嬴政？

千里之外的秦国，自百年前起已是诸侯强国，后来秦国历代国君励精图治，更使得秦国成为与楚燕齐赵齐名的举世大国。秦国的故事，就算是从未出过兰邑的我也略知一二，然而"嬴政"这个名字，却是我第一次听说。

"数年之前，秦王嬴政突起，须臾间已灭数国，天下已然大乱，诸侯人人自危。只是我没想到的是，嬴政不去攻打燕赵，却派将领王翦统率三千秦兵，前来攻打兰邑。"

我呆呆地听着。

"我们兰邑虽有结界护城，但秦王网罗天下法术能人随军前来，我们的结界已被寻到破绽，之后受到了连续数月的攻击。即使我同几位长老每日都来加固结界，却仍然抵不过他们攻城的阵势。恐怕……是撑不了多久了。"

父亲的声音透着淡淡的绝望，我心里一阵刺骨的冰凉。

"可是……"哥哥不可置信地说道，"兰邑不过是一方弹丸之地，且从不参与诸侯之争，秦王何苦要跋涉千里，来攻打我们？”

"只因一个长生的传说。"父亲道，"秦王迷信长生之术，命人集世间灵芝仙草及奇禽异兽炼药，而传说中这长生之术的最后一步……是要生祭百名天生灵根的术士。"

"什么？"

"纵观天下术士，只有我兰氏一族的法术并非后世修炼，而是神赐灵根，所以秦王相信，只需生祭百名兰氏族人，便可炼成最后一味药。"

"这……简直太过疯狂……"

"我曾透过结界与此次率军而来的秦将王翦对话，试图同他谈判，但我们对秦王而言犹如鱼肉草芥，毫无谈判之筹码。"父亲苦笑摇头，"秦王铁了心肠，即使那所谓长生药实为虚假，他仍坚持要生俘百名兰氏族人，然后献祭……"

"难道……就毫无其他办法了吗？"哥哥喃喃问道。

"若有人能够操纵灵石，或许还有希望，然而……事到如今，或许只有祈祷鹤神庇佑了……"父亲望天长叹。

哥哥沉默不语。

我不知该如何是好，看看父亲，又看看哥哥，正欲说话，突然咔啦一声，西北角的城墙传来一声巨响。

哥哥闻声变色，立刻将我护在身后。

砰——又是一声巨响，透过那旋涡法阵，我看见城外的术士正在集中围攻西北角的城墙，仿佛已能感受到那结界坍塌之轰隆之声。

我惊得抓住哥哥的衣袖，脑中嗡嗡直响，一片混乱。

"寐儿，别怕……"哥哥紧紧护住我。

那轰隆声愈发清晰，不到片刻，西北角的城墙已然塌了一片，数千秦兵的冲杀之声传了过来，充满了我的耳鼓。

一切来得竟然这样迅速，危机就在眼前，那结界竟在此时被秦军攻破了！

短暂的惊愕过后，父亲当机立断，"宁儿，我来挡住他们，你与寐儿快去祭坛，让封长老带着所有族人从南门出城！"

"不！父亲！"哥哥忽然摇头，"北门由我来抵挡，您去叫族人到这里来！秦军此时必然已经包围了四面城墙，与其还要自行破坏南门结界耽误时间，不如就此趁机从北门逃出！"

父亲厉声喝道："胡闹！以你的法术修为，岂能抵挡住三千秦兵？"

哥哥不答，他拿出一直握在手中的鹤羽灵石，双手捧起，低声念起咒诀，灵石很快苏醒，从他手中慢慢升起，悬浮在空中开始旋转，散发出一波又一波的蓝光。

父亲一惊，"宁儿！"

"寐儿无法操纵灵石，就让我这个做兄长的替她。"哥哥咬牙道，"父亲，您快去！我能抵挡得住一时……"

又是一声巨响，城门开始坍塌，攻城的战车撞击之声一下一下，声声逼近，惊心动魄，眼看秦军便要撞开城门，攻入城内。

已经再没有犹豫的余地，父亲立刻回身，向祭坛的方向奔去。

而我留在哥哥身边，眼睁睁地看着那城门被撞得塌陷倾斜，城外的秦兵开始攀爬城墙，穿过那狭窄的墙缝，向城内进发。

"哥哥……"我慌张地看向哥哥。

哥哥的袍袖仿佛被大风鼓起，而鹤羽灵石旋转得愈来愈快，哥哥脸上已然出现了无数伤痕，他的眼睛、鼻孔和嘴角都开始流出鲜血。

"哥哥！"我不禁惊叫。

无数蓝光从鹤羽灵石喷射而出，犹如无形的利刃，刺进哥哥身体的同时，也刺向了北方的敌人。此时城门已然被撞开，有数十名秦军率先进城，而他们遇上灵石之力立刻便被刺中，碾杀在地。

这时一名将领模样的秦人在后出现，大喝："踏平兰邑，生擒兰氏族人！"

父亲很快便带着百余名族人来到北城门，族中有妇孺在哭泣，而族中的青壮男子立刻在父亲的带领下加入了战斗。

然而这远远不够。城门的缺口愈来愈大，数不清的秦兵踏着前方战死者的尸体涌入城内。虽然被哥哥施法抵挡，却仍有许多秦兵躲过灵石法阵，向着我们一众族人扑来。纵使族人们大多身怀奇术，却依旧无法抵挡源源不断全副武装的秦兵。

那秦将王翦高声喝道："生擒之，勿杀！"

但一切失去控制，许多族人起了同归于尽之心，与其被秦王捉去生祭，不如就此战死沙场。沙场之上，数名族人上前与秦兵奋战，而后被秦兵的长戟刺中，倒在地上，死相惨烈。

我眼望着这一切，脑中一片混乱。我同大多数族人一起躲在哥哥身后，靠他的灵石法阵保护起来。我失神地望着哥哥，看着他独自咬牙强撑，看着他脸上的鲜血流得越来越多，心中极度害怕，几乎要哭出声来，然而就在这时——

我又看见了他。

在灵石法阵之上数丈远的高处，我又看见了他。

他在那半空之上悄然出现，眸光幽蓝，白衣如雪。他高高在上，低头俯视着一切。漫天的黄尘混杂着血腥之气在呼啸的大风中飞扬，而他的月白长衣竟未染丝毫尘埃，仿佛遗此浊世而茕然独立。

短暂的震惊后，我很快反应过来，大叫一声："鹤神！"

他仿佛听见了我的呼喊，微微转过头来，看了我一眼。

我心中顿时燃起希望，立即跪倒在地，大声喊道："鹤灵之神明，求求您！求您救救我们族人，救救哥哥……"

然而他的目光只在我身上停留了片刻，随即又回过头去，缓缓扫视着正在浴血奋战的族人和秦兵。

"鹤神，求您！您是兰邑的守护之神，如今我族陷入灭顶之灾，求求您救救他们……"

我大喊着，乞求着，声音几乎嘶哑，在这漫天的厮杀声中很快被淹没。

而那蓝瞳男子一直充耳不闻，他只是立在那里，淡然地看着地面上的这一切——几乎变成血人的哥哥，被灵石的力量碾杀的秦兵，一个接一个死去的族人……

仿佛这尘世的战争和杀戮，人命和鲜血，对他而言全然不值一哂。而我声嘶力竭的叫喊和哀求，竟也换不来他淡淡的一瞥。

我心下冰凉一片。

"鹤神，求您……"我声音渐渐弱了下来，最后变成喃喃自语。

前方的族人一个又一个倒下，兰邑摇摇欲坠。就在这危急时刻，哥哥突然大吼一声，声音听上去极是痛苦。

哥哥手中的灵石倏然上升数丈，在半空中爆裂出盛大蓝光，继而化作一条巨大的光剑，瞬间向北方刺去。光剑到处，所有秦兵和战车均被刺死或撞飞，东北方登时出现一条黄尘与尸体铺就的血路，逆着日光，通往城外。

然而哥哥已被淹没在这蓝光的中心，不知生死。

我浑身一凉，"哥哥！"

"寐儿，快走！快！"我听见父亲的喊叫。

来不及顾得其他，所有族人趁机从这条血路逃出，一路向东北方逃去。

匆忙之间，我抬头看了一眼那蓝瞳男子，而他竟然也在回望着我。

漫天血尘之中，他似乎向我微微一笑，蓝色的眸子潋潋如水，荡漾开来。

三

回盼／千年／

说旧事／

【危情】

"小烛，小烛你醒醒！"

"寐儿……"

"师父，小烛她可还有救？"

"寐儿……救我……"

"小烛，你可别死啊！"

纷杂的呼唤声铺天盖地而来，而我面前仍是一团黑暗，脑中更是一团浆糊。

谁啊？你们到底在喊谁啊？

我脑中思绪已经错乱，几乎搞不清自己究竟叫什么名字。此时此刻，我虽然依旧睁不开眼睛，脑中却有纷乱的影像重合，让我看见了一些从未见过的东西。

我好似看见一处荒山郊野，黑夜里有血色大火从天而降，将整个月夜涂成一片赤色。数声鹤唳从天边传来，而我的面前站着一个男子的模糊幻影，月白长衣，如火蓝瞳，隐隐对我微笑着。

我的天，这一定是幻觉。

我使劲眨眨眼睛，眼前却又变换了一个场景。

那是一片盛开的桃花林，花开数里，落华缤纷，溪流潺潺，满眼满耳的鸟语花香，还有许多男女老少欢声笑语地在那桃花林中玩耍。人群之中，一个陌生的年轻男子缓步走来，笑着向我招手，"寐儿，到哥哥这里来……"

哥哥？

我一头雾水地看着他。

那桃花林中的男子清俊文雅，眉目温柔，见我没有反应，又轻声唤道："寐儿？"

我心下一动，竟感到这场景有些莫名的熟悉。

我使劲摇了摇头，什么乱七八糟的，我从小是个孤儿，被师父捡入天草门，哪来的什么哥哥？这一定是做梦！

我挣扎着想要睁开眼睛，无奈身体却像是被梦魇了一般，全然动弹不了。

怎么办？我不知如何是好，张皇了一会儿，眼前那桃花林和那陌生男子却逐渐模糊消失，重回一片漆黑。

与此同时，脑中奇怪的影像和呼唤逐渐散去，耳畔突然传来了熟悉而真实的声音。

"苍天啊！大地啊！小烛啊小烛，你怎么可以就这样去了……我今日卜卦之时就不该将那六爻筒多晃那两圈，若我卜得上卦，你也不至于落得如此……"

这号哭的声音和不知所云的话语如此熟悉，不用说就是我亲爱的四师兄。可是四师兄啊，倘若我真的去了，怎么还能被你的哭声震得耳朵痛？能不能稍微轻一点儿……

我心里正嘟哝着，却又听见大师兄沉重的声音："回禀圣上，那些宫女的确是受妖物控制，小师妹竭尽全力，终于收服了那妖物，她自己却……"

说着，大师兄哽咽住了，没能继续说下去。

"小烛……"紧接着，耳畔传来二师兄压低的声音，听上去颓然而痛苦。

这气氛实在太过悲伤，我颇有些经受不住，不知哪来的力气，一下子睁开了眼睛，正好看见眼前哭得涕泪横流的四师兄。

四师兄的蒙眬泪眼一下子与我四目相对，哭泣的表情登时僵住，愣了片刻，大叫起来，"小烛，你还活着！你……"

他这一声喊出，几位师兄立即聚过头来，齐声喊："小烛！"

我眨了眨眼睛，跟他们大眼瞪小眼。

"小烛？！你醒了！"师父猛然拨开众师兄，探过身来。

师父这半日之间似是苍老了许多，白胡子发着抖，眼中满是不可思议。

"师父。"我张口唤了他一声。

师父伸手摸了摸我的额头，又抓起我的手腕探了探脉搏，脸色渐渐由惊愕转为欣喜，急忙转身拜倒在地，颤声道："承蒙圣上恩德，小徒竟平安无事……小烛，快来同为师一起谢恩！"

我尚未回过神，已被师父拉起身来，又跪倒在地，慌乱之间抬头看去，便看见当今圣上一张绷紧的脸。

"活过来了？"

圣上面无表情，身披龙袍半卧在龙榻之上，面色阴鸷而蜡黄，像是刚刚生了一场大病一般。旁边的内侍均是战战兢兢，神色各异，看我们的眼神也颇为怪异。

我一凛，脑中顿时回想起昏倒之前的种种：那数十名眼中闪着鬼火的宫女，乾清宫前诡异的结界，皇宫西侧发出蓝光的奇异的鹤纹玉石，我不慎燃起的弥天大火以及三师兄放出的漫天风雪……一切情形都历历在目。然而我不知自己晕过去这半日都发生了些什么，不禁有些紧张不安，忙强作镇定，跪倒行礼，"天草门下烛叩见圣上，吾皇万岁万岁万万岁！"

师兄们纷纷跟着我和师父重新跪倒在地。一时之间无人出言，整个殿内一片寂静。

我不敢抬头。过了一会儿，才听得圣上咳了两声，慢慢开口，悠悠说道："邵爱卿，看来你年事已高，不怎么中用，倒是你这几名徒儿，本事可高明得紧哪。"

师父忙回道:"是是,圣上,老臣年迈无用,这次多亏小烛与她三师兄在皇宫西苑收服了那妖物,我与其他徒弟才得以破结界而入,万幸阻止了那些行凶的宫女……"

圣上冷笑一声,忽然提高了声音,厉声说道:"你们若是再晚一步,朕便要被那些宫女用绳子活活勒死了!"

我闻言登时一惊。

那些受了妖物控制的宫女果然是入殿行刺圣上的!我不禁暗暗庆幸,幸好我与三师兄不辱使命,能够在最后一刻阻止了她们,否则……

谁知我尚未来得及宽慰自己,圣上突然大吼一声,"来人,将邵元节拿下!"

几名御前侍卫立刻快步上前,将师父擒了起来,反绑了他的双手。

我大惊,与师兄们齐声喊道:"师父!"

师父显然也没料到圣上会有此举动,"圣上,您这是……"

圣上冷冷道:"朕今日总算是懂了,邵元节你这个老骗子,从头到尾都是在骗朕!"

师父急忙道:"老臣岂敢欺君!圣上,有话好好说,休要动怒。老臣前几日炼成了数枚新的灵草丹,清热去火包治百病,等老臣再多炼几枚就给您送来——"

"够了!"圣上袍袖一挥,盯着师父说道,"朕今日险些丧生在那些宫女的手里,醒来之后怕至极,倘若朕不能尽快寻到长生之法,早晚一天也会死……邵元节,朕不要你那些奇奇怪怪的药丹,朕如今只想知道,朕的长生不老之药何时能炼成?"

师父一噎,随即含糊道:"回圣上的话,其实已差不多了……"

"休再糊弄朕,你当朕是傻子不成?"圣上大喝一声,目光向我们扫来,突然指着我说道,"来,你来说说,你师父的长生不老药究竟炼得如何了?"

我万没想到圣上居然会问到我,当下瞠目结舌,说不出话来。

时间一分一秒过去，圣上的脸色越发铁青，眼见就在被触怒的边缘，倘若一个应对不当，我们天草门上上下下怕是要有灭门之危了。我急忙转动自己本来就不大好使的脑子，试图编出个说法蒙混过去，就在这时，大师兄突然开了口。

"圣上，小师妹修行尚浅，并未参与长生之药的炼制。"大师兄道，"但师父所言不虚。事实上，弟子刚刚云游归来，除带回一些灵芝仙草外，还发现一处仙境传说，很有可能便有长生不老之术。请圣上再给我们一些时间，天草门定能寻到长生之药！"

大师兄不愧是大师兄，信口便说出一番圆得甚好的说辞。我定了定神，心下稍安，暗暗舒了一口气，同时看向大师兄，想知道他接下来还会说些什么。

"哦？"圣上挑眉，饶有兴趣，"是什么样的仙境传说？"

大师兄看了师父一眼，道："是……关于桃花源，兰氏一族的传说。"

我闻言一愣。这不就是方才在秋岚堂里大师兄想要提起，却被师父喝止的那个关于长生的故事？

师父立刻皱眉，"浑小子，你——"

圣上抬手制止了师父，"让他说下去。"

大师兄深吸一口气，道："有一支上古术士之族，称兰氏一族，本在战国末年为秦所灭，然而后来在魏晋年间，却又被发现了他们的踪迹。从秦初至魏晋已有五百年之久，凡人绝不可能如此长命，他们这五百年来所生存的地方，必然藏有长生之术！"

"此话当真？"圣上凝神听着，语气缓和了许多。

大师兄点了点头，"只是如今大明距魏晋已有千年，细节已不可考，但弟子愿意前去兰氏族人生存过的桃源仙境找寻，以查知真相，为圣上寻到长生之法！"

圣上似是被大师兄说服了，沉吟不言。

四师兄忙在一旁道："对对，圣上，大师兄所说这事，弟子也有所耳闻，兰氏族人的传说的确有据可考。弟子也愿意跟随师兄，前去查找长生之术！”

圣上看了看他们二人，又看了看我们。

二师兄见状，立刻拉着三师兄上前附和，"弟子们亦愿跟随前去，为圣上寻找长生之法！"

我望了一眼师父，师父一直在旁闭着双目，眉头紧蹙，表情莫测。

但事已至此，我们已无退路，若不能趁此机会让圣上安心，师父将面临难以想象的危险。我亦上前，道："圣上，弟子我，我也去！"

师父忽然睁开眼睛，直直地看着我，胡须微颤，似要说话，却又闭上了口。

一时间，殿内又是一片寂静，落针有声。

"很好。"圣上慢慢开口，说道，"既然你们这些弟子如此出息，已胜过这没用的邵老道人，那么便限你们五名弟子一年为期，给朕去这个什么桃源仙境寻长生之法。若一年后仍不能交出长生不老药……你们便在刑场上再见你们师父吧！"

我只觉自己仿佛被兜头浇了一盆冷水，凉意渗透脊背，"师父……"

圣上一扬手，厉声道："即刻将邵元节关入禁牢，没朕的旨意，绝不可踏出禁牢半步！"

【传说】

我与四位师兄被赶出紫禁城，锦衣卫押送着我们一路回到了天草阁。

一众锦衣卫守在天草阁大门口，将整个天草门监视起来。我与诸位师兄踏进秋岚堂，二师兄叹了口气，"这一天，终于还是来了……"

我与师兄们皆明白，师父用所谓长生之术糊弄圣上已久，被圣上发觉真相是迟早的事。只是这一日真正到来，我们却比想象中更加难过和担忧。

彼时已至黄昏，天草阁枫叶正红，阑珊萧索。早晨我们尚还在此说说笑笑，心情明朗如春，短短几个时辰过后，却都变成了心情沉重，凄风苦雨。四师兄忍不住对天长叹："风泽中孚，果不其然是个下下卦啊……"

"别再扯你的算命卜卦了，现下还是谈正事要紧。"二师兄转身望向四师兄，正色道："四师弟，你同大师兄所说的兰氏族人究竟是什么？怎么我从未听过？三师弟，你可曾听说过？"

三师兄摇头道："不曾。"

四师兄挠了挠头，说道："关于这兰氏族人的传说，我之前在一本古籍中读到过，但距今时日久远，那故事又太过玄乎，我一直没当真过。今日大师兄说起，我才又想了起来。不过大师兄，你确定这传说是真的，不是杜撰出来的？"

大师兄点了点头，道："我这次出门云游，结识了一些江湖术士，有几人正是冲着那长生之术去往蜀地，并向我展示了一些桃源仙境存在的证据。但我与他们只是萍水之交，至今对此事也只是道听途说。四师弟，既然你看过相关古籍，那不如先跟小烛他们讲讲你知道的部分，我也好判断一下与我听说的是否有出入。"

一提到要说故事，四师兄的情绪不禁高涨起来，"那是甚好，只要你们不嫌弃我话唠，我会将我所知都跟你们说明白。"

我知道四师兄又要开始大说特说了，干脆搬过几个板凳来给师兄们坐着，"四师兄你且说，我们都听着。"

待我们都坐好，四师兄咳了咳，娓娓道来：

"兰氏一族的起源，还要从殷商之时说起。商时有人名兰沉，是武丁时期人，一日在巴蜀之地偶在弱水潭中救起一只白鹤，不想那白鹤是仙人化灵，感其相助之恩，便给予他通灵之能，并可遗此灵根于子孙。兰氏一族以白鹤为图腾，殷商时期族人曾达上百人。他们继承了先祖的神赐灵根，几乎个个身具异能，是当时极为显赫的家族。就连姜子牙灭纣王，也是借了当时兰氏族长兰麒的力量，才得以杀死为祸世间的九尾妖狐妲己。"

我瞪大眼睛，插嘴道："有这等事？姜子牙灭纣王的故事我可听得多了，怎么从未听说过这什么兰氏一族？"

"这才是蹊跷的地方。"四师兄道，"自战国以后，史书中再也没有兰氏一族的记载，就连之前的故事也都销声匿迹了，仿佛从未在这世上存在过一般。"

"这是为何？"我问道。

"据我所知，此事应是秦王嬴政所为。"四师兄回答。

二师兄微微挑眉，"你是说秦朝的始皇帝？"

四师兄点头，"秦初之时，嬴政前去攻打兰氏族人封地，尽毁其城。后来不知何故，上百名兰氏族人全部失踪，而跟着秦皇的一干术士，也都死得干干净净。焚书坑儒之时，嬴政将兰氏一族一切痕迹尽皆抹去，故而后人并不知晓，历史上还有过一支如此辉煌的术士世家。"

我不由得好奇，"当时发生了什么事情？秦始皇为何要做得这般绝？"

四师兄摇头，"这我就不知道了，古籍中并无记载，只说当时发生了非常邪门的事情，是以秦始皇严禁史书传世……"

二师兄皱眉，"那么这兰氏族人，怎么又跟长生之术扯上了关系？"

二师兄此言一出，四师兄表情立刻发生了变化，神神秘秘地道："你们且等我一刻。"

说罢，四师兄转身进了秋岚堂的内堂书房，过了片刻，拿了一卷书出来，翻到某一页，随即将那书卷摆在我面前，"来，小烛，你来念给我们听。"

我看了一眼那书页上密密麻麻的字，嘟囔道："好长。"

"这也算长？"四师兄拿起案上一盅凉茶，"你先念着，我喝口茶润润嗓子，接下来的故事还多着呢。"

我只好接过书卷，一字一句念了起来：

"晋太元中，武陵人捕鱼为业。缘溪行，忘路之远近。忽逢桃花林，夹岸数百步，中无杂树，芳草鲜美，落英缤纷，渔人甚异之。复前行，欲穷其林。林尽水源，便得一山，山有小口，仿佛若有光。便舍船，从口入。初极狭，才通人。复行数十步，豁然开朗。土地平旷，屋舍俨然，有良田美池桑竹之属。阡陌交通，鸡犬相闻。其中往来种作，男女衣着，悉如外人。黄发垂髫，并怡然自乐。

见渔人，乃大惊，问所从来。具答之。便要还家，设酒杀鸡作食。村中闻有此人，咸来问讯。自云先世避秦时乱，率妻子邑人来此绝境，不复出焉，遂与外人间隔。问今是何世，乃不知有汉，无论魏晋。此人一一为具言所闻，皆叹惋。余人各复延至其家，皆出酒食。停数日，辞去。此中人语云：'不足为外人道也。'

既出，得其船，便扶向路，处处志之。及郡下，诣太守，说如此。

太守即遣人随其往，寻向所志，遂迷，不复得路。南阳刘子骥，高尚士也，闻之，欣然规往。未果，寻病终，后遂无问津者。"

这篇《桃花源记》我儿时便已读过，讲述的是晋代有人误入一处桃花林，发现与世隔绝的一处乐土的故事。我读完此篇，甚是迷茫，抬头看着四师兄，"你让我读这个干啥？"

四师兄放下手中茶盅，道："这篇《桃花源记》，里面可有大大的玄机。小烛你再仔细瞧瞧，这文章里是否有熟悉的字句？"

我低头看了看书卷，左看右看，却依旧迷茫不知。

三师兄忽然道："你且看'自云先世避秦时乱'这几个字。"

"啊？"我还是不懂。

二师兄突然反应过来，诧异道："难道这'避秦时乱'，说的就是……"

四师兄点头道："不错。有人说，这篇文章中提及的桃花源居民，便是五百年前秦时失踪的兰氏族人！"

我吃了一惊，蓦地睁大了眼睛。

四

荒山 ／ 闻鹤啼 ／

【刺秦】

秦王的铁骑踏平兰邑的那一天，是我一生的噩梦。即使几年后寒宵梦回，我依然会从睡梦中惊醒，捂住头颅，回忆起那场战争每一个惊心动魄的细节。

那一日，哥哥拼死用鹤羽灵石放大招杀出一道血路，父亲带着我以及其他族人逃出生天。兰邑一战，有四十余名族人战死沙场，只余一百一十余族人生还。

自此，我们流离失所，一路向北逃去。流浪的生活长达数月，直到我们来到北方的燕国。

燕国是与秦齐名的当世大国，彼时秦国突起，已将韩魏吞并，对燕赵虎视眈眈。燕王早早看出秦王的野心，遂招揽天下奇士，共商抗秦之策。而我们兰氏族人大多身具奇术，正合燕王心意，于是燕王收留了我们，让我们在燕国都城蓟暂时安顿下来。

这一停留，便是三年。

三年之后，我十六岁。

这一年入秋，蓟城的日落来得格外之早。半山夕照缓缓落下之时，天际燃烧着血一样的晚霞。

蓟城的燕王宫巍然坐落在这晚霞之中。我在王宫外的大道上行走着，不觉停下脚步，抬头望去，燕王宫在黄昏中静静伫立，夕阳如同血色的秋霜，将这个笼罩在烽烟中的国度浸染。

见我驻足不前，王宫的侍者唤道："兰姑娘，太子殿下正在殿内等候。"

"哦。"我回过神来，点了点头，跟随侍者走进了燕王宫的大门。

燕国太子名丹，自少年时期起便一直在列国辗转游荡，不久前方回到燕国。归国后尚无多少时日，他便遣人来到我们兰氏族人的住处，宣族中主事之人进宫面见。我不知他突然来宣召所为何事，疑惑之下，便独自随侍者前来。

踏入燕王宫后，侍者带着我一路走到王宫的东殿。东殿大门前，数名执剑守卫表情肃然地立在殿外，大殿中门大开，一名玄衣男子背向大门立于中堂，似在等待我的到来。

"太子殿下，兰寐姑娘到了。"侍者躬身行礼。

太子丹转过身来，面向着我。

他虽贵为太子，衣饰却并不甚华贵，面容方正俊朗，目光炯然，虽略带沧桑之色，但自有一股隐然威严的气度。

"兰寐见过太子殿下。"我敛衽行下礼去。

太子丹微微挑眉，望我的目中却透着几分惊讶，"传说中神赐灵根的兰氏一族管事之人，居然是这样一位年少美人。"

"兰氏一族的族长是我父亲，家父现下不在蓟城，家兄卧病在床，所以暂时由我来主事。"我回答道。

"原来如此。"太子丹点点头，"我有所耳闻，你父亲如今在燕国边关，是吗？"

我垂目道："是。"

两年以前，秦军屡次进犯，燕国边境告急，燕王令父亲前去西方边境，以法术相助燕军戍边。燕王曾对我们施以援手，倘若燕国国破，我们兰氏族人仍会落入秦人手中，于情于理，我们都应尽最大努力相助燕人抗秦。于是，父亲带着族中大多数壮年男子去了燕国边境，留在蓟城的只有妇孺老人，以及一些在兰邑之战中受伤的族人。

而哥哥，三年前的兰邑之战因强用鹤羽灵石为族人杀出一条血路，几乎被反噬身死。在我们逃亡的数月中，父亲和族中长老轮流为他施用愈术，哥哥方才保留下性命，但三年后，他仍然昏迷在床，至今没有醒来。

我闭目片刻，复又睁开，"太子殿下召唤我来，可是有什么事情？"

"不错，"太子丹点了点头，道，"我确有一件要事，想请姑娘帮忙。不过在这之前，我尚有几个问题，希望兰姑娘能够回答我。"

"太子请讲。"我道。

"传说你们兰氏族人世代相传的术士灵力，乃是由一名上天的神灵赐予，此传言是真是假？"太子丹道。

我闻言一滞，陷入了一阵难言的沉默。

三年前的那一天，鹤神的影子再一次在我的脑中浮现。我想起兰邑之战那日昏黄的血尘，爆裂的蓝光，他冷漠的双眸，希望之后的悲痛和绝望，一切都如昨日，像噩梦一样清晰，让我窒息得透不过气来。

然而，纵然我百般不愿去想，却仍不能否认我们兰氏族书上的记载，那祖传的竹简上所写的几百年前的故事，字字真实，我无以逃避。

"是。"我半晌方回答。

太子丹缓缓点头。

"听闻你们流离至燕国，乃是因秦王嬴政之故，"太子丹又道，"那么，兰姑娘能否告诉我，你们与秦王之间，究竟发生过什么事情？"

我闭目沉默良久。

"秦王迷信长生，认为生祭天生灵根之人可炼成长生不老药。"我睁开眼睛，轻声道，"三年前，秦王派秦将王翦携诸多术士兵临城下，攻破兰邑城外结界，致使族人死伤大半，只剩我们死里逃生，一路逃亡，直至燕国方被大王收留于蓟城。"

太子丹微微颔首，又慢慢问道："那么，兰姑娘，秦王嬴政此人，你如今对他，是何态度？"

我骤然抬头看向他，"秦王毁我家园，戮我族人，我与他自是有不共戴天之仇。太子殿下此言何意？"

太子丹没有回答，他目不转睛地看着我，似是在思考什么，看向我的目光中带着几分探究，还有几分审视。

我直直地与他对视。不论他投来怎样试探的眼神，我俱坦然以对。

半响，太子丹方微微一笑，收回目光，"甚好。既然如此，兰姑娘请随我来。"

燕王宫的东宫大而广阔，太子丹屏退身边侍从，带着我一人向着后院走去。

穿过曲折的回廊，我们来到东宫深处，走到一处极为秘密的庭院。夕阳从狭小的天井照射进来，里面昏暗且空无一人。庭院深处的堂内，朱红色的大门紧闭，我跟随太子丹来到朱门之前，停下脚步。

那道朱门矗立在那里，神秘而森然。

我微微有些奇怪，问道："这门里面是什么？"

我话音刚落，突然之间，咔拉一声，一道青碧色的寒光自眼前闪现，竟是一柄利刃势如疾风，突然间撞破那朱色大门，带着破空之响，直冲着我的面部刺来！

我大吃一惊，立即抬起手，袍袖一挥，手心金光陡现。那匕首被我手中灵力逼停，于最后一刻悬停在我的鼻尖。

几个月的流离逃亡使我的法术被迫进步了许多，反应也灵活了不少，总算不至于命丧这突如其来的匕首之下。我惊魂未定，立即退后两步，这远远高于常人的身手和功力，那门里面究竟藏着什么人？

太子丹亦是一惊，马上高声喊道："荆轲侠士停手，勿要伤了自己人！"

他话音方落，朱色大门缓缓打开了，一名男子自那黑暗的内堂出现，慢慢走了出来。

他身穿一袭灰色衣衫，身形高大魁梧，五官棱角锋利，表情冰冷，双目锐利如电，如同利刃一般注视着我。

"荆轲侠士！"太子丹责备道，"兰寐姑娘是我的客人，缘何如此无礼？"

"我听见有陌生人的脚步和声音，以为是有刺客或奸细潜入了这里，"灰衣男子冷冷道，"一时起疑，就下了手。太子殿下见谅。"

"不分青红皂白就对来客下此杀手，疑心如此之重，我看阁下才更像刺客奸细吧！"我不觉怒道。

那人并未恼怒，反而笑了。

"呵呵，姑娘好眼力，在下荆轲，正是一名刺客。"

没见过脸皮这么厚的人。我定睛望着这个名叫荆轲的人，他的声音低沉若钟磬，纵然似乎在笑，然而看向我的目光中却充满了肃冷之色，仿佛一尊毫无感情的冰雕。

叮的一声，我手一松，那匕首落在了地上。

荆轲若无其事地走来，俯身将那匕首拾起，轻吹去上面的灰尘。

"侠士，下次千万不可再如此鲁莽。"太子丹对荆轲说道，随即转向我，"兰姑娘，十分抱歉，这位荆轲侠士生性谨慎，此地原十分隐秘，除我与几名心腹门客之外未曾有外人来过，致使有此误会，希望未惊吓到姑娘。"

我摇摇头，没吓到我，险些刺死我倒是真的。我虽仍因方才那惊险的一击而觉不快，但太子丹既如此说，我也不好再追究。

我转头看向荆轲，心中却仍旧十分疑惑，在这燕国深宫之中，竟然藏着这样一名身手高明、行为怪异的奇人，不知这燕太子丹是何用意。

"荆轲侠士，这位便是兰氏一族的掌家之人，兰寐姑娘。"太子丹对荆轲道。

"兰寐姑娘？"荆轲闻言微微挑眉，上下打量着我，"你这年纪轻轻的女孩儿，便是传说中大名鼎鼎的术士之族，兰氏族人？"

"不错。"我瞅了他一眼，回答道。

"倒是我未曾见识了，方才能挡下我那一击的，的确非寻常人所能做到。"荆轲对我拱手，"失礼。在下荆轲，卫国人氏，现为燕太子座下门客。"

太子丹指向荆轲身后的屋室对我道："兰姑娘请进，我们到堂内说话。"

我跟随他们踏入那堂屋之中，夕阳透过极小的窗户投进屋里，斜斜地照亮屋子里的陈设。

我一凛，突然停住了脚步。

大堂尽头正中，竟有一个稻草扎成的真人大小的假人。那假人头上蒙着一块麻布，上面写着一个大大的"秦"字。而假人的身上如同被刀剑刺破了无数次，已经是千疮百孔。

"这是什么？"我愕然问道。

"方才已说过，我是一名刺客，"荆轲微微一笑，"作为刺客，自然要于秘密之处日夜苦练，去践行那刺杀之事。"

说着，荆轲突然将手中的匕首甩出，一道青光如同利箭般直直射出，扑的一声，正中那假人的心脏，直没入它的胸口。

我吃了一惊，突然望向太子丹，"太子，你们难道是要……"

太子丹转过身来，对我正色说道："不错，荆轲侠士武艺高强，乃是我燕国座上之宾。我们二人密谋已久，为的便是潜入咸阳，刺杀秦王嬴政！"

"什么？"

我蓦然睁大了眼睛，震惊地看着他们。

我知太子丹数年前曾于秦国为质，近些年来，秦王嬴政灭掉韩魏两国，一路掠地攻城，已逐步夺取中原大部分国土。太子丹意识到秦王的野心，便设法归国，与燕王共谋抗秦。而我却万万未曾想到，他这些年里所谓的"谋划"，竟然是这样的打算。

"你们要去咸阳刺杀秦王嬴政？"我犹在震惊，"秦王身为大国之君，手下兵将那般众多，当年他派军攻打兰邑，单是法力高强的术士就有数十人，身边的防备定然更为严密，你们如何能做到？"

"我们自有办法。"太子丹道，向荆轲点头示意。

荆轲走来，从袖中拿出一卷白色布帛制成的画轴，手指微松，画轴的一边落下展开，布帛上的内容即展现于我的眼前。

我定睛看去，原来是一幅三尺见方的地图，上面山河丘陵俱在，制作得十分精细。

"这是……"我问道。

"此乃燕国督亢之地的地图。"太子丹道，"督亢是燕国最为丰沃之地，被秦国觊觎已久，屡次攻占而不得。若荆轲携此图与秦王所通缉的樊於期将军的首级前去秦国投诚，嬴政必然会欢喜召见。待到那时，荆轲可近秦王身侧，只需拿出地图中所藏兵刃，一击必中！"

我愕然地看着他。

"我与嬴政相识于赵国，本是少年旧友。"太子丹轻声道，目中倏然闪过奇异的神色，"然而，近些年来，他权势日增，性情愈发狂妄。数年前我于秦国为质之时，更是屡遭他的欺辱。如今，嬴政已攻下韩魏两国，一路自西而来，下一步必是倾力攻打燕国。我身为燕国太子，便是拼上尊严和性命，也绝不能让燕国落于他手！"

说着，太子丹缓步走到假人身前，伸手将那柄匕首从假人胸口拔出，举至眼前，凝目打量。

我目光一动，亦看向这把方才险些刺中我的匕首。

方才混乱之中，我未曾看清它的模样，而如今仔细看去，突然发觉它与那些寻常兵刃甚是不同。

这匕首的刃尖极其锐利，隐隐吞吐着耀眼的锋芒，昏暗的夕阳射来微弱的光线，却于刃上映出耀眼如白日的青光，在这暗室里莹莹闪烁，十分醒目。

"此匕首名为'蝎刃'，为赵国名匠徐夫人所铸。"太子丹说道，"青蝎刃乃天下第一锋利之刃，而且淬以奇蝎之毒，更是见血封喉，数年里我费劲心机，方辗转得来，荆轲若用此刃前去刺秦，不需刺中要害，只需划破肌肤，嬴政便定然一命呜呼，再无回生之机。"

我怔然听着，半晌方道："如此听来，倒是个颇为可行的方法。"

"然而，这匕首锐利无比，淬毒之后，更是锋芒太露。"太子丹话锋一转，"兰姑娘且请看。"

太子丹将匕首递予荆轲，荆轲接过，随即将其卷入那地图画轴之中。我看过去，果然见那青色的光芒穿过层层白色布帛仍能隐隐透出，相当夺目。

"依照我们的计划，即使将青蝎刃卷入地图中，那锋锐色泽仍旧能自图卷中透出，怕是难以混过秦人耳目。"太子丹道，"嬴政此人疑心极重，倘若被他提前察觉出蛛丝马迹，此事必败无疑。时至如今，这也是我们的计划中唯一未能解决的难题。"

时至此刻，我终于听懂了整个事情的来龙去脉，也明白太子丹为何会对我这个外人透露这个绝密的计划。我抬头望向他，说道："所以，太子殿下召唤我来，便是为了这件事？"

"不错。"太子丹颔首，说道，"此事虽是末节，但事关重大，不容一点有失，况且我们的密谋极为隐秘，不得向任何人透露，还望兰姑娘理解。所以，兰寐姑娘，你身为身具灵力的术士，对此可有解决的办法？"

我沉吟半晌，走上前去，抬起手来，凝神施法。

氤氲的雾气从我衣袖中散出，笼罩于那匕首透射出的锋芒之上，将其慢慢消磨。一炷香时间过后，雾气散去，它便变得如寻常匕首一般，封在图卷中，失去了夺目之色，与那图轴浑然一体，看不出任何异常的痕迹。

"此法只能够隐去刃尖的光泽，但是匕首仍然如往常般锋锐，剧毒也仍旧存在，须得十分小心。"我收回手说道。

太子丹不由得欣喜击掌，赞叹道："兰氏一族得神赐灵根，果真是不同凡响！"

"不过是小小的障目之法罢了。"我摇了摇头，"这种法术于术士而言，并非难事，以我的本领，也只能做到这种程度。"

"已经够了，"荆轲收回卷轴，声音铿然，"多谢兰姑娘！"

说着，荆轲转过身，昂然对太子丹道："太子殿下，如今万事已备，不须再耽搁，荆某将携副手秦舞阳，不日便出发前往咸阳，去取秦王嬴政那厮的性命！"

他的声音慷慨而坚决，在这阴暗的夕阳里铮铮在耳，回响不绝。

太子丹望向他，面色十分凝重，沉声道："此行之计划以及危险，侠士可想清楚了？"

"早已思量万全，不在话下。"荆轲道。

太子丹缓缓点头，"择日，我会召集高渐离等人为你送行，并行祖路之祭。兰姑娘，请你也一并前来。"

荆轲走时，深秋的晚霞再一次洒满了燕国的天空。我随着太子丹来到蓟城的城墙之侧，夕阳照映在遥远的燕山之上，一片广阔而苍茫。

荆轲就此踏上了征途。

太子丹与数名知情的门客为他送行，他们皆身穿缟素白衣，沉默而肃然，仿佛是在提前为他悼念。礼乐响起，易水之上行起祖路之祭，门客之中，一个名为高渐离的人击起筑乐，声音响彻原野。

"风萧萧兮——易水寒，壮士一去兮——不复还！"

荆轲慷慨高歌，众人亦展喉相和，和着那筑乐唱起变徵之声。易水之畔，哀风萧萧，马声嘶鸣，夕阳的深处，鸿雁阵阵高鸣着划过万里长空。

祝歌声中，荆轲跨上了马背，同随从一起，马蹄阵阵，很快地融入于无边的荒草里。我望着他的身影渐渐消失在遥远的山色中，萧瑟的秋风平地狂起，将荒野里的枯叶吹得纷乱，如同天地在号泣。

众人依旧伫立，凝望他离去的方向无言，祖路之礼仍在继续，悲壮之声连绵不绝，许多人潸然泪下，悲戚不已。

良久，我轻声向太子丹问道："太子殿下，荆轲此去，必死无疑吗？"

"是。"太子丹望着远方，缓缓回答，"不论是成功或是失败，他都已不可能活着归来。"

我默然。

"此行无论是险阻还是变数，都太多太多。"太子丹的声音微哑而沧桑，"倘若荆轲侠士能成功杀死嬴政，那么我们燕国也得以从战乱中生存下去。然而他一旦失败……我，父王，乃至你们，我们所有的人，都会因此而死。"

我望向那盛大的祖路祭典，"所以，如今的我们也只能祈求这些神灵，保佑他此行成功了吗？"

太子丹点头，"是啊，祈祷上天，神灵——倘若他们当真存在的话。"

彼时祖路之礼已近尾声，高渐离停止击筑，高声喊道："望道路之神护佑行者荆轲，此去咸阳能不辱使命，功成而归！"

"愿道路之神护佑荆轲，不辱使命，功成而归！"众人亦高声附和，声音在广阔的原野里不断地回响，而后渐渐归于静寂。

但我们都知道，他已经不可能归来了。

而那冰冷又虚无的道路之神，又怎可能真的保佑荆轲成功刺秦，挽救我们所有人危亡的命运？

我望着他们，脑中突又闪过一双蓝如火焰的眸子，在那漫天的血尘之下，似笑非笑地看着我。

我呼吸一滞，闭上眼睛，皱眉摇头，竭力将鹤神的影子从我的头脑里赶出去。

"怎么，兰姑娘似乎对这祖路祭礼颇为不满？"太子丹察觉到我的沉默。

"不是。"我摇摇头，"我只是看到这些……想起了另一个神明而已。"

"另一个神明？"太子丹问道，"可是你们兰氏一族所祭祀的鹤灵之神？"

我沉默片刻，道："是。"

太子丹似是想起一事，道："说起来，你们兰氏一族身为神赐灵根的术士一族，那么当初赐予你们灵根的这位神灵，如此危亡之际，能否护佑我们抗秦？"

"呵……"我苦笑摇头，"太子殿下，倘若那名仙神当真护佑我们，我们兰氏一族又何至于被秦王踏平故园，落到如今的境地？"

太子丹微微一怔，大笑道："说来也是！鬼神之说终属缥缈，天命难测，还是人力谋划为上，我相信荆轲之能，也相信我燕国国力，尚能与秦王一决高下。兰寐姑娘，如今你父亲尚于西方边境同燕军一并驻守，待得你们族人助我燕国抗秦成功，我便回禀父王，重加赏赐，令你们重归故土！"

我心头微颤，蓦地抬目望向远方。

我和我的族人们，真的还有重返故乡的可能吗？

远方古道漫漫，那是我们一路从兰邑逃来的方向，在千里的荒草和青冢之外，我仿佛看见了多年前的兰邑城里那落落的雪白梨花，在那明媚祥和的春日暖阳里，如梦一般安静地飘然落地。

"多谢太子。"我望着远方，口中轻喃，"兰寐也期待，能再有那一天。"

【梦魇】

当晚我回到同族人们聚居在一起的住处，夜幕四合，夕阳渐渐沉入了大地，我走到哥哥的床前，坐在他的身边。

哥哥仍然闭着双目，面容苍白，昏迷不醒。

我沉默地看了他许久，轻轻为他盖上被褥。

"寐姑娘？"

一个声音从外面传来，有人敲了敲门，悄声唤我。

我抬头望去，原来是我族中的一位婶娘，年纪不过三十多岁，但辈分甚高，族人们都唤她清婶。

"清婶，来，坐。"我忙站起身迎过去，轻轻关上了内室的门。

清婶走来，悄声道："寐姑娘，方才燕国太子那边送来了一些赏赐，说是给咱们族人的，多是些锦缎金银之类，你看应怎样处置？"

三年来，我同族人们朝夕相处时间甚多，和他们已渐渐变得熟悉。父亲去了边关，哥哥仍昏迷不醒，一直便由我来主持族中事务，清婶有时也会帮忙打理。

"我们如今，哪里用得到这些贵重东西？"我摇摇头，道，"今年天气愈发冷了，北方冬日素来严寒，稍不注意便会冻伤手脚，不知今年炭火够不够用，不如变卖了这些赏赐，去置办些炭火和炉具吧。"

清婶答应了，又道："下个月初六是封长老的八十岁寿辰，原本按照旧例，长老们整十的寿辰族中都是要摆祭礼大办的，只是今年……"

"我们去置办些简单宴席，族人在一起聚一聚，就算是庆祝了吧。"我道，"封伯的伤病还未全好，怕是没有精力应付大祭，而我们如今失去故园，寄人篱下，没有田地和供给，有些花用也应该适当减少一些，想来封伯也是会理解的。"

清婶点点头，"是，寐姑娘，我自然明白。"

"娘亲，娘亲！"

忽然有一阵清脆的笑声伴着噔噔的脚步声传来，一个梳着总角辫的小娃儿跑进大门，来到我们的面前，大声对清婶笑道："娘亲，我今天陪族里的哥哥们去打猎，我学会用法术催动弹弓打树上的鸟儿啦！"

原来是清婶唯一的孩子，我五岁的族弟小羲儿。

清婶忙拉住了他，嘘声道："悄声些，你宁哥哥在内室养伤，当心吵闹到他。"

小羲儿捂住嘴巴，睁大了眼睛，声音呜噜噜地对我说道："对不起，寐姐姐，小羲儿会小声的！"

我笑了，摸了摸小羲儿的头。

"小羲儿年方五岁就会用法术了，当真了不起！"我赞赏道，"他这般聪明能干，长大后定然是一名厉害的男子汉，成为我们兰氏一族的脊梁。"

小羲儿听到我的称赞，十分开心，在我身边蹦蹦跳跳。

清婶眼圈微红，叹气道："我夫君于三年前逝于兰邑，幸好羲儿活了下来，只愿他能平安长大，如今，我也只有这一个盼头了……"

清婶叙了会儿家常，又在屋里停留了片刻，便起身告辞。

"寐姐姐！"这时，又一声呼唤从门口传来，一人急急走进屋来，同清婶撞了个满怀。

我看过去，原来是我的族妹兰心。

"清婶，你，你也在啊。"兰心看见清婶吃了一惊，慌张地停下脚步。

清婶微微惊讶，"心姑娘？你怎么来了？"

兰心是封伯的孙女，比我小一岁，平素柔弱内向，不常说话，她的父母皆已在兰邑之战中牺牲，留她一人跟着封伯，随我们辗转流浪。

兰心低头搓着衣角，嗫嚅道："我，我有事跟寐姐姐说。"

清婶带着小羲儿离开了，兰心扭扭捏捏，走进屋来。

"心妹妹，你——"

我刚想招呼她，突然停住了话头。

她居然不是一个人来的。还有一名陌生的少年，跟随在她的身后走进屋。

那名少年一身燕人装束，看上去十七八岁，身形瘦削，浓眉大眼，面容颇为英俊，却是满脸通红，结结巴巴地跟着兰心喊我："寐，寐姐姐。"

我微微一愣，"你是……"

"我叫浦艾，是蓟城人。"燕人少年忙道，"我是兰心的相好。"

他这话一落，屋子里登时一阵尴尬。

兰心羞得回身打他，"什么相好！"

我忍不住失笑出声，"哦，原来是这样。"

那叫浦艾的少年挠了挠头，惭笑着低下头，他原本还像是想要说些什么，被兰心这么一打，结果两个人都羞得说不出话来，一时间屋子里陷入了一片安静。

我咳了咳，打破沉默问道："你们……是如何认识的？"

"啊？哦！"浦艾定了定神，道，"是这样的，半年前我去燕山上砍柴，不慎跌入一处陷阱，被困了三天三夜，险些就没了命，是兰心正好路过，用法术把我救了出来。"

兰心在一旁点了点头。

浦艾又道："我们相识数月，兰心善良又温柔，是这世上对我最好的人，我也心甘情愿回报她救命之恩，照顾她一辈子！"

我心下了然，笑着看着他们。

兰心红了脸，低头摆弄着衣角，说道："寐姐姐，我爹娘都不在了，祖父也卧病在床，族长远在燕国边关，如今是寐姐姐你在掌管族中事务，所以，我想请你，请你……"

"请您为我们的婚事做主！"浦艾大声道，"我父母早亡，家中也没有管事的长辈，就按照我们燕人的习俗，给您送些柴米和布匹，当作是聘礼！"

浦艾跑去门外，拖来一个大大的沉重的麻袋，放在我面前。

"寐姐姐，如果你能将兰心许配给我，我定然会好好对待她，让她成为这世上最幸福快乐的女子！"浦艾满脸通红，赌咒发誓。

兰心在一旁羞得低头，却满脸是藏不住的笑意。

"寐姐姐，你……答应吗？"兰心怯怯地问道。

我笑道："你们两情相悦，这等喜事，我怎会不答应？待我告知了封伯，等到来年开春，就为你们二人筹办婚事，如何？"

二人大喜，异口同声道："多谢寐姐姐！"

兰心与浦艾十分欢喜地离开了，临走前，兰心安慰我道："寐姐姐，你放心，有鹤神保佑，宁哥哥他一定会好起来的！"

夜渐渐深了，秋夜凉风阵阵。我轻轻打开内室的门，望着床上的哥哥。

但哥哥依然没有苏醒的迹象。我走上前，坐在他的身边，月光从窗外洒入室内，一片静谧和朦胧。

哥哥，寐儿长大了，如今也能够独当一面，成为族人们的支柱，不必再生活在你的羽翼和保护之下，可是你，究竟何时才能醒来？

月光幽幽落下，哥哥旧日里笑容温和的脸庞，如今已是那般苍白而瘦削，他闭着眼睛，如同陷入一个长长的梦里，久久不会苏醒。

案上的烛火摇动，我心下无比难过和压抑，泪水从眼角缓缓滴下，埋下头低声抽泣。

良久良久，我似乎感到有人在看着我。

我一个激灵，立刻转头望向窗外。

我仿佛听到一阵渺渺的笛声，杳杳从那遥远的天边传来，于浩瀚的夜空里挥之不去。

窗外，在那无边的黑夜里，在凉风里摇动的树梢之旁，站立着一个人影。

他立在庭院里，立在那淡淡的月光之下，如同是由月色雕刻而成的仙身，月白长衣在风中轻轻摆动，他的一半面容隐藏在那夜色里，仿佛与这天地夜月共生，美得难以言喻，惊心动魄。

我蓦地睁大双目，全身发抖地看着他。

夜空里蓝色的火焰，是他的眼眸。他的目光静静地望着我，微微一笑。

"啊——"我大叫一声，一下子惊醒了。

我猛地睁开眼睛，耳畔的笛声戛然而止。原来是梦。

我喘着气，努力平复着怦怦跳动的心脏，转头看向窗外。烛火幽幽，窗外的夜色里月光静谧，庭院里空无一人。

我的呼吸渐渐平静下来，天地间一片寂静。

我缓缓闭上眼睛。是他，又是鹤神。这个本应是我们兰氏一族的守护神灵，如今却变成了我的噩梦，缠绕了我整整三年。这三年之中，我时常会梦到他，梦到他仙神般的容颜和微笑，然而每一次，我都是在害怕和惊叫中醒来。

只因我至今无法忘记他在兰邑之战的冷漠无情，那双如火蓝瞳每每在我回忆中出现时，都会伴着秦王的铁骑、坍塌的城墙、满地的尸身、漫天的叫喊和血光，接连向我冲击而来，仿佛烙印一般深深刻在我的记忆之中，永远难以释怀。

正在这时，案角的那枚鹤羽灵石不知何时发出了光芒，幽幽蓝光在月色下闪耀。

我转过头，愣愣地望向它。

鹤羽灵石。记得在兰邑的日子里，这块所谓是鹤神与我族信物的石头一直如同圣物一般，被代代祖先供奉在兰氏一族的祠堂里。父亲临去燕国边关之时，曾特意嘱咐我好好保管它，寻一块安静之地将它好好供奉。然而父亲离开后，我却将它随手放在内室的几案上，它也一直如一块寻常的石头一般，安安静静地待在桌角，无声无息。

这些日子里，我几乎忘记了它的存在，然而时隔三年，它却又突然自行亮了起来。蓝光幽幽升起，如风里旋转而起的炊烟，上面刻着的白鹤之纹在蓝光之下栩栩如生，如欲展翅高飞。

我盯了它片刻，突然将它拿起，顺手锁入了一个匣子里，让它离开我的视线。

我刚将那锁着灵石的匣子放入窗边的箱柜，突然，一个虚弱的声音从我的背后传来。

"寐儿……"

我猛然一个激灵，蓦地回头。

床头，哥哥半睁开了眼睛，正望着我。

我呆怔良久，方道："哥……哥哥……"

哥哥微笑着唤我，"寐儿。"

"哥哥！你醒了！"我惊呼着，一下子冲了过去，跪在他的床边，握住他的手。

他的手凉得像冰，瘦得只剩皮肤和骨头，我颤声道："哥哥，我不是又在做梦吧？你终于醒了，你……你可还好吗？"

"我很好，没事，寐儿。"哥哥望着我微笑，虽然他面容消瘦而苍白，眉目间的温柔却是一如既往，"看来，我总算是保住了一条命，活下来了。"

他的声音在我的耳畔那般清晰，这不是梦，这是我所梦想了三年的真实！我终于完全回过神来，再也忍不住，哇的一声哭了来，埋头在他的肩上，泣不成声，"你醒了就好，太好了，哥哥……"

昏迷了三年，哥哥终于醒了过来，我仿佛感到心头缠绕了三年的沉重的乌云终于散去，一时间被巨大的欣喜冲溃了理智，难以自持。

"寐儿，对不住。"哥哥叹息，声音很轻，"这些日子里，定然让你担心了。"

我紧紧握着他的手，哽咽道："没关系，哥哥，你没事了，我很开心，真的很开心……"

窗外冷月无声，而那个月下的影子似乎也走远了，万物沉入了寂静。

虽然哥哥终于醒来，但他的身体仍然十分虚弱，静养了一月有余，身体还是落下严重的病根，只能拄木杖勉强行走。

不过，他仍能活下来，对我而言，已是万幸。

族人们得知哥哥醒来，亦是十分欣喜，封伯提议再次摆起族祭以感谢鹤神对哥哥的护佑，被我以各种理由拒绝了。如此又过了半月，这一天日光晴好，哥哥唤我道："寐儿，带我出去走走。"

此时的燕国已进入寒冬，我扶着哥哥走出住处，沐着苍白的夕阳，靠着蓟城的城墙一边缓缓行走，一边给他讲述这三年来族中所发生的大小之事。

"所以，父亲他们自三年前去戍守燕国边关之后，一直鲜有音讯吗？"哥哥问道。

我点了点头，低声道："是的。上一次父亲寄书信回来，还是半年以前。"

哥哥叹息一声，缄默不言。

"不过，我已经写信给父亲，告知他你已醒来的消息，父亲得知后，也一定会十分宽慰的。"我道。

哥哥点了点头，一阵冷风吹过，他咳了起来。

"天这么冷，我们还是快些回去吧，当心伤了风。"我忙上前给他披上衣服，挽住他的手臂，转身向住处走去。

一路上，哥哥甚是沉默，我试图让他的情绪好起来，便在他耳旁说道："哥哥，有一件重要的事，须得告知你一声。"

哥哥转头望向我，"什么事？"

我道："燕国的太子丹最近密派了一名侠士前去行刺秦王，算起日子来，再过数日就能抵达咸阳了。"

"真有此事？"哥哥惊讶地望向我。

"没错。"我点了点头，又道，"若是那侠士当真能成功刺杀秦王，那这一切都能结束，父亲能回家和我们团聚，我们也能再回兰邑了……如果我们真的能回兰邑，我就去家里的梨树下摘梨，给哥哥做梨子酱吃，好不好？"

而哥哥看了看我，微微笑道："寐儿果然长大了，若是换了从前，你只会使唤我去帮你采梨花编花环……如今居然自己都会做梨子酱了！"

"不要小看我，我现在会的可多了。"我一边笑，一边搀扶着哥哥，慢慢向前行走，"前几日是小羲儿的五岁生辰，不巧清姊染了风寒，我就替她给小羲儿做了长寿面，还试着做了许多小菜，连封伯都夸奖我手艺好。只是封伯最近伤病又犯了，我昨日给他请了燕国的大夫，让他好好休息。啊，还有，上个月有个燕人少年上门提亲，兰心妹妹看来是要嫁在燕国了呢，倘若真是如此，我这个做族姐的还要帮她绣嫁妆……"

我絮絮地说着这几日族里发生的事，而哥哥听着，却是慢慢收起了笑容，轻声道："寐儿，苦了你了。你自小在深闺受宠，何尝做过这些事情……"

我一怔，摇摇头道："父亲远在边关，哥哥你又有伤在身，我身为兰氏族长的女儿，本就应担负起照顾族人的责任。而同哥哥和父亲做过的事情比起来，我所做的这些，根本就不算什么啊。"

哥哥微微叹气，望向远方，夕阳的影子无声地落在他的身上。

哥哥喃喃说道："但愿鹤神能护佑我族，渡此秦劫。"

我闻言一滞，闭上口沉默下来，不再言语。

"寐儿，你可将鹤羽灵石好好保管起来了？"哥哥问道，"那是我族与鹤神约定的唯一信物，不可怠慢。"

我没有回答，良久，方轻声道："哥哥，时至今日，连你也仍视鹤神为我们的守护之神吗？"

"那是自然。"哥哥有些惊讶地看着我，"怎么了，寐儿？"

当然，不仅是哥哥，所有族人仍然视那鹤灵之神为护佑兰氏之神灵，日夜祷告，希望鹤神保佑远在燕国边疆的亲人。所有人都依旧虔诚，除了我。

"若他当真是我们兰氏一族的守护之神，为何兰邑城破那日却在一旁袖手旁观，置绝望的族人们于不顾？"我喃喃道，声音不觉愈发地激动起来，"因他赏赐的所谓灵根，我们族人遭到秦王屠杀，落入现在的境地，为何他却从来未曾出现，给予我们族人哪怕是一丁点的保护？为何——"

"寐儿！"哥哥打断了我，"鹤神是神明，我们岂能以凡人之心揣测？你怎知鹤神不曾给予我们以保护？说不定鹤神的确有在暗中护佑我们族人，只是你未曾看见而已，不是吗？"

我沉默下来，一言不发。

哥哥停顿片刻，又问道："寐儿，你方才说的是什么？难道你在那日祭典之后，有再看见过鹤神或是什么吗？"

望着哥哥的眼睛，我摇了摇头，没有再说下去，"没有，当我没说过，哥哥。"

我不愿再去回想鹤神的事情，只慢慢扶着哥哥向来路走去。

【兰殇】

　　而事实证明，鹤神的确再一次没有保佑我们族人。

　　那一日，我们终于得到了父亲的消息，然而已是太迟了。

　　"太子丹派去的侠士荆轲失了手，不仅失败被杀，而且激得秦王大怒，立即派出六十万兵将攻打燕国，西方边境燕军早已全军覆没，无一人生还！"

　　听到这个噩耗之时，我脑中嗡嗡乱响，一片空白。

　　父亲！……

　　我伏在哥哥肩头，泪流不止。哥哥拥住我，紧紧闭目，沉默不言。

　　族人失声痛哭，悼念失去的一众亲人，可是我们连悲伤的时间都被剥夺，很快，秦军兵临蓟城城下，即将攻入城内，城外烽火连天，四面城墙摇摇欲坠，满城燕人百姓均仓皇无措。

　　我扶着哥哥从住处走出，迎面几名族兄弟慌张地跑来，喊道："燕王已逃离蓟城往东北去了，城中无人驻守，早晚要被秦兵攻下，我们快走！"

　　"燕王逃走了？"我一愣，急问道，"那太子呢？"

　　"太子他……已经……已经被燕王砍下了头颅！"

　　"什么？"我蓦地睁大眼睛，颤抖道，"这……怎么可能？"

　　"是真的！燕王欲献上太子丹的头颅，以求秦王退兵，然而秦王意

图十分坚决，大军临境，势必要攻下蓟城！"

"既然如此，事不宜迟，若是被秦兵发现，我们凶多吉少。"哥哥面色凝重，"你们几个现在就去召集族人们，我们马上离开这里！"

我连忙把哥哥搀到路边的一株槐树之下，"哥哥，你先在这里等着，我和他们去召集族人们离开！"

哥哥却皱了皱眉，停下了脚步。

"等一下，寐儿，我还有一件东西没有拿。"哥哥道，"你们先去召唤所有族人在此地集合，我去去就来。"

我不及多想，飞快地跑到族人们的聚居之地，大声喊道："秦兵要攻进来了，我们快离开这里！"

我只来得及带着所有族人收拾要物，匆匆赶回原地，八十余名族人聚齐，却没有看见哥哥的踪影。

"人齐了吗？哥哥去哪儿了？"

我慌忙四望，看见哥哥从我们的住处蹒跚走出，十分艰难地扶着路边的墙壁，一路踉跄而来。

我吃了一惊，"哥哥！"

我急忙跑着迎过去扶住他，却见他紧咬牙关，眉头紧皱，鲜血自他胸前的旧伤口上汩汩流下，竟然是牵动之下旧伤复发，极是严重。

"哥哥，你怎样了？可还能行走？"我急问道。

"你们先走，寐儿。"哥哥喘着气，捂着胸口，几乎无法前行，"不要……不要管我。"

"你在说什么？我怎么可能先走！"我怒道，"就算是死，也要死在一起！"

哥哥紧皱着眉，张口还想说什么，却未能说出口，双目一闭，昏倒在我的肩头。

"哥哥！哥哥！"我惊叫。

"寐姐姐，我来！"一名族弟奔来，迅速将哥哥背在肩上，"听说西城门已塌，许多流民都在往外逃，我们从那边出去！"

蓟城中几乎已无人驻守，几万秦兵浩瀚而至，从蓟城之外长驱直入，以摧枯拉朽之势攻破各个城门，不到一日，便攻占了蓟城。秦国与燕国这一役，燕国败得惨烈至极，我们一行来到西门，试图混在流民中逃出城外，却被堵截在城门外的秦兵拦了下来。

"慢着！前面那些，可是三年前逃走的兰氏族人？"一个声音突然从城门之外响起。

我犹如被一桶凉水兜头浇下，一惊之下，抬头望去，只见一名颇为眼熟的秦将坐在高头大马之上向我们看过来。

祸不单行，冤家路窄，原来这次被派来攻打燕国的秦将，竟然正是三年前攻打兰邑的王翦。

王翦一眼认出我们，立刻下令："将他们擒下！"

族中法力高强之人俱已牺牲在燕国边关，只余我们这些伤的伤、弱的弱的族人，几乎毫无抵抗之力，倘若就此被困于城中，我们族人便如瓮中之鳖，再也逃不出他们的魔爪！

我咬咬牙，立即一挥衣袖，一团白烟倏然从我袖中散出，瞬间笼罩了眼前的一切，如屏障般遮挡住秦人的视线。刹那间，马匹受惊，嘶声不绝，秦兵们登时陷入一片混乱。

"快走！"我大喊，带领着族人们趁机从坍塌的西城墙的瓦砾之上向城外奔去。

"拦住他们！"王翦高喝。

我们拼命地逃着，然而没逃多远，雾障中只闻正前方有无数马声嘶啼，如巨浪一般向着我们迎面逼来。

我一凛，同族人们一起停下了脚步。

白色的雾障渐渐散去，眼前变成了一片乌云般的阴暗，千万名手执兵器、身着重甲的秦兵骑着战马自城门之外缓缓而来，同身后王翦的那些兵马一起，将我们团团围住。

我心下一凉。无路可走了。

"将他们全部押入俘营，随我回秦！"王翦高声令道。

蓟城高大的城墙渐渐远去，燕国古道上的战马发出最后一声悲嘶。

自此，燕国国灭，秦王嬴政一统中原的霸业又前进了一步，而我们余下的兰氏族人皆被秦人俘虏。我们的额上俱被烙上了秦国黥印，随后一路随军被押送至咸阳。

【鹤灵】

　　秦国的都城咸阳，是一切噩梦开始和终结的地方。三年的流离失所，我们终究还是没能逃过命运恶意的捉弄。

　　秦王的长生祭坛设在了咸阳附近的骊山之上。

　　那一日正是傍晚，远方有鸦鸣之声隐隐从天际传来，万古的苍凉笼罩着大地荒山。秦王嬴政亲自来到这长生祭坛，高高在上地坐在山巅，隔着一道断崖俯视着祭坛，山下有数千秦军守卫严阵以待。

　　残阳如血，天光如沐，照映着宝座之上意气风发的帝王，不可一世，光怪陆离。

　　我们被秦兵捆绑了双手，押送着来到骊山山顶，被推跪在了祭坛之前。

　　自从我们被王翦押至咸阳，至今已有两个月，我们几十名兰氏族人一直被分别单独关押在秦国偌大的牢狱，我已两月没有见到哥哥和其他族人。族中有女人和小孩在低声哭泣，老人们则在暗暗祈祷，企盼鹤神在这最后时刻的护佑。

　　而哥哥就跪在我身边，闭着眼睛，眉头微蹙。

　　"哥哥……"我低声唤他。

　　哥哥睁眼看我，微微一笑，"寐儿。"

　　哥哥没事，我心下略感宽慰，然而这宽慰瞬间又变成了难过。他旧伤复发，纵然强撑，可是身体怕是已到了极限，如今的他变得更加苍白和消瘦，额上被秦人烙下的黥印更是触目惊心。

我心下揪痛。

可是到了这种时候，我们如何才能有生路和希望？

秦王嬴政缓缓扫视我们，道："不是说需要生祭百人？兰氏族人只剩这些，还能否炼成长生之药？"

他的声音隔着一道断崖传来，宛如金铁一般在山间回荡，冷酷而嘶哑。

祭坛边一名术士装模作样地掐指一算，躬身道："回陛下，兰氏族人虽已不足百名，不过今夜乃是五百年一遇的血月之夜，天地灵气皆将聚于此山，便算是少上几名神赐灵根之人，也是无妨的。"

秦王点头，满意道："很好，孤等了如此之久，今日终于要大功告成。等血月升起之时，孤要亲眼看到长生之药的炼成！"

夕阳仿佛一瞬间落入了无边黑暗，深色的天幕之上，一轮圆月自东方冉冉升起。半个时辰过后，那银色圆月好似被红光渐渐地笼罩吞噬，最后宛若一盏赤色明灯悬于天际。

"长生祭始！"那术士高声宣道。

祭乐声起，数名术士围绕着那祭坛转起圈来，口中念念有词。祭坛上牲醴极盛，他们在祭坛之上燃起火焰，噼啪声响，火舌猎猎如蛇，在山风之中蹿起丈余之高，狰狞摇曳。

随即，一名术士从祭坛旁边走来，将我们扫视了一番，最后径直向我走来。

他强行将我拉起，我双手被绑，身不由己，啊了一声，踉跄数步，那术士已将我拖向燃烧着熊熊烈焰的祭坛。

其余一众术士均在祭坛之旁唱道："长生药引，生祭其一！"

我被推向祭坛，眼见就要被他们丢入火中，那大火近在咫尺几乎舐上我的脸，我无法逃脱，只能紧紧闭上眼睛。

"放开她！"

一个声音忽然从我的背后响起。

我闻声睁开眼睛。

"我说了，放开她！"

是哥哥的声音在低声咬牙说道。

我急忙转过头去，看见那祭坛之下，哥哥正缓缓站起身来。

他手腕上的绳索不知何时已被解断，而他抬起右手，一枚白色玉石正在他手心之上的半空缓缓旋转，向外散出一波又一波的蓝光，血月之下，更显诡异。

我瞳孔骤然一缩。

鹤羽灵石，怎么会在哥哥手里？

我明明记得，这灵石被我锁在了箱柜深处，匆忙间并未带出蓟城，难道……

我突然想起哥哥在我们离开蓟城前曾强忍着复发的旧伤回过一次住处，难道他那时回去拿的东西，就是鹤羽灵石？

蓝光幽幽笼罩着我们，所有族人俱呆在当地。而术士们显然更没料到他的举动，一时间也都愣住了。

"寐儿，过来，靠近我一些……"哥哥轻声道。

我大吃一惊，"你要做什么？"

哥哥没有答话，他闭上双目，手中的鹤羽灵石迅速上升旋转，突然间绽出巨大的法阵，在血月之下闪耀着刺眼的蓝色光芒。

以哥哥如今的身体状态，祭出灵石无异于自取灭亡！可是我瞬间明白，与其大家一起赴死，哥哥宁愿牺牲自己，换取我和族人们那一线生存的可能。

哥哥……

那灵石法阵以惊人之速扩张，之后迅速凝合为结界，仅仅转眼工夫，已将我同其他族人均罩护在其中。这时祭坛上的术士们终于反应过来，想要冲进结界，却尽数被弹了出去，哎哟数声接连摔在地上，连那祭坛上的火焰遇到这法阵灵气，也瞬间熄灭成烟。

秦王怒哼一声，一声令下："杀了此人！"

他身后数千秦兵立即张弓搭箭，千百余支铁箭如同漫天大雨，越过断崖向着哥哥射来。哥哥做出的结界只来得及护住了我和族人，而他自己却疏于保护，被数支铁箭从背后射中，刺入了他的后心。

哥哥闷哼一声，跪倒在地。鹤羽灵石从他的手中应声跌落，滚到了我的身边。

"哥！"我惊叫。

"宁少爷！"封伯及一众族人亦惊呼。

哥哥倒在地上，闭上了双目。他的脸上身上均已血流如注，不成人形。

仿佛兰邑那日的噩梦重演，血淋淋地撕开我记忆中的伤口，我愣愣地看着地上不知生死的哥哥，脑中嗡嗡乱响，一阵空白。

"竟想反抗逃走？简直异想天开，胆大包天！"为首的那名术士爬起身来，想要向我们冲过来，然而即使哥哥已经倒下，那地上的鹤羽灵石却依然在源源不断输出法阵结界，他仍旧不能近身，只能原地跳脚，叫嚣道："倘若误了陛下炼药的时辰，你们便是挫骨扬灰、神魂俱灭也不够赎罪的！"

我突然只觉全身怒火涌上脑际，犹如忍耐已久的洪水冲破了河堤，所有的恨意和愤怒都在那一瞬间炸裂，无以克制，无以复加。

我一言不发，从地上捡起鹤羽灵石，一步步向着那术士走去。

那术士一愣，"你要做甚……"

"寐姑娘！"封伯在我身后惊呼。

我微一用力，手腕上缚着的绳索已被灵石之力震开。随即，灵石在我手心上升悬浮至半空，数道蓝光顷刻间如利刃般从灵石之上射出，那术士瞬间被光刃刺中，大叫一声，跌下了万丈深渊。

剩下的术士悚然变色，连连向后退去。

时隔三年，我再一次感受到了灵石的反噬之力。我感到有鲜血自我眼中涌出，将我的视线模糊成一片血红，身体和内脏里仿佛有千刀万剐一般的疼痛，可是那很快便被我置之脑后，一步步向前走去。

秦王眉头一皱，再次喝道："放箭！"

又是漫天铁箭如雨而至，而我不管不顾，任那无数箭矢飞至我附近，撞上灵石结界，皆被这弹开偏离，我身后那几名秦国术士反被这流矢击中，数声痛呼之后，尽数倒在地上或是跌下悬崖，全部丧命在这灵石之力下。

我绕过祭坛，踏着术士们的尸体，径直向祭坛之后的山巅走去，向着秦王慢慢走近。

随着我的逼近，秦王冷酷的脸上终于出现了一丝慌张，他望着我，惊怒交集，"你——！"

而我在断崖之旁停下脚步，目光如冰地看向他。

"凡人便是凡人，怎可能长生不死？你受人蒙骗，迷信长生，做下如此残忍之事，将来必自食其恶！"

我高声痛斥着秦王，而在我说话间，手中的鹤羽灵石继续渐渐升空，在血月下飞速旋转，霎时间，夜空中仿佛天降血火，无边烈焰从断崖那边平地而起，刹那间成燎原之势，漫天大火宛如被血月染成赤红，瞬间将秦王和他身边的数千秦兵包围。

秦王大惊失色，险些从座上跌下。

大火燎原，几乎将整个山头吞没，许多秦兵被血火吞噬，惨叫着跌下山崖，秦兵们开始耸动，一片混乱。

"走！快走！"秦王连连呼喝，仓皇不迭地躲过那血色大火，在秦兵的保护下匆匆逃下了山。

秦王逃下山后，一切重归平静。

我仰起头，望着夜幕上的圆月。彼时血月的时辰已过，那月中的赤色渐渐褪去，月光重新变得清明。

断崖那边的大火依然在燃烧，我轻轻擦了擦眼角的血，回过身，走回哥哥身边。

"哥哥……"我低声呼唤着他。

可是他没有回应我。

而此时族人们劫后重生，已尽皆按捺不住欢喜的心情。许多族人抱头痛哭，更多的人向西方跪了下来，口中念叨着多谢鹤神庇佑。

"寐姑娘，你突然灵力大升，定然是鹤神相助的结果！"封伯惊喜交加地说道，"如此自如地操控鹤羽灵石，便是我们诸位赫赫有名的先祖也极难办到！"

"寐姐姐，一定是你的诚心感动了鹤神！"

"谢天谢地，多亏了宁少爷和寐姑娘，多亏了我族圣物，多亏了鹤神慈悲……"

这些话接连传入耳中，如同根根利针，刺痛了我的头脑和心。我转过身来，冷冷地看着他们，而后一言不发，站起身来，重新向那断崖走去。

"寐姑娘，你要做什么？"封伯察觉到不对，急声唤我。

我望着断崖那边的大火，将手中的鹤羽灵石举了起来。

封伯大惊，"寐姑娘，你这是——！"

"这东西才不是什么圣物！"我高声道，"这世上根本就没什么心系凡人的神仙，所谓鹤神庇佑，所谓神赐灵根，全部都是骗人的鬼话！我现在就把这块石头扔下山崖，我族是生是死，命运应全部掌握在我们自己手中！"

我用力一掷，那灵石划过一道弧线，跌入了断崖之下的万丈深渊。

族人们全都被我的举动吓到，一时间陷入死一样的寂静，只余彼岸的火焰噼啪和山风呼啸。

而我只觉心下一片舒畅，仿佛心中积压已久的大石终于消失。然而就在这时，忽有一阵鹤唳之声响起，似是从不远处而来，回声漫漫，响彻山谷。

我微微一惊，循声看去，竟见那深渊之中，忽然有一只巨大的白鹤飞升而起，展翅腾翔，片刻之后，它落在祭坛之旁一块山石之上，口中衔着一样东西，竟正是我刚刚丢下山崖去的鹤羽灵石。

我张大嘴巴看着它，而白鹤也在居高临下地望着我，傲然独立。

族人们也皆惊呆了，愣愣地看着那白鹤。

"这……"封伯结结巴巴地道，"这莫非便是鹤神化灵？"

封伯此话一出，族人们仿佛醍醐灌顶，尽皆想起白鹤化神的传说，几乎是立刻全部拜倒在地，毕恭毕敬地朝拜着那巨大的白鹤。

"鹤灵之神！"封伯亦跪在地上，高声道，"承蒙鹤神慈悲，兰寐她方才只是无心之失，绝无冒犯神灵之意！——寐姑娘，快，快来同鹤神赔罪……"

封伯急促地唤着我。我知封伯是在担心，我不过区区一名凡人，却将鹤神所赐之物扔下了悬崖，还被逮了个正着，倘若真是因此冒犯了仙神，那自是一百条性命也不够赔的。但……

我仍是僵立在当地，一动不动。

"呵。"

一声极轻的笑，我微微一惊，目光一动，竟见那白鹤身后赫然出现了一名男子。

他立在那山石之上，一身月白长衣在山风之中飘动，长发如墨般垂下，一双似笑非笑的眼睛仿佛映出了彼岸的火焰，却又好似潋滟如水，透射出湖水一般的蔚蓝。

任这月华如水，任这苍穹繁星，仿佛这世间万物的所有美丽全加起来，也不及他风华的万一。黑夜被他一人点亮，荒芜被他一人充斥，而那白鹤亦不复高傲的神态，而是俯下长颈，恭敬地伏在他脚下。

所有人都呆在当地。

只有我望着他，说不出话来。

终于，他真正现身了——不再是虚空之中的模糊幻影，不再是梦中那冷漠而孤独的月白衣人，他就如此真实地站在我的面前，站在所有人的面前，如火蓝眸带着微微的笑意望着我。

我知道，这才是真正的鹤灵之神——是我兰氏一族自始至终朝拜之人，是我族灵根与灵石的赐予者，更是我曾经的噩梦的本源。

"你叫兰寐，对不对？"他说话了。

他的声音回荡在月夜里，语调不急不缓，温和而清越。

我抿了抿嘴，缓缓地、艰难地点了点头。

山那边的火焰仍在风中噼啪焚烧，一切像是都结束了，一切又仿佛重新开始了。彼时的我却无论如何也不会想到，等待着我的即将是怎样漫长的岁月，难以分辨的爱与恨，无尽而绵延的纠缠。

五

桃花

／北／

【千年】

秋岚堂里一片静寂。

战国末年失踪的兰氏族人，如何又会在五百年后的晋代出现了？而且只凭这一句话，怎么就能断定文中那些人就是当年失踪的兰氏族人，而这被后世尊为靖节先生的陶渊明，又是如何得知这一切的呢？

我脑海中不禁疑问重重，大师兄和三师兄在一旁没有说话，而二师兄亦是同我一般一脸惊讶，四师兄却在这时候卖起关子来。

只见四师兄将手放在唇上咳了一咳，道："说起这桃花源的传说，可真是众说纷纭，但他们就是秦时的兰氏族人，是历代术士中流传甚广的说法。哦，对了，我还为这些人算了一卦，是个'天地否'卦，所谓'否之匪人，不利君子贞，大往小來'。此卦与'地天泰'卦互为综卦，泰极而否，否极泰来，所以这兰氏族人虽在秦时遭遇劫难，却因祸得福，又因福得祸，由此兜兜转转，反反复复……"

"算了吧，四师兄。"我没好气地说，"你就说你也不知道不就好了。"

四师兄被我戳破，瞪了我一眼，道："没错，我就是不知道。小烛，你着实奇怪，平日里混混沌沌的，怎么一同我拌起嘴来就变得这么伶俐了？"

二师兄在一旁道："但是……就算当真是秦时兰氏族人寻到了桃

花源作为避难之处，五百年过去，最初的那些居民应早已死去，文中所云的桃花源居民也应是当初那些避乱之人的后代了。何况，文中不也是说，那些人自称是'先世'避秦时乱而来到桃花源吗？如此一来，他们的事与长生之术又能有什么关联？"

"不。"一直沉默的大师兄突然发话，摇了摇头，"他们不是后代。"

我们闻声，皆转头看向他。

"大师兄，这到底是怎么回事？"二师兄问道。

大师兄道："四师弟所说的这些传言，我之前也有所耳闻，但毕竟无凭无据，故而一直没有在意。直到这一次出门采药，我遇见了一名江湖术士，给我看了陶潜当年题在布帛上绝密的亲笔残卷。"

"亲笔残卷？"二师兄问道，"是陶潜关于《桃花源记》的亲笔残卷吗？"

大师兄点点头，"事实上，这《桃花源记》除了序章之外，原本还有正篇，可惜时代久远早已佚失，仅有极少布帛残卷传世，我有幸得以见到其一。而在这正篇之中，提到了许多序里未曾提及的事情。"

"都有些什么未提及的事情？"四师兄立刻凑了过来，问道，"大师兄，《桃花源记》正篇是怎样的，你可否给我转述一番？"

大师兄摇摇头，"我又不似你那样读书过目不忘，那诗篇幅甚长，我怎能记得所有，但是……"

大师兄停顿片刻，道："我之所以说那些人不是后代，是因为正篇之中，提到一个重要的细节，那些桃花源居民的额上，都刺着秦时特有的罪印黥文，而且黥文之中，都藏有一个'兰'字。"

此言一出，师兄们俱吃了一惊。

我愣了一愣，也反应了过来，不禁吓了一跳。

黥刑又称墨刑，乃是古时候官府在犯人额上刺字，再以墨迹重染的刑罚，刺字的内容及样式每个朝代都各不相同。若能在桃花源的居民额上看到秦时特有的罪印黥文，那这可是件大大的怪事——那黥文是罪印，又不是胎记，胎记尚且不一定遗传，更何况是后天刻在额上的罪印黥文？

事到如今，其余猜测再无可能，唯一合理的解释便是，这些桃花源的居民便是秦时避难的"先世"本人，而且黥文之中的这个"兰"字，说明他们的确极有可能便是当年失踪的兰氏族人。

也就是说，兰氏族人或许从秦初到晋末，当真至少生存了五百余年！

我不觉毛骨悚然，却也不禁感到一丝丝的兴奋，忙问道："话说，那陶渊明究竟是如何知道这些故事的？"

大师兄道："后世皆以为，《桃花源记》乃是陶潜的杜撰，其实不然。陶渊明在正篇之中亦补充说，他所记载的《桃花源记》，乃是千真万确的真事。甚至有人猜测，那个武陵渔人事实上就是陶渊明本人，是他亲眼看到了桃花源和其中的居民，才会写下这篇章传于世间。"

我张大了嘴巴，愣愣地听着。

二师兄思索片刻，道："但，大师兄，你在外所遇的那人当真可靠吗？不知那残卷究竟是真迹，还是好事者所伪造？私以为此事真假与否，终究不能断定，我们还是谨慎些为妙。三师弟，你怎么看？"

我们均看向三师兄，而三师兄表情依旧淡然，一如既往地平静，并未如我们几个一般对这骇人听闻的故事产生好奇和兴趣。

良久，三师兄方回答道："我并无甚看法。只是我们现下若无其他办法，也不妨一试。"

二师兄闻言，微微皱眉。

大师兄看了他们一眼，道："三师弟所言不错，如今我们再无其他长生之药的线索，难道就放任师父被囚禁受刑，无所作为不成？无论那传说是真是假，我们都要试上一试。二师弟，你说呢？"

二师兄沉吟片刻，道："不过，我们只知那桃花源在武陵附近，不知具体方位，如何前去？"

大师兄站起身来，说道："当时我所遇见的那名持有残卷的江湖术士，也是打算前去桃花源一探究竟，他告诉我桃花源的方位，乃是由武陵一路缘溪向西，直至蜀地之界、苍溪之东。彼时我行色匆匆，只粗略地问过他路线，不过也足以派上用场了。诸位师弟还有小烛，事不宜迟，你们都去收拾行囊，我们明日一早就出发！"

大师兄在我们之中素来最有威望，他既如此说，纵然二师兄看上去仍未被完全说服，此番也选择缄默不言。我与诸位师兄互望一眼，皆点了点头，"是，大师兄。"

就在我们准备走出秋岚堂之时，忽听得一阵嘈杂之声，有数人的脚步声从院外传来，伴着一名宦官尖锐的声音，"圣旨到——"

我们吃了一惊，忙迎出门去，只见几名锦衣卫簇拥着一名太监走进院来，手中拿着一卷黄澄澄的锦帛圣旨。

我们这才刚离开紫禁城还没到一个时辰，怎的突然就来了圣旨？

来不及思考和诧异，我与四位师兄已急忙跪倒在地，躬身接旨。那宦官面无表情，尖声宣道："圣上有旨，传邵元节五名弟子进宫与邵元节辞别！"

我闻言睁开眼睛，看向四位师兄，而他们亦是一脸惊讶，面面相觑。

【身世】

黄昏的紫禁城如同被金色的夕阳覆盖，赤色瓦上一片璀璨和光怪陆离。我们怀着疑惑和不安的心情，在锦衣卫的押送下再次进了宫。

锦衣卫们勒令我们用布帛蒙住双目，之后一路领着我们穿过弯弯曲曲的宫中路径，直到来到紫禁城深处的禁牢，方才将我们眼上的蒙布解开。

蒙布甫摘，我一眼便看到铁栅栏之后那个白发老人的背影，顾不得其他，急忙跑了上去。

"师父！"我双手抓住栅栏，向里面喊道。

师父闻声转过身来，看到我不禁面露喜色，"小烛……"

四位师兄亦跟了上来，在栅栏之前立住脚步，"师父……"

我四下望了望，见这处禁牢的铁栅栏极为坚固，禁牢里面却是客室床桌一应俱全，似是关押特殊犯人之所，有些像那种关押犯下重罪的皇亲国戚的禁宫。看来圣上顾忌师父的法术能力，并未将他关入普通的深牢大狱。但即使如此，对喜爱自由散漫的师父来说，这犹如将山野之鹤折断双翅丢入樊笼，依然甚是残酷。

"谢天谢地，我苦求圣上，他终于应允让你们临走之前，再来见我一面。"师父似是松了一口气，白胡子微微颤抖。

看到平日里童颜鹤发、精神矍铄的师父一夕之间变得如此颓然苍老，我鼻头一酸，就要掉下泪来，"师父……"

师父被我的哭腔吓了一跳，"哭什么？小烛别哭，我这可还没死呢！莫哭莫哭，你忘了你的眼泪是啥样啦？等一年以后我真死了，你再哭不迟。"

我听了他这话，只觉自己要哭得更厉害了。

一名锦衣卫在我身后冷冷道："有话快说，半个时辰后，你们必须离开此地！"

我只好生生把眼泪压了回去。大师兄在旁问道："师父，您叫我们来，可是有事要说？"

师父道："就一件事。你们若是能出京师，就赶紧给我走得远远的，别顾着我这把老骨头。在这鬼地方关上一年，我能不能活到那时还另说。还有，不许去找那什么桃花源，谁要敢去，我打断他的腿！"

我们一噎，半天说不出话。

四师兄忽然道："师父，若一年以后还能再见到您，弟子宁愿被您打断腿！"

师父一愣，"你……"

二师兄亦道："没错，师父。弟子便是粉身碎骨，亦无法报答您的养育之恩。别说打断双腿，便是性命赔上，也是值得的！"

我在一旁拼命点头，"师兄们说得没错！若没有师父，小烛说不定整个人都活不到今日，何谈双腿？若能有一线希望，无论刀山火海，我们都会去试上一试！"

师父闭上双目，缓缓摇了摇头，"当真是一群傻孩子……"

大师兄在旁道："师父，弟子一直不解，您为何定要阻止我们去桃花源？"

师父慢慢睁开眼睛，看了看他，又看了看我。

"十六年前，为师曾经也听信了这桃花源的长生传说。"师父缓缓道，"之后怀着一腔热情好奇，偕同数名道友一路前去蜀地探索找寻，只是……"

我吃了一惊，"师父，您去过那桃花源？"

"岂止是去过。"师父看着我道，"小烛，你可知晓……为师当年就是在那桃花源捡到你的。"

我瞪大眼睛，张口结舌，"什……什么？"

其余师兄亦大吃一惊。

师父叹了一口气，目光杳然，似是陷入了回忆。

"桃花源仙境长生的传说，曾在术士之中流传甚广，引得无数人趋之若鹜，包括我和我的几位道门挚友。"师父徐徐说道，"十六年前，我们一行七人向武陵进发，照着那《桃花源记》中记载的路线，一路缘溪向西，一直行了数十里，到了蜀地的边界，方才发现那桃花源的踪迹。"

我们凝神听着，大师兄颤声问道："如此说来……那桃花源当真存在？"

师父没有回答，继续道："而后我们发现，数百年来之所以许多人意图寻找桃花源却失败而归，是因为那里被设置了障目结界，而破那结界对我们这些术士来说却是不在话下。于是我等破了结界，见到了那处桃花林，然而……"

师父顿了顿，道："然而我们尚未穿过那桃花林，前面忽有一片大火阻断了去路。我们以为只是平常失火，便贸然闯入，试图绕行，不想那火竟忽然蔓延至我们身后，阻住了我们的退路。后来我们才发现，那火并非凡间之火，而是不死不灭的魔火。而我们后路被断，只好继续前进，直至那魔火的深处，发现那里竟好似一处被火烧毁的废墟，四处尽是倒塌的高墙和烧焦的残壁，而我们一踏入那废墟，便再也寻不到出路。"

"废墟？"四师兄惊道，"那……桃花源里的人……"

师父闭目道："我不知传说中的桃花源为何会变成了那种模样，但……那魔火将我们围在其中，我们七人被困七天七夜，没有食物和水，后来便开始自相残杀，直到我不得已手刃最后一名试图杀死我的同伴，独自慌张寻找出路，却听到一阵婴儿泣声，循声寻找过去，就看到那魔火中心，一处类似宫殿断墙的地方，有一名刚刚出生的女婴。"

我睁大眼睛，哽住喉咙，说不出话来。

"没错，那个女娃娃就是你，小烛。"师父望着我道，"当时，你卧于那断墙旁边的一处石台之上，看上去出生不过数日的模样，哭得十分可怜。说来也奇，我从那魔火中将你抱出没多久，那魔火似乎就从角落里分出一条路来，我抱着你沿着那路慌忙跑了出去，才终于得以死里逃生。"

我如同一座石像般凝固在那里，张大了嘴巴，愣愣地听着。

原来师父说给我取名为"烛"，是因为从蜀地捡到了我，还说我与火有缘，竟然……是这么回事。

可是这件事于我而言实在太过突然，我一时回不过神来，呆呆地立在当地，脑海中一片乱七八糟。

我为何会出现在大火之中？是出生以后就被遗弃了吗？我的生身父母是谁？难道我的父母是在大火中生下我的吗？他们怎么这样……不走寻常路？

一连串的疑问在我的脑海里接连出现，搅和成了一团乱麻。

"十六年来，我每每想起当日炙热的魔火，七日七夜被困的绝望，同昔日挚友兵刃相向的痛苦……"师父叹息，眉头紧皱，半晌又道，"后来我才知道，不仅仅是我们，曾经进入结界寻找桃花源的术士，无一例外没有归来，想来他们，也早已变成魔火中的尸骸。"

"难道说，那文中提到的桃花源，其实也早已被魔火烧毁？"四师兄问道。

"极有可能。"师父表情一肃，"所以我说，你们也不要再去了。"

"若是那里早已是一片废墟，那为何小烛会出现在那里？"大师兄忽然道，"这魔火或许是屏障，或许是另一个障眼之法。既然我们知道了有魔火存在，定然有办法穿过。"

大师兄竟如此固执强硬，不似往日的稳重作为，我们不由得都转头看向他。师父瞪大眼睛，"你——"

大师兄却道："师父，您方才说那废墟里像是有宫殿断墙，可否再细致描述一下那里的场景？"

师父一愣，思索回忆片刻，道："那个断墙之处，的确像是一处行宫废址……建筑物都十分高大，整个废墟之中都有许多坍塌的高墙巨柱，还有些被焚得焦毁、只能依稀看出轮廓的亭台楼阁……"

大师兄道："如此说来，那处废墟的确像是一处被焚毁的宫殿，但《桃花源记》中所记载的桃源仙境，只不过是个普通村落而已。师父，弟子觉得，您并未到达真正的桃花源。既然小烛出现在那里，说明那里一定还有生人踪迹。"

我闻言从呆滞中回过神来。没错，要是那里早就没了人烟，那我难道是从石头缝里蹦出来的？我那对不着调的父母，总归不是凭空冒出来的吧？大师兄的说法十分有道理。

大师兄此言一出，大家皆静默下来，对望一眼，陷入了沉思。

师父像是一时也想不出反驳大师兄的话，皱眉沉吟不言。

大师兄上前一步，正色道："师父，只要还有一线希望，弟子便会去尝试。您尽管放心，现下我们既然知道了那里有魔火阻路，必会提前想出方法应对，而后去探索真正的桃源仙境，寻找那兰氏一族长生的秘密，届时返回京师搭救师父，回报师恩！"

大师兄字字掷地有声，我们听得不由得热血沸腾，纷纷上前附和。

"师父放心，我们此行一定准备充分，不论吉凶，必会寻回长生之术！"四师兄大声道。

二师兄亦道："师兄师弟说得没错，不论前境如何艰险，我们是去定了。师父不必担忧，我们定然会平安归来，接您老人家重回天草门！"

我们的誓言铮铮，半晌，师父长叹一口气。

"既然如此，你们……一路小心。"

我心中一酸，将手伸进栅栏，握住师父满是皱纹的冰凉的手。

"师父，我们定然会回来救您的，请您务必相信我们！"

师父望着我们，苍老的眼眸中似有泪花闪烁，缓缓点了点头，"知道了，好孩子。"

六

檀花／西／

【长生】

夜晚的骊山之上，彼岸的大火依然在悄然燃烧。而天幕之下，那漫天的月色星辰似将全部光辉收拢，尽数聚集在这名立在山石之上的月白衣男子身上。

倾尽凡尘，如梦似幻，不可方物，美绝人寰。

回过神来的族人们很快乌压压跪了一地，五体投地地朝拜着他们的神灵，比刚才那次更加迫切而虔诚——只有我，仍僵立在当地，没有任何反应。

"寐姑娘……"封伯担心地低声唤我。

而我不知自己在倔强些什么，尽管知道自己面前的是鹤灵之神——是超脱于这尘世之外的存在，是我们兰氏一族虔心祭祀长达数百年、永远高高在上的圣灵之身——我却依旧过不去心中的坎，始终不愿屈膝跪地，向他朝拜。

在这空旷的寂静之中，那巨大的白鹤忽然抬起长颈，对着鹤神轻鸣一声。

鹤神眼眸微转看向它，抬起手，从它的口中拿过了那鹤羽灵石。

"能借此灵石击退数千兵将，以凡人之躯有此能力，当属难得。"鹤神悠然把玩着那白色灵石，声音回荡在山风之中，"你的资质更甚于你的兄长。兰氏一族繁衍了五百年，终于有人真正能达到此境，也不枉我等待这许久了。"

我闻言猛然一个激灵，回过神来。

哥哥……哥哥还在我的身旁，身中数箭，性命垂危。

我忽然上前，一下子跪倒在地，"鹤神，求您，救救我的兄长！"

我相信以鹤神之修为，定有能力搭救哥哥。倘若哥哥能够得救，我可以随时献出自己的性命，这一点赌气和尊严又算得上什么？

许是我的态度实在转变得太快，那白鹤似是不屑地轻鸣一声，昂起头颅，斜目低视着我。

"哦？那么我为何要帮你？"鹤神微微一笑。

我一滞，抬起头来望着他。

他那双如同闪着蓝色火焰的眸子注视着我，像是能洞穿一切，更逼得人透不过气来。

我咬了咬唇，不管不顾地说道：

"鹤灵之神，我族祖先曾经在数百年前搭救过您。"我说起了那个已在耳边重复无数遍、熟悉得不能再熟悉的故事，"族书上说，我们兰氏的祖先兰沉曾在苍溪救了一只溺水之鹤，而那白鹤便是仙人化灵，仙人感激其恩德，便赐予先祖灵根同鹤羽灵石——"

"溺水之鹤……是说白其？"我尚未说完，鹤神便打断了我，低下目光，看向他身旁那只白鹤。

白鹤昂起头来，恭敬而顺从地低鸣一声。

我一怔。

"白其是万古灵鹤，但并非仙人化灵，它只不过是我的坐骑而已。"鹤神微笑道，"当日溺水的是白其，并非我本人。想来凡人以竹简志书传世，出了差错谬误原也不足为奇。"

"什……什么？"我哽住了声音，不知该怎么接下去。

"寐姑娘，别再说了……"封伯在身后颤抖着声音唤我。

我心一横，没有理会封伯，接着道："即使这白鹤只是您的坐骑，那我族先祖亦是有恩惠于鹤神，不然您也不会授予他灵根灵石，对不对？"

我兰氏一族源自神赐的灵根与灵石已流传数百年，物证确凿，总不至于再是误传了。

鹤神不语片刻，道："所以呢？"

我昂首道："希望鹤神知恩图报，救我兄长！"

我此言一出，身后的族人几乎都倒抽一口气，"寐姑娘！……"

我知晓族人们的心理。面对鹤神，我先是对他所赐圣物表示轻蔑，而后又拒不肯向他跪拜行礼，现在竟又试图揪着几百年前的事情挟恩求报，纵然鹤神并没有生气的样子，但这一系列行径在将鹤神视为主宰神明的族人们看来，我简直就是在找死。

但就算是找死，那又如何？族人们都不知道，我兰氏一族数次遭遇灭顶之灾，而眼前的男子作为他们顶礼膜拜的鹤灵之神，却一直冷漠在侧，袖手旁观。倘若我此次不去争取，他又怎可能主动帮助于我？

封伯急道："鹤灵之神，求您勿要降罪！兰寐甫遇大变，一时间胡言乱语，但我们绝无对鹤神挟恩求报之心……"

鹤神抬手，制止了他的话。封伯见状，闭上了口。

"我授予尔等祖先灵根与灵石，的确曾因心怀感激，却不想你们因此怀璧其罪，受难至此。"鹤神的声音平静，听上去无怒无喜，"既然如此，我也会向你们做出一些补偿。"

我眼中光芒立现，语无伦次，"您……您若能救我兄长，我愿为您做任何事！"

那白鹤又轻哼一声，再次对我这瞬息万变的态度嗤之以鼻。

我没有余暇搭理这只高傲的鸟，只迫切地望着鹤神，同他那双逼人的蓝火双瞳对视着，心中咚咚乱跳，似要跳出喉咙。

鹤神微微一笑，抬起手来。

他手心里的鹤羽灵石缓缓升起，在众人的目光之中旋转着，飘浮着，直至慢慢飘至哥哥倒地的躯体上空。

鹤羽灵石自如而顺从地受着他的操控。在不断的旋转之中，那灵石的形体渐渐消失，好似渐渐散化成一阵蓝色光雾，如旋涡般在半空中盘旋，片刻过后，那片蓝雾忽然停止了旋转，刹那间猛地沉下，竟融入了哥哥的身体。

我心中突地一跳，忙奔到哥哥身边。

哥哥他身上所中铁箭不知何时已消失无影，而他却依然闭着双目，眉头紧皱，表情看上去极为痛苦。

我跪下将他扶起身来，急声唤着他："哥哥……哥哥？"

哥哥慢慢睁开眼睛，然而他只失神望了我片刻，又闭目昏了过去。

我心中焦急，张口想要再唤他，却发不出声音。

封伯亦来到哥哥身边，他搭上哥哥的脉搏，片刻之后，忽然脸色一变。

我急问他："封伯，哥哥他怎样了？"

封伯愕然抬头看向鹤神，"这……"他看了看哥哥，又看了看我，却说不出话来。

"他只是尚不适应新的身体，再过上几个时辰，便可以醒来了。"鹤神的声音从我们的前方传来。

我闻言一愣，抬起头看向他。

"什么？新……新的身体？"我一时难以反应过来。

"他原本的身体已然朽坏，无法再支撑他的魂魄。所以，我给他换了一个新的身体，便是这檀石所做的'檀体'。"鹤神微笑着说。

"……檀石？檀体？"

我震惊无言。

"女娲以泥土造人，而我同为神明，亦可造人，只是方法和用材略有不同。"鹤神说道，"我以檀石造人，所造之人，身具'檀体'不朽不坏，却不似泥土那般有循环生长、生老病死之能。我将他的魂魄移于檀体之上，他便不会再衰老死去，因而长生。"

不只是我，所有的族人闻言俱惊呆在地。

"您的意思是说……"我不敢相信地喃喃道。

鹤神却没有继续解释，反而向我问道："我救了你兄长，兰寐，你可否也知恩图报？"

我一惊，心下莫名有些不祥的预感。

"……当然。"我低声道，"您有何吩咐？"

"只需你去助我做一件事情。"鹤神微微一笑，"兰氏一族繁衍数百年来，你是唯一一名可驭檀石之人，除你之外，再没有比做这件事更加合适的人选。不过，以你凡人之躯，区区几十载寿命，是来不及完成这件事情的——你只需随我来，我会教你如何去做。"

我心中咯噔一跳，"但，兰寐还要照顾哥哥和族人……"

"那你们便一起来吧！"鹤神清声说着，如火蓝瞳缓缓扫过地上跪着的所有族人，"所有人。如为兰宁一般，我能将尔等魂魄移于檀体之上，你们便可同他一样，自此长生无死。除此之外，我还会为你们提供一处世外仙境居住，从此远离尘世纷扰。如何，你们可愿意？"

此言一出，我大吃一惊。

族人们全部瞠目结舌。

仙境……长生……

封伯颤声道："寐姑娘，这……"

我脑中混乱片刻，理清一团乱麻，终于弄懂了鹤神的意思。

鹤神愿在这烽火乱世收留流离失所的我们，甚至赐予所有人长生，而作为这些唯一的交换，便是我为他去做一件事情。而这一件事情，或许将会耗去比凡人一生更久的漫长岁月，但若有超脱永恒的长生之能，这似乎也算不得什么代价。

但是……

我低下头，双目空洞地看着哥哥。除了身上的伤痕和鲜血不再之外，哥哥的样貌身体同之前几乎一模一样，连那额上的罪印黥文都没有发生分毫改变。然而他的皮肤不再苍白得毫无血色，而是好似透出几分玉石之光，在月色之下愈显温润清泽。

"封伯，依您之见，哥哥他是否真如鹤神说的那般已然痊愈，并且长生无死？"我低声问道。

封伯道："宁少爷如今脉象沉稳有力，已不似之前受伤后那般虚弱，并且脉象中似有一股奇特之力，好似源源不断永不停止一般……"

说着，封伯似是突然醒神，匆忙望了鹤神一眼，焦急地低声对我道："寐姑娘，以鹤神之身份，怎么可能欺骗于我们？你休要再说这些话了……"

我愣愣不语，心中却如起了风的潮水一般翻江倒海。

若我拒绝鹤神，那么哥哥已然长生不死，我却只能于这人世存活数十年……

恍惚间我回想起兰邑那一丛丛随风飘落的漫漫梨花——梨木尚青，花却凋零，不得不相弃而去。于我和哥哥而言，这一生最哀之事，便是能相伴生长，却不能终老与共。

我抬起头来，望向鹤神。鹤神亦微微笑着，回望着我。月夜之中，他高高在上，眼瞳如蓝波，似水又似火，尽是我看不懂参不透的温暖和寒冷。

秦王为了长生之术穷尽手法，杀人如麻，依然未能如愿，而讽刺的是，作为他俎上鱼肉的我们，竟对长生唾手可得。

鹤神……您这究竟是对我族的补偿，还是另有深意？

"寐姑娘，你说……"封伯见我不说话，再次询问我。

几番纠结苦思，百转千回，我最终还是咬了咬牙，对鹤神说道："若您能履行诺言，收留族人，我……愿为您所用，无所不往。"

"很好。"鹤神淡淡一笑，"那你们呢？"

见我不再有异议，封伯激动不已，立刻高声道："既然鹤神愿意赐予我们如此恩泽，我等有何不愿？兰封愿携八十名兰氏族人，叩谢鹤神恩赐！"

族人们亦是欣喜若狂，纷纷跪拜叩首，"叩谢鹤神恩赐！"

鹤神缓缓颔首，恍惚中我仿佛看见他唇边几不可见地微微一笑，寒冷的夜风拂动他的衣袖长发，在漫天星辉里仿佛月光挥洒，而此刻他脚下的白鹤再次昂首长唳，伴着族人们此起彼伏感激涕零的声音，回荡在这杳杳无边的山谷。

【桃源】

谁能抵挡长生的诱惑？

没有人。

即使是颠沛流离了半生，对这人世几无眷恋的我，即使是数个时辰之前还在痛斥秦王追求长生乃是异想天开的我，只因贪恋同至亲之人的永久相伴，还是义无反顾地走入了这个永无止境和出路的旋涡。

不过这都是后话了。

那日我醒来的时候，蒙眬中听见了一阵乐声，伴着晨曦之光渗入我渐渐苏醒的感官。我费力地睁开眼睛，发觉自己正独自躺在一处白石砌成的圆形平台之上，好似记忆中兰邑的鹤神祭坛。

身下圆石冰凉，我慌忙坐起身来，四下张望，不由得愣在当地。

这里竟是一处极其宽阔的所在，远处有蜿蜒山脉，近处有花木碧草，微风轻拂，触面清凉。彼时正是清晨，顺着东方的缥缈晨光，我向着西方举目望去，那里竟有一处极其巍峨的宫殿，主殿穹顶高耸入云，亭台楼阁在云雾之中若隐若现，廊腰缦回，檐牙高啄，更有数株参天奇树环绕，错落其中。

有一株大树就在距我不到数丈之远的近处，风吹着枝头欲落的花叶，淡红浅绿如同漫天的大雪，纷纷扬扬，飘飘洒洒，花叶在风中起舞旋转，在树下堆积成浅浅的冢。

树下立着一人，月白色衣袍在风中微微拂动，背影如仙，长发如墨。

正是鹤神，还有他身边的坐骑，那只巨大的白鹤。

白鹤率先发现了醒来的我。它轻叫一声，展开双翅，低空飞到我身边落下，歪着脑袋同我对视，将我上下打量。

我眨了眨眼睛，同它大眼瞪小眼。

白日看来，这白鹤依旧甚是不同凡响。它的体形比寻常鹤要大上许多，丹顶如血，凤目微挑，长颈优雅，傲气逼人。我想起鹤神说百年前溺水的实际上是这只叫作白其的鹤，突然发觉，它或许应该才是兰邑祭坛那只鹤像的原型。

"你醒了？"

我回神望去，只见鹤神向我缓步走来，微微一笑。

仿佛朝阳初至，灿然生辉，他一走近，这晨曦的光芒都失了颜色，万物暗淡，仅他一人在这天地之间熠熠生华。

我愣愣地看着他，心情极为复杂，五味杂陈。

这是我第一次单独面对他——经历了那数次的畏惧、失望、纠结、反抗，他身为仙神那极度的压迫感依旧令我几乎窒息。我沉默片刻，不及下地就低下头拜倒在那石台上，"兰寐拜见鹤——"

话未说完，我忽然想起一事，迟疑半晌，抬头说道："鹤神，既然您并非白鹤化灵，那……我应该如何称呼您？"

鹤神回答："吾名风阡，风水之风，阡陌之阡。"

我没想到鹤神竟就这么对我说了他的大名，一时没反应过来，就那么张口顺着说道："风——"

话说一半才想起来，我岂能这样直呼他的名字？

"——大神。"

风大神。这不伦不类的滑稽称呼一出口，我脸唰的一下红了，恨不得咬掉自己的舌头。

那白鹤很不给面子地高鸣了几声，声音在这空旷的天地间回荡，好似在大声嘲笑我。

我皱了皱眉。这只鸟，怎么总是这样拽？

我于是便对着它道："我也知道你的名字，你叫白其！"

白其停止了鸣叫，瞪了我一眼，又高傲地扭过身去，背对着我。

风阡笑了。缥缈的晨光里，他一双蓝瞳宛如湖水一般波光流动，不可逼视。

"够了，白其。"风阡没有在意我的窘迫，只道，"从今以后，兰寐便是我们檀宫中人，你须得尊重她才是。"

白其又转过身来，斜睨我一眼，向着风阡恭敬地低下了头。

"檀宫？"

我茫然，不由得望向远方晨光笼罩的宫殿，忽然想起更加重要的事，急问道："那……我哥哥在哪儿？族人们在哪儿？"

"他们早已换上檀体，安置在桃源境。"风阡说道，"你是最后一人。因你与他们不同，我用了十二日，才将你的檀体重塑而成。"

十二日？

我回想起那晚风阡为哥哥重塑檀体，前后不过用了一刻钟而已。我猜想自己与其他族人待遇不同，大概是风阡要求我去为他做的那件事的缘故。我低头看了看自己的手，不知是不是错觉，我觉得自己的肤色似是苍白了许多，血色淡去，晨光下隐隐透出玉色光芒。

所以……我现在也跟哥哥一样，是长生不死之人了？

我觉得自己好似还在做梦一般，脑中呆滞片刻，又问道："这……这檀石，究竟是个什么神物？"

"檀石为檀宫神境灵气所化，世间共有百余。"风阡回答，"檀石可代替泥土固魂魄，令凡人续命长生。数百年前我交予你族先祖之灵石，便是那檀石之一，我将其刻上鹤印，以作为信物之记。"

"哦。"我呆呆地听着他说的话，"那……桃源境又是什么地方？"

"随我来，我带你去见他们。"风阡转过身去。

我一愣，没想到这么快就可以重新见到哥哥，不禁激动起来，想要走下祭台，一不留神却绊倒在地，整个人都摔在了地上，撞到了风阡的长衣下摆。

风阡停下脚步，低头看我。

手脚像是不怎么听使唤，我抬头看向风阡，讪讪道："抱歉，这副身体……我似乎还不太习惯。"

风阡微微一笑，向我伸出手。

我吃惊地看着他。

他的手是冰凉的，纵然在这温暖的清晨。我不敢拒绝，只能强行按下咚咚直跳的心脏，默不作声地搭上他的手，站起身来。

桃花源在距离檀宫十里之外的地方。

对仙神来说，十里之路只需弹指之间便可穿过，正如他轻易地把我们数十名族人从骊山引来蜀地一样——在到来之前风阡便告诉我们，他所许诺的仙境坐落在蜀地附近，正是数百年前我们兰氏一族的先祖与他相遇的地方。

我从骊山出发之前便已同族人一起被催眠睡去，并不知是如何来到此处的。而这一回，我懵懵然只觉被风阡带引着向东方而去，耳畔风声微响，景色匆匆掠过，晃眼间便到了十里之外的尽头。尽头处有一处障目结界，仿佛雾霭缠绵阻住了前方的道路。风阡抬起手来，我未见他如何施法，便见那雾霭结界如同冰雪一般慢慢消融。

我眼前陡然一亮。

映入眼帘的竟是一片极大的桃花林——林中有千百株高大的桃树，沿着一条潺潺溪流蜿蜒而栽，落下缤纷桃花堆积在小溪两旁，晨曦里映得那地上碧草如茵，落英似霞，美不胜收，堪比仙界美景。

我不禁为眼前这景色所震撼，张大了嘴巴，过了好一会儿方才问道："这……便是桃花源境？"

风阡没有回答，只是向前走去。我只好跟在他身后，一步步穿过那桃花林，一路听着不知名的鸟儿鸣叫，直到耳畔忽然听到有隐隐的人声。

是从前面传来的声音。

我听见那人声，心突然狂跳起来，不顾一切，拔腿便跑了过去，踏过青草泥土，纷杂花枝从我身边擦过，花瓣缭乱地落在我的身上，直至来到桃林的尽头，面前的一切变得豁然开朗。

晨光之下，是数不清的农田、木屋，纵横阡陌，还有我熟悉的人们。

"寐姑娘！"族人们看到我，均面露喜色。

我的心仍在狂跳，目光匆匆在他们之中寻找，直到我看见那个清瘦的身影从人群中走出，面对着我，停下了脚步。

哥哥对我笑着，眉目间是我熟悉的清雅温柔。他对我招手，轻声唤我："寐儿，来哥哥这里……"

泪水夺眶而出，我飞奔而去，扑进他的怀里，大哭失声，"哥哥，哥哥……"

这不是梦，这竟不是梦！我紧紧地抱住他，感受他的心跳和体温，感受他仍活着在我身边的一切迹象……经历了这世间许多噩梦、痛苦、战争、分离，我竟然还能拥有自己最亲的人，这是何其幸运的事情。

哥哥轻轻抚着我的头发，叹道："寐儿……"

我泪眼蒙眬地抬头看他，抽噎道："你的心跳得好慢，皮肤好凉，像石头一样……"

哥哥失笑，道："傻丫头，你不也一样？鹤神说过，檀体本就与肉身不同，若以玉石为体换来长生，许多身体迹象也与原先不同了……"

如此看来，哥哥苏醒后已然了解了鹤神赐予我族长生之事。我渐渐从激动中平静下来，吸了吸鼻子，望了望四周，问道："你们已安置在此？可还习惯？"

哥哥点头微笑，"嗯，这里与乱世隔绝，水土丰足，一如当日的兰邑。鹤神能赐予，当真是天大的赏赐……"

旁边亦有族人插话，"没错，来到这里，仿佛像是回归故土。兰邑梨花丛生，这里则是桃花盛开，丰沃更胜兰邑……"

"鹤神救我族于危难，还额外赐予仙境与长生，此等恩德，无以为报！"

"鹤神如此心系我族，从几百年前庇佑至今，着实是我族一大幸事！"

族人们渐渐群情激奋，纷纷述说着他们的感恩之心。我望着他们，几十名族人不论男女老少，脸上均洋溢着幸福神色，这是自三年前兰邑失守以来，我第一次在他们脸上看到快乐和满足。我又转头看向哥哥，看他苍白的脸上许久不曾出现的温暖笑意，心里忽然变得柔软，不由自主地被他们感染，忍不住也笑了起来。

"寐姑娘。"一个苍老的声音从前面传来，我看见长老封伯正从人群中走过来。

我放开哥哥，向封伯见了礼。封伯叹了口气，低声对我说道："寐姑娘，我族能有今日的安宁，着实是鹤神无上的恩赐。老身知你对鹤神或许有过诸般心结，但求你能听老身一句劝告，从今往后，可千万勿要再对鹤神不敬了。"

我点了点头，垂下眼睛，"劳封伯挂心，我知道了。"

正在这时，旁边有族人惊呼："鹤神！鹤神来了！"

说着，他们纷纷跪倒在地。

我转过头去，看向身后。

风阡自那东方的桃林走来，踏着光辉与落花慢慢走近，最后于溪流处立足，仿佛自云端降临的神祇。

而他的确是从云端降临的神祇。

哥哥面色顿时一肃，上前两步，亦恭敬地拜伏在地上，高声道："兰宁叩见鹤灵之神！"

桃花源一片寂静，唯余风声细微、鸟鸣玲珑。风阡目光微低，望向一众虔诚地向他跪拜的族人。

"兰宁，你如今已是兰氏一族新任族长。依你看来，你们对这桃源境可还适应？"

风阡的声音温而和煦，一如这迎面的春风。

哥哥郑重地回答："鹤神恩德泽世，将我兰氏一族自乱世收留至此仙境，我兰氏上下，必将永生永世感恩于鹤神盛恩。"

风阡微微一笑，蓝色双瞳宛如晴空下的深海，邃不可言。

"那么……兰寐，你可满意？"他忽又问我。

我望了望四周，看着桃花烂漫，看着田舍阡陌，看着跪拜在地、充满了感激之情的族人和哥哥……

最终我低下头，双手交叉在胸前，亦如每个人一样，恭敬地跪在地上，跪在风阡的面前。

"是，鹤神。"我低声说道，重复着当日的誓言，"兰寐愿为您所用，无所不往。"

七

梦中／故人迷／

【幻梦】

"四师兄，你说这世上，当真有神仙吗？"

深夜，天草阁的枫园里，我仰头望着漫天星斗，一边饮着手中一小盏酒，一边向四师兄问道。

明日一早我们师兄妹五人便要从天草阁整装出发，前去那传说中的桃源仙境寻找长生不老之药。临行前我一夜辗转难眠，直到三更仍然睡不着，便起身出了卧房，信步去枫园走走，不想遇见了正斟了壶酒坐在山上夜观天象的四师兄，便干脆爬上假山，同他对饮起来。

深秋的夜晚寒意袭人，四师兄饮了一口酒，回答道："大概是有的。"

"他们生活在什么地方？为什么我们从未见过他们？那些神话传说可都是真的？"我又问道。

"不知道。我若是知道，现在也不会在这里了。"四师兄摇头道。

我觉得四师兄今晚很是深沉寡言，不像平时的他，便转头看了他一眼。四师兄神情很是肃穆，用一种接近虔诚的目光望着天空。

"四师兄，你究竟在看什么？"

四师兄伸出手，向着上空指了指，"那里。"

我闻言仰头看去，只见枫树枝叶的缝隙里，有明亮的星光投射下来。秋夜的星空璀璨，银河闪闪烁烁，神秘而美丽。

"那里有什么啊？"我问道。

四师兄深吸一口气，道："我已许久未曾夜观天象，今夜偶尔兴起出来看了看，却看到了了不得的东西。"

"什么东西？"

四师兄道："西北方有天虚星入主紫微宫，而七杀星竟侵占杂曜……这都是极为罕见的天象奇观。不知是在天界还是人间，只怕有大事要发生了。"

我听得云里雾里，"什么样的大事？"

"煞星重生，或许会是千年来最大的事情。"四师兄叹息道。

我虽不怎么相信四师兄这些占卜观星的东西，但还是被他这副样子吓了一跳，不禁目尽极远，试图去寻找他口中所叙述的星宿和星象。然而此时枫叶尚未落尽，黑漆漆的树叶遮住了我的视线，我嘟囔道："这假山太矮，枫树又太高，我什么也看不到。"

四师兄放下手中酒杯，提起手指，口中低声念了几句。伴着他的咒诀，我们身下的假山忽然轰隆数声拔地而起，我险些坐不稳跌了下去，赶紧扶住了身旁的山石。

假山缓缓上升，片刻后方才停下。我定了定神，低下头一看，原来假山座下的泥土在四师兄的操纵之下，已然隆起了三尺有余，这样一来，坐在假山顶上的我们同枫树的顶端差不多高，不再被枝叶遮住视野，举头放目望去已是浩瀚星空。

四师兄平日里向来是个书呆子模样，我很少见他施展法术，他这一手显现出来，我惊叹不已，迭声赞他土术高明。

四师兄不禁面有得意之色，对我道："二师兄平日里总爱同我玩笑，说我所修土术是刨地打洞的玩意。而事实上，比起他所修的木术来，我修的土术才是生命之术。万物无论飞鸟走兽、藤草花木，皆由泥土滋养，就算是当初女娲造人，用的也是泥土——"

我听到这句话，忽然想起一事，打断了他，"四师兄，那，其他东西能不能造人？"

　　四师兄一噎，看我一眼，道："说不定也能。小烛，你这脑袋瓜子想事情与常人很是不同，我猜你大概是蜡做的吧。"

　　我也觉得自己这个问题问得无端又好笑，嘿嘿一笑，尽力按下脑中某些乱七八糟的想法，望了望西北方的天空，转而问道："师兄你说那里会有煞星重生，那会怎么样？"

　　四师兄停顿了片刻，道："煞星重生，会使日月失色，世间天崩地裂，山河破碎，众生遭难，死亡难以计数。"

　　"这……这么可怕！"我被他严肃的样子吓了一跳，"真的假的？那若真有这种事，咱们该怎么办？"

　　"我怎知道该怎么办？"四师兄摇摇头，叹了一口气，"要是真有什么大事发生，天下大乱，说不定对我们反而是好事，横竖这次出行的卦象也……唉，乱中求变，说不定能死而后生吧……"

　　我看四师兄一脸心事重重的模样，正欲问他所说的详情，忽听得我们身后一个声音传来：

　　"四师弟，小烛。"

　　我与四师兄同时转头，看见假山之下，三师兄正立在不远处的地面上望着我们。

　　"三师兄！"

　　自从三师兄在皇宫里施展法术救了我的性命，我对他便又多了许多敬畏和感激。我先于四师兄爬下了假山，小跑来到他面前，恭敬地行了一礼，问道："这么晚了，三师兄来到枫园，可有事情？"

　　三师兄点了点头，"小烛，我是来找你的。"

　　我一头雾水，"找我？"

　　三师兄没有说话，伸出手来，递给我一样东西。

　　"拿着它。"三师兄只说了这三个字。

　　这时四师兄刚刚从假山上下来走到我身后，凑过头来看向三师兄手中之物，问道："师兄，这是啥？"

　　而我正震惊地张大嘴巴，看了看那东西，又看了看三师兄，结结巴巴，"三……三师兄……"

在三师兄伸过来的手心之中，一块白色玉石在星光之下熠熠闪烁，蓝光萦绕着玉石上的花纹，是一只昂首长喉的白鹤和它的落羽，雕刻得根根分明，栩栩如生。

"这是什么啊？"四师兄见我和三师兄都不说话，又问道。

"这——"

我不知该怎么回答。就是这件妖物生成了乾清宫外坚固无比的结界、操纵了几十名宫女的心智，还差点要了我的性命，如今它竟安安静静地躺在三师兄的手心里，而三师兄将它给我的模样，就好似递给我一块糖果一般漫不经心。

"拿着它。"三师兄重复道，"不必害怕，只要无人操纵，它不过是一块石头而已，毫无作怪之力。"

我惶然又疑惑，但见三师兄这般坚持，还是犹犹豫豫地将它接了过来。

它在我手上闪烁着微微的蓝光，恍若夏日的萤火。

四师兄看看三师兄，又看看我，虽然他没有见过这块玉石，却似乎也突然明白了什么，张大嘴巴，不敢相信地道："三师兄，这该不会就是……是皇宫里的那块妖物？"

三师兄点了点头，郑重道："我今晚同大师兄商议过，因为此行甚是艰险，不知会遇见什么样的阻碍，而这块灵石固然力量可怕，但若能为我们所用，将会是我们的一大助力。小烛，之前在皇宫里，只有你能接近此石而不被其伤害，甚至可以借它发挥极强的灵力，所以我们决定，暂由你来保管它，待到可能使用到它的时候，再另行商议。"

我回过神来，愣愣地看着手中的鹤纹玉石。

三师兄说的，似乎也不无道理。我们虽然没能查出皇宫里暗中借石施法的人到底是谁，但三师兄既然将它带出了皇宫，它自然可以归我们所用，这样一块强大的法术媒介，说不定到时候真的能派上用场。不过，还是有一个奇怪的问题……

“但三师兄，当时既然是你降服了它，你为什么不……”四师兄欲言又止。

而三师兄已不欲多言，转过身去，“已经快四更了，你们都回去睡吧。明日辰时在秋岚堂门口见，准时出发，不可耽搁了时辰。”

我与四师兄互望一眼，一起点了点头，“是，三师兄。”

从枫园回到卧房，已是四更时分。

我将那块鹤纹石放在枕边，盯着它看了一会儿。蓝光在黑夜中萦绕着，发散着，仿佛凛冽的月光，又如瘆人的鬼火，让我又回想起这一日间发生的各种怪事，悲喜交加，大起大落，心绪很是混沌，一片乱麻。

我打了个哈欠，觉得身心都很是疲倦，便强迫自己不再去想那些事情，合上眼睛睡了。

窗外秋虫喈喈，我渐渐进入了梦乡。

可是梦中又出现了奇怪的画面。

我仿佛身处一片雪白的天地之中，有蒙蒙迷雾缭绕于眼前。有一个男子站在不远之处，而我仍是看不清他的面容，只恍惚看见他一双黑色眼瞳，宛如墨玉般明润。

我茫然望着他，“你是谁？”

他不答，只透过层层迷雾望我。他白色的衣袍像是融入了身后的雪。片刻之后，他轻声叹息，低声唤道：“寐儿……”

我如受重击，蓦然睁大了眼睛。

不知为何，突有复杂而遥远的情绪涌上心头，我仿佛觉得自己变成了另一个人，陌生而汹涌的回忆如同漫天的落雪般笼罩了我。

“你不会回来了，是吗？”我喃喃道，泪水涌出了眼眶，“你……”

我始终记不起他的名字，关于他的一切记忆都是那样模糊，但那痛觉却是如此清晰而彻骨。就在我惶然之时，面前雪白的世界突又破裂，那白衣墨瞳的男子不见了，取而代之的是一片黑暗和荒芜。

我头疼难忍，啊的一声，抱着头坐起身来。

真是个奇怪的梦。

不过说起来，我已经不是第一次听到"寐儿"这个名字了，这个"寐儿"到底是谁？哪来这么多念着她的好哥哥？

我乱七八糟地想着，迷迷糊糊地半睁开眼睛，想摸下床去桌子那里弄点水喝醒醒神，然而摸到本应是床沿的地方，触手却是一面冰凉的石头。

那诡异的触感从指尖传遍全身，让我一下子清醒了过来。

我发现自己根本不是躺在天草阁卧房的床上，而是躺在一块巨大的、冰冷的石台之上——这石台置于一片星光之下，有些像我几个时辰前见到的枫园的星光，但比枫园的星空显得更加不同寻常，只因这是一方陌生的开阔的视野，四周均是数不尽的断壁残垣，焦痕累累，像是一处被大火焚烧过的废墟。

我发呆地看着不远处一座倒塌的石墙，这时正有风吹过脸颊，一个激灵让我回过了神。

我难道还在做梦？这是个梦中梦不成？

我慌忙掐了一把自己的大腿，登时疼得龇牙咧嘴。

我又开始打自己的耳光，啪啪啪，掌力由重及轻，最后无力地拂过自己脸颊。火辣辣的痛觉告诉我，我的确不是在做梦。

可是，我明明好好地睡在自己的床上，还想着准时起床跟师兄们出发前往蜀地，怎么就突然到了这么个奇怪的地方？

这实在是太诡异了，我有点心慌，赶紧跳起，向着天空大喊道："师兄！师父！……有人在吗？"

"有人在吗……在吗……吗……"

我的声音在天地之间回荡，仿佛只有我一人存在于这世间。

天幕之上，漫天星辉洒下。我茫然四顾，看见不远处一座坍塌的建筑之旁，有一株参天大树昂然矗立，风吹着枝头欲落的花叶，淡红浅绿如同漫天的大雪，纷纷扬扬，飘飘洒洒。

我突然心中一动，想起了师父曾经说过的一句话。

"我们修道之人，不论道行深浅，但格物之能必须高于常人。就算勘不破，也定要看得穿。"

受这句话的教诲，我开始凝神思考，尽管我的脑筋不甚灵光，但还是想出了一个接近事实的可能。

这或许是一个幻境。

幻境不同于梦境，梦境由心生，幻境却是外人作怪的结果。我不知道自己惹到了什么能人异物，居然弄出这样一幕场景把我置于其中。不过既然有了线索，我便心下稍定，努力回忆起师父曾教过的话：

"若不慎堕入幻境，只需寻到施法人的破绽，便可从幻境之中脱身。因施法之人就算将幻境造得再真，也必然存在疏忽之处。或者是无风自动的树枝，或者是歪歪斜斜的壁角，只需寻到这些与常理相悖的所在，便可轻而易举破除幻境，回归真实。"

我想着这话，仰起头来，看向前方。

嗯……就好比我面前这深秋时节纷纷扬扬落下花叶的参天大树，难道还有比这个更加违背常理的东西不成？

我不禁为自己偶然一现的聪明感到欣慰不已，当即信心满满地举起右手，燃起掌心火苗，向那株大树走近，念了一个诀，便毫不犹豫地将手中的火团向它扔去。

就在火团即将触到大树的刹那，突然一道不明电光闪过，小火团登时在空中砰的一声爆破，像是夜空中突然炸裂绽放的烟火，而我整个人都被瞬间弹飞，背后撞上了那坍塌的建筑大门。

砰——

一声巨响过后，我咚的一声掉进了那黑漆漆的废墟里，扬起了漫天的尘土。

"咳咳咳！"我大咳了一会儿，好容易才透过气来。

这难道是一个妖树？

真……真疼。

我费力抬起头，透过撞开的门洞向外看去，只见那大树依旧平静地立在星光之下，绵绵地落下花叶来。花叶在风中起舞旋转，在树下堆积成浅浅的冢。

看来我还是把事情想得太简单了。但我无计可施，只好忍着背上疼痛，爬起身来，四下张望。借着星光，我隐约看清自己似是掉进了一处黑暗的废弃的宫殿里，内里极为宽阔，但桌椅四散，一片狼藉，好似是经过一场激烈的争斗一般。

不知这里曾发生过什么，但如果是有，也应该是很久以前的事了。

宫殿空旷，似能听到隐隐的回声，极广极深，这里或许曾是一个华丽无比的地方，但所有细节都被遮盖在黑暗里，难以辨识。而在殿堂的尽头，有一个巨大的晶莹的东西在发亮，隐约地闪烁着。

我微微一怔，有些好奇，不自觉地迈开脚步，向那尽头走去。

我走了许久方才走近那宫殿的尽头之处，才发现，那晶莹的东西竟然是一团巨大的冰雪。

而在看清那团冰雪的刹那，我忽然心中咯噔一跳，张大了嘴巴。

在那巨大的冰雪里，我看见了一个人。

那是一名男子，闭着双目，长发如墨般垂下，一袭月白长衣，在冰雪中折映出淡淡的幽蓝色。他被冻结在那冰雪里，犹如凝固在了时光之中，身边尚有成形的雪花流散铺陈，像是在未融化之前便被这玄冰包裹。

这是一个比那落花的大树还要更不同寻常百倍的场景。我瞠目结舌，怔怔地看着他。

我想，我这辈子从未见过如此美的人。他静静立在那冰雪里，不知是死是活，是悲是喜。尽管他合着双目，那容貌却比身旁的冰雪更加无瑕纯粹，那般无法言说，惊心动魄。我那四位师兄已是人中龙凤，可是就算四人加起来，也绝及不上此人之万一。

我呆看了半晌，鬼使神差地迈开脚步，踏过散落一地的琉璃碎片，绕过四散倒塌的几案桌椅，来到他的面前，伸出手，小心翼翼地碰了碰那凝结的冰雪。

触指冰凉。

我仰起头看着他。

这个人……究竟是生是死？在那冰雪之中，会不会感到寒冷彻骨？

就在这时，冰中的人忽然睁开了眼睛。

那一瞬间，我如遭电击，呆在当地。

我像一个被人施了石化之术的人，呆呆地看着面前的冰中男子。他向我睁开了双眼，那双眼瞳宛如千尺深潭之下的墨玉一般，深邃的颜色透出温暖的光泽，纵使是在这冰凉的雪里，依然透出那般宁静和暖意。

我忽然想起了刚刚做的那个梦，那个隔着层层迷雾对着我呼唤"寐儿"的那个白衣男子，也有这么一双墨玉一般的眼睛。我那时望着他，心中充满了陌生的回忆和刻骨的哀伤，可是现在我已梦醒，什么也想不起来了。

我只能看着他，嘴巴张了又张，最后千言万语化成了一句问话："你是活的？"

随即我发觉自己冲口而出说了冒失无礼的话，不由得惭愧，"对不住，我……"我期期艾艾了片刻，最后还是没能说出话来。

而冰中男子笑了。

他那样笑起来，无瑕的容貌在冰雪中愈发显得惊心动魄。

"姑娘，如今我该如何称呼你？"

他说话了，声音传至我的耳畔，似是对我的窘迫视而不见，只依旧笑着看我，仿佛对我的突然到来毫不惊讶。

而他这句话问得很是奇怪，就好像他之前认识我一样。我愣了愣，回答他：

"我……我叫烛。小烛的烛。啊不，烛火的烛。"我慌忙更正道。

"烛？"他微笑，"好听的名字。"

他的声音温和清润，超凡出尘，我这个可俗可雅的名字由他说出来，的确比平时好听了许多倍。

我试探着问道："那……阁下可否告诉我，你叫什么？"

"我啊……"他回答道，"我名青檀。"

青檀。

我愣了一下，模糊觉得这两个字似乎有一种遥远的熟悉感，仿佛是杳远的只言片语，乘着岁月的孤舟，越尽千帆踏过万水来到我的耳畔。可是那感觉实在是太过遥远而缥缈，我只是愣了一会儿，便将它抛在脑后了。

我剩下的想法只是：这名字也很好听。

只不过，如此美得不同寻常的一个人，便是他说自己名字是张三李四，我大概也一样会觉得好听。

我觉得自己的思想有些脱缰得过分，忙正了正神色，斟酌了半天，问了一句话："你在那里面……有多久了？不会冷吗？"

说完，我再次暗恼自己笨嘴笨舌，却不知该说什么好。

"初时会冷。如今已无甚感觉。"青檀回答，"至于多久，我已经不记得了。"

我犹豫片刻，再次伸出手，触摸到那寒冷的冰。

"你……是不是被人冰封在里面的？"我问道。

青檀眸光一动，望着我。

"我听师父讲过，仙家有封印之术，可动用五行成桎梏，将人囚禁在内。"我说道，"倘若我用火术融冰……是否能将你释放出来？"

良久的沉默。

透过冰雪，我看见冰中人一双墨玉般的眼眸，像是一泓平静的秋水，光华流转，似乎溢满了情绪，却又看不出任何情绪。

我有些发窘，缩回手来，"当然，若我此言僭越了，那当我没说……"

"多谢。只是……"青檀淡淡叹气，"谈何容易！"

我不知他说这话是何意，不过直到这时，我的榆木脑袋才猛然想起此时此刻最重要的问题。

"对了，你可知道，这里究竟是什么地方？"我急忙问道。

青檀微微一笑，"你应该已猜出来了，这里是一处幻境。"

我一惊，"那……你究竟是谁？"

"我？我同你一样，是被困在这里的人。"青檀说道。

"困在……"我四下观望，"我该怎么出去？"

"等你醒来的时候，自然会出去了。"

"那你呢？"我问道。

"我也一样。我已经做了一个很长很长的梦，或许等我梦醒的时候，也可以离开这里了。"青檀回答。

我还想再问更多，但就在此时，突然有数声钟声响起，仿佛透过层层帷幔传入我的耳中，由模糊到清晰——这钟声很是熟悉，我知那是天草阁的卯时钟，每天清晨我都会在钟声响起时苏醒。

"可是……"

然而我尚未将话说出口，已开始感到眼前的一切变得更加黑暗，所有的光亮和色彩一点一点褪去。我停下话头，愣愣地看着这一切。

在离开的最后一刻，我看见青檀微微一笑，黑色的眼瞳如同风起的潭水，荡漾开来。

"再会，烛。"

【再梦】

"小烛，你没事吧？"

马车上，四师兄关切地问我。

这一日清晨，我们收拾好了行装，准时从天草阁出发，在深秋萧瑟的日光里出了京师城门，雇了几辆马车一路向西行去。一路上我一言未发，一直在出神，导致同车的四师兄对我发出了这样的疑问。

我回神看他，"我？我没事啊。"

"你怎么一副魂不守舍的样子，是不是昨晚没睡好？"

岂止是没睡好，简直就是一夜惊魂。

不过我暂时不打算将昨夜跌入幻境的事情告诉师兄们，因为我不知该如何把那些不同寻常的东西描述出口，斟酌了很久也没想出个所以然，便最终决定放弃了。我对自己说，说不定那所谓的幻境就是一场看起来真实的梦而已，如今我梦醒了，便了无痕迹。

但这么一来，我是不是再见不到那个叫青檀的男子了？

我觉得自己心中一闪而过的失落很是不该，便告诉自己不许多想，掀起车帘看向车外的风景，感受萧瑟秋风吹过枯叶飒飒而落，拂过脸颊。

四师兄以为这是他昨天晚上给我讲了太多危言耸听的话才导致我情绪低落，甚是过意不去，为了逗我开心，他便要给我讲一些"轻松"的故事，我无法拒绝，只能听他讲了一路狐仙下凡变美女诱惑书生的神奇传说。

四师兄讲起故事来，和他平时高谈阔论一般地滔滔不绝，从狐仙和书生的前世恩怨讲到今生纠葛，讲得那叫一个栩栩如生：

"原来，那狐仙从这书生儿时就盯上了他，直到他年及弱冠才施以色诱，直到不可收拾的境地。然而当道士的桃木剑斩下之时，只听那狐仙伤心欲绝，道：'辛郎，我对你绝无恶意，只因前生你负了我，故而今生奴家特来向你索债……'"

四师兄捏着嗓子学那狐精说话，正讲到兴头上，发现我又在昏昏欲睡，不满地道："喂，小烛你到底有没有在听啊？"

我打了个哈欠，"在听，在听啦！"

日头逐渐东升，我们的马车从城里渐渐行至郊外。京师出城不出十里已是一片荒野，枯木成林，我们在林中穿梭而去，一路向西。

行到下午，本是日头高照的时候，天色忽然暗了下来，原本湛蓝的天空如同被撒上一层黄沙，污浊不堪。

"这是要下雨了？"我掀开车帘，望着天空疑惑道。

一阵狂风吹过，迎面糊了我一脸沙子，我被呛得好一阵咳嗽，好容易回过神来再往外看，竟发现天上有一股浓云突然而至，仿佛一团浓墨在水中四散开来，片刻之间遮天蔽日，整个世界仿佛陷入一片黑暗。

我发觉不对，"天怎么黑得这么快？"

四师兄也警觉起来，"这不正常！我们停车！"

前方马车里的大师兄已在大声叫道："停车！都下车！快！"

车夫勒停了马，我们五人都迅速下了车，我跑到大师兄他们面前，"大师兄，这是怎么了？"

"是妖气，我们被盯上了。"二师兄望着天上那浓云，表情凝重。

我吓了一跳，"什么？"

我话音刚落，那块墨一样的浓云突然炸裂开来，隆隆雷声宛如乱石一般轰然砸下。一道重雷就落在我的脚边砰地炸开，震耳欲聋，扬起大片尘土遮住了我的视线。

"小烛小心！"

我被惊得跳了起来，忙同四位师兄靠近在一起。

四师兄急道："别怕它！我们五人一起，结个法阵，谅这妖物也不会有多大能耐！"

他话音刚落，其余三位师兄已然占了各自位置，立成法阵。五行法阵乃是道家强术，若是施法的五人能力高超并且相当，那绝对是神挡杀神、佛挡杀佛的本事，只可惜我才疏学浅，只能勉强凑个人数。正当我试图放一招"秉双烛"出来，那火苗刚一出手，就险些燎着了二师兄的衣袖。

"小烛你别动！站着就好！"大师兄吼道。

我只得乖乖钉立在原地，看着四位师兄各显神通，四色法术齐齐发出，与那妖气对抗着。

那乌云在师兄们的抵抗之下，停止了扩张之势，然而它只是被遏制了片刻，很快又卷土重来，刹那间引来天雷滚滚，雷鸣电闪就要向我的头上劈来。

"这东西怎么……这么厉害？"四师兄大吃一惊。

三师兄忽然咦了一声，"这是……"

我转头问他："这是什么，三师兄？"

三师兄不答，眼见那妖云压顶，步步紧逼，三师兄突然举手，将那云中的雷电之气借来，刹那间幻化成数百刀剑，直刺向那妖气乌云，我的眼睛瞬间被刀光闪耀得看不清眼前的景象。

与此同时，浓云里传来一声尖叫，似是什么动物的痛苦呻吟，随即那乌云收缩又扩张，像是在不断挣扎。模糊的视线里，我看见那刀光剑影仿佛立刻化为绳索，如同牢笼一般锁住了那妖云，妖云挣扎得无力，最终败走退去了。

我们的困厄终于被解，我费力眨眨眼睛，看着天空渐渐变回清明，夕阳在地面投下耀眼的影子，一切归于平静，好似什么都没发生过一般。

"三师兄着实厉害！"我惊叹道。

四师兄也惊道："想不到三师兄还有这手本事！"

三师兄摇摇头，"没什么，只是突然想起对付这种东西，以彼之道还施彼身是最好的方法而已。"

"方才那个究竟是什么东西？"我心有余悸地问道。

"是个妖怪。"大师兄道，"这妖物无踪无影，但听它方才发出的声音，像是狐妖一类，再不就是黄鼠狼。"

"黄鼠狼？"

"是啊，说不定就是三年前闯进咱们地符阁的那只黄鼠狼呢。"二师兄说道。

"是吗？"四师兄疑惑道，"可是，那东西上次被咱们逮到的时候可狼狈得很，哪有这样厉害？"

"或许它同今日这只不是同一只妖吧。"大师兄道，他望了望天色，"这样一耽搁，天黑之前是赶不到前面的镇子了，我们就近在城郊找个客栈歇下吧，明天再赶路。"

我们都答应了。

正当我们向着各自的马车走回去的时候，三师兄忽然走到我身边，唤我道："小烛。"

我忙道："三师兄。"

"你可知方才那妖物为何而来？"三师兄直视着我。

我一怔，感觉有些莫名其妙，"这……我不知道啊！"

三师兄垂目沉吟，良久方对我说道："小烛，那妖物只怕是追随那枚灵石而来的，我们将它赶走，但它未必会甘心退去，或许还会来找你的麻烦。"

我瞪大眼睛，"找我的麻烦？"

三师兄点点头，"所以，你千万要小心，务必不能让外人知道那枚灵石的存在。"

说着，他又看向身边的四师兄，"四师弟，你也注意护着小烛，也护着这灵石的秘密，不可让他人得知这灵石的来历，知道吗？"

我忙和四师兄答应道："是，我们知道了，三师兄。"

三师兄颔首，转身离开了。

是夜，我们睡在了城郊的客栈里。

月光透过窗户射进室内，我和衣躺在榻上辗转反侧，半天没有睡着。我心里不禁思索，这次出门，倒是看到了几位师兄平时不为人知的一面，尤其是沉默寡言的三师兄，原来也是这般深藏不露地厉害。还有大师兄，自从他这次云游归来，感觉比从前果决了很多，不再是一味稳重，更有领导士者之风范了。

想着想着，我渐渐合上了眼睛，慢慢进入梦乡。

睡着不久，我便发觉自己眼前再次亮了起来。

我睁开眼睛，迷迷糊糊地坐起身来。

在我的眼前，璀璨而无垠的星空之下，有一株参天大树如同擎天之伞，迷蒙的细雪从天而落，沾在那巨树的顶上和边缘，混着巨树上落下的花叶，白色、红色和绿色的大雪纷飞而降。而我的身下，依旧是那个冰凉的石台。

我发了半天的呆，直到一阵冷风吹来，我冷不丁噗地打了个喷嚏。

昨夜的回忆慢慢回到我脑中。我竟然又来到这个幻境。

雪花贴着我的脸融化，冰冷如刺。昨夜这幻境还是一派深秋景象，今夜就已换成了一派冬日情景。我知幻境中的季节天气是会变的，至于为何会变、会怎么变，那全看这幻境自己的心情。萧萧冷风之中我又连打了几个喷嚏，只能打着哆嗦从石台上爬下来，迈开脚步，小心地顺着昨晚的路径，一路走进旁边那黑暗的废弃宫殿里。

宫殿尽头依然是那团发光的、巨大的冰雪，我一路行来，直到那冰雪之前停下脚步。

而冰中那个有着非凡容颜的月白衣男子，仍然闭着双目静静立于冰中。

我尴尬地咳了一声，小心翼翼地道："我又来了。"

青檀睁开眼睛，目光如同微笑道："欢迎。"

青檀并未对我的到来流露出丝毫惊讶，他的双瞳依旧明如墨玉，在冰雪里光华流转。

而我却百思不得其解，为何我一睡着就会来到这里？昨日在天草阁的卧房里是这样，今夜在百里之外的客栈里还是这样。不过，既然知道醒来之后就会离开幻境，我稍稍放了些心。

只是每夜都同这一名陌生男子相对，纵然他气度不凡容貌如仙，我仍是会觉得甚是尴尬。哦不，应该说是会更加尴尬。

我试图缓解这尴尬，便问起了昨晚没来得及问成的问题。

"你……一直都在那冰里面吗？"我问道。

"是的。"青檀回答。

"真的是别人将你封印进去的？"我不禁惊讶。

"不错。"

"那……这是谁干的？"我问道。

"一个故人。"

"可他为何要那么做？"

"因她恨我。"

青檀的每一句话都回答得异常简洁，而且没有丝毫的感情融入在内。我怀疑是不是漫长的冰冻已经将他从前的感情都冻没了。我不由得试想，若谁用玄冰将我桎梏在内，我定然不会如此平静，一定会天天在冰里咒骂那人的。

那个念头又在我脑中浮现，我道："说真的，如果你愿意，我可以试试用火术为你破冰。"

我不知道自己的法术在幻境之中还能不能用，按照师父的说法应是可以，但自从昨夜被那株大树毫不留情地扫了个屁股蹲以后，我就对师父的话持怀疑态度了。不过我后来仔细想了想，认为还是因为我自己法术修为太过低微所致，倘若换成法术高强的大师兄来，说不定那大树早就被他劈成好几瓣了。

白日间对付妖怪时没能帮上忙，现在我颇有些跃跃欲试，尽管我也明白自己的法术有几斤几两。不等青檀回答，我已经在仔细观察这玄冰的状态和结构，回想自己会的几种火术，试图思考出一个完美的融冰计划来。而正在这时，我忽然听到青檀的声音传来："你不怕我是坏人？出去之后，会伤害于你？"

我一愣，抬头望他。

他的眼瞳如墨，深色的潭水里仿佛映出点点星辰。

我还真没想到这个问题。

我一时语塞，道："我觉得同你……那个……一见如故。嗯，你肯定不是坏人！"

"是吗？"

"是的！"

这是实话，不过话说出口，颇有些说不清道不明的意味。

我脸微红，不想再继续这个话题，转而道："这冰着实牢固，这人真的很厉害。我是说，施法的这个人……十层暗火玄冰的心法，我只在术书上看到过，这可是冰术最高层境界，如果再辅以刀剑之类的兵器攻击，简直可以神挡杀神、佛挡杀佛了。"

"嗯，她的确厉害。"青檀说道。

"解铃还须系铃人，那铸冰之人去了哪里？若是能将那人找回，说不定破冰只是举手之间的事。"我问道。

"她啊……尚未归来。"青檀回答。

我微怔，随即道："既然这样，我就自己来试一试，若不行的话，我再想办法。"

良久，青檀方回答："好。"

我屏息凝神，念出咒诀，一缕火苗在我的掌心跃出，明亮如烛，纤细而温暖，试图烧融那玄冰。

　　然而几个时辰过去了，我一屁股坐在地上，沮丧地看着那被我烧了几个时辰却一点动静也无的冰。我甚至有种错觉，那冰是越烧越多了，仿佛我不是在烧火融化它，而是在往上面泼水一样。我心里明白这是很正常的事情，虽然说火冰相克，但施法人用十层暗火玄冰的心法铸成的冰，我再修炼几百年也及不上他，除非我能像传说中的兰氏族人一般长生不死，天天闭门不出修炼法术，或许才有一丁点同这人抗衡的可能。

　　"都怪我法术太过低微……"我沮丧地自言自语。

　　"不必自责，烛。"青檀的声音传来，"若是无法融冰，也没关系。"

　　我抬起头来，见青檀正望着我。

　　"不过……还是谢谢你。"他平静地说道，眉目间全是淡然和漠然，如同那玄冰里凝固的雪花。

　　我沮丧之中，忽然想起什么，灵机一动，说道："不，还是有办法的。"

　　我一下子站起身来，伸出手三两下从脖颈上解下那枚鹤纹灵石。

　　青檀眸光一转。

　　我将那灵石放在手心，看着它在我手掌之中安安静静地躺着，那石上的鹤纹栩栩如生，如一枚精雕细琢的白玉，温润轻巧似是全然无害。

　　我将这灵石举起给青檀看，道："看这个！别看这东西小，却着实能让人灵力大增，而且它——咦？"

　　我正想继续说下去，忽然愣了住。

　　就在我说话之间，那灵石忽然离开了我的掌心，缓缓升了起来，仿佛刚刚苏醒一般，白色的玉石上面闪烁出荧荧的淡蓝色光芒，宛如一颗细小的星辰，照亮了黑暗的宫殿。

　　我讶然仰头望着它。

　　青檀注目望着我，微微一笑，"看起来，这是属于你的灵物。"

　　"我的灵物？"我怔然问道。

　　青檀道："不错。它听你指引，受你操控，灵物并非对所有人都是如此。"

我半信半疑，不知哪来的冲动，就试着对它念了一句火诀。

我话音刚落，忽闻嘶的一声巨响，灵石忽然骤亮了起来，顷刻间爆发出无边蓝光，似乎将要把整个黑暗的宫殿吞没！

我被吓得大叫一声，后退一步，差点站立不稳跌在地上，而与此同时，有数丛火苗自我掌心轰然蹿出，攀上那无边蓝光，卷尘而来，顷刻间几已成燎原之势。

我立即后悔自己太过莽撞，只一心想着要化冰，却忘记了这块灵石是一个不可估测的东西，倘若又发生在皇宫里那样的危险，这次身旁没有三师兄向我泼水救火，我岂不是要交待在这幻境里了？

我急得团团转，却又慌张不知所措。

然而就在我以为自己要此生无幸的时候，那冲天的火势不知为何竟忽然缓了下来，不再蔓延，不再危险，而是缓缓地、安静地在那蓝光之上燃烧，却如同寒冬里一丛升起的篝火，温暖而明亮。

我懵然看着那火光，定了定神，心中默念了几声谢天谢地，随即仰头看向青檀，但升起的火焰挡住了我的视线，我只模糊看到他在冰雪里的影子。

"青檀，你可还好？"我向他问道。

"我很好。"青檀的声音宛如叹息，"很温暖。谢谢你。"

我终于松了口气，而与此同时，我忽然听见那玄冰之中有噼啪之声，我微微一怔，透过火焰的光影看去，竟见似乎有一痕裂缝自那冰中凸显，伴着那噼啪冰雪碎裂之声，愈发明晰。

难道是这玄冰终要破了？我不由得感到惊喜，心中又加紧念诵火诀，希望手中这火焰再温暖些，再热烈些……

那裂缝碎裂的噼啪声愈发清晰，仿佛那破冰的瞬间近在眼前。

我的心咚咚直跳，然而就在这时，我突然感到眼前一黑，呼吸一窒，好似被什么东西扼住了咽喉。

我的眼睛骤然睁大，身体突然变得紧绷，电光火石之间，我发现面前所有的景象，那火焰、冰雪、蓝光……一齐猛然地暗了下去。

我心道不好，知自己是要醒来了，可是若我在这时离开幻境，岂不是功亏一篑？我心下着急，拼命与那无形中勒在我咽喉上的绳索对抗，可是却无法抵挡那极为难受的窒息之痛。

叮当一声，我手一松，那灵石从我的手心悄然落下，滚在了地上。

幻境在我的面前骤然消失了，一切重新跌落入黑暗。

"呃——"

我猛地睁开眼睛，大口大口地喘着气，胸口剧烈地起伏。

客房窗外的点点星光映入眼帘，黑夜神秘而静默。原来我是被人弄醒的。

"是你吗，兰寐？"

脖间冰凉，是一柄匕首正横在我的咽喉。一个女子的声音幽凉地自耳边传来，宛如这暗夜里的一阵凄冷的风。

八

流年／易逝／

情难老／

【檀宫】

誓言是什么？

是承诺，也是枷锁。

我在桃源境向风阡许下为他所用、无所不往的誓言，从此就好似自愿戴上了他给的枷锁，愈挣愈紧，无法逃避，无以解脱。

不过这也是后话了。

那一日告别了哥哥和族人，风阡带着我离开了桃源境，回到了檀宫。

彼时已是傍晚时分，夕阳西下，半天橙红的光色笼罩着檀宫巨大的建筑，有一种怪异的华美和震撼。而那些参天大树，则在夕阳之下投落摇曳的影子。

我跟在风阡身后，尚未走进檀宫，却听见了前方传来几个声音的呼唤：

"主人！"

那些声音清亮柔美，宛如仙音。

我冷不丁一惊，好奇地探头看去，居然看见一众衣袂飘飘的仙娥正立在那檀宫之前，她们看见风阡走来，尽皆惶恐而恭敬地躬身行礼，口中喊着："主人！"

我张大了嘴看着她们，而她们更是惊讶地回望着我。

这些仙娥女子，放在人间皆是倾国倾城之色，若是被中原那几个诸侯霸主看见了，恐怕都会成为褒姒、妹喜那样的祸国红颜。但如今她们衣着单薄，屏息而恭敬地立在这檀宫之前，形同侍从婢子。

立在她们之首的是一名身穿鹅黄色天衣的极美天女，她衣着最为华贵，风华气度也最是卓尔不凡，然而她盯视着我，面上的愕然和恼火之色毫无掩饰。

我避开她的视线，悄声问风阡道："这些……都是你的女人吗？"

风阡看了我一眼，"一个都不是。"

我嘀咕道："那为何她们会在这里？"

"只不过是侍婢罢了。"

风阡没有再说话，只继续向前走去。我只好加快脚步跟上他。我尽量不去注意那些仙娥向我投来的各色眼神，目不斜视地跟着风阡从她们面前走过，穿过长长的廊桥，一路走进了檀宫的主殿。

我的脚刚刚踏进主殿，大门便在我们身后关上了。

我微仰起头，一时间恍惚失了神。

夕阳从穹顶的天窗照进殿内，映在殿内的陈设上一片浅浅红光，琉璃柱，檀木案，高达数丈的穹顶，空旷之极的殿堂，光华流转，一切都是那样美轮美奂，我恍惚觉得自己不是进入了一处宫殿，而是到了一个极不真实的幻境，而我则如同一个渺小的凡人，第一次踏入了一个仙神的起居之地。

哦，不对，这是事实，并非比喻。

"这……就是你住的地方吗？"我问道。

风阡颔首，"不错。"

我回首望向大门，"那她们呢？你说她们是侍婢，那为何这里一个人也没有？"

"除了你和白其，任何人都不可踏足正殿之内。"风阡淡淡道。

"那侍女是做什么用的？"

风阡看了我一眼，道："我不需人服侍。不过若你实在对此感兴趣，可以替她们来试一试。"

我噎了半天，只好丢开了这个尴尬的话题。

后来我才知道，檀宫之中的侍女，有天帝送来的仙婢，有慕名而来的神女，但她们长居殿外，几乎只是个摆设，几百年见不到风阡是常事。但她们皆是天界之人，而我，是檀宫里唯一的凡人。

再后来漫长的岁月里，除了一个例外以外，我与她们几乎全无交集。不过，我既然不能称呼风阡本名，又不好再叫他鹤神，便效仿那些仙娥，唤风阡为"主人"。

再再后来，檀宫花开花落，云卷云舒，朝起夕沉，晨曦和暮霭在时光里交叠变换，宛如流逝的岁月长河上历久不变的波澜。

就这样，一百年过去了。

一百个春秋更迭，一百个冬天融雪。一百年，在尘世人的眼中已是一生之久，而在檀宫这里，却无异于白驹过隙。拥有了檀体的我已如仙神一般长生不老，一百年以后，我看上去仍然是十六岁时的那个兰寐。

檀宫共有十二株檀木，并称十二灵檀。它们与凡间的檀树不同，而是十二株神仙之木，交错地伫立在檀宫的各个地方，宛如擎天的巨伞，伞骨是虬结的树枝，而那不停在飘零而下的花叶，则像是伞檐下悠悠而落的雪。十二株灵檀不受四季影响，无论春花秋月、夏蝉冬雪，永远在檀宫的每一个角落溶溶地撒下淡红浅绿的花叶。我曾问风阡这十二株灵檀有何用处，他说，凡间的花木有何用处，这些灵檀就有何用处。

我无言以对。

我住在檀宫主殿的偏殿，同风阡所居的主殿仅有一墙之隔。我日复一日地在卯时起身，前去主殿受教修炼，以备完成他要交予我去做的那件事情。

风阡是一名严师。而这一百年里，风阡从未告诉我需要我做的究竟是件什么事，但他一直在督促我习法术、习天书，万不可有半点偷懒，否则他定然会降下严厉的惩罚。

　　所谓法术，金木水火土，五行法术乃是基本，与我在人间时修习的术书大同小异，尚且不提。而所谓天书，则是一卷数十丈洁白如雪的锦帛，记载着说不尽的神界历史，看不完的神仙故事，数不清的仙境风俗和景貌……好似一部神界的百科全书。我以前从不知道，神仙的世界发生过那么多惊心动魄的故事，有那么多诡谲幽美的奇境，这些于我一个从前只知道盘古开天、女娲造人这些简单故事的凡人而言，着实是让我眼花缭乱，大开眼界。

　　每年三月的月末，风阡都会考教我的天书记忆及法术进境。然而对我这个天资平平的凡人而言，无论是学法术还是背书，都是莫大的痛苦。就如十六岁的我最怕父亲的考教一样，此时一百一十六岁的我仍是那般没出息，最怕的还是风阡的考教。

　　这一年的三月廿九，又到了考试的时候。正值晨晓时分，朝日初升，在距离主殿最近的一株檀木之下，日光透过枝叶的缝隙投下来，随风颤动，斑驳陆离。

　　"您问深目国万年前败于谁之手？"我重复着风阡的问题，抬头望着檀木枝头落下的纷纷落花，努力回想着天书上的记载，"是……不咸国？呃……不对，是犬戎？赖丘？……"

　　我模糊记得天书上有记载万年前北方大荒十国之乱的故事，便将所能记得的神国名号全背了一遍，但显而易见，全是错的。

　　风阡不答。

　　他身穿一袭月白长袍立在檀木之下，墨色长发在晨曦里熠熠生辉。在他的身后，白其抖了抖身上的羽毛，斜视着我，微哂一声。

　　"哦，不对吗？那……定然就是黑齿国了！"

　　说完，我小心地看向风阡，看他蓝色的双眸似笑非笑，在晓光里宛如晨星。

　　百年来日日同风阡相对，我已对他这非人的容颜有了不少抵抗力，就好比现在，我已经可以安稳地同他那双如蓝火一般的眸子对视而不会心惊肉跳了。不过这样也有坏处，只因每次对视之后，风阡都会对我微微一笑，用平静的语气说出对我的惩罚。

"天书第三百二十卷，《大荒北经》，再抄写三百遍。"

"……"

接下来是法术考试。

在我初次于檀宫醒来的石台之处，有四株檀木围成一片半里见方的空谷，脚下落花成冢。我刚刚走到空谷之中，尚未转身，已听得白其一声长唳，巨大的翅膀扇动，向我击来。

旋风将我的头发和衣衫卷得一片纷乱，我迅速念出木障诀，使得地上无数花叶如浪花般澎湃而上，聚于空中，在我面前形成一幕屏障。然而这屏障难不倒白其，它尾羽横扫，结界已四散破裂，花叶如同雨点般打落在我身上。我被逼得后退数步，踩在了一根树枝上，差点跌了一跤。

白其紧跟着攻了上来，我只得用金气铸成无形之刃，凝神抵挡着它的攻击。然而近战于我而言更是弱项，渐渐地左支右绌，狼狈不堪。

往常的法术考试之中，白其并不会如此穷追猛打，我不禁猜测今日大概我来到檀宫一百周年，所以白其是准备给我送一份挂彩的大礼不成？我望了望远处在檀木下风阡立着的身影，知道这次考教颇为困难，不易通过，只能脑筋急转，想着办法。

白其又是一翅膀扫来，眼见就要把我横扫在地，我灵机一动，默念咒诀，再次扬起漫天花叶聚于空中，故伎重施，让它们向着白其飞驰而去。

白其自然是不怕那些花叶，它只轻轻一拨，便穿过那花叶向我疾冲而来。而我瞅准时机，最后一刻，那些花叶突然化为漫天水珠，如同天降大雨整个向白其泼了过去。

在檀宫这些日子，我得知了不少白其的事情，比如它身为灵鹤，出身上古洪荒，灵力极强，却有个很有趣的弱点，那便是怕水。

果然，当那些檀花化成的水滴袭来，白其立即惊叫一声，张开翅膀，疯狂扇动，企图从这漫天大雨中逃脱。然而水珠沾在它的羽毛之上，并不能轻易被甩去，白其大叫一声，只得收拢翅膀，急速后退，最终退到了数丈之外，哀鸣不止。

我忍不住扑哧一笑，而此刻那些水珠从它的羽毛上滑落，落在地上，又重新变成了花叶的样子。

白其这才发现是被我耍了，翅膀一僵，只得飘然落地，立在风阡脚下，狠狠瞪了我一眼。

我冲它吐了吐舌头，做了个鬼脸。

随即我想起自己还在考试之中，不由得担心地向风阡看去，不知道自己用障眼术耍了个小把戏，算不算通过了考验。

风阡伫立在一株灵檀之下，月白长衣在风中飘动，蓝色的眸子里似有微微的笑意。他良久方道："虽然仍是未有较大进步，不过应变之力好了许多，就免了你此次的处罚。"

"是，多谢主人！"我松了口气，拭了拭汗。

这算是我五年来表现最好的一次考试，得寸进尺乃是人之常情，我既然免了处罚，便已经在幻想奖赏了。我见风阡此刻心情不错，便乘机说出了近些日子一直萦绕在心头的请求：

"主人，我已有五年未曾见过兄长和族人，心中十分思念……主人可否恩准一日，让我前去探望他们？"我试探着问风阡。

然而风阡看了我一眼，眼中的笑意减了几分。

我心中一突，心跳停了一拍。

"心有杂骛，难怪进境如此之慢！"风阡声音微冷。

我低头不言。

风阡已转过身，向着西方离去，清风中他只留下一句话，"去吧。日落之前，务必回来。"

尽管檀宫距离桃源境只有半个时辰的步行路程，但风阡并不允许我时时去桃源境探望哥哥。我不知他的用意，然而我又能如何？我不敢，也不可能对他妄言不满。

我兰氏一族数百年来奉他为主宰守护之神，对于神之言语和命令，我们只有无条件遵从。我只能安慰自己，如今我和哥哥的寿命已然是无限之长，这数年的间隔，换算成凡间的日子，也不过是数日之隔而已。

彼时已过惊蛰时分，桃源境周边的桃花开始次第开放，漫天的桃瓣在风中纷纷而落，飘然如粉色之雪，恍惚让我想起兰邑那些春末的梨花，可惜我此生此世，怕是再看不到了。

无边的桃花笼罩着农田阡陌，远远看见那个熟悉的身影，我抑制住怦怦跳动的心脏，高声唤道："哥哥！"

春天是耕种的季节，哥哥正带领族人们忙于春耕，见我到来自然是欣喜不已。他命族人摆了座席，弄了上好的酒菜款待我，我放下在风阡那里的层层防备和压力，同族人们欢聚一堂，谈长说短。

"寐儿，你在鹤神那里，一切可还好？"哥哥问我。

我想了想，不能说很好，不过也称不上多坏。

我望着哥哥的脸——哥哥的样子同十年前一模一样，当然同百年前也一模一样。不论是百年前还是百年后，只有哥哥才能让我感到内心无可替代的温暖。我笑着点点头，道："还是旧时的样子，一切都好。那你们呢？"

"如你看到的这般，很好。"

族人们脸上仍是百年前那满足而快乐的笑容。我不禁有些感慨，既然能换来哥哥和族人们的安居乐业，我在风阡那里受一点委屈又算得了什么？我正望着他们微笑，忽听得身后一个怯怯的声音唤我。

"寐姐姐。"

我转头看去，原来是我的族妹兰心。

兰心当年换身檀体之时只有十五岁，如今也依旧是百年前那个豆蔻初成的姑娘的模样。在桃花源的一百年里，她依旧如从前那般内向寡言，甚少说话，这一次却破天荒地主动来找我，望着我欲言又止。

"许久不见了，兰心。"我微笑地看着她，"有什么事吗？"

兰心踌躇片刻，问道："寐姐姐，你日日同鹤神在一起，知道的定然比我们多，你可知道……现在外面世间如何了？"

我闻言一愣。

外面的世界，如今怎样了？

一百年来，风阡令我读天书习法术，却从未告诉过我，如今的人间是怎样一副光景。我不禁陷入沉默，回想百年前的世间红尘……

秦王不可能寻到长生之法，早该一命呜呼，但如今大周朝究竟是仍然存在，还是如夏商那般被后朝取代，外面的世界究竟是战乱，还是太平，我全然一无所知。

我沉思片刻，摇了摇头，"我不知道。"

兰心仍在追问："那，鹤神他是否说过，我们是否能离开桃源回去尘世间，看看那里的旧人……"

我一怔。

我突然想起，百年前我们兰氏一族在燕国避难之时，兰心曾与一名燕人少年情投意合，那名少年还曾上门来向我这名管事的族姐提亲。然而他们尚未成婚，蓟城已破，兰心被押去咸阳，那少年不明下落，这段姻缘也因此不了了之。

如今百年过去，那燕人少年早该魂归黄土，兰心对此应该也心知肚明。但她突然提出这个请求，究竟是何故……

一旁的封伯厉声喝道："心儿！你竟然还有回到那乱世红尘之心？我兰氏族人在乱世中早已无容身之地，鹤神如此恩赐惠泽赐我们桃源仙境，你不知感恩，竟还提出如此无礼要求！你若再回去那战乱尘世，岂不是去找死？"

兰心一颤，低下头，道："是，是，祖父。心儿知错了。"

兰心很快起身离开了屋子，她说过的话也没多久就被大家忘到了脑后。而我望着兰心离去的方向，突然觉得心里有些空落，想起那时候的事情，有一些不安的情绪在心底开始蔓延。

"寐儿，你怎么了？"哥哥发觉我的异常。

我慌忙收回目光，"我没事，哥哥。"

纵然有万分不舍，我还是赶在日落之前回到了檀宫。

檀宫没有建设宫墙，晚霞染红了西方的半天，也将我眼前巨大的宫殿和亭台楼阁染成一片火焰。我绕过灵檀，向着檀宫的正殿走去，忽然之间，一声鸟鸣划过长空，我一惊抬头，竟见一只青色巨鸟划过夕阳，自远处飞来，瞬息落在地上，倏然化为人形。一名身穿青袍的少年男子就这样出现在我的面前。

我不禁一愣，退后两步。

百年来檀宫除了风阡、白其和我，顶多加上南殿里那些神女，再无其他外人，更从未见过任何来访者。檀宫乃是神境，寻常闲人绝不可能无端踏入，那么眼前这位究竟是何方神圣？

而青衣少年显然比我惊吓更甚，他退后一步，惊讶道："你是谁？檀宫怎会有凡人在此？"

我啼笑皆非。这句话应该我问你才对，不过那凡人二字要换作鸟人。

"白其！她是谁？"青衣少年目光忽然抬高放远，向我身后看去。

白其从我身后低空飞至，它落在青衣少年跟前，经过我时横了我一眼。我知白其还在为上午被骗的事情耿耿于怀，不由得失笑，冲它眨了眨眼睛。

白其看起来是认识那青衣少年，对着他鸣叫了两声。我是不懂它的鸟语，但青衣少年显然是听懂了。他脸上愕然的神色一闪而过，随即向我点头，"这位……呃，姑娘，吾名青鸟，乃天帝身边之信使。此次为天帝送信而来到檀宫，是为了告知风阡神上，明日天帝将亲临檀宫做客，与他商议事情。"

青鸟？天帝？我愣了一下，随即明白了。

原来他是青鸟。青鸟乃天帝之神使，天帝帝夋平日里居住于万里之外的东方天宫，甚少出宫，而他以天帝之尊，居然会跋涉万里来到檀宫亲自来寻风阡与他商议事情，看来两人交情不浅。不过这已不是我所能关心的范畴。我现在只关心白其这只笨鸟什么时候能把斜着睨我的眼睛正过来。我真心希望它能别记仇，否则下次风阡考教时我可又有的受了。

我正寻思着要不要拿西殿内藏着的仙酿贿赂下白其，然而它已经扭过身去展翅飞远了，留下青鸟尴尬地看我一眼，亦再次化鸟飞走，跟随在白其身后离去。

我只好叹了口气，看了看天，正欲拔腿前行，忽听得身后一个尖锐的声音传来：

"兰寐！你站住！"

听见这个声音，我脚步不由得一顿，转过身来，看着远处身着鹅黄色天衣、气势汹汹跑来的少女。

"刚才来的是青鸟，是不是？"少女远远地冲我大声喊道，"是天帝伯父要来檀宫了，是不是？"

她的声音曼妙悦耳，语气却十分张扬跋扈，颐指气使。

不愧是只狐狸，你耳朵真灵，我心道。

之前说过，我同檀宫那些仙娥侍女几乎毫无交集，但也有例外。这个例外，便是云姬。

云姬是青丘仙域的公主，亦是身份尊贵的神狐。我在天书中读到过，青丘乃是上古八大仙境之一，其领导者九尾神狐一族更是受各大神仙尊敬。云姬是青丘王最小的女儿，从小倍受宠爱，但自从某一次在神仙宴会上看到了风阡，便嚷嚷着要搬到檀宫来，赖着不肯走了。

我来以前，云姬是檀宫身份最高贵的女子。当然我来了以后，这个事实本质上也没什么改变。但是自从我来到檀宫，风阡又是让我住进主殿，又是亲自带我修炼，云姬一早便坐不住，闹到了风阡面前。但风阡似乎丝毫不愿给青丘王面子，极少搭理云姬，可这并不让她感到羞愤，她反而咬紧牙关，依旧住在这里，寻求每一个接近风阡的机会。

然后她就同其他仙娥一样，成为了这美轮美奂的宫殿里一个漂亮的摆设。

我看着云姬向我奔来，修长的衣裙和无数飘带在风里纷飞摇摆，宛如彩云追月。她着实是个美极了的神女，纵在檀宫里诸多倾城之色的仙子里仍然是出类拔萃，灿如白日星辰。尽管如此，我望着她就这样奔来我面前，还是忍不住扑哧笑出了声。

云姬喘着气在我面前立定，看我在笑，杏眼圆睁瞪着我，"你笑什么？"

我指着她身上纷杂的披帛飘带，"你的带子缠得太多，要把你包成了蚕蛹了。"

我这一句玩笑话把云姬激得更是恼怒，她指着我高声道："兰寐！你一介低等凡人，最好时时记着你自己的身份！主人他可是天帝的好友，是不世出的上古大神，法力超绝，风度无匹，岂是你这样一个凡间女子能肖想的？"

我努力忍住不让自己翻白眼。在这檀宫里面，我想我大概是唯一一个不会肖想风阡的人了。

云姬自己在原地气了一会儿，好容易调整好情绪，才以一种嫌恶的语调对我说："兰寐，若是换作平日，我才懒得同你这低贱的凡人讲话，刚才青鸟定是来为帝夋伯父传信的，可是他要来檀宫了？他什么时候来？"

我笑了笑，道："你同我好好说话，我就告诉你。"

"哼！让本公主同你好好说话，你也配？"云姬柳眉倒竖。

我挑起眉，"那我可不乐意告诉你了。"

我转过身去，意欲离开。

"兰寐！我总有办法知道的！"云姬在我身后暴跳如雷，"等帝夋伯父来了，我会告诉他你一介区区凡人在檀宫翻了天，他定会劝诫主人将你赶回凡间，你休想再留在檀宫神境！"'

我回头看她，笑道："好啊，可是你为何不亲自去劝诫主人呢？"

"你……主人被你迷了心窍，才不会听我的话！"云姬愤然。

"如果主人听到你如此言语，说不定也会听从你的话，就此把我赶回凡间。"我笑道，"为何不尝试一下呢？"

"主人……主人又不让我进主殿！我见不到他，怎么跟他说话！"云姬咬牙道。

"哦，这样啊。"我一副恍然大悟的样子。

云姬气得发抖，又无计可施，咬牙切齿地瞪了我片刻，口中言语了两句"凡间贱女"，恨恨地扭头走远，一会儿就不见了影子。

一百年里，云姬对我的敌意一如当初，丝毫未减。只因我住在主殿，并不经常见她，但一旦我出殿碰到她，就会被她用各种各样的言语和行为挤兑和威胁。除了她不敢打我以外，所有能从一名神女口中听到的侮辱话语我几乎都听过了。不过，我从来不会同她计较太多，因为平日里时时要同风阡待在一起，这位大神给我各种无形的压迫实在太大，能时不时同云姬这样的纸老虎斗斗嘴、扯扯皮，倒也能让我轻松些许。

我正欲拔腿前行，忽听得身后又有声音传来——

"你回来了？"

我心中一凛，急忙转身，看见风阡正缓步走近，如同踏着苍茫的暮色和落霞，雪色长衣在夕阳中披上了一层赫红。

他竟然一直都在，那岂不是看到了我跟云姬孩童似的胡闹？我暗暗咬了下自己的舌头，忙整肃了下脸色，躬身行礼，"主人，方才有天帝身边的青鸟来此，说要为您传信……"

"我听到了。"风阡停下脚步，望着东方暗下来的天色。

我停下话头看着他。

风阡的目光在夕霭下闪动，仿佛在凝思，又仿佛在出神。

我看着风阡，回想起云姬方才说的话，心中不禁思绪纷涌。

我修习天书百年，虽然一知半解糊里糊涂，但也算知晓了天界的大部分神仙故事和仙界传说，也知道了各路大神比如天帝的生平。可是，天书中从未记载过风阡的事迹，他的来历、做过的事情、居住的檀宫，天书之上关于他竟是一片空白，全无记载。

他本应是上古之神，有着同天帝相交为友的极高地位，连青丘公主在他面前都形同侍女。然而他却又好似一个影子，在诸神魔的故事里，存在又不存在。这究竟是为何？

然而纵使我有疑惑，但这毕竟非我所能够过问的事情。我只能继续屏气凝神站立在风阡身边，等待着他的下一句话和命令。

良久，风阡将目光从东方的天空移开，蓝火一般的眼眸望着我，"明日帝夋来访，你切记跟随我左右，不可擅离。"

我一愣，低头道："是，主人。"

【天帝】

翌日天帝来时，四方神将把守在檀宫之外。他们均身穿天衣铠甲，手持长戟，带着一众神兵，面无表情地立在东西南北四个方位。

天帝带着上百名神侍浩浩荡荡地来到主殿之前，他仰起头，声音铿然如同金铁，"风阡，老友不远万里前来，你竟不亲自来迎接？"

我从主殿的琉璃窗向外望去，看见如今的天帝——帝夋正背手立在主殿之外。他身形极为高大，一身华丽的金黄色天衣长袍，宛如旭日正升，容貌气度极是不凡。

帝夋的声音刚落，一个女子的声音突然从旁边传来，"帝夋伯父！"

我往旁边看去，正见云姬急匆匆地从一旁跑来，身上的披帛彩带如同蝴蝶一般追逐着她。她今日看上去精心打扮过，如同绽放的雪莲一般清艳脱俗。

她还是想方设法知道了天帝来檀宫的日子。看来帝夋同青丘王相交甚好，云姬才会以伯父之名当面称呼他。

帝夋看到她，笑道："云儿，自我上次从青丘将你送到此处，算来已有五百年没见过你了。你在风阡这里可还好？"

云姬一噘嘴，委屈道："一点也不好！主人他从不让我进主殿，我同其他仙子一起住在离这里好远的南苑里，有时好几年才能见他一次，而且还有……还有个凡——"

帝夋眉头一皱，但还是说道："云儿啊，风阡性子本就冷淡，你既然选择了此路，便不要抱怨。不过，若是你哪天住得厌了，我自会告知你父亲接你回去。"

云姬还想说什么，但此时开门声响起，风阡已立在他们面前。

云姬看到风阡，登时一句话也说不出来，只慌慌忙忙地行下礼去，声音微颤，"主……主人……"

风阡脸上仍是一如既往的微笑，对帝夋道："远途辛苦，请进。"

帝夋坐在主殿的宾客席上时，脸色有些不豫，埋怨道："风阡，云姬那丫头性子倔，连她爹都拗不过她，亲自托我出面圆她心愿，让她住到你这里来。你怎好不给我面子，怠慢于她？"

风阡淡淡一笑，"你不远万里来到檀宫，就是同我谈论此事的？"

帝夋一怔，仰天大笑，"自然不是。好，不提这个，那我上次送来三十六名仙子舞姬，今日就让她们来跳舞助兴，如何？"

风阡冷淡道："我不喜外人扰乱此处清净。"

我这才算是明白了，听说帝夋此人喜好美女歌舞，便以为所有神仙都同他有一样的爱好，于是往风阡这里送了这么多美丽的仙娥，连对风阡有意的神女云姬，他也一样送来了檀宫。他以为自己是在成人之美，只是看起来风阡并不怎么领他的情。

帝夋叹道："你竟还是如此清心寡欲。那么也好，你这里可还有上次的清潭仙酿？我此次可是准备好了肚量，定同你一醉方休！"

风阡此次终于点头，唤道："寐儿。"

我闻言，便捧着一盘玉壶酒杯走了过来，低头奉上。

帝夋这才注意到我。

他看见我，先是微微一惊，随即皱了皱眉，"风阡，你这里怎会有凡人在此？"

帝夋向我投来略显震惊的眼神，那眼中的不屑和鄙夷同云姬如出一辙。我想起昨日青鸟见到我时的震惊和尴尬，想来神仙们看到凡人都是这般瞧不起。我再次想努力地忍住翻白眼，但不知为何，今天这个白眼居然翻了过去。

如此公然对天帝不敬，帝夋一愕，他身后的神侍立即呼道："大胆！你——"

帝夋抬手制止了他，转头询问地看向风阡。

"寐儿是凡人，亦是我檀宫之人，为何不能在此？"风阡声音平静。

帝夋看了看他，又望了望我。而我一言不发，把酒放在几案之上，便转身想要离开。

"寐儿。"风阡忽然唤住了我。

我停下脚步，回头望他。

"过来，坐在这里。"风阡指着他身旁的位置。

帝夋不悦，"风阡，我欲与你共饮，并要同你讨论神界大事，你何以令一名凡人在旁听我们谈话？"

"寐儿并非一般凡人。她是我檀宫主事之人，亦是我唯一的弟子。"风阡并不理会帝夋的反对，"寐儿，好好听着。事完之后，我会询问你的看法。"

我知这又是风阡的考教，只得不情愿地蹭回来，在帝夋及其神侍各色神情交杂的目光之中，跪坐在了他身旁。

帝夋顿了一顿，只得不再理会我的存在。他伸手执起一盏玉樽，双手举起，道："风阡，你我已相识万年有余，虽有数百年未见，但愿情谊不改，老友在此先敬你一杯！"说完，帝夋仰头，将那樽中仙酿一饮而尽。

风阡亦执一樽酒，示意后饮下。

之后二人闲聊寒暄了许久。事实上，说是闲聊，倒不如说帝夋一直在谈笑风生，而风阡则在一旁安静不言，偶尔点下头表示附和。不过我从对话中听出，他们的确对彼此很是熟悉，许多话点到即止，心照不宣，那必是多年的相识才能达到的默契。

事实上，我对帝夋也相当熟悉。天书《帝纪》里有讲述他的生平。帝夋本是先帝颛顼之侄，后来曾在数千年前的共工之乱立下功劳，故而得以继承帝位。据说当初共工怒触不周山，令不周天柱倾塌，洪水猛兽祸世，日月暗淡无光，而帝夋率祝融等神将奋力平定叛乱，修复天柱，后又得女娲大神出手相助炼石补天，天地才得以渡过这一浩劫。

我正努力回顾着天书中描述的共工触柱一节历史，不想帝夋在一旁也正好说起了同样的话题："想那七千年前，共工叛乱，引起天柱崩塌，生灵涂炭，吾伯父颛顼时任天帝，却险些因战而亡，当初若不是你出手相助，不仅我神界崩毁，连这天地也要重归混沌了。"

我闻言不觉微微一惊。原来当初帝夋平共工之乱，是靠了风阡的帮助？那为何天书上未曾提起过？

帝夋说完，瞥了我一眼，似乎在斟酌我的存在是否还能让他继续话题。

我转开头，假装四处看风景。

帝夋沉默片刻，放下酒樽，道："风阡，数千年来，不论我遇见何样难题，一向是你最有办法，无论何事都能助我解决。我这次来，也是遇见了另一桩棘手之事，想要请教你的看法。"

"请讲。"风阡微微抬目。

帝夋道："数月之前，我接到西域巫礼神王之报，称他所辖地界发现上古魔兽逃出的踪迹，向我讨要封魔之钥，我没有多想，便将封魔之钥给予了他。然而与此同时，有地仙向我告发，说巫礼并非想要用封魔之钥封印魔兽，恰恰相反，他意欲借神钥之力将那封印的魔兽放出。疑惑之下，我派人追踪封魔之钥使用痕迹，果见神钥只有一次解印之痕迹，并无封印痕迹。巫礼竟的确是拿封魔之钥释放了一只被封印的魔兽。"

我在一旁仰头望着檀宫的穹顶，心里一边寻思着帝夋所说的话。

我从天书上读到过巫礼王此人。我知他乃是从颛顼先帝起便镇守西南的神将，曾在上古神魔大战时期力挫魔军立下功劳，后来帝夋登位，便将西南一带的神境凡土封给了他，从此称巫礼神王。据说巫礼艺高人胆大，受封神王之时，曾要求帝夋立下承诺，对他所辖之地上的作为不可有丝毫干涉。彼时共工之乱方平，神界内忧外患，须得仰仗神将全权把守边境，帝夋顾不得其他，便答应了他。于是几千年来巫礼王一直驻守管辖着西南诸神境。

而所谓魔兽，一般都是魔界之物，女娲补天之时封印过大大小小不下百只，并不如何稀罕。不过作为一名堂堂神王，居然会去特意释放一只魔兽，这的确是比较奇怪的事情了。

"巫礼生性暴躁好斗，我怀疑他是欲与南荒魔国私战，才会向我讨要封魔之钥。无论如何，其中必有古怪。"帝夋道，"然而我碍于先帝面子，更加上几千年前的许诺，就算对他的作为有所怀疑，也不便派人查探。所以此次前来，是想要询问你的看法。风阡，依你之见，巫礼王释放魔兽，究竟是要做什么？"

是啊，究竟是要做什么呢？

我正望天出着神，忽听得身边风阡唤我："寐儿。"

我赶忙扭回头来，低头答应："主人。"

"依你之见，巫礼此举，是为了什么？"风阡道。

"啊？"我一下子蒙了，傻眼看着他。

我又不是巫礼肚里的虫子，如何能猜出他究竟要做什么？

"我……"我一时语塞，斟酌半天，道，"我不知真相，再怎么猜也猜不出来，除非……"

"除非怎样？"风阡问道。

"能亲眼看到他在做什么，才能知道吧。"我道。

"寐儿说得不错。"风阡微微一笑，"不如我们现在就去看看，巫礼释放出被封印的魔兽，究竟是要做什么。"

我张大了嘴巴。现在就去？

帝夋不禁皱眉，"但我曾许诺巫礼，不干涉他在封地的任何作为，若我现身……"

风阡放下手中酒樽，"无妨，我自会做出隐形结界，届时我们只需在旁观看便好。巫礼不会知晓我们的存在，也不会知道你看到的任何事情。"

帝夋沉吟片刻，最终点头，"若你肯帮忙，那定然妥当。"他袍袖一挥，向身旁的神侍吩咐道，"备车！"

【巫礼】

就这样，天帝乘着神侍驾着的九色天车，而我则跟着风阡驾于灵鹤白其身上。一路彩云追月，我们来到大地西南。

这是我百年来第一次来到除了桃源和檀宫以外的地方。天上烟云缭绕，宛如白雾，白其飞得极快，鹤翅一上一下，已飘然万里。

我们到达西南大地时，已是黄昏时分，绚丽的晚霞坠于西方的天空，我探出头向地上望去，透过层层云雾，只见丘陵连绵，此起彼伏，血色的杜鹃花朵如同燃烧的火焰，燎原一般从山坡上直烧下去，漫山遍野。

"真美。"我由衷叹道，"而且这山、这花、这景色……看上去就像凡间一样。"

"这里就是凡间。"风阡说道。

"啊？"我冷不丁一惊，"我们不应是去巫礼王居住的神境吗？"

"这里万年以前曾是女娲的封地。女娲死后，便由巫礼接管。"风阡道，"凡人是女娲亲手所造，她与凡人感情极深，故而执意要在凡间与凡人同住，西南没有神境，巫礼居住之神殿，也是在这里的苗山中。"

我有些惊讶，这时我们已然到了苗山之外，白其扬颈长鸣，收翅停在了山头一朵云上。天帝的九色天车亦收了辕辙，停在我们的旁边。

"然后怎么做？"帝夋皱眉，"我们难道要潜入巫礼的神殿？"

"不必了。"风阡道，"看那边。"

我放眼望去，在风阡指出的方向，有七色清云袅袅而升，在天际盘旋。我知这清云乃是仙神之气，七色彰示着此仙神极高的品阶。我们随着脚下的祥云慢慢靠近，果见那清云升起之处，一名神仙男子远远坐于高高的山巅，惬意地低目向山下望着，天衣神冠，面目俊朗，右面脸上有青龙之纹，正是堂堂的巫礼神王。

"真是巫礼。"帝夋惊讶地望着他，"他不在神殿待着，在这里做什么？"

风阡袍袖一扬，我们的面前忽然出现一层薄雾，随即那雾化为万千白色细丝，最终消失成透明，我知我们被他罩于了隐形结界之内。巫礼果真并未发现我们，我们的祥云便悄悄停在了对面的山头。

"小心些，寐儿。"风阡道，"向我靠近一点，当心跌下去。"

我向风阡身边靠了靠，目光却不由得被两山之间的山谷吸引，探头向那山谷望去。

那里聚集着许多男女老少的凡人苗民，正在进行一场盛大的祭祀。

这祭祀之礼我再熟悉不过。一百多年前我同族人们在兰邑，也曾经是这样虔诚地祭祀我身边的这位鹤神风阡的。我看见上千苗民盛装而立，恭敬而有序地围在一处石砌的高台周围，而那高台之上，大祭司正将贡品放于一尊巨大的石像之前，那石像人身蛇尾，正是女娲的神像。

我不由得抬头，看向山那边的巫礼。

巫礼也在低头看着这祭祀，然而他表情古怪，嘴角带着不屑而嘲讽的笑。

祭礼开始了，大祭司唱起祝歌，数千苗民尽数拜在地上，向着女娲神像虔诚朝拜，祈求着风调雨顺，和平安宁。

我不禁默然。女娲早在数千年前就已因炼石补天力竭而死，这里已成为巫礼统治的天下，但苗民们依然记得这位大地之母，爱戴她，怀念她，祭祀她，然而……

我又望向巫礼，这时他脸上嘲讽的笑意更深了。

正在此时，东南方突然传来一声巨响，一块巨大的山石从半山滚落，向着人群的地方砸去。

祭礼登时被打断，所有苗民都停下了祝歌，躲避着砸下的山石。高山隐隐发出轰隆之声，似乎即将崩裂，有苗人小孩被吓得大声哭泣起来，哭声和大人的训斥声此起彼伏，人群耸动，陷入了一片混乱。

混乱之中，一名黑衣苗人突然从人群中跑出，跳到半山的高台之上，大声向着正在维持秩序的主祭司吼道："大祭司，你可知道，这是巫礼大神之惩罚！倘若你们再蒙昧不化，继续祭祀女娲，惹得神王恼怒，只会降下更严厉的惩罚！"

大祭司回望着那名黑衣苗人，冷哼一声，高声道："阿朗措！你这是被妖神蛊惑，迷了心窍！我苗人祭祀女娲已有千年，女娲娘娘是我们唯一信奉之神，让我们更改信仰，休想！"

此时那东南山体中传来的轰隆声更加响了，仿佛整个山谷大地都在震动。

"这是神王降下的惩罚！"那黑衣苗人再次大声呼道，"除非你们推倒女娲神像，改为祭祀巫礼神王，我苗民才能继续生存！否则神王降下惩罚，千万苗人子民无人能逃脱！"

苗人大祭司亦高声道："不过是普通的山石崩落，不必惊慌，更不必听信阿朗措的胡言乱语！所有人跟我回村暂避！"

在祭司们的指挥之下，苗民们人群涌动，向着山谷口奔跑撤离。然而此时，彼山上的巫礼脸上的笑容消失，我看见他的手抬了起来，口中似在念什么咒诀。

不到片刻，东南方的高山突然间轰然爆裂，山石伴着尘土滚滚而落，与此同时，伴着一声震天长吼，一只魔兽从那崩裂的山中现出身形，满身鬃毛，青面獠牙，竟是一头魔貘。

那魔貘堪堪有一丈多高，破山而出，吼声震彻山谷，它横冲直撞，向那祭台之旁的人群冲去。数千苗民登时如同池中惊鱼，四散奔逃，却无人能冲得出去狭窄的山谷口。

苗人中许多壮年男子皆拿出佩刀向魔貊砍杀，几名会法术的祭司也纷纷使出毒术蛊术，然而凡人们修为低微，怎可能与魔兽抗衡，在它的魔爪之下，凡人们显得是那样不堪一击。很快，魔貊张牙舞爪，在山谷中狂奔，践踏之下，苗民尸首无数，哭喊声震天，一切宛如人间地狱。

而彼山之上，巫礼脸上再次慢慢露出了笑意。

帝夋摸着下巴，道："原来巫礼向我借封魔之钥放出魔兽，并非与魔国私斗，而是为了教训此地的凡民。"

风阡在旁不语。

"既然如此，倒是我多虑了。"帝夋道。

他们二人言语神态如此平静，似在讨论一件再寻常不过的事情，而我却冷汗涔涔，睁大眼睛看着山谷里的这一切。

我仿佛看见一个小女孩在血地里大哭，哭喊着她的亲人，却没有任何回应……我骤然想起十三岁那年，兰邑被秦兵踏平的那一天，那漫天的黄尘，遍野的铁骑，族人们的鲜血和尸体……

过了百年，我本以为自己已然忘记，可是那些噩梦竟然以这种方式重现在我眼前。我脸色惨白，几乎窒息。

"主人，天帝，为何不救助他们？"我忽然问道。

帝夋瞥眼看着我，"你说什么？"

"为何不救助他们？"我追问道，声音颤抖，"难道你们看不到他们的困境？你们可知，陷于困境却难以得救，是何等绝望？"

"我们是绝不可能现身的。"天帝扬眉，"巫礼当年乃是先帝与我忠心耿耿的部下，伴我出征平叛，立下汗马功劳，况且七千年前我曾答应过他，涉及他领地之事，绝不插手。若我就此食言，岂不是颜面尽失，以后将如何居于天帝之位？"

"但你的部下已非当日神将，如今他仗着你的信任和庇护，横行世间，甚至四处欺凌屠杀，这些苗民只是不愿更改信仰，有何罪过？"我言辞激烈，直视着帝夋，"这数千苗人的性命加起来，难道也比不上你的面子？"

"凡人，"帝夋挑眉，"若今日不死，过个短短数十年，他们迟早也会死的。你既然是凡人，岂不闻'天地不仁，以万物为刍狗'此语？对凡人而言，神即是天。凡人命该如此，生死往复，皆是天意，你可明白？"

我看了看风阡。而风阡望着我，似在沉思，依然没有言语。

我张了张嘴，复又闭上。我想到了兰邑之战那日的风阡，那时候他也是如今日这般，高高在上，置身事外，天衣不染丝毫血尘。是啊，他们是高高在上的天神，何须为那些泥土所造的凡人命运挂心劳神？

天地不仁，以万物为刍狗。很好！

我的手紧握成拳，没有再试图说服他们。

"你们都是冷心铁面的仙神，自然不会对他们有丝毫怜悯。"我望着山谷里横行的魔兽和那些正在死去的苗人，低声自语，"但我同是凡人，一百年前，我也曾经与族人们一起陷入绝境。那般刻骨之痛，终身难忘。如今让我袖手旁观，我实在难以做到！"

我向前两步，走到结界的边缘。若再向前一步，便会迈出结界，掉入深谷。

"寐儿！"风阡厉声唤我。

我没有理他，纵身一跃，已从结界的边缘跳下。我自云端向着那山谷一路跌落下去，头发和衣袍在风声中乱成一片，呼声作响，我在空中转身，用土术召唤出乱石，然后于乱石处借力，踏足而下。无边乱石在我足下出现又坍塌，稍差一寸，便会跌下万丈深渊。我凝神踏步，在最后一块石头消失之前，从空中落在了苗山之巅。

山顶的巨风猎猎，我看见对面的巫礼神色一变，盯视着我。

我无暇顾及他，迅速用金术幻化出一柄光剑，从山峰上冲下，直向那魔貊刺去。魔貊正好横冲直撞到此山之下，被我当头从空中刺中后颈，大吼一声，宛如山崩地裂。我顺势骑在它的脊背之上，抓住它身上的鬃毛，使劲用剑气砍杀它的头颅。

魔貊拼命颠簸着，试图将我甩下它的身体。魔貊身上的凶魔之气袭来，我感到脑中一片眩晕，心脏突突乱跳，似要跳出喉咙。我忍住了喉咙中所有不适，使出浑身解数同它搏斗。

此时山谷里的人群已四处散开，受伤的魔貊发了疯一样向北面的山上奔去，那里山势陡峭，它与山体几乎呈垂直之势，而我吊在它身上，险些被它甩下山崖。在魔貊快要跑到山顶之时，我咬紧牙关，奋力一跃，踏上它的头颅，翻身站上了北面的山巅，紧接着向魔貊击去了最后一道剑光。魔貊大吼一声，前爪乱抓，没能抓稳山石，就此被我刺下高山，在数十丈之高的空中径直掉下，重重地摔在山谷里，在地上砸出一个大坑，尘土飞扬，落石翻滚，再也不动。

我立在山巅，喘息着，努力运气，好一阵才驱除了魔气的侵蚀，止住了脑中的眩晕。山花烂漫，几只青黛色的蝴蝶绕在我的身边飞舞盘旋。

一时间，仿佛整个世界陷入静寂，过了好一阵，山下幸存的苗人们才反应过来，渐渐群情激奋，窃窃私语，仰头望着立在北方山头上的我。

"难道是女娲娘娘显灵？是女娲娘娘复活了？"

"不，不是女娲娘娘，是另一名仙子神女！"

"那是苗疆百年不遇的苍蝶……难道是苍蝶神女降临？"

"叩谢神女救命之恩！"

苗人们纷纷向我叩拜，无论是祭司们还是平民老少，脸上均是难以描绘的虔诚而感激。

而我想对他们说，我不是什么神仙，我同你们一样，也是个凡人，只不过是个活得略久的特殊凡人罢了。但我此刻没有工夫同他们对话，因我看到东方山巅上的巫礼神王，此刻正从他的神座上缓缓站起身来。

"你是谁？"巫礼望着我，青龙之纹仿佛在他右脸之上攀爬生长，怒意尽显。

我哼了一声。

"不敢。微名兰寐。"我自报姓名，丝毫不以为意。横竖我说了你也不知道我是谁。

巫礼是仙神，他若不想现身，凡胎肉眼是感知不到他的存在的。而他此刻发现我居然能够看到他，震惊之下，更是恼怒。

"大胆凡人，敢管本座的闲事，哼！"

巫礼从牙缝里挤出这句话，突然拿起手杖指向我。他手中蛇杖倏然射出一道青光，宛如从远方袭来的一条青蛇，破空而至，猛然刺入了我的胸膛。

事实证明，檀体由灵石而生，可以长生不老，却绝非刀枪不入。

面前一片青白的光骤然闪过，仿佛世界整个塌陷了下去，我猝不及防，蓦然睁大眼睛，看到自己的胸前有淡红色的血慢慢流出，身体好似瞬间没有了重量。

我失去了平衡，身体就此前倾，向着面前的山崖落了下去。

"寐儿！"

一声急呼伴着风声在我耳畔掠过。知觉消失以前，我在眼角的余光里，看见风阡如疾风般而至，而他的身后，是盘旋的苍色蝴蝶，是夕阳里异常绚丽的霞光。

【灵烛】

醒来的时候，蒙眬中我感到自己似是躺在一人的怀抱里，那怀抱似是温暖，却又异常冰冷。我本能地靠着他缩成一团，如同受伤的鸟蜷缩在巢。

漫长得如同过去了一生之久，最终我睁开眼睛，冷汗涔涔。

"醒了？"

面前的世界渐渐清晰，我首先看到的是风阡冰冷的蓝色眼瞳。

我呆呆愣愣，发现自己竟然躺在他的怀中，枕着他的臂膀，他冰冷而无瑕的容颜离我是那般近，我甚至可以闻到他发丝上的清香。

我吓了一跳，想要从他的怀里滑下去。然而我只是稍稍一动，胸口便传来剑刺一般的痛感，一瞬间几乎心脏都停止了跳动。

"别动。"风阡皱眉，沉声道，"伤口还未愈合，你若乱动，只会前功尽弃。"

我浑身僵硬，不敢动弹。过了好久，我目光微动，发现这是在檀宫的主殿里，琉璃穹顶映出窗外冬天的一片荒芜，天空苍白，大雪弥漫。我怔然，回想起昏厥以前，映入我眼帘的尚且是春日满目绚烂的杜鹃花山。

"我……睡了多久了？"我问。

"睡？"风阡微微挑眉，"你半死不活，已经昏迷了十年。"

我心头咯噔一跳。

十年？

"檀石不似泥土那般有自愈之能，檀体一旦受伤，须得漫长的时光方能修补愈合。"风阡缓缓道，"我本以为你会昏迷上百年，已做好为你织魂的准备，不想你十年便已醒来，已算是万幸了。"

风阡的声音虽然平静，但我能听出他的怒意宛如深潭下的暗流，虽表面不动声色。

我垂下眼睛。

"对不起，主人。若您要责罚我，那尽管责罚。但……就算再让我做一次选择，我仍会选择跳下去。"我倔强地说道。

风阡冷冷地看着我。

"此言当真？"

"呃……"我一时语塞。

我能感受到风阡全身都是冰冷的怒火，宛如冰雪下的熔焰般将我包围，烈烈灼烧，却又寒冷刺骨。我认识风阡百年以来，他一直都是波澜不惊、疏冷淡漠的模样，这是我第一次见他这般生气恼怒。我不由得想起自己当时虽然一时逞能，但这后来的十年里估计没少给他添麻烦，气焰不觉弱了半截，想说点什么，却不知该说些什么好。

"主人，我……我什么时候可以下去？"我想了半天，小心地向风阡问道。

风阡看我一眼，"你觉得呢？"

"这个……现在应该还不行。"我老实地回答。

我一动也不敢动地躺在风阡的怀里，因为一旦稍稍牵动胸上未愈合的伤口，那钻心的疼痛就好像毒蛇一般啃噬着我的每寸骨肉。我只能靠着他，小心翼翼地问道："主人，那我现在……该怎么办？"

"等。"风阡只回答了一个字。

"等什么？"我摸不着头脑。

正在这时，一阵风声从殿外传来，伴着轻轻的鸣叫。我听出那是白其的声音。

风阡微微抬目，唤道："进来吧。"

主殿的大门发出吱呀声响，灵鹤白其从黑暗中飘然走来，它风尘仆仆，像是远行而归，羽毛似乎泛着隐隐的火光，带入大殿里一片温暖。

白其看了我一眼，低鸣一声，俯下长颈。

"可寻到了灵幽烛？"风阡问道。

白其恭敬地鸣叫一声。它微微抖翅，从喙中吐出一物。

那物霎时间大放光彩，凌于半空。

那是一盏红烛，通体宛如宝石般晶莹，仿佛夜中一盏明亮的红灯，将整个昏暗的檀宫主殿染上一层淡淡红光。

"难为你了。"风阡说着，伸出手来，那红烛如同听到他的召唤，从半空来到他的手心。

"这是灵幽烛？"我愣然道。

我模糊记得曾在天书上看到过此物。灵幽烛乃是盘古开天后遗留下的神物之一，传说是盘古大神的右手小指化成，据称它烛芯一旦燃起，便有往来幽冥再造阴阳之能。但灵幽烛据传被藏匿于大地南疆的火山熔岩里，有四方神兽及南灵神把守，极难找寻。我不禁看向白其，但它没有再看我，只扭身梳理自己的羽毛。

而在风阡的手中，那红烛已悄然燃起，烛芯明亮的火焰映在风阡蓝色的眼眸之中，我看见他似乎在沉思和斟酌。

然后，风阡目光微动，将灵幽烛倾斜，一滴熔化的烛蜡就此滴入了我胸前的伤口。

宛如再次被毒蛇狠狠噬咬，我猛然全身紧绷，痛得紧紧地抓住风阡的衣袍，我感觉眼前的一切突然堕入了黑暗，本能地想要挣扎醒来，而风阡的手臂箍住了我，不让我乱动。

我眼前一黑，突然陷入了半昏迷的状态，全身备受折磨，神志不清，甚至开始不由自主地哭闹。梦里我似是掉进了一个可怕的旋涡，我做了无数个噩梦，梦里时而惨白，时而青绿，时而血红，时而荒诞得无常，时而真实得可怖。反复交错，如同地狱。我竭力挣扎，却依然没能挣脱它们醒来。

"寐儿……"黑暗中仿佛传来哥哥的声音，我如获至宝，手凭空乱抓，抓到了他的衣袖。

"哥哥！"我哭喊着，"哥哥救我，我不要在这里，我要回兰邑，我要回家……"

"寐儿……"哥哥心疼地靠近，想要握住我的手，然而他顷刻间却被那无边的黑暗吞噬。我慌忙抓紧他的衣袍，却没能留住他，只将他的衣服撕下了一角。

刻骨的疼痛吞噬着我，死亡的恐惧将我笼罩，我仿佛是这黑暗里一抹随时会熄灭的烛火，一旦死去，就是无边而寂静的空洞和恐怖。

"寐儿？"风阡的声音忽然在我耳畔响起。

我慌忙在黑暗中寻找他，"主……主人……"

"没事，寐儿。"

风阡的声音温暖和煦，宛如春日第一缕清风和甘露。

我如同溺水的人抓住一根救命的稻草，扑进他的怀中，紧紧地抱住了他。

"主人……你不要走。"我喃喃自语。

我听见风阡叹息一声，"别怕，寐儿。"

我紧抓着他不放。

"我会一直在这里，在你身边。"

风阡的声音萦绕在我的耳畔，那般温柔如三月的春水，从我的耳中漫入身体，直缠绕住了我仓皇不安的心。

仿佛心中突然被什么东西一抽，我蓦然醒了过来。

我仍在风阡的怀里，怔怔地仰头看他，失神地、满面泪水地看着他。

我感到胸上的伤口有温暖的感觉渐渐升腾，那里的疼痛慢慢消失了，黑暗的恐惧也渐渐离我而去。我的瞳孔渐渐收缩，看见风阡的眼眸之中光华流转，而琉璃穹顶外苍白依旧，漫天的雪花飞舞，掩盖住了东方冰冷的日光。

"是不是……又过去了十年？"我目光迷茫，喃喃问道。

"不，只过了三天而已。"风阡说道。

我目光下移，看见风阡胸前的衣襟被扯得撕裂开来，原本整齐的天衣竟碎裂得不成样子。

"这……主人的衣服为何破了？"

风阡瞥我一眼，"你说呢？"

我脸一红，嗫嚅道："对……对不起……"

一旁的白其忽然鸣叫了一声。

风阡看向它，"不必，你去南疆告诉南灵神，就说这灵幽烛我留下了。"

白其低头应声，回身离开了主殿，展翅离去。

风阡回望向我，说道："我已用灵幽烛修复了你的伤口。再休整数年，你便可以重新开始修炼了。"

"是，主人。"我应道。

"往后再敢拿性命莽撞，定然重重罚你！"风阡沉下脸来，冷冷说道。

他目光冷峻，如冻结千年的玄冰。

我小心地点点头。

"主人辛苦了。"半天过去，我憋出一句话来，"我也没想到，那巫礼王居然会突然下这么重的手……"

"因你太笨。"风阡的声音寒如冰雪，"倘若你修习得法，怎可能被巫礼那杂碎伤及至此？"

我张了张嘴，想说巫礼岂是杂碎人等，人家可是堂堂神王，是帝夋以天帝之尊也不敢得罪的人物，我打不过他岂不是很正常的事情。不过既然风阡提到了巫礼，我不禁问道："巫礼他后来怎样了？还有那些苗民……"

"我已让帝夋将巫礼罚下神界，入凡轮回。"风阡答道。

我睁大眼睛，不由得吃了一惊。

当初前去苗疆之时，帝夋可是顾虑再三也不愿在巫礼所辖之地现身，宁可放任巫礼私放魔兽、蹂躏凡人，也不想得罪这名颛顼时代便大权在握的功臣神将，而风阡一言，居然如此轻易便让帝夋将巫礼贬下凡界。我不禁心下感叹，看来风阡在天帝那里的地位和重要程度，比我想象的还要高上许多。

"那巫礼王仗着自己是天帝神将，竟因不受供奉而对封地的苗民怀恨在心，还放魔兽屠杀他们，的确该遭到惩罚！"想起苗疆的种种往事，我愤然道，"主人英明！"

"他是好是坏，是黑是白，我丝毫不关心。但他竟敢伤你，就休想逃脱罪责。"

风阡冷冷地说道，可是每个字都是那样清晰而有分量，敲击、震撼着我的耳鼓。

我闻言一愣，蓦然抬起眼睛看他。

风阡目如清潭，又如蓝火，那仙神的容颜令我炫目，令我分神，令我沉溺。我仿佛一瞬间整个人快要掉进了那旋涡里——而我本能地知道，自己一旦沉溺，等待着我的，将是莫大的危险。

我慌忙转头移开了目光。

风阡忽然伸出一只手来，持着我的下巴，将我的脸扳了过来。

他的手指冰凉，而我的心怦怦乱跳，几乎快要跳出喉咙。

"寐儿，我赐予兰氏灵根于你，又花费百年教你法术，可不是让你随便去送死的。"

风阡缓缓说着，而他的声音比他的手还要冰冷。

我仍旧依在他的怀中，身体却紧绷得如同惊弓之鸟。大片的雪落在檀宫的穹顶，苍白的冬日之光沿着琉璃柱顺势流下，闪烁在风阡的发上，流淌在我们之间。

"我……我知道了。"我结结巴巴地说道。

"下一次，可还敢这般鲁莽？"风阡冷冷道。

"不……了。"我竭力按下咚咚直跳的心脏，直视着他，问道，"可是，我想要知道，主人所做这一切，究竟要让我去做什么。"

风阡没有回答。

"主人，"我轻声道，"兰寐换身檀体，修炼百年，究竟要去做什么？"

"你早晚会知道。"良久，他方才回答我，蓝色的眸子在寒光里闪烁如火，"不过……不是现在。"

九

霜重／九天衣／

【妖狐】

脖颈间的匕首如同阎王小鬼的追命索，我噤若寒蝉，不敢动弹。

"你是谁？"我无法转头，看不清那女子的面容，只能茫然向着黑暗里问道。

"你不记得我了？"女子的声音依然幽冷，带着几分怨恨和愤然，"那是自然。你们这些凡人贱命，最是能忘恩负义，翻脸不认人！"

我这是遇见鬼了？我不禁寒毛倒竖，结结巴巴地道："这……这位姑娘，你找谁？是不是认错人了？"

"认错人？怎么可能！"女子幽怨的声音继续道，"你就算化成了灰，我也认得你。兰寐，我三年前就找到你了，那时我追寻你的气息一直到了那天草阁，没想到误闯到一个鬼地方，那里到处都是降妖符咒，害得我灵力大损无法挣脱，被道士抓住打回兽形，我拼命逃走，躲起来休养了三年才恢复……"

她这话让我想起了什么，我讶然道："等等，你说什么？你说你是三年前闯入天草门地符阁的那只黄鼠狼精？那么白日间攻击我们的那妖云，是不是也是你？"

女子突然暴怒，一下子凑到我面前，"你说谁是黄鼠狼？本神女是神狐！怎会是那种妖怪？你们这些道人连黄鼠狼和狐仙都分不清，难怪这样无用！日间若不是那不知道是谁的人突然冒出来搅我的局，我早就抓到你了！"

她的声音好大，震得我耳膜都痛。而此时我眼睛适应了室里的黑暗，终于看到了她的脸。

纵然现在命都被捏在她手里，我内心还是不由得惊叹一声，好一个绝代佳人。即使在黑暗之中，她只着一身明黄色罗衣，仍是肤如白雪，艳光照人，五官秀美，用天仙下凡来形容一点不为过。

然而她的眸子里仍然充满了幽怨，看我的目光极为复杂难言。

我突然想起了日间里四师兄讲的那个故事。

莫不是我上辈子就是那个多情的书生，负了这位狐狸精美女的情意，所以引得她千里来追寻？如今我投胎转世早已忘却前世记忆，她却依然愤愤不平，所以定要来向我追讨情债？

我越想越觉得自己的猜测好生靠谱，刚想出口询问，突然脖间一凉，她的手一松，那匕首擦着我的脖颈滑了下去，叮的一声掉在了地上。

我一惊之下转过头去，见那女子呃的一声，脸色倏然间变得痛苦，身体痛苦地弯了下去。她剧烈地喘着气，有鲜血从她的小腹流了下来。

"好……痛……"她只来得及呻吟了一声，就跌在地上，昏了过去。

我赶紧坐起身来，看见她这副样子，立即想起日间三师兄将她击退之时下手颇重，看来她是受了不轻的伤，情绪激动之下，伤口便又发作了。我忙下床查看，见她昏死在床边，一动不动，浑身僵硬冰凉。

我心道糟糕，赶紧将她扶了起来，探了探脉息和呼吸，然而她已是出气多进气少，看上去很是不好。

倘若这位美丽的狐仙姐姐真是来找我"讨债"的，虽然她满脸戾气还总对我恶言相向，但若我就这样放任她死了，岂不是有违我道家教旨？

我赶快小心地将她拖到床上，匆匆给她重新包扎了伤口，又从行李里翻出师父炼制的"起死回生丹"，给她喂了一粒。

忙了将近有半个时辰，女子方悠悠醒转。

我嘘了一口气，擦了擦汗，自言自语道："还好没死。"

狐妖女子渐渐恢复神智，待她明白了大概发生了什么事情，脸上茫然的神色忽又转为怒气冲冲。

"用不着你救我！"她愤然扭过头去，"黄鼠狼给鸡拜年，没安好心！"

我啼笑皆非，道："我救了你这只黄鼠狼，你倒反咬一口说我给鸡拜年？"

"你才是黄鼠狼！"女子怒道，"再说一遍，本神女是神狐！是青丘国的公主！才不是什么黄鼠狼！"

连公主都说出来了，看来是伤得脑子都坏了。我哭笑不得。

"好吧，狐狸公主。"我笑道，"你可别再发火了，伤口再裂开，这会子也没地方买药，我带的金创药可就不够再救你了。"

女子的话噎在了喉咙，定定地看了我半晌，垂下眼睛。

许久，她才极轻地说了句："谢……谢谢你。"

她总算说了句人话。我正觉得有些许欣慰，她忽然又问道："喂，你项上那枚石头，为何不见了？"

我冷不丁一惊，"你怎知——"

话说一半我硬生生吞了回去。

那枚灵石因为她的打岔，不小心被我留在了有青檀的幻境里，所以现在不在我的身上。我虽然将那灵石一直系在颈上，但一直将它妥帖地藏在衣襟里没有示人，她是怎么知道我脖子上的鹤纹灵石的？难道是日间与她搏斗之时不小心露了出来，就被她看到了？

"我可没戴什么石头，你一定是看错了。"我想起日间三师兄的叮嘱，迅速改口道。

狐仙女子狐疑地看了我一眼。

"呃……狐狸姐姐，哦不，我该怎么称呼你？"我试图将话题岔开。

狐仙女子垂下头道："我叫云姬。"

"云姬？我叫烛。"我说道。

而云姬没有像别人一样对我这个奇怪的名字发笑，只是抬目看了我一眼。

"所以，你现在是叫这个名字？"她轻声道。

"我一直都叫这个名字啊！"我道，"你喊我那个蓝什么还是紫什么的名字，我可从来没听说过。话说，你确定没找错人吗？"

云姬沉默不语。

我想了想，又道："若是你没有找错，那或许是我前世的名字，那时候同你有过什么过往？只是我现在已经全然忘记了。"

云姬仍然无话。

我心想这可是我作为一名道家之人感化妖灵的好机会，若是能不动干戈，单以言语就能化解她的戾气和仇恨，岂不是功德一件，善莫大焉，便趁热打铁对她道："这位姑娘，你们是长命百岁的仙妖，或许不明白这个道理。我们这些凡人哪，一旦投胎转世，饮了孟婆汤，走过了奈何桥，那便是等同于全然变了一个人，前世无论有什么仇怨纠葛，都与今生再无干系了。所以，不管咱们从前有过什么过往，你都应该放下才是，你说是不是？"

我正苦口婆心地说着，云姬突然抬头看我。

"你又不是普通凡人，怎可能投胎转世？"云姬轻声道，"你就是你，只是不记得从前的事情了而已。"

"呃……这是什么意思？"我疑惑不解。

"罢了。"云姬摇摇头，"你记不起来就记不起来吧。你若记不得主人最好，你已经害他害得够惨了！"

"什么？什么主人？"我摸不着头脑，"原来你还是一只被人养的狐狸？"

"你！"云姬怒道，又转过头去，低声道，"好吧，念你已经忘记了前尘往事，我就不同你计较这些了。但是我来找你，就是为了通过你来找主人的。兰寐……烛，主人可曾来找过你？"

"这……你的主人是谁？长什么样子？"我道。

云姬垂下双目，她的神色忽然间变得复杂起来，"主人他名叫风阡，容貌风华绝世无双，我无以形容。但是他的样子有个最为重要的特点，就是他有一双蓝色眼瞳。你……你可曾见过他？"

蓝色眼瞳？

我想了想，老实道："没见过。"

云姬一愣。

"可是连我都找到了你，主人一定也来找你了，你怎会没见过他？"云姬喃喃道，"除非他……不，不可能，主人是不会出事的，他那么厉害，那样智慧，怎么可能有事……"

云姬双手绞在一起，陷入了苦苦的焦虑和思索中。

我愣是没弄明白她那个主人到底是个什么情况，正在试图再次开口劝导她，云姬忽然像是醍醐灌顶一般抬头，大声对我道：

"我知道该怎么做了，我要跟着你！跟着你，我就一定能找到主人，因为主人他迟早会来找你的！"

我吓了一跳，瞪眼看她，"为什么要来找我？你主人跟我也有什么前世纠葛吗？"

"岂止是纠葛，主人他对你……对你……"云姬咬唇。

"对我怎样？"我好奇问道。

云姬忽又摇头，"我不要和你说了！总之不管你去哪里，我就要一直跟着你！"

"喂！"我险些跳了起来。

"就这么定了！"云姬一口咬定，不容回绝。

【迷蝶】

翌日清晨，我顶着大大的黑眼圈，哈欠连天地从客栈卧房出来，跟几位师兄在大堂里会合。三师兄尚未下楼，只有其他三位师兄在堂中等候。

"小烛，早啊。"四师兄正跟我打招呼，一眼注意到我身后的云姬，愕然呆住。

"这……这姑娘是谁？"四师兄结结巴巴道。

我无精打采地道："是我失散多年的妹妹，现在回来认亲了。所以她今天起就跟我们同行了。"

几位师兄面面相觑。二师兄皱眉道："小烛，你婴儿时期就被师父从火场里捡回来，连生身父母都不知是谁，怎会有亲生妹妹找上门来？"

我语塞，回头对云姬说："我师兄说得也对，你怎么知道你就是我的妹妹呢，是不是弄错了？你还是别跟着我了，自己回去吧。"

"你！"云姬气得跳脚，狠狠瞪我一眼，"连个谎都不会撒，你笨死了！"

"妹妹？"此时三师兄忽然从内堂出现，望向我们。

我忙向他问安，"三师兄早。"

而云姬看见三师兄，立即浑身一缩，本能地向我身后躲了躲。

三师兄看到云姬，目光一动，眼中好似闪过一丝奇异的神色。

云姬仍藏在我身后，而待她看清了三师兄的长相，忽然眯了眯眼睛，"你，你是？我好像见过你……"

三师兄看着她不答。

我心道不好，三师兄昨日动作那样果断犀利，怕是一眼就能认出云姬的真实身份，若是云姬暴露了真身，师兄们可不会放过她，万一动起手来定是两败俱伤。我还是劝云姬别再对我胡搅蛮缠，赶紧离开为上。

但三师兄并没有多说什么，他只是瞥了云姬一眼，便站在一旁，不再理会。

三师兄的反应出乎我的意料，我正疑惑着，这时四师兄忽然问道："这位姑娘，你从哪里来？"

云姬微愣，犹豫道："我，我……"

四师兄郑重道："姑娘，你是不是从天上来的？"

云姬一惊，"什么？"

我也吓了一跳，难不成三师兄没认出来，倒是四师兄认出云姬就是昨日乘纵乌云追杀我们的狐妖了？

谁知四师兄随即脸颊一红，嘟囔道："像你这么美丽的姑娘，除了是天仙下凡，还能有怎样的来处？"

我差点被他噎得背过气去。

"是这样的，我叫云姬，自小在山野长大，没有父母亲人，也没有同伴朋友。"云姬眼眶一红，垂泪欲滴，看上去楚楚可怜，"昨夜在这客栈里逗留之时，偶然看到这位烛道长同我如此相仿的相貌，立刻觉得好像寻到自己姐妹一般，所以，我就，我就……我就决心一定要跟着她！"

我不禁扶额，险些笑出声来。说我不会撒谎，难道你就会了不成？这谎言编得蹩脚得要命，谁信谁是傻瓜。

话说回来，我和她到底哪里长得像了？这家伙装起无辜来倒是脸不红心不跳，就好像昨夜那个一口一个本公主冲我颐指气使的人不是她一样。

大师兄皱眉，还想说什么，四师兄却在一旁劝道："大师兄，那个……就让这姑娘跟着咱们，也没什么要紧。"

我们齐齐看向他。

四师兄脸又是一红，道："这姑娘看起来这么可怜，小烛也不排斥她，那，那为何不干脆遂了她的心愿呢？"

我忍不住又想笑。四师兄这个愣头青，定是看到云姬的美貌被她打动，所以就对她所说的话照单全收了。也幸亏四师兄是个道士，若他生而为富家子弟或是他自己所讲故事里的书生，那必是个为博红颜一笑一掷千金的主儿。

"哦，还有还有，我昨日算了一卦，乃是'巽为风'卦。"四师兄忙又补充道，"巽卦之象，乃是'贵人得衣禄，云中雁传书'，正巧算到我们一行得遇贵人！如今可巧遇到了这位姑娘，正是应了'贵人'的谶言，若有贵人相助，岂不是对咱们此行益处多多？"

云姬忙也附和道："对对，我会的可多了，只要你们带上我，不说能帮上什么忙，至少绝对不会给你们惹麻烦的！"

二师兄望着云姬若有所思，悄声问三师兄："我瞧这位姑娘来头不小，三师弟，依你之见如何？"

三师兄不置可否。

大师兄摇了摇头，一口否决，"不行！我们此次奉皇命出行，目标如此重大，岂能随意携闲杂人等同路？四师弟，你休要胡闹，快些上车，今日日落之前，必须赶到下一个驿站！"

大师兄摆起身份威严起来，向来是不容我们这些师弟妹置疑的，他如此一声令下，四师兄只得不舍地看了云姬一眼，随即便被二师兄拖去了门外。

云姬急着冲我道："喂，兰寐，你倒是说话啊！"

我说话？让我怎么说？我尚未回答她，此时正要向门外走去的大师兄听到云姬的话忽然顿了一顿，回身看向我们。

"你方才对着小烛喊什么？"大师兄望着云姬，微微眯目。

我连忙摆手道："什么也没有，大师兄别听她的，她瞎喊的！"

大师兄看了我一眼，说道："小烛，你也快些，我们有要事在身，莫要为无关之人纠缠耽搁。"说完，他便回身走出门，同其他师兄一起离开了。

我只得回身看向云姬，劝道："算了，云姬，我昨夜已劝过你一晚上，你偏偏不肯听，如今我师兄不让你跟着我们同行，也有他的道理，事已至此，莫要勉强，所以，你还是回去吧。"

云姬瞪大眼睛，跺脚怒道："你昨天明明都答应我了，怎么可以出尔反尔？"

我迅速拿出几粒丹药塞在她怀里，"这是我们天草门炼制的丹药，你身上的伤，日服一粒就够了，很快就能痊愈，再见！"

"兰……烛！你等等啊！喂！"云姬大喊。

我匆匆跟着师兄们走出客栈的门，把云姬的叫嚷声甩在了身后。

是日秋风飒爽，我们师兄妹五人再次登上马车，我照例与四师兄同车而行。

马车前行起来，走了将近有三里路，四师兄悄悄问我："小烛，那个云姑娘到底是什么人？"

我打了个哈欠，"是个狐狸精。"

四师兄登时睁大了眼睛，"当真？"

我想了想，"说不定也可能是个黄鼠狼精。"

四师兄一愣，思索了一会儿，却连连摇头，"云姑娘那般容貌风度，定然不是妖怪，定然是神女下凡！"

"长得好看就是神仙下凡了？"我笑道，"咱们几个师兄也长得好看，难不成也是神仙下凡？"

四师兄摸着下巴道："不过，按说如果是神仙，头上都应该有仙气才对，但是，那位云姑娘的身上，居然看不出仙神之气……"

四师兄思索半天，突然一拍大腿，道："我知道了，定然是她为了下凡玩耍，才把身上的仙气隐去了！"

我扑哧一声笑了，刚刚想揶揄他两句，突然一个声音从头上传来，"算你识相！"

紧跟着，马车顶上一声咔拉巨响，似乎即将裂开，我吓了一跳，忙向马车角落里躲去，马车的顶一下子塌了一半下来。

咚的一声，云姬灰头土脸地摔进了我们的马车中。

四师兄惊喜道："云姑娘！你怎么还是来了？我果然没猜错，你果然是个从天而降的仙女！"

"喂，四师兄，你这个反应不太对吧？"我费力地在狭小的空间坐起身来，瞪大眼睛看向云姬，"你怎么又跟来了？这是怎么回事？"

"快，快来帮我一下！把车顶封上！"云姬喘着气道，"有人来追我了，你们快别说话！"

云姬站起身来，在四师兄的帮助下一下子把坍塌的车顶重新顶起固定住。正在这时，车外忽然响起一阵哨声，穿透原野，幽幽传来。

我好奇地透过车窗的缝隙，向天上看去，只见一道青色之云正凌于天空之上，云上好似影影绰绰地站着几个人影，但看不甚清晰。

一个人影沉声道："她往哪里去了？"

"回少主，方才还在这里，突然就不见了，应该是去了那边的丛林。"

"去那边追！"

青云很快向着北方的丛林远去了。

待到那哨声渐渐消失，云姬方松了一口气，擦了一把汗，"好险！"

"追你的那人是谁？"我回头问她道。

"是我六哥。"云姬干脆地道。

"你六哥？"我奇道，"那他为何要来追你？"

"我此次偷偷下凡寻主人，瞒过了我父兄以及所有的人，父亲都要被我气死了，他们当然要寻我回去。"云姬道，"你看，如果你不收留我，我就要被人抓回去，你还忍心不让我跟着你吗？"

我哭笑不得。

"并非是我不让你跟着，是我师兄不同意。"我整了整衣衫，道，"再说了，你非要跟着我，被我师兄发现怎么办？"

"你那个大师兄不让我跟你们同行，那我偷偷跟着你不就结了！他又不和你同车，等他出现的时候，我躲起来便是。"云姬道，随即看向四师兄，"反正，你这位小师兄是定然不会出卖我的，对不对？"

四师兄连忙道："那是自然，云姑娘放心，你尽管跟着我们，大师兄绝不会发现的！"

我扶额无言，只好听凭云姬堂而皇之地坐在我身边。

这不过出发一日之间，我们便多了个莫名其妙的同伴。四师兄倒是心情甚好，对云姬殷勤道："云姑娘，路途漫漫无趣，你要不要听故事？在下不才，平日最爱博览全书，知道好多个奇谈故事，平时讲给小烛听，她可爱听了……"

云姬却不理他，突然间捅了捅我，悄声道："喂，我得问你一个事情。"

"什么事？"我看向她。

"你那个三师兄，是个什么样的来头？"云姬问道。

我一愣，道："三师兄就是三师兄，什么什么样的来头？"

"我是说，他生于哪里？身份如何？又是怎么变成你师兄的？你可知道？"云姬追问道。

我一头雾水，皱眉回忆了半天。然而我只模糊记得三师兄是在我五岁左右的时候拜入天草门下的，对于三师兄的过去我一无所知，什么也答不上来。

四师兄在一旁插嘴道："我知道，三师兄比我先几年到天草门，听说他自幼父母双亡，十几岁时流浪到天草阁门口，求师父收留他，师父见他可怜，长相又极是灵秀，便将他收为徒弟了。"

"流浪上门求你们师父收留？"云姬瞪大眼睛。

"是啊，师父就是这么说的。"四师兄道。

云姬哼了一声，道："他有那样厉害的本事，怎可能沦落到上门乞讨？你们师父也是老糊涂了。不对，你们这些凡间道人，不论老少都是一样糊涂！"

云姬如何讥刺我都无所谓，辱我天草门师门上下我却是不能忍。我瞪她一眼，威胁道："再胡说八道，我就去告诉大师兄，不让你再跟着我了！"

云姬一下子安静下来。

"那云姑娘，依你之见，三师兄真实身份是什么？"四师兄问道。

云姬一时语塞，想了一会儿，嘟囔道："我也不知道。我好像见过他，可那似乎是很久很久以前的事情，我都记不清了。"

"不知道就不要瞎说了。"我没好气道。

云姬埋怨地瞥了我一眼，赌气不再同我俩说话。

四师兄仍然时不时地偷偷看云姬一眼，但云姬一脸怒相，他便不敢贸然开口，马车难得地陷入了一片安静。

而我昨夜被云姬折腾得几乎一宿没睡，如今马车颠簸，晨光温暖，我忍不住打了个哈欠，对他俩道："我先睡会儿，你们聊。"

然后便不知不觉昏睡了过去。

起风了，我感到发丝被风吹动，拂在我的脸上。我迷糊中睁开眼睛，感到身下的石台冰冷，冷得我又想打个喷嚏。

"阿嚏——"喷嚏打过了，我也清醒了。

我又来到这里。

原来我并不必等到入夜，只需睡着，就能到这奇怪的幻境中来。我摸了摸身下的石台，心想这莫不成是一个连接幻境与现实的通道？否则为何我每次都在这里醒过来，好像是在这里出生一般？

我正思考着这次临走前要不要垫些衣物在这石台上，省得下次醒来时又被冻个半死，忽然回想起上次离开幻境时走得匆忙，正在施展的融冰火术也被打断，不知被封在冰里的青檀如今怎么样了。我忙从石台上下来，沿着道一路奔跑，正想跑进那大殿内，却发现不远处的大树下，有一个人的背影。

今日幻境里同现实一样，是秋季的白日清晨。我停住了脚步，日光照亮了我眼前的世界，我第一次看清了这里的断壁残垣。

那倒塌的大殿像是已然沉睡了千年，尘封的琉璃墙柱静静地落在地上，仿佛凝固了千年前的一场浩劫。远方晨光缥缈，笼罩着看不清明的倒塌亭台，我仍能想象出，倘若这里没有被毁，将会是怎样一处华美难言的宫殿。

所以，这个地方究竟经历过什么灾难，才会变成今天这个样子？

我的目光扫过这一切，最后停留在那一株飘下花叶的大树之下。

一个人正背对着我立在那里，他长发如墨般洒下，一袭月白长衣似乎落满了冰霜，在凛冽的秋风中极轻微地摆动。

"青……青檀？"我试着呼唤他。

他回过身来，对我微微一笑，"你回来了。"

我缓步向他走近，在他面前数尺之处停了下来。

我第一次没有任何障碍地看到他，没有了冰雪的遮挡，他的面容在晨光中却更加无瑕纯粹，美得不似凡人，令我一时觉得有些晕眩和恍惚。

我定了定神，才说道："我昨夜施法之时被打断，好在你还是成功从那冰里出来了。"

青檀点头微笑，"多谢你。"

我这时才发现，他的右手抬于胸前，手心上方悬着一枚白色玉石，在半空中微微闪烁，缓缓地旋转着，不住地散发出蓝色的光芒——居然正是我昨夜遗落在这里的鹤纹灵石。

"你也可以操纵这块灵石？"我不禁微微惊讶。

青檀颔首。

"那……你在做什么？"我问道。

"我正在尝试借它之力，将这里恢复成原来的样子。"青檀回答。

"原来的样子？"我吃了一惊。

那白色的灵石温驯地被青檀控制在手中，蓝色灵光在半空中闪耀着，发散着，至尺余外方淡无踪影。我呆呆地看着它，尚未明白青檀的话究竟是何含义。

"昨天晚上，发生了什么事情？"青檀忽然问我。

我回过神来，道："我……被一个人弄醒了。啊不，是被一只狐狸精弄醒了。"

"哦？"

我想了想，便将云姬的出现，以及后来的事情从头到尾同他讲了一遍。

"她说，她是来找什么'主人'的。"我皱眉道，"那个狐妖女子似乎认识我，可是我完全不记得她，难道这世间真的有前世今生这种事情？"

"那么……你是如何回答她的？"青檀仍望着他手中的灵石。

我道："我说，若真是前生之事，那些前尘过往早已成灰，不应该再多去纠缠，所以今生应该将那些往事放下，坦荡生活才是。她非要留在我身边，我就答应了她，希望她有一天能够想明白。"

青檀忽地目光一转望向我。

"你真的这样想吗？"

我点点头，道："那是自然。"

青檀看着我笑了，墨色的眼瞳如同一潭湖水，荡漾开来。

"你若真如此想，自是再好不过。"他如是说道。

正在这时，青檀手中的灵石忽然开始慢慢升起，周围萦绕的蓝光愈来愈强，陡然间化成一道巨大的强光蔓延开去，犹如光雾笼罩了我眼前的整个世界。

那强光照耀得我几乎睁不开眼睛，持续了足足有半炷香工夫。待那光雾稍微弱下来一些的时候，我方放开遮挡的手，抬眼看去，发现随着灵石的蓝光渐渐散去，眼前的一切竟都开始发生了巨大的变化。

　　无边花木开始生长，以那落花的大树为中心，许许多多的鲜花和青草从原本光秃的土地中竞相萌发，而那本来埋在土中的瓦砾砖石也尽皆破土而起，尽数回到它们原本的位置。

　　时光仿佛在逆流，在无边的光芒里，那些倒塌的断壁残垣仿佛获得重生，一座座亭台楼阁拔地而起，一幢幢巍峨的宫殿恍然间耸立……一切发生在刹那之间，令我张口结舌，目不暇接。

　　我张大嘴巴，震惊地看着眼前的这一切。

　　终于，片刻之后，这些惊人的变化停止了。这座如仙界行宫一般的所在完美地呈现在我的眼前，那株巨大的檀木依然如雪一般地落下绵绵的花叶，它恰到好处地点缀着这处行宫，仿佛千年来唯一不曾遭到毁灭的事物，也仿佛如今这无边幻象中唯一的真实。

　　耳畔一片寂静。半晌，青檀方叹息道："想不到，我终有一日还能看得到这里当初的样子。"

　　我不由得仰头看向离我最近的宫殿，即青檀之前被冰雪封印在内的那座宫殿。这座宫殿隐然有群殿之主之势，极高的穿顶高耸入云，琉璃砖瓦反射着秋日的晨光，宛如由冰霜铸成。

　　我不由得迈开脚步，想要走进殿里，看看昨夜那些黑暗和狼藉如今变成了什么样子。

　　"等一等，烛。"青檀突然制止了我。

　　我微愣，回头看他，"怎么了？"

　　"那里面无甚可看，我带你去别处看看。"青檀望着我说道。

　　"哦。"我犹豫片刻，点了点头，便跟着青檀向着东方走去。

　　一路上秋风微凉，玲珑鸟声穿过天际。我们在一处开阔的谷地停下，我抬头看着秋光如沐，笼罩着远方和近处无边的宫殿和亭台楼阁，缥缈无边，只觉更是震撼。

　　"这里着实美极了！"我由衷地赞叹道，"便是我曾读到过的道家书中所载仙境，也绝及不上此处万一，就连陶渊明所述的仙境桃花源也绝比不上这儿……"

我在一旁絮絮叨叨，青檀却良久不言。

我见他神情有些怅然，便问道："怎么了？"

青檀叹息一声，"我只是想起，她当年，却是很讨厌这里。"

我一怔，"她？是将你封印在冰雪里的那人吗？"

青檀没有回答。

我望着他，看着他望向远方，墨色的眸子里流露出微微的忧郁神色。想来那定是一段悲伤的过往。

"我想，那应该是很久之前的事了吧。"我忽然说道。

"是啊，的确已经很久了。"青檀回答。

我道："既然如此，就好比我对云姬说过的那样——若是很久之前发生的事，那就好比前生发生过的事情一般，不应再去纠结或是为之难过，而应放下才是。你说对不对？"

"你是在安慰我？"青檀回头望着我，微微一笑。

"算……算是吧。"我窘然道。

青檀看着我，颔首笑道："我会的。烛，希望你也一样。"

"我……跟我有什么关系？"我摸不着头脑。

青檀不答。他看着我，目光在秋晨的照映中微漾，如潭的双眸里似是有静静的旋涡，同他对视片刻，我仿佛整个人跌了进去，深陷在了他的墨色眼瞳里。

我忽然觉得脸上发热，慌忙低下头。

清凉的秋风掠过我的耳畔，无边壮阔的花木与宫殿，身边如仙神一般的男子，我能体会到的一切都是那样真实，却又令人极其难以置信。这个幻境让我恍惚而迟疑，几乎令我分不清现实与梦。

一只玉色蝴蝶从远方飞来，在我面前欢快地盘旋片刻，又施施然展翅飞走，我懵然抬头顺着它消失的身影看向远方，看着它消失在秋阳的尽头里。

我被一阵嘈杂吵醒的时候，车外的秋阳高照，已是正午时分。

云姬和四师兄正在马车里吵架。

"凭什么定要怪人家狐仙女子勾引那男子？"云姬愤怒地拍着马车上的坐垫，"一个巴掌岂能拍得响？那书生定然是先对那狐仙不怀好意，居然还不顾夫妻恩情叫来道士收妖，简直就是禽兽不如！哼，你们成日里狐狸精狐狸精叫得开心，说不定在人家狐狸精眼里，你们这些凡人才是最最可笑的呢！"

四师兄吓得缩在马车的角落，连连摆手，"呃……只不过是个故事而已！云姑娘何故如此动怒……"

我揉了揉太阳穴，哭笑不得地说："四师兄，你那狐狸精和书生的故事讲给我听听就好了，讲给别人听，看人家不笑话你。"

两个人齐齐望向我。

"小烛，你可算醒了，方才睡得那么沉，我还以为你昏过去了。"四师兄道。

云姬哼道："你终于醒了，倒是来劝劝你这师兄，以后可不要再讲这黑白颠倒、不明是非的故事了！"

四师兄挠了挠头，苦着脸道："小烛，云姑娘说的是真的吗？这个故事当真如此不堪？若是不讲这个，我还有一个某书生被别人的魂魄附身借尸还魂的故事……"

"罢罢，你那个故事也不是不能讲。"我笑道，"你以后就把故事里面的狐狸精改成黄鼠狼精吧，这样云姬就不会生气了。"

"你——"云姬又被我气个倒仰，正怒瞪我，忽然脸色一变。

"你脖子上那是什么东西？"她突然问道。

我一惊，忙去掩衣襟，"什么也不是——"

但云姬已经扑了上来，不由分说就要抢我项上的东西。她力气又大动作又快，我来不及躲闪，已经被她将那鹤纹灵石抢了过去。

云姬将那灵石拿在手里定睛一看，愕然道："这是……"

我镇定地整了整衣襟，摊手道："跟你说了嘛，什么也不是。"

临离开幻境之时，青檀将那灵石还给了我。他说只需将这灵石戴在身上，便可以此为媒，不仅是在睡着的时候，便是在白日不曾入睡之时，也可以念动咒诀自由进出幻境。

除此之外，他还教我如何以咒诀隐去灵石上的灵气和花纹，让它看起来就好似一块凡间玉石，所以现在云姬拿在手里看到的，不过是一块极普通的圆玦而已。

云姬半信半疑地看着我。

"这种破石头，你怎会跟宝贝似的戴在身上？还不让我看？"她问道。

"你哪里知道，"我伸手将它夺了回来，"这东西是……呃……是四师兄送给我的生辰贺礼。四师兄，是不是？"

我对四师兄使了个眼色，他愣了一愣，才回想起这灵石的来历和三师兄的叮嘱，忙道："哦哦，对的。"

云姬怔然，喃喃道："可是我昨天，还以为我看到了……"

四师兄问道："云姑娘看到什么了？"

云姬没有再说话，她的目光变得失神，不再看我们。

"主人，"她声如蚊蚋地自言自语，"您究竟在哪里……"

云姬陷入了沉默，不言不动，四师兄几次想要同她搭话都失败了，只好也在一旁闷闷地不说话。

我把灵石重新戴回项上，暗暗松了口气，却不由得又回想起那幻境，以及幻境里的青檀。

如今我醒来，重新置身于这真实的世界，却分不出它和幻境哪一个更加真实，哪一个更像梦境。

车外的晨光照耀而来，我望着耀眼的秋日，忽想起那只蝴蝶……在那个晨晓的迷梦里，究竟是庄周梦而化蝶，还是蝶梦而化庄周？

归期／未有／

梦已绝／

【尘心】

檀宫对我而言，到底是什么？

我究竟是喜欢这里的美丽，还是讨厌这里的孤独？

我想了很久，也没有想出答案。

但是我想，至少现在的我，还是喜欢这里的。虽然白其的鸣声时而高傲，时而不屑，虽然云姬愤恨的目光和言语时不时会出现在我面前，虽然天书和术书太厚太难，岁月又漫长得看不到终点，但我还能见到哥哥，还有族人……

还有……还有风阡。

那风阡对我来说，又算是什么？

不知为何，我总隐隐地觉得，自从上一次在苗疆受伤以来，有些事情便不一样了。

从那时开始，我不再害怕风阡的出现，也不再畏惧他的考教，甚至还隐隐期盼着每日见到他，同他在一起，即使两人在檀宫主殿里相对无言，我直面他非人的容颜之时，竟也能够感受到从心底涌上的欢愉。

然而这究竟是什么样的情感？我仍然迷茫不解。

灵幽烛泪一日日将我胸口的伤口缝合，我也因此渐渐痊愈。一年后的暮春仲夏之时，又迎来了风阡对我的例行考教之日。

这是我伤愈后的第一次考教，法术荒废日久，不知如今还能剩下几分水准，我不由得有些忐忑。我正在努力回想那些法术咒诀，檀花之下，白其扑了扑翅膀，冲我鸣叫了一声，意思是可以开始了。

我定了定神，心中默念咒诀，本想如往常一样，以金术从手中幻化出剑来与它对攻，然而我一连念了好几次，手里的金光却是杂乱无章地窜来窜去，就是不肯成形。

白其收起双翅，歪着头看我，眼里露出几分看好戏的嘲笑神色。

怎么能让这笨鸟看低我？我不甘心地试了又试，然而手心那金光嗖嗖地窜得更杂乱了，好几次险些将我自己的衣衫刮破，令我狼狈至极。

最后我没了辙，干脆虚晃一招，胡乱挽了个剑花，吆喝一声，便向白其冲了过去。

白其漫不经心地一挥翅膀，我躲闪不及，立刻摔了个狗啃泥。

漫漫檀花在风中旋转飘散，旭日当头，我满头大汗，刚想要爬起来，却觉得脚下虚浮，又是一个趔趄摔在地上。

白其饶有兴致地看着我的狼狈模样，鸣叫一声，扇动双翅，想要冲上来再给我补几下。

风阡在旁制止道："够了，白其，寐儿伤势未愈，今日便到此为止。"

白其瞥了我一眼，恭敬地低鸣答应，收翅退到了一边。

我摔得头晕目眩，摇摇晃晃地站起身来。

我知道风阡其实是在护着我，倘若我再逞能跟白其打下去，非得被它的爪子撕裂不可。这一切只因我受伤之后，功力已一落千丈，在檀宫这些年好容易修炼积攒出的灵力功底，一夕之间几乎已经败得一干二净。换句话说，我在檀宫的这二百年，算是白待了。

"寐儿，过来。"

风阡坐在檀木之旁，月白长衣在漫天檀花中微微摆动。

我心下忐忑，慢慢地蹭了过去，跪坐在他的面前。

想不到在苗疆时的一时冲动，竟然造成了这样严重的后果。回想从前的平日里，连我进境慢一些都会遭罚，这一回干脆直接全部退化归零，不知风阡这次会如何严厉地惩罚我。

抄三百遍天书？重练三百遍金术？还是像云姬所愿那般，直接把我从檀宫赶回凡间？

"伤口恢复得如何了，寐儿？"风阡轻声问道。

我一愣抬头。

却是我不曾预料到的温柔言语。

"已……已经痊愈了，主人。"我结巴道。

风阡看着我，"过来让我看看。"

我一怔，脸噌的一下红了，"那个……"

"怎么？"

伤口在胸口，怎么让他看？虽说当初治伤之时不知被他看过多少次，可那时毕竟我命在垂危，迫不得已。如今我又不再是失去行动能力的伤者，禁不住脸红忸怩，不知该如何是好。

"那个，真的已经痊愈了，主人，您真的不必再担心，我只不过是……呃……"我语无伦次地说道。

风阡沉了脸，"过来。"

我没办法，只得一点点挪了过去。

耳畔是夏日高亢的蝉鸣，我离他太近了，不由自主地闭上眼睛，紧张了半响。但是过了许久，风阡只是抬手，轻轻将我额前汗湿的头发拂至耳后。

我睁开眼睛，迷惑地看着他。

温暖的日光下，风阡的目光犹如粼粼波面，清幽如水。

"你于檀宫修习的这二百年，已全然付诸东流了，你可知晓？"他的声音平静，听不出任何喜怒。

我心中歉疚，低头道："对不起，主人。"

一阵风吹来，风阡慢慢合上双目，良久无言。

我低头摆弄着衣角，低声问道："如此一来，我要去为主人做的那件事，是不是会耽搁了？"

风阡没有回答。

我抬头看向他，只见檀花打着旋儿从我们之间飘落，他眉头微皱，看上去似是有些痛苦。

"主人……是哪里不舒服吗？"我试探着问道。

他依然没有说话。

我看着他闭着双目的样子，他皱眉的样子，仍然是美得那般惊心动魄，令我窒息。可当他闭上了眼睛，掩去了那双仙神的蓝火双眸，却也令他看上去不再如往常那般难以接近。

我愣愣地看着他。蝉鸣轰然敲击着我的耳膜，脑中思绪如同流水般涌动交错，心跳如鼓。

风阡忽然睁开眼睛，与我对望。

我一下子回过神来，慌忙低下头，脸颊隐隐如同火烧。

"你方才说什么，寐儿？"风阡轻声说道。

我定了定神，低声说道："我……我是想问，我现在这个样子，会不会耽搁了主人要派我去做的事情？"

"只是一两百年，算不上有太大的耽搁。"风阡回答。

我心下稍定，忙说道："主人且请放心，若是当真耽搁了，我也定会勤加练习，将这二百年补回来的！"

风阡目光微微一动望向我。

"寐儿，你至今仍不后悔，是吗？"他轻声问道。

我一愣，心中纠结，垂下双目。

"我……也并不是不曾后悔。"我低声道，"可是，当初的情形那般紧急，巫礼放任魔兽胡作非为，苗疆生灵涂炭，若我不出手，不知会演变成何样的灾难，只怕那千万苗民都会葬身于魔兽肆虐之下……"

我以为他是在说苗疆巫礼的事情，风阡却摇了摇头。

"我是说，你跟随我来檀宫修炼，此事亦不后悔吗？"

我一怔抬头，望着他的眼睛。

风阡注视着我。仲夏的檀宫微风如醉，檀花如梦，我不觉中又沉陷在那双眼睛里，如同溺入广阔的大海。

"不后悔，主人。"我不由自主地说道。

就这样，我在檀宫又度过了第三个百年。

在这三百年快要过去的时候，我日日勤练，试图将那丢失的二百年功力补回。不知是轻车熟路，还是天道酬勤的缘故，这一百年之后，我居然已经基本恢复了当日的功力，而且将大多数五行之术练到了中乘，作为一名凡人，这已是相当不容易。三百年后，当我再次同白其比试时，虽然仍无法胜它，好在总不至于被它打得落花流水。

而且不知为何，风阡居然也不再因练功无进境而责罚我，我每天的日子自此好过了许多。我仍如往日那般，在风阡的身边，听他教授法术，同他一并起居，在他的身边听话而顺从地修炼着，也隐藏着自己莫名的、迷茫的心意。

然而三百余年过去的时候，桃源发生了一件不幸的事情。

兰心自杀了。

我知道这个消息的时候，已经距她的死过去了两年。她被埋葬在一株桃树之下，春来桃花簌簌飘落，坟茔上有一双蝴蝶悠悠徘徊，久久不去。

三百年来，长生的桃源境第一次有了死亡。我呆立在兰心的坟前，虽然三月的春风和煦，我却如堕寒冬，感到浑身发冷。

"这是怎么回事？"我问身边的哥哥。

哥哥沉默良久，摇了摇头，"这一百年以来，兰心已经很少说话，天天将自己锁在屋中，也不与其他族人交流。我让人去同她谈话，她才说出，百年来愈发刻骨地想念那名燕人男子，但今生已无法再与他相遇，恨自己长生之身，还不如自赴黄泉，来生再与他相会。我们都以为她不过是在痴人说梦，然而两年前的一天，封伯发现她已自缢在家中……"

我怔怔地听着，思绪恍惚带着我回到了三百年前的燕国蓟城，那时候兰心满面欢喜，将那燕人少年带到我的面前——

"我叫浦艾，是兰心的相好！"记忆中那少年满面通红，结结巴巴，"寐姐姐，如果你能将兰心许配给我，我愿照顾她一辈子！"

我惊讶后笑了，"你们两情相悦，我如何会不答应？来年开春，我会为你们主持婚事。"

然而不到一月之后，蓟城便被秦兵攻破，燕国灭亡，所有居民流离失所，我未来得及带着族人们逃出，就被秦人俘虏，又辗转来到桃花源。

"寐姐姐，我们是否还有回归凡尘的可能？"

两百年前，兰心的声音一遍又一遍地回荡在我的脑海里，我一阵怔忡。

"有没有可能……有没有可能……"

我不知该说什么，只默然看着坟茔上那一双蝴蝶徘徊片刻，渐渐地飞走远去。

兰心的死让桃花源的气氛变得沉重，只有小羲儿和一众孩童还懵然不知，开心地在吵吵闹闹，而小羲儿的母亲清婶一直在望着他不语。一场心不在焉的宴席散场，我正要离席，清婶忽然拉住了我。

我转头看她。

清婶悄悄地问我："寐姑娘，你可曾问过鹤神，咱们这辈子，可还有离开桃源，重归凡身的可能？"

我微愕地看着她，"清婶，怎么你也……"

"我只是心疼我儿。"清婶抹泪道，"我们族人能长命百岁，自是鹤神的恩赐，可是几百年过去，小羲儿还是这么小，然而作为母亲，我也想看他慢慢长大，甚至还想看他娶妻生子，可是……"

我心中忽然一抽。

"既想要长生，又不想付出代价，哪有这么便宜的事情？"封伯突然出口，斥责清婶，"凡间是那般战乱不平，我们失去家园，随时随地都可能丢掉性命，而我们如今能在这仙境丰衣足食，怡然自乐，已是天大的幸运，而你为了一己私欲，竟想我们族人再回那乱世受苦？"

"封长老！"清婶霍地站起身来，"心姑娘都已经因此而死了，您缘何还如此食古不化？心姑娘是您的亲孙女，为了能摆脱如今的处境，她可是不惜自缢而亡，我相信族人之中，有我和心姑娘这样想法的绝不止一个！"

其他在座的族人面面相觑。

"怎么，我说得不对吗？"清婶转过身来，面对着一众族人，高声道，"兄弟们，妯娌姑嫂们，我自外城嫁入兰邑以来，至今已有三百余年。三百年前，我夫君死于秦燕之战，我本也想追随他而去，只是想到我可怜又年幼的孩儿，不忍抛下他独去。于我而言，如此长生早已毫无意义，若鹤神能够开恩，我愿带着羲儿离开，就算在那乱世中流离，也好过在此苟活百年！你们呢？你们难道不与我想法相同吗？"

席间陷入了一片寂静。

一名族弟低声开口道："清婶说得不错，我们在此三百年，却除了在这桃花源境耕种生存，再无其他可行之事、可去之处，这所谓的长生之身早已变成摆设，毫无意义。"

"想当年，那时我们在兰邑，虽然亦是避世独居，但也可自由出入，或与其他城邑士族联姻。可是如今的桃花源，却已被鹤神所施的结界封闭，我们被关在这桃花林里，好似被囚禁一般。"

"桃源的景色虽美，生活固然丰足，却是日复一日，年复一年，毫无盼头和波澜，若是换了我，也更愿意回去红尘世间，寻到兰邑故土，或是再另辟一方天地……"

众人纷纷附和清婶的话，封伯气得全身颤抖，厉声呵斥道："你们……你们如此忘恩负义，嫌仙境而慕乱世，若是惹得鹤神恼怒，你们可知后果？"

"封长老！如今三百年过去，您怎知凡间现在不是太平无事？"清婶激动道，"倘若鹤神当真慈悲，那定不会因此恼怒，而是会让我们回归家乡的！"

"你！"

与此同时，在座族人们的声音也愈来愈响，从几个人的谈论最终变成了数十人在高声争辩，小羲儿吓得大哭，座上其他孩童也跟着哭了起来，哭泣声伴着封伯和清婶激烈的吵闹之声，整个客室变得无比嘈杂。

哥哥突然狠狠地拍了一下桌子，震得满室一下子安静下来。

"够了！"哥哥第一次这样满面震怒，"任何人不得在寐儿面前吵闹！都给我出去！"

在哥哥的威慑下，众族人不再出声，四散离席而去。过了片刻，客室里只剩下我和哥哥两人。

"寐儿。"哥哥轻声唤我。

我抬起头来，看着哥哥。

哥哥的目光中充满了担忧，"寐儿，我会处理好他们的事……你不要有任何压力，也不必为我们去向鹤神请求。一切由我来解决，你切勿烦心。"

而我的脑海中却一直回响着清婶和其他族人的话，那些话如云翳一般萦绕在我脑海，挥之不去。

在这仙境一般的桃花源，生活着这样一众长生不老的人，看似是无忧无虑媲美仙神的生活，然而孩子永远无法长大，老人永远无法从衰老中解脱，青年人也永远无法娶妻生子。他们的生命仿佛在换身檀体的那一刻就永远停滞了，这是鹤神风阡给予我们的无上的恩惠，却也是这永恒的一生无以挣脱的牢笼。

"哥哥，你告诉我，我要听实话，"我盯着哥哥的眼睛，"假如是你，你究竟想不想放弃长生，离开桃源，再回到凡间重新生活？"

哥哥望着我，缓缓摇了摇头。

"不论我想与不想，寐儿，这一切本来就不该让你承担。"哥哥说道，"然而事到如今，我无法改变既成的事实，只能尽量不拖累于你。

寐儿，你切不要为此事担心，我会想办法处理好一切。"

我忽然道："不过，如果只是开口问一问……或许我可以试试。鹤神他，其实并不像你们想象的那般可怕……"

哥哥停下话头，望着我。

我忽然回想起一百年前，风阡怀抱着我，给我以灵幽烛泪疗伤时的种种，还有那时我在昏迷中曾做的梦。

鹤神风阡，他并不可怕，甚至，他于我而言，十分温暖——我遭遇劫难的时候，是他救了我；在我最害怕无助的时候，也只有他陪伴在我身边。曾经的我也同族人们一般，将他视为可望而不可即的神祇，可是不知从何时起，那个儿时曾经缠绕着我、折磨着我的噩梦，已悄然褪去了那时的梦魇，变成了温暖而缥缈的梦境。

我这样想着，不由得呆呆地出了神。

哥哥半晌不言，他忽然问我："寐儿，你与鹤神，如今是怎样的关系？"

我一愣，立即回神，"什么……什么怎样的关系？"

哥哥直视着我的眼睛，"你与鹤神，可曾发生过什么？"

我惊慌地摇头，"哥……哥哥！你想到哪里去了？"

"寐儿，我从小看着你长大，你没有任何事可以瞒得过我。"哥哥轻声道，"我看得出……如今你说起鹤神的时候的模样，与从前已是全然不同了。"

我心下咯噔一跳。

"我……真的没有！"我矢口否认。

哥哥望着我，目光微微一沉，"寐儿，倘若鹤神对你做了什么……"

我霍地站起身来，"哥哥！鹤神并不是你想的那样，他从来没对我做过什么，是我，我自己……"

我不知该说什么好，哽住了喉咙。

哥哥目光凝重地看着我。

我忙道："哥哥，你不必担心，这件事，我会去向鹤神禀明，无论他答应与否，我都会回来向你们讲清楚——"

"寐儿，听我一言。"哥哥打断了我，"此事事关重大，鹤神若是因此发怒降罪，所有人都会受到牵连。你如今日日在鹤神身边，倘若因我们的事而牵连到你，那是我无论如何都不想看到的后果——"

找连连摇头，道："不，哥哥！你们并不了解鹤神，他定然不会这样对我们的！"

哥哥良久不言，半晌方望着我道："我们的确不了解鹤神，可是寐儿，难道你，就了解他了吗？"

一阵沉默。

"我……我在鹤神身边三百多年，自然比你们更了解他。"我试图为自己的话辩解，"还有，哥哥，你忘记了吗？我曾同你说过，一百年前，我曾经因一时鲁莽而身受重伤，性命垂危，濒临生死之际是鹤神费尽心力，寻到上古宝物把我救回。他虽身为仙神，但绝非那般冷血无情，如果你和族人们真的想离开桃花源，只要我同鹤神讲明，他一定会放你们自由的！"

哥哥却缓缓摇了摇头。

"寐儿，鹤神需要你为他做事，自然会救你性命，这与他的性情无关。"哥哥轻声说道，"然而，鹤神身为九天仙神，你只是他收留在身边修炼的一名凡人，倘若你因此而贸然沉迷，最终受伤的还会是你自己。"

我愣愣地看着哥哥。

哥哥的话是那样理智而明晰，在我听来却如穿心之箭，令我窒息得透不过气来。

哥哥的意思是说，我身为一名凡人，竟对一名上古仙神有了恋慕之情，可是这一切都不过是我的一厢情愿，鹤神风阡只是将我当成一个工具，甚至玩偶，绝不会喜欢上我，更不会因我的请求而对族人们额外开恩，是吗？

一股莫名的不悦和赌气开始升腾，从心底直至脑际。我的手紧攥成拳，咬了咬唇，转过了身去，不再看他，"哥哥若不肯信我的话，那我也没必要再说了。天色已晚，我该回檀宫了！"

说着，我抬步便向门外走去。

"寐儿！"哥哥唤住了我。

我在门口驻足。

哥哥缓步走来，在我身后停下脚步。

"寐儿，我只是在担心，"哥哥抬手抚摸着我的头发，轻声道，"鹤神与我族渊源已久，然而仙神与凡人之间，终究是隔阂太深。我们不知鹤神心意，我实在不愿令你去冒险。"

"不必担心，哥哥。"我抬起头，望向门外夕阳的浅光里纷飞的桃花，固执地说道，"你只须安心等着，待我下次再回桃花源的时候，定会给你们带来好消息的！"

哥哥良久不语，最终深深叹了口气。

"寐儿，无论你想做什么事，喜欢什么样的人，哥哥都不会拦着你，"哥哥叹道，"只是……人神殊途，寐儿，你务必要小心啊。"

【旧歌】

夕阳渐渐落山，我加快脚步从桃源回到了檀宫。暮色苍茫中，我正要跑去主殿寻找风阡，却迎头撞见了白其。

"白其，主人在殿里吗？"我问道。

白其似乎是有点心事重重的模样，看了我一眼，没有回话。

"咦，你这是怎么了？"我奇道，"该不会被主人骂了吧？"

白其瞪了我一眼，拍拍翅膀飞走了。

我莫名其妙地看着它飞远，抹抹脸上被它扇起的羽毛和尘土，回身继续向主殿走去。

此时夕阳已完全落下，夜色四合，将整个檀宫笼罩在深蓝色的夜幕之下。一轮圆月自东方升起，月下的檀宫仿佛全部浸入了银色的光芒，琉璃砖瓦之上光华流转。

我打开主殿的大门。大殿的尽头，我望见风阡正坐在那里。

"主人。"我唤道。

风阡没有回答我。月光透过穹顶和璀璨的琉璃柱流淌入殿，映在他身着月白色长衣的身上，一片安然和静谧。而风阡一手扶额，闭着眼睛坐于案边，似是正在皱眉休憩。

我犹豫片刻，慢慢穿过长长的殿廊，走到他的身边，跪坐在他的身旁。

"寐儿，是你吗？"风阡仍闭着双目，缓缓问道。

"是我，主人。"我回答，小心翼翼地看着他。

我好像能够发觉，风阡近来似乎一直有些疲惫，常常闭目皱眉，眉目间隐有痛苦之色。我不知他是怎么了，而每次我试探询问，他却从来没有回答过我。

"你特意来找我，可有事情？"风阡慢慢睁开眼睛。

我一时语塞，欲言又止。

白日间在桃花源时，我曾信誓旦旦地向哥哥保证，一定会向风阡说明如今大多族人们的意愿，并求他放族人们离开桃花源重归凡间。然而当我真的到了风阡的面前，却又不知该如何将这些话说出口。

回想三百年前，当我初来檀宫的时候，我曾那样感激涕零地感谢风阡收留族人，赐予我们仙境和长生，可现在我却要询问请求他，能不能放族人们归去，风阡他会怎么想？他会答应吗？

正在我心中不断纠结踌躇之时，忽然注意到檀木案一旁有一卷金丝绕成的绢帛。

我微微好奇，将那金丝绢拿来展开。

"咦，这是司月之神望舒生辰的邀请。"读着上面的文字，我有些惊讶，"是在百日之后的望舒神殿……主人准备去赴宴吗？"

风阡淡淡道："不去。"

"为何？"我望向他，说道，"司月之神既然发来请帖，就算不去，也要送些贺礼什么的吧？"

"这是帝夋派人发来的请帖，但我与神界人等，向来无甚交情。"风阡一口否决，"不必费此神思。"

我想了想，试探着问道："不过，主人还是偶尔会去赴仙神宴，是不是？不然，当初云姬又是如何见到主人的……"

风阡瞥了我一眼。

"那一回是帝夋亲自宴请九天仙神，定要邀我出席，我当初就不该去，尽招麻烦。"他声音微冷。

这话若让云姬听到了，定然又要闹上一通，然后把火气发在我头上。我无奈一笑，"是，主人。"

说完，我不禁抬头，透过琉璃穹顶，看向天上的月亮。

圆月当空，清辉洒下，朦胧如纱。

百日之后，于人间将是中秋佳节，于神界而言，却是司月之神的生辰贺宴。而檀宫神境将会是一如既往孤寂清冷，不论何等佳节将至，都不会如凡间那般热闹温馨。

这或许也是哥哥所言的，人与仙神的隔阂之一吧。

我呆呆望了夜空半晌，忽然道："主人，我们去外面赏月吧。"

"赏月？"风阡目光一动，看向我。

我回神，慌忙低下头，"我……我看主人似乎有些不开心，一时兴起，主人见谅。"

今夜，风阡看上去有些疲惫而倦怠，我不知他为何会这样，试图让他开心一些，但话语冲动出口，我心下不禁怦怦乱跳，不知他会怎样回答。

风阡淡淡一笑，"好。"

他居然答应了。我心中一喜，忙站起身来，走上前去打开殿门，回身望着他。

大殿的尽头，风阡缓缓站起身，月白长衣沐着月色向着我慢慢走来。

"去哪里？你带路。"风阡道。

"哦，好的，主人。"我忙回答。

我们一路来到檀宫的西方，这里处于两株巨大的檀木之间，檀花落落交错，织成一片巨大的花帘。透过花帘向天上望去，天幕上的月光清幽如水，洒在大地之上，如梦境般静谧而朦胧。

"就是这里了，主人。"我停下脚步，说道。

"为何会在这里？"风阡道。

我仰头看着那明月，轻声说道："因为这里是整个檀宫月色最美的地方。平日里不用练功的时候，我有时就会一个人来这里，看这里落花纷纷，月色清幽，很像我小的时候，兰邑梨花盛开的夜晚——"

我说到一半，惊觉自己竟对风阡说起了自己平素里隐藏在心底的心事，不由得有些忐忑起来。

我偷偷望了一眼风阡，他正背对着我立在那里，似也正仰望天幕上的一轮明月，清辉如水般洒下，沐着他白衣长发伫立的背影。

"你很怀念那时候，是吗？"风阡的声音缥缈而来，问我道。

"只是偶尔会想起。"我低下头，喃喃道，"梨花盛开的时候，每每也是我最开心的时光。每逢春日月明，我们族人会在梨花林中相聚，年轻女孩们还会围在一起跳舞……"

风阡转过身来望着我。

我低着头，盯着他在夜风中微微飘动的衣角。

"你现在还会跳舞吗，寐儿？"风阡问道。

我一怔抬头望向他。

"现在，跳一支舞给我看，如何？"

风阡微笑说道，他的目光如火，如夜空里闪烁的星辰。

"这，我……"我有些窘迫，期期艾艾了半天，才道，"这里，没有丝竹钟鼓，我，我怎么跳……"

"要丝竹钟鼓？"风阡微笑，"那再简单不过。"

风阡抬起手来，一枚鹤羽自他手心飘出，渐渐升至半空，随后那鹤羽在月光下缓缓旋转，幻化出一个螺的形状。

随即，空灵声起，宛如点点雨露滴落湖面，那仙螺奏出一曲笛声悠悠，那鹤羽飘然而起，升入了夜空。

宛转清扬，如泣如诉，缠绕在夜空下的月光里，动人心魄。

我却蓦然睁大了眼睛。

"这……这是《梨花殇》。"我喃喃道。

这是《梨花殇》的曲调。可是风阡怎么会知道？

"主人怎么会……"

"我怎么会知道？"风阡微笑，"这是你儿时最常唱的曲子，我自然知道。"

"什么？"我睁大眼睛，愕然地看向他。

"那时你尚年幼，不常参与你们族人的聚会。"风阡悠悠说道，"每逢兰邑春时，你都会去往庭院之外的梨花林中，你的兄长为你吹笛，你则会唱起此曲，随之跳舞。对不对？"

我张大嘴巴，怔怔地看着风阡。

他说得一点没错，连细节都是那样准确无误。

"这一切，主人怎么知道？"我喃喃道，"主人很早就见过我了，是吗？"

就好像我的童年，我的成长，我的悲喜哀乐，他都一直看在眼里一般。难道在我年幼时，甚至更早……自我出生之始，他便已注意到我了吗？

不，不一定是这样……我能想象，他身为与我族渊源已久的仙神，便如天上之星月一般，于我们所看不到的地方观望着我们，无所不知，无所不在。我低声道："我们兰氏一族，自殷商时繁衍至今，所有族人都一直在受着主人的注视，是吗？"

"不，你是唯一一人。"风阡微笑地望着我。

我一怔抬头，愣愣地看向风阡。

他的眼眸似笑非笑，温暖如秋水，又冰冷如琉璃。我不知他所言何意，只觉自己心跳如鼓，一时间说不出话来。

风阡目光一动，"可以开始了吗，寐儿？"

那仙螺仍在半空中悠悠旋转，奏出丝竹之声。月下鹤羽如叶，耳畔清笛如水，仙乐如梦，我渐渐回神。

"我……我也很久没跳了，若是跳得不好，主人请多多包涵。"

风阡只看着我，没有回答。

我定了定神，抬起手来，扬起袍袖，随着这仙螺奏出的乐曲，舞起这支小时候最常跳的《梨花殇》。

孟月飞雪，陟彼远冈，桑梨漫野，盈我顷筐……

我随着乐曲歌唱着，舞蹈着，夜空开始悠悠旋转，月光在旋转中模糊了我的视线。

彼女之嗟，彼子之狂，东风其郁，岁华其伤……

悠扬的歌声里，儿时的画面再一次回到了我的心头。

正如风阡所说那般，在兰邑的儿时，我尚未曾和族人们熟悉，每每梨花盛开，我就会拉着哥哥去梨花林里，只有我们两个人时，我会缠着他给我吹笛儿听，然后开心地唱歌跳舞，哥哥便会为我编梨枝花环戴在发上。

那时候我们无忧无虑，谈天说地，永远不会知道岁月的漫长和生命的坎坷。

可是那时的日子，我们再也回不去了。

族人们那般怀念兰邑，我又何尝不是？他们想要回去那红尘世间，我何尝不曾有过同样的梦想？

可是，如果哥哥真的要和族人们一同离开桃花源，那么我与哥哥，此生是否还会有相见之期？

除非，我也能同他们一起离开这里……

然而，倘若我真的能够在完成那件任务之后离开檀宫，那么，是否意味着以后我再也见不到风阡了？

我舍得就这样离开他吗？还有，他……会不会舍得我就此离开？

旋舞的空隙里，我望向风阡，他也正静静地看着我，透过檀花和月色，我看着他的眼瞳，一如我初见他那日，美得惊心动魄，乱我心神。

可是，我依然看不懂他。在他身边三百余年，就算有过再不切实际的幻想，他于我而言，仍是高高在上、无以接近的神祇。

"人神殊途，寐儿，你务必要小心啊。"

哥哥的话再一次回响在我的脑海。

所以说，我的怀念，我的渴望，我的期盼，我的梦想，这一切的一切，都是终其一生都绝不可能实现的，是吗？

《梨花殇》的曲调那般忧伤，我思绪纷乱，纠结苦思，忧虑和失落的情绪缠绕着我，在这忧伤的乐曲里愈发发酵膨胀，我一边跳着，一边不知不觉地泪水盈眶。

渐渐地，我开始看不清眼前的东西，动作也变得飘忽，过了片刻，一不留神脚下一绊，身体前倾，跌了下去。

我脚下踉跄两步，忽然撞进了面前之人的怀里。

我发觉一只手臂揽住了我，慌忙抬起头，泪水从我的眼角流下，我的视线重新变得清明。

风阡正低头看着我。他神祇一般的双眸近在咫尺，我一震回神，身体一下子僵住了。

"你怎么哭了，寐儿？"风阡轻声问我。

我慌乱地低下头，不知所措。

我感到风阡的手抚摸上我的头发，更是不敢乱动，心咚咚乱跳，几乎要跳出喉咙。

"为何如此伤心，寐儿？"风阡的声音在漫天萦绕的笛声里，却是那般清晰。

"我……我……"我一时期期艾艾，说不出话来。

我想起两百年前风阡为我治伤那一回，那时我曾在他怀抱里躺了许多个日夜——两百年过去，我依然记得他怀抱的味道。我曾经以为神仙的身体必然是冰冷的，是拒他人于千里之外的，然而风阡的怀抱于我而言竟是那般温暖，即使那只是我错觉中的温暖，也令我一时间好似堕入梦境，无法醒来。

风阡抚着我脑后的发，似是在抚慰受惊的我。

我从慌张里渐渐放松下来，努力平复着胸腔里乱跳的一颗心脏。

"主人，我想求您一件事情。"

最终我还是说了出来。

"什么事情？"

我张口欲言，却又哽住了喉咙。

如果我对他说明，自己是想为族人们争取放弃檀体与长生、离开桃花源的自由，他真的会答应我吗？

我想起哥哥的顾虑，一时间陷入了迟疑。虽然我认定风阡不会在意族人们的去留，也不会因此生我的气，可是却仍然忍不住去想，我若贸然说出这样的请求，风阡他会不会因此而对我心生隔阂和疏离？会不会认为族人们曾经的感激和我从前的誓言，是对他的欺瞒和出尔反尔？

我与他相距太近了，甚至感受得到他的呼吸。在风阡的怀里，我的心神凌乱，几乎无法思考。正在我在最后的踌躇犹豫里纠结之时，我眼睛的余光忽然瞥见了一个黄色的影子。

我心下一跳。

是云姬。她正站在离我们不远的地方，她身穿明黄色天衣，美丽如同月夜里伫立的蔷薇花枝。但她愤恨地望着我，目光中有着妒忌、不安、仇视，许许多多复杂的情绪。

我慌忙后退一步，离开了风阡的怀抱。

风阡也看见了她。他放开了我，望向云姬。

"你来这里做什么？"他的声音淡漠至极。

云姬瞬间收起对我的目光，换了一张明媚的笑脸，讨好地走上前来，"主人！百日之后是望舒姑姑的生辰，望舒姑姑与我父王向来交好，我与她也算熟识，若您想要送贺礼，云姬可以为您做个参谋——"

"不必了。"风阡微微皱眉，打断了她，"时候不早，都回去吧。"

云姬一愣，而风阡已转身离去，漫天的笛声也自此止住了，鹤羽悠悠飘落在地，檀宫的月夜逐渐回归了寂静。

我不知所措地立在原地。

"寐儿。"风阡忽然停下脚步，唤我。

我回神，转头望向他，"主人。"

风阡的天衣在夜风中微微摆动，我等着他的吩咐，但他良久没有说话。

"明日起，我要暂离檀宫一些时日。"风阡终于说道，"你自行练功，不得疏懒。"

我一愣，不由自主地回答："是，主人。"

风阡飘然离去，月白长衣的背影渐渐消失在月夜里。

我望着他离去的身影，怔怔地伫立无言。

"好啊，兰寐，你果然在伺机引诱主人！"风阡尚未走远，云姬已经跳了起来，尖声向我吼道，"你这个卑鄙的凡女！风阡神上岂是你能肖想的？做梦！"

我微微回神，目光一动望向她。

许久不曾听云姬对我说这些话，放在百年前的往日，我或许仍会对这些话嗤之以鼻，然而如今她所言，却已使我无言以对。

"做梦吗？"我喃喃道，"做梦就做梦吧。"

我轻轻摇了摇头，转身离开。

"你说什么？"云姬一愣，"喂，你去哪里？给我回来！我们好好理论清楚！"

我没有理会云姬，任她在我身后尖叫跺脚，匆匆跟随着风阡的脚步向主殿走去。

【魔影】

我错过了第一次为族人向风阡询问自由的机会，寻思着来日再找时机问他，然而自那一日过后，很长的一段时日里，我都再未见过风阡。

我只好按照那晚对他的承诺，自己对着术书练功，日复一日，月复一月。我想若是自己能进步多一点，下次让风阡看着开心一些，他答应我请求的概率也能大一些。

但自那夜之后整整一年，风阡始终没有再在檀宫出现过。

我不禁心下疑惑。那天夜晚，他说他要暂离檀宫一段时日……可这所谓"一段时日"，说的究竟是多长时间？三百年来，风阡从未离开过檀宫如此之久，究竟是为了什么事？

去拜访朋友？不对，他自己曾亲口说他与神界之人无甚交集。去游山玩水？可这似乎也并不是他的爱好。

"我说，白其，主人这么久都不回来，究竟是去做什么了？"

这时已是一年后的三月之末，又是一次对我例行考核的日子，从旭日东升到夕阳西下，傍晚残阳如血，映出檀宫之上一片透明的浅红。

我本以为风阡总会在我考核之前回到檀宫，可是这一日从日出到日落，我与白其在檀树下面面相觑，大眼瞪小眼了整整一天，风阡却一直没有出现。

数百年来，这是第一次例行考教的时候风阡没有到场。我回头看向白其，但白其自顾自地梳理着羽毛，并不理我。

"主人到底去哪儿了，你告诉我好不好，白其？"我凑过去问道，"我知道你喜欢天帝送来的清潭仙酿，我去主殿偷偷拿一壶来给你，怎么样？"

白其依然不理我。

"不对，若你知道主人在哪里，今日也不会同我一样在这儿等了一天了。"我坐回原地，自言自语，"所以，连你也不知主人去了哪儿吗？"

我抬头望向西方，苍茫的夕阳即将沉入大地，可是风阡仍然没有出现。我一边无聊地玩弄着手中的花枝，脑海中一边胡思乱想。

"白其，主人他……该不会在外面有相好的仙女吧？"我忽然问白其道。

白其转回头看了我一眼，一本正经地点了点头。

我一愣，手里的花枝一下子掉在了地上，"真……真的？"

看到我呆若木鸡的样子，白其扑起翅膀，高鸣了几声，似乎在大声嘲笑我。

"……你！"我回过神来，才知道自己被它耍了，气得拿起花枝来向它扔去，白其轻巧地展翅避开，停在了高高的灵檀树梢之上，歪着头好笑地看着我。

我站起身来，道："你飞那么高做什么？"

白其居高临下地看着我，不答言。

"怕我报复你吗？"我笑道，"你是万古灵鹤，我不过一介小小凡女，你难道还怕我不成？"

白其轻哼一声，不搭理我。溶溶檀花从檀木枝头飘洒而下，散落于它的羽毛之间，白其扭过头，用长喙清理起落于羽毛之中的那些花瓣。

我转了转眼珠，悄悄念了一句咒诀，指向那高高的灵檀，忽然之间，那檀木下漫天的落花再次全部变成硕大的水滴，如同一阵从天而降的瓢泼大雨，瞬间将白其淋成了落汤鸡。

白其惊叫一声，立即刹毛，脚下一歪，如同一只失足的鸭子一般从树上掉了下来，咚的一声重重跌在地上。

羽毛和檀花齐齐飞扬，我大笑起来，白其恼羞成怒，气得大叫一声，爬起身来，展起翅膀就向我冲了过来。

"哎呀，我不是故意的！"我连忙跑开，东躲西藏地笑道，"这几百年里你打了我那么多次，我不过小小地报复下，咱们算扯平了！哎哟——"

我一不留神，一下子被裙角绊了个趔趄，脸朝着地面摔了下去。我痛得龇牙咧嘴，心道不好，这下非被白其的鹤爪抓住撕裂不可。

白其已在身后，爪子抓住我的衣领，作势就要将我拎起来。

我忙喊道："好好好，没扯平，白其，算我欠你的好不好？百年前你从南疆求来灵幽烛，主人用它救了我的性命，我还未向你道谢。多谢你！"

我两只手高高举起，在空中对它作了几揖。白其哼了一声，把我放开，收翅停在我面前，瞪了我一眼。

我跌在地上，好容易爬起来，抬起头看着白其。它身上的羽毛未来得及梳理，如同一堆四仰八叉杂乱的野草，看着十分狼狈。

"话说回来，白其，你为何会这么怕水？"我好奇地问出了这个让我困惑已久的问题，"所以殷商之时，我兰氏一族的祖先曾经将你从溺水的潭中救起过，这件事是真的？"

白其微微撇了下头，算是默认了。

"你这样厉害的仙禽，居然不会凫水吗？"我不禁咋舌，"那岂不成了个旱鸭子？"

白其又瞪了我一眼，张开翅膀作势又要飞过来。

我连忙道："好了好了，你是厉害的万古仙禽，不与我这小小的凡人女子一般见识，可以吗？"

白其哼了一声，转过身背对着我。

"我若是能听懂你的话就好了。"我直起身来，自言自语道，"可惜我不会鸟语……"

白其又转过头来。

我忙道："啊不，是鹤语，是鹤语！但是天书上说，万古仙兽得天地灵气，都是可以随意化作人形的，白其，我怎么从未见你化成人形过？"

白其一噎，忽然像是被戳到什么心事，转过身去，低头不语。

它这次的反应与前几次甚是不同，我不由得微愣，不知自己是不是说错了什么话，正要试图问它，身后忽然传来一个突兀的叫声。

"兰寐！兰寐！"

我一怔，回过头，看见云姬从那夕阳的檀花尽头遥遥出现，脚步急切地跑了过来。

"你来这里做什——"

我尚未问完话，云姬劈头就问我："兰寐，主人他去哪儿了？"

我一怔，摇了摇头，"我不知道啊。"

"你不知道？"云姬扬起了眉毛，声音倏然间变得极为尖刻，"你竟不知道？你不是主人唯一的弟子吗？不是天天在主殿贴身陪侍他吗？他一年以来失踪无影，你竟然不知他去了哪里？"

我不禁皱眉，"你到底在说什么？"

正在这时，忽又有一声鸟鸣从天空传来，夕阳之下一只青色巨鸟落于地面，倏然间化为青袍少年，跟在云姬的身后走来。

"又是你？"我惊讶地望着鸟人少年。

青鸟看见我，立即走了上来，"兰姑娘，风阡神上如今去了哪里，连你也不知道吗？"

我一愣，"这……我的确不知道。这究竟是怎么了？"

伴着一声轻鸣，白其轻轻飞到了我的身边，与青鸟面面相觑。

"这到底是出什么事了？"我望了望云姬，又对青鸟说道，"你怎么会来这里？是天帝派你来的吗？"

"哦，是这样，兰姑娘，"青鸟道，"九个月前是司月之神望舒的生辰，天帝曾邀请风阡神上去赴诸神宴，平日不论他答应与否都会回信，可这一次却全无回音。数月以来，天帝屡次派神使来问候主人，也总被结界挡在檀宫之外，无法进入。天帝担心风阡神上是不是有什么麻烦，便托青丘六公主打破檀宫结界，让我前来看看风阡神上是否出了什么事情。"

"打破结界？"我疑惑问道。

"哼，你们瞧，关键时刻还是要靠我！"云姬在一旁哼道，"主人不知何时在檀宫布下了新结界，神使们都无法进入，所以天帝托我父王用我灵狐一族的传音之术给我传信，我才用法术破了结界，把被挡在外面的青鸟放了进来！"

我怔然。白其亦疑惑地看着青鸟，又望了望我，我们面面相觑。

"风阡神上离开前，可有说些什么？"青鸟问道。

我蹙眉道："一年前，主人只是说他有事要出门，从那以后就再没回来过……"

云姬哼了一声道："我还以为主人待你有什么不一样的，原来那晚主人走了以后，也没来找过你啊！"

"白其，连你也不知情吗？"青鸟又问道。

白其摇了摇头，它沉吟了半晌，似乎在回想什么，突然间引颈鸣叫了一声。

青鸟望向它，满面诧异之色，"真的吗？"

白其点点头，神色十分严肃。

青鸟立即皱起眉，"这……"

"喂，你们能不能不要用鸟语交流？"我忍不住打断道，"说人话，好吗？"

白其侧头瞪了我一眼。

青鸟道："白其方才是说，风阡神上在一年前离开檀宫之前，行为举止已经与平常有异了。"

我一怔，登时回忆起，白其说得没错，在风阡离开之前，似乎就是百年前从苗疆归来为我疗伤之后，他便经常面现疲惫之色，像是在经受什么折磨。

"你也发现主人那时有些异样吗，白其？"我问道。

白其郑重地点点头。

青鸟又道："我来檀宫之前，天帝陛下曾告诉我说，风阡神上如果有些异样，又久不出现的话，可能……会有危险。"

我蓦地睁大眼睛，"什么？"

"胡说八道！主人能有什么危险？"云姬已在喊道，"主人这等阶位的仙神，这世间还有什么能对他造成危险？你纯粹是在瞎说！"

"六公主息怒，具体情形，我也不知，"青鸟摇了摇头，"只是听天帝陛下提起罢了。既然诸位都不知风阡神上的去处，那么我暂且先去回禀天帝陛下。倘若风阡神上回来，请他务必给天帝陛下回信。"

说完，青鸟向我们告辞，随即转身离开，化为一道青影，消失在夕阳下的天空中。

我呆呆地望着远方，心乱如麻，担忧莫名。

"哼，主人哪来什么危险，真是危言耸听！"云姬冲着青鸟的背影喊了两声，又转身看我，"听到没有？兰寐，等到主人外出回来，你可要想着让他知会帝夋伯父一声，让他们知道他们的说法有多荒唐！"

云姬转身就走，我忽然唤住了她，"云姬。"

我上前问道："主人在檀宫设下的新结界，是你打开的吗？"

云姬回身道："是啊，怎么了？"

我道："主人亲自设下的结界，连天帝的神使都无法打破，你做到了？"

云姬一愣，"对啊，那结界从檀宫里面打开容易得很，我三两下就办到了，不知道那些神使为什么进不来，哼，定是因为他们太笨了！"

从外面无法进入的结界，从里面却甚是容易打开？

我望着云姬走远，身影消失在西方的残阳里，忽然转身，看向白其。

"主人去了哪里，你真的也不知道吗？"我问白其。

白其摇了摇头。

我怅然。白其与我一样，不过是风阡的随侍而已，纵然平日里关系再近，风阡若不想别人知道他的行踪，我们又怎可能过问知晓？

我忽然道："白其，主人很可能并没有外出，而是还在檀宫里面。"

白其微微一愣。

"主人在檀宫设了严密的新结界，从内部容易打开，外面却无法进入。"我直言道，"这很可能只是因为主人不想让别人进入檀宫而已。"

白其看了看我，沉思片刻，没有说话。

"白其，如果主人还在檀宫，那你可知道他可能去了哪儿？"我问道。

白其垂下双目，仍然沉吟不答。

"白其，你好好想一想，好吗？"我急声道，"主人这么久没有出现，连天帝都被惊动，说不定真的是遇上了危险！不管他在什么地方，我们一定要找到他才行！"

我的心突突跳着，如果风阡真的有危险，那我该怎么办？可是，他现在究竟在哪里？为何久久不曾归来出现？

过了片刻，白其忽然终于像是想起了什么，对我鸣叫了一声，转身展翅，向着东方飞去。

我一愣，随即回过神来，跟在它身后追了过去。

檀宫方圆有数百里之遥，而且许多地方都被结界封印无法进入，所以纵然我已在这里生活了三百年，仍然有许多没有涉足过的去处。白其飞在空中，轻巧地绕过数株檀木，扫了我一脸花叶，我抹抹脸继续紧跟在它后面奔跑。我们绕过宫殿重重，亭台座座，最后白其将我带到了东北方的一处角落，那是十二株檀木里最为偏远的一株所在。

白其高声长唳，收起翅膀，停在了那株檀木之前。

擎天的檀木宛如巨大的伞盖，在风里绵绵不断地落下淡红浅绿大雪一般的花叶。它看上去与其他十一株檀木并无两样，我疑惑地看了看白其。而白其挥了挥翅膀，鼓起一阵风，我立刻注意到，风中飞舞打旋的花叶飘到树下的某一处时，像是遇到了一处透明的壁障，无一不被挡了回来。

果不其然，这里也被设下了结界。

我蹙了蹙眉，走上前观察了一下那结界的薄弱之处。跟着风阡修炼了这么多年，我好歹也对他平日施展的法术有了些了解，苦苦思索片刻，想方设法施展了一堆克木的金术，终于将这结界破去了。

随着那透明的屏障悄无声息地消失殆尽，我一下子愣在了当地。

面前巨大的檀木竟随着那结界的离去而渐渐地消失无影，仿佛是从迷雾般的空中淡去了一般，与此同时，一幢巨殿取而代之，慢慢地从虚空之中显现。

我后退一步，震惊道："这……这是什么？"

片刻后，那数丈高的巨殿终于完全显形，它遮住了夕阳，在地上投下了巨大的阴影。黑色的琉璃穿顶上映出了残阳血色的影子，这座巨殿竟然跟檀宫的主殿看上去一模一样，然而它整个殿身都是那般黑暗无光，森然矗立，魔气缠绕，好似被阴云和鬼影笼盖着的海市蜃楼，仿佛是另外一个世界的檀宫。

如同冥界的鬼檀宫。

我毛骨悚然。

而白其在我身边轻呼了一声，竟也像是吃了一惊。

"这里，平时不是这个样子的？"我问道。

白其摇了摇头。

我莫名觉得有些心慌，道："我们能否进去看看？"

白其有些迟疑，而我不等它回答，已经迈开脚步往大殿的门口走去。

白其紧跟了上来，我使劲将巨殿的大门推开，随着轰的一声巨响，大门应声而开。

在大殿的尽头，我一眼看见风阡赫然坐在那里，他身着月白长衣，闭目静坐，就好像一年前每一个平时往日一样，他安然端坐在檀宫主殿尽头的坐榻里，等待着我的到来。

我心中仿佛有欣喜之情溢出，像是心中一块大石落了地。我松了口气，不由自主地向着他跑了过去："主人！您怎么在这里，我们都在找你……"

白其忽然在我身后短促地叫了一声，像是在警示我危险。

"主人？"我发觉不对，立住了脚步。

我突然发现风阡不是一个人。

不，他是一个人，但他的身边，有许多黑色的影子。

我和白其的到来似是将那些影子从沉睡之中惊醒。它们缓缓张开黑色的眼睛，没有形体地在空中飘浮，像是人形，又像是凶兽，像是魔影，又像是鬼魂。

我睁大眼睛，僵在当地。

这些……是魔气化形？可是檀宫是至清神境，怎会出现这许多魔气？

然而我尚未做出反应，那些魔影已经开始四散而开，仿佛地府里的幽灵沿着冥河流淌而去。

整个大殿一下子变得黑暗下来，魔影到处，殿中所有东西仿佛均被烈焰毒水碰触，倏然被腐蚀成灰。倒地的桌椅，琉璃长柱，以及散落的帷幔，在被这些魔影一触之间，瞬间成烬，如烟般消失于空中。

轰隆——

一声巨响，长柱断裂，巨大的宫殿开始倒塌，琉璃碎片在空中飞舞，尖锐的边缘擦着我的脸呼啸而过，我急忙俯身伏地躲过，白其高鸣一声，忽然展翅飞上前来，将我护在身后。

而我随即发现，那些魔影视我们如无物，它们的目标，只是风阡。

数十道魔影将风阡包围了起来，围着他缓缓旋转，如同一道法阵形成的枷锁，黑气弥漫，惊心动魄。风阡闭着双目坐在其中，眉头紧皱，我第一次看到他这样痛苦的神情。魔影将风阡包围着，张牙舞爪，渐渐逼近，所到之处一切都在刹那间化成了灰烬。

我脑中嗡地一响，正要从地上站起身，白其已惊叫一声，展翅飞起，冲上前去想要挡在风阡面前。然而一道魔影瞬间穿透了它，白其甚至没来得及躲开，就倒在了地上。

白其奄奄一息，浑身黑气漫漫，被魔气侵蚀后，它仿佛被瞬间魔化，不再像是万年仙兽，竟好似变成了一只鬼鹤。

"白其！"我一惊之下急忙上前，迅速使出愈术为它驱魔。在我疯狂施加的愈术之下，白其身上的黑色终于渐渐淡去，但仍然昏迷在地，无法动弹。

我稍微舒了口气，抬起头来，心却又猛然揪得更紧。

只是被一道魔影侵蚀，白其就变成这样，而那几十道魔影冲着风阡而去……

此时魔影围成的法阵距离风阡已经不到一丈之距，坍塌的穹顶不断砸下砖石瓦片和琉璃，到处是呼啸的风声和轰隆的坍塌声，仿佛整个大地都在震动。

我奋力冲上前，大喊一声："主人！"

而风阡仿佛是听见我的声音，似乎想要抬头，但他仍然神情痛苦，没有睁开双目。

那魔影距离他愈来愈近了，仿佛下一刻就会将他吞噬。

我咬紧牙关，心下一横猛冲过去，一下子穿过了魔影法阵。

在被魔影穿透的一刹那，我仿佛感到自己突然跌入了地狱的烈火中，霎时间头痛欲裂，五脏俱焚。我吐出一口鲜血，一下子瘫倒在地。

胸口的灵幽烛涨得火热，好似要将我的心脏燃烧一般。我痛苦得无以复加，好像有人活生生要将我的心剜出一样。而我身后的魔影紧跟而来，狰狞而可怖，眼看就要再次将我穿过。

我用尽最后的力气，扑了上去，抱住风阡。

而我此时已经无力应对那些魔影，只能不断地摇晃风阡，"主人，醒醒……危险……"

我几乎是声嘶力竭，试图将风阡唤醒，让他看到这些冲他而来的魔影。

我的手紧紧抓着他，他的手那样冰凉，令我心惊不已。魔影一寸寸逼近了，死亡的恐惧笼罩着我，可是这恐惧远比不上我对风阡的担忧。

"主人……醒醒……"我艰难地呼唤着。

一道魔影突然奔袭而来，骤然间从我的背后刺透了我的身体，我眼前一黑，闷哼一声，狂喷出一口鲜血，身体向前，倒在了风阡的怀中。

在我失去知觉的最后一刹那，我终于看见风阡睁开双目，蓝色的眼瞳如火，黑暗的宫殿像是一下子被照亮，亮得如同白昼，亮得一片刺眼的雪白。

"主人……"我喃喃呼唤着。

然后我就跌入了一片深沉的黑暗。

【梦断】

　　当我从无梦的昏迷中醒来时，浑身的灼烧之感再次袭来，唯有心口滴过灵幽烛的地方反是一片清凉，如同溶溶的溪水，护着我的心脉。

　　眼前的景象渐渐清晰，面前一片昏暗。我发觉自己是在一个陌生又熟悉的地方，我模糊认出这是檀宫某个角落的一处，似乎是某一个偏殿。透过高高的窗，我看见苍白的日光透射进来。

　　这又是何夕何年？

　　我瞬间想起昏迷前遇到的事情，想到那莫名出现的鬼殿和那些可怖的魔影，那些魔影犹如地狱里的幽魂，向我和风阡扑来。我还活着，那风阡呢？风阡他到底怎么样了？

　　我立即站起身来，呼唤道："主人？主人你在哪里？"

　　我犹在彷徨，忽看到殿门口有一个影子走了进来。

　　我心下一跳，"主人……"

　　风阡的身影遮住了日光，但他比日光更加显眼瞩目。他在距离我很远的地方就停下了，在昏暗的光线里，我看见他的目光冰冷，宛如蓝色的琉璃。

　　我立刻走上前去，问道："主人……您还好吗？"

　　风阡不答。他看着我，目光冷如冰雪。

　　我心中莫名一紧。

风阡身后跟着白其。白其看到我醒来，轻轻地鸣叫了一声。

一时间大殿里没有人说话，一片寂静。我不知发生了什么，只能茫然地看着风阡。

"主人，到底发生了什么事……"

片刻后，风阡终于说话了，他的声音平静，却透着刺骨的冰冷：

"寐儿，你可还记得，我早已说过，你若再敢擅自行动不顾性命，就重重罚你？"

他的声音回荡在大殿里，如同冬日里寒冷的风。

我一愣，急忙道："可是，当时如果我没有上前，您岂不就……"

"我就怎样？"风阡微微挑眉。

我望着他的眼睛，硬生生咽下了喉咙里的话。

是啊，如果当时我没有那样穿过魔影法阵去唤醒他，他又能怎样？

我心底一片冰凉。

我知道，若不是胸口那一点灵幽烛的保护，我或许早就死在那些魔影手里了。可是风阡呢——云姬曾说过，风阡是与三皇并生的仙神，如此高阶的神位，他何惧那些小小的魔影？退一万步讲，就算他当真遇见什么危险，哪里轮得到我这个凡人来自作多情地逞能搭救？

我喃喃道："我当时……没有想那么多，我只是……我只是……"

"只是怎样？"风阡冷冷道。

我咬紧嘴唇，垂下了眼睛。

"对不起，主人。是兰寐考虑不周，僭越了。"我轻声说道。

这句话一说出口，我感到心中像是被堵塞得透不过气来。

白其忽然在他身边高鸣一声，声音急切，似在为我鸣不平。

风阡没有看它，只说道："此处没你的事，出去。"

白其还想上前说什么，忽然间风阡袍袖一挥，一阵狂风吹去，白其被赶出了宫殿。

大门瞬间被关上，阴暗的宫殿里只剩下我们两人。

苍白的日光从窗里投射下来，倾泻在风阡的身上，流淌在我们之间。我恍惚想起上一次性命垂危之时，我看见的也曾是这样相似的场景。可那时风阡抱着我，纵然口中对我训斥，目光深处依然带着浅浅的温柔，可是这一次，我只在他眼中看到无边的寒冷。

过去的一年，究竟发生了什么？你失踪无影，在檀宫四周设下结界，究竟因为什么？那株檀木和鬼殿有什么秘密？那些魔影从何而来？

我有无数的疑问，可是张了张嘴，却一句话也没有问出口。

风阡冷冷地说道："今天起，你离开主殿，就在归华宫居住，没有我的准许，不许出门一步。"

我心下猛地一沉。

可是，我还有话要说……

在风阡转身要离开的时候，我忽然唤住了他。

"主人！"

风阡立住脚步，却没有回头，"何事？"

我咬牙，"主人，我只是想求您一件事……"

风阡微微回侧过身，我看见他蓝色的眼眸垂下，看不清他的表情。

我努力让自己的声音听上去不那么颤抖，"我只想问一句……兰寐的哥哥和族人，是否还有可能弃去长生之身，离开桃源，回到凡间，再继续正常凡人的生活？"

风阡转过身来，低头看着我。

"你们以为檀宫神境是怎样的地方，想来便来，想走便走，是吗？"

风阡的声音如同寒冰。

我愣愣地看了他片刻，闭上双目，"不是的，只是——"

"你在此闭门思过，出师以前，休想再踏出檀宫一步！"风阡冷冷地说着，回转过身，向殿外走去。

我浑身颤抖，"主人……"

"主人！"我忽然又叫住了他，"那如果……如果兰寐努力修炼，尽快出师，去为主人完成任务，主人能否再斟酌这件事？"

风阡良久无话，月白色的长衣在微风里飘动，如同月下流淌的清溪。

然而他没有再回头，离开以前，只留下一句话回荡在这空旷的大殿。

"待到那时，我会再考虑。"

不知过去了多久，在小小的归华宫里，窗口那苍白的日光消失了，换成了黑暗的夜。今夜没有月亮，我抱膝坐在地上，看到点点星辰从窗户里透射进来，洒到我身边的每个角落。

我呆呆地看着那星火，怔了很久很久，直到子时的黑夜吞噬了星光，我方目光微动，看向风阡离去的方向。

我知道，自己是被风阡囚禁了。可是他囚禁我，真的是我不顾性命去救他的缘故吗？

但是真相到底是什么，我或许将永远不得而知了。我只是风阡收留的一名凡人，无论与他有多么深的交集，有过怎样难忘的过往，我都不过是一名凡人而已。我甚至没有立场去与他争论，因为他高高在上，漠然不仁，这些都是作为一名神祇再正常不过的姿态。而我只能被动地接受这所有——他的教导、他的宠爱、他的冷漠、他的惩罚，他所给予我和剥夺我的一切，我都只能毫无选择地去接受。

曾几何时，他让我产生了许多错觉，我以为他会为我治伤，陪我赏月，安慰流泪彷徨的我，这三百年来的一切都可以表明他曾对我有多么特殊。然而事实上，他从未改变——他依旧是那个面对兰邑之乱袖手旁观，那个高高在上冷漠无情，那个曾给幼时的我的内心留下深深阴影的鹤神。

我曾以为，他是我的一个梦，一个温暖的永不醒来的梦，然而如今梦醒，幻象破灭，我也终于明白了。

我在他心中，终究什么也不是。

"仙神与凡人，终究是隔阂太深的啊……"

哥哥的叹息在我的脑海中回荡着，久久不去。

哥哥……

我忽然鼻头一酸，将脸埋在手臂中。

哥哥，寐儿错了。从今以后，我不会再对鹤神抱有幻想。我会好好修炼，力求早日出师，完成在他面前许下的诺言，为你和族人换取自由的筹码。我会尽快，带着你们离开……

我的梦醒了，便再也不会睡去。

泪水濡湿了我的衣袖，我的手缓缓握起，紧紧攥成了拳。

十一

华木 / 映瑶阶 /

【横祸】

"我十二岁那年，曾经在京师的东门见到一个七八岁的小孩。那时候已是傍晚，京师城门已关，他找不到回家的路，我见他可怜，就把他带回了天草门……小孩见我会法术，特别崇拜我，想拜我为师，我高兴地答应了。师兄们都笑我，说我不自量力，我却对他们说，只要用心教授，就算再笨的师父也能教出厉害的徒弟的！"

"然后呢？"青檀问我。

"然后啊……"我停顿了一下，耷拉下脑袋，"第二天早晨我起床时，发现那小孩偷了我所有的衣服逃走了。"

青檀哭笑不得，摇了摇头，"真是个令人意想不到的结局。"

"说到趣事，还有一次！"我又想起一事，对青檀笑说道，"我和四师兄去城南的集市里买年货，来到一个杀猪的摊子前，四师兄看见那摊子上方有清气，硬说那屠夫定是个下凡历劫的神仙，非要上前劝人家放下屠刀遁入道门不可。于是我就偷偷给一头猪的屁股插上了香，又施法让那香燃出烟花，跟四师兄说，'你看错啦，瞧那头猪头上仙气缭绕，它才是这里的神仙！'四师兄一看，真的被我吓住了，当即买了那头猪回来，当神仙一样供奉了好几个月！哈哈，哈哈哈！"

我哈哈傻笑着，青檀看着我，笑而不语。

我自觉有些不好意思，闭上了嘴巴，定了定神，说道："你都听我说了这么多了，现在该你了。"

"该我做什么？"青檀道。

"该你对我说，你的故事啊！"

我仰头看着青檀，灵石幻境里春花烂漫，那株巨木依旧撒下绵绵不绝的如雪花叶，傍晚的凉风隐隐从身畔掠过。

"我吗？你想听怎样的故事？"

"比如说……你是谁？这个地方，究竟是哪里？"

"这里啊，曾经叫作檀宫。"青檀说道。

"曾经？那它现在不是了吗？"

"现在，它只能存在于此幻境之中。"

"你是说……它在真实的世界里，曾也一样存在吗？"我问道。

青檀目光一转望向我。

"既可说存在，亦可说不存在。"他如是回答。

我疑惑地看着他。

日复一日，夜复一夜，如今距我第一次跌入灵石幻境已过了半月有余。我在每一个漫漫长夜中与青檀相见，同他在这"檀宫"里交谈、游玩。为了不致尴尬，我临时将四师兄的话唠学了来，同他讲述了很多有关我自己的故事——我的师兄，我的师门，我寥寥十六载中曾发生的趣事……

但青檀却始终没有告诉我关于他的故事，甚至不曾回答我的疑问——譬如他是谁，他究竟是从何而来，为何会被困在这个幻境里，以及会不会有一天终要离开。

他总是能绕过话题，不肯告诉我他的来历，几番下来，我也只好放弃了。

我拍拍屁股站起身来，四下张望了一番，"既然这美景只能存于幻境，那我应该趁机好好观赏才是。你且等一等，我去那边看看。"

说着，我回身就往主殿跑，那高耸入云的穹顶似乎在召唤着我，让我忍不住去一探究竟。

“烛，等等。”青檀忽然唤我。

我回头望他，“怎么，你又要拦我？为何你从不让我进那里面去看看？”

“你定要进去吗？”青檀目光微动。

“你越是不让我进去，我越是好奇了。”我噘嘴道。

青檀良久方道：“你若执意想去看，我自是不会拦你。”

我闻言便欣喜起来，信步向那主殿走去。天上星子欲升，映得那琉璃穹顶上一片光辉烂漫，仿佛星空下璀璨的湖面。我在宫殿之外停下脚步，仰头望了望这宏伟的主殿大门，抬起双手将它推开。

星光透过琉璃巨柱洒了下来，空旷的大殿里宛如被流光充斥。这里所有四散的陈设都已经归回原位，不似之前那般黑暗混乱。大殿的尽头有一台几案，如同被笼罩在夜光下的轻纱之中，神秘而朦胧。

我呆呆地望着那里，忽然如同着了魔一般，不由自主地向那尽头的几案走去。

随着脚步向前迈进，我脑海深处感觉到有隐隐的轰隆声传来，眼前像是有陌生的场景浮现——有漫天风雪从天上倾泻而下，然而同时又有火光在穹顶之外闪耀着，狰狞地吞噬了夜光和星空。

“寐儿……”我好似又一次听到了这个呼唤，耳畔有人在深深地叹息。

我仿佛看见那大殿的尽头有一个人影悬在半空，大风吹起他的衣袍猎猎飞舞，那陌生而彻骨的悲伤，再一次在我心头震颤。

轰隆——

那声巨响忽然冲撞而来，刺破朦胧的幻觉，直接冲击向我的耳膜，我一惊醒来，听见云姬慌慌张张地叫喊：“快醒醒，快醒醒啊！”

我猛然睁开眼睛，漆黑的客栈里，云姬正在我的床前拼命地摇晃我。

我短暂地回了下神，一下子坐了起来，“怎么了？咦，你怎么在这里？”

“废话，我若不在这里，你们这几个道士都要被妖怪吞了！”云姬喊道。

"什么？妖怪？"我瞿然一惊。

"对，就是妖怪！"云姬回头望向窗外，"你那几个师兄已经被我用石头敲起来了，就剩你了，赶紧跟我走……"

云姬尚未说完，我已听到窗外惊叫声响成一片，有野兽的吼叫声此起彼伏，越来越近。我急忙滚下床来，又是一声轰隆巨响，我们头上的屋顶刹那间被撞破，瓦片纷飞砸下来，一只黑色长毛的怪物突然落在了我们面前。

我吓了一跳，定睛一看，那怪物竟直起身来，绿莹莹的眼睛凶狠地看向我和云姬，竟是一只半人高的熊怪，露出獠牙和利爪，作势要向我们扑来。

"快跑！"我大喊一声，拉着云姬从门中逃了出去。

屋外夜黑如墨，而且还大雨倾盆。我们飞快地跑着，那怪物在我们身后紧追不舍。在我们投宿的村落里，小孩的哭喊声、大人的惊叫声，全部乱成一团。

"刚才那是什么？"我边跑边问云姬。

"你看不出来吗？是一只熊罴妖！"云姬大喊。

"道理我都懂，可是好端端的半夜为什么出现妖怪？"我喘着气问道。

"你问我，我怎么知道！"云姬愤愤道。

我们一路冒着雨跑了数里远，脚下已没有路了，再往前便是漆黑的密林。

我们只能停下脚步，然而那熊怪也已飞奔追至，在我们的身后一声大吼，纵身扑来。

我吓了一跳，急忙拉着云姬躲开，然而那熊怪一爪袭来，云姬躲闪不及，身上的衣裙顿时被它扯烂，狼狈至极。

云姬登时柳眉倒竖，大发雷霆，"敢动本神女，你这杂妖小怪想是活得不耐烦了！"

她一把甩开了我的手，冲我吼道："你这家伙怎么变得这么没用，以前冲着我要的威风都跑哪里去了？"

我被她骂得莫名其妙，正在这时，熊怪再一次张牙舞爪地扑了上来。

这一次，云姬没有再躲，而是袍袖一挥，忽有万千火红的狐羽在她袖口闪现，如利箭一般向熊怪射去。狐羽刺上熊怪坚硬的皮，却好似利针一般刺了进去，熊怪立刻僵直了身体，从半空中跌在地上，大吼一声，痛苦地挣扎起来。

趁此机会，云姬从怀中拿出匕首，说时迟那时快，一把将它插入了熊怪的心脏。

鲜血狂喷而出，那熊怪惨叫一声，四肢乱抓，在地上翻滚了两下，再也不动了。

我确定它身体已经死得僵了，才慢慢地凑上去查看。那熊怪蜷缩着躺在地上，它的身形比起成年熊罴来尚小，看起来还是一只幼年的熊崽。

我心中默念一声道号，和云姬一起，一路将它的尸体拖回了村落。

这处村落名为"甘亭村"，坐落于西安府城外不远的地方。半个月来，因师兄们为我们的马车施加了不少云身之术，故而我们一路行向西南，不出十几日就已经到了西安府。一路上，云姬悄悄跟在我和四师兄的马车之上，躲藏着大师兄的耳目，一旦到了投宿地点就自行离开，出行时再回来。

昨日我们从西安府出城，本欲继续赶路，没想到刚出城便遇上狂风暴雨，不得不在附近的甘亭村歇下来避雨。那时尚觉得除了村民们都有些沉默以外，这里是一处相当平常的村子，却没想到，晚上竟然出了这种一点也不平常的事情。

回到客栈之前的时候，大雨已经停了。微弱的月光透过云层洒下，我们发现客栈门口密密麻麻地站满了人群，像是整个村落的男女老少都聚集在了这里。

四位师兄也在人群之中，看到我和云姬，四师兄赶紧跑了过来，"小烛！云姑娘！你们没事吧？"

我忙道："没事，四师兄。"

四师兄一眼看到了那熊怪的尸体，惊讶道："你们竟杀死了这妖怪！小烛，是你施法做的吗？"

"如果靠她，我们早就被那熊妖撕碎吞了！"云姬哼了一声，"这熊罴精是本姑娘杀的！"

村民们一片寂静。

我本以为云姬杀了那妖怪，村民们不感恩戴德，也该谢天谢地才是。可是他们看着我们，目光中充满了怨恨和害怕，甚至有几名村人向着那树林的方向跪了下来，口中喊着："熊大仙千万恕罪！此事同我村人无关，要怪也要怪在这些外客身上！"

云姬也是一头雾水，"你们这是什么意思？"

一名须发俱白的长者颤颤巍巍地从人群中走了出来。

"外客们有所不知，"那长者苍老的声音说道，"那熊大仙盘踞在村外的树林里已经有数十年，我们村人定时进献童男童女和鸡鸭猪羊，以求平安。因近年闹饥荒青黄不接，牲口凑不足，我们不小心献祭迟了一日，它们才会闹上门来。可如今你们杀了它的幼崽，熊大仙定会回来复仇大开杀戒，那时我们村民可要遭殃了！"

我吃了一惊，同师兄们和云姬面面相觑。

"既然一直有妖怪祸害百姓，为何没有报官，让他们找人除妖？"二师兄问道。

"这里的官儿哪里管这些，"长者叹道，"当今圣上一心炼金丹求长生，官府一味奉承拍马，哪里有心来管我们老百姓？"

又有村民道："熊大仙号称是神仙下凡，岂是一般术士能对付得了的？你们是没见过，熊大仙不仅法力高强，还能呼风唤雨，比那些传说中的鬼神还厉害呢！"

更有人道："是啊！你们这些外客，竟然敢惹熊大仙，自己不想活了，别害得我们遭殃！"

村民渐渐群情激愤起来，我与师兄们面面相觑。

"什么神仙下凡，一个小妖也敢说自己是神仙下凡？"云姬突然怒道，"今夜若不是本姑娘出手，你们这村里不知还要死多少人！真是一群忘恩负义的家伙！"

村民们登时叫嚷起来，"这外客还在嘴硬！把他们抓起来，献祭给熊大仙！"

村民们一拥而上，作势就要将我们抓起来，危急时刻，大师兄忽然大喊一声："慢着！"

村民们停了动作，看向他。

大师兄走上前来，他看了云姬一眼，道："我们师兄妹五人明日一早就会离开此地。既然是这位姑娘闯的祸，那请你一人留下便是。"

云姬一愣，"什……什么？"

四师兄也是一惊，"大师兄，这怎么可以？今夜云姑娘及时将我们唤醒，也算是救了咱们，而且她一个姑娘家，一人留下来怎么可以？"

大师兄神色不改，道："姑娘想来已暗中跟踪我们半月有余，我一直不知云姑娘居然也会道家法术，而且如此精深。既是你惹来的祸事，我们尚要急着赶路，没有必要同你承担这些麻烦。况且，既然这只小妖已被你轻易除去，想必对付那只熊罴妖也不在话下。"

云姬急道："可是我下凡之后……我是说，我如今的灵力削减，对付那熊崽绰绰有余，但若是遇上修炼上百年的熊罴怪，我一个人可打不过啊！"

二师兄也道："师兄，我们难道就放任那熊怪在此继续作恶不成？"

大师兄皱眉，颇有些不耐烦地说道："那熊妖既然已在此地盘踞多年，那它在自己地盘上做甚，关我们何事？"

他此言一出，我们齐齐看向他。

连在旁一直一言未发的三师兄，也忽然看向了他，目中闪过一丝惊诧的神色。

而这时候，村民们再次耸动起来，叫喊道："先抓了这个惹事的女娃子献给熊大仙，再说其他的！"

许多村民男子一拥而上，气势汹汹，云姬吓得连连后退。

"慢着！"我大喊一声，踏步上前，一下子站在了云姬前面。

我向着那些村民高声怒道："云姬为你们除去了作恶的熊妖，你们却如此是非不分，不思去团结一致反抗妖怪，反而回头欺负一个姑娘，你们到底还算不算男人？"

"哼，你这女娃子站着说话不腰疼！"一名村民叫喊道，"熊大仙若是发怒降罪，殃及我们村子，难道你能有办法助我们逃脱灾难不成？"

"怎么不能！"我立刻转过身去，望向大师兄，"大师兄，咱们留下来，一起合力将那作怪的熊妖除掉，不行吗？"

"不行！"大师兄一口否决，"小烛，别胡闹了，把这来路不明的女子留下，我们这就离开！"

"大师兄！"我情急之中大喊一声。

一阵静默。

"大师兄，你……真的是大师兄吗？"

我忽然问道。

大师兄突然目光一动，看向我。

"小烛，你何出此言？"大师兄不动声色。

"我认识的大师兄，是不会说出这些话的！"我郑重说道，"师父常常教导我们，身为道家术士，当为凡间之民降妖除魔。大师兄以前也曾说过，在外云游之时常会遇见一些不平之事，我们虽不比那些绿林侠客，却也应以自身本领相助。难不成，大师兄自己反而将这些话忘了？"

大师兄不语。

"对我而言，如今之事，就是师兄曾说的不平之事。"我回头望了云姬一眼，"况且方才若不是云姬相救，说不定我已然葬身在那熊爪之下。虽然我初出师门经历尚少，但作为天草门弟子，我是决不会对此事袖手旁观的。"

说着，我昂首道："大师兄，若你不肯留下，那便罢了，可是不论如何我都会留下来，相助云姬一起除掉那为祸村里的熊罴怪！"

云姬在一旁震惊地看着我，眼圈忽然红了，哽咽起来，"兰……咳，烛，算你有良心！可是……呜呜……"

"你哭什么？"我悄声问她。

"你现在这么笨，不拖后腿就不错了，倘若你留下来，我肯定会被那熊怪弄死的！"云姬哭道。

我瞪她一眼，"喂！"

"呵呵，"大师兄看着我，忽然笑了，"这姑娘所言不错，小烛，你如此大包大揽，但以你之力，能做得到吗？"

我脸上一红，小声道："我……我知道我法力低微，但我定会努力的。"

四师兄忙道："大师兄，我也要留下来。小烛和云姑娘两个姑娘家，岂能对付得了那种熊怪，横竖我们就多待一日，也不算耽搁了行程！"

二师兄也点头道："大师兄，小烛说得有理，况且她一人留下，我们岂能放心，必要相助才是。"

三师兄在旁依旧一言不发。他看了一眼云姬，若有所思。

大师兄看着我们，闭目半晌，终于点了点头，"既然你们执意如此，那便依你们之意吧。"

四师兄一喜，立刻向着村民们喊道："诸位不必担忧，我们六人身怀绝技，一定能打得过那妖怪！我们等到天亮就出发，定会为大家铲除熊妖，以绝后患！"

村民们一边面面相觑，一边窃窃私语，半信半疑。

一名妇女突然向我们跪了下来，大声哭喊道："诸位恩人！若你们真能铲除那妖怪，为我那四岁的孩儿报仇，你们就是我的再造恩人！"

她一起头，人群中许多失去孩子的妇女都向我们跪了下来，哭泣声此起彼伏，"求恩人们除掉熊怪，为我儿报仇！"

四师兄赶紧道："诸位快快起来，我们定会不负众望，手刃那妖——"

然而他话音未落，西方的树林里突然传来一声震天长啸，伴着沉重的脚步声慢慢逼近，整个大地都开始颤抖。

我们全都向着声音的来处看去，只见一个巨大的影子从西方的树林赫然出现，一只丈余高的熊罴，凶狠的绿色双目看向我们身边躺在地上的熊崽，突然发出一声长吼，响彻夜空。

村民们惊呆了，尖叫着四散逃去，"熊大仙，熊大仙来报仇了！"

短暂的惊诧过后，二师兄急道："若是在此地激怒了它，它定会对村民大开杀戒的！我们快带着那熊崽尸体将它引开！"

四师兄也喊道："往东去是骊山，熊罴不擅爬山，我们往山上跑，到那里再收拾它！"

事不宜迟，我们一行六人立即拖了那熊崽尸体向东方跑去，熊罴妖果然抛下村民，紧跟着向我们追来。

我们一路疾奔，出村之后便爬上了山。深秋的骊山树木荒凉，无边的黑夜隐去了我们脚下的道路，熊啸之声从身后传来，时近时远。

堪堪跑了将近一刻钟工夫，我猛然发现，我的身边只剩下大师兄和云姬，其他人皆不见了踪影。

"二师兄他们去哪里了？"我停下脚步问道。

山路曲折，路途漆黑，我们竟不小心走散了。

大师兄放目望去，凝神听着那熊啸的方位，道："他们应该是绕了远路，向北边去了。不过通往山顶的主道只有这一条，我们在此等候，他们不一会儿就能追上来。"

我放下心来，忙唤云姬也停下，"那咱们就在这里等一等他们。"

我坐在一旁的山石上，云姬也跟着坐了下来，口中抱怨着，"跑得人家累死了！"

大师兄依然立在当地，仔细观察着熊啸的迹象。

我看着大师兄的背影——如今我激动的心情平复下来，不由得对之前冲口而出的那些话感到有些后悔——挠了挠头，踌躇片刻，我向着大师兄凑了过去，低声说道："大师兄，那个……小烛方才在甘亭村说的话多有得罪，你别放在心上。"

"无妨。"大师兄摇了摇头。

大师兄的语气平静，像是当真对此毫不在意。他抬起头来，看向夜空，忽然眉心一皱。

我见状也抬起头，向天上看去。只见那漆黑的天幕之上，云雾渐渐散去，一轮圆月慢慢显出形状。而不同于平日的银月，那月光竟呈赤红之色，仿佛被血色晕染一般，照耀得整个夜下的天地间都满是邪气的红光。

我一怔，惊讶道："这是……"

"血月。"大师兄道，眉头皱得更紧，"血月之夜，传说是魔族入侵神界所致，此时人间妖魔之灵气最盛，恐怕今夜那妖物会不好对付。"

我睁大眼睛看向那血色的月亮。

云姬在旁嘟囔道："不过是魔族去望舒神殿夺司月神器罢了，横竖那些魔族也打不过望舒姑姑，只能逞一夜威风而已，有什么好怕的……"

大师兄却并未听到云姬的话，仰头道："血月之夜，千余年方得一遇，古籍中曾云，千年前的秦始皇帝，就是在骊山此地设坛，于血月之下秘炼长生之药的。"

我的瞳孔蓦然放大，忽然如同中了魔一般，站起身来向那山顶走去。

"喂，你去哪儿？"云姬喊我。

"我见过这里……"我喃喃说道。

"小烛？你怎么了？"大师兄在我身后喊道。

我突然向着那山顶奔跑而去，山风从我的耳畔嗖嗖刮过，我急切地奔跑着，天上那一轮血月宛如嗜血的野兽，露出它的血目和獠牙，将一段被封印的往事撕扯咬开。

赤红的视野里，我仿佛看见有纷乱的画面和声音不断从那往事里逃出，它们穿过千年的尘土和荒山，伴着天际一声接一声的鹤啼，极快地从我脑海里掠过，像是雨里疾飞而过的幽燕——

"长生药引，生祭其一！"

"放开她……我说了，放开她！"

"放箭！"

"倘若误了陛下炼药的时辰，你们便是挫骨扬灰、神魂俱灭也不够赎罪的！"

"凡人便是凡人，怎可能长生不死？你受人蒙骗，迷信长生，做下如此残忍之事，必将自食其恶！"

"你叫兰寐，对不对？"

飞速划过的记忆戛然而止，我猛地停下脚步。

说这话的那个人是谁？他为何会有一双蓝色的眼瞳？他的面貌，为何，为何……为何令我心中竟突然迸发出强烈的恨意？

"啊——"

我大叫一声，痛苦地捂住头颅，跪在地上。

然而在这时刻，我眼前忽地闪过一道月白色的光，脖颈上的灵石竟突然苏醒了——

仿佛有一个声音萦绕在我的耳畔，低低地叹息，温柔地唤着我。

"寐儿……"

"你是谁？"我喃喃问他。

那声音不答。

我低下头，怔怔地看着灵石。那灵石发出的光芒却骤然如同天女散花般四射而去，瞬间将我整个包围起来。

视野里一片幽蓝，脑中忽传来一阵可怕的眩晕。那些血红的记忆一下子被切断，大脑犹如被瞬间掏空一般，头痛欲裂。

我眼前一黑，突然间失去了知觉。

【尘忆】

"喂，你醒醒，你醒醒啊！"云姬一边急促地唤着我，一边使劲拍打着我的脸颊。

云姬下手甚重，我很快就醒了。

我躺在骊山的山顶之上，慢慢地回过神。

我呆呆地望向天空，天上那一轮圆月依然呈现着赤红之色，却不再似方才我感受到的那般狰狞可怖，只是静静地挂在夜空，好似方才那一场混乱不过是我的幻觉。

"你是不是想起什么了？是不是想起主人来了？"云姬迭声问道。

"我刚才是怎么了？"我茫然地看着她。

云姬瞪大眼睛，"你怎么了？我怎么知道你怎么了！兰寐，你倒是说，你到底有没有想起来什么？"

"兰……什么兰寐？"我皱起眉头，"你又乱喊，不是说了我不是吗？"

"我明明听见你喊了主人的名字！"云姬急急地喊道，"是不是主人回来找你了？是不是？他现在在哪里，你有没有问他？"

我也在努力回想着当时发生的事情，可是方才脑中好像是有什么陌生的记忆苏醒，后来却又被什么奇怪的力量硬生生抹去了，只余一些极其模糊而破碎的印象……

"我只记得，我当时好像听到了鹤鸣之声……"我喃喃说道。

我话音刚落，突然听到一声高昂的鹤唳从北方响起，伴着一声熊罴的嘶吼，从那远方的山谷里传来。

云姬眉头一皱，"我也听到了。在这种光秃秃的深山老林里居然会有鹤，也着实是奇怪。"

我怔然。

也就是说，方才我听到的鹤啼其实是这骊山之中真实传来的，而不是我脑中什么被封存的记忆？

我望着不远处的万丈高崖，越发开始怀疑方才发生的一切的真实性。或许那是比灵石幻境更不可靠的幻觉，或许不过是我夜里睡眠不足而做的一场梦罢了。

"还有呢？你到底还看到了什么？"云姬追问道。

"什么也没有。"我摇头道，"别再喊那个名字了，我真的不是……"

"你就是兰寐，才不是什么烛！"云姬使劲地摇晃着我，"你快想起来！快想起来主人他到底去了哪里……"

我快要被她摇成了抖筛，正要张口出言让她停下，这时候一个声音忽然从我的身后响起。

"云姑娘，等等。"

是大师兄。他走了过来，在我背后停下了脚步。

云姬动作一滞，仰头看到他，立刻皱起眉头，头一扭别过脸去。

"哼，你这个忘恩负义的臭道士，休想再和本姑娘说话！"云姬愤愤道。

大师兄却不理会，看着她问道："你方才，到底又将小烛唤作了什么？"

"我喊她兰寐……"云姬话说一半，警觉道，"不对，我什么也没喊！"

大师兄眯起眼睛，"兰——寐？"

一阵紧张的沉默。云姬害怕自己的身份会被戳穿，忙急着冲我使眼色。

我无奈，只好道："别听她胡闹，大师兄，那是她叫着好玩的，我自己都不知道那是什么意思。"

大师兄没有说话。

正在这时，那熊怪的啸声再次凄厉地响起，这一次那声音离我们愈来愈近，须臾之间，竟几乎来到我们的面前。

我蓦然一惊，立即爬起身来，"不好，那熊怪要过来了！"

我话音方落，那熊罴怪巨大的影子便已出现在山路的拐角，张牙舞爪，吼声震天，一步一步踏得地动山摇。

熊怪巨大的阴影之下，正笼罩着两个熟悉的人影，他们急急向我们奔来：

"在那里！"

"大师兄！小烛！云姑娘！你们都在这儿！"

原来是四师兄和二师兄，他们躲避着熊怪的追击，率先跑上了山顶，迅速同我们会合在一起。

"三师兄呢？"我问道。

二师兄喘息道："三师弟同我们走散了，可能是往北边去了……"

正在此时，巨大的熊怪已然出现在我们面前。

我们来不及再说下去。四师兄摆开架势，激动地喊道："来吧，咱们一起上，把它干掉，为民除害！"

"尔等区区凡人，竟敢与神魔相较量，可知己身有多么可笑？"

熊怪突然说话了，巨大的、充满怒意的声音宛如金铁，在血月笼罩的天地间回荡。

我们均大吃一惊。

神魔？

黑夜里，我们看不清熊怪的脸，血色的月光下，只见它一双荧绿色的双瞳幽幽，如嵌在黑影中的两束鬼火，诡异而恐怖。

我们不由得俱后退数步。

四师兄结巴道："它说，它说它是神魔？"

"一介凡间作怪的小妖，也敢装腔作势，自称神魔？"云姬突然站了出来，指着那熊怪大声喊道，"哼！可笑的是你这怪物才对！今日撞上了我，就让你尝尝本神女的厉害！"

她率先冲上前，再次袍袖一挥放出漫天狐羽，刹那间如漫天花雨般向着熊怪刺去，然而那些狐羽刺到熊怪的身上，竟尽数被反弹了回来。

随即，伴着一阵狂烈的阴风，熊怪一声震天巨吼，一掌袭来，漫天黑影重叠而至，直向着云姬袭去。

云姬躲闪不及，已被它的掌影重重击中，来不及惊叫，身体骤然向后飞了出去，险些摔下悬崖。

四师兄急忙奔跑上前，在悬崖的边缘接住了她，"云姑娘，你没事吧？"

然而云姬太过大意轻敌，在熊怪的重击之下已经昏了过去，失去了知觉。

"云姑娘？云姑娘！"四师兄急切地唤着她，可她仍昏迷不醒。

"不自量力！"熊怪嘲讽的声音自黑暗中传来。

一阵煞气扑面而来，压得我胸中窒息难当，难以呼吸。

这可怕的凶煞之气，我明明从未经历过，却又有一种陌生的熟悉感。我心下突然一片空荡，这究竟是什么？

大师兄见状目光一沉，"这妖怪着实厉害，又恰逢血月之夜，大家千万小心！"

我们不由得向后退去，熊怪一步步地向着我们逼近，鬼火一般的目光扫过众人，突然锁定在我的身上，长啸一声，又是一掌袭来，重重黑影铺天盖地向我而至。

我呼吸一窒，立即拼命想要发动火术防御，谁知我越是紧张，越是连个小火苗也发不出来。

"小烛！"二师兄惊叫一声。他距我最近，立刻向我身旁奔来，他帮我将攻击挡下，却被熊怪一下子扫中肩头，鲜血直流，闷哼一声摔在地上。

"二师兄！"我惊呼。

"二师弟！"大师兄迅速赶来，将鲜血淋漓的二师兄护在一旁。

然而熊怪又是一掌如狂风般袭来，大师兄俯身堪堪躲过，却被扯破了肩上衣衫，不及躲闪被带倒在地。

眼见各色法术击上那熊怪的身体，有一些被直接弹了回来，有一些似乎刺中了它，可是那熊怪竟毫不在意，一步一步将我们逼向山顶的悬崖。

咔拉一声，四师兄护着昏迷的云姬后退，一下子踩到了断崖畔的山石，两人登时下坠，险些掉下了高崖，四师兄大叫一声，慌忙抓住岩石，两人挂在崖边，命悬一线。

熊怪将我们渐渐逼向绝境，三位师兄都一时无法站起，唯有我仍然立在当地，站在熊怪面前。

狂风将我的衣衫和头发吹得缭乱，我的手紧紧攥成了拳。

"如何，凡人？"熊怪低头看着我，"吾于此地盘踞日久，凡人皆懦弱臣服，今日却是头一回遇上你们这般不知天高地厚的凡人——凡人弱如蝼蚁，竟敢与我抗衡！今日，便教你们懂得什么是神魔之力！"

眼见师兄们的性命皆危在旦夕，我一咬牙，一股喷涌而上的勇气突然间填满胸臆，高声道："即便凡人弱如蝼蚁，也没有任神魔欺凌的道理！你既如此说，那便决一死战吧！"

我一下子将项上所戴的鹤羽灵石扯下，握在手中。

我迅速地念出咒诀，手中的灵石一下子从我手心升至半空，在我的咒诀下再次迸发出强烈的蓝白光芒，它们犹如一道道无形的闪电，向着那血色的夜空撕扯而去。

然而就在此时，我突然感到一股强烈的反噬之力，从心脏开始穿透全身的骨髓。五脏六腑仿佛都被这力量撕裂，突如其来的疼痛一下子传遍了全身，无以复加。

我狂喷出一口鲜血。

熊怪一步步逼近，大师兄在身后惊叫："小烛！"

我的全身都在颤抖，眼前一片眩晕。我紧紧闭上眼睛，剧烈的疼痛吞噬着我的身体和神智，那一刻，我以为自己就要死了，然而这时，耳畔忽然再次出现一个温和的声音：

"别怕。"

我睁开眼睛，愣愣地听着那个声音。

正是方才在血月之下，记忆被打断前的那个声音。

仿佛有一只无形的手握住了我的手，温暖而有力。我胸口一热，刹那间，火苗从那蓝光之中冲天而出，一下子冲向熊怪庞大的身体。

此时熊怪距我仅有咫尺之遥，蓝光织成的巨网被火燎燃，漫天的火焰轰然间在它身上燃烧起来，熊怪惨叫一声，声音震破天际，随即摔在地上挣扎，痛苦地四处翻滚。

然而，我还未来得及松口气，灵石已再一次失控了。冲天的火焰吞噬了熊怪的同时，也霎时间燎着了我们周围的野草和荒木，很快，大火在骊山山顶蔓延开来，将我们五人包围在火中，浓烟滚滚，铺天盖地。

我一下子回神，不禁惊慌起来，反射般将手中的灵石丢了出去。灵石滚在了几丈远外，然而火焰依旧从上面的蓝光上跃出，久久不熄。

四师兄拉着云姬从悬崖边爬了上来。

"小烛，大师兄！火要烧过来了！我们快离开这里！"四师兄急声呼喊着。

"哦！"我回过神来，刚想拔腿逃开，可是当赤色的月光将大火染成一片血色的场景落入我的眼中之时，我蓦地又睁大了眼睛。

此时此刻，身体的疼痛似乎已不再重要，而脑海中那狰狞的记忆刹那间又翻滚而来，宛如再次决堤的洪水——血月之下，千年之前的荒山，那栩栩如生的鹤羽花纹，那些旋转的蓝光和屏障，漫天飞来的铁箭，平地而起的无边血火……

"小烛！快走啊！"

我呆呆地站着。那熊怪挣扎着，嚎叫着，在大火之中跌下了悬崖，它的惨叫声渐渐远去，而我记忆中的鹤鸣却再次响起，伴着那些飞快流逝的画面，这一次更加熟悉、更加清晰——

"寐姐姐，一定是你的诚心感动了鹤神！"

"寐姑娘，你突然灵力大升，定然是鹤神相助的结果！"

"这东西才不是什么圣物！所谓鹤神庇佑，所谓神赐灵根，全部都是骗人的鬼话！"

"兰氏一族繁衍数百年来，你是唯一一名可驭檀石之人，除你之外，再没有比做这件事更加合适的人选……"

灵石在不远外燃烧着，这一次没有什么东西再来打断我这陌生却又刻骨的记忆。我终于想起来了，那个月下如神祇般降临的男子，那一双如同蓝火的瞳孔的主人，那一个让我迸发出强烈情感和恨意的人，有一个名字。

可是那个名字……究竟是什么？

那个名字像是被我关在了记忆之门外，用力地敲打着窗棂，却始终不得其门而入。

大火吞噬了夜空，师兄们在焦急地四处寻找着出口，却难以突出血火重围。

"小烛，小心！"

我怔怔地看着那火，却如同被钉在当地，动弹不得。

就在狰狞的火舌几乎舔舐上我的脸的最后一刻，忽有倾盆大雨漫天洒下，宛如九天而落的瀑布，向这冲天的火势浇了下来，北方山石上的火登时被这水浇熄。

我被那水花迎头淋成了落汤鸡，待得回过神来，立刻被大师兄拉着从那被浇熄的缺口处逃出火场。

三师兄正立在那缺口之外，见我们都逃了出来，他随即收回法术，飞快地说道："跟我来，北边有一处小径可以下山！"

我们跟着三师兄匆匆从那小径下了山，一路跑至山麓，终于逃离了大火炎热的追逐。

四师兄将云姬平放在地上，一声声焦急唤着她，"云姑娘，云姑娘？"

云姬悠悠醒转。

"出什么事了？"她一脸茫然，像是不记得昏倒前的事情。

四师兄欣喜道："你醒了！你……你还好吗？"

云姬坐起身来，皱眉道："头好疼……"

四师兄抬头望向大师兄，恳求道："大师兄，云姑娘此次出了大力为我们除妖，还因此受了伤，我们就暂且带她同行，路上顺便为她疗伤吧！"

云姬别过头去，哼道："爱带不带，本姑娘才不稀罕！"

大师兄瞥了云姬一眼，"呵呵，就算是我们不带着这位姑娘，想必你也会一路偷偷跟来，对否？"

云姬回头看了我一眼，不肯言语。

"那好吧，"大师兄道，"四师弟，你带着她和小烛同坐一车。"

四师兄喜道："多谢大师兄！"

大师兄又看了云姬一眼，道："云姑娘，虽说师弟师妹们愿携你同行，但我们此行目的保密，旅途亦无趣，你若是厌了，还是尽快离开的好。"

大师兄言罢便走开了。

我仍愣愣地看着山上的大火。

三师兄走上前来，唤我道："小烛？"

我怔怔地看着他。

三师兄伸出手，将我方才丢在地上的灵石递给我，"给。"

我如梦初醒，刚想伸手去拿那灵石，猛然想起刚才的事情，又迟疑了。

"没关系，小烛。"三师兄道，"你现在因为法力不足，出一些状况是正常的。况且，这次它也算是帮了大忙，以后不知还会有什么用处。"

我点了点头，伸手将其接过，收在怀中。

"三师兄，多谢你！"我向三师兄深深一揖，"这一次又多亏了你，小烛才不至于酿成大祸。"

三师兄摇了摇头，"是我来迟了。"

"小烛，怎么能怪你？若不是你及时出手，我们只怕早已死在那熊怪掌下。"二师兄从一旁走来，对我说道。

我看向二师兄，突然一愣，"咦？二师兄！你的伤口是怎么了？"

二师兄这才低头，看到他肩头的血汩汩流下，直至腰际衣摆，竟已沾染了他的大片衣襟。

二师兄按住肩头，蹙眉道："我竟然并无疼痛的感觉，只是伤口有些麻痒而已。而且，这血……"

我们仔细看去，果见那伤口中流出的血，竟泛出了微微的黑色。

二师兄突然皱眉，闷哼一声，一下子跌倒在地。

"二师兄！"我立即和三师兄一同上前扶住他，"你怎么了？"

"没事……"二师兄咬牙说道，"只是……突然感到眩晕得厉害……"

四师兄惊叫："那熊爪中是不是有毒？"

大师兄马上道："我们先回甘亭村，二师弟若当真中了毒，须得及时清理诊治才是！"

大家皆点了点头，大师兄扶过二师兄，将他背在背上，我们一起朝着甘亭村的方向走了回去。

我走在众人最后，放慢脚步，回头望向山顶。

三师兄停下脚步，回头唤我："小烛？"

"你们先走，三师兄，我这就来。"我低声道。

三师兄望了我片刻，似有话要对我说，却欲言又止，最终点了点头，无声地转身跟随大家离开。

我抬起头来，望向远方。

远方那火焰依然在燃烧着，我仿佛透过它看见在那彼岸遥不可及的地方，在那无法想象的久远的从前，发生过许多不可思议又令人无以忘怀的故事。

我怔然呆立，不知将来会不会有一日，那些故事会冲破尘土和岁月的封印汹涌而来，令我窒息，将我吞噬。

血月的时辰终于过了，夜空中圆月高挂，一片清明。

悦讀紀
ENJOY READING ERA
文化品位
优雅生活

兰烛寐

下

归采薇 ○ 著

青岛出版社
QINGDAO PUBLISHING HOUSE

【归华】

　　我再一次在灵石幻境中醒来时，天空上正飘着漫天的雪。我听见有叮咚琴声穿过那飘飘洒洒的雪花，穿过檀木上纷纷落下的花叶，从遥远的东方隐隐传来。

　　我循琴声走了很久很久，最后来到这檀宫的一处别院。

　　庭院中，青檀身着一袭白衣，正在雪下悠悠抚琴。

　　雪花铺天盖地地洒下，如冰霜一般覆在他的发上和衣上。他宛如在这雪中由冰雪雕刻而成，仿佛令天地间所有的洁白都黯然失色。

　　我不声不响地走到他的面前。

　　"你怎么了？"青檀抬起头来看着我。

　　我没有回答。

　　"发生什么事了吗？"青檀问道。

　　我摇了摇头。

　　"昨晚你突然离去，是因为又出事了吗？"青檀轻声道。

　　良久，我才点点头，低头说道："昨天夜里，我们寄宿的村子里遇上了一头作乱的熊怪，我和师兄们把它引去骊山，又在骊山同它搏斗很久，才最终杀死了它。"

　　而且在那血月下的骊山，在我身上还发生了很多奇怪的事情。

　　青檀目不转睛地看着我，"然后呢？"

我抬起头来，怔怔地望向他的脸。

"我梦见你了。"我轻声说道。

"你现在不就在梦里吗？"青檀微微一笑。

"不，不是这个梦，是……"我连连摇头，想说些什么，却又卡了壳。

那天在骊山的夜晚，在血月之下的回忆里面，我所看见的，是另一个人。

只是那个人的相貌，竟同青檀一模一样——除了那人眼眸的颜色，是湖水一般的湛蓝，就如同云姬曾经对我描述过的，她口中的"主人"那般。

我望着青檀，这些日子所纠结的问题，一下子全部涌了上来。

为什么那日我在檀宫主殿会想起那样风雪呼啸的情景？为什么梦里梦外，我总听到有人唤我"寐儿"这个名字？

为何我在骊山的血火里想起的那个蓝瞳之人，会同你有一样的长相，却有着不同颜色的眼眸？而你，与云姬所说的"主人"又有什么关系？

为什么我会记得前生的往事？为什么……为什么我会对记忆里的那个人感到那样强烈的恨意？

我曾劝过云姬，前生之事都应一概放下，我自然不会去恨一个前生的仇人。可是……如果那并不是前生呢？

那些记忆和感觉实在是太过刻骨，像是一直存在于我的身体和魂魄里，只不过一直在沉睡，只有遭到鞭挞或痛击时才会苏醒。而它们苏醒的时候，带来强烈的情感和执着让我窒息难过，无以逃脱。

我深吸一口气，说道："青檀，你到底是谁？"

青檀眸光微动，"这重要吗？"

他如往日一样，仍是如此讳莫如深。

我眉头一皱，心念一转。

"你不说，我可要猜了。"我一本正经地说道，"我若猜得离谱，你可不要怪我。"

"哦？"青檀似笑非笑地看着我，"你待怎样猜？"

我想了想，要不就从云姬所言的"主人"那里去猜？

于是我问道："你以前，是不是个养狐狸的？"

"什么？"青檀好笑地看着我。

"你养了很多只狐狸，时间长了，其中一只就成了精。"我信口胡诌道，"后来你不见了，它就到处找你——"

"你想得太多了，烛。"青檀打断了我。

"好吧。"我只好闭上了口。片刻又道，"我也觉得我想多了，因为云姬非要跟着我，总不会因为我也是那些狐狸之一吧？"

青檀啼笑皆非地摇了摇头，"你真是越发会胡思乱想了。"

他摇头无奈的样子，也真是好看极了。我一时又呆呆地看着他，不知不觉又将那些疑惑和顾虑忘到了脑后。

青檀望着我一笑，"怎么不说话了？"

我一时迟疑。

他既然不喜欢提起这些事，那我还是不要提了，何必徒增不快？

我定了定神，忽然想起一事，道："对了，青檀，你可以教我如何操纵这块灵石吗？"

我将灵石从项上取下，举在了我们面前。

青檀目光微动。

它在我的手中安静地沉睡着，白色的鹤羽花纹在雪光下熠熠闪烁。

"昨日同那妖怪作战时，我因法术低微，让二师兄因我而受了伤。"我说道，"后来情急之下借灵石施法时又失控，险些害得师兄们葬身火海。我知自己天分平庸，不求什么道法高强，可是以后倘若再遇上这种事，我决不能再连累师兄们因我而遭难了。"

青檀望着我不语。

我回望向他，"青檀，你能自由操纵这灵石，甚至能借它之力让这宫殿恢复原来的模样，那可不可以也教教我，该如何使用它才是正途？"

"你同你的师兄们，感情很深？"青檀忽然问道。

我一怔，点点头，"那是自然，我们从小在一处拜师学艺，情同手足，四位师兄就好似我的亲兄长一般。"

"你还是原来那般，为了兄长和亲人，可以付出一切，甚至可以不要自己的性命吗……"青檀像是自言自语地说道。

我一愣，"你说什么？"

"没什么。"青檀摇了摇头。

我不明所以地看着他。

而青檀又道："灵石之所以能在幻境中发挥无穷之力，是因为这幻境本来就是因它而生。而若是放于现实里，它并非如此轻易受制于人。以你之力，若想要自如操控它，必须勤加修炼才可。烛，你可准备好了？"

我忙点头，郑重道："不论怎样困难，我都会坚持的。"

青檀微微一笑。他袍袖一拂，面前的石琴渐渐消失无踪，而他立起身来，墨色长发和白色衣袍在雪花中徐徐飘动。

"你既然长于火术，那便可从此学起。"青檀说道，"我今日教你一诀，可以将火诀施为暖咒，将此幻境中雪季化为春日。"

我讶然，"如此神奇？"

青檀笑了，"因是在幻境中，故而无妨一试。"

于是我仔细聆听青檀的教授，费了半天劲，才将口诀记住。我将灵石持在手中，试图通过它化出暖雾和温光，但过了将近半个时辰，灵石之上依然只散发出杂乱的蓝色光圈，一闪一灭，不成章法。

"对不起，我学得慢。"我额头见汗。

"无妨。你从前便是如此，我已习惯了。"青檀不紧不慢地说道。

这话我又不懂了，微愣地看着他。

然而青檀又道："进境缓慢，并不是问题。若你肯坚持，假以时日，一样可登峰造极，就如……"青檀顿了一顿，声音中似是在微微叹息，"就如她一般。"

我不禁一怔。

又是那个"她"，是说那个铸成十层暗火玄冰，将青檀封印在这里的人吗？然而我……怎么可能比得上那个人？

只是我没空去细想他的话。又过了许久，那些杂乱的光圈终于被我统一起来，我凝神导引着它们，那蓝光聚集成旋涡，能量积攒了许许久久，忽然一刹那迸发开去，宛如朝曦万丈，笼罩了漫天的白雪。

我不由得惊喜，"成功了！"

在那温光的照耀下，天空中的雪花渐渐消失，枝头和屋檐上的白雪也逐渐消融。待得所有的雪花和寒冷尽皆散去，我在那宫殿正门的匾额之上，看到了三个大字。

"归华宫"。

我忽然睁大了眼睛。

"归……华……宫……"我喃喃地念着这三个字。

"你怎么了？"

"我……我好像见过这里。"

"是吗？"

我怔怔地看着灵石散发出的光芒悠悠旋转，看着枝头的雪融化成水，看着眼前的世界渐渐变得春暖花开。

然而刹那间，那春暖花开的世界突然变得扭曲，眼前的画面犹如被一双看不见的利齿撕咬，撕开了一片可怕的图景。我一下子跌入了那图景的旋涡里，瞳孔瞬间放大，呼吸骤然变得急促起来。

"就是在这里，"我如遭梦魇笼罩，喃喃道，"就是在这里，那时我……"

我的手突然开始颤抖，头脑里的画面不断喷涌出现，像是延续昨夜在骊山看见的那些故事。与此同时，脑海中又有一些记忆要喷薄而出，带着仇恨，带着愤怒，我仿佛不再是自己，而是被一个远古的灵魂攫住，它使得我心神震颤，无法逃脱——

"是你，都是因为你，如果不是你那时将我囚禁在那里，那么他们也不会死……"

我口中控制不住地说着，突然抬起头来，嘶喊出声，"是你！是你害了我，也害了他们！我说会报仇，就一定会报仇！"

刹那间，我眼瞳中如同蒙上了一片黑色的云翳，怒视着那个檀花下长发白衣的人影，猛地冲上前去——

"呃——"

突然间我眼前一黑，痛苦地闭上眼睛。叮的一声，那些模糊的画面突然变得破碎，好像在向我冲来之时被挡在了半空，忽然间跌成碎片，化为无形。

黑暗里，混乱之中，那个温柔的声音再次响起，在我脑海里回荡着，劝慰着我，引领着我——

"你是烛，不是别人。"

"不要让那些记忆侵占你。你须忘记那不属于你的一切的可怕梦魇……"

那个声音那般温柔，那般熟悉，好似穿越千年的岁月，引领着我，触动着我心底最柔软的部分，将我从那灰暗而痛苦的记忆中剥离拯救出来。

"你到底是谁？"我茫然问他。

"你不须知道。"他回答。

"好……好吧。"我着魔一般，不由自主地听从了那个声音，"我听你的，忘记就忘记……"

"你还好吗，烛？"

片刻后，我方恍过神来，定了定神，抬起头看向青檀。

他的面容近在咫尺，似笑非笑地看着我。

我回神，猛然发现自己的双手正紧紧地抓着他的衣襟，仿佛下一秒就要将他的衣衫撕扯成碎片。

我咚的一下跳了开，慌慌张张地道："对，对不起！我不知道我刚才是怎么了，一定是最近睡得不好，不小心中了邪……"

青檀立在那里，唇边有极浅的微笑，"无妨。"

惶恐之余，我努力地回想自己方才做了些什么，脑中却好像被人掏空一般，什么也想不起来。

我只模糊记得那个声音，昨夜的骊山血月之下曾在我耳畔出现了两次的声音。可是那个声音……到底是什么人？

想了半天仍想不起来，毫无头绪，我只好尴尬地低下头，捋了捋头发，说道："多谢你教我法术，青檀。以后，我也会继续麻烦你，你可不许嫌我烦。"

"当然不会。"青檀望着我微微一笑。

说话间，和煦的春风掠过我的脸颊，一切都是那样温和而静谧。我抬起头，看见屋檐上的树枝抽出一枝嫩绿的新芽。温暖的归华宫正繁花盛开。

忘忧／更忆

痴心苦／

【流年】

当归华宫的雪融了的时候，便又是一年春天到来了。

归华宫的窗口掠过星光和月亮、朝雾与夕阳，飘过秋叶和春蝉、夏花和冬雪。季节和岁月几番变换，我已经在这里度过了不知是第几个春秋。

归华宫地方很大，也很荒凉。殿门之外有许多繁花枝叶环抱，但是寂静得只有风声。我一个人踏步在方圆一里的院子里，看着院子尽头的栅栏和大树，沉默不语。

归华宫的尽头亦是一株檀木，它看起来比檀宫里其他十一株檀木都要修长些，枝叶繁茂，花叶缤纷。檀木之外是风阡留下的结界。这结界很是巧妙，它对仙神之身而言只不过是一团空气，对泥土之身的凡人来说却是无以穿透的壁障，用来囚住我，那是再合适不过。我被幽禁在这透明的看不见的笼子里，每日只能透过树叶缝隙看到外面檀宫的风景，一年一冬夏，一岁一枯荣。

而风阡自始至终没有再出现过。

枝头花红，又是一年的三月之末，在归华宫这些年里，每年春夏之交，白其仍然会按时到来，独自为我完成考教的任务。今日照例应是白其前来代替风阡考教我法术的日子，我早早起身，不知它何时会来，便坐在了树下，沉默地等待着。

"兰寐？"一个声音忽然传来。

听到这个久违的声音，我微微一怔，抬起头来。

竟是云姬。她身着一袭惯穿的鹅黄色天衣，正站在不远之处，一脸惊讶地望着我。

归华宫的结界对她不起作用，云姬轻而易举地便走了进来。她走到我面前，低头看我，愕然道："我说怎么好好久久没见到你，原来你被主人关到这里来了！"

我无言。

很快，云姬惊愕的神色就转成了洋洋得意，道："兰寐，我早就说过，你一介凡间贱女，竟敢肖想风阡神上，简直就是痴心妄想！你看如今，遭报应了吧？"

我眉头一皱。这么长时间过去了，她怎么还只会这两句话。神女的脑子，都是这么一根筋的吗？

我站起身来，忽然问道："云姬，从我们上次见面到现在，有多久了？"

云姬一愣，想了想，道："大概有……二百年了吧。"

二百年？

"二百年……"

我喃喃道。

二百年，对一个普通的凡人而言，已足以度过几番人生风雨，足以忘却几世的悲喜记忆。而对我而言，却只有日复一日不变的风景和寂寞。二百年里，我每日除了修炼，还是修炼，连时光的流逝都不曾在意。岁月过得太久，我甚至忘记了它们存在的意义。

云姬忽然道："你……你在这里闷不闷？如果闷，我可以天天来找你说话啊！横竖你走了，主人也还是不肯见我，我也闷得慌了……"

我摇了摇头，"天天同你说话，我只怕早晚会被你克死。你还是回去吧。再见了。"

说着，我转身就欲离开。

云姬一愣，跺脚怒道："兰寐！别给你脸不要脸！哼，以前本公主看在主人面子上不为难你，今日你既然已经被主人放逐，就休怪我不客气了！"

她话音未落，我背后突然袭来一阵疾风，一下子将我的头发吹得纷乱，夹杂着尖锐的东西刺上了我后颈和身体。

我眉头一皱。一言不合就要动手，这云姬还真是骄横。我低头一看，落地的那些尖锐之物都是火红的狐羽。

觉得我在风阡那里失宠了，所以就可以对我为所欲为了？我转过身来，袍袖一挥，骤风从我袖中澎湃而出，让她放出的那些狐羽尽皆反了方向，冲她自己刺去。云姬吓了一跳，后退两步，不甘示弱，忽然双手举起，一朵乌云忽然自天空出现，刹那间引来天雷滚滚，雷鸣电闪就要向我的头上劈来。

我目光一沉，不等她口中念完咒诀，已举手将那云中的雷电之气借来，刹那间幻化成数百刀剑，倏然间尽皆向着云姬刺去，云姬一惊，而那些刀剑已然刺透了她的衣袍，将她整个人都钉在背后的檀木之上。

云姬动弹不得，惊慌失措，"你，你干什么！"

我仰起头轻轻一吹，那朵乌云已悄然间飘到了云姬头上，雷鸣隐隐，好似下一刻就要泻下一番倾盆大雨。

"我什么也没做，只是拿你放出的东西吓吓你自己罢了。"我好整以暇地说道。

云姬瑟瑟发抖，不可思议地看着我，"兰寐，你……你不是个凡人吗？为什么……这么厉害？……"

我淡淡一笑。我是凡人又如何，你是神女又如何？云姬这个娇生惯养、天天只想着如何引起风阡注意的狐狸公主，如何比得上我这个五百年来日日苦修的练家子？

我袍袖一挥，收去了乌云和刀剑，云姬突然间脱了束缚，一个趔趄险些向前跌倒。

"回去吧。再来这里闹，小心我割掉你的狐狸尾巴！"我威胁道。

云姬恨恨地瞪我一眼，口中咬牙喊了几声："臭兰寐，死兰寐！你现在威风一时，以后总有你的苦头吃！"最后还是愤愤地跑走了。

待云姬跑得不见人影，我忽然听见身后传来一声鹤唳。

我转身看到白其正在我身后不远的地方，昂首而立。

我一愣，"你什么时候来的？"

白其叫了一声，歪头看我，目光中似是有叹服之意。

我知它是看到了我与云姬的一番争执，微微一笑，道："我可是今非昔比了，白其，如今我再同你打斗，你可未必能赢我。"

在这被囚禁的二百年里，白其算是我唯一的伙伴，因它每年春末都会按时到来，照例为我考教法术，顺便听我说说话，解解烦忧。我们已不如初见那时针锋相对，而是成了相当好的朋友。只是白其铁面无私，每次来考教我法术，我总还是同它差那么一点点，难以制胜。不过这一回与上次不同，我在归华宫心无旁骛二百年，终于在最后的一年里将所有五行法术都练到了最高境界，于是今日信心满满，一定要胜它才可以。

白其没有回答，它垂下眼睛，从羽翅里衔出一块锦帛，示意我上前。

我一怔，走了过去，伸手将那锦帛从它喙中接过，展开一看，雪白的锦帛上面只写着两个墨色的字：终回。

我识得这字，是风阡的手书。

我抬起头看向白其，愕然问道："这是什么意思？"

白其看着我不答。

终回，终回……

我忽然明白过来，"主人的意思是……这是最后一次考教？"

白其点了点头。

我一愣，喃喃道："难道是说……我今日若能通过考教，我就可以出师了？"

白其微微颔首。

"那如果我通过不了……"

白其神色肃然。

我心下一沉。

若我无法通过，那么我在檀宫的五百年时光，岂不就算是全然虚度？如果我无法出师，是不是要被他关在这里一辈子？

可是如果我能通过白其的考教，也就是达到了可以为他去做"那件事"的程度。一旦完成了他交给我的任务，我或许就可以摆脱这一切，甚至可以带着哥哥和族人们永远离开这里……

我紧紧握住那锦帛。

所有我今后的命运，都系在今日的考教上。

白其昂起头，展翅高鸣一声。

我轻呼一口气，"白其，承让了。"

【忘忧】

白其一声长唳，突然展翅飞上空中，劲气如疾风般向我袭来。我反身躲过，倏然间一挥袍袖，将方才从云姬那里收来的乌云重新放出来，刹那间天空中风云骤变，电闪雷鸣，漫天大雨倾盆般洒下。

我一出手便是白其最忌惮的水术，白其却早就料到我的意图，不待那雨水落地，一翅拍过，将那风云和雨水全部向我轰来，我忙急急后退，收回乌云和雨水，屏气凝神，施展出毕生所学之法术，同它作战。

我拼尽全力将练到上乘的各种法术使将出来，白其亦是在极为认真地同我切磋，然而它似是不肯给我任何机会，出招凌厉，灵气磅礴，檀木的花叶在空中如旋风般飞舞。从正午到日落，我们纠缠了有三个多时辰。我渐渐感到体力不支，但白其却丝毫没有厌战的模样。

越到后来，我越是无还手之力，被它打得节节败退，只能咬牙硬撑。我不禁懊悔自己轻敌，虽然打赢云姬那个草包不在话下，但面对身经百战的万古灵鹤白其，我显然还是差了一截。

如果我输了……

我心下一沉，不行，我不能输！可是……我该怎样才能战胜白其？

左支右绌之中，我忽然想起一事。

四百年前，我第一次侥幸击败白其，是因为彼时我耍了个小小的花招，用了一招幻术。那时我将檀宫的花叶变成水滴的模样迷惑了它，使得它惊慌败退。白其神力超绝，临敌经验亦是丰富，但唯一的弱点，就是似乎对幻术颇为不敏。

如今故伎重施已不可能，不过……

我心念一动，此时白其一个翅风袭来，我转身躲过，骤然间回身。

"忘忧更忆，忆往由心，心息梦断，皆为幻景——"

我迅速念出一句咒诀，袍袖一挥，整个归华宫忽然堕入一片迷雾。

白其突然一怔，收起双翅，停落在了地上。

我跑到檀木之后躲起来，透过绵绵落下的花叶悄悄观察白其。

迷雾中烛光点点，白其转头看着四周景象，似是陷入了迷茫和困惑。

看起来居然成功了，我心道。

这是一个幻境，名为"忘忧"，是我最近从一本术书上新学来的。

那术书上说，这"忘忧幻境"可以幻术之法重现一人最刻骨铭心的回忆，甚至可以将他最赤诚的愿望幻为真实。彼时我只是一时好奇，就将它的咒诀和手法记在了心中，至今未曾用过一次，但方才一想到可用幻术致胜，我第一个便想到了忘忧幻境，就这么贸然施放了出来。

不过……我接下来该做些什么？

难道去偷袭白其，在它被迷惑的时候趁机打败它？

不行，那样似乎有些不太光彩。

我摇摇头，心下不禁有些后悔，那怎么办呢？那术书上只说了该如何造这幻境，却没有说如何将幻境破去，那这么一来，我只能……

我尚在胡思乱想，突然发现眼前的场景发生了变化。

迷雾渐渐散去，我面前一亮，归华宫竟全然变成了另一个地方。我发现自己像是置身于一处山岭，山岭远处有瀑布声响，飞流直下，近处奇树奇花，满目满耳的鸟语花香。时值快到日落时分，晚霞满天，红花绿野，碧水蓝天，美不胜收。

忽听得远方阵阵鸟鸣，我抬起头，看到远方天空里有两个点自远及近。打头那个赤色的点渐渐显出轮廓，一只红色火鸟飞来，轻巧地落在地上，变成了一名红衣少女。她身姿轻盈，容颜娇美，落地后正要抬步向前，忽然天空又传来一声鹤唳，响彻天际。

红衣少女一惊，急忙回头看去，只见身后一只白鹤也紧跟着飞来，落在她身后的山石上。

白鹤落地的瞬间，变成了一名容貌极为俊俏的少年。他瘦削而高挑，一袭白衣，红冠黑带，下颌尖尖，表情有些高傲，但丝毫不减其超凡脱尘的仙气。

红衣少女被他吓了一跳，惊慌道："白其！你，你做什么啊？"

我闻言大吃一惊，瞠目结舌。

这是……白其的回忆？这名白衣少年，就是白其的人形？

青色山岭上，白其对少女挑了挑眉，"我做什么了？我什么也没做啊！"

红衣少女跺脚嗔道："说好了不跟我来裂帛岭的，你怎么又跟我来了？"

白其哼了一声，"怎么，我怎么就不能来这里了？你这里是阴曹地府，还是九天神境啊？"

红衣少女吐了吐舌头，道："都不是啦，只是我们火鸟一族的栖居地，你这样贸然前来，被我爹娘看到就不好了。"

白其翻了个白眼，"你以为我喜欢跟着你？若不是你烤的鱼儿香，我才懒得来找你呢。"

红衣少女笑道："你身为一只鹤居然怕水，还不敢自己下潭捉鱼儿，你羞是不羞？"

白其瞪了她一眼，自顾自地说："现在天快黑了，我饿了一天了，你到底什么时候再给我烤鱼吃？"

红衣少女似是拿他没办法，叹了口气。过了一会儿，暮色笼罩了山岭，她生起一丛篝火，拿竹签穿起从潭间捉来的鱼儿，在火上烘烤，香气四溢。

白其坐在一旁，毫不客气地拿起就吃，大快朵颐，一边赞道：

"好吃！"

红衣少女轻声道："白其，其实我每年都能获准出岭一次，我在外面的时候，你尽可以来找我，我会一直给你烤鱼儿吃的。不过下一次，你还是别到裂帛岭来了，一旦被我爹娘发现，你可就惨了。"

"哦？"白其毫不在意地又拿起一条竹签，"怎么就惨了？"

"我爹娘不喜欢外人，而且他们都是修炼了上千年的火鸟，若是寻常小妖撞上他们，只有被他们撕碎的命。我怕，我怕……"

白其哂笑一声，"那你就当我是寻常小妖吧。"

红衣少女半晌不语。她垂下眼眸，叹了口气。

篝火在暮色中闪烁着，夕阳渐渐落下山岭，黑暗笼罩了一切，什么也看不到了。

而在此时，场景忽然又变了，黑暗的天空上出现一枚橙色的月亮，夜空红得刺眼。夜空之下，红衣少女趴在地上抽泣，她的面前有一对身穿红色长袍的中年男女，正低头看着她。

中年男子浑厚的声音说道："我火鸟一族的涅槃之术虽已失传许久，但仍是能震惊神界的上古秘术之一，也是我们火鸟作为出身卑微的妖族唯一能攀上蚩尤神上的筹码。虹娆，你是我族中最为适合修炼此术的，届时我们带你去给蚩尤神上看，他老人家必定高兴。"

红衣少女哭泣着，"父亲，母亲，你们为何要如此执迷不悟？"

中年男子挑眉，"执迷不悟？你一个小丫头懂什么？蚩尤神上如今力量日渐强大，许多妖族都已经依附于他，我族岂能甘居人后？待到他日蚩尤神上吞并了轩辕神部，成为天地间唯一神主，那好处更是无以衡量了！"

中年女子柔声道："娆儿，你若能好好闭关修炼涅槃之术，炼成之后为娘就不再禁你足，你尽可随你心愿走遍天下，游览各方境界，可好？"

红衣少女闻言沉默了。

"哼，简直无耻！"

夜空中橙月闪烁，暗红色的浓夜里突然出现了一个白色的身影，走到了他们的面前。

虹娆一愕，急忙转身。

白其已走上前来，冷笑道："你们火鸟妖族不比凤凰神族，所谓涅槃之术乃是摧毁自己神魂，与强敌同归于尽的邪术。如此代价惨痛、毫不利己之事，竟让自己的女儿去做，你们还是父母吗？"

虹母脸色微变，"你是谁？"

虹父愕然，随即斥道："你是何人，来我裂帛岭做甚？莫不是轩辕族派来的部下奸细？"

"呵呵，部下？奸细？"白其不屑地一笑，昂首道，"为了一己私欲而依附于他人，与自贱为奴有何分别？这等耻辱之事，我才不会干！"

虹父勃然大怒，"你！"

虹娆拼命摇头，"不，你不要管我！白其，你快走，快走……"

白其低头看着她，"虹娆……"

虹娆哭道："父亲，求您放过他！白其，快走，求你了！"

白其不忍地看着虹娆担忧又急切的眼神，在虹娆父亲手中的光刃就要刺中他的一刹那，悄然间消失了。

场景再次变化，我眼前出现一处巨大的封闭场所，四面为墙，窗户尽被封住，整个室内只有一盏烛火摇曳，幽暗无光。室中央有一个偌大的祭坛，虹娆独自跪坐在祭坛中央，低头无言。

"虹娆。"白其的声音忽然从她身后响起。

虹娆矍然一惊，回头看见白其，"你……你是怎么进来的？门上有我们族法之秘印……"

白其走到她的面前，郑重道："如果你想离开，我现在就可以带你走。"

虹娆摇了摇头，垂下眼睛，"不，我不能走，白其……蚩尤神上就要与轩辕神部开战了，我们火鸟一族已经依附了蚩尤神上，为他做事，也是应该……"

"虹娆！练这种法术，无异于飞蛾扑火，你又何必……"

虹娆抬起眼睛，烛火在她眸中摇曳，晶亮如星。

"不要想那么多了，好吗？"虹娆轻声说道，"我练功的时候，你来陪我，好不好？只是这样，我也开心……"

白其停下话头望着她。

"你给我讲讲你去过的地方，好吗？"虹娆声音充满憧憬地说道，"我从很小的时候起，就非常向往天书上写的四方灵界、八荒神境，可是母亲一直禁我的足，不让我去看……"

许久，白其方缓缓点了点头。

烛火噼啪爆裂，仿佛一团火焰从我眼前极亮地闪过，随即我面前的整个场景都暗了下去。待到我眼前再次亮起，昏暗的密室之中已是一片火红。

"这所谓的涅槃之术你只练了不过三年而已，仅仅三年就让你出师作战？"白其愤怒的声音传来。

"蚩尤神上就要与轩辕神部黄帝开战了，父亲已经接到命令，火鸟一族不日就要出发前往北方……"

虹娆依旧跪坐在祭坛之上，她垂着双目，四周闪耀着红色的火光，映得她的脸愈发憔悴苍白。

白其激动道："可是万一他们需要你用涅槃之术，你难道真的……"

"爹娘说，只需协助蚩尤神上打赢这一仗，就算需要我用到涅槃之术，得胜之后，蚩尤神上会赐我们长生之身，我也就不需要牺牲自己……"

白其愤怒道："真是胡扯！有再造神魂之能的上古之神，除了尚在沉睡的女娲神上外，就只有避世隐居，难以寻觅的风阡神上而已！蚩尤何德何能，能赐予你们长生之身？况且……如果你们败了呢？"

透过火光，虹娆的目光闪动。

"我不知道。"她轻声说道。

白其霍地站起身来，"虹娆，我绝不能让你再在这里待下去了，你现在就跟我走！我带你离开这里！"

虹娆骤然抬起头看着他，"可是若我走了，我爹娘怎么办？火鸟族怎么办？我是我族得以依附蚩尤神上的唯一筹码，若是我不见了，蚩尤神上因此发怒，牵连了他们怎么办？"

"可我不能看你白白去送死！虹娆，现在就跟我走！"

白其的态度极是强硬，不论虹娆怎么说，就是不肯松口，定要带她离开。

虹娆低声叹了口气。

"给我十天的时间决定，可以吗？就十天，"虹娆轻声说道，"十天之后你再回来，我会给你答复。"

白其欲言又止，沉默良久，方勉强答应了。

场景再一次变化，暗下去又亮了起来：这一次是白日的裂帛岭，晨曦洒满了大地，远山的瀑布水花声响，红花碧草随风摇动，然而这一次，整个山岭寂静得如同死亡。

"虹娆！虹娆！"

白其大声地呼唤着，可是整个裂帛岭空空荡荡，悄无声息。

白其一路匆忙地来到他们初次到裂帛岭的地方，低下头，突然发现脚下有一方竹片，上面刻着娟秀的八个字：战场危险，君自珍重。

白其脸色大变，立刻向岭外跑去，化成鹤形飞向北方。

苍穹茫茫，大地无尽。蚩尤与轩辕神部的战争已经开始了，无数神魔仙妖参与其中，北方的战场烽火连天，哀鸿遍野，白其发疯一样地一路寻找，却寻不到火鸟一族的踪迹。

浩瀚的沙漠里堆积着无尽的死亡：无数失去魂魄的躯体倒在地上，有魔兽，有仙灵，更别提妖类精怪和人类，尸横遍野，鲜血满地。

许多许多个日夜过去，无数声绝望的呼喊充斥着世间，终于，在北方的荒漠，在漫天的黄沙里，白其找到了虹娆。

可是一切已经太迟了。

我不忍再看，闭上了眼睛。我知道天书上曾记载的那一段数万年前惨烈的历史：黄帝与蚩尤于北方涿鹿大战，蚩尤惨败于野，无数妖族受到牵连而被灭族，火鸟一族就是其中之一。所以……

"虹娆……虹娆……"

我睁开眼睛，看见白其怀抱着虹娆，她苍白的脸上全是鲜血，折断的羽翅垂在身侧，染红了身下的沙漠。

"虹娆……"

白其的呼唤唤醒了尚有一丝气息的虹娆，她睁开双目看见白其，极微弱地笑了一笑。

"对不起，白其……"虹娆断断续续地说道，"我，我骗了你……我无法抛开爹娘和火鸟族，可是也不想让你卷进来……这战争实在太过残酷，残酷得超出了我们所有人的想象……"

"你别说话，我会救你，你别说话！"白其急道。

"认识你这么久，若不是父亲告诉我，我居然一直不知你并非寻常鸟妖，而是万古灵鹤。"虹娆轻声说道，"白其，有这样的身份，你会永远自由自在，对这世间一切争斗都置身事外，冷眼旁观，而不必像我这样，一旦遇劫，只能落得这样的下场……"

白其摇头，泪水滚滚而落。

"爹娘死了，族人也全死了。都怪我学艺不精，本想要用涅槃之术与敌人同归于尽，可是敌军势力太过庞大，我做不到，自己也只能……"虹娆喃喃说着，声音越来越微弱。

"不！虹娆！"白其猛然道，"虹娆你醒醒，我还有办法！求求你清醒一些，好吗？你不是想去南疆神境？不是想去西域鬼城？等你好了，我就带你去看，你想去哪里，我都带你去……或者你累了，想回家休息，我们就回裂帛岭，回我们第一次相见的地方……"

虹娆凄然一笑，"好，等我们再回裂帛岭，我为你烤鱼儿吃……"

可她的声音渐渐弱了下去，最后闭上了眼睛，再也不动。

"虹娆！"

白其怀抱着虹娆，撕心裂肺地大喊，可是他无论怎样喊，也再喊不回爱人的生命。

而我不知不觉中，已经泪流满面，低头拭泪，闭目无言。

我从不知道，白其竟也有这样的过去，从来不知道那个看上去孤标傲世的万古灵鹤，也曾为至爱之人的离去而痛彻心扉。

然而这时，白其的声音突然再次响起，幻境里的一切又一次发生了变化。

"风阡神上……风阡神上！世人皆传您隐居于此，灵鹤白其有事相求，求您现身相助！"

我一惊，立即抬起头来。

白其怀抱着虹娆的身体，在一处深潭旁边，高声呼唤着风阡的名字。

深潭之畔是一处高崖，高崖之上有一片巨大的、翠绿的竹林。竹林深而茂密，白其的声音在无边的静谧中回荡。

这竹林唤醒了我的些许记忆，我忽然觉得自己对这里有些印象，这里似乎是……弱水深潭？

我知这弱水潭位于蜀地之西，距离檀宫不远，但我并未亲身去过，只是好似在书上看到过这里。是天书吗？不对，好像是在另外一个地方看到过……

我尚未想起从何处见过对于这个地方的描述，就看到竹林的尽头出现了一个身影。

我脑中嗡地一响，心仿佛停跳了一瞬，看着风阡从竹林中现身，长发白衣，如沐神光而行。他缓缓向着弱水潭走来，但他的目光并非落在白其身上，而是看向远方，像是并未注意到他的存在。

白其立即上前，躬身行礼，急切道："风阡神上！虹娆她强用火鸟涅槃之术，即将神魂俱灭，您能否救她……"

风阡只是望了他一眼。

"万物生死，皆有其命。吾随意插手，有违天道。"风阡只是淡淡说了这一句话，就要继续向前走去。

白其急道："风阡神上！只要您能救她，我……我……"

白其咬牙，突然间跪在了地上，"我甘愿与您为骑，永生为奴，绝不食言！"

风阡忽然停住了脚步，低头看他。

"灵鹤白其，你可知你方才说的是何话语？"风阡道。

"是，白其知道。"白其闭目，"万古灵兽本是盘古创下留与诸神所用，后来螣蛇归于伏羲，青鸟归附轩辕，其余也尽归其主，而我却一心高傲，从未归附于任何神灵。我等万古灵兽不可随意许诺，一旦许下，便是终身为神灵所用……从今日起，风阡神上，您就是白其的主人！"

风阡微微一笑，"虽然你已对我许下誓约，但若我还是不能救她呢？"

"白其别无选择。"白其垂目道，"女娲神上已陷入沉睡，风阡神上是如今唯一能救虹娆的人，但若您也不能……我二人命该如此，白其亦不会毁约。"

风阡低目看向虹娆。

虹娆已毫无气息，半人形半鸟身，静静地躺在白其怀中。

"三魂七魄毁去八九，已无附体之能。"风阡道，"如今我只能救她魂魄，让她再入轮回，不至于神魂俱灭。只是……"

白其抬头看向风阡。

"只是如此一来，你们今生是不能再相见了。"

风阡之意再明显不过。白其咬唇低头，闭目道："能保全虹娆魂魄已是万幸，白其不再奢求其他。"

"很好。"

风阡抬起手，仿佛有万般花叶平空成旋，从半空中聚起，缓缓落于虹娆身体的上空。温光如玉，玉色生华，仿佛生命之光照耀着虹娆失去声息的身体。

白其怔怔地看着虹娆。当那光芒消失的一刻，虹娆突然好似被雷电击中一般，竟痛苦地挣扎起来。

白其大惊，"虹娆……虹娆？"

可是虹娆听不到他的呼唤，她在白其的怀里辗转呻吟，宛如遭受酷刑。

"她魂魄苏醒，却无肉身可附，故而痛苦。"风阡道，"将她投入弱水，便可自此往生。"

白其怔住，僵住不动。

"再迟片刻，她将魂飞魄散，再无救回可能！"风阡警告道。

白其咬牙，带着万般不舍，将虹娆投入了弱水潭中。

弱水深千丈，虹娆在潭水中缓缓沉落，不至片刻，她赤色的身躯已彻底消失在那无垠的碧绿里。

白其定定地望着虹娆消失的地方，如一尊石像伫立，久久不动。

竹林的叶在悄悄飘落，仿佛风在哀伤地叹息。

"主人。"白其忽然转过身，跪在地上，低头道，"白其多谢主人！"

风阡居高临下地看着他。

"从今以后，灵鹤白其将为主人肝脑涂地，刀山火海，在所不辞！"

白其声音极是诚恳，字字掷地有声。

风阡微微一笑，点了点头。

"很好，白其。"风阡抬起头望向远方，目光如同蓝色的火焰，"如今轩辕部族召唤应龙击败蚩尤，即将夺得神权，你随我前去涿鹿看看。"

一声鹤唳响彻竹林，白其重新化为鹤形，仰头高鸣一声，随即垂下脖颈，伏于风阡面前。我眼前的场景再次变成了一片黑暗。

这次的黑暗持续了许久许久，我仿佛掉进了一处与世隔绝的深渊，什么也听不见，什么也看不见。我有些惊慌，不知自己身在幻境还是现实，正不知如何是好，我的眼前终于又重新亮了起来，入目是耀眼的晨曦，日光透过一片茂盛竹林照了过来。

却还是弱水之畔的场景。但这一次场景所在的时间，像是已经距白其归附风阡那日过了很久，弱水潭的水面比当日降下有几十余尺，显得潭水之旁的高崖仿佛又耸立起数丈之高。高崖之上的竹林茂密更胜往日，将东方的晨光分成千丝万缕。

"主人。"

是白其的声音，我看向声音传来的方向，看到风阡同白其一起自竹林之畔走出，沿着山崖缓步走来。

白其跟随在风阡身后，道："主人，您仍未寻到进入幽容境结界之方法？"

风阡摇头。

白其道："幽容境结界乃是盘古残存之肌肤化成，遇神魔仙妖之灵气即变为坚固壁障，我等全然无法通过。这世间的生灵，也只有女娲神上用泥石做成的凡人之躯可以一试了。可是以那结界之危险，凡人修为低微，在接触那结界之前定然就丢了性命……"

我听到这一节，忽然心中一动，提起耳朵仔细倾听。

白其问道："主人一定要进入那幽容境结界吗？却是为何？"

风阡不言，他的目光望向远方，没有丝毫要回答这个问题的样子。

白其低头，"主人恕罪，是白其僭越了。"

风微微起，吹动风阡的月白长衣。他静静立在断崖之侧，在晨光中宛如圣像，不动不语。白其不敢打扰他，垂首退在一边。而他后退的一步之间，不小心踩到断崖边的一块山石，那山石顺着山崖滚落，滑入了弱水深潭。

白其回头向下看去，望见弱水潭的一刹那，目光忽地失神。

"凡人……"风阡未注意到白其的异样，只凝神自语。他望向西方的天空，似是陷入沉思。

而白其此刻却失魂落魄地向着断崖走去，他低下头，痴痴望着那潭水。

掉落的山石激起的涟漪很快就恢复了平静,碧绿的潭水如镜,映出了天地的模样,也映出了很多往事。

"虹娆……"白其缓缓跪下,喃喃自语,"虹娆,九千年了,你如今在何方……你可还好……"

仿佛有鸟鸣从天边传来,红衣少女嬉笑的声音在风中回荡。在充斥着白其回忆的忘忧幻境里,虹娆时而欢笑,时而哭泣,她无踪无影,却又在白其脑海的每一个角落鲜明着,黯淡着,无处不在。

白其失神地凝望着弱水潭,而此时此刻,潭水里竟突然出现了虹娆的脸,她被埋在水中,惊慌而痛苦,红色的身影在碧色的潭水中是那样显眼,她对着白其大叫:

"救我,白其,救救我……我不要被困在这里,救我出去!……"

"虹娆!"白其大惊失色,伸出手去,却一刹那失去了重心,从高崖上跌入了弱水深潭。

幻境霎时间陷入了一片模糊,世界被一片碧色死水吞没,黑暗和恐惧从四面八方汹涌而来,像水草一样将白其缠绕。在这被白其的记忆充斥的幻境里,我突然想起白其一直以来对水的恐惧——而这是我第一次同他一起被这巨大的恐惧包围,险些觉得自己也要跟他一起窒息而亡。我拼命地与那窒息感对抗着,竭力保持清醒,突然之间,幻境再次黑暗下来,一切景象消失了,归于平静。

我大口喘着气,好容易缓过神来,忽听得黑暗中传来一个男子的声音。

"神……神仙!我……我姓兰,名叫兰沉,乃是住在这附近的居民,平时也会一点通灵法术,故而能潜入弱水,相救您的仙鹤……"

听到这话的一刹那,我竟如遭雷击,呆在当地。

而此时白其的回忆亦已苏醒,它的眼睛微睁一线,一道光透入黑暗,我看见风阡月白色的身影立于微风之中,而一名年轻的凡人男子正跪在弱水潭边,神情满是惊愕和敬畏地仰望着他。

电光火石之间，我终于想起曾在何处看到过弱水潭四方的景物……竟正是在我兰氏一族的族书之上！说话的这个名叫兰沉的男子，正是我兰氏一族的先祖，而现在这个场景，也就是我族先祖救起白其遇见风阡，得他赐予灵石与灵根，乃至我族一切故事的开端！

我的心咚咚直跳起来，我竭力想要透过那熹微的光线看清那场景，我想听清兰沉和风阡的对话，想知道当初究竟发生了什么——风阡赐予我族先祖灵石灵根的原因到底是什么，真的只是他相救了白其的缘故吗？还是说，这跟方才白其提到的凡人和幽容境结界，有什么微妙的关联？

可是白其的记忆再次中断了。

那一道光也消失了，无边的黑暗淹没了幻境。有嘈杂的声音占据了白其的回忆。一片无序和混乱中，忽然传来了虹姹的声音。

"白其，你来看我了吗？"

仿佛一群飞鸟被惊动，随着杂乱的拍翅声和鸟鸣声，纷纷冲上云霄。

我看见虹姹红色的身影从黑暗里缓缓走来，眼眸涣散，神情哀伤。

"白其，那天你为何要把我推入水中……这里好冷，好黑，我好害怕。"

她继续走来，声音如风般幽凉，缠绕不绝。

"白其，你知道吗？我被锁在了这弱水潭里，怎么也逃不出去……如果你想要陪着我，就永远陪我留在这里，不要离开，好不好？"

我心下一震。糟糕，白其被那些回忆所迷，如今已经陷入了迷失之境。这是忘忧幻境最为可怕的地方，在重现幻境中人心里最重要的记忆之后，又会让他看见最迫切而赤诚的愿望，倘若白其被这些幻象失去心智，最可怕的后果……则是在幻境里永远醒不来了。

我不禁再次后悔自己的莽撞，赶紧跑到那黑暗的中央，大声喊道："白其！醒醒！快醒醒！这都不是真的，快些醒来啊！"

我一边大喊大叫，一边试图破坏这幻境，也不管什么法术，统统使了出来。

不知自己念了什么咒诀起了作用，幻境在我的破坏下开始崩塌，虹娆的声音越来越淡，身影也渐渐消失不见，黑暗的世界仿佛一点点碎裂，坍塌下来，眼前的场景又重新回到了初始时闪烁着点点烛火的迷雾。

我心下稍定，可是那迷雾太浓，我仍看不见白其的身影，只能喊着他的名字试探着寻找。我在迷雾中憷然穿梭，忽然发现眼前的场景再次起了变化。

迷雾散去，晨曦的日光自东方洒来，数百株梨树出现在我面前。梨树成林，雪白的梨花绵绵自枝上盛开，宛如梦境。

我如受重击，眼睛蓦然睁大，呆呆地看着眼前的一切。

兰邑的梨林……那曾经在我梦中无数次回忆过的梨林，那在秦王铁骑的践踏下已消失无影的梨林，竟然在我的眼前再次出现了。

为什么……为什么这里变成了我的回忆？

我不由自主地向前走去，走进了这梨林之中。我一路分花而行，手指触得到那些柔软的花瓣、粗糙的花枝，甚至闻得到淡淡的花香，这一切太过真实，令我心神恍惚。我一路走到了鹤神祭坛，仰起头，看着那巨大的白鹤石像，恍如隔世。

在祭坛的另一边，在那梨林的尽头，我看见了一个年轻男子的影子。

那是……哥哥吗？

我迷蒙地走向前去。

那男子在梨花的阴影里，轻轻唤道："寐儿。"

我呼吸一窒，猛地睁大眼睛，停下了脚步。

不对，他不是哥哥。可是……

我眼睁睁地看着那男子从梨林里走出，他一袭白衣如雪，晨曦照在他的脸上，容貌无瑕，美得惊心动魄，竟然……

是风阡？我惊得愣住，可是，不，不对……

他的眼眸是黑色的，如同墨玉一般漆黑温润。除了容貌和风阡一模一样以外，他看上去和我一样，竟有着常人一般的黑色眼瞳。

为什么……我的回忆里会出现这个人？

那墨瞳男子缓缓走近，来到我的面前，他的目光那般温柔，我像是快要跌进他的眼眸里，掉进那墨玉一般的深潭之中。他唤着我的名字，伸出手轻轻抚摸我的头发，如同一个温柔的恋人，在这不同寻常的世界里，圆我一个破碎的梦境。

我呆呆地看着他，猛然一个激灵惊醒。

我想起在这幻境里，回忆若陷得深了，幻境中人会忘却现实，幻想出一些全然不符合现状的极乐幻象，这也是幻境所名"忘忧"之意。如今这样的场景只有一个解释，那就是我的回忆和愿望糅合成了这奇怪的场景。我突然感到内心涌现一阵恐惧，大喊道："不，不要！"

我拼命地捂住脸。我不要他出现在这里！我到底该怎样逃离这个幻境？谁来救我？救救我……

我忽然心念咒诀，猛地放出弥天大火，试图将眼前这些幻象烧毁，重归现实，我看着那大火将梨花焚烧成枯木，那个酷似风阡的身影也在烟雾中消失不见。

"够了，寐儿。"

一个声音突然从我身后响起，不是幻境中带着回声的幻音，而是真真实实的声音，敲击着我的耳膜。眼前的大火突然被瞬间收起，整个幻境犹如戏台上的幕布被人扯下，归华宫瞬间回到了我的面前。

我怔然看着，回转过身。

风阡立在归华宫尽头的檀木之下，一身月白长衣，目光冷如冰雪。

看见他的一刹那，我的心中立刻翻江倒海，所有复杂的心绪一起涌了上来。

二百年了……不，五百年了，这五百年里他留给我的一切，愤怒和感激，孤独和陪伴，茫然和不解，爱意和恨意，霎时间全部回到了我的心头。我竭力克制住心里复杂的情绪，努力忘掉方才在幻境中看到的场景，闭上眼睛深呼一口气，复又睁开。

"主人。"我声音轻而颤抖，"好久不见了。"

二百年的光阴在我们面前交织，在相视的目光中纠缠。过了良久，风阡方才问我："忘忧幻境之法，你是从何处学来的？"

"从术书上看来的。"我如实回答。

风阡目光一沉，"忘忧幻境一旦失控，将会产生何等危险，你可知道？"

我垂目道："主人二百年未曾出现，又不曾亲自教我，二百年中我一直自行摸索修炼，自然不知道。"

许久的沉默。

"寐儿，你在怨我？"风阡轻声问道。

"兰寐岂敢怨恨主人？"我冷淡道，"况且，我也的确没有怨您。二百年未见，如今我几乎连主人长什么样子，都快要记不得了！"

"是吗？"风阡微微挑眉。

"当然！"我一口咬定。

"呵，"风阡目光微动，"那么方才……"

"方才？方才怎么了？"

风阡不语。他只看着我，那目光像是能看穿我的内心。

"方才……那个人又不是你！"我此地无银三百两地解释着，"那，那是我以前认识的一个人，他叫……他叫青檀！"我胡乱诌了一个名字，"你没发现吗？他和你长得虽然相似，但他的眼睛是黑色的，他同我一样是个凡人，跟你可不一样！"

我知道自己这个谎编得也太过蹩脚，青檀又是什么奇怪的名字？可是我实在不愿意解释那个人在忘忧幻境中的出现。我只好拼命麻痹自己，试图不让自己想得太多。

正当我脑海里天人交战的时候，风阡忽然说出一句话："寐儿，明日你即可以出师了。"

"什……"我猛地抬头，愣愣地望着他，"什么？"

风阡静静地望着我，日光照着他的双目，璀璨如同蓝色琉璃。可我看不懂他的眼神，一点也看不懂。

"依今日白其的表现，你已可以完胜于他。"风阡缓缓说道，"虽然手法并非正道，但胜了即是胜了。如我之前所说，这是对你的最后一次考教，你既然胜出，即可以成功出师。"

我犹在怔愣，睁大眼睛，几乎难以置信。

风阡望我一眼，转过身去，"随我来，我会为你讲明出师之后的任务。"

檀木之旁的结界被收去了，二百年来，我第一次踏出归华宫。

我一路跌跌撞撞地跟随着风阡走去，看着他月白色的衣袍和如墨长发的背影，直到他带着我一路来到主殿的大门口，我方才回过神来。

"对了，白其……它在哪里？它还好吗？"我问道。

"方才我已将它送回住处，无大碍。"风阡回答。

"我在它的回忆里，看到了我兰氏一族的祖先……"我道。

而风阡并没有接我的话。他走到主殿尽头，回身将一卷长帛放到我的面前。

绵绵的雪白长卷铺展开来，我低头看去，原来是神界天书。

"你可知七千年以前的共工之乱？"风阡说道。

我已有二百年未曾读过天书，几乎已然忘却了大部分内容和细节。但风阡这么一问，我模模糊糊地想了起来。

"我知道。"我道，"七千年前，水神共工叛乱，先帝颛顼发兵镇压。共工失败后，怒触不周山，导致天柱崩塌，生灵涂炭。后帝夋修复天柱，女娲炼石补天，六界苍生方才渡过这一浩劫。"

这乃是神界的一件大事，不仅载于天书之上，即使是九天之下的凡间，也有这个故事广而流传。

风阡颔首，"那么共工与不周山幽容之境的事情，你可记得？"

"幽容之境……"我回忆着，"记得。共工本为幽容神国之国主，他战败后，幽容国本应从神界沉下，却因天柱折断而跌入不周山之畔的一处境界内，成为封闭之国。后来神界便称那境界为幽容境……"

我已经记不清具体的细节，但"幽容境"这个词，我确定方才从什么地方听到过，好像就是在刚刚的忘忧幻境里……

"不错。"风阡缓缓说道，"共工死后，幽容国与世隔绝，由新的幽容国国主统治，独在幽容境中已有七千年。而你——"

这时我忽然想起白其在忘忧幻境中所说过的话：

"主人，您仍未寻到进入幽容境结界之方法？……幽容境结界乃是盘古残存之肌肤化成，遇神魔仙妖之灵气即变为坚固壁障，我等全然无法通过。这世间的生灵，也只有女娲神上用泥石做成的凡人之躯可以一试了。可是那结界之危险，凡人修为低微，在接触那结界之前定然就丢了性命……"

凡人！我忽如醍醐灌顶。难怪……

"主人是要我以凡人之身去穿过幽容境结界，进入那幽容国之中？"我脱口而出。

风阡被我打断，目光直直地望向我。

我惊觉自己失语，赶紧道："您说……"

风阡看了我片刻，袍袖忽然一转，空中白光一现，仿佛朝日出岚，刹那间照亮了整个檀宫主殿。我一惊之下，后退两步。那白光在半空渐渐收拢，显出轮廓，我定睛一看，竟见是一柄雪白长剑，锋芒毕露，灵气环绕，浮于空中。

"这是……"

"此乃伏羲万年前铸成的神器之一，残冰剑。"风阡说道，"进入幽容境后，三年为期，以此剑杀死幽容国国主，即可完成你的任务。"

果然，我暗暗想道。

这世上的结界无奇不有，有归华宫那种只针对我这凡人的结界，自也有只针对神魔仙妖的幽容结界。若是以盘古之肤化成的隔神之界，那即使是三皇魔尊，也不可能亲自通过。所以，如今风阡的要求，就如白其在幻境中说过的那般，是要借我的凡人之身，进入那幽容境界。虽然我已换身以檀石铸成的檀体，但泥土与石并无本质分别，而且我修炼了这么久，是能进入那结界的最好人选。

我正想着，突然间反应过来后半句：杀……杀死幽容国国主？

我在檀宫修炼五百年，竟是为了去刺杀一个人？

我愕然看向风阡，又看看那半空中的残冰剑。我记起天书中有关残冰剑的记载，它是由伏羲以灵界寒冬最后一抹冰雪铸成，是以名为"残冰"。若持剑者辅以高深法术使用此剑，将能施展出极为强大的力量，即使是高品阶的神仙妖魔，也绝难以抵挡。

"那个幽容国国主……很厉害吗？"我望着那寒光萦绕的残冰剑，问道。

厉害到我需要三年之期，还需残冰剑这样的神器才能够杀死他？

风阡不答，良久方道："这将取决于你。"

我沉默。

"主人，我能否问一句，为什么？"我忽问道，"这幽容国国主曾做过什么，为什么要杀他？"

"不仅是要杀死他，而且必须要让他死于残冰剑下，如有需要，亦可借他人之手。"风阡道，"事成之后，将残冰剑拿回来见我。"

"哦……可是为什么？"

风阡没有看我，他的眼睛望着残冰剑，冰冷的眼瞳里没有表情，"此事与你无关。"

"主人让我去杀人，却连缘由也不肯告诉我？"我轻声道。

风阡只是瞥了我一眼，"如何，你不愿去？"

我一愣，咬唇道："我当然去！"

我上前一步，伸手握住了残冰剑的剑柄，试图将它从空中拿下。

然而残冰剑比我想象中要重上十倍，我啊了一声，一下子重心不稳向前跌去。

脸颊撞上了风阡的肩，我再一次跌进了他的怀里。鼻尖是久违的却莫名熟悉的清香气味。残冰剑哐当一声落在了地上，回音在主殿里回荡着，我像是被震傻了一般，一句话也说不出来。

我僵在风阡的怀中，片刻的寂静后，风阡再次伸手抚摸上我的头发，我似乎听见他轻叹一声，低唤了一句："寐儿……"

好像一切都没变过，仿佛回到了二百年前，那个春天的月夜，桃树的枝叶萌生新的枝芽，鹤羽在半天里辉映着如水的月光，我舞到半路一不留神跌进了眼前人的怀里。我甚至记得那时自己慌乱的心跳，还有发上风阡指尖的温柔。

二百年的囚禁足以磨去对任何人的思念和不切实际的幻想。二百年足以让许多的深爱变成仇恨。可是我……

我闭上眼睛。

我知道，我在忘忧幻境里看到的那个黑瞳白衣的人，其实就是风阡的化影。

忘忧幻境不会说谎。二百年来，尽管他曾令我伤心欲绝，可在我内心深处，仍然未曾忘记对他的恋慕。

我曾经许多次想过，如果风阡这双眼瞳不是非人的蓝火之色，而是常人一般的黑色眼瞳，如果我们都是凡人，没有这许多悬殊的差别和隔阂……我们会不会真的相爱在一起？

可是，这世上哪有那么多"如果"？

哥哥说得对，神仙与凡人之间，永远有着至深的、无以跨越的距离和隔阂，纵然我与风阡共处了几个百年，纵然我们有过这样那样的羁绊，但我和他之间，将永远是一个交错又没有交集的结。可是，可是……

可是我竟仍然控制不住地产生对他的依恋，感受到自己的心在迷惘之中跳动，感受自己的身体在纠结之下颤抖。

然而下一个刹那，我突然眼前一黑，呼吸忽然一滞。

这熟悉的感觉……数百年前我在苗疆以及那座鬼檀宫里都感受到

过，那是被魔气侵袭的感觉。我脑中眩晕，脚下一软，一下子跌在地上，眼前骤然闪过鬼檀宫见过的那些可怕的魔影。

怎么回事？

我以为自己看错了，然而风阡早已放开了我，任我跌倒在地，胸中难受至极，我手攥着胸口，大口喘着气。

待我回转过神，震惊抬头，"檀宫之中，怎还会有魔气？"

然而风阡没有回答我的话。

"回去吧。明日且准备一日，后日一早，我会送你去幽容境。"

他像是对我的痛苦视而不见，绕过我向着殿外走去。

我突然喊住了他："等等，主人！"

风阡停下了脚步。

我闭目片刻，说道："倘若兰寐此次成功归来，主人能否让我兰氏一族自由选择命运？"

风阡微微侧目，"你说什么？"

我深吸一口气，一字一句说道："倘若三年后，兰寐如期完成任务，成功归来，可否换取主人一个承诺——让兰寐和兄长族人们一起，回归凡界，自由生活？"

良久的沉默。

风阡缓缓转过身来，看向我。

"你想要离开我吗，寐儿？"风阡的声音缥缈，在这大殿之中悠悠回荡。

"离开？"

我抬头看了他半晌，突然笑出声来。

"呵，我离开与否，主人真的会在意吗？"我轻声道，"过去的二百年……不，我在檀宫的整整五百年里，主人真的曾在意到，我曾经在你身边存在过吗？"

风阡望着我，许久不言。

我定定地看着他。

"主人，你答应吗？"我又重复地问道，字字清晰，"若我完成任务后成功归来，可否就此离开檀宫，随哥哥和族人们一同离去？"

"可以。"

风阡转过身去，终于回答了我。我看不到他的表情，可我似乎能感受到他犹豫了很久。

言罢，他离开了。

我心中不知是何滋味，望着他离开的背影，久久无话。

日光透过檀宫的窗洒进来，琉璃柱上一片朦胧。

我俯身捡起残冰剑，剑身沉重如铁，而我的心，也沉重如铁。

【陌客】

翌日天色未明，我悄悄从檀宫的主殿走出，加快脚步，一路向着东方奔去。

我脚下不停，一直来到檀宫的边境。远远望去，雾凇之外，是桃花源境的漫漫桃花，在渐渐东升的朝阳之下，如浅红织锦一般坠于天际，灿若云霞。

我的心咚咚直跳起来，立刻奔跑上前，念出破界口诀，想如几百年前那般，穿过那雾凇结界进入桃花源境内。然而这一次，在我尝试穿过结界时，却被那雾凇挡住了去路，如同撞在了一面巨大而透明的墙壁上。

我一愣，再次试着施法通过，然而那雾凇岿然不动，仍旧如同一道看不见的壁障，立在我同桃源境之间。

这里的结界竟与二百年前全然不同。我百般尝试寻找破绽将它破除，耗费了几个时辰之久，然而这个结界坚固异常，竟好似是专门针对我设下的一般。

我心下陡然一沉。

风阡历来不允许我常去桃花源看望哥哥，更别提在现在这样的关头。然而，如今距离我上次回桃花源已有二百年之久，我犹记得那时我曾向哥哥保证，会给他们带回风阡的答复，然而不久后我却被风阡囚禁于檀宫失去自由，自那至今的二百年中，我再未见过哥哥和族人。

如今我已练成出师，即将前去做那件风阡交付给我的任务，尚不知自己回来之时是生是死，倘若我临走之前不能再见哥哥一面，让我如何能够安心出行？

此时天色已过正午，我所剩的时间已是越来越少，我咬了咬牙，回身匆匆向檀宫跑去。

我一边行走，一边寻找，跨越大半个檀宫神境，直至来到檀宫西南的一处高耸的山丘上。这时候天色已近黄昏，我终于在山丘之上的一处亭榭中，寻到了白其。

白其正背向着我立在那里，一动不动地停驻在亭榭之顶，面朝着那慢慢沉落的夕阳，似乎在眺望着远方。

我清了清嗓子，试探着喊道："白其？"

白其回头看了一眼，一见是我，立即转回头去，不肯理我。

"白其，对不起，你还在生我的气吗？"我小心翼翼地走过去，"我真不是有意的。昨日我一心求胜，也是情急之下，才不慎触发了忘忧幻境……"

白其没有说话。

我在它身后的不远处停下脚步，道："白其，我明日就要离开檀宫前去幽容国，此行不知是吉是凶，你若还不肯原谅我，说不定这辈子都再没有机会了。"

白其依然没有反应。它像是并没有听我说话，只是呆呆地看着远方，像是陷入了魔怔，或是回忆。

我微微一愣，突然想起，它所望着的西方，那是弱水深潭的方向。

我昨日将白其困于忘忧幻境中，看到了它与火鸟虹娆曾经相知相恋、生离死别的一段故事。忘忧幻境向来极迷人心，而白其又不擅长抵抗幻术，看来它至今仍深陷其中，无以自拔。

"虹娆，她会很好的。"我低声说道。

白其忽然微微一颤，转过头来看我。

我望向它，"黄帝与蚩尤的涿鹿之战至今已有九千余年，想来虹娆也于世间已轮回转世了很久，你曾那样爱她，又拼尽全力救活了她的魂魄，纵然还有遗憾，也不算是最坏的结局。"

白其垂下眼睛，一言不发。

我道："或许她忘记了你，或许你们此生再无法相见，但她并未死去，而是忘记了一切痛苦，去经历无数个充满希望的新生，这也是你一直以来所期望的，不是吗？"

良久，白其终于抬起头来，轻鸣一声，点了点头。

见它看上去终于有了些许朝气，我深吸一口气，走上前，正色说道："白其，我想求你一件事。"

白其转头看向我。

"明日我就要出发去幽容之国，我想临走之前，去桃花源看看哥哥他们。"我目光微渺，望向檀宫的东方，低声道，"可是檀宫和桃源之间，被主人下了新的结界，我自己实在无法通过，所以，想让你帮帮我……"

白其身为万古灵鹤，功力必然远胜于我，对风阡设置结界的方法定也比我更熟悉，事到如今，我只能向它求助。

然而我话未说完，白其已在摇头，转过身去。

我也知道若是被风阡发现我私出檀宫会有什么样的后果，恐怕连白其也会被我牵连，可是我想见哥哥的心情实在是太过迫切，此时此刻，无论什么都无法阻挡我的决心。

我沉默片刻，忽然问道："白其，你还是不能理解虹娆和我，是吗？"

白其一僵，回头看向我。

我望着它的眼睛，直言道："或许你心底不愿意接受，但是对虹娆而言，倘若让她再选一次，她还是会选择为了族人们牺牲自己。"

即使白其如今化为鹤形，我仍然看见它的目中有着难以掩盖又无以名状的复杂神情。

"白其，我知道也许你无法理解我们的做法，"我轻声道，"可是为了亲人，我们真的可以拼上性命，不惜一切，你明白吗？"

白其定定地望着我。

"或许虹娆的父母对她有不妥之处，可是我的哥哥不一样。"我闭上眼睛，喃喃道，"五百多年了，我同哥哥相依为命，历经生死，一起度过了许多艰难的时光，虽然我们聚多离少，偶尔会有分歧，可他永远是我生命中最重要的人……我不知三年以后到底会有怎样的结果，甚至不知道自己究竟能不能活着回来。所以，我一定要见他一面，这也是我临行前唯一的心愿——你能帮助我吗？"

白其垂下眼睛，不动不语。他沉默片刻，忽又摇了摇头，向着主殿的方向轻鸣了两声。

"什么？"我一愣，片刻明白过来，"你是说……以你之能无法破除主人所设的结界，是吗？"

白其点了点头。

我咬了咬唇，忽又道："那么白其，如果只是在结界之上做一个窗界，让我看到桃花源的景象，你能做到吗？"

白其微愕地看向我。

"只是一个窗界，"我补充道，"我知主人亲手所设结界，或许以你之能也无法破除，我也不奢望能够亲身通过前往桃花源去见哥哥，只希望你能为我在结界之上做一个窗界，让我透过那窗界看看哥哥和族人们现在在做什么，这就足够了，可以吗？"

白其沉默不答。

"可以吗，白其？"我轻声追问，"看在我们这些年的交情分上，可以吗？"

良久，白其叹息一声，最终答应了我。

三月十三，天晴如洗。檀宫的夕阳沉落，千丝万缕的暮光铺满大地，白其一路飞向桃源境的方向，我紧跟在它的身后。

十里之外是檀宫的尽头，而我们到达尽头后均已无法再向前。风阡设下的新结界坚固如屏障，如同一面巨大的琉璃镜横亘于我们面前。

我望着远方尽头隐隐的桃花林，按捺住心下即将见到哥哥的激动，转头向白其问道："白其，可以了吗……"

我话音未落，白其的翅膀忽地一拂，我们面前的空气之中刹那间出现一道透明的旋涡。慢慢地，这道旋涡渐渐扩大，里面的景象也逐渐从模糊变得清晰。

这道窗界能够折射出结界另一边方圆半里内的景象，我得以看到桃花源里的族人们，而他们却无法看到我。我的心咚咚直跳起来，"谢谢你，白其。"

我望着那熟悉的景色，那漫天的桃花，犹如一幅美丽的画卷，在我面前慢慢地铺展开来。我已二百年未曾回过桃源，那里却好似从未被岁月留下过任何痕迹，一切安静依旧，在村落和农田里，族人们忙前忙后，一派安逸的乐天景象。

白其在我身旁低低鸣叫了一声。

"我知道，我会抓紧时间的。"我一边答应着白其，一边焦急地在人群里寻找着哥哥的身影。

然而我忽然注意到，族人们并不如我想象中那般在田地里安静地耕作，相反，他们正在欢乐地准备宴席，情绪高涨，似是在招待什么客人。

我隐约感到奇怪，待看到一株桃树旁聚集的人群，我突然睁大眼睛。

在那人群里，我看到了哥哥，然而这并不是重点，重点是在他的面前，我看到了一个陌生人。

我一瞬间惊愕难言，桃花源为何会出现陌生人？要知道桃源境四边均有阻挡凡人的结界，外人绝无可能找到这里，这个人是如何进来的？

我仔细打量着那陌生人，他看上去是一名读书人，身穿灰色衣袍，气质卓然，谈吐文雅，而他所着衣饰与族人们不尽相同，说话的口音也有细微差异。身为族长的哥哥正在同他交谈，哥哥身后聚集着许多好奇的族人，探头打量着他。

"既然来到此处，必不会让客人空手而归。我们准备了宴席，客人尽可用完膳再离开。"哥哥说道，"这位……贵客，该如何称呼您？"

那陌生人微笑道："鄙人姓陶名潜，字元亮，乃是……"他顿了顿，又道，"乃是个名渔人。"

他看上去并不像是个渔夫，不过族人们没有追究他的身份。哥哥又问道："阁下是如何寻到桃花源的？"

"我从武陵而来，一路向西，本欲寻找传说中的弱水潭，不想竟失了方向，一路缘溪而行，就这样走来了。"陶潜回答。

我心下仍有狐疑，而族人们却丝毫没有惊讶，反而面露欣喜。所有的族人都热情极了，尽最大的能力招待此人。

我能体会到他们的心情。五百年来，第一次有外人来到桃花源，对族人们来说，他们终于等来了与红尘凡间唯一的交集可能。很快，宴席已然备好，漫天的桃花撒下，族人们陆续落座，席间鸡鸭鱼豚、鲜茶美酒不一而足，极是丰盛。

陶潜连连道谢，推让不过，被族人们请到了上座。

陶潜落座后，道："容我冒昧问一句，诸位乃是从何处而来？为何会居住于这个与世隔绝的桃花源中？"

族人们互相交换了一下眼神。

封伯首先开口道："我等先人乃是周时之人，彼时秦国为霸主，踏平了我们的故园，先人们为了避乱，就来到此处，我们族人于桃花源繁衍至今，便不再入世。"

陶潜面露惊愕之色，惊叹道："世间竟有此奇事，着实是鄙人生平闻所未闻！那么——"

他话未说完，突然一阵清脆的笑声伴着脚步声噔噔地跑来，由远及近，打断了席间人们的对话。

"娘亲，娘亲！你看！"

　　五六个髫年小娃儿笑着从桃花林中跑来，原来是我的几个族弟妹侄甥。他们虽然已在桃花源生活了五百年，但身体始终未能发育生长，思想也仍然停留在孩童时期的天真。小羲儿率先兴奋地跑来，凑到清婥身边，举起手中鱼钩，大声道："娘亲你瞧，我刚刚在桃花溪里捉到了这么大一条鱼儿！"

　　他十分开心地把新捉到的鲤鱼拿给清婥看。春日的阳光温暖，照耀在他的小脸上，红扑扑的十分可爱。

　　陶潜亦微笑地望向他们，然而看到小羲儿的那一瞬，他脸上的笑容突然一僵，神情变得异常愕然。

　　小羲儿汗湿的碎发下，五百年前被刻下的黑色黥印于日光下清晰地显现出来。

　　而小羲儿身后的那些孩童，额上也同样有着与他一般无异的罪印黥文。

　　陶潜瞳孔一缩，立即向宴席上的人群望去。

　　宴席之上，以哥哥为首的数十名成年兰氏族人，全部以额带或头巾等遮住了前额，无一例外。

　　一时间，席间陷入了一片紧张的沉默。

　　我不由得也摸了摸自己的额头。

　　当年，我们兰氏一族在燕国被秦王的手下俘虏，从蓟城押去咸阳，额上均被刻下了秦国的黥印，连孩童们也未能幸免。而后来风阡为我们重塑檀身时，所有族人之中只有我被抹去了额上黥印，我并不清楚他的用意，或许是与需要我去幽容境所做之事有关。但兰氏一族其他的族人们，额上仍留有当日秦时的黥印，上面清楚地点出我们族人身份和罪名的"兰"字。

　　族人们不愿想起那段被秦王践踏追杀的惨痛往事，平日里均戴着额带或头巾遮挡额上黥印，然而小羲儿这些孩童无所顾忌，平日间玩耍时仍将额头黥印暴露在外，于是这个天大的秘密，不小心就这般暴露在了这位陌客的眼中。

族人们不禁面露惊慌之色，倘若被陶潜认出这是五百年前的罪印，那我们兰氏一族的秘密岂不就……

清婵连忙将小羲儿拉在身后，假装为他拭汗，暗暗将他额上的黥印掩住："我的儿，看你累成这样，快先去屋里歇着，娘很快就来陪你。"

其他的族姊族嫂们也赶紧前来，将各自的孩子拉了去，哄回了各家的房屋。

短暂的沉默后，陶潜忽然举起手中酒杯，笑道："此地水土鱼米如此丰足，不论黄发垂髫，都是这般怡然自得，着实可喜可叹，令吾等红尘中人艳羡难当！"

他看上去是个聪明人，很快便揭过此事，绝口不提，族人们松了一口气，气氛重新热闹起来，席间推杯换盏，笑语不绝。

就在这时，清婵安顿好了小羲儿，回到席间，忽然向陶潜问道："贵客既然是从桃源境外而来，那……你可否给我们讲一讲，如今的世间是怎样的境况？"

陶潜放下手中酒杯，回答道："如今是太元年间，晋朝皇帝在位，天下太平。"

族人们闻言，皆是一脸茫然。

"太元？晋朝？那都是什么？"

陶潜微微一怔，随即回过神来，"倘若诸位先人五百年前就移居于此……那你们或许尚不知秦汉两朝？"

族人们面面相觑。

"那么……诸位怕是更不知有魏晋了。"陶潜道。

什么秦汉、魏晋，除了"秦"这个字尚且熟悉以外，其他都是我们从未听过的字眼。

我在一旁听着，不禁亦是怔愣。

从我们避秦乱至今，漫漫五百年过去，如今的红尘世间，果真已天翻地覆、沧海桑田了吗？

陶潜看出族人们的困惑，道："从秦时到如今的五百年中，曾发生的事着实一时难以说清，若诸位不嫌弃，明日我可讲与诸位细听。"

族人们闻言，皆是十分欢喜。彼时天色已晚，宴席结束，哥哥将他安置在客房里，陶潜答应在桃花源小住数日，称谢歇去了。

陶潜离开后，族人们依旧在座，讨论起了他所说的话。

清婶激动道："你们听见没有？他说，如今天下已然太平，秦国早就没了，倘若我们能搬回去，定能在凡世之中觅得栖居之地！"

封伯重重地将酒杯砸在桌上，喝道："又来胡说！凡世再好，能比得上鹤神赐予的桃花源？何况我们早已同凡人不一样，难道你以为离了这里，小羲儿就能长大成人？"

清婶毫无惧色，直视着封伯道："就算羲儿依旧不能长大，也好过在此如囚徒一般生活，永生看不到尽头！我们之前之所以有许多顾虑，是怕凡间依然战乱不安，无以生存，如今既然确认外面已是太平世界，我们何须仍旧待在这里？"

封伯手中的拐杖连连点地，厉声道："你想走，走得出去吗？鹤神亲自布置于桃花源四周的结界，岂是这么容易就能破得了的？"

一名族兄忽然插嘴道："陶先生既然能走进来，说明桃源外的结界已经有了破绽。如今我们虽然仍未能走出去，但日复一日，我们持续施展的法术说不定真能将那结界破除……"

他这话说漏了嘴，封伯愕然看向他。

"你们，你们竟背着我私自破坏桃源结界？"封伯用颤抖声音说道，突然看向哥哥，"兰宁，你……"

哥哥沉默片刻，道："对不住，封伯。"

封伯气得指着族人们，指尖颤抖，"你们，你们……"

清婶忽然道："封长老，您忘了心姑娘吗？倘若她还活着，您是希望她一辈子留在这里，还是走出桃源，去凡世寻觅如意郎君，嫁人生子，一生幸福？"

封伯一愣，张口欲言，却又无言以对。

清婵又道："心姑娘是您唯一的孙女，她因前缘未了，一直心念红尘，那日被您训斥后，她闭门不出，再发现的时候，就不在了……"

提到兰心的死，封伯面上虽然仍是一片恼怒，却不可抑制地浮现了难以掩饰的悲伤神色。

"心姑娘死后，您一直绝口不提她，但小羲儿曾偷偷告诉过我，夜里您独自一人时，常于灯下洒泪，念着心姑娘的名字……倘若心姑娘如今还活着，您难道还会执意反对，不让她离开桃花源吗？您难道想看到我们族人之中，再出现第二个心姑娘吗？"

清婵字字如针，刺向封伯苍老的心。

桃花源一片寂静，唯有夕阳在众人的身上投下沉默而忧伤的暗影。

"罢了，罢了……"封伯终于闭目，老泪纵横，"那日是我不该那般训斥她……是我害死了心儿，我对不住她，对不住她死去的爹娘……"

封伯扶着木杖，颤颤巍巍地离开了席位，留下哥哥和其余族人留在房中，默默相视。

一名年轻的族弟怯怯说道："可是，我们一定要违背鹤神意志，私自逃走吗？鹤神如果发怒，会不会降下惩罚……"

"鹤神除了五百年前现身过一次，就再没过问过桃源之事，他怎知道我们是走是留？况且，鹤神只在乎寐姑娘是否为他做事，说到底他当初收留我们，也只不过是为了让寐姑娘跟随而来而已……"

"说起来，上次寐姑娘不是答应我们询问鹤神，但尚未带回消息……"

提到我的名字，族人们皆沉默了。

有族人轻声嘀咕道："寐姑娘已经两百年没有来过桃花源了，我们怎知她是否还活在世上……"

哥哥一直在旁沉默，听了这话，突然间目露锋光，厉声道："够了！"

众族人被他吓了一跳，登时噤若寒蝉。

哥哥平静下来，沉声道："都回房休息，此事明日再说！"

族人们不敢再说话，都静悄悄地离开了。

良久，哥哥缓缓离开了席位，脚步踉跄，走到了一株桃树之下。

夕阳照着傍晚的桃花林，哥哥独自静静地立在那里，桃花瓣随风而落，悄然落上他的肩头和衣角。

"寐儿……你如今究竟在何处？"

哥哥喃喃说着，抬起头，向着檀宫的方向望来。

"哥哥……"我心中一紧，呼唤着他，可是他看不到我。哥哥的目光涣散，穿过那些桃花林望着远方。

"二百年了，我一直在担忧，夜夜无法入睡……你是否听了我的话，不要贸然去同鹤神谈论此事？你为何一直没有回来？你……"哥哥的声音变得颤抖，"你是否还活在这世上？"

我紧紧地咬住嘴唇。

"寐儿，"哥哥闭上眼睛，"数百年来，族人们已经一心想要逃离桃源，我虽只想留在这里等你回来，却拗不过他们的执着……如今那外客到来讲述凡世中事，只怕他们更是铁了心要走。然而，没有鹤神的准许，就算我们再想破除那桃源结界，若是鹤神不想让我们离开，怕是也无济于事……"

"寐儿……你到底在哪里……告诉我，我该如何做……"

哥哥的声音开始哽咽，他伸出手，抚摸着面前的花枝，仿佛像是幼时轻抚着我的头发。我最见不得哥哥流泪，不觉中已经哭得满脸是泪，"哥哥，哥哥……"

可是哥哥听不见我。他在那桃树之下伫立片刻，叹息着黯然离去。

夕阳即将收去最后一缕光束，我掩面而泣，白其在旁默然无言。

我抬起头来，望了望桃源最后一眼，使劲擦了把眼泪，猛然转身，向着檀宫跑了回去。

哥哥，等着我！三年以后，寐儿一定会回来——我会让风阡实现诺言，三年之后，让我兰氏一族自由选择命运，让你们摆脱风阡的控制，摆脱这无谓的长生，回归凡世，回归自由！待到那时，寐儿也会同你一起，离开这里，永远不再回来！

我拼命地奔跑着，萧萧风声从我耳畔掠过，远方数株檀木的花叶在夕阳中纷纷落下，巍峨的琉璃宫殿闪烁在赫色的日影里，身后传来白其的长唳……

这一切，或许即将成为我对檀宫最终的回忆。

十三

天涯／叹离别／

【非人】

"小烛，待我弄好柴，你就念火诀在上面点上火苗，不要太多，也不能太少，可听明白了？"

我连连点头，"当然，四师兄。"

四师兄不放心，又叮嘱一句，"要是生不起火来，千万别勉强，咱们就算是学那古人钻木取火钻上几个时辰，也不能逞强把这里一下子全烧了。"

我知道四师兄担心我的本事，不好意思地摸了摸鼻子。

待四师兄挖好灶坑，堆好干柴，我深吸一口气，凝神默念咒诀，在四师兄紧张的眼神里，很快，一丛火焰从我指尖跳跃而出，落在那干柴之上，不急不缓，安然燃烧。

火光轻盈，映着蜀地清晨的雾气，更显温暖。

"小烛，你的法术真是愈发进境了。"四师兄惊讶道。

我不禁有些得意，挺起胸脯，"真的吗？"

"真的。"四师兄仔细地看了看我，道，"说实话，不仅是法术，你最近整个人都不大一样。小烛，你最近变得着实贪睡，夜里睡，白天也睡，睡的时候还咧着嘴笑，叫你也不醒，要不要让大夫看一看？"

我尚未挺起的胸一下子瘪了下去，脸唰的一下红了，慌忙道："那个，我一遇马车颠簸便昏昏欲睡，自从我们到了蜀地，这里气候适宜，所以我就更嗜睡了。"

四师兄半信半疑，"真是这样吗？"

"是啊！"我使劲点点头，顾左右而言他，抬头望向远方的树林深处，"那个，话说……大师兄一大早就去请大夫，怎么还没回来？"

自从二师兄在骊山被熊怪抓伤中了不知名的毒以后，伤口一直未曾大愈。二师兄不愿因自己之故而耽误行程，坚持边赶路边寻医诊治。但后来由秋入冬，天气渐冷，对养伤更是不利。我们行进的车马于是放慢下来，一直到十一月中，方才进入巴蜀地界。

巴蜀之地，自古乃称天府之国，我们取道蜀地，从此地向东南，便可绕至武陵，传说中桃花源所在的地方。但自从进入蜀境之后，二师兄的病情愈发沉重，我们只能停下行程，让他在此暂住休养。

四师兄道："大师兄今日去请的据说是蜀地最有名的大夫，听说那大夫不仅医术高，脾气也极古怪，从来不肯出诊，恐怕大师兄要费一些工夫才能请他来医治。"

说着，四师兄将一缸打来的溪水搭在灶火上，随即拍拍衣服坐在地上，顺手从怀里拿出一本书卷，聚精会神地看了起来。

我凑过去，"师兄，你在看什么？"

那书卷和文字再熟悉不过，原来是陶渊明的《桃花源记》，旁边写着密密麻麻的蝇楷小注，是四师兄从古籍上搜集来关于兰氏族人的传说和资料。

"小烛，你说，这世上，真的有长生之术吗？那些兰氏族人，到底是怎么做到长生的呢？"

四师兄说着，继续将那一卷《桃花源记》翻来覆去地看，仔仔细细地阅读，试图从字里行间寻到什么新的痕迹或线索。

我不由得愣神。这些日子，日夜同青檀在一起厮缠，我几乎忘记了兰氏族人的事情，四师兄一语，猛然触动了我的心事。

兰氏族人，我喃喃自语。

我忽然再一次回想起在骊山那些被血火缠绕的记忆，记忆中我并不知自己是何身份，更不知自己置身于何情境之中，却仍模糊记得耳畔言语，乃至旁人形貌里，总有一个"兰"字。

那千年前的谜团，难道同我那所谓"前生"也有什么关联？

可是这也太过巧合，令我难以置信。

我正呆呆地出神，突然树林里传来一阵急促的脚步声，一个声音随之响起，"我回来了！"

四师兄猛地抬起头来，忙不迭地起身迎了过去，一脸笑意，"云姑娘，你这么快就回来啦！"

我回神望去，只见云姬从那树林中现身，大步走到我们跟前，手里抓着一堆野鸡野兔，将它们往地上一丢，"喏，够你们吃三天的了！"

那些刚捕来的野鸡野兔躺在草地上堆成一排，都够我们吃上三十天的了。

我吃了一惊，道："不是让你去附近的镇上买吃的吗？怎么……"

"镇上去买？"云姬哼了一声，"我可懒得跑那么远，这树林里多的是野兔子，不抓白不抓！"

四师兄瞠目结舌，震惊得合不上嘴，"云姑娘，真乃女中丈夫也！"

看四师兄一脸不可思议的表情，我却心下明白，拎起一只野兔，笑道："这些兔子脖子上都有齿痕，一定是黄鼠狼咬的。"

云姬闻言柳眉倒竖，"你——"

她正要扑上来凶我，忽然瞥眼看见四师兄手中的书卷，咦了一声，伸手欲夺，"这是什么？"

四师兄下意识地躲过了她的抢夺，将那书卷藏到了身后，"没……没什么。"

云姬瞪着他，"凭什么不让我看？"

"这……这个……"四师兄一脸歉意，"云姑娘，事关我们此行的目的，大师兄嘱咐过，不便告诉你。"

云姬看向我，我忙点点头，"四师兄说得没错。"

云姬狐疑地看着我们，"话说回来，你们一直鬼鬼祟祟的，从北方一路跑到这里，到底是为了什么？"

"呃……"四师兄支吾不答。

云姬眉头微蹙，道："看你们又是苦恼又是艰难的，不如坦白告诉我，说不定我知道什么东西，或许还能帮上你们的忙呢！"

听闻此言，我忽然一个激灵，心突地一跳。

没错，云姬，她定然知道那些回忆的真相——她定能告诉我，我的"前生"是个什么样子，我看到的那些景象意味着什么，还有，她那所谓的主人到底同我有什么纠葛……

我张口欲言，"云姬，我有话要问你……呃！"

我话未出口，突然感到颈上的灵石一热，脑中嗡地一响，面前刹那间充满了幽幽的蓝光。

又来了。我捂住额头。

又是那个声音，它又开始在我脑中回响，萦绕在我的耳旁，像是私语，缥缈无音，我辨不出那究竟是谁在讲话，可是每当我试图探寻那些过去时，它都会发出声音阻止我，如同一张厚厚的云翳，将我和那前生的回忆隔离开来。

究竟是谁在操纵它？是谁？

"怎么了？"云姬盯着我，"你想说什么？别支支吾吾的了，快告诉我！"

我说不出话来。

"不必了！"一个声音突然传来，打断了我们。

眼前的蓝光一下子消失，我如梦初醒，回头望去。

三师兄不知何时出现在屋子门口，四师兄忙站起身来。

三师兄瞥了云姬一眼，冷冷道："我们受圣上派遣而来，此事乃是皇命机密，不可对任何外人提起。"

云姬历来最怕三师兄，立刻缩在了四师兄身后，悻悻道："不提就不提，罢了！"

"三师兄！"我连忙站起身来，跑上前问道，"二师兄可好些了？"

三师兄摇了摇头，"大师兄寻医久而未归，不知是出了什么状况，我去寻他。你们替我看着二师兄。"

"好，那我去！"说着，我抬脚就向屋里走去。

"小烛。"三师兄忽然唤住了我。

我停步回头，"三师兄，怎么了？"

三师兄望了站得稍远的四师兄和云姬一眼，沉吟片刻，低声道："小烛，我一直未曾问你，这些日子里，那鹤羽灵石可有异样？"

我一惊，下意识地摇头，"没，没有！"

"真的吗？"三师兄直视着我。

我迟疑片刻，小心翼翼地问道："三师兄所说的异样，是什么样的异样？"

三师兄良久无话。

最终，他摇头道："我也不知。若是没有，那便罢了。"

说着，他转身离开。我目送他远去，定了定神，回身进了屋内。

我走进内堂，来到二师兄的病榻之前，望着病卧在床的二师兄。

"二师兄……二师兄？"我轻唤着他。

二师兄睁开双目，勉强对我笑了一笑，"小烛。"

二师兄瘦得极厉害，脸已几乎看不出原本俊俏的模样，两颊深陷下去，眼神也不似往日那般总带着俏皮的笑意，而是变得模糊而暗淡，令人心痛。

想起二师兄当日是因为救我才受伤中毒至此，我心中更是难过，忍不住就泪水盈眶，哭出了声。

"二师兄，都怪我！"我哭得声音抽噎，"倘若在甘亭村那夜我不曾逞能，硬要留下来对付那熊怪，你也不至于伤成这样……"

"这怎能怪你？"二师兄笑道，"你那日不说那番话，我也是要留下来的。小烛路见不平拔刀助，此等侠义心肠，为我天草门之骄傲，我高兴还来不及，怎会怪你？"

他这般说，我更难过了，眼泪啪嗒啪嗒地掉下来。

二师兄一笑道："别哭了，小烛，你二师兄我一世英名，病死了也就罢了，若是被小烛的眼泪烧死了，岂不是要贻笑大方？"

许久不曾落泪，我险些忘了自己眼泪的危险，急忙止泪，"我不哭了，我不哭了，二师兄。"

二师兄笑道："烫死我还是其次，更糟糕的事是——小烛若是哭多了，那烛泪哗哗地流下来，岂不是会变得越来越矮了？"

我忍不住破涕为笑，"二师兄！我又不是蜡烛精。"

二师兄叹了一口气，轻声道："因为我而耽误了大家的行程，实在是过意不去。一年之期，说快也快，倘若圣上那边……"

我忙道："二师兄千万别这样想，你好好休息，大师兄去请了这边的大夫马上来看，蜀地医者甚众，一定能治好的！"

二师兄笑了笑，"我知你们担心我，但我们五人有要事在身，不可过多耽搁，若是我不行了……你们不必管我，还是先去寻桃花源觅长生之术为上……"

我只是拼命摇头不应。我们聊了有一盏茶工夫，见二师兄双目微合，似有乏倦之状，我不忍打扰他太久，便悄悄走出了内间。

我轻手轻脚地关上内间门。此时四师兄和云姬也在外室相对而坐，云姬正拿着四师兄的六爻筒好奇地看。四师兄见我出门来，忙站起身来问我道："小烛，二师兄他怎样了？"

我摇了摇头，问道："大师兄和三师兄还没回来？"

"没有。"四师兄道。

我们二人相顾无话，心事重重，云姬却仍在一旁聚精会神地摇着六爻筒。她口中念念有词，摇了半日，向里面看去，瞅了半天看不懂，向四师兄问道："喂，你看看，这一卦怎么解？"

四师兄一看，脸色犹豫，"这……"

"这是什么？"云姬追问道。

四师兄迟疑片刻，小心地问道："云姑娘方才占卜的是什么？是命卦、财卦，还是……"

云姬脸一红，"不……不告诉你。"

"是姻缘卦吧。"我在一旁替她说了出来。

云姬狠狠瞪了我一眼，"就你知道！"

我耸耸肩。

四师兄道："这一卦叫作'火水未济'，乃是中下卦。离为火，坎为水。火上水下，火势压倒水势，故称未济，亦有事未成之意。云姑娘所卜之事，只怕也因火胜于水，困难重重，难以竟成……"

云姬怔怔不语。她满面落寞地将那六爻筒丢在桌上，自顾自地出起神来。

正在这时，门外突然传来一阵吵嚷，一个陌生男子的声音大喊道："放开老子！瓜娃子！放开老子！"

我一惊抬头，只见大门一下子被大师兄推了开，三师兄揪着一名大呼小叫的矮小男子紧跟着走了进来。

"仙人你个板板，别以为你们这些瓜娃子生得俊，老子就得老实跟你们来啦？"那男子嚷嚷着，双手在空中乱抓，"哎哟，轻点，你这瓜娃子力气怎么这么大……"

四师兄立即起身，惊讶道："大师兄！这是怎么回事？"

三师兄一把将他丢在堂中，大师兄随即将身后的大门关上了。

那男子一下子摔在地上，口中嘟嘟囔囔地爬起身。他的个头比我还矮小几分，留着两撇小胡子，抬头看到四师兄、云姬和我，一脸愕然，"你们这些娃都是从哪里来的，咋都生得如此俊？"

大师兄走上前来，拱手道："胡大夫，事态紧急，多有得罪。只因听闻胡大夫是此处医术最高明的大夫，偏您又不愿出诊，故而使了些手段将您请来。诊治之后，要多少银两，尽可开口。"

"我胡医仙行走江湖四十年，医者仁心，悬壶济世，是眼里只有银子的人吗，啊？规矩可是不能坏的！"那胡大夫吹胡子瞪眼地说道，

"倒是让我瞅瞅，你们能给多少？"

三师兄走向墙角，从一堆行李中拿出两袋沉甸甸的银子，放于胡大夫跟前。

白花花的银子摆在面前，胡大夫的眼睛一下子直了，立刻道："哎哟，小哥怎么不早说！来来来，快带我看，病人在哪里？"

我哭笑不得，跟着师兄们一起将胡大夫领进了里屋。

二师兄仍半昏迷着躺在床上，苍白的面上笼罩着隐隐的黑气。胡大夫坐于床前，细细为二师兄诊脉看视，面色渐渐凝重起来，接着神情又开始变化莫测，一会儿疑惑莫名，一会儿又苦苦思索。

堪堪过了两盏茶工夫，他仍然皱着眉头一言未发。四师兄忍不住出言问道："大夫，师兄他身上的毒怎样了，可有解救之法？"

胡大夫这才抬起头来，一脸惊讶，"饶我行医多年，竟从未见过此毒……这毒是被什么东西染上的？"

大师兄道："这是在西安城外的骊山上，被一头熊怪抓伤所致。"

胡大夫瞪大了眼睛，"哪有熊体带毒的？平日找我看病的中毒之人，大多是中的蛇毒、蜈蚣毒，蛤蟆毒也不是没有，这熊毒是啥子东西？从未听说过！"

云姬不耐烦地道："少来这么多废话，你倒是说，你到底能不能治？"

"不能！"胡大夫干脆地说道。

云姬瞪眼，"你——"

"等等……"胡大夫忽然又想起什么，仔细观察二师兄的伤口，凝神思索，许久没有说话。

"大夫可有什么新的发现？"四师兄问道。

胡大夫半晌才说："这……小哥中的恐怕并不是毒，而是魔气啊！"

魔气？

我与诸位师兄都倒吸一口冷气。

魔气这种东西，我们只在传说中听过。魔气乃是魔物所带凶煞之气，人间本极少见，传说中纵然是神仙被魔气缠身，也有被侵蚀身亡的可能。倘若魔气侵袭凡人之体，除非修为足够抵抗那煞气，否则几乎全无生还机会。

难道那骊山的熊怪，并不是寻常妖物，而是一头罕见的魔兽？

我登时想起那时熊怪立于面前，曾逼得我透不过气来的凶煞之气，一阵冷汗湿透了脊背。

"你说真的？"云姬也吃了一惊，"倘若是魔气，那可的确是不好治了！就算是神仙，也有抵抗不住魔气的时候啊！"

"不过，也不是全然无药可医。"胡大夫又道，"我且给你们一个建议，若想治好他，就赶紧去苗疆求医。"

"苗疆？"我们异口同声地问道。

胡大夫点点头，道："苗疆的巫医之术天下第一，请不到神仙，只能去寻苗医了。这位小哥魔气已入肌理，将至内脏，实在是拖不得了。若你们从这里立即出发，十天半月后到苗疆，小哥还能挨得过去，再迟恐怕就……"

他没有说下去，但我们皆明白他的意思。倘若二师兄当真是被魔气缠身，那着实是不能再拖延了，虽然桃花源已近在咫尺，但我们绝不可能丢下病重的二师兄不顾。看来苗疆之旅势在必行，只是不知到了那里，是否就真的能医治好二师兄……

我们皆陷入了沉默。

正在这时，胡大夫忽然咦了一声，凑到我的面前，细细端详着我。

我茫然地回望着他。

胡大夫突然问我："女娃子，你最近可有睡梦惊风之状？"

我吓了一跳，慌忙道："没有，我没有啊！"

胡大夫又神色古怪地观察了我一会儿，道："那，你可否让我诊一下脉？"

"哦……"我将手臂伸过去。

胡大夫搭上我的脉搏，诊脉片刻，忽然脸色大变，"咦？女娃子你的脉怎的……"

他惊愕地看了我半晌，忽又放开我，一下子跑到三师兄身边。他动作快极了，迅雷不及掩耳之间，他已经将我们所有人的脉都摸了一遍。

胡大夫忽然张大了口，一脸恐惧之色。

"你们这一屋子里几乎没人！啊——"他狂叫着跑走了。

胡大夫甚至没有拿走诊金，就此夺门而去，门被他甩得不住抖动，他逃走的身影很快就消失在门外。

我们面面相觑。

"什么叫几乎没有人？"四师兄奇道。

我也一头雾水，不明白胡大夫这话是什么意思。这屋里没有人，那难道我们都是鬼不成？

"这家伙真是神经兮兮的，简直像疯子一样，"云姬甩了甩手，皱眉道，"抓得我手腕疼死了！"

我闻言看向云姬。说云姬不是人，这还好歹有些谱，可我跟师兄们怎么就不是人了？我看向大师兄、三师兄和四师兄，只见大师兄沉默不言，三师兄目光微妙，四师兄疑惑地看着云姬和我。

云姬有些心虚，马上道："好了，那人疯疯癫癫，不去管他了。喂，你们到底要不要去苗疆？"

四师兄道："那自然要去！师兄们，小烛，你们如何想？"

我自然是同意的，三师兄亦点点头。

我们的目光不约而同地都投向了大师兄。

大师兄却依然沉默着，似是一尊雕像一般伫立在地，一言不发。

"大师……兄？"

我心下不由得生起了些许担心。

虽然一直未曾明说，但我总隐隐觉得，大师兄对于追寻长生之术这件事，一直是极为迫切的。在京师之时，一向稳重的他不惜顶撞师父，也执意要南下武陵寻访兰氏族人的踪迹，在骊山之时更是曾以不愿耽搁行程为由，想要抛下云姬和深受熊害的甘亭村人。如今我们历尽艰险，终于即将到达目的地，却要转而行向苗疆，不知大师兄心中，是否会存有芥蒂？

然而大师兄抬起双目，我看见他的眼中闪烁着我看不懂的神采和情绪。

"苗疆……很好。今日且在此地休整一天，明日便立刻出发去苗疆！"

大师兄如此干脆地说着，斩钉截铁，如风清月朗。他随即便回过身去，收起方才胡大夫未曾拿走的两袋银两，走出门去置办补给之物。

我一愣之下，心下不禁为自己方才的迟疑感到深为惭愧。大师兄就算执意前往桃花源，也定然是因为担忧师父，我怎可这样随意猜忌他？

我忙随着四师兄一同应道："是，大师兄！"

【缘灭】

这天夜里睡下之后，我如往日一般，再次来到灵石幻境。

今日幻境里是明媚的秋日清晨，天边星子欲升，那株大树落下的花叶宛如落木萧萧。

大树之下，我一边念着青檀教我的咒诀，一边凝神望着手中的鹤羽灵石。

灵石在我的手心里缓缓旋转，徐徐释放着温暖的灵光，那大树上落下的几片枯叶触到这灵石的温光，便盎然地返为青绿。

我欣喜地抬头看向青檀。

青檀也对我点点头，微微一笑。

"今天，连四师兄都说我功力进境了！我自己也这么觉得。"我看着那青绿的叶子，高兴地说道，"从前，我练功总是进境得特别慢，四师兄总对我开玩笑，说一定是因为我出生的时候被火烧到了脑子，所以才这么笨。如今看来，就算脑子再不好使，也有开窍的时候嘛！"

青檀一笑，"是吗？若是没有被烧，你难道就会很聪明了？"

"你——"我嗔道，"不许笑我！"

青檀笑着摇摇头。

我这短暂的欣喜持续了片刻，就又被满脑的烦恼思绪侵占了。

我收起笑容，叹了口气，喃喃道："明日一早，我跟师兄们就要出发去苗疆了，可是，那里的巫医，真的能治好二师兄吗？"

青檀立于那巨木之下，白色长衣被纷乱的落花卷在风里，静静不言。

我忽然想起一事，抬头问道："青檀，既然这枚灵石这么厉害，那有没有可能用它治好二师兄身上的魔气呢？"

青檀回答："灵石确有愈术灵气，但以凡人之力操纵，只能暂时令濒死之物回光返照，并不能起死回生。"

果然，我看见那青绿色的叶子在离开灵石之光后，便又化为枯黄的叶，甚至比方才更加显得干枯，飘然落在了地上。

我微怔，不禁意兴索然，"唉……"

然而青檀又道："不过，此石的确有续命之法，只是与愈术无关。"

我猛地抬起头，"什么？"

青檀却摇头叹气，没有说下去。

"青檀！"我急忙追问道，"你说，这灵石有续命之法？那你可以帮助我，教我如何用它救二师兄吗？"

青檀看了我一眼，"不行。"

我瞪大眼睛，"为什么不行？"

青檀却不回答，看着我微微笑道："怎么，我若是不答应，你待怎样？"

"我？"我张口结舌，犹豫片刻，说道，"那个……我就求你答应我，好不好？"

"哦？你准备如何求我？"青檀道。

"呃……若你肯教我，我就天天来陪你说话？"我道。

"但你已是天天都来了啊。"青檀笑道。

"那，你想要什么，我能做的都给你做？"我问道。

"哦？"青檀目光一动，微笑道，"那么，你愿意永远留在这里吗？"

"永远……留在这里？"我吃了一惊，张大嘴巴。

青檀望着我，他的眸子似笑非笑，像是在逗我玩耍。

我望着他许久，巨树的花叶如雪片般打着旋儿从我们之间落下。

"也不是不行啊！"我忽然说道，"和你一直在一起，也没什么不行的。"

青檀目中的笑意倏然间消失，有些愕然地看着我。

我定定地看着他，说道："等我治好二师兄，寻到长生的方法，再回京师救出师父，等这一切事情都完成以后，如果……你想让我一直陪着你，那我就留下来，让师兄们给我找个地方安顿下来，告诉他们我要睡觉了，这一睡或许要很久，让他们看好我，可别让不知道的人把我拖出去埋了。"

青檀的眼瞳里蓦地闪烁起莫名的情绪，良久不语。

"你……舍得离开你的亲人们？"他轻声道。

"师兄们还有彼此，还有师父和天草门，"我低声道，"没有我，他们一样可以活得很好。可是如果我走了，没人陪着你，你就又是一个人了，就像从前，你一直一个人被冻在那冰雪里……"

我停住了话头，看着青檀。我同他距离很近，近得能看到他每一寸容颜，近得令我窒息。

青檀忽然抬起手来，缓缓抚上我的脸颊。

我的心不禁咚咚直跳起来。我感受着他的手心……他的手是温凉的，我看着他，他如仙神一般的容颜如酒一般令我着迷，我几乎跌进他墨色瞳孔的旋涡里，眩晕着，沉溺着，无以自拔。

青檀望着我，叹了一声，"竟等到了你这样的话……只可惜，吾已非吾，沧海桑田。"

我不明白他这话是什么意思，愣了一会儿，试图让自己清醒一些，问道："那……现在你答应了吗？你能不能教我，如何用灵石去救二师兄？"

"并非我不愿。"青檀收回了手，"只是此石已为他人续过一命，如今已无用了。”

“哦……”我心下失落，又问道，“那，是曾为谁续过一命？”

青檀不答。

“是给那个‘她’吗？”我猜测道。

“不是她，而是一个她心中无法代替的人。”青檀回答。

我一愣，目光刹那变得失神。

“她心中……无法代替的人？”我喃喃道。

“是啊，为了那个人，她可以选择背叛我、离开我，甚至可以置我于死地。”

青檀淡淡地说着，如同在陈述一件再平常不过的往事。

而我怔怔地看向手中的灵石，眼前的世界突然间再次变得混乱，我蓦地想起在骊山见到的血月和大火，还有那月下那些复杂而混乱的场景——那时在杳杳的鹤啼声里，有一处旋转的蓝光，以及那蓝光铸成的屏障。那蓝光的中心，躺着一个人，我哭泣着，大声地呼唤着他，可他却不曾醒来。

“那，你爱过她吗？”我突然说话了。

青檀目光忽然一转，直直地看向我，“你说什么？”

刹那间，我仿佛再次被那个远古的意念附魂，一阵无以避免的悲伤和痛苦冲垮了我的心，令我难以自持。

“你爱过她吗？”我口中喃喃，像是有一个陌生人在借着我的声音说话，颤抖而疯狂，“你只看到她对你的仇恨，可你是否知道，你曾怎样伤了她的心，让她痛不欲生，堕入深渊和地狱？”

我不受控制地说着，脑海中一片混乱。

记忆飞速地涌现，我又忆起在另外一个场景里，有漫天的黄尘，撕心裂肺的叫喊，烽火和马蹄，悲声和鲜血，半空中却有一名男子观望着，一双如火蓝瞳美得惊心动魄，月白长衣不染丝毫血尘。

场景突然又变化了，那是在春末的桃花林，无边落花在狂风中纷纷掉落，我独自跪在那里，撕心裂肺地痛哭，背后却是那月白衣男子冷漠的眼瞳。

纷乱的记忆不断汹涌而来，那些陌生又熟悉的画面渐渐变得清晰，我冲动起来，双手颤抖，几乎快要崩溃。

而青檀没有说话，他只是静静地看着我。

"他们死了，都是因为你，全部都是因为你！"

我失声大喊，越来越深的恨意在我的胸中澎湃汹涌，我忽然扬起手来，手中灵石幻化出冲天火焰，刹那间燃着了眼前的世界。

阴暗的仇恨蒙蔽了我的双眼，此时此刻的我只想与那仇恨同归于尽，想在那漫天的风雪中燃起火焰，想要亲自手刃眼前的仇人！

然而与此同时，我突然感到眼前再次有一片蓝光闪过，那些汹涌的回忆登时如被利斧切断，脑中瞬间又变回一片空白。

我呆呆地立在原地，那个声音再次在我脑中回响起来——

"你是烛，不是别人。不要让那些记忆侵占你，你须忘记那不属于你的一切的可怕梦魇……"

"你到底是谁？我凭什么要听你的？"我喘息着，颤抖着，这一次我不想听他的话，我拼命地摇头，想将这个声音赶出脑海。

然而蓝光突然再次亮起，剧烈的光亮如同一柄重锤，冲击向我的脑际。

"唔——"我闷哼一声，捂住了头颅，眼前一黑。这一次，那蓝光太过剧烈，我直接失去了知觉。

我从沉沉的昏迷中醒来时，仍身处于灵石幻境中，清晨的星在视野的边缘幽幽闪动。

我睁开眼睛，发现自己身处在一个温暖又清冷的怀抱里。

青檀怀抱着我，我正仰面躺在他的膝上，怔怔地看着他。

手中的灵石之光渐渐消散了，那巨木之花纷纷飘落，在树下堆成浅浅的冢。

我一下子回神，啊的一声，慌忙从他的怀里滚了下去，一连滚出了好几尺远，才爬起来。

"我……我刚才怎么了？"我结结巴巴地道，"我是不是又说了什么奇怪的话，做了什么奇怪的事情，然后，又被打断了？"

青檀依然坐在原地看着我，并没有回答我的问题。

"我没对你做什么吧？"我小心地看了看青檀的衣衫，确认上面没有被我撕裂的痕迹，"若是我不小心做了什么，你一定要跟我说……"

"没有，不必担心。"青檀缓缓站起身来。

我歉意地低下头，挠头笑道："实在是不好意思，最近不知自己是怎么了，是生了病还是中了邪，总会做出一些离奇的事情。可是清醒以后，就又全然忘记自己做过些什么事了。"

青檀微微一笑，"无妨。这世间有些事情，忘记总比记得更好。"

"嗯，说得也是。"我讪讪道。

"更何况你是你，并非别人。"青檀说道，"有些事情若与你无关，更无须去纠缠。"

听到这句话，我脸上的笑容突然一僵，抬头看向青檀。

"天快亮了，你该回去了，烛。"青檀望了一眼天色，转身离开。

"等等，青檀！"我忽然出声喊住了他。

青檀停下脚步。

我慢慢站起身来，望着他的背影，说道："其实你是知道的，我并不是发病，也不是中了什么邪，我只是想起了……那所谓前生的事，对吗？"

青檀良久不言。

我轻声问道："青檀，是你吗？一直以来，是你在利用这灵石，封锁我的记忆吗？"

一阵风吹过，将我的头发和衣衫吹得纷乱，那一树花叶在风里更是疯狂地飞舞旋转起来，宛如漫天大雪倾泻在我们之间。

"一个月前在骊山的那个夜晚，我本来想起了很多事，然而那时突然被这灵石的蓝光所罩，有个声音在我脑中耳语，令我又几乎全忘记了。后来在归华宫的时候，还有我想询问云姬的时候，也都发生了同样的事情。"

我望着青檀的背影，说道："我虽然不甚聪明，可是有些事情，我就算再迟钝也一样能注意到——有人在借灵石之力封锁我的记忆！青檀，除我之外，只有你能操纵这灵石，不是吗？那个声音也只可能是你，对不对？可是你……为什么要阻止我想起来？"

青檀的背影在那巨树和落花之下沉默无言。

"烛，你不是曾经说过，"青檀轻声说道，"若是前生之忆，就要试着放下，让它归于前尘，不必多做纠缠？"

"我知道，可是……"我喃喃道，"那些记忆太鲜明了，我甚至觉得，那不是什么前生，那就是我真真切切曾经历过的事情……"

我忽然抬头道："青檀，你为什么总是不肯告诉我？我想知道，你到底是谁？我们以前……是否认识？"

青檀的衣袍在风中微微飘动，可是他没有回答我。

我深吸一口气，鼓起勇气走上前去，说道："青檀，我并不是胆小懦弱的人，如果那真是我的从前，我定会好好面对。可是你不愿让我想起，是因为没有必要，还是……"

我停了一下，轻声道："还是因为我们以前，曾有过什么不可言说的仇恨吗？"

青檀终于转过身来，望向我。

我透过那花叶之帘望着青檀，他静静地回望着我，目光中却无任何涟漪。

我手中的灵石又开始熠熠闪耀，透过它旋转的光影，我看见青檀的眸子如墨染冰雪，如夜落深潭。

突然之间，我忽然感到脚下的地面传来剧烈的震动，我一个踉跄，险些跌在地上。

我连忙站稳，惊讶道："这是怎么了？"

青檀目光微动，望向我身后的主殿。

我随着他的目光看去，伴着一声轰隆巨响，檀宫主殿高耸的穹顶轰然坍塌下来，琉璃砖瓦落在地上砰然跌成万千碎片，大地剧烈颤动起来，整个檀宫都开始倒塌，坍塌之声震耳欲聋。

我慌乱地回头望向青檀，"这……"

青檀淡淡道："这里即将崩毁了。"

我大吃一惊，"为什么？"

"因我曾借灵石之力将这里恢复原状，但一切只不过是一时幻景。挨到此刻，灵石之力已经到了尽头。"青檀回答。

说话之间，隆隆的声音愈发强烈，与此同时，天上的星辰开始跌落，远方的亭台楼阁亦开始倒塌，仿佛整个世界都在毁灭。而青檀神色不改，在这漫天的混乱里宛如一尊雕像，时间在他身上凝固，在他墨色的眼眸里沉淀。

"人生总有别离之时，"青檀望着我，目光里似有无声的叹息，又似有无边的悲悯，"烛，保重。"

我一愣，顾不上躲避那些在耳畔擦过的石砾，"这是什么意思？你……你要走了吗？"

天际有声声惊雷传来，清晨的天空变得那般昏暗，宛如被轰然撕裂一般。青檀叹道："灵石幻境由心而生，心迷则梦在，而心若醒来，幻境再无存在的意义。"

我听不懂他的话，可是我不想就此离开，更不愿从此与他再无相见之日。

情急之下，我一下子走上前，伸手拉住了他的衣袖。

青檀身子微微一顿，看向我。

"青檀，那个……我……"

我张开口，心中有千言万语，却期期艾艾，说不出话来。

此时一片瓦砾从高处疾飞而来，风声从我耳边划过，我不及躲闪，那瓦砾直向着我的后脑撞来。

青檀忽然伸出手，将我揽进他的怀中，瓦砾擦着我的耳畔疾速飞过。

我一下子撞在他的肩头，蓦地睁大眼睛。

"寐儿，你想要做什么？"青檀轻声说道。

如梦呓一般的言语回响在我耳边，在漫天嘈杂的坍塌和毁灭声中显得极为荒诞而不真实。

"你……你喊我什么？"

他的怀抱太紧，我几乎窒息，试图推开他一点，却再次被他拉回怀中，紧紧拥住。

"你又要逃走吗？寐儿，你又要反戈相击，来杀我吗？"青檀的力量越来越大，似要将我的骨骼揉碎。他的声音在我耳畔，温柔如同三月之雨，而他的动作却令我心惊胆战，慌了手脚。

"寐儿……我是否爱过你，你自己永远不会明白知晓，是吗？"青檀轻声道，"你只会一直认为我害了你的亲人，然后对我仇恨交加，对不对？"

"我……我……"

"寐儿，你现在说会永远在此地陪着我，可是我无法相信你的话。"青檀轻声道，"从前，你也曾发誓说你愿意跟从我，留在我的身边，可是你却从不曾遵守你的承诺——为何定要逃离我，寐儿？为何要背弃我，对我刀剑相向？"

坍塌产生的巨响此起彼伏，他的怀抱那样紧，他的话令我不知所措，急道："青檀……别……"

片刻后，我终于挣脱了他，踉跄数步向后退去。我抬起头，看见青檀望着我，他身后有漫天的风雪，有冲天的火焰，整个世界都在坍毁，而他独自立在这毁灭的世界里，无瑕的容颜美得惊心动魄，白衣不染丝毫尘埃，宛如灭世之神。

"再见了，寐儿。"

青檀微微一笑。可我看见他的目光里闪过一丝情绪，似是惋惜，似是哀伤。

　　眼前所有的景物再次轰然熄灭下去，如同瞬间降临的夜幕，黑暗笼罩了一切，吞噬了一切幻景。

　　"不要——"

　　我大喊一声，猛地睁开眼睛。

　　窗外晨光熹微，鸟鸣阵阵，梦里幻象不再，梦外已是辰时光景。

　　"快起床出发了，小烛。"四师兄在窗外敲了敲门，喊我道。

　　而我呆呆地愣着，如深陷在醒不来的梦中，很久也没有回答。

【苗灵】

一日，两日，三日。

一夜，两夜，三夜。

之后的十二天里，我再也没有见过青檀。

我默默地数着日子，每一个夜晚，我都会念动灵石咒诀，心怀希望地睡去，却每一次，终是无梦地醒来。

灵石幻境消失了，真的消失了，我再也看不见青檀的影子。然而我却时时想起他，想他的言语，想他的模样，想他离开前说的那些不明意味的话……他的身影遍布了我整个脑海，令我几乎发疯。

我甚至后悔，后悔自己不该那样问他。就算我同他以前有过什么情仇纠缠，那又怎样？我既然忘却了前尘，重生成人，就不该如此纠结往事。若是从此以后再也见不到他，那我……定会难过至极。

然而我无人可诉，更无计可施。

十二日后，我同师兄们抵达苗疆。

寒月末的苗疆没有任何冬天来临的模样，这一日我们爬上了苗山，只见翠绿的青草漫山遍野，天蓝得犹如镜湖之面，一如三月春时，整个苗山都笼罩着既空灵又诡异的气息。

山上无花，却有数只青色蝴蝶盘旋飞舞。那蝴蝶体形比平常蝴蝶要硕大许多，青黛色的翅膀上有着赤红色的花纹。

"寒冬腊月的，这里居然还有蝴蝶？"四师兄惊讶道。

那几只苍色蝴蝶在我身边围绕片刻，施施然飞去了山谷那边。

"你们暂且留在这里，我先去看看那边的情况。"

大师兄说着，独自一人向着山顶走去。

我立在当地，沐着山风，目送那蝴蝶飞远，仰起头看向那湛蓝的天空。

这样的场景，不由得又令我想起灵石幻境里，那湛蓝的秋日，那碧草繁花，那立在花木下的人。

我心下又是一窒，闭上眼睛。

"喂，你没事吧？"

我被吓了一跳，回过神看向云姬。

"这几日来你一直神情恍惚，同你说话也不应，跟中了邪似的。"云姬皱着眉，上下审视着我，"你这是怎么了？"

我摇了摇头，避开了她的目光，"我没事。"

四师兄也凑过来道："小烛，你别担心，二师兄这些日子已经好了不少，若此行能请到苗疆巫医，定能成功祛除魔气的！"

我点点头，努力挤出一个笑容，"嗯。"

正说着，三师兄扶着二师兄从马车里走了出来。

虽然二师兄身上的魔气仍未祛除，但不知是否因为一路向南气候渐暖利于养伤，还是苗疆清气充盈与魔气相克，二师兄的病情居然渐渐稳定下来，并可以稍微进食，出门走动了。他的精神也好了许多，时不时地还会同我们开个玩笑。

"我看小烛神思恍惚，倒未必是为了我。"二师兄笑道，"让我猜猜看，莫不是有了心上人了？"

我的脸噌地红了，慌忙摆手道："哪有的事情！二师兄又在拿我取笑。"

四师兄疑惑道："小烛从天草门出发时就一直同我们在一起，没见她遇见什么陌生男子啊？"

二师兄笑了起来，"说来，咱们在西安驿站遇见的那个换马的倒是个俊俏小哥儿，小烛若是看上了他，我要是能保住这条命，倒是可以帮她去问问……"

没良心的师兄们再一次哈哈大笑起来。云姬也在一旁大笑，笑得花枝乱颤。

我哭笑不得。

虽然我又成了玩笑靶子，但看着师兄们说说笑笑，仿佛又回到了往日在天草门的时光，我的心情莫名好了起来，便暂时忘记了关于青檀的那些烦恼愁绪。

我们说了一会儿话，眼见日头高升，四师兄道："大师兄怎么还不回来？"

"我们要不要过去看看？"我望了望大师兄离去的方向。

四师兄点头同意，三师兄道："我在此地陪着二师兄，你们去吧。"

"等等，我也要去！"云姬叫道。她是断不肯留下跟三师兄同处的。

于是三师兄留在原地照看二师兄，我同四师兄和云姬一起向那山顶攀爬而去。不多时，我们已近苗山之巅，忽然听得风中有钟鼓音乐之声，隐隐约约地从山的那边传来。

"小烛，你听见那声音了吗？"四师兄问道。

我凝神听了半晌，点点头，"听见了。"

我们带着好奇和疑问继续攀爬，不多时便到了苗山山峰之上，看见大师兄正立在山巅，俯视着山另一侧的山谷。

凛冽的山风吹起他的衣袍，他却一动不动，凝神注视着山下。

四师兄见状，便也探头向着山下看去："大师兄，你在看什么——"

四师兄突然停住了话头，惊讶地瞪大眼睛。

我亦愕然张大了嘴巴，望着眼前的场景，震惊得说不出话来。

从数十丈的高山上向下远望，在那方圆数里的宽广的山谷里，聚集着成千上万个苗民，他们簇拥在一处高大的祭坛周围，正进行着一场盛大的祭祀活动。

所有的苗人均着盛装，头上的银饰在阳光下熠熠闪烁，从山顶上看去宛如一片浩瀚的粼粼波光。所有人都虔诚地仰望着山谷中心的祭坛，祭坛之上有数名祭司正在鼓奏祭乐，而在那祭坛的中央，在所有人的视线聚集之处，矗立着一座巨大的女娲石像。

那女娲神像约有两丈多高，人身蛇尾，面目端庄美丽，矗立在祭台之上，显得极是神圣庄重。

大祭司口中唱着颂词，所有苗民都向着那女娲神像虔诚地朝拜下去。

山风猎猎，冬阳苍苍，立在至高的山顶，望向这样神圣而宏大的仪式，我极为震撼，一时间说不出话来。

我不由得看向其他三人，四师兄跟我是一样的惊讶表情，而云姬在东张西望，只有大师兄仍不动声色，目光犹如一潭深水，藏着我看不懂的神情。

我回望向山谷。此时，祭礼已近尾声。祭坛上的祭司们行礼完毕，退下了祭台，只余大祭司一人仍立在祭台之上。

大祭司是一名苗人女子，看不出她的年龄，但从远处望去，仍能感受到一派威严的气度。

只见大祭司昂首立在祭台之上，张开双臂，高声喊道："族人们，乡亲们！今年祭礼非同往年，我们仍有一项重要祭礼尚未完成！"

她略显沧桑的声音回荡在山谷里，宛如磬声激荡，萦绕不绝。

所有苗民皆肃然看向她。

大祭司郑重地说道："千余年前，我苗疆曾陷入困境，有邪神意图不轨，放出魔兽作践我们，然而女娲娘娘遣来的苍蝶神女降临，赶走了那邪神和魔兽！神佑我苗人子民！"

"神佑我苗人子民！"千万苗民一同高呼。

"今年冬天，千年未遇的苍蝶再次现身苗疆，我们除了祭拜女娲娘娘，还要祭拜这位神女！"大祭司高声道。

苗民们纷纷转身，尽皆朝向东方。

我这才发现，那东方山阴角落里，另矗立有一座雕像。

这个雕像比女娲雕像略小一些，亦是精雕细琢、栩栩如生。所雕刻的乃是一名年轻女子，肩上落着一只蝴蝶，手持长剑，身形挺拔，衣袍纷飞，仿若惊鸿。

待看清那雕像的面容，我突然一愣，一下子睁大了眼睛。

云姬在我身旁惊叫一声，拽着我的衣袖使劲摇动，"喂你快看，那个雕像，那不是……"

我瞳孔蓦然放大，脑中嗡的一声，忽然间又有记忆撞破封锁的堤岸，犹如潮水一般汹涌而来——

山谷里的苗民们再次奏起祭乐，他们的祝歌声响彻山谷，仿佛踏着时光和岁月的辕辙，硬生生将我带回千年前那个血腥的苗疆春天。

脑海里的声音和影像纷至沓来，那个春天里，有轰隆的乱石滚落，有凶暴魔兽的冲天呼啸，还有很多很多其他的声音……

"大祭司，你可知道，这是巫礼神王之惩罚！"

"原来巫礼向我借封魔之钥放出魔兽，并非与魔国私斗，而是为了教训此地的凡民。"

"为何不救助他们？你们可知，陷于困境却难以得救，是何等绝望？"

"你既然是凡人，岂不闻'天地不仁，以万物为刍狗'？对凡人而言，神即是天。凡人命该如此，生死往复，皆是天意，你可明白？"

"一百年前，我也曾经与族人们一起陷入绝境。那般刻骨之痛，终身难忘。如今让我袖手旁观，我实在难以做到！"

"大胆凡人，敢管本座的闲事，哼！"

"寐儿！"

我突然间感到眼冒金星、头痛欲裂，大叫一声，一下子捂住头颅，脚下一个踉跄，失足踏空，竟向那山谷跌了下去。

"小烛！"身后传来四师兄的惊叫。

然而我身体已经在急速下坠。山风疯狂地扑面而来，我头脑中一片茫茫，睁开眼睛，幻觉中仿佛看到山坡上的碧草瞬间开出了赤色杜鹃，在我的下坠中连成一大片血一样的红。

我顺着那血红急速下落，如从九天之上跌入凡间，然而有一幕黑暗的影子比我的下落还要快地顺着山坡蔓延下去，那些血色的红花在碰触黑影的刹那瞬间凋谢，黑暗如同一层巨大的魔影一般，笼罩了整个山谷。

在我最后的意识里，我看到和听见苗民们惊恐的目光和尖叫，谷底的山石如四面八方无数个利刃，刺入了我的头颅。

【魔侵】

"烛？兰寐……你醒醒啊！喂，快醒醒！"

我从昏厥中恢复意识的时候，又听到了云姬的声音，以及脸上又感受到她下手极重的拍打。

"你想打死我吗？"我猛地坐起身来，怒瞪向她。

云姬被我吓了一跳，随即怒瞪回我，"若不是我，你早死了！还用得着现在打死你？"

我这才发觉自己头痛欲裂，一摸头顶，果然一手的鲜血。

然而没等我问话，云姬一把拉起我来，"醒了就快点跑！再迟就来不及了！"

我一下子被她拽起，跟跄着跑了起来。我仰头看去，发现山谷上方的天空仿佛被墨黑色的阴云笼盖，整个山谷都沦落进一个阴暗的黑影里，我们四周都是惊慌失措的苗民，哭泣的孩童和妇女，所有人都在四散奔逃。

"这到底怎么回事？"我一边跑一边慌张地问道，"师兄们呢？"

"谁知道你的师兄们去哪里了！你从山上掉下来的时候我正好抓着你，不小心就同你一起摔下来了。"云姬气喘吁吁地回答，"紧急中我用了腾云术，好容易才把你接住，跟你一起落在了山谷里，谁知掉下来才发觉，这里竟变成了这个鬼样子！"

我们边说边随着人群向东方跑去。大批人流向着那个方向涌去，看来是有山谷的出口，然而我们越是接近东方，四周越是人流拥挤，寸步难行。

前面忽然传来几个苗人男子的吼声，"快向回撤！快向回撤！山谷口被山石堵住了！"

人流僵持片刻，开始向山谷中撤了回去。所有人一时都无法前进，竟被困在了这山谷里。

诡异的黑暗笼罩着山谷，妇孺的哭泣声此起彼伏，祭司们在不远处安抚着人群，黑暗和慌乱里人人自危，没有人注意到我们两名从高山上跌下的陌生人。

云姬跺脚，怒道："我不信我们就被困在这里出不去！"

"等等！"

我忽然停下脚步，拉住了云姬。

我仰起头，望向那赫然矗立在我面前的神女雕像。

我们竟正巧来到它的脚下。这一次我从近处看它，同在高山上时看到的感觉又有不同。雕像高有丈余，在黑暗中稀薄的微光里，我看到了她的表情，微蹙的眉，坚毅的眼神，透着一派淡然又勇敢的风度。

"云姬，你看——"

"我知道。刚才在山上就想说了，这个雕像，跟你长得一模一样啊！"云姬道。

我怔怔地看着她。

"她……就是兰寐吗？"

我第一次说出这个名字，感到它在我口中仿佛有千斤之重。

"什么她不她的……"云姬瞥了我一眼，"我早就告诉过你，你才没有什么前生。兰寐就是你，你就是兰寐。我不知你为什么成了今天的样子，但以你的身份，绝不可能转世就是了。"

我又想起跌下山谷前涌入脑海的那些回忆，那开得漫山遍野的血色杜鹃，山谷中肆意践踏的魔兽，与身边人的辩论和争吵，刺入我胸膛的青蛇，还有……

还有那个同青檀生得一模一样的蓝眸男子，那个我至今不知来历，却总对他莫名心生澎湃而复杂的感情的人。

这些记忆同在骊山的那些记忆一样，它们鲜明而真实，让我不得不承认那的确是属于我的记忆，可是那些记忆又是游离的，我始终不知那个我从何而来，为何会那样说话，为何我又会在千年之后变成婴童，在蜀地的大火里被师父捡回天草门……

我望了望四周，此时笼罩山谷的阴云在数丈之高的地方盘旋，暂时没有继续下降的态势。而苗人们经过祭司们的安抚，都在原地坐了下来，另有数十名壮年男子在东方出口用重锤敲打山石，力图重新打开山谷口，所有人都在忐忑的等待当中。

我低头看向项间的灵石，不禁有些茫然。如今青檀不在了……它是不是也不会阻止我想起从前的回忆了？

"云姬，来。"

我拉着云姬在那雕像旁边坐下。

"云姬……你能不能对我讲讲，我以前的故事？"

云姬瞪大眼睛看着我，"你终于肯听了？我还以为你准备一辈子不承认你是兰寐呢！"

我摇了摇头，道："你告诉我，我究竟身世为何，经历过什么事？还有……"我顿了顿，"还有你那个'主人'，我们之间以前发生过什么？"

提到"主人"二字，云姬微微一滞。她望了我片刻，又垂下眼睛。黑暗里我看到她美丽的眼睛里闪烁着失落和难过。

云姬低声说道："你是什么身世，打哪里来的，我也不知道。我只知道，我第一眼见你的时候，简直讨厌死你了！"

她这个开篇着实直率又火爆，我一阵无语。

"那你现在还讨厌我吗？"

"现在……现在……"云姬嘟囔了一会儿，"不好说！"

"好吧。那你接着讲。"我扶额。

云姬沉默片刻，道："从哪里说起呢……从我自己说起吧。我本是青丘国国主的小女儿，是天界神狐一族的神女——"

"等等，你认真的？"我惊奇地打断了她，"你不是个修炼成精的狐狸吗？"

云姬停下话头瞪着我："你凭什么这么说？"

"难道不是吗？"我犹无法相信，毕竟我一路上都视她所谓神女公主的自诩为笑谈，"四师兄给我看的那些书上都是这么写的，狐狸修炼上百年便成狐狸精，蛇修炼上千年便成蛇精……"

云姬不怒反笑，"我若修炼上百年就成了狐狸精，那你们呢？若你们凡人修炼上百年，那又成了什么？"

我一时语塞。

"总之，本公主生来就是个神女，才不是什么修炼成精的狐狸！"云姬道，"我在青丘国无忧无虑地长大，本来可以同我的兄姊们一般，在青丘国继承领地，享用神王的地位和荣华，然而有一天，父王带着我去东方的天宫赴天帝之宴……"

云姬仰起头，目光悠远，似是陷入了回忆，"那一天，我在天帝身边远远地看到了他……他实在是太引人注目了，尽管在座的神仙众多，可他的风华气度太过出众，同他相比，所有的神王仙人都黯然失色。

"从那一刻起，我就无以自拔。我发誓要属于他，要同他在一起，我去恳求天帝，让他把我作为乐女赐给他，从此甘愿为婢，唤他主人。我不顾兄姊的反对，一意孤行地搬去他的神宫，渴望天天看到他，可……他甚至连见都不愿意见我……

"再后来，你就出现了。"

云姬说着，她望向我，目光泫然。

"是主人亲自领你来的。不知道为什么，你明明只是一个凡人，也并无出众之处，可主人就是对你不一样。他让你住在身边，天天亲自教授你修炼法术。我很生气，又很不甘！我从小是父王最宠爱的女儿，天界所有的仙人都对我百依百顺，连天帝都待我十分可亲，可是主人从来不曾注意到我，从来不曾！

"我想要引起他的注意，想要他看到我的存在，可是我努力了千百年，没有一丝用处。然而我一直都渴慕着他，期盼着他——后来，当他在这世间消失的时候，我上天入地，无所不往，发了疯一样地寻找他，可是千年过去，却仍寻不到他丝毫的痕迹……"

云姬低下头，双手紧紧地绞在一起，使劲咬着下唇。

我心下叹息。

"你……是真的很爱他吗？"我轻声说道。

云姬突然眼泪决堤，猛地抬起头来，嘶声向我喊道："对，我爱他！我爱他胜过自己，爱他胜过一切！为了他，我可以什么都不要，什么公主之尊，什么神女法力……我一千年里甘为妖身，颠沛流离，就是为了能找到他！我知他对你感情特殊，知你是凡人，所以我在凡间遍寻你的踪迹，以期通过你找到他……神女之身无法在浊世生活太久，我只能脱去神力，以妖身存活，曾被无数个道人抓住备受折磨，受伤的时候只能避居山野，以野兔山鸡为食……然而我不在乎，只要能找到他，我甘愿付出一切！可是……可是……"

云姬声音颤抖，她没有再说下去，而是哽咽着，陷入了长长的沉默。

"可是他并不喜欢你，是吗？"我轻声道。

云姬骤然抬头看我，"他当然不喜欢我，他喜欢的是你！"

"是我？"我怔然看着她，喃喃道，"可你们是神仙，我只是个凡人啊……"

"是，你是个凡人，主人以仙神之尊，却喜欢上了你这个凡人，我也不懂为什么！"云姬冲我喊道，"所以，我知道他定会来找你的，所以我才会跟着你，这样才能够找到他！"

我沉默，没有再说下去，也没有追问她话语中语焉不详的细节，只望着她，心下无言。

　　"云姬，我想跟你说一件事。"我忽然说道。

　　"什么事？"云姬抬起眼睛。

　　我深吸一口气，"这些日子以来，我总是梦到一个幻境，然后……在那里遇见了一个人。"

　　云姬愕然，"什么人？"

　　我犹豫片刻，道："他同你说的那个人，很相似……"

　　"你说的就是主人，是吗？"云姬猛地抓住我的衣袖，面露惊喜之色，"你遇见的那个人，是不是风阡神上？他托梦于幻境之中找到了你？我就知道……我就知道主人他一定会回来找你的！"

　　"风……阡？"

　　我喃喃地重复着这个名字。

　　是的，风阡。我忽然想起来了，在那些千年前的记忆里，那个容华非凡的蓝瞳男子，他的名字，就叫作风阡。

　　那么……那么青檀到底是谁？他为何生得同风阡一模一样？难道他，是风阡托于灵石幻境中的化身？

　　"他容貌风华、绝世无匹，是不是？"云姬急切地问我，"他的眼睛是蓝色的，是不是？"

　　我愣了愣，摇了摇头，"不……他的眼睛不是蓝色的，而是……墨一样的黑色。"

　　"什么？"云姬愣住了。

　　"黑色眼瞳？"云姬皱眉，"那定然不会是主人了。主人一双如火蓝眸，天界无人不知，跟他的千余年里，我从未见他黑眸的模样……"

　　我蹙眉不言。

　　梦里的青檀和记忆中的风阡，明明拥有一模一样的长相，只是瞳孔的颜色不同。倘若青檀不是风阡，那他究竟是谁？

　　我闭上眼睛，竭力搜寻着那些被封锁的遥远记忆。脑海里的思想放空，空无一物的世界里是一片茫茫的白。风起了，吹动那天地间空洞的白，仿佛扬起了漫天飘零的雪，然后我隐约在那风雪里，看到了一个人。

风雪如幔。他在那雪白的远方望着我，他同青檀生得一模一样，也同他一样，有着墨玉一般的眼睛。

水陌。

我忽然喃喃地说出了这个名字。

"水……陌……"

我重复着这两个字，整颗心仿佛跌入了白色的冬天，如遇沁雪，又如遭严寒，莫名的欢喜和悲伤一起汹涌而至，令我一阵慌张，不知所措。

云姬一愣，"水陌？那是谁？"

是啊，水陌，那是谁？

我茫然回味着心中那突然而至的陌生的悲喜，那不曾附着在任何回忆和现实里的情感。我口中念着这个名字，竟不舍它从我的心中离去。

水陌，是谁？

我迷惑地仰起头，望向阴暗的天空。而那天空上的阴云以一种不可预知的形态飘荡着，窥伺着，如同记忆里用黑色织成的阴霾。

十四

三月／雪／

【幽容】

狐狸修炼百年是为狐狸精，蛇修炼百年是为蛇精，那我修炼了五百年又算是什么？

人精吗？

三月十四，晨光初晞，这是我暂时抛却一切思绪的纠缠、一心一意前往不周山幽容国刺杀幽容国国主的日子。

于是我这头"人精"就这样手持残冰剑，在天上喝了一路的西北风，被风阡带着，一路驾着白其来到天界西方的尽头。

一路上，我没有说话，风阡亦无言，我们彼此沉默着，直到日光躲进了重重的云翳里，浩瀚天柱方在我们视线的尽头遥遥出现。

"前面便是不周山了。"风阡望着远方说道。

我抬起头，随着他的目光看去，只见在世界的极西方之处，雪白的山头绵延，茫茫无边。

白其一声长唳，收起双翅，轻巧地停在不周山旁边的一处山头，天光皑皑，云雾缭绕，除了白色还是白色，天山相连，千鸟飞绝，像是一片死亡的荒原。

呼啸的山风在我的耳畔吹着，我的眼睛不由得被那里的景象牢牢地吸引。

在那数千里外的天地的尽头，参天的不周山赫然矗立，白茫茫的天空之下，高逾万丈的青色天柱仿佛是从黄泉之下拔地而起，直上九天云霄。

面对天地如此壮观之景象，我震撼地张大嘴巴，不禁感到自身如蝼蚁般极端渺小。

"寐儿，站近一些。"风阡说道。

我回过神来望了他一眼，向他身边凑近了些许。

"你是否看到那里的幽容结界？"风阡又道。

我放目看去，不周山天柱曾经在七千年前被共工撞断倾塌，后来方被神界修复，而如今仔细看着，也能依稀辨认出山腰之处有当初的裂痕和错层。而在那裂痕之侧，有淡淡的云雾形成球状，环径看上去有上千里，环绕在天柱的裂痕周围，如同一道云团将其重重包裹。

"那便是幽容境的结界了？"我问道。

风阡颔首。白其再次展翅飞起，穿过层层天云，倏忽千里，载着我们来到结界跟前。

我们停在了祥云之端，我从白其背上下来，从祥云上俯身看着那巨大的、稀薄的云雾，却无论如何也想象不出，这竟然是一道盘古身死时留下的天然屏障——神魔之身尽皆不能通过的结界。

心里这么想着，我不由得就嘀咕出声，"你们……真的无法通过这个结界吗？"

"你不相信？"风阡微微一笑，"白其。"

白其闻言，便扇动双翅飞起，向着那云雾撞去，然而它碰到那云雾的瞬间，好似碰上了一道坚固的壁障，一下子被弹了回来。白其似是被撞得有些疼痛，回到祥云之上时，抱怨地瞪了我一眼。

我赶紧道："好好好，我知道了。"

我将残冰剑拿在手中，深吸一口气，径直向着那云雾结界走过去。

风阡忽然在我身后道："寐儿，切记要小心。这结界对神魔来说是一道壁障，而对凡人来说……"

我立住脚步，回头望向他。

风阡停住了话头，静静地回望着我。

他蓝色的眸子在这洁白的世界里，愈发显得幽静而迷离，我似乎能在那双眼睛中读出什么，可是现在的我，已经不敢再相信他对我的任何感情。

我咬了咬唇，垂下眼睛，"主人还有什么吩咐吗？"

风阡没有再说什么，只道："去吧，寐儿。集中精神，莫要大意。"

我闭上眼睛，转回身去。然而很快，我便明白了风阡没有说出口的下半句是什么。

对凡人来说，这是一道死亡之劫。

我一步步向着结界走去，就在我距离那云雾一尺之距之时，云雾之上突然出现一道黑色裂缝，那裂缝迅速张开，像一道黑色的魔口，瞬间将我吞噬了进去。

"啊——"

我甚至来不及叫喊出声，已然跌入了深沉的黑暗中。在急速的下坠之中，黑暗里耳膜仿佛被极高的尖叫充斥，是死亡和鬼魂的召唤之声。这比我曾体验到的忘忧幻境中的弱水深潭还要可怕，到得后来，我已经辨不清耳畔的尖叫是不是我自己的声音，几乎已经窒息。

终于，下坠停止了，我重重地跌落在一处似乎是泥潭的地方。然而随即，黑暗里突然凭空出现了很多很多的可怕影子，那些影子仿佛是活的，无数怪兽一般地张牙舞爪，向我扑来。

我站起身，奋力挣扎，想将它们从身边赶走，然而这些影子并无实在形体，就如同那日鬼檀宫的魔影一般，好似鬼魂一样侵蚀着我的身体。我无以抵抗，在它们的攻击之下，我仿佛感到身体越来越冷，精神快要被撕碎，意识越来越模糊，我竭力支撑，让自己不要昏厥过去。

"别慌，寐儿，出路就在脚下。"

是风阡的声音。

我不知风阡的声音为何会传到了这里，但我猛地清醒过来。

不能再这样下去，会死的！不知从何而来一股力量，我骤然站起身来，咬紧牙关，挥舞起手中的残冰剑，念起咒诀放出数道法术。光芒从剑身上四散射开，那些影子见了光亮，畏缩地向后退去。趁此机会，我拿着剑拼命地砍着脚下，如此循环往复，终于将脚下的泥潭砍出一道深深的缝隙。

那缝隙一瞬间扩大了，仿佛受伤的猛兽在剧烈地痉挛，我从裂缝中跌下去的那一刻，发现眼前的黑暗瞬间消失，那可怕的结界竟又突然变成原本那透明的云雾，透过薄薄的云雾，我看见远处的风阡正向着我望来。

我不确定他是否能透过结界看到我，可是我在他如水一般静谧而蔚蓝的眼睛里，竟看到了担忧，看到了紧张，还有心疼、不忍，还有……还有很多我从未看到过的东西。

我就这样面对着他跌落下去，望着他的眼睛，恍惚失神。

如果我就这么死了，风阡……你会为我难过吗？

耳畔的风声急速刮过，风阡的身影同那远方的云雾渐渐消失，化归在白色的苍穹。我从高高的天空中掉了下来，重重跌在了地面上。

"咳咳——"地上被我砸出一个大坑，一时间沙尘飞扬，我被呛得咳嗽起来。

"啊——！什么人？！"

"天、天上掉下来的？"

"是个女子！她还带着剑！是不是刺客？"

"当心！保护判官大人！"

一阵嘈杂慌乱，等我好不容易停止咳嗽的时候，脖颈上已经横上了许多兵器。

尘埃落定于地面，我坐在地上动弹不得，只能转动眼珠，向四周看去。

脖子上的刀刀剑剑遮挡着我的视线，那些手持兵器之人也在我周围，令我看不清四周的景象。我皱了皱眉，摸起右手旁的残冰剑，只是轻轻一抬，只闻数声叮咣，那些持兵器的人竟然尽皆被我抬手之间就赶出了数丈之外，四散摔在地上。

我惊讶地看着自己。若是没有看错，我的功力竟然比在檀宫时强上许多。难道是在那幽容结界的怨灵堆里历练了一回，竟然功力大长了？

这些念头只是一闪而过，我目光微动，很快看清了这是个什么地方。

我的前方有一处极高的石台，石台之上刻着古体的"幽容"两个大字。石台之下有一方案台，一名判官打扮的人正坐在案台之后，身畔有许多侍从，面对着我纷纷目露惊惧。而在石台最下的沙土地面上，有数名刽子手，手中所持刑具皆为能置人死地的大辟之刑。

这竟是一个刑场。

既然是刑场，自然就有即将被处刑的人。

我转头看向自己的身后，就看见狱卒们正簇拥在一名十五六岁的少年周围，那少年身披枷锁，蓬头垢面，但能看出俊秀的面容，他也在愕然地望着我。

我微微眯目。

"大胆女贼，你是来劫法场的？"那判官惊怒交集，喝道，"全给我上，将她拿下！"

之前那些被我打倒的兵卒站起身来，拿起兵器，重新向我扑了上来。

我并不想跟他们打，也不想过多纠缠，干脆说道："好，既然你们说我是来劫法场的，那我就做一回来劫法场的吧！"

在兵卒们扑上来之前，我一个转身，手中残冰剑破空刺向那些狱卒，他们被剑上灵力所逼，不得不四散开去。趁此我一转弯，冲向那浑身镣铐的少年，拉住他的手臂，顺手就将他救了出去。

"追！快给我追！"判官在我身后大吼。

然而他们没可能追得上我。我东躲西藏，东拐西拐，一口气带着那少年飞奔到数里之外，直到进了一处偏僻的荒林，才停下了脚步。

我喘了半日气，方才平复下来，举目四望，第一次从里面观察这个被封闭在结界中的幽容世界。

天空是乳白色的，仿佛飘浮着一层极厚的云翳，想来便是那幽容结界的形状。太阳如被蒙上了白色的厚纱，朦胧的日光从云翳之外射向大地。寥寥飞鸟掠过长空，远方山峦隐隐，大地宽阔无垠，花草树木也显得极为荒凉，一派亘古的苍茫与空旷。

原来这便是那盘古结界之中的另一个天地。

"你……你是谁？"少年愣愣地看着我。

我回头看他，问道："那你是谁？"

少年一怔，一脸困惑，"你连我是谁都不知道，那你为什么要救我？"

我想了想，道："你还这么小就要没命，我看着不忍，就随手把你救出来了。"

少年默然，半晌道："谢谢你。"

而我此时转念一想，觉得自己好像又有些莽撞。如此年幼就要被处以大辟之刑的少年，莫不成当真是犯下了什么可怕的重罪？万一他当真是个什么危险的人物，那我这次贸然劫法场，做得到底是对还是不对？

"话说……他们为何要杀你？你犯了什么罪？"我小心地问道。

"罪？"少年面上忽然露出一丝嘲讽，"呵，我的存在在这幽容国里本身就是罪，何须他们给我安什么罪名？"

我不禁微微一怔。

我还想问什么，少年望了望四周，又道："此处还是危险，他们迟早能追来，我知道一处安全的去处，你跟我来，好吗？"

我犹豫片刻，决定相信这位让我莫名感到正气的少年，挥起残冰剑，当的一声砍去他身上镣铐，让他带着我向前走去。

穿过层层树林，我忽然觉得有些奇怪。我问道："你可记得今天是何日？"

"三月十四。"少年回答。

历法倒是与境外一样，"可是三月时节，为何这些树叶都已经泛黄枯萎了？"

少年突然停住脚步，回身看我。

"你不是幽容国的人？"

我只能承认，"没错。"

少年沉默良久。

"幽容境内气候极乱，没有所谓的春夏秋冬。"他说道，"今天繁花盛开，明日或许就会下雪。这里的植物大多生存两三年就会死去，也极易发生饥荒和瘟疫。"

我听得愕然。

"幽容国已经七千年没来过外人了。"少年忽又说道，"你到底是谁？"

少年的目光清澈，然而也透着狐疑。

我清了清嗓子，道："我叫兰寐。"

少年点了点头，"然后呢？"

"然后？没有然后了。我说了我的名字，你也该告诉我你的名字吧？"我试图把自己的来历糊弄过去。

少年定定地看了我一眼，道："你既是我的救命恩人，若不想透露你的来历，那便罢了。我叫明煜。"

我没想到他这样痛快，不由得对这孩子又添了几分好感。明煜没有再多说，继续带着我一路前行，越过几处荒凉的山丘，在山路里绕来绕去，最终来到一处极为隐蔽的山洞。我们到那洞口时，远远望见有几个人在里面站着，他们均是身形魁梧的壮年男子，只是衣衫褴褛，如同难民。

"已经到了这个时辰，少主怕是凶多吉少了。"里面有人带着哭腔说道。

"都怪我们无用！该如何才能救回少主？"有人痛心疾首地说着。

"早晚有一天，我要手刃那篡位奸贼，定要为少主报仇！"有人咬牙切齿道。

明煜忽然走到那山洞之前，"我回来了。"

山洞中那些人齐齐转头望向他，一愣之下，立刻面露惊喜之色，纷纷大喊："少主！您还活着！"

他们纷纷跑到明煜跟前，跪在他的脚下，喜极而泣，"谢天谢地！少主您回来了！"

明煜点了点头，转身看向我。

"这位是兰姐姐，是她将我从刑场上救回带来这里，是我的救命恩人。"明煜对那些人说道。

众人齐齐向我行礼，感激涕零，"多谢兰姑娘相救少主！"

我在一边甚是搞不明白状况，一头雾水地看着他们。

看到我疑惑的眼神，明煜道："兰姐姐，事到如今我也不必瞒你。我真正的身份，乃是如今幽容国共工神王的唯一嫡系后裔，这里的人，便是跟随我共工后裔一族数千年的忠实下属。如今的幽容国国主之所以治我重罪，要取我性命，就是因为我的存在，威胁到了他的国主地位！"

幽容国国主。我听到这五个字，立刻睁大了眼睛，仔细倾听。

明煜道："我们祖辈与他相争，已不下七千余年，而我自出生以来，就日夜遭他追杀。前些日子，我不慎落入他手中，今天险些就被处死，幸而你救了我。"

说着，明煜清秀的脸上露出愤怒之色，昂首道："早晚有一天，我会报仇，也会夺回本应属于我们共工一族的王权！我共工后裔才是幽容国的正统王族，而如今的幽容国国主只是个来历不明的奸贼。我幽容国民本是天界神民，却沉落到这幽闭之境，若不是那国主莫名其妙地出现，我幽容国民早就能起身反抗，也不至于在这种鬼地方苟度余生了！"

我听得愕然。

原来我阴差阳错，正好救了那幽容国国主的敌人。

我不禁心起几分疑惑和好奇。我记起天书上的记载，共工生前为幽容神国国主，神力无匹，地位最高时曾被天界尊为水神，后来的颛顼时代，共工与轩辕天帝相斗，起兵叛乱，然而最终事败，幽容国也因此受到牵连被贬下九天，共工一怒之下触断天柱不周山，断裂之处的幽容结界因此被打开，整个幽容国沉入了结界之内，从此与世隔绝。

倘若明煜是共工的嫡系后裔，那么他的确才应是幽容国王权的继承人，那么如今这个鸠占鹊巢的幽容国国主，不知又是什么来历？

"好了，兰姐姐，我已将所有事情都告诉了你，那你可否也告诉我，你从何方而来，来幽容国是要做什么？"明煜道。

我回神，略一沉吟，便直接说道："我是来杀那幽容国国主的。"

"什么？真的？"明煜一愣，眼睛却一下子变得明亮，"兰姐姐，莫非你也同他有不共戴天之仇？"

我语塞。

我与他哪有什么仇，我连他是高是矮、是圆是扁都不知道。不过，我的目的的确与明煜相同，那便是手刃那幽容国国主。

我心念一转，又想起风阡给我交代任务之时，曾强调过关键的一点：必须以残冰剑杀死幽容国国主。我不能让他在被残冰剑杀死之前就死在他人的手里。

"兰姐姐？"见我良久不语，明煜问道。

我思索片刻，望向他，"明煜，你想让那幽容国国主去死吗？"

"那是自然！"明煜一愣，用力点头，"我连做梦都想杀了他！"

我笑了笑，随即抬起手拿出残冰剑，正色道："明煜，以我的身手，想来能比你们更早杀死那幽容国国主。不如我们做个交换——你们告诉我关于他的信息、弱点以及其他，然后由我去动手刺杀他，如何？"

【国主】

　　"他是七千年前来到幽容国的。没有人知道他从何而来，他就那样出现了。那时候，先祖共工刚刚败于轩辕氏天帝，幽容国被贬下神界，跌入幽容境内，自此国内一片混乱，而他轻而易举地就夺去了国主之位，自此统治幽容国长达七千年。"

　　明煜的手下们把守着山洞门口，而明煜则同我坐在山洞之内，为我细细讲述当今幽容国国主的故事。

　　我愕然，"他七千年来，一直活在世上，并且统治着幽容？"

　　明煜颔首，"是的。"

　　"幽容国民，至今仍是有神界人的长生之寿吗？"我问道。

　　明煜点点头，又摇了摇头，"自从幽容国被贬下神界，跌入幽容境内，就不再有神界灵气，不再有祭祀供给，而是需要自耕自种、自给自足，神民们自此也有了生老病死。如今活了几千年的老神民也还有，但我的父辈们都只剩下几百年的寿命。"

　　"那你今年多大了？"我忽然问道。

　　明煜看了我一眼，噘嘴道："十六。"

　　我不禁失笑。果然还是个小毛孩子。

　　"那他是神界之人吗？"

　　明煜摇头道："不知道。我们都觉得奇怪，若不是神界之人，他没可能活那么久，可他若是神仙之体，又怎会进入幽容境界中来？"

我脑中忽然灵光一现。莫不成他也跟我一样，也是个拥有长生之躯的"凡人"？

"就没可能……是个凡人？"

明煜一愣，哂笑道："凡人？怎么可能，别说笑了。凡人若能那样长生，还能不被盘古结界侵蚀而死，那么当初幽容国要被天帝贬下凡间之时，我先祖共工也不至于那样恼怒了。"

我无言，片刻又道："再或者，他本来就是幽容国人，只是国人众多，你们之前没有发现他而已？"

"不可能。"明煜一口否认，"他实在是太过引人注目，不可能没有人见过他。"

"哦？有多引人注目？"我问。

明煜不愿多说："你见到他就知道了。"

我想了想，又问道："他可有什么弱点，例如妻儿朋友一类？"

明煜摇了摇头，"七千年来，他从不近女色，大臣们屡次进谏要他娶王后，他都拒绝了。至于朋友，掌生杀之权者，能有什么朋友？"

我道："那他身手如何？可会神力灵法一类？"

"与他交锋这数回，他从未亲自上阵，但单凭他手下那些卫兵术士，我们已然是难以抵挡。"明煜黯然说道。

我沉吟不语。

明煜低声说道："我们共工一族与他争斗了已经七千多年，从我的祖辈到父辈，代代试图重新从他手中夺回王权，却从未占得上风。我的祖父和父亲都因此而死，而我……而我……"

明煜忽然昂首高声道："我虽年龄尚幼，但胸中之志不输祖辈！我定会杀了那贼子，为祖辈们一雪前耻，让我共工后裔重掌王权！然后，我要带领幽容神民杀出盘古结界，重归天界！兰姐姐，你可愿帮我？"

我斟酌半晌，愈发觉得这个幽容国国主不是个简单人物，虽然我艺高胆大，但事关重大，还是谨慎行事为上。我于是对明煜道："我自然愿意帮你，话说那国主如今居于何处？我且去打探一下。"

明煜一愣，"现在就要去？"

我道："不错。"

明煜欲言又止，道："你若见到他，千万勿要被他迷惑。"

我疑惑，"为什么？"

明煜迟疑片刻，道·"我方才没有对你说，关于他至关重要的一点——因为他，生了一张祸国之极的脸，便是天界的神仙也比不上他那蛊惑人心的长相。我怕你见了他，会下不了手。一旦犹豫暴露了你的目的和行踪，他那样谨慎，你就很难成功了。"

我不禁笑了。面对自己要暗杀的对象，就算他长得再美，我怎可能因此手软？况且对我而言，见惯了风阡那样的容貌，我还真不觉得自己会被其他人的脸迷惑住。

见我不以为然，明煜急道："我们之前派去许多刺客，不论男女，初见他时都败在这一点上，乃至最后无一人生还。兰姐姐，你可千万别大意！"

他看上去很是紧张，我笑了笑，干脆将残冰剑放下，拍拍手说道："既然如此，那我第一次去就不带兵器，权当是去踩个点，这样便不容易暴露身份。如何？你可放心？"

残冰剑被我放开，即浮在了空中，光华萦绕，吞光吐锋，宛如暗夜星辰。

明煜的眼睛不由得被它吸引了。他呆了半晌，忽然道："这……可是伏羲所铸的上古神器之一，残冰剑？"

"不错。"我惊讶于明煜的见识，"你怎知道？"

"你等一下。"明煜说着，跑去山洞内侧翻找了一会儿，抱出一册竹简来，放在我面前，"你瞧，这是祖辈们留下来七千年前的法术书，上面就提到过伏羲十大神器。只可惜幽容国被封闭在结界里太久，许多神界风物我都是只闻其名，未见其形。"

明煜说着，翻开那竹简，指着一处道："看，这一本上面便提到了残冰剑，上面甚至还记载有许多以法术御剑的口诀呢！"

我一一看过去，果不其然，不由得微微一愕。

我以为残冰剑的法术口诀早已失传，没想到在这幽容国的一册旧书简里，居然记述得如此翔实细致。残冰剑的各个剑术口诀记录在竹简上，一一在目："凝冰式""朔雪式""绝霜残刃""十剑冰杀"……

我不禁回想，残冰剑的招式口诀虽在檀宫里也有，但仅有提纲挈领以及如何驱剑的极少的只言片语，连这些招式的名称都没有。风阡虽然令我以残冰剑出战，但五百年中我仅有对其粗浅的了解，从未真正修炼过。

我心下微微有些疑惑。我既然未曾修炼过残冰剑的特殊法术，只能以寻常剑术驱动残冰剑，这神器于我而言，不过是一柄比寻常更锋利些的剑而已。能杀死幽容国国主的方法有很多，可是风阡为何强调，定要让我以此剑杀死幽容国国主呢？

明煜望着残冰剑，目光艳羡，由衷地赞道："术书上说，残冰剑不仅可杀神魔，甚至有聚魂凝魄之能，可将死去的魂魄导进剑身，以养剑灵。总之，我此生能得见如此神兵，也算是无憾了！"

我见明煜对这残冰剑着实心神向往，便拿起它递给了他，"你这样喜欢，就拿去看看吧。"

明煜不由得惊喜，小心翼翼地接过残冰剑，将它拿在手中比画，摆了几个招式，看上去像模像样。

我在一旁翻看那竹简法术书上所载招式口诀，一边记诵，一边顺便为他解释几句。明煜聪明极了，毕竟身为神王之后，即使族系神力衰弱不如往时，灵力功底还是远胜于他人，许多地方都是一点就通。而且，残冰剑术口诀精炼，居然连我都能念上一遍就能轻松地记住。我不禁心想，若我也能练成这些残冰剑术，倒是对我刺杀幽容国国主一事甚有助益。

我正在一旁翻看竹简，明煜在山洞的一边空地里舞起剑来，越舞越是兴奋，突然间一道刺目的白光闪过，大地震动，仿佛突如其来的大地动一般。

我突然感到一股可怕的寒冷袭来，直刺入骨髓，一个站立不稳，差点跌倒在地，山洞轰隆作响，仿佛将要坍塌下去。

我一惊抬头，只见一道浅浅的白色法阵突然间在那山洞壁上呈现，犹如冰雪铸成的罗盘，缓缓旋转。法阵所及之处，山石尽皆如遭重击，犹如被削铁如泥的兵器所斩，断裂成碎石后散乱地落在地上。

"哎呀！"明煜慌忙将残冰剑放在一边，"对……对不住。"

轰的一声，那白色的法阵闪耀了片刻，即渐渐消失了，只留那刺骨的冰冷，在空气中悄然凝结。

"刚才是怎么回事？"我好容易扶着洞壁站稳，震惊道。

"少主，怎么了？"门口守卫的手下纷纷跑来询问。

"没，没事！"明煜连连摆手，"只是我不小心念了'十剑冰杀'的咒诀……"

"十剑冰杀？"

我一愣，立即低头看向那竹简。

竹简上所载，"十剑冰杀"乃是残冰剑的最终招式，剑主须得心怀极强的仇恨，可借此召唤玄冰之力，铸成冰雪法阵，将敌人冻结绞杀。然而，一旦恨意不足，心神动荡，阵法不仅仅会产生反噬之力，甚至会使施法之人失手自戕。

我心下一凛，立刻郑重地对明煜说道："明煜，这可不是儿戏，十剑冰杀乃是残冰剑术书所载最高层级的法术，不仅需要极高的内功修为，使用之时，还需要心怀对施法对象极深的恨意。"

"恨意？"明煜睁大眼睛。

我点点头，又道："倘若你修为不够，恨意不足，反而会吞噬自身，极为危险。若你想使用此剑法也不是不可以，但必须再修炼个十几年才是。"

明煜不好意思地挠挠头，歉意道："对不住，兰姐姐。"

山洞中的冰冷仍未散去，我抱了抱臂膀，心想这十剑冰杀的剑招果真厉害，明煜修为尚浅，且并未完全施放剑阵，居然也能有这般大的威力，着实是可怕极了。

眼见天色逐渐暗了下来，我望了望外面傍晚的阴云，道："明煜，你告诉我那幽容国国主住的地方怎么走，我趁着夜色去看看。你小心一些，别再胡闹，这残冰剑就暂且拜托你帮忙保管了。"

明煜愕然地看着我，"这样贵重的神兵，兰姐姐，你放心留给我保管吗？"

我一笑，对他眨了眨眼睛，鼓励他道："我相信，明煜一定会替我保管好残冰剑的。你出身神族，天分又是如此之高，若是你能好好练剑，最后说不定还要靠你去拿着这剑杀那国主呢！"

明煜的神色逐渐由惊讶转为感激，眼眶一红，大声道："兰姐姐如此信任我，明煜……明煜定然不会辜负你的！"

【水陌】

暮色苍茫，笼罩了幽容国的荒山。我按照明煜所说的路线一路向西，朝着幽容王宫走去，直到夕阳西下，天色暗淡，居然悄然下起了雪。

我停下脚步，仰起头感受落在面上的冰凉雪花，看着身旁一株小树枝头的嫩绿叶芽覆上了薄薄的落白。这错乱的季节，却也给人一种错乱的美感。

正在我凝目望着天幕上滚滚而落的雪花之时，忽然听到远山处传来一声嘶叫，厉声穿破苍穹，像是魔兽的嘶吼。

我一惊之下望向北方，地平线上的山脊上似有一只蛟龙魔影腾起，但倏忽又再次消失不见，天地也重归寂静，一切就在刹那之间掠过，好似什么也没发生过一般。

或许是我看错了？我心下疑惑。然而此刻，我忽然听到身后传来阵阵马蹄之声，由远及近，正向我这边的方向驰来。

这一次绝对不是我听错了。我一凛，下意识想要躲起来，环顾四周，然而这里荒无人烟，只有寥寥几棵树，连能藏身的地方都没有。耳闻马蹄之声渐渐逼近，我只得默念一句木生诀，身旁之树的一枝藤蔓降下，我借机攀了上去，藤蔓再次升起，我就藏在了树冠之中。

那些马蹄声终于到了跟前，伴着数声驱马的人声，听上去像是有几十人马的样子。我屏声静气地躲在树上，而待他们经过我的面前时，突然一声叫喊从他们身后传来，"报——"

马蹄声就在我所栖身的大树下停住了。我透过枝叶的缝隙向下看去，见有数十人马簇拥着一人，为首那人一身白色锦袍，衣鞍华贵，看上去有很高的地位。听见报声，那白衣人缓缓掉转马头，向后看去。

一名卫兵疾驰而来，从马上跃下，跪倒于白衣人跟前，道："启禀国主，经过搜查，共工余党应该就在这樊山附近！"

什么？国……国主？

我吃了一惊。所谓冤家路窄，我尚未潜进王宫，竟然在这半路上就遇见幽容国国主了？

片刻的惊讶过后，我很快就平静了下来。心下暗想，不知这位幽容国国主究竟是怎样一号人物？我透过枝叶悄悄往下观望，但仍只见他一身白色锦衣的背影，并不见他的面容。

"嗯。"那幽容国国主回应道，声音听上去有些疲惫。

他只是嗯了一声，我却蓦地睁大眼睛。

为什么这个声音，听起来好生熟悉……

"国主，"白衣人身边一人恭敬地说道，"今天白日里，明煜那小贼在法场被不明天降之人所救，之后极有可能躲回了樊山巢穴。今日加紧搜查，必定能有所收获。"

白衣人淡淡道："那小儿虽年龄尚轻，但已有相当的谋略胆识。派三队人马搜山，勿要轻敌，务必要捉他归案。"

"是，国主！"

我心下一紧，已顾不得去思索这人的声音究竟像谁，这里距离明煜所藏身的山洞并不远，我该如何通知他们尽快逃走？

我正在思索该怎么离开，白衣人忽又问道："关于今日法场那名天降之人，可有其他线索？"

"听在场判官狱卒说，是一名年轻女子，手持一柄雪白长剑，法术高明，身手十分了得，以一人之力便将那小儿救出，幽容国内从未见过此人。"

"哦。"白衣人若有所思。

雪依然下着，东方的残月斜斜升起。此时地上已经铺成了一片白色，风起了，摇得树叶沙沙直响，我在树上悄悄拨开枝叶，想要以风声为掩护，人不知鬼不觉地从他们身后离开。

然而就在这时候，白衣人忽然一凛，抬头向我的方向看来。

我们的目光瞬间在半空中对上。当看到那白衣人面容的一瞬，我刹那间仿佛被雷击中，手脚一颤，啊了一声，竟一下子从树上跌了下来。

"什么人！"

白衣人身旁的随从侍卫立刻警觉，数声马嘶响起，团团将跌在地上的我围住。

而我仍在颤抖，抬起头来，不敢相信地望向白衣人。

他坐于栗色高马之上，居高临下地看着我。他一袭白色锦袍宛如与那地上的白雪融为一体，头顶发髻由玉冠固成，其余长发皆如墨般垂下。

我想起了明煜的话："因为他，生了一张祸国之极的脸，便是天界的神仙也比不上他那蛊惑人心的长相。我怕你见了他，会下不了手……我们之前派去许多刺客，不论男女，初见他时都败在这一点上，乃至最后无一人生还……"

而我终于明白了这些话是什么意思。

他蹙着眉望着我，一双眼睛如同墨玉一般漆黑，除此之外，他同风阡，竟生得一模一样。

一模一样。

风阡那张美得惊心动魄的脸换上常人的黑眸，登时褪去了那蓝瞳的妖异，失去了仙神高高在上的距离之感，变成了一种属于人间的、不可思议的美。于我而言，这冲击更是无与伦比强烈，我忽然想起了忘忧幻境，那个在我的想象里出现的白衣墨瞳的人，那个……那个"青檀"。

而他自然不叫青檀。幽容国的国主，名字叫作水陌。在出发之前，我特意向明煜确认了他的名字。

水陌。

风阡，水陌，不同颜色的眼瞳，一模一样的长相，给我下了暗杀旨意的人和我此行暗杀的目标。

这究竟是见鬼的巧合，还是老天爷给我开的玩笑？

"你是什么人！为何会潜伏在这里？说！"

侍卫们的喝声在我耳畔不住地回响，而我张了张嘴，却一句话也说不出来。

"若是刺客奸细，就抓起来关入牢狱，听候发落！"水陌身旁一名官员模样的人喝道。

眼见他们就要上前将我抓起来，我忽然说道："我是爬到这树上看雪的。"

水陌一直在看着我，而我也一直在看着他。我试图寻找他面貌中与风阡不同的地方，想要证明方才那一瞬不过是我的错觉，可是我失败了。他的身形、眉眼、蹙眉的神情，和风阡没有半分差别。

"一派胡言！你以为国主会信你？"那官员冷笑道。

"这世上，由不得你不信的事情很多。"我幽幽道，"爱信不信。"

"你——"那官员气得大叫，"将她抓起来投入天牢！"

水陌忽然制止了他，"不必了。"

嘈杂的卫兵们登时安静下来。

"带她回宫，我有话要问她。"水陌淡淡道。

"是，国主！"

夜幕之中，雪下得越来越大了，点点雪花落在地上，又在白雪地里消失不见。我脑中一片混沌，任由卫兵们将我捆绑起来，浑浑噩噩地跟着水陌行向幽容王宫。

穿过长长的道路，越过山丘和荒林，行了将近半个时辰，才终于从野外到了王城之中。王城中人流不算熙攘，街道亦不嘈杂，但国民们的神态均甚安宁平和，见到国主一行，纷纷散开至两旁极恭敬地行礼。我们从入城的主道直行至幽容王宫，高大的宫墙在远方出现，悄然伫立在无边的落雪中。

"报——国主！"

宫门之外，一名卫兵从后面策马而来，下马躬身。

"启禀国主，三队人马已查到共工余孽栖身之处，一场战斗后几乎将其全歼，但让那为首小贼一人逃走了！"

我闻言如受雷击。他们的行动这么迅速？

那名卫兵的身后很快跟上来一支轻骑，他们身上均沾有血迹，像是刚刚经历过一场恶战。为首的卫队长带领几名属下翻身下马，将几个包裹解开放于地面之上。

"国主，这些是卑职在共工巢穴里搜到的所有物什，请国主过目！"卫队长禀告道。

我心下登时一寒。

那些都是我曾在那山洞里见到的避难用的生活用具，以及一些绢帛和兵器等等。我几个时辰前才见到的那些明煜的手下，那些口口声声说要杀了国主为少主报仇的人，竟已经都反被水陌杀死了。

但明煜已脱身逃走，这算不算是不幸中的万幸？

然而电光火石之间，我蓦然想起一事，急忙低头看向那些东西。

那些杂乱的物什里，我并没有看到残冰剑的影子。

明煜失踪了，他带着残冰剑一起逃走了。

我心中登时一慌，立刻想要脱身离开，可是水陌的眼风扫来，我一凛之下，停了动作。

"很好。明日我会处理此事，辛苦你们了。"水陌的目光不动声色地移开。

"为国主效力，是属下本分！"卫队长低头道。

我心乱如麻。

王宫的赤色大门缓缓打开，我们终于进入了幽容王宫之中。

一入宫门，卫兵们便将我押入了宫门之侧一处看押的密室，严加看管起来。我脑中嗡嗡乱响，极为烦乱。过了半个时辰，方有一名侍者前来宣道："国主传见犯人！"

卫兵们押着我出了密室，一路向着王宫的深处走去。

不同于檀宫的宏伟华丽，这里的幽容王宫宽广而雅致，让人觉得这里的主人应该也是这般宽广而雅致的。亭榭屋宇，画栋雕栏，一切幽美如诗，安谧如画。即使是此时心神不宁的我，看到这雪下行宫，心中也有那么一瞬间似乎忘却了烦忧。

未至内廷，已闻琴声。水陌正于庭中端坐抚琴。

暗夜初暝，雪越下越大了，在这本应是春暖花开的三月里，寒冷的雪花却铺天盖地地洒下，如冰霜一般覆在水陌的发上和单薄的锦袍上。我望着他，像是在看那个最熟悉的人，却同时又感到刻骨的陌生。

"你们且下去吧。"水陌说道。

所有卫兵皆被屏退，只留我被捆绑了手脚，坐在廊中的椅上。

水陌停止了抚琴，抬目望向我。

"你究竟是何人？为何如此喜欢从天而降？"

他一双如墨玉一般的眼瞳似笑非笑地望向我。

他那样同风阡一模一样的神情，一般无异的无瑕容颜，在雪中愈发美得惊心动魄。我愣愣地看着他，片刻后垂下眼睛，道："我说过了，我只是一个看雪的。"

"今日就是你从法场救走了共工后裔明煜，对否？"水陌忽然问道。

我一凛，蓦地抬头，"你怎么知——"

我猛然觉得不对，话说到一半咽了下去。

"我怎么知道？方才不知道，现在是知道了。"水陌直言道。他站起身，缓步向我走来，"你帮助叛乱的明煜逃脱法场，想必是支持共工后裔一派的。你究竟是谁？来幽容国目的为何？"

我沉默不答。

"你若不说，那么只剩下一条路可走，"水陌立于栏杆之旁，声音冷如冰雪，"我只有将你处死了。"

此言一出，我心下一惊，停滞了许久的脑筋终于重新开始思考。

幽容国国主水陌为何会跟风阡长得一模一样，这个问题我只能暂且搁置脑后，当务之急，是如何应付当下的状况。这幽容国国主水陌不仅长相让我震惊，性格也同风阡一样不好对付，不仅极有震慑他人的本领，而且洞察力极强，参参数语就已经识破了我的立场。所以，在寻回残冰剑之前，我绝不能暴露自己的身份和目的，否则……

正在我心念如电思考对策之时，亭榭之侧突然传来一声巨响，伴着一声野兽的嘶吼，震破苍穹。

我一惊转头，竟见一条魔蛇陡然间从那亭榭之旁的池塘里破水而出，魔气缭绕，獠牙尖利，两只火焰一样的蛇目邪视着我和水陌，巨大的蛇身瞬间将我们所在的亭榭缠绕包围起来。

一切毫无预兆，我吓出一身冷汗，立刻站起身来，想挣开手上绳索，情急之下却挣脱不开，我只能抬起捆绑的双手，试图做出一个结界屏障将魔蛇挡在我们身外。

可是我的屏障竟然不起作用，那魔蛇还是咝叫一声，向着我们二人扑了过来。

而水陌居然还站在当地，面对着那魔蛇袭来，他竟面不改色，不动不躲。

我情急之下大喊："你快走，我来挡住它！快！"

我紧念咒诀，奋力放出一道光剑，向着那魔蛇的颈部射去，然而光剑尚未触到它，那魔蛇竟瞬间消失无形，如同淡去的云烟，湮灭在雪空中。

雪花依旧杂乱无章地从天空安静地飘下，一切都发生在瞬间里，又好似这一瞬间什么都未曾发生过一般。

我不明状况，一头雾水地立在当地。

良久的沉默过后，水陌轻咳一声，说道："幽容国地处不周山断裂之面，仍残存当初封印在不周山的魔兽的魔气。有时候那些魔气会聚化成形，但大多已是强弩之末，并无伤人之本领。"

我愣愣地听着他的话，不由得想起今日半路上一闪而逝的蛟龙魔影，看来那也是与这魔蛇类似的成因。原来水陌早就知道这只魔气聚化成的巨蛇伤不了人，难怪他方才并没有躲开。

"你的身手和法术果然高明。但是……你为什么想要救我？"水陌忽然轻声问我。

我僵在当地，不知如何作答。

"你若是站在共工后裔那一边的人，那为什么会试图救我？"水陌又问道。

我憋了半天，道："我说过了，我只是个爬到树上看雪的！我与你无冤无仇，眼见你要被蛇咬死，我……我当然要救。"

水陌望着我，墨玉一般的双眸如同千尺深潭，藏着我看不清明的情绪。

我带着一丝慌乱垂下眼睛。

水陌，幽容国国主，我并不是不想杀你，只是，我不能让你死在除残冰剑以外的人或东西的手里而已。但是……

我突然想问自己，除此之外，我下意识地拼了命地想要救水陌，还有没有别的原因？

我的眼前突然间闪过风阡的面容，那双眼瞳冰冷而锐利，在我的记忆里突然地划过一道深深的伤痕。我呼吸一室，紧咬牙关，用力摇了摇头，不让自己继续思考下去。

"你叫什么名字？"水陌问我，他的声音忽然变得温和起来。在这三月的一场寒雪里，他温柔的声音宛如春水般将我包围。

我抬头望向他。落雪之中，他的衣袍在夜空下缓缓飘动，他无瑕的容颜比那白雪更加纯粹，无法言说。

"兰寐。"我低声回答，"兰芷之兰，寤寐之寐。"

水陌微微点头，提高声音唤道："姜娑。"

方才的侍卫长带着一众侍从自廊外现身，躬身应道："国主。"

"给兰姑娘松绑。"水陌令道。

"是。"侍卫长答应。几名侍卫上前来解开了我身上和手上的绳索。

双手重获自由，我抬起头，望向水陌。

"你不杀我了吗？"我轻声问道。

水陌望着我不语，片刻后吩咐道："令内侍准备炭火和蜡烛，送兰姑娘去后殿休息。"

侍卫长姜婆一愣，"国主，这……"

水陌看了他一眼，姜婆只得躬身得令，转过身看了我一眼，说道："兰姑娘，这边请。"

我最后又望了一眼水陌，随即转身跟随着姜婆，一言不发地向着幽容王宫的后殿走去。

寒冷的风吹在我的脸上，眼前的雪下得更大了，黑夜里开出一朵朵纯白的花。

水陌忽又在我身后唤道："等一下，兰姑娘。"

我停下了脚步。

良久，水陌的声音从身后传来，"兰姑娘，你从前，是否认得我？"

我微微一顿，回身看向他，轻声问道："国主何出此言？"

"七千年来，共工后裔所派来的刺客，见到我后失手者不在少数，"水陌凝目望着我，"然而如你这般的反应，我却是第一次遇见。所以，我想知道，兰姑娘从前，是否认得我？"

风雪夜里，我久久伫立。

他果然看出了我对他不同寻常的态度，然而可笑的是，连我自己也无法回答这个问题。

"不，"最终，我矢口否认，"不认得。"

夜深了，窗外的雪下得愈发大而连绵，一名侍女忙前忙后，将幽容王宫后殿的炭火生起，红红的火光映在墙壁上，温暖而轻盈，似乎能将一切的寒冷和疲惫抚慰而去。

"兰姑娘，您请早些歇息。"侍女行了礼，便欲退去。

"等等。"我忽然唤住了侍女。

侍女停步，回头望我。

她看上去十几岁的模样，同明煜差不多大，圆圆的清秀的脸蛋儿，一双眼睛疑惑地看向我。

"你叫什么名字？"我问道。

"我叫小蝶。"侍女道。

"小蝶，"我望着她，"你能不能告诉我，你们的国主究竟是什么来历？"

小蝶睁大眼睛，愕然看着我。

"这……兰姑娘，你不认识国主吗？那他为何会让你在宫中留宿？"她惊讶道，"我听人说，国主在位几千年来，这是第一次留别人在王宫中过夜呢！"

我愣了愣，摇了摇头，"我并非幽容国的人，也不认识他。我也不知道他为何这样待我，你可不可以同我讲一讲，你们国主究竟从何而来，又是怎样当上国主的？"

小蝶迟疑了一会儿，说道："是在七千年前，幽容国大乱之时，国主突然出现在国中，随即被幽容国的长老们推举为国主，然后便在位至今。"

"突然出现，是怎样的突然？"我追问道。

"这个……那时我并未出生，也是听家中长辈提起。"小蝶努力地回忆道，"七千年前，轩辕天帝将我们幽容神国及数万神民贬下凡间，共工神王一怒之下触断不周山天柱，我们幽容国便沉入了盘古结界之内，也因此陷入了饥荒和混乱。彼时共工之子身为国主，却穷兵黩武，不得民心，幽容国濒临灭亡，国中长老们紧急卜卦，说将有神人降世，救我幽容，恰巧国主就此出现，便被推选为王，坐上了国主之位。"

她絮絮地说了这些，却仍未能说出水陌确切的来历。难道说，所有的幽容国民都不知道水陌是如何突然出现的吗？

"然后，他就一直统治了幽容国七千余年？"我喃喃道。

小蝶点点头，"是啊，国主励精图治，兢兢业业，很快平息了国内的混乱，使我们安定地生存至今，我们国民全都十分爱戴他。"

"那么，共工之子呢？后来怎样了？"我问道。

小蝶道："共工之子失去权势，流窜民间，后代也一直为祸，企图加害国主。前些日子，他们还派刺客前来王宫行刺，结果被姜侍卫长所俘，连那共工后裔本人都一并捕获。本来准备今日押去法场执刑，谁知又被他的同伙救走了，着实可惜至极！"

我抿了抿嘴唇，垂下眼睛。我的身份未被水陌公开于外人，小蝶并不知道我便是救走那共工后裔的"同伙"。

可是小蝶所言，居然同明煜截然相反。明煜口口声声所痛斥的那个谋权篡位的奸贼，在幽容国民的眼里，竟然是一名勤政爱民、极得人心的好国主。反而是共工后裔一派，更加不被国民们接受。

原本，水陌是明君或暴君，与我毫无关系，我来到幽容国的唯一目的，只不过是以残冰剑取他的性命而已。可是，我为何会觉得心中竟有一丝丝的涟漪涌动……脑海中再次浮现他的如墨双瞳。

而他明知我是明煜的同谋，却留下我的性命不杀，这又是何故？

"兰姑娘，"小蝶好奇道，"你说你并不是幽容国人，那你难道是从结界的外面来到幽容国的吗？"

我回过神，点了点头，"是啊。"

"我出生的时候，我们就已经在这结界里了，我从来没去过结界的外面。"小蝶道，"听说七千年前我们国人生活的地方，花儿能开得很久，还有很多绿草树木、山川河流，甚至不会发生饥荒瘟疫，人也能活得很久很久，这些都是真的吗？"

我一愣，回答道："比起这不周山结界里的荒凉，结界外的确有更多的花草和生机，况且幽容国曾为天界的北方神国，享神界清气与供奉，自然不必耕种劳作，国民便可长生。"

小蝶睁大眼睛，一脸的惊奇向往和艳羡。

我看着她，忽然想起明煜的话来，问道："那么，你们有没有想过，打破结界，从这里出去，离开这封锁的幽容境界？"

小蝶一惊，连连摇头，"不，不，国主待我们如此恩德，我们怎会投向那共工一派，意图打破结界到外面去？"

"并不一定要投向共工一派。"我道，"你们的国主没有尝试过吗？就算回不了神界，凡间也比此处的环境要好上许多……"

"不，国主说过，我们不能出去。"小蝶坚决摇头，"国主说不可，那便是不可，从前我们国民想要离开这里，付出过很大的代价，以后也不会再尝试的！"

小蝶转头便跑出了门，留我一人在原地发愣。

我隐隐觉得，水陌的来历和目的必然不简单，他令国民们忠诚臣服，七千年中归于他的统治之下，又安抚民心，不令国民们产生打破幽容结界的念头，也定然有他的缘由。可是这一切，又与风阡有什么关联？

残冰剑的背后，究竟暗藏着什么秘密？风阡对我忽近忽远的态度，鬼檀宫里围绕着他的魔影，他对我下达的暗杀幽容国国主的命令，还有水陌同他一模一样的长相……这一切的一切，到底是怎样一个谜团？

思绪犹如一团乱麻，我躺在幽容王宫的床上，却猜测不到任何真相的可能，怔怔地望着屋中红红的炉火，久久不能入睡。

雪花儿在天空里飘摇，仿佛升起的千万雪白羽毛，静悄悄地融入了漆黑的夜。

十五

寒月／蝶／

【魔灵】

水陌……到底是谁？

苗山的山谷里，一切依然笼罩在诡异的黑暗中。阴云在山谷几丈高的上空徘徊，像是一群窥伺着死亡的黑隼。山谷里的苗民们四散坐在地上，等待着，不远处传来苗人壮年们捶打出口山石的吆喝。

我坐在地上，抱头思索。我竭力回忆着水陌这个名字，回忆着那个白雪之中的人，我感受着心里澎湃而出的爱和悲伤，却总也想不起他的故事。

我回想着他的身形，他的容貌，他的声音，一切零碎的回忆拼凑而成，却全部指向了另一个人。

青檀。

我所记得的，只有青檀。

我梦中的青檀，他的影子在我的脑海里依旧清晰，那巨木之花萧萧而下，他墨色的眼瞳如同深潭。

可是我这一生，或许再也见不到他了。

我心中一片空茫。

"喂，兰寐，你怎么啦？"云姬在一旁敲了敲我，道，"你不是想知道你的过去吗？我还没开始说呢。"

"嗯，你说。"我回神。

"我虽然不知道你究竟是从哪里来的，但我知道，你是跟你哥哥还有族人一起被主人带来的。"

我猛地看向她，"你说什么？"

"我说，你有个哥哥，还有一堆族人。"云姬道，"不过，我从来没见过他们，我只知那时候，主人把他们安置在檀宫旁边的桃花源里……"

哥哥？族人？桃花源？

我睁大眼睛，心咚咚地跳了起来。

兰氏族人，桃花源，长生之神迹，一切就这样对上了？我难道真的就是传说中从秦时活到魏晋的兰氏族人之一？原来我同师父师兄们探寻了这么久的长生之谜，谜底竟一开始就在我们身边？

脑海里纷乱的记忆再一次开始涌现，我怔在当地，愣愣发呆。

"兰寐，我叫兰寐。"

"兰芷之兰，寤寐之寐。我是兰氏一族族长的女儿。"

我想起来，第一次听到这个名字的时候，是在春光明媚的庭院里。满树梨花如雪，缱绻如画，随着微风飘飘洒洒地落下来。

"可是哥哥，你以前不是说，只因我出生时是你的小妹妹，所以叫'兰妹'吗？"

"我说什么，你就信什么啊？"

"那是自然。哥哥说什么，我就会信什么啊。"

朦胧的画面和声音在我的脑海里萦绕着。哥哥……哥哥？

脖颈间的灵石又一次开始缓缓发光，梨花洒落如雪，纷纷扬扬，掩盖了回忆中哥哥的面容。

"哥哥……"我喃喃。

"你还是原来那般，为了兄长，可以付出一切，甚至可以不要自己的性命吗……"

我忆起青檀的话，一阵怔忡。

片刻后，我忽然回过神，问道："那么，兰氏族人……我是说，我和我们族人，到底是如何长生的？”

“自然是主人赐予的！”云姬道，“主人是除女娲之外，唯一有再造神魂之能的神仙，给了你们长生之身，也不奇怪，所以我说过，以你的身份，根本不可能转世的啊！”

我不明所以，但无暇去询问她这句话的言下之意，急问道：“那哥哥他们，后来怎样了？桃花源后来怎样了？为何如今只剩下了我一个？我的哥哥，还有那些族人，他们还在吗？”

“后来……后来……”云姬神色有些古怪，犹豫不答。就在她迟疑的时候，周围忽然爆发了数声惊叫。

我一凛，和云姬同时向天上看去。

那些笼罩着山谷的阴云再次开始向下沉落。这一次，它们竟像是突然有了生命力活过来一般，张牙舞爪地向地上的人伸出触角，就像无数团聚集的鬼魂，狰狞而可怖。

我们尚未做出反应，突有一团灯笼大小的黑气脱离了那阴云，从半空中滚落，直向着我们的头顶砸来，

我一惊，“小心！”

我一下子将云姬扑倒在旁，那黑气擦着我们的发梢滚到了地上，触及地上那碧绿的青草，青草刹那间枯黑成炭。

“糟糕！”

云姬脸色大变，立刻拉着我跑开。

四周再一次陷入了恐慌和混乱。那压在我们头顶的阴云竟忽然间沸腾起来，犹如黑色的怒涛翻滚在半空，一团团黑气宛如浪花般从阴云上脱落，向山谷里的人们砸来。若是有人来不及躲开，那黑气立刻如鬼魂般将人整个吞噬。

山谷口仍然未能打开，所有苗民依然被困在山谷里，只能同我们一样四处奔跑躲藏，然而那一团团黑气仍旧绵绵不绝地从天空上掉落下来，转眼间已经吞噬了十几个人，山谷里一片惨叫和哭喊声，宛如地狱。

"这是怎么回事？"我喊着问云姬，然而我的声音被埋没在四周的尖叫和哭泣声里。云姬拉着我在人群中穿梭，拼命地躲闪着那些掉落的黑色气团，不及回答我的问题。

"等等！"我突然挣开云姬，将一个七八岁的苗人小女孩拉到身旁，一团黑气顺着她的头顶滚落，女孩头上的银器登时变成一块焦铁。

那小女孩吓得呆了，我急忙蹲下问她："你还好吗？可有受伤？"

云姬跑了过来，冲我吼道："你傻啊？不要命了！"

"这到底是怎么了？"我抬头望向云姬。

云姬停下来，望了望天空，"我也不知是怎么了，凡间竟然会聚集了这许多魔气！"

我蓦地睁大眼睛，"魔气？"

"对，就是魔气！连我现在都抵抗不了这些魔气，你们若碰上，肯定会没命的！"云姬急急说着，一下子抓住我的手腕，"快点，我们必须得找个空隙逃出去才行！"

"不行，这里还有这么多人，我们不能置他们于不顾！"我再一次挣开她的手。

云姬柳眉倒竖，怒道："你——"

"我有一个办法，你等等……"

我一下子将鹤羽灵石从颈上扯下，脑中飞快地回忆青檀曾教我的咒诀，口中念念有词，心下暗暗祈祷。很快，那原本收敛起灵气和花纹的玉石再次苏醒过来，扬起千丈蓝色光芒，从我的手心旋转着升至了空中。

云姬睁大了眼睛，不敢相信地看着它，"这……这是……"

灵石继续旋转，宛如黑沼里的一只青鸟，扇动蓝色长翅洒出无边温光，那数百团魔气遇上这温光屏障，尽皆畏惧地躲开。不多时，那如玉温光已形成了一张广阔的结界，如同一张光网覆盖在整个山谷之上，在阴暗的天空下好似月下清辉，将所有魔气都隔离在结界之外。

忽又有一只苍色蝴蝶从远处飞来，盘旋着，萦绕在我的眼前。

　　山谷里所有的苗人陷入了一片静寂，他们的目光齐齐向我和云姬望来，尽皆愕然无言。

　　云姬一把拉住我，急切道："兰寐，你这块檀石是从哪里来的？是一直就有，还是后来有人给了你……"

　　"现在没工夫跟你解释这个。"我迅速说道，回身望了望人群，低下头问向那苗人小女孩："你们的族长在哪儿，带我去见见好吗？"

　　小女孩点点头，拔腿向人群中跑去。我跟在她身后，所经之处人群纷纷向两旁走开，为我们让出路来。

　　在山谷的东北角，我看到苗人大祭司从人群的中心走出来，小女孩一头扎进她的怀里，大哭了起来。

　　大祭司低声安慰了她两句，抬起头来看向我。

　　她身形高挑，面貌端庄，仍是看不出年岁，只有眼角些微的皱纹和锐利的眼神彰显着她不凡的身份和阅历。她望着我，目光中带着几分震撼和诧异。

　　"你是……苍蝶神女？"

　　身旁的苗民人群切切私语起来。

　　"她同雕像上的苍蝶神女长得一模一样！看，苍蝶正在她的身旁飞旋！"

　　"这结界之术便是她所施展的？女娲娘娘派来的神女又来救我们了！"

　　"天佑我苗民！多谢神女娘娘相救！"

　　苗民们的声音此起彼伏，群情激动，所有人都在敬畏地望着我，有一些人甚至开始跪拜在地上对我行起大礼。大祭司颤声问道："当真是苍蝶神女再次降临？"

　　我慌忙摆手，"别，别这样，我也是个凡人，要说神女，我后面这个才是。"

　　云姬在我身后翻了个白眼，"就让你这个冒牌神女风光片刻好了。"

"不论如何，多谢姑娘施法相救！"大祭司也欲行下礼去。

我忙扶住了她，说道："族长勿要多礼，这个壁障只能抵抗一时，并不能消解魔气。请您快告诉我，山谷里为何会有这些魔气出现？"

大祭司直起身来，目光沉重。

"想来，是后山的封印被人打开了。"她说道。

我一愣，"封印？什么封印？"

"此事说来话长。"大祭司深深叹了口气。

我凝神看着她。

大祭司抬头望向西方，缓缓说道："自远古以来，苗民一直供奉女娲娘娘，纵世事沧桑变迁，从未有过改变。直至一千多年前，天界的巫礼神王接管苗疆，不满苗民们仍供奉女娲，竟放出魔兽意欲惩戒我们，幸而当时有苍蝶神女及时相救，巫礼王也因此获罪被神界发放，降为凡身。

"但是，当时巫礼王脱离神体之时，元神本应就此消散，却不知为何久久不去……正巧当时那作乱的魔兽犹未死去，当时的大祭司便借用巫礼留存的神力，将那魔兽封印在后山的神殿之中。"

"什么？天啊，你们疯了！可知此举有多么危险？"云姬惊叫起来，"将尚未消散的神力与魔力相合，若你们能妥善封印便罢，倘若看管不善而被心怀不轨之人盗取元神……后果不堪设想！"

"不错。"大祭司沉重地说道，"当时的苗族大祭司发觉神魔之力相合后，竟产生天崩地裂的力量，已不是凡人所能承受的范围，他拼尽力气，牺牲了自己的性命，方将那神魔结合之力重新封印。一千年来，我苗族每代大祭司都将那封印严加看管，决不许任何人靠近。而那封印亦十分牢固，除非生祭魔灵，绝不可能被破除。今日不知为何，那封印竟像是被人解了开，魔气四散，才有了如今的情况……"

"等等，生祭魔灵？"云姬睁大了眼睛，"你是说，魔灵是此封印的开启之钥吗？"

大祭司点点头，"生祭魔灵是唯一能破除此封印之法。"

　　"也就是说，今日破除封印的那人，是靠了生祭魔灵才得手的？"云姬问道。

　　"只有这种可能。"大祭司回答，"魔灵在人间本极难寻觅，我族千年来都未得一遇，却不知今日那人是从何处寻到了魔灵……"

　　云姬思索片刻，忽然像是想起了什么，倒抽一口冷气，捂住了嘴巴，惊恐地看了我一眼。

　　我仍然不解，问道："生祭魔灵？魔灵到底是什么东西？"

　　大祭司道："所谓魔灵，一般便是指活着的魔兽。"

　　魔兽？我突然隐隐感觉有些不安。

　　"而除此之外，若是身染魔气尚未死亡之生灵，也可当作魔灵献祭。"大祭司又道。

　　我闻言愣了片刻，一个可怕的念头突然间从脑海里浮现，我登时犹如横遭晴天霹雳，失声喊道："二师兄！"

【神狐】

"你最好祈祷今日盗取元神的那人只是个法术平平之辈,凡人承受不住神魔结合之力,只破坏了封印造成魔气泄漏也就罢了,倘若那人能将神魔之力占为己用,那可就出大事了!……"

云姬语速飞快,絮絮叨叨地说着,在我面前焦急地转来转去。但她说了些什么话,我全然没有听进去。

我坐在山谷里冰凉的石头上,脑中嗡嗡乱响。蓝光萦绕的灵石悬在我面前的半空中,缓慢地旋转着,维持着笼罩着山谷的巨大结界。结界之上,那魔气形成的阴云依旧没有散去,山石堵住的山谷口反而同结界一起成了阻挡魔气的壁障。我们所有人都被魔气困在此处,行动不得。

大祭司正在远处安抚受惊的孩童,苗民中有一些人受不住疲累和惊吓已支撑不住睡去,大多数人仍和我一样,双目无神地望着天空,不知已过去了多少时辰,今夕何夕。

我突然站起身来,朝着北方走去。

"你去哪儿?"云姬喊住我。

"我去问族长有没有办法去后山!"

"若有办法,这些人早就出去了,还用你来问?"

我霍地转过身来,"那怎么办?如果那盗取元神之人当真拿二师兄做了魔灵,那二师兄现在凶多吉少,其他师兄定然也被那人挟持陷入危险！我必须出去救他们！"

"你确定？"云姬挑了挑眉毛。

我眯起眼睛，"你这是什么意思？"

云姬瞥了我一眼，道："你怎知道这事不是你哪个师兄干的？"

我目光陡然一沉。

"你说什么？"我沉声道。

"少用这么凶的眼神看我！"云姬瞪大眼睛，大声冲我喊道，"实话跟你说吧，兰寐，你还记得在蜀地时那个胡大夫说过的话吗？你的那几个师兄里面定然有人不是人！其他人我不知道，你那个三师兄肯定不是个好东西！我们离开的时候，不就是他跟你二师兄在一起的？他若是看出山里有封印的神魔之力，一时起了歹念想要据为己有也未可知！"

我瞬间感到一股怒火直冲上脑门，突然冲了过去，一只手掐住了云姬的脖颈。

"你敢再说一遍？"我冷冷道。

"放手……你疯了……死兰寐……你……"云姬断断续续地说着，拼命地拍打着我的手臂。

这不理智的怒火很快消退了，我一下子放开手，云姬踉跄两步摔在了地上。

我看着云姬在地上捂着喉咙狂咳，摇了摇头，转过身，低声说道："不要再胡说了，云姬。以三师兄的为人，是断不可能做出这种事的。"

云姬咳嗽不止，半晌才缓过气来。出乎意料地，她并没有被我激怒继续冲我大叫大嚷，而是抬起头看我，声音喑哑："对……对不起，你别生气，是我错了。"

我一言不发。

云姬想了想，道："你既然这么着急，那……我来想办法让我们出去，好不好？"

我一凛，回身看向她，"你能驱散这些魔气，让我们出去吗？"

云姬摇了摇头，低头看看自己的双手，"我为了在凡世的浊气中生存，只能暂时放弃神女的力量，仅保存妖类的法力。我是没有办法，但我可以用千里传音之术叫我的六哥来，让他帮助我们。"

我看着她，等着她继续说下去。

云姬从地上站起身来，从怀中拿出一只碧绿的竹哨，盯着它看了半晌，叹了一口气。

"我六哥子雩是父王最小的儿子，我是父王最小的女儿。"她自言自语道，"在青丘国时我就跟六哥感情最好。这些年来，子雩一直奉父王之命在凡间寻找我，而我躲躲藏藏，一直避着他的追踪。没想到今天，还是要唤他来帮忙。"

说着，云姬抬头看我，"你若是没什么意见，我就喊他来了。"

我不等她说完就打断了她，"你最好快点，少啰唆。"

云姬被我一噎，瞪了我一眼，"哼，你这个冒牌神女暂且靠边，看看真正的神女是怎样显神通的吧！"

云姬将那竹哨放于唇边，吸了一口气，使劲将它吹响。

一声极高的哨声从那竹哨中发出，仿佛狐鸣幽幽，刹那间穿透了阴云和山谷，响彻天地。我感到耳中震荡，一阵眩晕，山谷中所有人都同我一般反应，捂住了双耳，神情迷茫。

大祭司闻声赶来，"两位姑娘，出什么事了？"

云姬放下竹哨，道："我在唤人帮我们出去。你们不必担忧，只须等着就是了。"

所有的人都在等待。灵石之光在黑色的天空上摇曳着，变幻着，犹如琉璃铸成的巨大穹顶。时间如水般流过，不知过去了多久，却依然没有出现任何动静。

"人呢？"过了良久，我问道。

"怎么这么久还不来？"云姬皱眉，自言自语，"该不会……"

她话音刚落，天际忽然传来一声狐鸣，犹如一颗流星骤然绽放于天边，随即这狐鸣化为千丝万缕的尖锐之声，刺透高山和峡谷，向我们直冲而来。

我感到扑面而来的声浪，不觉向后退了两步。这狐鸣像是在回应之前云姬放出的那声哨声，却比那哨声要强大百倍，在我的脑中激荡回响。我感到头一阵胀裂似的疼，紧皱起眉，捂住头颅。

"是子雯！子雯他来了！"耳边听得云姬惊喜地叫道。

我抬起头，望见那长空尽头有白光显现，初时只是微弱的几缕，片刻后突然扩张成大片白光，将整个天空照得亮如白昼。漫天的魔气在白光的驱逐之下，尽皆向旁边退去。

刺目的白光几乎令我失明，我待得眼睛重新适应白日之光时方睁开双目，天上的魔气几已被白光驱赶得消弭无踪。与此同时，我面前的鹤纹灵石也渐渐收起了蓝光和结界，慢慢地落回我的手心。

山谷里的人终于重新看到了外面的天空，然而它已经不是之前那般湛蓝，尽管魔气已被除去，天空中却依然一片昏黄，像是扬起了万里黄沙，分不清是日是夜。

白光渐渐暗了下来，昏黄的天空里出现了一个人影，立于祥云之上，长袍在山风之中微微摆动。

"六哥，是你吗？"云姬欣喜地跑上前去，仰望着半空中那人。

然而随着白光渐渐散去，云姬欣喜的表情却慢慢转为惊愕。

"云丫头。"

那人说话了。此时白光散尽，数丈高的祥云之上立着一名男子，一袭青色天衣，头戴青金之冠，声音铿然，面貌英武，不怒自威。

云姬睁大眼睛。

"父……父王？"

我闻言一惊，愕然望向那人。

青丘王眉头紧皱，沉声道："你还记得我是你父王？"

他的声音在山谷里回响，仿佛击磬之音，铮然有声。

"我……我召唤的不是六哥吗？怎……怎么父王您来了……"云姬结结巴巴地说道。

"云儿。"一个清澈的声音响起，青丘王的身后走出一名少年。他立在祥云之上望向云姬，面色亦十分郑重。

云姬蓦地睁大眼睛，"六哥！你怎么把父王叫来了？我……我……"

子雩轻轻摇了摇头，道："此处靠近魔气中心，凭我一人之力难以进入。"

云姬皱眉不解，"难以进入？怎么可能？只不过是有凡人弄破了神魔之力封印，泄漏了些魔气而已。你又不像我这般脱离了元神，怎可能怕这些魔气？"

"凡人弄破封印？"青丘王忽然冷笑一声，"你可知那破除封印、取得神魔之力的人是谁？"

云姬一怔，"是谁？"

"便是巫礼本人！"青丘王道。

云姬大吃一惊，"什么？巫礼？他……他不是早就被打下凡间了吗？难道……难道……"

"不错，他回来了！"青丘王沉声道，"不仅如此，他还借魔灵之息向天界所有神国发去宣告，声称将要以神魔合体之躯归来，召唤魔兵，报复天帝，吞并神界！如今各神国已是一片混乱，甚至整个天界都将再次面临战乱之灾，凡间亦将生灵涂炭！"

云姬睁大了眼睛，我在一旁更是惊愕难言，立刻仰头望向天空。天上依旧是一片邪气而沉闷的昏黄，仿佛狰狞可怖的阴霾笼罩着整个世界。

"云丫头，跟我回去。"青丘王声音铿然，"我瞒着天帝亲自来到魔气之源，只因还念着我的小女儿身陷险境。巫礼曾是颛顼手下数一数二的神将，如今又取得魔化元神，若他有心叛乱，便是天帝亲自出马，一时间也难以平乱。大战即将爆发，我青丘国绝不会蹚这浑水！"

"什么？"云姬一愕，立刻摇头，"不，我不能回去！我还没找到主……"

"云丫头，你太过任性！"青丘王厉声喝道，"那风阡为了一名凡间女子失踪于天界，天帝亲自寻他一千余年都未有结果，你究竟还在执着什么？一千年来，你可曾觅得他一丝影子？你可还记得，当年你的姐姐妲己迷恋凡间，同人间帝王纠缠不清，可有什么好下场？你难道想要步她的后尘？"

"不，我已经寻到线索了，他很可能已来找过兰寐，就差一点，我就能寻到他……"云姬慌乱中看了我一眼。

青丘王目光如电，突然向我望来。

"你就是那个凡人女子兰寐？"青丘王的眼睛锋锐如刃。

我心下一惊，迟疑片刻，点了点头。

"风阡如今身在何处？"

我一愣，摇了摇头，"我不知道。"

青丘王上下打量我片刻，说道："说起来，当年风阡不就是因为你被巫礼所伤，才向天帝力主将巫礼罚下神界的吗？"

我怔然。

青丘王冷冷道："当今神界，三皇及洪荒之神皆已归位，或许只有上古之神风阡尚能与魔化的巫礼神王抗衡，免去此祸。只可惜，他因你之故，已失踪千年，无处可觅了。"

我沉默不答。

青丘王冷笑，"区区一介凡人女子，竟引得天界遭遇如此大祸，你也当真是个人物！"

我听出这话里的讥讽和不善之意，一时无言。

云姬突然道："父王此言差矣！若说兰寐区区一介凡人女子，也能将天界弄得如此混乱，那么到底是因为兰寐厉害，还是因为诸仙神太过无能？"

云姬居然为我说起了话，当真是太阳打西边出来了。我诧异地看了她一眼。

青丘王勃然大怒，袍袖一拂，"放肆！云丫头，为父就是太宠着你了！现在就给我回去，闭门思过，此事平息之前，不许再踏出青丘一步！"

"不，我不要！"云姬向后退去。

"雩儿。"青丘王沉声唤道。子雩点头，他上前一步，抬起手来，袖中忽然放出一道刺目青光，直向云姬射去。云姬被那束光攫住，挣扎无力，子雩一挥衣袖，那光束骤然收起，云姬一下子从地面被拉到了祥云之上。

云姬犹在叫嚷："六哥！你放开我！"

子雩按住她，低声道："回去吧，云儿。当下形势严峻，已非我等能左右，你不要再惹父王生气了。"

然而云姬仍然不依，大叫大嚷，闹着要留下。

"云姬，你回去吧！"

我忽然提高了声音，向她说道。

云姬闻言突然怔住，停下挣扎。

我道："这里的魔气已除，我马上就去找师兄们，然后……如果可能，也会去寻找风阡。"

云姬回过头，愣愣地看着我。

我仰头望向昏黄而可怖的天空，说道："你不是说，他也会来找我吗？……若我能见到他，就让他回来，阻止巫礼，平复这一场祸乱。待到那时，你或许也可以再见到他了。"

"可是……可是……"云姬喃喃道，"你不是已经将他忘了吗？"

"我……我已经恢复了部分记忆，会努力想起他来的。"我道。

听闻此言，云姬突然惊慌起来："不……不行，你不能全想起来！若你全想起来，我怎知你会不会再像千年前那样……"

她没有说完就哽咽了，清澈的双目如同秋水，泪光闪闪地望着我。

片刻的沉寂后，云姬垂下眼睛，声音忽然变得低沉下来，"好……兰寐，如果你真的见到了主人，请你转告他一声，云姬……很想念他。"

云姬泪光满目，闭上眼睛，眼泪犹如断线的珍珠一般滚落下来。

我心下叹息，不知该作何言。

"走！"青丘王喝道。

子霄揽住低泣的云姬，青色祥云向着西方的天际飞驰而去，犹如空中划过一线青色彗星，很快便消失在了那昏黄的天空。

【卦终】

笼罩着苗山山谷的魔气被神光消解散去，苗民们终于得以逃出山谷。大祭司带我来到苗寨，又派人在方圆数十里内四处寻找，却没有发现四位师兄的任何踪迹。

他们好像从未来过这苗山一样，在这人间蒸发，而唯一不曾搜寻过的地方，只剩下苗疆无人进出的禁地——后山了。

我心下一紧，仰头望向后山的方向。只见那远方青碧的山头上，黑色的魔气源源不断从山峰冲向天空，天空愈发昏黄混浊。

心中仅存的一丝侥幸也愈发变得细微。如今唯一的办法，只有我亲自去那里一探究竟了。

大祭司从主寨中拿出一方雕刻精巧的石印，交给了我，"这是开启后山神殿的灵印。那神魔之力的封印便藏在神殿之中。神女姑娘万要小心！"

我接过那沉甸甸的灵印，翻转过来，见那光滑的印面上刻着蝴蝶的图腾以及浅碧色的咒文，隐隐发出微光，仿佛极小的山脉里流淌着更微小的河流，灵气光华流转，吞吐不定。

我正呆呆地看着它，大祭司忽又问道："一直未曾询问，神女姑娘这一次从中原来到苗疆，所为何事？"

我微微一颤，低头道："我与师兄们此行来此，本是有一事相求……"

大祭司一怔，道："是什么事？神女姑娘乃是我族救命恩人，所求之事，我等苗民定会倾尽全族之力相帮！"

我苦涩一笑，"多谢族长。如若有缘，再会。"

我没有再多说，只收起灵印，独自起身向后山出发而去。

山顶的魔气持续地侵蚀着天空，一切愈发昏黄黯淡，世间万物仿佛都跌入了另一个世界——这个世界里暗无天日，万古皆是长夜黄昏。我沿着后山的崎岖山路，一路向着山顶攀爬而去。越是靠近魔气的根源，我越是感到头脑眩晕，呼吸困难。

直到半山腰，我实在是忍不住了，跪在地上，扶着山石喘息，同时发现了一个更加严峻的问题：苗疆地势诡谲复杂，我迷路了。

我皱起眉头，感受到魔气正一点点侵袭入我的身体。若我再贸然前进，只会如二师兄一般被它彻底侵蚀。

我一时想不出什么办法，只能合上双目暂作休息，忽然间，我的眼前仿佛闪过数十道魔影。

我仿佛置身于一处阴暗的宫殿，面前全是模糊的黑色影子，我拼命地挣扎着，前进着，忍受着痛苦和灼热，声嘶力竭地呼唤着"主人"，想要穿过那魔影而去——

我猛地睁开眼睛，出了一身冷汗。

又是那些记忆的残影。然而它们始终是那样零零落落，不成章法，让我难以回忆起更多。

我愣了片刻，解下项上的鹤羽灵石，将它放在手心。

我默念青檀曾教我的口诀，那蓝光渐渐盘旋而起，铸成一道小小的屏障，好似一张薄薄的光茧，将我保护在其中。

"青檀……"

我喃喃唤着他的名字，微微叹了一口气。

这时，我忽然发现，又有一只苍色的蝴蝶飞了过来，它像是不怕这屠尽万物的魔气，在黑色的迷雾中轻盈地绕在灵石周围飞舞。

我突然好像明白了什么。这苍蝶体形和翅色异于寻常蝴蝶，这青黛之色和诡异的花纹，恐怕正是因为沾染了魔气才会变成这个样子。而它们却总是会被灵石的灵气吸引而来，是不是就似那扑火的飞蛾，生于黑暗却偏要投身光明？

我试着向那苍蝶问道："你们是从那神殿来的吗？你能带我过去吗？"

那苍蝶在空中打了个旋儿，好似回答了我，随即翩翩向西方飞去。

我心下一喜，站起身来，跟随着苍蝶继续向山顶走去。

然而越往前走，我的心就越冰凉。

黑雾越来越浓，山上所有的生灵渐渐都不见了，一路皆是鸟兽的尸体，连草木也都化为黑炭，只余黑色的光秃山石，天地间一片死亡的空旷。

师兄们……你们到底在哪里？

这样浓烈的魔气，你们岂能承受得住？

可怕的想法在我的心中蔓延，我几乎支撑不住，抱住山石，心揪成一团，再没有向上攀爬的勇气。

苍蝶无声地绕着我飞旋。

在山风的呼啸声中，忽然隐隐传来一个人的声音。

我一凛，仔细听去，只闻那人断断续续地说着什么：

"卦九，风天小畜，密云不雨，有孚，血去惕出，无咎……"

他的声音极其虚弱，在风里有如断线飘摇的纸鸢。

"卦四十七，泽水困，困于石，据于蒺藜……"

"四师兄！"我大喊一声，心脏几乎跳出喉咙，拼命地向声音传来的地方跑去。

绕过嶙峋的山石，我一路跌跌撞撞，急急忙忙地攀上山崖，在一方转角处，赫然看见四师兄正倚坐在一处悬崖上的山石之侧，漫漫魔气在他的身旁缭绕着，他手中无力地拿着他的六爻筒，目光茫然。

　　我飞奔过去，用灵石的结界将他旁边的魔气驱赶开，急急地说道：
"四师兄，你还好吗？四师兄，是我啊！"

　　苍蝶在我们之间盘旋飞舞，仿佛山风在微微叹息。

　　四师兄的目光迟钝地落在我身上，"小……烛？"

　　我膝下一软，跪坐在他面前，泪水夺眶而出，"是我，四师兄……
对不起，我来迟了……"

　　"小烛……小烛！"

　　四师兄睁大了眼睛，像是刚刚回过神来，我能感觉得出他很是惊
喜，可是他已经虚弱得做不出喜悦的表情，"小烛，你还活着……云姑
娘呢？"

　　"云姬被她的亲人接走了，她很安全。"我拭泪说道。

　　"那就好……那就好……我看着你们掉下山崖，还以为……还
以为……"

　　四师兄喃喃说着，突然剧烈地咳嗽起来。

　　他吐出一口带着黑丝的鲜血，而他的前襟早已被黑血浸得紫红。他
的身上看不出伤痕，但我知道他内脏定然伤得极其严重，又遭到猛烈的
魔气侵袭，怕是很难痊愈了。

　　我的心凉得如堕冰窖一般，颤声问道："四师兄，出了什么事？这
一切都是谁干的？师兄们都去哪儿了？"

　　四师兄喘了半晌，想要张口回答。

　　然而我突然又感到一阵惧怕涌上了心头，害怕从他口中听到可怕的
真相，不由得又急忙制止了他："不，你别说话，四师兄，你躺好，让
我来为你用愈术疗伤……"

　　四师兄苦笑一声，费力地摇了摇头，"没用了，小烛。如今便是华
佗扁鹊再世，也难救我回生……"

　　"不，不可能……"我再也忍不住，哇的一声，伏在四师兄身侧大
哭起来。

　　四师兄叹道："人各有命，小烛莫要伤心……"

我不伤心，我岂能不伤心？此时此刻，便是用我的十条性命换回四师兄安然无恙，我也是心甘情愿！可是我毫无办法，只能紧紧抓着四师兄的衣袖，哭得说不出话来。

我的眼泪控制不住地滴落在他的身上，四师兄身上焦黑一团，已分不出是魔气还是我的眼泪在他衣上烧成的焦痕。

在我的哭泣声里，四师兄仰起头来，望向那灰暗的天空。

"小烛，你还记得吗？"四师兄轻声说着，目光极远，仿佛能透过那魔云看到灿烂的星空，"我们从天草阁出发之前，我就看到星象有异，天煞降临，谁知便应到今日……若没有人及时制止那个人，整个人间世界，怕是都要湮灭于这魔气之中……"

四师兄说的"那个人"，到底是谁？

连他都不同我明说，难道……难道真的……

我呆呆怔了片刻，突然握紧拳头，咬牙说道："四师兄，你放心！我定会尽我全力阻止他的！"

四师兄望向我，"小烛……你可以吗？"

"当然可以！四师兄，他伤你至此，我与他有不共戴天之仇！"我激动地、斩钉截铁地说道，"如今他令天下生灵陷于危亡之中，我岂能袖手旁观、临阵退缩？就算情知是敌不过他，大不了拼个玉石俱焚罢了！"

我紧紧攥着双手，字字掷地有声。

四师兄微愕，目中渐渐浮现几分惊讶和欣慰。

"小烛……你从小性格温吞，练功又迟钝，我一直以为你就是个傻傻的小姑娘，"四师兄笑了起来，"谁知后来才知，你一点也不傻。相反，你既聪明，又坚韧，二师兄说得对，不能小看了小烛，小烛厉害起来，我们谁也比不上……"

四师兄说着，又咳嗽起来，喘出的气息愈发虚弱，嘴角流出的黑血愈发触目惊心。

"四师兄……"我心如刀绞，紧紧握着他的手，泪水涟涟，却说不出话来。

四师兄拿起手中的六爻筒，看了它半晌，喃喃说道："这个六爻筒，自我五岁开始学卦起，就一直带在身边。方才，我一直在为生死未卜的你们，还有这天下的苍生卜卦，只是卦象时好时坏，我自己也时悲时喜，琢磨不定。而现在……"

四师兄停下话头，突然用尽最后的力气，将那六爻筒丢下了山崖。

我一惊，"四师兄……"

四师兄闭目喘息片刻，缓缓地睁开眼睛。

"小烛……记得你自己曾说过的话。"四师兄望着我，极其缓慢地说道，"所谓卦象如何，不过是周遭形势有利或无利而已……而真正的吉凶……还是要看……你自己啊……"

四师兄的声音一点点弱了下去，他眼睛里的神采慢慢地变得黯淡，呼吸声渐渐停止，最终再也没有了声音。

苍蝶在他的身旁盘旋着，久久不去。

【血噬】

"小烛，你眉毛上的焦痕比往日重许多，你的法术定然又进境了！"

"小烛，你平日里呆呆的，怎么一跟我顶嘴就变这么伶俐了？"

"小烛，这次我们出行，乃是'风泽中孚'之卦，卦象着实不利啊……"

"小烛，你到底有没有在听我讲故事？"

"小烛……"

"四师兄！"

四师兄，我最亲爱的四师兄，如果你能回来，我再也不会嫌你话多，再也不会嫌你沉迷于卜卦算命，更不会嫌你说的故事老套又无趣，我会好好地、仔细地聆听你说的每一句话，可是，为何你不再给我这样的机会……

我哭得全身颤抖，泪眼几乎看不见前面的路，然而我不可以停下脚步，四师兄最后郑重交代给我的事，我一定不能负他所托！

我强忍着悲伤和痛苦，一路艰难前行，在苍蝶的指引下，继续向着山巅攀爬而去。

不知过了多久，在我的体力和希望快要耗尽的时候，我攀过一处山石，眼前豁然开朗，透过迷蒙的黑雾，我终于看到了大祭司所说的神殿。

那神殿矗立在后山山顶，宛如建于云端，极其恢宏而壮观，然而如今的神殿已经变为黑色，鬼气森森，全然看不出原来的模样。

那只苍蝶忽然像是感受到畏惧一般，迟疑不前，盘旋片刻，最终扭头飞走了，消失在来时遥远的路里。

"谢谢你。"我低声道，仰起头，看向神殿紧闭的大门。

森然的黑气里，两条巨大的蛟龙浮雕交替缠绕在大门之上，我深吸一口气，拿出大祭司赠予的灵印，那灵印仿佛感受到了召唤一般，从我手中浮起，印上了左边蛟龙颈上龙头形状的锁印。

轰——一声沉重的巨响，神殿的大门缓缓地打开了。

我攥紧手中的鹤羽灵石，一步步走了进去。

神殿里空旷而深沉，一片黑暗。在那大殿的尽头，是一座极大的祭坛。

祭坛之上，血光隐隐，有一个法阵在黑暗中缓缓旋转着。罗盘般的法阵之上，有一个人影垂着头悬在半空，祭坛之下，另一个人背对着我，正负手看着他。

我头脑中嗡地一响，不由得加快了步伐，朝着那祭坛飞奔而去，我的心在剧烈地跳动，几乎跳出喉咙，直到跑到距离那祭坛有数丈之远处，我蓦地停下了脚步。

尽管已经做好了无数次心理准备，然而当那一幕真切地摆在我面前时，我还是如遭雷击，睁大眼睛，寒气从后脑直贯透脊髓。

"二师兄！"我失声大喊。

二师兄被钉在那法阵中央，魔影如蛇般在他悬空的身体旁缠绕，他已经毫无生命的迹象，闭目垂首，如同一棵死去的枯木。

我感到自己浑身都在颤抖，脑中却是一片空白，汹涌的情感铺天而至，分不清是恐惧还是仇恨，抑或二者兼具。

"呵。"

祭坛之下的那人察觉到我的到来，极轻地哼笑了一声，好似冷嘲，好似轻蔑。

听到这个声音，我所有的愤怒和恨意竟全被哽在了喉中，几乎失语。

"……是你。"

"你似乎并不如何惊讶。"那人回过头来，对我一笑，黑暗里的血光之下，我看见一张极其熟悉的脸，青龙之纹在他的右颊之上攀爬生长，"兰寐。"

我如同一只没有了神识的木偶，脑中一片空白，双目涣散地看着他。

"或许，应当让你重新认识我一下。"那个人微笑着，慢慢地走过来，他的声音高亢而洪亮，高大的身躯挡住了法阵的血光，"吾乃神界上古神将，颛顼天帝之重臣，巫礼神王。"

"大师兄呢？"我忽然道，"你是不是杀了大师兄，然后……附魂在了他的身上？"

"不。我一直是他。"那人微笑着，右颊上的龙纹熠熠如青火，那般诡异而森冷，"自我被贬下神界之后，千年来代代转世，这一世为人，我名锟，是人界京师天草门下雪崖真人邵元节的弟子。"

他的话语如同破堤的激洪，一下子将我击溃。

"不可能……不可能！"我拼命摇头。

"你无法相信这个巧合，我也一样。"他的脸在血光和黑暗里，显得那般邪恶而可怖，"若不是那个云姬在我面前叫出了你的名字，我无论如何也不会想到，与我朝夕相处的师妹小烛，竟然便是当初害我遭受大劫的那名凡人女子——兰寐。"

我同他对视着，颤抖着，难以接受这个事实。

我看着他的眉眼，他的面容，他说话的样子……那是我的大师兄，是我最敬爱的兄长，我最珍重的亲人，他怎么可能会做出这样的事？他怎么会是这样一个陌生而可怖的人？

我竭力让自己的声音不那么颤抖，"是你……杀了二师兄和四师兄？你怎么……下得了手……"

他停下脚步，笑了起来，"你休要忘了，我本是天界神将，杀死一两个凡人，如同捏死一两只蝼蚁那样简单。"

这一句话有如尖刃，刺灭了我最后的理智。

眼前的这人，他不是大师兄，不是天草门的弟子锟，他只是一个恶魔，是害死了师兄们的恶魔！

"你不是大师兄！"我咬牙切齿地说道，"是你杀死了师兄们，我要报仇……我要为二师兄和四师兄报仇！"

我猛地一挥袍袖，手中的灵石骤然苏醒，蓝光爆发照亮了血色的祭坛，火光攀在那些蓝光之上，如同万道光箭一般向巫礼射去。

巫礼却不慌不忙地举起手，引来祭坛上的血光，那血光瞬间化成一道血色法阵，阻隔住了我的火焰。我拼尽全力与他对峙，然而那血色法阵在他的手上旋转着，那血仿佛是从祭坛上死去的二师兄的身体中引来，在黑暗和火光里显得那般触目惊心。

我心神一滞，手中的火焰一缓，那血光已幻化成剑乘隙攻来，一下子将我击中。我闷哼一声跌倒在地，手指一松，那灵石叮当一声，滚落在地上。

巫礼伸出手，灵石被他摄取，慢慢上升至空中。

"兰寐，你如今有几斤几两，没有人比我更清楚。"巫礼轻声冷笑，"你这一世，全然不似从前的能耐，只是这不自量力的狂妄性子，比彼时有过之而无不及！"

我的五脏六腑都被血魔之气侵蚀着，痛苦得好似在灼烧。巫礼望着那灵石之上的蓝光缭绕，微微笑道："兰寐，你难道就不曾好奇，这枚灵石是如何到你手中的吗？"

我说不出话来，只能听着巫礼的声音如幽灵般进入我的耳中。

"此事说来话长，似乎还应从最初讲起。"巫礼仿佛对我的痛苦置若罔闻，徐徐说道，"如我先前所言，吾本为先帝颛顼手下神将，因战果累累而被封为神王，若论资历神阶，便是如今的天帝帝夋，也须得在我面前退让三分，千余年前，吾所辖之地的凡人不听话，本座自然要略施教训，谁知那帝夋小儿违反万年前曾应我的承诺，公然插手，更有那风阡为了一名与我作对的凡人女子，竟教唆帝夋夺去我的神力和元神，将我逼下凡间！"

我紧紧抓住自己胸前的衣襟，灼烧的痛感从心口传至全身，我浑身颤抖，脑子里一片混沌。巫礼说的这些话，令我再次想起在苗山忆起的那些杂乱的回忆。我试图追寻那些回忆的细节，然而此时身体的疼痛占据了脑中大部分的意识，令我难以集中精神想起更多。

"吾遭遇如此劫难，既怒且悲。"巫礼缓缓说道，"于人世惘然游荡百年，吾方痛定思痛，定下决心——或过百年，或过千年，总有一日，吾会东山再起，向帝夋那小儿复仇！就算我如今只有凡人之身，也同样能修炼出同神魔比肩的力量，终有一天会让他痛悔当日的决定和作为，令他明白神王巫礼绝不是他所能轻易得罪之人！"

巫礼高声说着，他的声音在空旷的大殿里铿然回荡，面上的青龙之纹在黑暗中闪烁，狰狞而诡异。

"只是凡人之身，太易破碎了。"巫礼的声音低缓下来，喃喃说道，"寿命短短仅数十载便会死去重新转世，连这一世的记忆都被消除。这短暂的一世时光，就算修炼再多的灵力也是无用。千年以来，我辗转投生二十余回，尽管每次都费尽心思保留记忆，然而我仍是忘却了许多前事，甚至连仇人的姓名和长相都已模糊……如此下去，早晚有一天，我会彻底忘记前尘，忘记仇恨，泯然世间，变成一个真正的凡人，如此我岂能甘心？所以，我心中明白，我若想要复仇，必须要寻找凡人之身的长生之法！"

"然而……谈何容易！"巫礼仰天叹道，"自洪荒之神归位，女娲力竭而死，世间再无可重塑阴阳之神。凡人愚昧，长生之说流传甚众，但大多是流言，全不可信……直到这一世，人界皇帝亦开始寻求长生，我趁此机会，以这一世的孤儿之身，拜入了炼制长生之药而设的天草门中。”

我闭上眼睛，复又睁开，怔怔地望着地面。

“然而令我失望的是，邵元节不过是一代江湖骗子，”巫礼冷冷道，“所谓的炼制长生之药，不过是糊弄那名愚蠢皇帝的幌子罢了。我无计可施，只能暂且忍耐下来，在修炼的同时，以各种借口出门巡游，继续寻找真正的长生之法。就在我遍寻无获，已近绝望之时，突然发现了兰氏族人的传说。”

我的手紧紧抓住地面，祭坛上洒下的红光如同月下流淌的血河。

“兰氏族人的长生传说，我数百年前也曾听过，只是那时我只当它是流言，未加在意，然而这一次，在云游途中，机缘巧合之下，我竟看到了《桃花源记》的正篇原卷，这才发现兰氏族人的传说有迹可循，是真正有可能存在的长生神迹。我振奋精神，立即亲自去那传说中的桃花源打探，然而却发现，那里始终燃烧着不灭的魔火，以我凡人之身，能自保已是极难，根本不可能接近于兹。我失望之余，正欲返回，却在那大火之中，发现了它——”

巫礼将灵石拈在指尖，把玩着它，看着它周围缭绕的蓝光，目光玩味。

“没错，就是这块石头。”巫礼轻声道，“我见它灵气蓬勃，知其不是凡物，本来准备带回去以助修炼，却没想到……这块石头竟然有操控人梦境之能。回天草门的路上，我开始夜夜做梦，梦里我不能视物，却总听到一个声音。”

我一颤，蓦地抬起头来。

“那个声音告诉我，我的身上沾有灵幽烛的气息，说明我今世这副身体，与灵幽烛化形之人大有关联。而要获取兰氏族人长生的秘密，关键正在于灵幽烛身上。”巫礼道，“它说，只需我将这灵石交付与那灵幽烛化形之人，再趁机将她带回桃花源，就能够解开凡人长生的秘密。”

“什么……”我心下一突，忽然感到一阵强烈的不安。

"它说到灵幽烛化身,我立即就想到了你。你的名字,你与众不同的眼泪,还有我身上曾被你燎起的焦痕,正巧是你留在我身上的气息。"巫礼缓缓道,"我急于寻找兰氏族人长生的秘密,便对那个声音言听计从,回到天草门后,先将这块鹤纹灵石放入皇宫引起混乱,再将你引出天草阁去向桃花源,一切计划顺利进行。直到一路行至骊山,云姬那个蠢货竟在我面前叫出了'兰寐'这两个字……"

我脑中一片混乱。

灵幽烛……灵幽烛?那是什么?为什么我是灵幽烛化身?

不,这尚且不重要,重要的是……那个声音,是谁?那个将巫礼引来的人,是谁?

"从那一夜起,我苦苦想着'兰寐'这个名字,前世模糊的记忆开始苏醒,我想起了你的样子,想起了千年前那个将我推入万劫不复之深渊的日子……与此同时,我也终于想起,上古之神除了女娲之外,神界相传有再造神魂之能者,还有另外一名神祇——"

巫礼停顿片刻,忽然笑道:"兰寐,你可猜出,那个指引我做出一切的声音,是谁?"

我紧紧攥住胸口,几乎透不过气来。

"没错,就是风阡!"

巫礼脸上的笑意突然消失,骤然变得愤怒而阴郁,"兰氏族人之所以能够长生,必定与可再造神魂的风阡有关,而借石寻你之人,也只能是他!我这才发觉,我一直被自己的仇人利用着!我苦心寻找的长生之术,竟然就在我的仇人的手里!"

我颤抖着,说不出话来。

青檀,我梦里的青檀,你,真的是风阡?你缘何要借巫礼之手,借灵石之力来到我的身边?可是,为何你的模样同我的记忆里不完全相同?为何你的蓝火之瞳,变成了常人一般的黑色?

千年前的桃花源,究竟发生了什么事?为什么我成了灵幽烛化身,变成女婴被师父捡回?而你大费周章地引我回到那里,又是为了什么?

巫礼又道："后来，我旁敲侧击地询问云姬，才知风阡因你之故早已失踪千年，连帝夋都不知他的去向。然而，我别无选择。我太需要长生之术，即使明知自己被仇人利用，也只能隐忍下来，本来准备到桃花源再做打算，却没想到……天不绝我！"

说着，巫礼大笑起来，高声道："我们阴差阳错来到苗疆，我竟然发现，我的元神在我离开后并未消散，而是被那些愚蠢之极的凡人同魔兽之灵一并封在了后山之中！"

祭坛上的血光突然冲天而起，宛如鲜血卷成滔天巨浪，几欲将这黑暗的神殿冲垮。血光与魔气铺天盖地地向我袭来，神殿摇摇震动，仿佛山崩地裂，我的手紧紧抓住地面，听着那不绝的巨响中回荡着巫礼的声音：

"以魔灵为血祭，如今吾已寻回元神，强大更胜往昔，只需我一声令下，天界与凡界皆将会陷入无边绝境！吾将召唤魔兵，上天入地，天帝神祇，世间万物，俱将成为吾脚下之臣！吾将成为这世间永恒之主！"

法阵旋转得愈来愈快，偌大的神殿里仿佛刹那间出现了万千魔影，它们在空中苏醒，缓缓张开幽幽的眼睛，没有形体地在空中飘浮，像是凶兽，又像是鬼魂。在巫礼的声音里，在震动的神殿里，它们陆续排成了队列，有如魔兵排成方阵，呆滞地等候着巫礼的指令，等待着冲出神殿，疯狂地吞噬这世间的一切。

我忽然冷笑一声，又冷笑了一声，一声接着一声，最后干脆哈哈大笑起来。

巫礼停下来，双目微眯，"你笑什么？"

"我笑你鼠目寸光，愚蠢至极！"我的笑声在这神殿里断断续续地回响着，"就算你重新获得了力量和神元，又有何用？你的仙神之身早已被毁，如今你的神魂仍只能附着在凡人之躯上，过上短短几十年，甚至过不了那么久，你就会像只狗一样老去，待到你死了再次转世，你如今所获得的所有力量全部都会离你而去，一分一毫也不会剩，你本人也会成为一个笑话，贻笑万年……"

巫礼大怒，突然冲了过来，猛然掐住我的脖颈，将我按在祭坛的台阶上。

我大叫一声，使劲将他的手向外拉扯，拼命地喘息。

"风阡他如今在哪儿？"巫礼压低了声音问我。

我喘息不答。

"他在哪儿？说！"巫礼陡然喝道。

"你还想去寻他？你还不死心？"我抬起头笑道，笑得咳嗽起来，"你不是这世间的永恒之主吗？这所谓的凡人长生之术，不应该被你这'永恒之主'视若敝屣吗？"

巫礼恼羞成怒，脸上的青龙之纹仿佛在黑暗里无声地嘶吼。

"你说还是不说？"他沉声道，扼住我脖颈的手愈发收紧，"风阡究竟在哪里？"

"我为什么要告诉你？"我喘息着，再次笑了起来，"巫礼，你就算生为神祇，也是神祇中的败类鼠辈，你可知道你如今的样子？如此阴暗疯癫，丧心病狂，你已堕入魔道，永世不得翻身……啊！"

我话音未落，巫礼突然将我揪起，猛地把我掷上祭坛，我如同断了线的纸鸢一般向着那祭坛上的血色法阵撞了过去，那法阵犹如一张巨网一下子将我攫住，我登时动弹不得。

此时二师兄的身体已经全然消逝，我代替他被钉在那血色法阵的正中心。那一刹那，我眼前一黑，宛如跌入烈火之狱，五脏六腑在火狱里焚烧起来，痛得我几乎昏厥。

"不必妄想以言语相激于我。你以为你不说，我便看不到吗？"

巫礼缓缓说着，走上前来。他手中执起一柄法杖，法杖上缠绕着数条青蛇咝咝作声，蛇目贪婪地望向我。

"你所深陷的这血噬之阵不仅可以于虚空中召唤魔兵，还可以让我看到你的记忆。兰寐……"巫礼忽然目光一动，"哦，是了，我险些忘了，你自灵幽烛重生后，便忘记了身为兰寐的记忆，恐怕至今仍尚未完全想起，对否？你不说风阤的去处，怕是连你自己也尚未想起吧？"

我痛苦地挣扎着，拼命想要逃离这法阵，却没有丝毫用处。

巫礼轻声冷笑，抬起手中法杖，将那杖上的蛇头对准了我，"甚好，那么你且在这血噬之阵中给我好好回想一下，桃花源和兰氏族人们究竟发生了什么，长生之术因何而来，风阤如今身在何处。横竖我也是好奇得很——那位在天界传说里神乎其神、无所不能的风阤神上，缘何因你一介凡人女子失踪至今？"

一道青光从那杖上骤然发出，刺入了我的额心。

"啊——"

我撕心裂肺地大叫一声，仿佛感到有千条虫蚁在噬咬和撕扯着我的大脑，它们将我的记忆撕裂出一道道血淋淋的伤口，无边记忆的洪水混杂着血水汹涌而来，我的眼前闪过纷乱的画面碎片，它们变幻着，扭曲着，在血光的驱赶下渐渐拼凑规整。

这一回，那些画面不再游离于我的记忆之外，而是尖锐地刻在我的头脑中，铭心刻骨地烙印着——它们一直都存在，存在于那许久以前遥远而模糊的时代，存在于那被尘土封印的过往岁月，存在于那千年的黑暗里摇曳不灭的烛火之中……

"你名叫兰寐，兰芷之兰，寤寐之寐。"

我是兰寐，是千年以前兰氏一族族长的女儿。我生于千余年前的战国末年，那时代诸侯争霸，烽火连天，而在兰氏一族避世所居的兰邑，梨花盛开时漫漫如雪，我在哥哥的宠爱里快乐无忧地长大。

"我方才在那祭坛鹤像之上，看见了一名男子，长发白衣，目如蓝火……"

在一次祭祀鹤神的祭礼上，我亲眼看见了鹤神真身，那非人的容颜让我感到震撼而畏惧。父亲告诉了我和哥哥兰邑即将到来的劫难，我与哥哥惊慌失措，然而一切都为时已晚……

"鹤神，求您救救哥哥，救救他们……"

秦王迷信长生，试图将我们兰氏族人悉数捉去炼制长生不老之药，在那面对着秦兵铁骑的战场之上，我再次看到了白衣蓝瞳的鹤神。哥哥强用灵石，命在垂危，我撕心裂肺地对着鹤神大喊，痛哭失声，然而他一直充耳不闻，漠然地看着这一切，月白长衣不染丝毫血尘……

记忆的画面突然间加快了，我和父兄从兰邑死里逃生，同所有幸存的族人前往燕国避难。然而三年之后，父亲死于秦燕之战，燕国惨败于秦，蓟城沦陷，我同所有族人被押往咸阳。骊山，秦王的长生祭坛，哥哥为了保护我而被乱箭射中，我被彻底激怒，痛斥秦王的残暴，借灵石在血月下的骊山燃起熊熊大火，最后将灵石掷入悬崖。

"你叫兰寐，对不对？"

他出现在那高高的山石之侧，蓝色的双眸似笑非笑地望着我。

半山血色的月光缓缓落下，远方古道的瘦马发出最后一声哀嘶，白鹤的长唳在那偌大的骊山里杳杳回响，宛如岁月的悲歌。

很快，我终于忆起了桃花源。

在无边的桃花盛开的桃花林里，落华缤纷，溪流潺潺，满眼满耳的鸟语花香，还有许多男女老少在那桃花林中玩耍，一片欢声笑语。人群之中，哥哥回身望见我，笑着向我招手，"寐儿，到哥哥这里来……"

哥哥……哥哥！

我的泪水夺眶而出，冲过去扑进了哥哥的怀中。

鹤神赐予我们所有幸存的族人以檀石铸成的长生之身，并将族人们带到一处世外仙境一般的桃花林内居住。为了报答鹤神的恩赐，我答应他被收入檀宫修炼。我于是知道他名风阡，乃是与三皇并生之神，然而我并不知道，风阡为何要收我一名凡人在他身边学习法术，我甚至不知自己做出了什么样的承诺——不知自己出师之后究竟要去为他做什么样的事情。

五百年里，发生了很多很多事。我想起了那落花萧萧的十二株檀木，想起了青丘公主云姬，想起了灵鹤白其，想起了天帝帝夋，亦想起了千年前在苗疆发生的一切……那一日我奋不顾身地跳下苗山山谷，光剑的剑锋刺向魔兽，苍色蝴蝶在身旁宛转回旋。

"寐儿！"

我终究被巫礼重伤，在檀宫昏迷了十年。醒来时，风阡用灵幽烛为我疗伤，我动弹不得地躺在他的怀里，那也是第一次，我对他产生了异样的感情。

黑暗的神殿和血阵里，我回忆起那时的自己，那时暗生的情愫，至今刻骨铭心——那不再只是凡人对神祇的敬畏，亦不是对救命恩人的感激和倾慕……那是我平生第一次爱上一个人，可无论是怎样的期盼和渴慕，它们都在百年之后那一天熄灭了。

"寐儿，你可还记得，我早已说过，你若再敢擅自行动不顾性命，就重重罚你？"

那一天我不顾自己生死，在肆虐的魔影里拼命唤醒沉睡的风阡，然而风阡却毫不留情地将我打入归华宫惩罚囚禁。我心下冰凉无助，却没有任何反抗之力。

你是我之神祇，你用无形的武器将我刺伤，令我万箭穿心，痛不欲生，而我，却只能将流下的血和泪水一起吞咽。

在归华宫的二百年里，我苦心修炼，终于在最后一场考教里以幻术打败了白其，争取到了出师的机会。而早已有逃离之心的哥哥同族人们，在一名陌生外人的到访之后，更是希望离开这牢笼一般的桃源仙境，重回故土生活。在我的祈求下，风阡终于答应了我，若我成功完成了出师后的任务，他便会同意族人们离开桃花源，放他们自由，回归凡尘。

而我身心俱疲，下定了决心，待得那个时候，我也会一起离开，离开这五百年的恩怨情仇，离开这一直以来的卑微和束缚，离开那个永远高高在上，让我分不清爱与恨的神祇……

"去吧，寐儿。集中精神，莫要大意。"

于是我走了，依照风阡的吩咐，来到不周山畔的幽容之境。我的目的，是以修炼过的凡人之身进入幽容国结界，再以残冰剑杀死幽容国国主。

再然后……

我来到一个白色的国度，那里的三月飘着无边的大雪，如同苗疆的寒月飞着缤纷的蝴蝶。东方的残月斜斜升起，洁白的雪地之上，一个白衣人在雪花之中抬起双目，向我望来。

我陡然一颤。

那血阵中不停涌出的记忆突然舒缓下来，宛如湍急的瀑布突然变成了缓缓流淌的小溪。我停下了回忆，仿佛所有的时光和岁月都停止了，我痴痴地望着他，只望着他。

"你究竟是何人？为何如此喜欢从天而降？"

他一双如墨玉一般的眼瞳似笑非笑地望向我。

漫天的雪花连连，如同岁月的琴弦奏一支清曲。跨越千年的时光，我仿佛又回到了那个时候，我张开口，无声地呼唤着他，那个名字在我的舌齿间缓缓流过，刹那间唤醒了无边的欢忧和悲喜，"水陌……"

鸳盟／终难偕／

【初雪】

三月十五,幽容国的雪停了,大地一片素白。寒光透过窗格洒进屋子,我昏昏沉沉地休息了一晚,睁眼时已是日上三竿。

我起了身,捂着脸回忆起睡着前的事情。

从檀宫到幽容国,从风阡到水陌……我怎会遇见如此离奇之事?幽容国国主怎会同风阡生得一模一样?我像是跌入了一个极大的谜团之中,若不是今早自己在这幽容王宫里醒来,我简直以为昨日那些事只不过是我做的一场幻梦罢了。

我怔忡了一会儿,起身下床,胡乱梳洗了一番,忽见王宫的侍女们送来了一个大大的食盒,放在屋内的几案之上。

待得侍女们离开,我将那盒子打开一看,里面整整齐齐地摆放着桂花糕、荷叶鱼,以及其他六七样精致的小菜。我一开始颇为警觉,不敢乱动,奈何食物的香气俘虏了我,我越发觉得腹中饥饿,小心地尝了一尝,发现这些饮食虽然料理方式简单,却是无上的美味,不由得在案前坐了下来,大快朵颐。

我正吃得开心,忽然间感到眼前一暗,门口的日光似乎被人挡了住。

我抬起头来,发现水陌正在门外看着我。他身后跟着数名随从,身旁那位便是昨日的侍卫长姜婺。

雪光之下，水陌对我微笑着。他的面容比那冰雪更加耀眼刺目。

我一下子站起身来，但此刻塞了一嘴的食物，什么都说不出来。

水陌一笑，走进屋来，大方地坐在我的对面，"尽管坐着吃你的就好。这些原本就是为你准备的。"

我颇为尴尬，只好重新坐下来，继续吃我的桂花糕。

水陌看着我，脸上的笑意更深了，如同雪山里开放的雪莲花朵。我很少在风阡脸上见到过这样深的笑意，不觉呆呆地多看了一会儿。

"你……笑什么？"我鼓着嘴问水陌。

"你吃相着实可爱，任谁看了都会笑的。"水陌道。

是……是吗？

事实上，我已经二百多年没吃过东西了。檀宫神境清气充盈，不必以进食维持生命，我只有在去桃花源做客时，才会和哥哥以及族人们一起吃些宴席上的食品。而那些有美食和亲人陪伴的时光，是我最幸福的时光。

可是想到哥哥，我心下又是一紧。再想到这次任务的初衷，突然觉得什么也吃不下了。

"不吃了？"水陌察觉我的不对。

我摇了摇头。

待侍者前来收去了食盒，水陌忽然正色道："兰姑娘，在下有一事相求。"

"嗯？"我一怔望向他。

水陌道："昨日你也看到了，幽容国受魔气化形骚扰已久，而近些日子这些魔气愈演愈烈，初时尚且微弱，无法害人，但如今魔气渐渐剧烈，国民中已有体质稍弱者深受所害，倘若放任下去，后果不堪设想。所以，我希望能从根源着手，将幽容国内不周山泄漏的魔脉封印，从此一劳永逸，使国民们不必再受魔气侵扰之苦。"

我一言不发地看着他。

"但幽容神民神脉日渐衰弱，如今已无人有封印魔脉的能力。"水陌望着我道，"兰姑娘，我昨日亲眼见你驱魔之能，现下幽容国中，没有比你更合适的人选。"

所以，这就是你昨日没有选择杀我，而是留我住在幽容王宫的原因吗？

我莫名感到一阵失落，垂下眼睛，嘟囔道："你怎么确定我会帮你？"

水陌微微一笑，"若你肯帮忙封印魔脉，事成之后，我可以尽幽容国国主之所能，满足你所提的任何一个要求。"

我猛地抬起头看他。

"国主，不可！她来历不明，极有可能还是共工后裔一派的刺客——"姜婆突然急道。

水陌抬手制止他说下去。

"怎样，兰姑娘，你可答应？"

他只望着我，目光温和而坚定，一双眼瞳明如墨玉。

幽容国国主水陌，你可知你对我许下了什么承诺？

我深深地吸一口气，道："好，我答应。"

姜婆极其警觉地看了我一眼。

"甚好。"水陌站起身来，"只是如今国事繁多，我须得处理政务，今晚之前必须回来。事不宜迟，兰姑娘稍加准备一下，我们便出发吧。"

我一愕，"你……要亲自同我去？"

水陌道："此事毕竟有一定危险。我既然提出这个要求，自然希望你能平安归来，所以，我须得亲自在旁，才能放心。"

我半晌方答："哦。"

幽容国的大雪铺满了荒原和大地，水陌带着我及侍卫长等一干随从，我们出了王宫，一路策马前行，待得将近日落西山，方来到王城外一处僻静的山谷。

路上水陌同我详细说明后，我方才知晓，幽容国共有十二处暴露在外的魔脉，是上古时期女娲封印十二只不同的魔兽之所。七千年前，天柱遭到触断，这些魔脉也暴露在幽容境中，肆无忌惮地向着幽容国散发出魔气。如今我面前这一处魔脉，则是距离王城最近的一处。

"……也是极易侵扰国民们的一处。"水陌道。

我仰起头来，看着山脊之上黑气弥漫，在漫天雪光之中尤为显眼，山体之中仿佛有什么东西隐隐作响，震得我们脚下的大地也极为不稳，马儿受惊，不肯再前行。

我们弃了马匹，徒步向那山头爬去。山顶上魔气愈来愈重，到得尽头，魔气冲天，宛如一处喷出墨黑岩浆的火山。我知这便是魔气之源，停下脚步，仔细查看。

我知魔气之所以会四处泄漏，必然是因为此处有真正的魔兽元神潜伏。如今距上一次女娲封魔已有近万年，上古之神的封印已然渐渐失效，有些厉害的魔兽便会在旧的封印之下重新生成肉身躯体，虽然仍被束缚在当地无法乱动，但身上的魔气依旧会如昨日那般为祸世间，而我必须将它们重新生成的肉身毁去，才能再次封印它们的元神。

我回想着术书中提到过的封魔之术，几百年前风阡曾教过我这一节，数百年前在凡界苗疆之时，我也曾使用它击败过一头魔貊。只是想起风阡，想起那时候点点滴滴的事情，我又有些微微失神，半晌不语。

"兰姑娘？"

我回神抬头，见水陌正望着我。

"可是此事太过棘手？"他问道。

我摇摇头，"没事，我能试试。"

我深吸一口气，走上前去，凝神思索，先念了句金术诀，变幻出一道光剑向着那魔气之源刺去。

砰——

伴着一声巨响，一只黑色蛟龙突然破山而出，极其痛苦地扭着身体，吼声震天，好在我早有准备，迅速用光剑将蛟龙的身躯斩成数段。

那魔蛟的肉身既被我斩杀，就此化成黑烟不见，只剩元神试图逃跑。我立即念出封印咒诀，光剑又瞬间化为一方巨大的钟罩，将它的元神封住，在夕阳下反射出刺眼的光芒。

过了半个时辰，我额头见汗，金色钟罩渐渐同山口融为一体，魔蛟的元神终于被重新封印。我嘘了一口气，放下手臂，转过身走回到水陌身边。

漫山的大雪衬出了他的轮廓，山风吹动他的头发和衣袍，而他犹如这雪山之中开出的濯雪之莲，令身后所有的雪白和皎洁都黯然失色。

水陌目光中的担忧在看到我转身那一刻终于消退，问道："成功了？"

我点了点头，"成功了。"

而我也发觉，自己的功力像是真的突然比在檀宫时要强上许多。如此轻易地封印魔兽，若是放在二百年前，几乎是我不敢想的事情。

水陌颔首，温言道："辛苦了。"

"咦？"我望向他的身后，微有些惊讶。

两朵水红色的莲花不知何时盛开在雪山坡上，紧紧挨在一起，如同在魔气消失的刹那重新恢复了生机，盛放于白色的雪中，熠熠夺目。

好美。我心下正在惊叹，水陌不知何时已走了过去，将那两朵红莲采摘而起，向我走来。

"这是幽容国特有的并蒂红莲，想来兰姑娘并未见过。"水陌走来，将那两朵红莲递在我面前，"红莲因灵气而生，无根而开，只开一冬，可随处移植。这并蒂双莲倒是十分少见，你若喜欢，便送给你。"

他的目光，他的声音，如同冬日里的暖阳一缕，是那样温暖而熨帖。

我愣愣地看向他。

"哦，是我唐突了吗？"水陌有些歉意地笑道，"抱歉。"

"啊，没有！"我连忙道，"我喜欢的，很喜欢。"

我的脸颊如同被火烧，小心地接过那并蒂莲，又抬头看向水陌。

他这样温柔的言语，使我一时晕眩，如在梦中。我不禁想起，从前风阡是极少能这样同我说话的，就算偶尔这样同我说话，我也不敢同他对视太久。而面对和风阡一模一样的水陌，我终于敢于直视他的眼睛，却在对视之中，感到自己仿佛深深地陷了进去——

他如墨玉一般的双眸是潭水，是黑夜，是我的劫数。

回到幽容王宫，已是入夜时分。我小心地将那两朵红莲抱在怀里，回到住处，尚未进门，忽觉背后有凉意侵袭而来。

我一凛，回转过身，看见水陌的侍卫长姜婪正立在院中，冷冷地看着我。

"国主如此信任你，但是我做不到。"姜婪的声音如同寒冰，"倘若你胆敢对国主不利，我定会第一个杀了你！"

院里的雪尚未融化，在夜色中反射着微微的寒光。而姜婪的言语如同这寒光中的一缕，闪动着不安和威胁。

我一时沉默不言。

"你同那共工后裔，究竟是什么关系？"姜婪再问道。

"你说明煜？"我道，"我同他没有任何关系。"

姜婪喝道："一派谎言！若没有任何关系，你怎会从法场里将他救出去？"

"你们找到他了吗？"我忽然问道。

姜婪一愣，"什么？"

"我是说，你们找到共工后裔明煜的下落了吗？"

姜婪目光一沉，"没有。那小贼自上次逃脱以后，就好似遁地消失一般，整个幽容国中，遍寻不到他的踪影。"

我心下一紧，却又感到一丝莫名的释然。

找不到明煜，就找不到残冰剑。找不到残冰剑，我暗杀水陌的任务也就会无限期地拖延下去。

不，并不是无限期。我还有三年的时间可以拖延。在寻回残冰剑之前，我有足足三年的时间可以拖延——同我生来漫长的五百年相比，这三年无异于白驹过隙，可是我又觉得，这足足一千多个日夜，还是很漫长的。

漫长到可以留给我时间，让我慢慢认清水陌到底是个什么样的人，漫长到我可以暂且忘记自己的来历和目的，在这陌生的国度和世界里，偷偷享用和他安然相处的时光。

姜嫠追问我道："那么共工后裔明煜到底逃去了哪里，你可知情？"

我摇了摇头，"我不知道。"

姜嫠冷笑，"你以为我会相信你吗？"

"你不相信我，那有什么关系，"我忽然微笑道，"只需你们国主相信我，那就够了。"

姜嫠一愣，怒道："你——"

我不再理他，转身走进屋里，紧紧关上了门。

【花盛】

　　幽容国中的十二个魔脉，需要我一个个去封印。有些魔脉距离王城极远，甚至需要数日的往返路程，而平时水陌政务繁忙，平均一个多月才能有一天的时间陪我前去封魔。

　　四月，天气终于暖和起来，在雪融之时，我在王城之外十里之遥的地方斩去了一根魔蛇化成的参天巨木。

　　五月雷雨如注，我们冒雨去了一处被魔气染黑的池塘，在大雨里冻得瑟瑟发抖，同池塘里的魔蛙斗了半天，才用冰冻术将它冻住。

　　六月，幽容国里秋风萧瑟，我在一处枫林里和一只魔鹫相斗，那家伙跟白其一样不好对付，我一时大意，差点被它啄破了脑袋，好在关键时刻水陌在旁紧急出手，用姜婆的弓箭射中了它，我才得以成功将它的元神封印。

　　如此忙了大半年，我帮助水陌封印了幽容国七八处魔脉，每一次都是有惊无险。水陌总是陪伴在侧，时时看着我，每每同我一起淋雨、挨冻、被挠，从未有过抱怨之词。回到宫中之后，他便会送来许多用得着或用不着的东西给我，或是吩咐侍者们给我准备我爱吃的小菜，让我大快朵颐。

　　而平日不需出门封魔的时候，我就会在幽容王宫里到处乱转。水陌从未娶过后妃，偌大的王宫里除了侍者和随从，就只有我一个人。有时候我甚至会在水陌处理政务的时候，跑去他的书房，偷偷地在窗外看他，每每看得水陌从案卷里抬起头来，无奈地摇摇头，"你又在看什么？"

我不好意思地探身出来，道："想看看你在做什么。"

水陌一笑，放任我进入他的书房里看这看那。

若是姜婆此时也在，定然会极为警惕地盯着我。但姜婆经常有任务在身，往往并不在水陌身旁。水陌也不喜侍者在侧，所以大多数的时候，王宫的书房里只有我们两人。

有一天夜晚，我在水陌的书房里乱转，无意中看到了一册天书。

这一份天书被放在书房的角落里，抄在了极薄的书简上。经过漫长的岁月，竹简早已泛黄变脆，上面的字迹也不甚清晰。我小心将长长的竹简铺平开来，发觉这是极早之前誊写的版本，上面的记述和我在檀宫所看到的天书略有不同。那发黄的最后一页，上面刻着的小字已是极难辨认。

"共工触断不周山，天柱倾塌，幽容，幽容……"我试图在昏暗的烛光里辨认出上面的内容。

"幽容国之将灭，沉入盘古神境，自此终焉。"水陌在一旁补完了这句话。

我微微一愣，抬头看向水陌。

水陌合上一卷案宗，转过身来看向我。

这便是这一册天书的最后一行字了，原来上面的神界故事只停留在七千年前，共工怒触不周山，幽容国跌入幽容境的那个时代。

水陌微微一笑，说道："想来作为共工后裔的明煜，曾同你说过我与共工一派的恩怨。"

他这般毫无掩饰地提起明煜，令我我不禁一僵，不知该如何作答。

"共工后裔自诩是幽容正统，理应为王，七千年来一直同我争斗。"水陌收起笑容，墨黑的眸子里透着冷漠，"然而若不是当初共工叛乱，又触断不周山天柱，幽容国民如今又何至于被困在这里？"

我默然。

水陌又道："当初幽容国被贬下神界，跌入幽容境内，不再有神界灵气和祭祀供给，加之气候混乱，处处都是瘟疫和饥荒。彼时共工之子在位，不仅无力挽救这些变故，竟还妄想组织叛军继续反抗天帝，打破结界，逃出幽容之境，结果造成国内一片混乱，国民饿死病死无数，人口锐减大半，若非我接掌政权，千万幽容神民早已尽成怨灵。"

尽成怨灵……

我忽然想起进入幽容结界时，夹缝里那些可怕的鬼影，莫非就是死于那场混乱，却无法逃出结界转世投生的国民怨灵？

我望着水陌，不得不承认他的确是一个心系国民、极为称职的好国主。我想起这段日子游历幽容国时，遇见的幽容国民无不对他发自内心地尊重和敬畏。他仿佛就是为拯救这片土地而生，让一个濒临灭亡的国度渡过了最可怕的劫难，又在恶劣的环境里安然生存至今。

可是，我还是有很多问题想要问他——

"你当初，是怎么来到幽容国的？"我忽然问道。

水陌微怔，思索片刻，摇头道："时间如此久远，我已经不记得了。"

不记得了？我一愣。

"为何会不记得？"我问道，"你难道会不记得你的来处、身份如何？"

水陌摇头，"来到幽容国之前的记忆，对我而言是一片空白。而且，我也没有去追究过。"

我怔了半天，斟酌着说道："那你可认识，或是听说过……风阡这个人？"

水陌停顿了一下，看了我一眼。

我的心咚咚乱跳。我以为自己马上就能听到答案——他们为何会生得一模一样？为什么只有眼睛颜色不同？为什么风阡会派我来杀他？他们从前是兄弟，是仇人，还是……

"风阡？是神界之人吗？"水陌问道。

我一愣，点了点头。

"我对神界人物，一概毫无兴趣。"水陌说道，"我既降生在此，被国民们拥为国主，便要担负起抚恤国民之责。我平日阅读天书，也不过是为了更了解神民们之前生存的模式而已，如今盘古结界封闭，幽容国民们已无可能逃出结界，我唯一的任务，便是要他们在此安度余年。"

水陌像是完全不知道风阡的存在。我狂跳的心平静下来，微微有些失落，却又莫名生起了新的情绪。

水陌和风阡，真的是太相似了。有时我甚至觉得，如果风阡不是居于仙境的世外之神，而是一个红尘中人的话，大概就是水陌这个样子。他处变不惊的性格、他的温柔、他的冷漠，一切都让我感到似曾相识。

可是他们终究是不同的。风阡是神，水陌却更像一个人。他不似风阡那般对其他人毫不关心，他有人的情感，他爱他的子民，爱他统治下的国度。而我可以同他一起出游，和他畅谈，可以在他面前开怀大笑，或是黯然神伤。这些都是我在风阡面前想也不敢想的事情。对我而言，水陌仿佛就是另一个风阡，一个脱去了神仙的躯壳的风阡，仿佛就是我幻梦里的那个人……那个"青檀"。

水陌似是没有注意到我的怔忡不定，他拿起古旧的天书，望着最后一页几乎消失的刻字，轻叹一口气，似在自言自语，"若不是你翻出此天书来，我几乎已经忘记……我来到幽容国，至今已经七千年了。"

我抬起头望着他。

烛光下，水陌的眼眸游离，目光里似有一丝深沉的哀伤。

七千年，他不知在这空旷的王宫里独自度过了多少个日夜。窗外繁花白雪，春蝉夏月，然而他一直是一个人，永不老去，永无尽头，同这个世界漠然相对。

"七千年了，你……孤单吗？"我忽然喃喃问道。

水陌眸光一动看向我。

案上的烛火忽明忽暗，他的面容也在烛光里忽明忽暗。

良久，他忽然笑了，他的目光里闪烁着我看不清的影子，"你真的明白……孤单是种何样的感受吗？"

我一怔，同样笑了。

我想，这个词，在过去的五百年里，我或许比他更能够体会。

两个亘古孤单的人，如今正相对在同一处烛光下，看着彼此的眼睛，领略着对方的忧愁。可是，我们却无法将彼此孤单的故事分享，而且，或许永生不会再有这样的机会。因为迟早有一天，我会将残冰剑寻回，将我来此的目的和杀意寻回，然后，所有的这一切，都会在那一刻终结，永不归来。

我忽然感到一阵可怕的悲伤，如同被一柄尖利的匕首刺进心脏，几乎让我透不过气来。我紧紧地闭上眼睛。

"怎么了？为何要哭？"

水陌轻声说道，他的手指抚上我的脸颊，将我落下的泪水拭去。

我睁开眼睛，透过模糊的视线看向水陌，他墨黑的双眸宛如深潭，在摇曳的烛光里，美得透彻无瑕，美得不可方物。

可是听着水陌的声音，我却仿佛又回到了两百年前的那个月夜，脑海里有刺目的寒光划过，是风阡冷冷的蓝色眼瞳。

我一阵窒息，突然转身离开了他，猛地向着门外跑去。

"兰姑娘！"

我的脚步停滞了一下。

我听见水陌在我身后深叹一口气，说道："明日一早，我们去雁归原。那里有幽容国最大的一处魔脉。"

从王城向西到雁归原，有将近一天的路程。前一夜我几乎彻夜未眠，翌日天色未晞，我便跟随着水陌一行上了路。一直到了夕阳落山之时，雁归原才在我们视线的尽头遥遥出现。

彼时已是十月，在遥远的一望无际的原野之上，黑红色的花开了遍野。在夕阳之下，晚风之中，那成千上万个花朵闪烁着，摇曳着，如同诱人的罂粟。我们下了马，水陌对姜婆说："你们留在这里，我与兰姑娘前去便可。"

姜婆面上闪过一丝不安，但还是躬身得令，"是，国主。"

我与水陌徒步穿行在巨大的原野里，我一言不发，水陌也没有说话。我们彼此沉默着，一直到了原野的中心。

夕阳穿过幽容境白色的云翳向大地洒下刺眼的橙色光芒，我脚下踏过那些黑红相间的花朵，似能听见它们在风中诡异的笑声。

我有些毛骨悚然，停下问道："你说，这里是幽容国最大的魔脉？"

水陌也停下脚步，"不错。"

我皱了皱眉。此处的确有隐隐的魔气，但不像其他处魔脉一样是聚在一处，而是分散在整个原野之中。究竟是什么样的魔兽被封印在此，魔气竟会这般分散？

正在此时，所有的黑色花朵突然抬起头，一瞬间脱离地面，飞至空中。

"小心！"水陌喊道。

那些黑色的花朵飞至空中后，骤然间竟化成无数只硕大的魔蜂，遮天蔽日，嗡嗡声和咝咝声不绝，将我们包围。

我大吃一惊，倒吸一口冷气。

那些魔蜂在空中停留片刻，立即露出蜂刺和獠牙，急速向我们俯冲而来。我急忙放出金色光束，化成一道屏障挡住它们，成千上万只魔蜂行动一滞，开始嗡嗡飞来，冲撞我设成的结界。

我望着那些横冲直撞的密密麻麻的魔蜂，它们距我愈来愈近，硕大的复眼和蜂刺令我头皮发麻。僵持了许久之后，恐惧慢慢攫住了我，几乎快要支撑不住，我开始后退，却一个踉跄，退到了水陌的怀里。

水陌没有避开我。我突然感到他抱住了我，另一只手搭上了我的肩，我整个人都陷在了他的怀中。

我不由得浑身一颤，僵住了身体。

水陌低声道："不要怕，它们并不强。想想看，你从前是怎样对付这些魔物的？"

我心中忽然一静，头脑一下子变得清晰。

这处魔脉虽然庞大，魔气却很是分散，事实上，它们只是形状可怕而已，论强大远不及九枫林里的魔鸷。况且，这魔蜂虽然能分裂出无数肉身，但元神必然只能聚集在一处。我只需辨认出元神所在的肉身，就能一举将其击败。

我凝神望去，果然在群蜂中辨认出一只与其他魔蜂不同的蜂王，它体形大而笨重，藏在蜂群里，悬停在原地不动。我知道就是它了，猛然收回金术屏障，将其化为一道光剑，直向那蜂王刺去。

屏障消失的刹那，魔蜂们冲着我一拥而上，而我不管不顾，双眼只专注地盯着那蜂王。就在群蜂扑上来的那一刹那，那蜂王骤然被我刺中，咝叫一声，霎时间被冲击极远，被光剑钉在了几丈外的地面上，所有的魔蜂也在一刹那化为乌有。

雁归原上，所有黑色的花朵都消失了，那诡异的笑声也消失了，只剩血红色的艳丽花朵盛开了遍野，在夕阳中随风摇曳。

我看着远方的金光慢慢化成封印，长嘘一口气。

我转过身，望着近在咫尺的水陌，脸不觉一红，张口欲对他说："谢……"

然而我另一个"谢"字尚未出口，水陌突然脸色一变，一下子抱住我，猛然向旁边躲闪开。

我吃了一惊，脚下一个不稳跌在地上，竟把水陌也拽倒在花田之中。

就在此时，一个巨大的黑影一下子从我的身侧掠过，那只蜂王竟未死透，骤然胀成一丈多高，凭空出现，似是由所有魔蜂的魔气汇聚而成，它一击未中，立刻转身，露出长长的蜂刺，再次向我们冲击而来！

我在水陌身下，两人皆来不及起身，我心下暗叫糟糕，而水陌一下子将我护住，我下意识将头埋在水陌的脖颈里，紧紧闭上眼睛。

然而片刻之后，什么也没有发生。

我睁开眼睛，从水陌的肩头看去，只看见几缕黑色轻烟在风中渐渐消散。原来蜂王的元神已然被封，如今已是穷尽其力，剩余的魔气无法再支撑，尚未触及我们，就在半空中消失了。

我终于松了一口气，忽然想起初来幽谷国时工宫里那条魔气化形的蛇，抬头对水陌笑道："方才那魔气化形能不能伤人，你不是能看出来的吗？那为什么要救我？"

"为什么要救我？"这句话那天水陌也曾问过，在我们见面的第一天，那时的他不明白我的举动，此时的他却做了和我那日一模一样的事情。

水陌却没有笑，他很认真地看着我，墨黑的双眸在夕阳下专注而真诚。

"我不能冒险。不论如何，我都不能让它伤到你。"

他如是说道。

我脸上的笑渐渐消失了，心跳开始渐渐加快。

他是这样想的。而那日奋不顾身击退魔蛇的我，何尝不也是这样想的？

我不愿让他受伤。无论他长得像谁，无论他是何身份——无论如何，我也不愿让他受伤。

我仰头躺在这血色的花田里，而水陌就在我面前的咫尺之内，他身后的夕阳映出他的轮廓，他身在阴影之中，无瑕的面容却比那夕阳更加璀璨耀眼。我觉得心脏已经快要跳出喉咙，嘴唇微张，却如鲠在喉，说不出话来。

水陌望着我，再次拥住了我。随即，他微微低下了头。

我蓦然睁大了眼睛。

唇上有温热的触觉传来，像是春雨，像是花朵，我紧张得如同抖筛，如同寒冷的冬天落在巢外的乳鸟。水陌拥得我愈紧，我愈是心神凌乱，无以安宁。

我艰难地、笨拙地回应着他的吻，感受着战栗和心悸。而这轻吻很快变成了热烈的激吻，在无边血色的花朵里，我脑海里一片空白，却又充满了甜蜜和酸涩，如满月之夜的潮水，几乎要从我的胸腔涨裂开去。

血色的花朵依然在摇曳着，在刺眼的夕阳里绽放着，有蝴蝶靠近来，又惊得飞走了。

我轻轻摘下水陌头顶的玉冠，他如墨的长发倾泻在我的身上。我失神地看着他，他太美了，美得令我窒息。

"水……陌……"我低声唤着他。

水陌面上掠过一丝惊讶，微笑道："原来你知道我的名字。"

我当然知道你的名字。

"那你呢？"水陌忽然问道。

"我？"我一愣。

"我是说……你希望我如何称呼你？"水陌柔声道。

我迟疑道："我的父亲和兄长，还有……嗯，他们唤我'寐儿'。"

"哦，寐儿。"

我浑身一颤。

脑海里又是一道寒光闪过，是风阡那双冰冷如琉璃的蓝色眼瞳。

为什么他们唤我"寐儿"的声音一模一样……为什么他们连身上的清香之气也是一模一样？

不……我拼命摇头，想把这一切从脑海中赶去。我不要再去想风阡，不愿再去纠结水陌与风阡究竟有什么纠葛，更不愿再想将来会发生什么事情。我这一生里，从未有过这般疯狂，纵使那漫长的一生里我只能拥有这一刻。

只要……只要这一刻就好。

"你怎么了，寐儿？"

我回过神，期期艾艾，"我……我……"

"你想说什么，寐儿？"水陌吻着我的额头。

"我……只是想说……"

我不知从何而来的勇气,忽然说道: "我喜欢你。"

话一出口,我立刻涨红了脸,羞涩之极的同时却隐隐觉得,自己像是将胸中郁结的情感终于释放出来一般,仿佛五百年里被压抑的情绪都随着这一句话语滚滚而出,一时令我神智迷离,昏了头脑。

水陌笑了, "真的吗? "

我咬住唇,望着他点点头。

是真的,当然是真的。这刻骨铭心的爱意,尽管我弄不清它从何而来,却无法欺骗自己。

"那你呢? "我问他, "你……可也喜欢我? "

"你说呢? "水陌微笑。

我嘟起嘴,不满地看着他。

"我也喜欢你,寐儿。 "水陌抚上我的脸,一声一声地唤着。我看见他眸中全是我的影子。

你也喜欢我……你也喜欢我……

我怔怔地望着他,突然一下子清醒过来。

"可是,你为什么会喜欢我…… "我喃喃说道,垂下眼睛, "就像姜婆说的那样,我来路不明,而且——"

"你是你,这就够了。 "水陌打断了我的话, "我相信你,寐儿。 "

我愕然抬头。

水陌一直在看着我,目光一直不曾离开,他墨黑的双眸邃如深潭。

可是我,是否值得你相信?

泪花溢满了我的眼眶,我感到心如刀绞,几乎透不过气,可是我很快就决定忘记这一切。如今的我只愿意知道自己爱上了水陌,疯狂地爱着他,其余的一切都被我抛诸脑后。我伸出手抱住水陌的脖颈,抬起头深深地吻着他,我紧紧闭上眼睛,感受他给予我的爱和疼痛。

我感到自己仿佛是一片从枝头飘落的叶子,慢慢地向着那大地沉去,在漫天的夕阳和爱抚里,一寸一寸地将自己迷失。

【雪终】

幽容国再一次飘起雪的时候，已是很久很久以后。

这一日将近深夜，窗外寒风呼啸，卷着纷飞的雪花打上窗棂，而屋内的暖炉闪烁着红红的火光，一派温暖和安逸。我坐在镜前梳发，静静地看着面前的琉璃镜上映出自己的影子。

水陌半倚在床上，望着我微笑。床边的帷幔掩着他的面容，却掩不了他深情的目光。

我被他看得不好意思，嗔道："看我做什么？你明日一早还要上朝，政务繁忙，快早点睡。"

水陌微微一笑，从床上慢慢起身，道："自从寐儿相助，如今十二处魔脉俱已被封，国中也无甚其他可让我担忧之事了。如今民心稳定，每日处理政务不过例行公事而已。"

幽容国最后一处魔脉已于上个月被我们封印，那是在幽容国的极北边缘，我们在一处深谷封印了一只巨大的魔蛛。自此之后，十二处魔脉全部被重新封印，幽容国从此不必再受魔气困扰。

水陌说着，走到我的身后，从我手中拿过玉梳，为我梳起发来。

玉梳从我的发根缓缓移下，长长的头发从梳齿之间滑过，我从镜中望着水陌，烛火映着他的脸，他目光中尽是温柔，而这温柔出现在他无瑕的容颜之上，是令人无法不沉迷的美。

我一时怔忡。水陌一笑，忽然弯下身从身后抱住了我，在我耳畔轻声呢喃："寐儿在看什么？"

他吹出的气拂在我的后颈上，我红了脸，咯咯笑着，半是羞涩地躲避着他，"走开啦，痒。"

"哦？那我就走了。"水陌故意将梳子还给了我，作势要离开。

"不……不要走！回来陪我。"我抓住了他的衣袖，噘嘴看着他。

水陌笑了，低下身吻了吻我的脸颊，望着镜中的我，说道："寐儿，你可还记得，我当初曾对你说，倘若十二处魔脉封印成功，我便会答应你一个要求？"

我拿着梳子的手顿了一顿。

"这个要求，你如今可以提了。"水陌温言道。

我心头一颤，低头道："嗯……我还没有想好。"

"一个月前你便如此说，如今一个月过去了，你仍未想好？"水陌道。

我摇了摇头。

水陌停顿片刻，忽然道："那么……我可不可以向你提一个要求？"

我疑惑地抬起头看他，"你想提什么要求？"

水陌挽起我的一缕长发，乌黑的发丝从他的指间滑落。

"寐儿……嫁给我做王后，可好？"

我手一松，手里的梳子一下子掉在了地上，叮当作响。

镜中的我惊愕而慌张。

"你……你是认真的？"

"当然是认真的。寐儿，同你在一起的这些日子，是我七千年来从未想象过的幸福快乐。"水陌这样说着，他在身后将我拥紧，把头埋在我的后颈里，"所以我如今最大的愿望，便是能永生同你相伴。"

他是那样深情而真挚，而我却慌张得愈发厉害了。

"寐儿……你不愿意吗？"水陌问道。

"不，我，我……"我语无伦次，"我只是……一时不知如何是好。"

"对不起，寐儿，是我唐突了。"水陌放开了我，站起身来，"天色已晚，我们先好好休息，此事不急，你大可考虑清楚后再给我答案。"

这一夜，窗外寒风呼啸，砸在窗上声声闷响。

水陌已在身旁熟睡，而我睁着眼睛，彻夜无眠。

我的确曾无数次地想过，如果我就此留在这里，同水陌相守一生，再也不回檀宫，那会怎样？

风阡会怎样？哥哥和族人们，会怎样？

两年多来，明煜一直没有丝毫音讯，连同残冰剑一起，如同在这世界上消失了一般。连幽容国卫队长姜婆婆率领千百名卫兵在国内掘地三尺都寻不到的人，我自己又怎可能寻得到？

找不回残冰剑，我那所谓暗杀的目的也就形同虚设。如此一来，我这个任务，可不可以算是无疾而终了？

风阡给了我三年期限，然而他的神仙之躯无法进入幽容结界，自然也不会对我造成什么影响。

所以……会不会有一线侥幸，我与外界从此断绝联系，彼此相安无事地生活下去？

那哥哥呢……

想到哥哥，我心下一紧。

如果我不回去，那或许永远见不到哥哥了。他或许会继续留在桃源，或许会带领族人们离开。可是……

我一去不回，没有完成对风阡的承诺，风阡会不会对哥哥他们不利？

怎么办……我到底该怎么办？

我心乱如麻，脑海中一片混沌。

风雪渐渐地停了，外面的夜浓黑如墨。我躺在床上，心下纠结苦思，辗转反侧，一直到五更时分，方才昏昏沉沉地睡去。

梦里白日茫茫，雪花四处飘零，仿佛回到了我初来幽容国的那一天。

"兰姐姐。"

是一个清脆的少年的声音，他从那白雾中走来，轮廓渐渐变得清晰。

竟是明煜。

"兰姐姐，我回来了！我已经用你给我的剑练成了至高剑术，再无人能将我阻挡！"

他的声音高亢而兴奋，回荡在漫天的大雪里。

"我会用你留给我的残冰剑，结果了国主那奸贼的性命！"

他手中的剑忽然指向我的身后。

我大吃一惊，慌忙转身看去，水陌正站在那里，白色的衣袍似是融入了身后的雪，无瑕的容颜美得惊心动魄，黑色的眼瞳忧伤地望向我。

"寐儿……"

一道雪白的光闪过，残冰剑倏然间向着水陌刺去，视野里刹那间一片血红。

"不要——！"

铺天盖地的恐惧袭来，我一下子从噩梦中惊醒，坐起身来，大口地喘气。

日光从窗户里倾泻而来，外面已是雪晴时分。水陌早已起床，不在身边。

我怔愣片刻，梦的回忆如山崩海啸般袭来，愈来愈强烈。忽然之间，一股鲁莽的冲动摄住了我，我突然跳下床，不顾一切地奔出房间，向着前宫跑去。

侍女在我身后喊道："兰姑娘，您去哪儿？国主他尚在上朝……"

雪光在宫殿的屋檐上反射出刺目的光芒，寒风阵阵，将我的头发吹得纷乱，我一路奔跑到宏伟的前殿，满朝大臣正恭敬地立在殿下回禀国事，听到我急切的脚步声至，尽皆惊愕地回望向我。

水陌坐在朝堂的王座之上，看到我也是一愕，站起身来，"寐儿，发生什么事了？"

我不顾一切地穿过人群奔上王台，猛地扑在他怀里，紧紧地抱住了他。

水陌微微一顿，随即将我揽在怀中。

"寐儿，究竟怎么——"

"水陌，"我打断了他的话，"我愿意嫁给你，永生和你在一起！求求你，不要离开，不要离开……"

我觉得自己像是疯了，头埋在他的脖颈里，泪水滚滚而下，沾湿了他的衣襟。

"寐儿……"水陌轻抚着我的脊背。

众朝臣讶然，面面相觑，都在台下窃窃私语。

良久，水陌抬起头来，微微一笑，对众人道："诸位爱卿不必惊异。孤尚未向你们宣告——"

他稍一停顿，在众人瞩目之下昂然道："这位兰寐姑娘，便是孤未来的王后！"

他的声音回荡在大殿里，我听见风将雪花吹进殿来，点点是花开的声音。

半年之后，是水陌与我的婚期。

三月初韶，在境外的人间乃是春暖花开，但在幽容境内混乱的季节里，弥漫的大雪却从半年前一直持续到了今天。国主水陌在位七千年以来，终于要迎娶王后，所有幽容国民无不是欣喜有加，处处张灯结彩，将这盛典看作举国欢庆的节日。

三月十三，婚礼的前一日，整个幽容国的红妆都为我而铺展。侍女们忙前忙后，为我试妆，而我就像每一个新婚的女子那样，坐在窗前望向屋内屋外一派火红而热烈的颜色，心情既激动又复杂。

我终于要嫁给水陌了。我拿着针线，认真地为水陌绣着婚服，看着衣上并蒂花结垂下微微摇动的红色花穗，想起我们相识以来的种种，脸上忍不住露出微笑。

"寐儿在绣什么？"水陌走到我的身边，看向我手中的花结，"哦，是并蒂莲？"

"是啊，就是我来幽容国的第二天，你送给我的并蒂红莲。"我仰头看看他，笑道，"可惜它们只开了一冬就败了，所以我要把它们绣成永远不败的花结，以后给你日日佩戴，好不好？"

我们的目光对视着，一室红色的花饰温暖而炽热。

"好啊，寐儿。"水陌宠溺地摸了摸我的头发。

半年以来，水陌对我的温存有增无减。我生而数百年来，从未像现在这样快乐过。这样的快乐是一种令人沉迷的毒药，可以将所有曾经的不安和焦灼滤去。我渐渐淡忘了曾经所有的纠结，甚至忘记了我来到这幽容国最初的目的，像一只扑火的飞蛾，义无反顾地撞向炽热的烛火。

水陌同我一起待了片刻，便又返回朝堂处理政务了。我留在房中认真地刺绣，到了傍晚时分，小蝶忽然走进屋来，躬身回禀："兰姑娘，御卫军队长姜婺大人求见。"

我回过神，心下微微一惊，放下手中绣计，站起身来。

"让他进来。"我吩咐道。

姜婺出现在门口。他蹙着眉，神色凝重。

"兰……"姜婺顿了一顿，低头道，"王后娘娘。"

"我尚不是王后，你不必如此拘谨。"我道，"姜大人找我，可有事情？"

姜婺看了一眼四周的侍女，道："卑职有一件事情想要禀告王后娘娘。"

我屏退了屋里所有的侍者。待到房中只剩我二人，我道："有什么事，姜大人请讲。"

姜婺半晌不语，叹了口气，说道："王后娘娘，往日对您妄加猜忌，是卑职的不是，还望王后娘娘原谅。"

我张了张口，却说不出话来。

"卑职今日前来，是因为有一件重要的事要同您讲。"姜婺深吸一口气，道，"昨日在王城之外，我们发现了共工后裔明煜的踪迹。"

此言如同惊雷，我猛地睁大眼睛。

"他现在的身手，已是今非昔比。"姜婺声音凝重，"我们派去一百余人，竟全部为他所杀，而他居然能全身而退，再次不知所踪。我们推测，这三年来他一直潜伏在某处极其隐秘的地方，是以我们遍寻不到，如今既然现身，怕是要有所行动了。"

我脑中有什么东西在突突乱撞，震得我无法思考，只呆滞地看着他。

"王后娘娘之身手胜于我等，况且又能时时伴在国主身边。倘若明煜近期欲对国主不利，还望王后娘娘能有所警觉，保护国主。"姜婺说道。

姜婺说完，很快就离开了，只留我呆呆地站在原地，脑海中一片空白。

不知道站了多久，我再一次清醒时，是水陌从朝堂回来踏进屋里的时候。彼时夕阳西下，他身后已是晚霞满天。

"寐儿，来。"水陌微笑着向我伸出手，"今天天色极好，我带你去看日落。"

我回过神，任他牵着我的手，一路来到王城的城墙之上，带我看王城里外的彤霞万丈，十里红妆。

水陌笑道："明日，寐儿便要成为我的妻，成为这幽容国的王后了。"

他的声音那般温暖，如同春日和煦的微风。

晚风吹动我的头发，远方白雪皑皑之下，无边山河仿佛被血色染红，一切恍如梦境。

如同美好的梦境，也如同半年前我那个可怕的梦境。

我怔怔地看着，那个噩梦中的情景控制不住地在我脑海萦绕，我突然感到恐惧如洪水般汹涌而至，大叫一声，一下子回过身，埋首在水陌的肩头。

"怎么了？寐儿，你不喜欢？"水陌担忧的声音传来，他抱住了我，抚摸着我的头发。

我浑身颤抖，声音也在颤抖，"不，我……很喜欢。"

我很喜欢。

"水陌，"我轻声说道，"如果……我并没你想象中那么好，或是做过什么对不住你的事情……你会恨我吗？"

"你在说笑什么？寐儿不可能做对不住我的事情。在我心中，你永远都是那样好。"

水陌抚慰着我，像在抚慰一个任性哭闹的孩子。他永远不会知道我这个问题的背后藏着怎样的痛苦和纠结。

远方有鸿雁鸣叫阵阵，夕阳和晚风一起将我们环绕，时而温暖如火，时而寒冷如冰。我没有再说话，只紧紧地拥着他，小心地珍存这一刻的温柔。即使将来有一天，我不再拥有这样的温柔和幸福，我也要将它刻进我的骨髓里，永生不会忘却。

三月十四，婚礼正日。这是我来到幽容境的第三年。

而这一日，也是风阡当初给我的最后的期限。

我身披赤色霞衣，登上幽容王宫的高台，同水陌一起，接受所有幽容国子民的朝贺。大礼烦琐，连绵不绝，而我一直茫然出神，望着远方落下的大雪，魂不守舍。

水陌伸出手来，握住了我的手。

我回神看向他。

水陌微笑道："寐儿倦了吗？就快结束了。"

我点了点头，歉意地低下头。

"我知你昨夜彻夜未眠，待得今日事毕，我会带你去好好休息。"

水陌说道。

庄严的礼乐在耳畔回响萦绕着，天幕上的雪再一次落了下来，侍者们擎起巨伞，漫天的雪花在空中织成一片雪帘。我重新望向前方，目光越过毕恭毕敬行礼的人群，不经意间停留在远处几处巨柱之上。

那四根巨柱是数千年前幽容国大乱的时候留下的从前王宫的遗址。旧宫不再，而这几根巨柱依旧耸立，庄严地宣告着国主崇高的地位。

漫天的大雪里，它是这盛典里极合适的装点，也是极好的藏身之所。

我忽然发现一处柱子那里有些不对，眯目望了片刻，瞳孔骤然一缩。

乐声里，我霍地从王座上站起身来，奔跑向高台的边缘。

"寐儿！"水陌一惊。

我在高台的边缘停下，猛地放出一道光剑，向东侧的巨柱刺去。

光剑辐射出巨大的光阵，台下的臣民们皆被我突然的动作惊吓到，纷纷向一旁退去。那光阵瞬间化为屏障，将所有人遮挡在外，只留一线锐利剑锋，刺向巨柱之后。

"寐儿？你怎么了？"水陌在我身后急声呼唤。

我没有回答，紧盯着那巨柱，又是数下剑光刺去。咔拉———声巨响，巨柱折断，应声倒塌。

众人的惊叫声中，一个人影突然间从巨柱之后显现，骤然腾空而起，跃上了西方的巨柱之顶。

"哈哈哈哈！"

一个少年立在那巨柱之巅，狂风猎猎吹动他的衣袍，他的一头长发竟呈火红之色，赤色的乱发在风雪中飞舞，他狂笑着，宛如天书中所描写的，那不可一世的昔日水神共工。

"居然被你发现了。"少年收起笑容，将手中长剑提起，指向我们的方向。

他的眼睛里射出红光，声音里充满了嘲讽，"兰姐姐，我当初可是说过，你如此信任我，我定然不会让你失望的。"

水陌缓缓站起身来。

周遭的臣民全部陷入寂静，漫天的大雪里，他们全都呆立在当地，仰头看向明煜，惊愕地看着这位数千年前的共工神王留下的后裔。

而我同所有人一起，一动不动地看向明煜。

这一次不是梦，我真真切切地看到了他，但他与我噩梦中的形象，一点也不一样。

三年过去，明煜的身材高大了许多，也消瘦了许多，模样也早已不似三年前那般稚嫩天真，而是变得沧桑成熟，甚至带着几分狰狞和扭曲。他眼瞳发赤，印堂发紫，头发也尽变成了火红，我一看便知，明煜定是为了练残冰剑急于求成，数次走火入魔，才变成今天这个模样。

只有他手中的长剑雪白而锋锐，光华萦绕，吞光吐锋，一如三年前我将它交付于明煜时的样子。

残冰剑。在这三年里的最后一天，我终于又重新见到了它，而它就如同冬日里一缕寒冷的晨光，将我从长夜里沉迷的梦中残酷地唤醒。

漫长的沉默后，我目光一沉，对明煜道："把残冰剑还给我。"

"还？呵呵。"明煜冷冷一笑，"兰姐姐，我想你已经中了国主陛下的迷魂药，早就不记得自己是谁了。如今且让我来提醒你一番，如何？"

我心下猛然一紧。

"你可是忘记了？三年前的三月十四，你来到幽容国的第一天，就对我说要取这幽容国国主的性命。"明煜拿起残冰剑举在空中，慢条斯理地说道，"彼时你手持这残冰剑，口中说着定要手刃幽容国国主，毫不含糊，是何等坚定。我本以为你同其他刺客当有不同，没想到你和他们一样，一见水陌国主的长相，就被他迷惑，不但三年来为他所用，如今竟然还要嫁他为妻了！哈，哈哈！"

明煜的笑声回荡在漫天的风雪里，风雪吹动他的赤发，如同魔神一般邪气十足。我的手在身侧紧紧握成拳，心乱如麻。

水陌就在我身后，我慌张地转过身，看向他。

他蹙着眉头看着明煜，却一直没有看我。我的心疯狂地跳着，我想说话，我想同他解释这一切，可是……

我又有什么好解释的呢？明煜所说的一切，句句属实。

"你若定要我将残冰剑还你，也不是不可以。"明煜讥笑道，"不知你拿回残冰剑之后，会拿它作何用？是会把它束之高阁，无动于衷，还是像你曾经说过的那样，用它刺死你身边的夫君？"

"水陌……"我不知该说什么好，如鲠在喉。

水陌终于看了我一眼。

他如墨一般的眸子里，是我看不清也看不懂的神情。

我心下一紧，伸手抓住他。

水陌淡淡道："他是冲着我来的。你先站在一边。"

我一愣，"水陌……"

他的声音突然变得像风阡那样冷漠，那曾经刺穿我心脏的冷漠，也没有像往常那样唤我"寐儿"。我莫名心慌起来，想要说话时，他却再次将目光从我身上移开，绕过了我，走到那高台边缘。

水陌一身赤色衣袍立在那茫茫的白雪里，宛如冰雪中升起的火焰，天地之间的一切都在他面前刹那失色。

明煜脸上疯狂的笑渐渐消失，取而代之的是满面的怒火和愤恨。

"水陌！你这个不明来历的外族人，谋权篡位的乱臣贼子！"明煜高声道，"今日我共工后裔明煜在此，誓为我的先辈们报仇雪恨！若你识相，就乖乖让出国主之位，我或许还会让你死得好看一些！"

他肆无忌惮地立在那巨柱之上冲着我们喊话，我望见姜婆正率领着数队卫兵，悄悄从后面向明煜逼近包围。可是明煜三年来修炼残冰剑，走火入魔之际亦会让神族之力觉醒，这些人怕是……

而水陌依旧立在当地，长袍在风雪中猎猎飞舞。

"谋权篡位？"水陌微微一笑，"虽然七千年来，孤已记不清有些陈年往事，但有一件事仍然清楚地记得，孤当初是被众长老与国民们拥为国主的。"

"哼！不过是因为那时幽容国的长老奉行天象，说将有神人降世救我幽容，呸！"明煜咬牙，"什么神人降世？我们共工之后乃是幽容国唯一正统之主，岂是外来之人能篡夺的？只不过因你长得惑众，他们被你的皮相所骗罢了！如今这些国民也是一样！"

"仅以皮相，岂能治国？"水陌收起笑容，冷冷道，"孤既居国主之位，七千年来，幽容国再未有过当日的混乱。当初共工神王为了一己意气，撞断不周山，迫使幽容国跌入此境，导致国民陷入惊慌和死亡之时，可曾想过尽到国主之责？"

"胡说！"明煜怒道，"我先祖之所以触断天杜，就是不想幽容国被天帝罚下凡间，才出此下策，让国民们暂居介于神凡二界交汇之处，以寻他路！若不是你，我们早就能趁着结界不稳之时冲出去，回到神界跟天帝算上一账了！"

"是共工叛乱在先，幽容国民才会受他牵连。"水陌冷冷说道，"你既然认为共工让幽容国跌入此境是为幽容国民着想之举，那共工之子为何又要在幽容国民陷入危难时穷兵黩武，意图牺牲大多数国民破坏结界，再去与天帝相斗？"

"你——"

水陌目光一寒，"况且，幽容国处于不周山之断层，若以蛮力打破结界，稍有不慎，天柱便会有再次倾塌之危险！届时不仅是幽容国民，整个六界都会因此生灵涂炭！"

他的声音在天地间铮然回荡着，所有人鸦雀无声。

明煜睁大眼睛，忽如醍醐灌顶，"六界生灵……我知道了！你要保护天帝统治的六界生灵，这才是你来到这里的目的？你是轩辕天帝派来幽容国的，对不对？"

水陌微微眯目，没有回答他的问题。

"我幽容国与轩辕氏，自万年前始就不共戴天，我幽容国民怎可能甘受你这名轩辕天帝指派而来的外人统治？"明煜高声怒喝道。

水陌淡淡一笑，"很好，那你大可去问问如今的幽容百姓，看他们是愿意继续归孤统治，还是愿意追随当时将他们置于如此境地的共工后裔？"

说着，水陌的目光缓缓扫过台下的国民。那些仰望着二人的国民听着二人的对话，窃窃私语，渐渐耸动起来。

我在一旁默然望着他们，水陌气定神闲，容颜气度绝世无双，在漫天的风雪里宛如上古之神降世，而明煜虽然形貌极似七千年前的共工神王，却疯狂至极，有如入魔之状，甚至不必争执，不必辩论，便高下立判，胜负已分。

"我等愿受国主统治，在此安居！"

"国主心系国民，我等心悦诚服！"

"国主千古！"

大雪里，臣民们的呼声此起彼伏，千万名幽容国民纷纷拜倒在地，诚心诚意地跪伏在这位统治幽容国长达七千余年的国主面前。

"你们……你们！"明煜目中突然迸发出红光，厉声道，"不忠于主者，全都该杀！"

"上！"趁着明煜心神不稳之际，姜婺一声令下，数十名卫士一拥而上，向明煜扑杀而去。

然而与此同时，明煜突然仰天长啸，身上迸出红色烈光之影，仿若漫天无数的血色红鸦霎时间冲上天空。他挥起手中残冰剑，剑光如电向着四面八方激射而去，刹那间，台下所有被剑光波及的人尽数倒在地上。

狂风夹着冰雪袭来，巨大的声波冲击着我的耳鼓，我拼命抓住高台上的石阶，不让自己被狂风吹走。

片刻之后，狂风停了，我抬起头来，发现除了王台上的我与水陌以外，台下的不仅是姜婺及其卫兵，所有的幽容国臣民竟都已被这狂风震昏，四散倒在雪地里。

而水陌依旧立在原地，风雪吹起他如墨的长发纷乱如云。

"六界之灵，强者为尊！我只需除掉你，便可一了百了！就是他们再想拥护你，也不过是在拥护一个死人！"

明煜吼叫着，他突然刺出残冰剑，剑尖倏然射出一道白光，白光又分射成数十道疾光，如无数飞矢一般冲天而至，越过巨柱与高台之间的数丈距离，直向着水陌刺来。

眼见那剑光就要刺向水陌，我骤然出手，放出一个巨大的光罩，铸成一道屏障，一下子将那剑光挡在屏障之外。

水陌微微一顿，回头望向我。

我咬紧牙关，拼尽力气与那剑光对抗，可是那剑光的力量远远出乎我意料之外。那些剑光在屏障之外持续袭来，刺目的白光连成一片，如同一道巨大的罗盘在旋转，寒冷刺骨。

我蓦然一惊。这是十剑冰杀……明煜竟然练成了十剑冰杀？

明煜的目光忽而一转望向我，再次笑起来。

"兰姐姐，难道你忘记你三年前离开樊山前说的最后一句话了吗？"明煜疯疯癫癫地说道，"你说，明煜，你若好好修习残冰剑，说不定有一天，还要靠你去刺杀那幽容国国主呢！哈哈，哈哈哈哈！"

我的手在颤抖，浑身也在颤抖。

明煜大笑道："如何，兰姐姐，你曾亲口说过的话，竟然就此不算数了？"

我已经不敢再去看水陌的表情。我想，水陌大概永远不会再相信我了。三年以来，我一直隐瞒着他，欺骗着他，以为自己在梦里不愿醒来，这个梦就会长久地做下去。

可我今天还是醒了，这场黄粱一梦，镜花水月的爱情，终究是有了这样的收场。

对不起，水陌……

雪白的剑光不断地向我逼近，巨大的力量袭击着我，刹那间仿佛五脏六腑都要被震碎，剧烈的疼痛袭来，痛得我眼前一黑，腥甜的鲜血涌上了喉咙。

伴着疼痛，我仿佛感到生命一点点从我身体中流逝而去。

这……就是死亡了吗？

我的眼前不断闪过破碎的画面：兰邑的梨花、蓟城的夕阳、骊山的血月、檀宫、桃花源、幽容国漫天的雪……我以为将死之人会将一切都看淡，可是真正到了这一刻，我心中埋藏的所有的爱与恨，陡然全部被放大了。

若不能保护自己爱的人，我生于这世间还有什么意义？

我决不可以让水陌死！

我瞳孔骤然一缩，将自己所有的元神和力量都逼迫而出，手中的屏障猛然扩大，竟硬生生将那剑光逼了回去。

"寐儿……"

我仿佛听见水陌轻轻的叹息声。

可是我仍然不敢去看他，只觉泪水蒙眬了我的双目。

"兰姐姐，你着实厉害。"明煜收起笑容，狠狠道，"念在你曾救我一命的分上，我本不想杀你，只是，你也太过碍事了！"

明煜突然收起剑光，手臂重重一挥，竟将残冰剑脱手掷来，雪白的剑身在空中划过一道直线，一下子刺透了我的屏障，向着我的心脏直冲而来。

我呼吸骤停，紧紧闭上眼睛。

嗤——

我听到锋利的剑刺入身体的声音，却并没有感到想象中的疼痛。

我睁开眼睛，突然感到一片冰水从头顶浇下，冰凉了全身。

水陌挡在了我的面前，为我挡下了残冰剑。

剑身从他的胸口贯穿而入，他踉跄着后退两步，慢慢倒在了王台的白雪之上。

一切发生在刹那间，对我而言却长如一生之久，就像我无数个噩梦里，最害怕的那个瞬间。

整个世界都寂静了下来，我失声大喊："水陌！"

我狂奔向他，跪倒在他的身边。他的血染红了他身下的雪，冰白血红那般刺眼。他闭着眼睛，雪下得极大，落了他一身，似要将他深深埋葬。

我疯狂地将他身上的雪扫开，颤抖着抚摸着他冰凉的脸，"水陌……水陌！你醒醒！醒醒……"

雪在我的指尖融化，仿佛利针穿透肌肤，冰凉刺骨。

我握住残冰剑的剑柄，想将它从他身上拔出，可是我的手在颤抖，全然不听我的使唤。

忽然，水陌的手缓缓地抬了起来，握住了我的手。

我急忙看向他的脸，"水陌……水陌？"

水陌的眼睛慢慢睁开，对我微微一笑，"寐儿……"

风雪在肆虐着，呼啸着，可是什么也挡不住这一声呼唤，我再也忍耐不住，失声大哭起来。

"水陌，水陌，你怎么这样傻……"我泪流满面，"你为何要救我？你难道……难道不知道我接近你究竟是为了什么？"

"我知道。从见到你的第一天，我就知道了。"

我怔怔地看着他，"什么……"

水陌缓缓道："你于法场上救走共工后裔……再见你时又潜伏在王宫外的大树上……那时的我便有感知。"他的眼睛望着我，墨黑的眸子里仿佛落满了雪花，"只是彼时我想要赌一赌……最初只是想赌你封印魔物的能力，却是没有想到……最后竟赌上了自己的心……"

我的泪水滚滚而下。

"七千年了……七千年来，我从未为自己而活。"水陌叹息，"我甚至不记得自己从何而来，为何而生，只知日夜为幽容国奔波辛劳，安国恤民，让幽容国民得以在逆境中生存……"

水陌望向我，目光温柔如水，"我如此生来七千余年，却在最后的三年才遇见寐儿……即使如此，也算是命运对我极大的眷顾了……"

他的呼吸渐渐微弱下去，而残冰剑忽然开始微微抖动，剑身散发出莹白色的光芒，似乎水陌的魂魄正渐渐地被它吸噬而去。

我一惊，再次想要将残冰剑从水陌的身体拔出，却感到剑身上有一股奇怪的力量同我对抗着，让我难以如愿。我慌张无措，却又心乱如麻。

"寐儿，"水陌摇头，"我大限已至，不必再费力了。"

"不！不可以！"我拼命摇头，"水陌，你还记得你尚欠我一个要求吗？我现在就要求你，不要死，不要死！回来陪着我，做我的夫君，我们要在一起，生生世世……"

说到后来，我已是哽咽之极，泣不成声。

水陌，这一场赌局之中，赌上了自己心的人，不只是你一个。甚至，另一个人输得更惨，更无可挽回，一败涂地啊！

"生生世世……"水陌叹息。

他无瑕的容颜愈发美得惊心，宛如同那白雪融为一体。

"这三年来，我很幸福。"水陌微弱地说着，他的手倒了下去，"寐儿，好好活着……"

他终于闭上了眼睛。我再也看不到那双墨黑的双眸专注地望着我，再也听不到他温柔的声音唤我"寐儿"，再也不会有这样一个人，珍爱我胜过他自己的生命。

眼泪已经不知是否流干，巨大的空虚和悲伤从我心中贯穿而过。我呆呆地保持着握住残冰剑剑柄的姿势，望着长长睡去的水陌。

水陌的生命停止了，残冰剑上的白光也消散无影，那股与我对抗的力量终于消失。我的手依旧颤抖着，仍然无法狠下心将残冰剑从他的胸口拔出。

"兰姐姐……咳咳，咳咳咳……"

明煜不知何时爬上了王台，一步步向我走来。他的红发在风雪中凌乱地飞舞着，瞳孔迷茫，声音虚弱而恍惚。强用十剑冰杀所产生的巨大反噬之力，即使他是神王之后，也难以避免。

"兰姐姐，你为何会如此伤心？不就是当不成王后了吗？"明煜踉跄走来，疯疯癫癫地笑道，"如果你愿意，当我成为国主之后，依然可以封你做后……"

我胸中悲愤的怒火一触即发，猛地转身，抽出残冰剑一剑将他击飞，明煜一下子跌去数丈之外，<u>重重地摔在雪地里</u>。

我瞬间欺至他身前，将剑尖指在他的咽喉。

明煜似已经神智混乱，赤色的瞳孔涣散，说不出话来，只呆呆地看着我。

剑尖的鲜血在一点点流淌。那是水陌的血，无声地在大雪中落下，也如同我心尖流下的鲜血，一滴一滴，永无止境。

许久许久，我缓缓收回了剑。

有意义吗？杀死水陌的，并不是明煜。

而是我自己，是我自己啊！

我转回头，一步步向着水陌走回去。及至跟前，我突然立住了脚步。

我愕然发现，水陌的身体竟慢慢融入了白雪，仿佛他本来就是自那白雪而生，如今不过是重新归去。

你……本来就不是这世间的人，对吗？

我跪在他死去的地方，怔怔地看向他消失的痕迹处。

你只存在于我的梦里，我的想象中，我的内心深处，在忘却一切忧愁的地方。

我的水陌，我的忘忧之爱人。你如此决绝而去，甚至不给我留下什么信物和念想，不给我留下任何悼念的机会吗……

我在雪地里拨开白雪，疯狂地寻找水陌留下的遗物，终于在水陌消失的地方，发现薄薄的白雪覆盖着一样红色之物，我如获至宝地将它拾起，让它冰冷地躺在我的手心。

那是水陌婚服上的并蒂莲花结，是我在婚礼之前亲手绣成，亲自系于他的婚服之上的。

脑海中突然闪回三年之前，在那初见的白雪之中，水陌微笑着伸出手，递给我一双美丽的并蒂红莲。

"我要把它们绣成永远不败的花结，以后给你日日佩戴，好不好？"

"好啊，寐儿。"

可是如今，它的上面已浸满了水陌的鲜血。

夫妻并蒂，本应一世相守。如今我们，却已是生死相隔，永无再见之期。

雪下得愈发大了，台下的臣民们仍尽数在昏迷之中，天地间一片死亡般寂静。

"哈哈……哈哈哈哈！"

我望向白色的天空，忽然凄然大笑起来。

沧沧幽容，皑皑白雪，予爱亡此，谁与独旦？

予心亡此，谁与？独息！

情怨／至死／
方回首／

【重逢】

水陌，我的爱人，千年以来我最挚爱的人，我曾爱你胜过自己的生命，可你离我而去，那般突然，徒留给我无边的怀念和悔恨。幽容国漫天飘洒的大雪，那雪中人如墨一般的双眸，成为这千年的岁月里冻结的画面，我宁愿在那画里面睡去，永不醒来。

黑暗的巫礼神殿里，血噬之阵中央的我已经临近死亡的边缘。我的眼前不断出现着幻觉，感到自己的血正在被血噬之阵吸干，就快如二师兄那般，一点点被血火焚化，最后消失于世间。

"原来如此。风阡乃是以檀石为本，为凡人重塑长生之体。"巫礼若有所思，他手中的法杖与血阵相连，我知他也看到了我作为兰寐的所有的记忆。巫礼瞥了一眼滚落在一旁的鹤纹灵石，"那么这块灵石，想来也是他所有的那檀石之一了。不过，我还是没有看到，风阡最后去了何处。"

我已经精疲力竭，沉浸在对水陌的怀念和悲伤里，脑中的回忆之门渐渐落锁，意识混沌，无力再想起更多。

"想死？"巫礼冷笑，"你的性命在我的手中，在交代出风阡的去向以前，你就算是一心求死，亦是不能！"

巫礼手中的蛇杖猛然一动，那血噬之阵从我身体里汲出的血忽然间倒流了回来，那些已被魔化变成了黑色的血源源不断地注入了我的身体，我一个激灵，突然感到那些魔气进入着我，充斥着我，代替了我原本的血和灵魂。

魔化。这是比死亡更可怕的事，我正在渐渐变成一具魔灵——那将不再是我，而是会变成一具无法自控的行尸，我将会成为巫礼手下无数魔兵的一员，听从他的利用和支配，甚至毁灭这世间的一切。

我终于开始感到真正的恐惧，拼尽全力与那魔气对抗。我无声地大喊、求救，然而我明白，在这与世隔绝的神殿里，我能获救的希望，实在是太过渺茫！

就在我几乎绝望的时候，面前突然闪过一道白光，那白光从某个角落爆裂出来，霎时间充斥了整个天地。

那光是那样强烈，连所有的声音都被那铺天盖地的白色吞没。我看不见巫礼，看不见那黑暗神殿里的魔兵，更看不见我自己。周遭的一切都陷入了寂静，仿佛时间在那一刻停止。片刻之后我才发觉，这是因为我意识模糊，正在一点点陷入昏迷。

昏迷之前，耳畔一片洁白的死寂里，我只听到一个声音。

"蜀地苍溪，弱水深潭。"那个声音在这白色的空旷里回荡，"巫礼，若你想得到你要的东西，就到弱水潭来。"

我从昏迷中醒来的时候，浑身都高烧滚烫，手足无力，虚弱至极。我睁开眼睛，发现自己正躺在一个白衣人的怀中，他怀抱着我，我们正于昏黄的天空里疾驰，而我们身下，是一朵云幻化而成的白马。

我怔怔地看着他。

日光透过那黄色云霭直射下来，于我而言太过刺目，使我看不清他的面容。然而他的怀抱实在是太过熟悉，令我心下一紧。

我知道他是谁，却又不知道他是谁。

"你……究竟是谁？"我轻声问道。

白衣人良久不语。

"是你救了我……巫礼神殿里有那么多魔兵，你是怎么做到的？"

我喃喃说着。

"来不及解释了，我只有三个时辰。"白衣人说道，"寐儿……三个时辰之内，我会将你带到他那里。"

"他？他是谁？"我茫然问道。

"你我的旧识。"白衣人回答。

"谁？"我更不明白。

白衣人不再回答，只纵着云马，向北方疾驰而去。

云马颠簸，我再次昏睡过去。昏昏沉沉中，我陷入了一个陌生的梦境，茫茫白雪中，一个酷似水陌的人正立在雪地里，他背对着我，长发如墨般垂下，白色长衣仿佛融入了漫天的白雪中。我不知不觉地向他走去，然而走到半途，空中突然有数百个黑色魔影从天而降，狰狞地向他扑去——

我大叫一声，蓦然惊醒。

我烧得太厉害了，整个人都在晕眩。云朵和风疾速地从我们身旁掠过，我看不清眼前的东西，只能凭着气味和感觉，紧紧地抓住身边的人。

白衣人觉察到我的颤抖，微微低头，"寐儿，你怎么样……"

我瑟瑟发抖半晌，突然间抱住了他。

白衣人微微一僵。

"水陌……不要死……回来……"我低声呢喃，将头埋进了他的衣襟。

良久我听见他轻叹一声，"寐儿……"

他的手抚上我的后脑，动作那般轻而温柔，令我想起千年前那个月夜，鹤羽盛着檀宫里满月的清辉，又想起某个雪夜手执木梳的夜晚，铜镜里对视许下终身的誓言，甚至还想起灵石幻境轰然崩塌时，某个人在我耳畔的寥寥私语……

我的意识和眼睛变得同样模糊，不知不觉中已泪流满面。那些回忆纠缠着我，捆绑着我，令我慌张无措，又令我痛苦不堪。我紧紧拥着他，不愿放开。

白衣人捧起我的脸，吻去了我的眼泪，停顿了片刻，轻轻吻上了我的唇。

我浑身一颤，不自觉地回吻着他，从颤抖到安然。我回想起千年前夕阳下摇曳的血色花丛里，我曾经也是这样拥吻着一个人，满心都是纠结的痛苦和爱，千年后，这样的痛苦和爱意未曾减退半分，反而变得更加铭心刻骨，犹如岁月里疯狂生长的藤蔓，愈发将我整个人纠缠束缚。

云马仍在疾驰，风撩起我的头发，拂干了我的泪水。迷蒙中，我望向白衣人，这一回，我看到了他的眼睛，他望着我，微蹙着眉。温柔的蓝色眸子宛如一潭春水，荡漾开来。

两个时辰后，我们到达了蜀地苍溪。

魔气依然在不断侵蚀着天空，犹如笼罩着巨大的昏黄色阴翳。清晨的苍溪已然呈现了黄昏的景象。黄天之下，苍苍翠竹茂盛地立于高冈。

云马落地之后即化为云烟不见。白衣人道："你在此地休息，我去寻他。"

"等等。"我忽然唤住了他。

白衣人立住了脚步。

我望着他的背影，欲言又止。

"风阡，"我轻声道，"是你吗？"

他并不是水陌。因为我看见了他的眼睛，无论是前世还是今生，只有一人有那样一双蓝火一般的眼睛。

白衣人无言。

"你不回答，那……我就认为是你了。"我喃喃道，"那我梦中幻境里的青檀，也是你，是不是？给巫礼灵石，让他引我前去桃花源的，同样是你，是吗？"

白衣人依旧不答。

我怔怔地看着他。

在巫礼的血噬之阵里，我终于想起了自己，作为兰寐所经历的一切……我想起了风阡，想起了水陌，想起千年前那些悲喜交加的过往。而与此同时，我也经历了师兄们的死亡和变节，前世今生的回忆糅合在一起，令我一时不知该说什么，纵有千言万语的疑问、千头万绪的情感，但它们全部哽在了喉咙，让我无以开口。

"巫礼寻回元神，今非昔比，我们行动须快一些。"白衣人轻声说道。

"为什么大师兄会是巫礼？"此言一出，我的泪水一下子汹涌地流了下来，"二师兄，四师兄，他们都死了，三师兄不见踪影，而这一切，竟然是大师兄干的……怎么可能？大师兄是我最亲的人之一，他怎么会是巫礼？怎么会做出那样可怕的事情？"

我控制不住地大哭起来。白衣人叹息一声，转过身走近前来。

他抚去了我的眼泪，"对不起，寐儿……是我顾虑不周，令巫礼逃脱了控制。现下在弱水潭，他若携魔兵追来，实力会被削弱许多。"

"等等，"我泪眼蒙眬，睁大眼睛看着他，"你……不怕我的眼泪吗？"

白衣人笑了，手指在我的面颊上拂过，轻声说道："若是怕，我又怎能亲手塑回我的寐儿？"

我不明白他的话，只怔怔地看着他，恍惚中，我仿佛回到了初生之时，某个黑暗而冰冷的地方，那里也曾有这样的一双手，将破碎如粉末的我一点点拼凑完整。

轰隆——

天边一声巨响将我惊醒，我抬头望去，只见西方飘来的黑云触到了弱水潭畔的白色天空，刹那间如雷电一般爆裂，雷鸣电闪，仿佛即将大雨倾盆。

"这里的清气可以抵挡魔气！"我忽然明白过来，"你是准备借弱水潭的清气，给巫礼致命一击吗？"

白衣人点点头，说道："如今，只能如此。只是仍需一人的帮助，我现在须去寻他。"

白衣人转身欲离开。"等一下。"我忽然抓住了他的手。

白衣人回过头来，望向我。

他的手是冰凉的，纵然在这温暖的清晨。我看着他的眼睛，心下突然一紧。

这是时隔千年，我又一次同这一双眼睛相视——它们依旧如琉璃一般，璀璨光华，美得惊心动魄。我还记得第一次看到它们的时候，在那白鹤神像的上空，在那蓝色幻光的中央，我第一次被这仙人之美震撼，满心畏惧和惊惶。

"你……真的是风阡吗？"我喃喃问道。

良久，白衣人回答："我是，寐儿。"

"你也是青檀，是不是？"我又问。

风阡点了点头。

我怔怔地看着他。

风阡，是你。我记得你。十六岁前，你是我的鹤神，十六岁后，你成为了我的主人。千年以前，在那无边的寂寞岁月里，你曾是第一个让我心生爱慕的人，可是你又无数次伤了我的心，令我痛不欲生，千疮百孔。我爱你不得，更恨你不得，在那残缺的回忆里，你永远是我心里无法碰触的伤痕。

然而，我又想起了水陌。

水陌……我所挚爱之人。我的胸口窒息起来，千年过去了，我仍旧记得失去他的悲痛，而那三年如梦一般的时光，亦是深深烙印在我的心中，无可替代，无法忘记。

风阡，你又为何要化成水陌的模样，以青檀之名出现在幻境里？

这一千五百年的岁月里，我所爱上的人，究竟是谁？

我脑中一片空白。

风阡轻叹一声，"时间不多了，寐儿，你要怎样？"

我回过神来望着他。他的眼睛那般清洌，有如蓝色的波澜。

我张了张口，道："我……和你一起去，可以吗？"

风阡凝神望了我片刻，微微一笑。

"好的，寐儿。我们一起，去见故人。"

【故人】

　　我默默地同风阡一起向弱水潭畔走去。天空的边缘依旧在电闪雷鸣，如同和那袭击而来的黑云在进行激烈的战争。

　　经过了千百年的岁月，那高冈上的竹林依旧苍翠，风中微摇，鸦雀无声。我的目光从绿色的竹林下移，看到弱水潭静静地横亘在我们面前。

　　就在我们走到那深潭之畔时，我忽然看到，在那弱水潭畔，躺着一个人。

　　那人似是昏迷在弱水潭边，浑身湿透，如同溺水之人刚刚被打捞上来一般。但他身旁并无别人，独自一人晕倒在那高崖之下。

　　我心下奇怪，待走近两步看清那人的面容，我一下子睁大眼睛，心脏骤停，失声喊道："三师兄！"

　　我跌跌撞撞地跑了过去。

　　及至跟前，我跪下身，急急地摇晃他，"三师兄！三师兄！你还好吗？"

　　在我的呼唤下，三师兄悠悠醒转，睁开眼睛，看到我，半晌道："小烛……"

　　我喜道："是我！三师兄，你还活着！"

　　三师兄的目光缓缓移动，落在我的身后，突然间一凛，脸上出现了不可思议的神情，立刻要挣扎着起身。

我一愣之间，三师兄已经爬起身来，跪倒在地。

"主人！"

三师兄高声呼喊，深深地拜了下去。

我一下子蒙住，愕然回头，风阡正缓步向我们走来。

我转过头来，"三师兄，你——"

"灵鹤白其，叩见主人！"

三师兄说着，声音在微微颤抖。

我宛如遭遇晴空雷击，呆若木鸡地看着三师兄。

三师兄，你自称什么？我是不是脑子糊涂，听错了？

我睁大眼睛，看着三师兄被水浸湿的脸，脑中的思绪疯狂转动，千年前的记忆再次浮现，我突然间想起来一件事。

这一张脸，我在记忆中也曾看到过。他瘦削的脸颊，尖尖的下颌，即使我在记忆里只模糊见过极少次，也还是认了出来——

千年前，在离开檀宫去往幽容国之前，为了通过最后的考教，我曾为灵鹤白其设下圈套，引它进入忘忧幻境。在那幻境之中，白其化为一名高傲少年，那张俊秀的少年脸庞……竟正是如今三师兄的模样。

可是……三师兄……白其……这怎么可能？

我后退两步，不可思议地看着他。

我明明记得，白其生平最是怕水，连羽毛上溅上几滴水都要发狂，三师兄却奉师命十几年如一日地修习水术，天天与水为伴——比如现在，他全身被浸泡湿透的模样，白其怎么可能会接受自己变成这个样子？

白其身为万古灵鹤，生性十分高傲，而三师兄沉默寡言，极少言语。性格的差别如此之大，让我如何将他们二人联系在一起？

许许多多的疑问在我脑中缠成一团乱麻，我呆立在当地，说不出话来。

风阡看着跪在地上的三师兄，微微一笑。

"你果然在此。"

三师兄低头道:"是!方才,巫礼那妖孽启动血噬之阵,借神魔之力将我打回原形,我一路赶到这里,方才借潭中弱水重归人形。"

风阡目光微动,"原来,你还记得我对你说过的话。"

三师兄闭目道:"是。主人曾说过,只有再次沉入弱水,方可以借弱水的锁形之功化为人形。主人的言语,白其一直铭记在心。"

风阡微笑起来,"你如今,却是对我的话深信不疑了?"

三师兄脸色一变,叩倒在地,"白其背叛主人,万死不得赎罪,恳请主人惩罚!"

背叛?赎罪?什么意思?我睁大眼睛,愣愣看着他。

"罚你,无用。"风阡淡淡道,"你带着寐儿离开,去东方天宫寻找帝夋。不多时,巫礼便会来此。"

三师兄一愕,抬起头来。

"寐儿,你可否答应我一件事?"风阡忽然望向我。

我一怔抬头。

风阡看着我,目光如幽蓝的湖水,"倘若帝夋要求你做什么事,请你务必听从,好吗?"

他的声音那样温柔,我不明所以,茫然点了点头。

三师兄却一脸不解,"巫礼会来此……主人是准备借弱水潭周遭的清气将他的魔灵压制,从而将他一举歼灭吗?可是,主人既已归,何必费此周章?以主人之能,何惧一个小小的巫礼?"

风阡不答。

三师兄忽然像是发现了什么,疑惑的神情突然间转为惊愕。

"主人,难道您……"三师兄颤声道。

"如你所见,我只是凭借檀石之体,分魂化形而已。"风阡淡淡道,"此枚檀石已被他人附魂过,无法支撑太久。如今我时日无多,只余下一个时辰。"

三师兄惊道:"什么?主人……"

风阡举起衣袖，看着自己的手，"或许，已不到一个时辰了。"

话音未落，他的浑身开始泛起淡淡的蓝光，他的衣袍，他的脸颊，俱化为浅浅的月白。那蓝光旋转，变幻莫测，宛如华光流转的蓝色琉璃。三师兄的目光渐渐变得黯淡，垂下了眼睛。

"什么？什么不到一个时辰了？"我猛然回过神来。

风阡叹道："时不我待。白其，此事恐要交了你了。"

三师兄黯然的神情很快转为坚定，"为主人效力，白其必赴汤蹈火，在所不辞！"

"巫礼之祸，着实不该。"风阡缓缓摇头，叹道，"我本思虑周密，以为此事稳妥，却不想遗此祸患……是我大意了。"

说话间，风阡整个人像是在蓝光中渐渐淡去，如同一朵月白色的云，飘然欲随风而逝。

"不！那巫礼丧心病狂，怎会是主人的错？"三师兄的声音颤抖起来，他望着逐渐消失的风阡，突然急切地问道，"主人，可否告诉我，您……您的本体元神，究竟在哪里？"

"呵……我何尝不曾犯下许多过失？"风阡只说着，却没有回答三师兄的话。蓝光四散，他消失得愈发快了，仿佛即将融化在那虚空之中。

"等等！你要去哪里？"我突然叫道，急忙上前，想要抓住他，"你又要不告而别了？那时候在幻境里，你就这样，现在又来？"

风阡微笑地望着我，"如今，却是你来指责我不告而别了？"

"不行，你不能这样说走就走！"我莫名感觉心下慌乱，"你还有很多事没跟我说明白。"

"你想知道什么事？"风阡望着我。

我张了张口，却如鲠在喉。

我想知道很多很多事。为什么你要引我再去桃花源？为什么要变成水陌的样子出现在我的梦中？还有——

"我们现在……为什么会变成这样？"我喃喃问道。

"你迟早会记起来。"风阡回答。

"可是从前我每次想要记起来的时候，你又为何想要抹去我的记忆？"我忽又问道。

风阡目光一动望向我。

"我不曾试图抹去你的任何记忆。"他说道，"从来不曾。"

我微愣地望着他。

最后的蓝色幻光里，风阡微微一笑，一双蓝色的眸子潋潋如水，荡漾开来。

"寐儿，好好保重。"

他话音刚落，突然间又是一道巨大的刺目白光闪过，将那些缭绕蓝光尽皆吞噬。我不由得闭上眼睛，再睁开时，风阡已经消失了。

我呆呆地收回了手，风阡手上的余温还停留在我的指尖，可是他已经不见了。

我望着风阡消失的地方怔了半晌，走过去拾起一样东西。我翻过手，鹤羽灵石，或者应称它为檀石，正静静地躺在我的手心。它如今似乎完全失去了光芒和灵气，好似一枚再普通不过的白色玉石。

"主人……"三师兄闭目，声音沉重。

我回过身来，望向他，"风阡……这是怎么了？"

"那并非主人本体。"三师兄，或许应该称他为白其，低声说道，"只是主人的一个分魂之身……你应该知道的。"

我茫然，"知道什么？"

"主人为了找你，将一部分魂魄和灵力锁入了灵石之内。"白其道，"檀石有聚魂之能，然而聚拢的魂魄一旦离开檀石，就会灰飞烟灭……主人为了短暂化形，相当于抛弃了这一部分魂魄。"

我仍然不甚明白，"什么？"

白其突然莫名地看了我一眼。

"你……是否记得前事？"白其忽然问我。

我迟疑片刻，点点头，又摇了摇头，"我记得自己是兰寐，记得千年前五百年里在檀宫发生的事，还记得在幽容国的三年……但之后发生了什么事，我就不记得了。"

"难怪。"白其移开目光，"之后的事，想不起来也罢，就不要想了。"

他言语冷淡，表情生硬，我们之间的气氛一下子变得尴尬起来。

"三师兄……"看着他疏离的样子，我心下十分难受，"二师兄和四师兄都不在了，你知道吗？"

白其沉默片刻，缓缓点了点头。

"我知道。"他低声道，"是我亲眼看见他们被巫礼重伤，以他们之能，全然敌不过寻回元神的巫礼……而我自己，非但没能保护他们，反而在同巫礼的激战中，被他打回原形。"

"你在天草门这么多年，可有认出大师兄就是巫礼？"

白其摇头，"不曾。他几经转世，如今已是凡人之身，没有露出任何迹象。"

又是一阵沉默。黄风吹落高冈上的竹叶，寥寥落在我们之间。

我愣愣地看着他。三师兄，你真的是白其吗？

我看了看手里的檀石，忽然一扬手，作势要将它向弱水潭中掷去。

白其一惊，立刻望向我，"你干什么？"

我收回手，道："没什么，我只是想看看，你会不会像我在骊山初见你那回一样，变成白鹤将它叼回来。"

白其啼笑皆非，白了我一眼，"如果我能自由化形，定会啄到你求饶，兰寐。"

"原来你真是白其。"我喃喃道。

"怎么，不像吗？"白其瞥了我一眼。

我摇头，"不像。"

"也难怪你会这么想。"白其仰头望向昏黄的天空，"作为兰寐，这应该是你在忘忧幻境之外，第一次见我人形的样子。"

"是。"我回忆着，"在檀宫的五百年里，我从未见过你化成人形。"

"你在忘忧幻境中应看见过，两千年前，我曾因为……失足溺于弱水深潭。"白其低声说道，"那一次我险些丢掉性命，幸而被一名凡人救起。然而我醒来之后，却发现自己被锁为鹤形，失去了随意化形的能力。"

"主人告诉我，只有我再次自沉于弱水深潭，方可以借弱水的锁形之功化为人形。但是，我出生时曾被盘古大神不慎溺于东海深处，故而一直极为惧水，宁愿千年中一直被锁为鹤形，也不肯再次沉水化为人身。直到……主人失踪千年后，我在人间发现了你，为了寻访主人下落，我方再次沉入深潭，借潭水之力重化成人，潜伏在你身边。"白其说着，低头看向自己的手，"这一次也一样。我遭巫礼打回原形，连夜飞回这里，想要重化人形后再去找他清算，却不想因体力不支晕倒在潭边，更不曾想，竟在这里重新见到了主人。"

我怔然，"原来是这样……"

原来白其也早就知晓我的身份，故而和云姬一样，想通过我来寻找风阡，为此还成为了我的三师兄，在天草阁一住就是十余年。我在檀宫那些年从未在现实中见过白其的人形，竟是由于那次在弱水潭溺水令他丧失了变身能力。可是后来，为了化成人形潜伏在我身边，他竟主动投入深潭再次遭受溺水之苦，这，真的是我当初认识的那个怕水又高傲的白其吗？

"可是……你还是不像。"我忍不住又道，"我还记得，不论是我在檀宫的时候，还是在忘忧幻境里看到的你的过去，你……除了长相以外，都不是现在的样子。当然，我也不是，风阡也不是……"

白其不语。

"巫礼让我想起了其他一切，却独独忘记了最关键的内容。"我喃喃道，"白其，我很想知道，后来究竟发生了什么？我的哥哥和族人们，还有檀宫和桃花源，都发生了什么？我和风阡，还有你，为何会成了今天这个模样？"

白其沉默地站着，一言不发。

"我之所以变成这样，是因为我做了错事，很可怕的错事。"白其终于开口，低声说道，"千年以来，我一直在赎罪，时至今日，仍未赎清。"

我不明所以，怔怔地看着他。

"至于你……"白其顿了顿，"我方才说过，你想不起来，便不要想了。"

白其声音冷淡，仿佛又变成了那个淡漠而寡言的三师兄。

"那么他呢？"我望向昏黄的虚空，问道，"风阡……他现在在哪儿？"

白其摇头，叹息道："主人的元神本体如今在何方，世上恐怕无人知晓。"

我怔然望着远方，望着风阡消失的方向的天空。千年的岁月和回忆在我脑海中流转，千言万语哽在喉咙，却不知该向谁诉说。

"他还会回来吗？"我低声道。

白其没有回答。

大地突然震动起来，我只觉天旋地转，啊的一声跌倒在地，手中檀石脱手，滚落在数尺之外。

白其脸色一变，"不好！"

天空刹那间变得黑暗下来，魔影遮天蔽日，仿佛无数个鬼魂从四面八方飞来。它们聚集成海，吞掉了日光和白云，在空中如黑隼般盘旋片刻，张牙舞爪地直向着我们扑来。

"快到我身后！"白其话音刚落，即从身旁折过一杆苍竹，竹身立刻幻化为碧色长剑，将那些魔气劈开。

我挣扎着站起身来，想要向前两步去拿回檀石。

"回来！小心！"白其在我身后厉声吼道。

一条浑身泛着磷光的青蛇突然落在我的面前，嗤嗤地对我吐出芯子。

我惊得后退，蓦地仰起头来。

一个人不知何时从天而降，已立在我的面前，黑暗的天幕下，他的衣袍如蛟龙般飞舞，脸上泛着诡异的冷笑，右颊之上，青龙之纹在攀爬生长。

我脑中嗡地一响，踉跄两步，退到白其身边。

青蛇逶迤着回到了蛇杖上，巫礼伸出手来，略一施法，那灵石便升至空中，落入了他的手里。

"果然是件神物。"巫礼细细观摩着檀石，手指慢慢抚摸着上面的鹤羽细纹，"若不是亲眼看到风阡附魂在此玉石之上化出形体，我着实不敢相信世间还有此异术——早知如此，我一早便好好收着它，也不必大费周章地把它交给兰寐了。"

白其冷笑，"没有主人施法，这石头不过是一块死物而已。巫礼，你休要异想天开！"

巫礼瞥眼看向白其，忽然微微一笑。

"你竟还没死。灵鹤白其，你藏得着实隐蔽，朝夕相处十数载，我竟从未认出你的身份。"

"彼此彼此。"白其冷冷道。

巫礼目光上下打量着白其，叹道："可惜，万古灵禽，盘古呕心沥血之作，天地精华之所钟，却跟了风阡这样一个没用的主子。风阡失踪千年以来，想来你在凡间可没少受折磨吧？"

"不劳你挂心。"白其漠然。

巫礼笑了起来，"堂堂万古灵鹤，落得在凡间这般狼狈流离，你竟能甘心？白其，我且为你指一条明路——不如你告知我风阡去处，再认本座作主上，同吾共享这天界如何？"

白其眯起双目，"凭你这杂碎，也妄想同主人相提并论？"

巫礼冷冷道："吾乃堂堂天界神王，你们灵兽灵禽一族自盘古创世之始，便注定要效忠于神明。你若识相，大可归附于我，若是不识抬举……休要怪我斩尽杀绝了。"

白其冷笑一声，"除风阡神上之外，灵鹤白其此生此世，决不会效忠于任何其他神明！"

他的声音高亢，回荡在昏暗的天地之间。

"也罢，倒是一名忠心于主的畜生。"巫礼慢慢说道，"不过，你若是知晓风阡下落，想来也不会在兰寐身边苦苦潜伏如此之久。所以本座知道，若想寻到风阡，还是要着落在她身上——"

巫礼法杖上的青蛇倏然间再次冲出，突然向我袭击而来，我啊的一声，猝不及防，一下子被青蛇攫住身体动弹不得。巫礼随即一挥法杖，我登时被他掳了过去。

白其脸色一变，喊道："放开她！主人身在何处，她也不知！"

巫礼笑道："就算兰寐现在不知，早晚也会知道。以她为质，多加折磨，风阡迟早会找上门来……白其，你曾经不也是这般寻找风阡的吗？"

那条蛇在我面前晃来晃去，咝咝吐信，我张口欲言，竟发不出声来。

"放开她！"白其怒吼，突然将竹剑向巫礼掷来，巫礼立即闪身避过。随即，一声鹤唳穿透天际，白其的四周腾起千万枚白羽，它们仿佛化为无数鹤影，如同利箭一般将巫礼身旁的那些魔影穿透，直向着巫礼包围击来。

巫礼脸上的表情慢慢变得冰冷，"不自量力！"

他手中的蛇杖骤然挥起，数十条青色魔蛇从杖上倾巢而出。它们如摧枯拉朽般冲破白其的鹤羽，随即聚集为一只青磷色的巨手，霎时间掐住了白其的脖颈。

"呃——"白其被那巨手扼住咽喉推至半空，动弹不得。

"冥顽不化，只能落得这样的下场。"巫礼微笑道，"灵鹤白其，你命将绝，可还有什么遗言？"

那巨手一点点收紧，白其已毫无防卫之力。眼见白其命在垂危，情急之下，我突然大叫道："大师兄！等等！大师兄！"

"大师兄"三个字冲口而出，巫礼微微一顿。

"他不只是灵鹤白其，他还是三师兄啊！"我大喊道，"大师兄……你忘了吗？"

巫礼没有说话，那青色的巨手依然在收紧，白其垂死挣扎，危在旦夕。

"你们神仙的情是情，我们凡人的情，便不是情了吗？"我声嘶力竭地叫道，"你只记得你作为神祇时的仇恨，可是你忘了我们十几年里在天草门里，情同手足的日夜吗？这些年来，我们一起练功，一起谈笑，一起在师父陷入危机的时候想办法，一起走了这么多路……这一切，难道都是假的吗？"

"……"巫礼的手微微颤抖。

"大师兄……小烛小时候爱哭，其他师兄都会笑我，"我的泪水模糊了眼睛，"那时候只有你会安慰我，就算被我的眼泪烫伤也从不抱怨……想当年，天草阁闯入妖兽之时，是你及时施法，保护我们不受侵扰，二师兄在蜀地受伤卧床的时候，也是你亲自去为他寻医问药……若你此世身为天草门大弟子只是为求长生，那又何必做这些事？你曾为我们做的这一切，真的毫无感情吗？如今，二师兄和四师兄已经死于你之手，你又要杀死三师兄，亲手毁去曾亲如手足的师弟们的性命，你心中真的不曾后悔吗？"

"住口！"巫礼突然吼道，"兰寐！你休想乱我心神！区区人界十数年的羁绊，怎能毁我蛰伏千年的复仇大业？"

巫礼猛然间将我抛开，我的身体如狂风中断线的风筝一般向高空中飞去，后背重重地撞在了山石上，痛彻心扉。

我眼冒金星，闭目片刻，方睁开眼睛，发觉自己被无形的穿心剑钉在了数丈高的高冈之上，脚下是千尺之深看不见底的弱水深潭。

就在巫礼分神的刹那间，青蛇聚成的巨手突然爆裂，白其趁机挣脱了他的束缚，直冲向前，同巫礼激烈地缠斗在一起。霎时间，景象如山崩地裂，魔气与鹤羽纠缠，高高的苍竹被二人法术掀起的飓风卷起，一大片一大片地被摧毁折断，从高冈上杂乱地跌入深潭之中。

然而我已来不及去关注战况，那缠绕在我身上的青蛇咝的一声，突然化为一片血雾，将我笼罩其中。

我眼前一黑，心叫糟糕，这青蛇方才在那巫礼神殿里的血噬之阵中浸染太久，已然被它同化，我拼命挣扎，想要逃离那血阵的侵蚀，全身却被束缚着，动弹不得。

而那血色之雾在我的身旁慢慢扩张着，旋转着，渐渐再次变成了一道法阵，那新的血噬之阵将我融入进去，宛如噩梦将我包围。

我心下一震，不再挣扎。

噩梦里，白鹤凄然长鸣；噩梦里，风阡的墨色长发被风吹得缭乱；噩梦里，一盏红烛在狂风里飘摇，燎着了檀宫的帷幔，燃起了弥天大火，我化成了漫天散落的白雪，一切都在冰雪中冻结……

"啊——"

我痛得抽搐起来，那些在神殿里未曾现形的画面继续被血光驱赶拼凑，宛如烙印重现在脑海，一千年前的回忆如同滚烫的岩浆，从我的脑中倒灌而来，我再一次跌入了回忆的旋涡里……

而它们纠结，灰暗，痛苦，是我千年的岁月里最可怕的一段回忆。

【永诀】

那一天是三月十四，幽容国之外的世界正春暖花开。

水陌死后，我是被白其接回檀宫的。

那日我如同一具行尸走肉，呆呆傻傻，浑浑噩噩。我扯去身上赤色喜服，只留一身雪白素衣，在凛冽的寒风里，我用残冰剑之剑气铸出数里天梯，拾级攀爬而上，一个时辰后，我穿过结界，越过黑色怨灵的攻击，回到了结界之外的不周山。

白其按照三年前的约定，在不周山旁边的一处峰峦等我。见面之时，我一言不发，白其亦是无话，我们沉默着，一路从不周山飞回了檀宫。

十二株灵檀花叶纷飞，檀宫一如既往地矗立在耀眼的春阳之下，美轮美奂，一切宛如昨日。我打开檀宫主殿的大门，日光从琉璃穹顶泻入殿内，风阡身着一袭月白长衣，正端坐于长殿的尽头。

风阡抬起头，望见我，微微一笑。

"寐儿，你回来了。"

这声音响起的那一刹那，我的心脏突然如受重击。

他和水陌一模一样的声音，一模一样的面容，甚至唤我"寐儿"时一模一样的音调……我的泪水控制不住地模糊了双眼，几乎夺眶而出。

不，他不是水陌。我一遍遍告诉着自己。水陌已经死了，死在了我的剑下。他的身体融入了白雪，他的魂魄散入了风中，我再也寻不回他，我的水陌，我生命中唯一的爱人，没有人可以替代……

我咬紧牙关，擦了擦眼泪，拿着残冰剑上前，默不作声地将它递给了风阡。

风阡拿过残冰剑，看着剑身上隐隐吞吐的莹白色灵气光芒，半晌不语。

"怎么了，寐儿？"风阡轻声道，"为何要哭？"

这一句话仿佛穿越三年的时光，从幽容王宫的那一夜来到我的耳畔，将我痛击，无以抵抗。我再也忍耐不住，蹲下身捂住脸，泣不成声。

风阡叹息，"寐儿，过来。"

我不肯动，却感到风阡的手将我拉起，我踉跄两步，跌入了他的怀中。我如同一只布偶被他拥在怀里，他的怀抱如同一潭温柔的春水将我包围……我没有睁开眼睛，只要我闭着眼睛，就仿佛还在享受着水陌的温柔——他的气息，他抚摸着我后脑的发，一切都让我那般贪恋，如在梦中。

"寐儿莫哭。"风阡轻声道，"你做得很好。一切就快要结束了，再过几年……我便再也不会让寐儿伤心了。"

我突然睁开双眼，怔怔地看着他。

风阡的双目潋潋如水，那是我极少见到的，久违的温柔神色。

可是……不会让我伤心？你可知此生所有的伤心，所有的痛苦，有意或者无意，几乎全部都是因为你？

我猛地挣开了他。

"主人，没有以后了。"我声音冰冷地说道，"我要走了。"

"走？"

风阡的目光突然微沉。

"对，走。"我重复道，直直地同他对视，"主人可曾记得三年前的承诺？若兰寐成功完成幽容国的任务，就放我和哥哥、族人们一起离开？”

良久的沉默。琉璃巨柱之上闪烁着刺目的光。

风阡望着我，目光深沉。

我从未见过风阡那样的眼神，心极快地跳起来，莫名感到慌张不安。

“主人？”我又唤他。

“你还想着他们，”风阡的目光里露出一丝难以形容的笑，“只可惜，他们却并没有等你。”

我犹如被一桶冰水兜头浇下，“什么？这是什么意思？”

像是一直不敢相信的噩梦突然变成了刺目的现实，我仿佛瞬间从山巅跌落，跌入了万丈深渊。

我永远记得那一天，那一天檀宫的云很高很高，桃花林落英缤纷，潺潺流淌的小溪里落满了嫣红的花瓣。

“哥哥……哥哥？”

我发疯一样地跑到了桃花源，这里的桃树、溪水、农田，都和从前一模一样，可是房屋之中却空空荡荡，没有任何人的踪影。

田地已经长出荒草，有一些茅屋已经失修塌陷。细软之物全部收拾得干干净净。他们是自己离开的。

我立刻望向南方，看见那里本是由山石和法术铸成的结界的地方，破了一个缺口。

我急忙跑到结界的缺口处，发现那里有一柄匕首掉在地上，我弯腰将它拾起，发现刀刃处的石屑还未落上尘土，似是刚被抛下还不久的样子。

我心下一凛，立刻从缺口钻了出去，四处张望，寻找着他们离开的踪迹。

溪水潺潺，从桃花源通过结界的缺口流向远方，直通往未知的红尘凡间。

我跌跌撞撞地跑过去，试图在小溪旁的一草一木间找出他们离开

兰
烛
寐
⑦
／
448

时留下的痕迹。然后我发现，他们的行踪并不难追寻，因为走了不到半里，路边开始陆陆续续地出现了许多被丢掉的东西，像是行人们劳累得不堪重负，开始将不重要的行李沿途丢弃。

越是向前行，脚印就越来越散乱，丢弃的东西也是越来越多，我渐渐发现不对，因为他们开始将食物和饮水都丢在了路旁，

突有不祥之感在我的心中蔓延，我心下咚咚乱跳，脚下变得迟疑。

最后，在距离桃花源三里之远的荒林里，我看见了此生最可怕的一幕。

我脑中轰地一响，双膝一软，跪倒在地。

荒林之中有一片空地，在空地上四散着的，是八十余名兰氏族人的尸体。

封伯、清婶、小羲儿，以及族兄弟们，他们全都没有了呼吸和心跳，倒在地上，一如刚死去的时候，面色如生，脸上微现痛苦之色。

一瞬间，我脑中一片空白，而那一瞬比百年还要长，我的整个身体都被抽空，如同天上的薄云。可我又是沉重的，从云端跌下来，重重地摔在地上，粉身碎骨。

很久很久以后，我用尽全身的力气爬起身来，艰难地挪到他们跟前。

我在尸体之中爬行着，发疯一般地呼唤着他们，试探着他们生命的气息，却没有得到分毫的回应。绝望之中，我越过一张张苍白的脸庞，终于看到了哥哥。

哥哥躺在他们之中，闭着双目，脸上泛着玉石一样的苍白。然而不同于其他族人，他面上没有痛苦之色，只是蹙着眉，像是有什么未了的心事和担忧。

我如同被人掏空了内脏一般，跪在他身边，怔怔地看着他。

哥哥的手放在胸口，手里攥着一样东西，似是一团小小的布片。

许久许久，我颤抖着抬起手来，轻触到他冰冷的手。

然而就在我碰触到哥哥的瞬间，忽然一道白光闪过，哥哥的身体在

空中渐渐消失，就如同水陌死时一样，如同融入风中，不留下任何曾经存在的痕迹。

我愣住的刹那，周围的白光突然此起彼伏，所有族人的身体都接连消失了，只余他们身旁杂乱的衣物和残余的行装，空空地堆于落叶和青草之上。

最后一道白光消失后，我怔怔地看着哥哥消失的地方，那团布片悄然从空中飘落下来，落在我的手边。

我颤抖着拾起那布片，看到上面密密麻麻地写着许多字，全部是哥哥的手迹：

"寐儿，一别数百载，尔身在何方？"

看了第一行字，我再也忍不住，眼泪如决堤的洪水般汹涌而落，我闭上双目，片刻后方睁开眼睛，透过蒙眬的泪眼向下看去：

"族人皆言，尔已逝去，故久不归来。吾不知鹤神所使，是为何事，如若早知，当日定不放妹离去……

兄悔之莫及……族人厌倦桃源，去意日增，结界亦日渐脆弱，吾为族长，唯有担负此责。若汝已亡，吾亦无眷于桃源……

吾不知此举后果为何，族人皆十分欢喜，唯封伯顾虑重重……然于吾而言，无论结果如何，已无好坏分别。

寐儿，尔若不在人世，待吾安置族人，亦将随汝而来……

寐儿吾妹……等吾……"

布片字迹的最后，有泪痕将墨迹润得模糊。

我泣不成声，伏地失声大哭，五脏六腑都哭得寸断，痛得纠成一团，我仿佛已不再是我，而是一具破碎的行尸，痛苦地绞碎了自己的身体和神识。

哭了许久许久，我感到自己的手下像是压着一样东西。我直起身来，定睛一看，地上有一块白色的玉石，四周有浅蓝色的光芒，缓缓地萦绕旋转。

正是当初风阡为哥哥塑以长生之身的鹤羽灵石。

我愣愣地看着它，刚想将它拾起，它却忽然从地上慢慢地升至空中，像是被人操纵着，越过我的头顶，向我的身后飘去。

感受到身后之人的气息，我紧攥双手，站起身来，转过来望向他。

风阡立在我的身后，他将那鹤羽灵石拿在手中，观察了片刻，目光转向我。

"回去吧，寐儿。"

他的声音里毫无感情，似乎面前这人间惨象于他而言，并无丝毫触动。

"这是怎么回事？"我听见自己的声音轻而颤抖，"哥哥，族人们，他们……为什么会这样？"

风阡回答："身具檀体之人，若在桃花源生活太久，便会对这里的清气有所依赖。离开桃花源后，清气丧失，他们修为不足，不适应凡间浊气，便会渐渐死去。"

我不可思议地看着他。

他的语气竟然那样平静。他为什么可以这样平静？

我颤声问道："你明知他们走不了……所以答应过我的事，都是骗我的，是吗？"

风阡良久不言，道："若他们不是擅自逃走，或许我会设法为他们延长一些寿命。只是……他们妄出桃源，如今魂魄离体，已神魂俱灭，无可挽回了。"

我蓦然睁大了眼睛，"什么？！"

风阡慢慢把玩着那块鹤羽灵石，"檀石有聚魂化形之能，但附着在上面的魂魄一旦离开檀石，就会彻底散去。所以他们如今，不但身死，亦是魂飞魄散了。"

天地间一片死寂，仿佛有无边的寂静在肆意敲击着我的耳膜，穿过五脏六腑，将我刺成筛子。

"你……你一直是知道的，对吗？"

我的声音已经颤抖得听不清晰，"你知道他们要逃走……于是你就看着他们死去，放任他们神魂俱灭？"

"我知道？我从何得知？"风阡目光微动看向我，"数十年来，我一直在檀宫深处闭关，直至昨日，方才注意到桃花源结界的异常。"

我的胸腔缓缓地起伏着，一句话也说不出来。

"寐儿，你在怨我？"风阡微微挑眉，"凡人能得数百年寿命，已是十分侥幸。当日我赐予他们长生与桃源时，他们何尝不曾感激涕零？如今他们私出桃源，致此后果，乃是咎由自取，与我毫无关联。"

"与你毫无关联？"我突然望向他，大笑起来，"哈，哈哈，与你毫无关联？"

我笑得高声而疯癫，数只鸟儿受了惊吓，从树梢上倏然飞起，纷纷逃离。

风阡目光微沉看向我。

我收起笑声，盯着风阡，一字一句说道："一千多年前，你故意将灵石与灵根赐给我族先祖，就是为了在他的后代里挑选资质足以进入幽容结界的凡人。数百年来，我们族人以为你是我族的恩赐之神，尊敬你，供奉你，诚心诚意地将你看作我族的守护之神，可是在你眼中……我们不过都是以生命来供你利用的碌碌虫蚁而已！

"因为你这所谓的'恩赐'，我们族人遭到秦王的觊觎，被秦兵攻陷封地，陷入绝境……兰邑失守的那天，我眼睁睁看见你就在战场之旁，可是无论我如何哀求，你都不肯为流血的族人们伸出援手——因为你需要挑选在绝境之中能够操纵鹤羽灵石的凡人，那才是你唯一的目的！

"我与族人们流离失所逃到燕国，最后又被秦王俘虏，你仍然冷眼旁观着一切。最后，你从族人之中选中了我，只因为在骊山那夜，我心灰意冷，明白只有靠自己，才能拯救族人的命运！我丢弃鹤羽灵石，想要摆脱你的束缚，可是你又出现了……你以举手之劳救了哥哥的性命，对族人们施以看似天大的恩惠，让他们感激涕零。可是，为了让我听从你、跟随你修炼，你对我们隐瞒了最重要的事实——隐瞒了檀体不会自主生长，隐瞒了魂魄一旦离开檀石就会灰飞烟灭的事实！你给了他们希望，却又让他们自取灭亡，而你现在又说，这一切与你毫无关联！

"凭什么……凭什么？"

我的泪水如洪水一般汹涌而来，滚滚而落。

凭什么你总可以高高在上，操控所有人的命运和生死，却对我们的苦难和伤痛毫无悲悯，冷眼旁观？

凭什么我只能眼睁睁地看着至亲至爱之人遭难、痛苦、死去，甚至却不能对你有怨恨之情？

凭什么我在重重魔影中救了你，你却毫无解释地将我囚禁，让哥哥以为我已经不在人世，从而毫不犹豫地走向死亡？

凭什么我听从你的命令苦苦修炼五百年，亲手害得唯一的爱人死去，回来看到的却是哥哥和族人们死无全尸的惨景？

我恨你。

对，风阡，我恨你！恨你让我手刃了我最心爱的人，恨你对哥哥和族人的死漠不关心，恨你将我们族人的命运随意摆布，恨你对我五百年里的控制和利用，恨你一直以来的冷漠和无情！

这恨意刹那间变得无以控制，无以复加，我突然拿起手中匕首，对准了风阡。

日光之下，那匕首射出极其刺目的光芒，宛如凝聚了千年的怨恨，蓄势待发，渴望着最后的喷薄。

风阡目光陡然一沉。

"寐儿，你做什么？"

我的手在颤抖，浑身都在颤抖。我说不出话，因为强烈的仇恨已让我失语，我已不是我，而我却又无比清醒。我紧握匕首，金气自手心传出，刹那间幻化为一柄长剑，向着风阡刺去。

叮——

刀剑相接的刺耳声几乎穿透我的耳膜，风阡袍袖一挥，我的幻剑已经被他牢牢挡下，我呼吸一室，眼前一黑，自己的身体已经飞了出去，撞在几丈之外的大树上。我被无形的枝蔓束缚了手脚，如一只飞虫被缚入了巨大的蛛网。

一阵可怕的气息袭来，我几乎透不过气来，这熟悉又陌生的感觉，令我心下咯噔一跳。

我费力睁开眼睛，瞬间倒吸一口冷气。

是魔影。那些魔影无形无状，如同鬼魂一般，飘浮在天地之间。它们张开黑色的眼睛看着我，一如几百年前，它们曾在鬼檀宫肆意毁去一切的时候。可是如今，它们不再同当年那般杂乱与狰狞，而是有序地、呆滞地在原地旋转着，仿佛被什么人所操控。

天地突然间暗了下来，如同风暴来临的前夜，狂风号泣着呜呜刮过，荒林中的树木疯狂摇动着，仿佛这里的一切生灵都将被黑暗吞没。透过阴暗的树影，我看见风阡的身影立在数丈之外。他的长发与衣袍被狂风卷起，他一动不动地伫立在风中，魔影围着他的月白长衣缠绕着，浮动着，他整个人如同为血光所笼罩，极为骇人。

"胡闹！"风阡的声音自那暗影之中传来，透射着冰冷的怒火。

我看见他的脸，蓦然睁大眼睛。

风阡的眼睛……他那双蓝火之瞳，如同被血色浸染，竟变成了妖异的紫色。

刹那间，我几乎停止了呼吸。

我从未见过他变成这个样子，他似乎变成了一个魔神……不，他比那魔神更加可怕，他仿佛是一具灭世之尊，若是怒火焚天，整个世界都会因他而化为灰烬。

黑暗的狂风之中，风阡走到我面前，紫色的眼眸里闪烁着冷漠和肃杀，巨大的压力令我几乎窒息。我无以反抗，无法逃脱，只能闭上眼睛，等待着他的怒火和惩罚。

"给我回去，好好反省！"风阡冷冷道。

他袍袖一挥，我身上的束缚刹那间消失，我一下子重重地摔在地上。

饱受体力的透支和魔气的侵蚀之苦，我挣扎着想要站起来，最终却还是控制不住地眼前一黑，倒在风阡的脚下，失去了知觉。

【 蛊惑 】

有时候，仇恨的种子并非会因对强权的畏惧而死于胚胎，相反，它们会深深扎根在内心的土壤里，被浇灌、生长，最后结出恶魔一般的果实。

当我被风阡强行带回檀宫，再一次被他关入归华宫囚禁的时候，那些种子就开始渐渐发芽，结成藤蔓一样的网，占据了我整个头脑和心。

那时的我，只剩下一个念头——我要报仇。我要为哥哥报仇，为水陌报仇，为千百年来所有的兰氏族人和我自己报仇！

心念一起，便如星火燎原。我想起在幽容国时自己险些葬身于明煜手中的十剑冰杀，想起那自残冰剑上释放之时毁天灭地，如同拥有弑神之力一般的法术……

十剑冰杀。我心中突然灵光一现，发觉自己竟还记得三年前，共工后裔所藏于山洞中，那十剑冰杀的咒诀。

我紧紧握住双手。天助我也，即使残冰剑暂时不在手中，我也定会练成这至高的可怕法术，然后伺机拿回残冰剑，向风阡复仇！

我被孤独地囚禁在归华宫里，那针对凡人的结界如二百年前那般，再一次锁住了我的自由。这是最牢固的枷锁，却也是最隐蔽的掩护，于是，我开始独自在归华宫修炼十剑冰杀，夜以继日地以最高层级的内功驱使金术之幻剑。

　　我知道，没有残冰剑在手，十剑冰杀的威力会大打折扣，更记得十剑冰杀若是使用不慎，将有走火入魔甚至反噬自身的可怕后果。

　　然而我也知道，只需练成足够强的力量，极强的仇恨会让我不顾一切，也会让十剑冰杀的杀意达到顶峰！

　　我咬紧牙关，日复一日地重复修炼，积攒着力量和仇恨。我相信在我拼命的努力之下，定也能够练成十剑冰杀，同风阡一决高下和恩仇。

　　然而数月过去，修炼的成果甚微。

　　不知为何，我回到檀宫以后，力量竟远不如在幽容国之时强大，又回到了当初在檀宫修炼时的水准。我隐隐发觉，好似这里有什么无形的东西在束缚着我，削弱着我的力量，使我好似一个带上镣铐的囚徒，没有任何反抗之力。

　　那一天，我一如既往地在修炼十剑冰杀。我以归华宫囚禁住我的结界为靶，念出冰诀，一道白光闪过，不小心偏移了几分，直朝着结界之旁的檀木冲去。而在那白光即将触到檀木的刹那，突然在空中爆裂，一股力量猛地向我撞来，我闷哼一声被击倒在地。

　　我痛了片刻，爬起身来，捂住胸口，抬头望向那檀木。

　　檀木的花叶萧萧落下，似是在哂笑我力量的微弱和不自量力。

　　想不到如今，竟然连风阡的一棵树都能欺我至此。无名的怒火攫住了我，我一下子站起身来，一步步走到它的跟前。

　　我伸出手来，一道金光骤然闪过，在我手中幻化出金色巨斧。我双手攥住它，使劲挥下，在檀木树干上不偏不倚地砍出一道伤痕。

　　檀木的枝叶急剧地摇摆起来，与此同时，我突然感到胸中汹涌，好似有一些力量渐渐回到了我的身体里。

　　我愣了片刻，再次挥起斧头，重重地斩了下去。

　　随着动作的重复，我渐渐发觉，那檀木上的砍痕愈深，我胸中力量回归的感觉就愈是强烈。我越发得心应手，愈砍愈重，不多时，檀木已然被我砍得歪斜，花叶纷纷铺散了一地。

　　就在它快要被我斩断的时候，突然一声鹤唳从天而降，白其从远方急急地飞来，落在了我的面前。

我停下动作望向它。

白其责怪地瞪了我一眼。

我默不作声地将金斧收起，向后退了一步。白其上前扇动双翅，灵气伴着清羽流转在檀木之上，不多时，檀木的伤痕修复，又恢复了原本的样子。

"这里的灵檀，会束缚我的法力，是吗？"我忽然问道。

檀木一恢复原状，我就感到那些力量再一次离我而去了。那些灵力仿佛从我的身上，转移到那不断落下的缤纷花叶里。

白其看了我一眼，目光复杂，随即它转过头去，没有出声。

"果然是这样。"我喃喃道，"难怪我在檀宫之外时，法力比在檀宫时强上许多。为何会这样？难道风阡也对我有所忌惮？"

白其没有回答，它转过身去，准备离开。

"白其，你能帮我一个忙吗？"我忽然唤住了它。

白其停下来，回头看我。

我目光一转望向它，直言道："帮我把这些檀木全部毁去。然后，我要去杀死风阡。"

白其不可思议地瞪我一眼，扇动双翅，冲我高鸣一声。

我笑了，"你觉得我疯了，是吗？"

白其用看疯子的目光看了我一眼，若它的翅膀能变成臂膊，恐怕定会留给我一巴掌。白其不欲多留，正当它展翅要离开时，我忽然又叫住了它，"等等，白其，你还记得虹娆吗？"

白其的背影突然僵住。

"虹娆，火鸟妖族族长的女儿。"我轻声说着，慢慢向白其走近，"万年前，你曾与她两情相悦，十分亲密。轩辕黄帝与蚩尤作战时，火鸟族误投蚩尤一派而被灭族，虹娆强用涅槃之术，命在垂危。那日你在弱水潭畔寻到风阡，请求风阡相救虹娆……你可还记得他是如何做的？"

白其微微颤抖。

"你若不记得，我可记得。"我微笑道，"那时候，风阡将虹娆的魂魄唤醒，然后——让你亲手把她抛入了弱水深潭。"

白其猛地转身，冲我长嗥一声，即刻展翅回转，意图从我跟前逃离。

我的手突然一挥，数缕白雾从我的袖中疾速散出，很快地弥漫开来，漫天的白雾在白其逃离之前，就将它、将我，甚至整个归华宫都笼罩其中。

白其闷鸣一声，一下子从空中摔落，重重地跌在地上。

"你感激风阡，从此为他作骑，甘愿为奴。"白雾里，我幽幽说道，"你以为他救了虹娆，所以对他肝脑涂地，一片忠诚，但如果……这是个彻头彻尾的骗局呢？"

白雾所笼罩的地方，幻象如枝蔓一般攀爬生长，纠缠住一切记忆和恐惧。这是最迷人心的忘忧幻境。

白其大叫一声，突然幻作人形，半跪在地。

红冠白衣的少年在雾中咳嗽片刻，转头看我，怒道："兰寐，你在做什么？你疯了！"

我立在他面前，低头看着他。

白其的眼睛里倒映出我的影子，我清楚地看见，他的眼睛里有对我的不解和愤怒，却也有隐隐的、难以掩饰的犹豫和恐惧。

"那时候，虹娆其实已经被他复活，苏醒了过来。"我轻轻说道，"风阡以此举收买了你的感激和忠诚，但他为了让你死心塌地地留在他身边为骑，竟然又令你将虹娆苏醒的身体沉入了弱水深潭中。白其，你以为虹娆的魂魄就此得救，但事情的真相是——"

我骤然提高了声音，"真相是，她被你亲手所害，将永远被锁在弱水深潭里，永世不得超生！"

"够了！"白其猛然站起身来，怒斥我道，"兰寐，你休想迷惑我！主人绝不会那样做！"

"哦？你为何如此确定？"我挑眉，微微冷笑，"他骗了我，为何不会骗你？风阡曾经答应我，若我成功从幽容国归来，就放哥哥和族人们离开，可是现在，我的哥哥和亲人们俱已死在了桃花源外！白其，你也一样，他也骗了你！你本是只自由自在的闲云野鹤，不受任何人管制干涉，如今却甘心永世为奴，还是在一个欺骗了你的神灵手下……白其，你难道就不为自己感到悲哀吗？"

"你……你……"白其喘息着，说不出话来，"你明明曾对我说过，虹娆如今已安然转世，不会再有遗憾……"

"我那时说这些话，不过是在安慰你罢了。"我笑了起来，"难道你自己心里不明白？你的内心深处，定然对此也有所怀疑，对不对？否则，那日在忘忧幻境里，虹娆又缘何会凭空出现，甚至还质问你为何将她抛入冰冷的弱水深潭？"

白其猛然一窒。

"你看，她来了。"我目光一动，向远处望去，"不如你自己听听，她究竟是怎么说的。"

白茫茫的迷雾里，在记忆的黑洞深处，盈盈走来了一名红衣少女。

"白其……"红衣少女轻启朱唇，声音幽怨，如在哭泣。

白其猛地睁大眼睛，"虹娆……"

虹娆慢慢走了过来，她火红的衣衫无风自动，如幽灵一般地飘荡着。她清丽的容颜依旧，只是灵动的双眸已失去生前的神采，空如黑洞。

白其痴痴地望着她，"虹娆……"

"她说得没错，白其。"虹娆幽幽地说道，"那一天，我本已醒来，你却亲手将我推入了那深潭，将我的魂魄囚禁在弱水之中。你可知道，那潭水有多么寒冷？你可知道，几千年来，我日日遭受着怎样的折磨？"

白其颤抖着摇头，"不，不可能……"

"为什么不可能？"虹娆反问道，她愈来愈近，凑到白其的跟前，一双眸子空洞而漆黑，"是你们害死了我……不仅是你，还有你所效忠的主人，风阡神上！白其……你难道还不明白吗？他令我魂魄复生，是为了收买你的忠心，而后他又让你杀了我，是为了让你了无牵挂，一心一意地追随于他！"

"不——！"

白其突然大叫一声，他猛地转身，踉跄着逃离了忘忧幻境，瞬间化为鹤形，极快地展翅飞走，离开了归华宫。

随着白其的离开，虹娆的幻影渐渐消失了，白雾也如风后的云幔般慢慢散去。不到片刻，归华宫又恢复了原本的平静。

我望着白其离开的方向，怔愣片刻，如梦初醒。

我刚刚做了些什么？

说出那些刻薄的话语，织出忘忧幻境诱骗白其的我……真的是我吗？

我低头看着自己的手，我几乎已经快要不认得自己。

我还是兰寐吗？

不，某种意义上，我不再是了。我不再是那个在哥哥的羽翼下撒娇的小姑娘，不再是曾归附风阡顺从地修炼的弟子，不再是水陌曾经温柔的恋人……

我甚至已不再是一个善良的人。

如今的我，为了复仇，已然癫狂。

白其走后的许久许久，归华宫再也没有过来客。

一个月，两个月，一年，两年……二十年过去了，我依旧日夜苦修，而归华宫寂寞依旧，只有檀木日复一日地落下纷飞的花朵。

直到二十年后的一天，云姬忽然出现了。

"兰寐，兰寐你在哪儿？"她从归华宫外跑来，急急唤道。

那时不巧我正在修炼剑术，一道白色剑光穿过归华宫的结界，直向外划去，擦过云姬的头发，斩下了几缕发丝。

云姬吓得向后跳去，"兰寐，你在干什么？"

我停下手看着她。

云姬惊魂未定，"你……你到底在做些什么？"

"你来找我何事？"我直问她道。

"我……"云姬定了定神，半晌方道，"那个……是关于主人的事。"

我脸色一沉，"你可以回去了。"转身便欲离开。

"兰寐！"云姬跺脚，"这件事很重要！你给我回来！"

"哦？"我回过头，挑眉看她，"那你说，到底有什么事？"

云姬低下头，犹豫了很久，方道："你记不记得，那日天帝派青鸟来檀宫，说主人失踪了大久，而且行止有异，可能会有危险？我后来才知道，其实那时距他那般反常，已经很久的一段时间了。青鸟离开之后，主人只回了檀宫一次，再后来，又总是见不到他……"

我轻声冷笑，"那时我天天被禁足在这里，我怎么知道？"

云姬看了我一眼，接着道："我一开始不知他去了哪儿，自己空着急，后来费了很多工夫寻找，才发现他并未外出，而是在檀宫里的隐蔽之处闭关……二十年前，在你回来以后，他特意出关了一次，可是很快就又不见了影子。"

"哦。然后呢？"

云姬深吸一口气，低声道："我心下担忧，想遍千方百计，去寻找主人闭关的地方，最后终于被我找到了，于是我偷偷去看他，却发现……发现主人闭关的时候，身旁竟有许许多多魔气化成的影子……"

我一言不发。云姬打了个哆嗦，似乎对那场面心有余悸。

"那些魔影一直在侵扰着主人，主人看上去很痛苦。我害怕极了，可是却不敢靠近。那样凶猛的魔气，即使是神仙之体碰上，也有被侵蚀致死的可能……"

"这些跟我有什么关系？"我打断了她的话。

云姬抬起头来看着我，泪光点点的双眸愕然地望着我。

"兰寐，你知道吗？主人在那个时候，他口中……可是一直在唤着你的名字！"

一片沉默。

"就这样？"我微微挑眉。

云姬几乎跳了起来，"兰寐，你是没有看到那时的场面，主人一定是很想念你，很需要你！虽然我很不喜欢这样，可是……可是他那个样子太可怕了，你去帮帮他，救救他，好不好？这里的结界我可以试着帮你破除，算我第一次求你……"

我微微冷笑。

"不必了。你走吧。"我不欲多言，转身离开。

"兰寐！"云姬大怒，在我身后大吼，"你不就是死了几个同族之人吗？他们不都活了好几百年了，凡人死一两个又有什么大不了的？主人对你那么好，那样宠你，你到底有没有良心？你们凡人是不是全都这么忘恩负义？"

我猛地回转身，数道剑光一下子脱手向她刺去，云姬躲闪不及，衣衫一下子被两道剑光扯裂，梳得精美的发髻瞬间披散开来，最后一道剑光正对她的脖颈，只差半寸，就能刺入她的喉咙。

云姬尖叫一声，盯着那近在咫尺的剑光，一动也不敢动，恐惧地看着我，"兰寐，你疯了！"

我注视着她的眼睛，一步一步地走近。

"你……你……"或许我的表情太过可怕，平素张扬跋扈的云姬，竟吓得僵在当地，一句话也说不出来。

"下次再如此出言不逊，我就杀了你！"我冷冷说道。

剑光从她的喉咙退开，渐渐淡去无影。

云姬一下子委顿在地，惊魂未定。

待她反应过来，立刻爬起身，冲我大吼："你……你想杀了我？别做梦了！就算你已经修炼了五百年，可凡人永远不要妄想杀死仙神！你占了我平日不爱练功的便宜，可你等着，兰寐，等我认真修炼几年法术，我一定不会放过你的！"

话音刚落，云姬就急急忙忙地跑远了。

我停下了脚步，立在原地，怔然不言。

"凡人永远不要妄想杀死仙神！"

云姬的话萦绕在我耳边，久久不去。

她今日才发现风阡正受魔气侵扰之事，可是这些我早就知道了。早在二百年前，我就看到过风阡被魔气缠身的情景，还有那些魔影……

魔影。我突然想起哥哥死去的那天，在桃花源附近的荒林之畔，我失去理智对风阡刀剑相向之时，却引发了他的怒火，从而召唤出围绕着他的那些魔影，轻易便将当时的我击倒在地。

他魔神般的可怕紫瞳再一次回到我的脑海中，我不禁打了个寒噤。

是啊，云姬说得一点也没有错，我毕竟只是一介凡人，就算五百年里修炼得到的功力再深厚，也只能在云姬这样的草包神女面前逞逞本领。可是风阡不一样，这五百年里，他于我而言，于我们千年里所有族人而言，一直是高高在上、无以僭越的主宰之神，我见识过太多次他的力量，我无论再怎样努力，再怎样拼命修炼，同他相比，仍是如蚍蜉撼树，不自量力。

我茫然仰起头，檀宫的天空高高在上，白云之上是冷漠的、不可触及的蓝。

若我能在出其不意之下以十剑冰杀之术压制住风阡，或许还有些希望，可是……

在檀宫十二株灵檀的压制之下，我被束缚的法力怎可能足以置风阡于死地？

没有真正的残冰剑在手，就算我对他的恨意再深，十剑冰杀又怎可能发挥它本来的威力？

一阵风从檀木的枝叶间刮过，它的枝叶摇摆起来，哗哗乱响，我似乎能听见它的嘲笑：你做不到！你不可能！

我紧紧咬住嘴唇，几乎咬出血来。

可是，想起哥哥和水陌死去的面庞，想起自己曾经的痛苦和绝望，我不甘心……我不甘心！

二十年里，我日日坚持练功，从未落泪，而这一刻，我仿佛觉得积攒了二十年的情绪刹那间倾塌，我一下子坐在地上，失声痛哭，泪水疯狂四溢。

我哭了很久很久，心中极其绝望之时，一声鹤唳忽然间传来，由远及近。

我一凛，抬起头，透过蒙眬的泪眼，看见白其缓缓停落在归华宫的结界入口，沉默地向我望来。

我立刻站起身，惊讶地看着它，"你怎么来了？"

白其回望着我，它的身躯立着，表情十分严肃而怪异。

它不再是从前那般高傲而美丽的白鹤，而是变得身形消瘦、佝偻不堪，像是已经痛苦地消沉和自我折磨了很久。更令我惊讶的是，在他的眼睛里，我竟看到了冰冷的仇恨。

那是我再熟悉不过的、每日对镜之时都能够在自己眼中看到的仇恨。

我停顿片刻，忽然明白了什么。

"你……答应了？"我轻声问道。

半晌，白其缓缓地点了点头。

我蓦然睁大了眼睛，不敢置信地看着它。

"你，真的，答应了？"我尽力让自己的声音听起来平静，却仍然按捺不住地颤抖。

白其高鸣一声，再一次点了点头。

它似乎同我一样，已经被噩梦折磨得疯癫，急于寻求最后的解脱。

刹那间，我感到恍如隔世。

我明白，二十年前，当白其从我的忘忧幻境中逃离的时候，他的心中就已被我种下了仇恨的种子。二十年过去，如今的白其已经变得和我一样，被那仇恨织成的藤蔓占据了头脑和心。

　　看着它的神情和目光，我似乎能看到二十年来每一个不眠的夜晚，每一次忠心与挚爱痛苦的纠缠，每一个充斥着虹娆幽魂的噩梦……最终，在这二十年的纠结中，它选择了相信我，选择了折磨着它的内心的虹娆，选择了背弃风阡，还选择了当时我们都尚不知道的、千年的流离和地狱。

　　终于，一丝笑意从我的嘴角慢慢展开，我轻声说道．"谢谢你，白其。"

【弑神】

我再一次见到风阡的时候，是在一个月以后。

那一天，赭色的夕阳收起了最后一抹光芒，整个檀宫悄然沉入夜色，琉璃穹顶在月光下闪着诡异的光。

我不知白其是怎样说服风阡将我从归华宫释放出来的，或许风阡对它的信任让他不曾怀疑一切，或许风阡真如云姬所说的那般想念着我……总之，一切都按照我们计划的那样发生了，顺利得不可思议。

檀宫的大门打开，我抬足踏进了门槛。主殿的深处，夜色透过琉璃砖瓦洒进殿内，风阡一袭月白长衣，如沐清月，正端坐于案前。

"主人，我回来了。"

我的声音很轻，回荡在空旷的大殿里。

大门在我的身后悄然关闭。风阡抬起头，向我望来。

目光相对的一瞬间，我忽然觉得风阡与之前似乎有一丝不同。他像是有些疲惫，但疲惫中又透着几分悦意，他蓝色的双眸似乎更加深而神秘，如同一汪碧色深潭，邃不可言。

我目光微动，望向风阡的身旁。主座之侧的几案之上，放着琉璃杯盏及一支火红的蜡烛，而在那红烛之侧——我看到了残冰剑。

我回望向风阡，朝着他一步步地走了过去。

穿过长长的殿廊，我离他愈来愈近。望着他的眼睛，我的脸上慢慢泛起微笑，"主人，一别二十年，您可还好？"

"寐儿，你想明白了？"风阡微微一笑。

"我听云姬说，主人先前身体有恙，是吗？"我轻声道。

风阡回答道："无妨。只需再过一日，便可大好了。"

"啊，正巧，我也是。"我笑了，"只需过了今夜，我就不会再纠结于哥哥的死。"

风阡目光微动，"为何是过了今夜？"

"因为……"我的笑意慢慢收了起来，"主人曾经伤了寐儿的心，寐儿需要为自己讨还。"

"哦？"风阡微笑，"你要我如何还你？"

我没有回答。残冰剑的白光在我眼睛的余光里闪烁。

"主人，云姬说，主人独自在檀宫的时候，曾念着我的名字。"我缓步上前，仰起头来笑着看他，目光流连如丝，"这是真的吗？主人，您不见我的时候，一直在思念我吗？"

风阡发觉我的异常，慢慢收起笑容，"寐儿，你怎么了？"

我笑了，依然在慢慢靠近，"没什么，只是觉得，主人既然这般思念我，那么……您应该不会介意还我您所亏欠的东西。"

我与他几在咫尺之遥，残冰剑就放置于风阡的主座之侧，莹白之光已经几乎浅淡不见。我的目光仍与风阡对视着，手却慢慢地向着残冰剑伸了过去。

差一点了，就差一点……我的心开始咚咚乱跳。

我距他太近了。望着风阡蓝火一般的双眸，我几乎停止了呼吸。

而风阡没有闪躲，他只是笑了。

忽然间，风阡伸出手来将我揽于怀中，我啊的一声，不小心向前跌去，一下子被他拥住，他吻上了我的唇。

我浑身一颤，已经快要触到残冰剑的手一下子缩了回来，下意识地攥住了风阡的衣襟。

温软的触觉从我的唇角如电般直击遍全身，令我颤抖而窒息。

这样的吻，我并不陌生。闭上眼睛，他的气息，甚至温柔，同水陌一模一样。有那么一瞬间，我几乎喊出声来，水陌的影子再一次充斥了我的脑海，我苦心保持的理智一下子被冲垮，内心痛苦不堪。我闭着双眼，控制不住地泪流满面。

"寐儿，怎么哭了？"风阡温柔地放开我，轻轻拭去我颊上的泪。

"你欠我……你欠我的太多了……"我控制不住地抽噎着，口中喃喃。

"欠你？"风阡笑了，抱我更紧，声音在我耳边回响，有如三月之雨，"寐儿整个人都是属于我的，我又如何会亏欠你？"

我愣愣地听着他的声音不容置疑地传达着他安排予我的命运。

"寐儿是我的。从前是，以后也是。"风阡在我的耳畔轻语，"今夜过后……一切都将过去，我不会让你再背离我。"

身上的衣衫慢慢滑下，我如同一只失去灵魂的木偶，没有了身份和目的，任那命运肆虐我的身体。

"主人怎的如此断定，"我轻声道，"我不会背离你？"

风阡微微笑了，"你若想离开，也要看你是否有这个本领。"

"十二株灵檀可压制檀体之力，所以，你觉得我无论如何，都逃不出你的手掌心，是吗？"

我轻声说着，直视着他，同他对视良久。

风阡不语片刻，突然一下将我揽入怀中。我闷哼一声紧紧咬住嘴唇，埋首在他的肩头。

"寐儿何时变得如此聪明，居然注意到了这一层。"风阡的声音在耳畔轻语，"灵檀并非专为你而设，不过，能帮我留你在此，也算是它们的功劳之一。"

世界仿佛颤抖起来，恍然间回到二十年前，那些曾同水陌缠绵床榻缱绻达旦的夜晚，那时候也有人在我耳畔温柔地唤我"寐儿"，仿佛一潭春水将冰冷的白雪融化，温存如一世的爱人。

过了很久很久，月光越过穹顶和琉璃悄然落下，有如无声地叹息。

当一切停止的时候，我忽然睁开眼睛，触目是风阡蓝火一般的双眸。

我的心很沉很沉，又很安静很安静，如同一块石头跌入了最深的地底。

这双给了我希望、痛苦、绝望，还有仇恨的眼睛，这双在无数个噩梦和现实里折磨我、摧残我的眼睛，在漫长的五百年的岁月里，在它们的注视下，我磕磕绊绊，失去了爱人，失去了亲人，失去了立足之地和精神的支撑，如今，又失去了我自己。

那冰冷的感觉突然又回到了我的心中。那一刹那，我想我放下了最后的心结。如今的我，已是一无所有，了无牵挂。

冰雪再次凝结，这一次，它们不会再融化了。

我轻轻从风阡的怀抱里挣开，裹上衣衫，转过头去，望向那一盏红烛。

"寐儿，你做什么？"风阡的声音轻而低沉。

我嘴边扬起一抹浅笑，"如此美好之夜，怎可无红烛助兴？"

说话间，我已来到红烛旁边，袍袖微拂，点着了它。烛火摇曳，我袖摆微垂，终于将手搭在了残冰剑的剑柄上。

然而此时，啪嗒一声，一样东西突然从我的袖中掉在了地上。

我低头看去，看见一个红色的物件落于地面，如鲜血般触目惊心，竟是我从幽容国带回并一直藏在身上的、水陌的并蒂花结。

我怔住，手在微微颤抖。

"寐儿？"风阡见我久久不动，轻声唤我。

我深吸一口气，目光陡然变得寒冷。刹那间，我以迅雷不及掩耳之势拔出残冰剑，剑光刹那间爆裂，砰的一声冲破了穹顶，将整个夜空照得亮如白昼。

轰——

远方突然传来一声巨响。火光霎时间吞噬了夜空，我知那是白其的响应，第一株灵檀已经被它毁坏了。与此同时，残冰剑已经凝结成法阵，铸成一道罗盘，风阡猝不及防，已被我锁在了十剑冰阵之中。

轰隆……

又是数声巨响从穹顶传来，仿佛天雷乍破重击了整个宫殿的琉璃砖瓦。窗外的火烧成了燎原之势，我听见远方一片混乱的尖叫之声，想来居住于南殿的那些仙子舞姬全都惊得跑了出来，很快，我听见云姬在拼命地拍着主殿的大门，大声尖叫着：

"主人，主人！你在里面吗？十二株灵檀已倒了五株，您若再不出来，只怕我们……"

她声嘶力竭的尖叫很快被淹没在漫天的轰隆声中。

而我对这一切充耳不闻。我只紧紧地盯着风阡，我手中冰阵的力量随着一株株檀木的毁去而愈发增强，将风阡禁锢在那冰阵之中。

风阡抬起头来，眸子如同幽蓝的火焰。他看着我，眼中的情绪有些许明了和恍然。

"寐儿。"风阡缓缓说道，声音却是一如既往平静，"原来你做的是这样的打算。难怪今日对我那般温顺，令我措手不及。"

咔啦——

宫殿顶上又一声巨响传来，我知是又一株檀木折断了。云姬的尖叫声已彻底听不见，整个檀宫外一片嘈杂，宫殿摇摇欲坠，几欲崩毁。

唯有我手中这残冰剑坚如磐石，稳如泰山。

"十剑冰杀。"风阡眼波微动，打量着将他束缚住的冰雪剑阵，"真是令人惊讶……你练了多久了？"

他的声音柔和而平静，仿佛对这剧变置若罔闻，在这漫天的混乱中显得极不真实。

我沉默良久，方才回答：

"二十年。"我盯着他的眼睛，"二十年，不眠不休，冬寒夏暑……就是为了等到这一天！"

就在我说话间，又有两声巨响伴着冲天的火焰轰然落地。与此同时，我手中残冰剑所操控的法阵发出炫目的白光，如大雪般将风阡包围，雪光开始糅合旋转，一点点将他冻结吞噬。

"嗯……"风阡似乎感觉到了疼痛，他闭上了眼睛，复又睁开，蓝色的眼瞳映着漫天的大雪，诡异而妖冶。

"如此迅速地斩去宫内的十二灵檀，以解缚你的灵力……寐儿，你着实令我刮目相看。"风阡的声音依旧平缓，却似是虚弱了许多，"若我不能在灵檀全毁前脱身于这十剑冰阵，便必然会死在你的剑下，是这样吗？"

我紧紧握着残冰剑，一刻不敢放松。风阡说得不错。若我此刻一个不慎让他脱离了束缚，纵是一百个我加起来，也不会是他的对手。但是，一旦我此举成功……

他将灰飞烟灭，再也不会存在于这世间。

"寐儿，你一定要我死吗？"风阡轻声叹道。

我没有说话。

"十剑冰杀煞气极重，会耗去你这数百年来修来的所有灵力，甚至可能会让你神魂俱灭……"风阡望着我，"纵使如此，你也定要让我死吗？"

我依然没有回答。

"呵呵。"风阡笑了，蓝色的眸子如同蔚蓝的湖水荡漾开来，"难道你认为，我若死了，你的兄长和族人便可复生，是这样吗？"

他那样笑起来，无瑕的容貌在冰雪之中愈发美得惊人。

"风阡，"我低声说道，字字沉重，"你必须死！"

"你这数百年的寿命，本就是我给你的。你这一身法术，也全是我教授的。"风阡望着我说，"若不是我，无论是你还是你的族人，全然不可能活到二十年前。而你如今，已经决意要对我恩将仇报了吗？"

"住口！"我高声打断了他，"风阡，此事我早已同你了断，你从头到尾，都不过是在利用我们而已，何谈恩德？我若贪恋这几年寿命，今日也不会站在这里！"

我听着自己的声音，像是在听一名陌生人说话，高亢而坚决，冷漠而嘶哑。

"没有贪恋……很好。"风阡微微叹息，闭上眼睛，敛去神情，仿佛已疲于交谈。

他不再言语，也没有做出任何反抗的举动。漫天冰雪在剑阵之中回旋飞舞，像是张牙舞爪的妖兽。案上烛火疯狂摇动却仍未熄灭，在风中散成缭乱的弱光。

又是三声巨响交替轰隆。我默默数着，如此一来，十二株灵檀已去十一。

只剩下最后一株……一旦灵檀毁尽，我所有被束缚的法力将澎湃而出，我将用尽我全部的力量，将风阡置于死地，永无复生之日。

我咬紧牙关，暗自为自己鼓劲：坚持住，一定要坚持住，就差一点了，就差一点点……

就在我以为胜利已然在望，不会再有任何意外的时候，冰雪中的风阡突然重新睁开了眼睛。

那一刹那，我如同堕入噩梦。

他的眼瞳竟倏然从幽蓝变为了漆黑，神情也从淡漠转为了痛苦，好似全然变了一个人。

变成了另外一个人。

我失声喊道："水陌？"

这一次，不是我的幻想，不是什么噩梦，水陌，他真真切切地出现在我面前……

我的手颤抖起来。不……这不可能……这不可能！

时隔二十年，我终于又见到了水陌，却是以这样猝不及防的方式，在这样可怕的场景之中。他那样突兀地出现在我的剑下，我一下被狠狠击中了胸口，哽住了喉咙，一时间透不过气来。

"水陌……你……"我如堕入梦幻，喃喃道，"你竟还活着吗……"

水陌缓缓地抬起头来。

我看见他的神情痛苦已极，脸色比剑阵里的雪还要苍白。他漆黑的眼瞳望着我，艰难地唤我，声若游丝，"寐……寐儿……"

我的眼睛渐渐变得蒙眬。风雪模糊了法阵中男子的轮廓和眼瞳。那月白长衣，那长发如墨……

我突然一个激灵惊醒。不，不对——这不是水陌，这明明应是风阡！

我愣愣地看着他，摇摇欲坠的冰阵之中，他又在唤我，如墨的双眸中有我看得分明的哀伤和痛苦。

"你……可否救我……寐儿……"

雪光吞噬了整个檀宫，却吞噬不了这一声呼唤。

而这一声熟悉的呼唤，令我全身失去了力气。

风阡是神仙，而水陌并无神休，他怎耐得住我手中这十剑冰杀！

然而若是此时放手，只有功亏一篑，我将永远失去杀死风阡的机会。

可是，那是水陌啊……

看着水陌的脸，记忆里的往事一幕幕在我脑中浮现，那些欢乐和哀伤，那些幸福和悲戚，那些我想要忘记却永远难以忘记的过往……我全身颤抖，耳畔嗡嗡作响，残冰剑在手中已握不安稳。

可是……水陌……风阡……这究竟是怎么一回事？

电光火石之间，我忽然想起一件事。

残冰剑是伏羲所铸之神器，据传有导魂之功，水陌被残冰剑杀死之时，残冰剑曾在他的身体里久驻不去，莹白之光被吸入剑身之中，仿佛是水陌的魂魄被转移到了残冰剑里。

我不知风阡的神识是否可以附在其他人身上，难道水陌并没有死，而是附于残冰剑中被我从幽容国带回，之后我的计划被风阡看出端倪，他在我下手之前便附在了水陌身上？

或者，风阡其实只是在用幻术迷惑我，为了让我不忍下手，所以故意化成了水陌的样子？

再或者，有更加可怕的真相……

风阡和水陌，他们本来就是同一个人。

此念一起，我脑中一片空白，随即又是惊涛骇浪，我心神急剧动荡，几乎接近崩溃边缘，再无以思考下去。

然而，我已经没有机会思考下去了。

支撑着十剑冰杀的仇恨刹那间化成了犹豫和纠结，冰雪铸成的剑阵摇摇欲坠，轰然崩塌，封存的剑气霎时间冲破桎梏，仿佛漫天破碎的冰刺，一下子向我反噬扑来！

叮——

残冰剑从我手中落在地上，像是一角冰棱在时光中断裂，碎了一地，岁月如雪花般流落铺陈。而那雪花尚未凋零消散，无边剑气已汹涌而来，刹那间穿透了我的身体。

而我同哥哥和族人们一样，魂魄一旦离体，便是神魂俱灭。

身体忽然变得那样轻。双眼蒙眬中，我已看不见法阵中的男子究竟是谁，只看见自己的身体变得粉碎，如同尘埃散落在漫天的飞雪里。

死亡来临的这一刻，我反而感到了最终的释然。

我低低一笑，缓缓闭上了眼睛。

其实这一天早该到来了。在兰邑被秦王的铁骑攻陷时，在骊山血月下的长生祭坛里，在苗山巫礼的青蛇杖下……

可是，我又在这尘世多停留了五百年，如同做了一个长长的梦。

梦里的檀宫风轻云淡，梦里的桃花源落英缤纷。梦里也曾是这样漫天的飞雪，雪中有人笑着回头望我，一双黑眸明如墨玉。

迷离中犹见那一盏兰烛在雪中摇曳，可我一切的恩怨和记忆，都已不复存在。永远不复存在。

我如同被岁月的狂风吹熄的烛火，兰烬尽落，在死亡中沉入了深深的黑暗……

我曾经以为，这万古长夜已是我生命的尽头，我将永生长眠在时光的灰烬里，然而我无论如何也不曾想到的是，千年以后，我竟会再次被一只不知名的手点燃，如一抹幽幽烛火，在无边的黑暗里，在风雨飘摇的岁月中，重新燃起了星火般的光芒……

十八

千载／渡心劫／

【罪赎】

轰隆——

又是一声巨响震破天际，将我从沉沉的回忆中拉回。

我猛地睁开眼睛，看到白其和巫礼正激烈地缠斗于弱水潭畔，地动山摇，魔影重重，血羽纷飞。

几番激斗下来，白其已退无可退，只能暂栖于弱水深潭的上空，浑身是血，急促地喘着气，而巫礼却飘然立于高冈之上，气定神闲。

巫礼微微冷笑，"灵鹤白其，你螳臂当车，当自食其果！"

话音刚落，巫礼执起蛇杖，漫飞的魔影突然感受到蛇杖的召唤，一下子从四面八方聚集而来，宛如一团巨大的魔雾，张开巨口和獠牙，猛然向着白其冲去。

白其抬起头来，他的神色忽然间变得极为平静。下一个刹那，那团巨大的魔雾轰然而至，一下子将白其吞噬其中。

"不要——"我大声惊喊。

黑气弥散，天地突然陷入了一片死寂。

魔雾的黑气渐渐散去，我以为会看到白其的尸体，然而我没有。

相反，巫礼突然间半跪在地上，他的笑僵在脸上，睁大眼睛，一脸不可思议的震惊。

而白其变得半人形半鸟身，如幽灵一般飘浮在弱水潭的上空。他的表情依然是那般极致的平静，低头俯视着高冈之上的巫礼。

巫礼抬起头，他的眼中喷射着诧异和怒火，"你……对本座……做了什么？"

白其没有回答，只看着巫礼。巫礼跪坐不住，一下子向前摔在地上。

巫礼右颊的青龙之纹渐渐萎缩成黑色，宛如烧焦一般深陷了下去，整个面孔变得凹凸不平，狰狞不堪。

"本座……怎可能……败于……一介禽兽之手……"巫礼艰难地说着，"你用的是……什么法术……"

白其微微一笑，回答道："此为火鸟一族的涅槃之术。"

"火鸟……涅槃……之术？"巫礼愕然，"火鸟妖族……早已灭亡，你怎么会……"

白其的目光望向远方，"只因万年之前，我曾三年间日夜目睹火鸟族一人修炼涅槃之术，故而可以分毫不错地效仿于她。"

巫礼脸上的黑纹萎缩得更加厉害了，他整个身体都开始腐蚀、烧焦，宛如被身体内部的大火焚烧，整个人都慢慢化为了焦炭。

然而他仍圆睁着双眼，嘶哑的声音从已无形状的喉咙里咯咯发出，"本座仍有万古伟业尚未完成……吾不甘心……不甘……心……"

"大师兄！"我失声喊道。

巫礼倒下了，如大火过后的枯木，刹那间焚为灰烬。

与此同时，白其在高高的半空中缓缓飘落，他的眼口俱变得血肉模糊，身上鲜红的羽毛脱落得如同漫天血雨，身体沉入了弱水深潭之中。

"三师兄！白其！"我撕心裂肺地大喊，"不要！"

弱水深潭吞噬了白其。在弱水之中，即使是一枚羽毛也无法浮起。

我的泪滚滚而落，划过我的面颊，从数丈高的高冈之上，落入了弱水深潭。

潭水突然沸腾起来，像是变成了汹涌的江河。我木然看着那波涛滚滚，一道刺目的白光从那弱水之中腾空而起，刹那间将我笼罩住。

　　我被那白光包围，如同在生与死的边缘茫然地徘徊着。蒙眬中我睁开眼睛，感觉自己像是到了一片茫茫的青色迷雾里，辨不清东南西北、今夕何夕。

　　"小烛。"一个声音轻轻地从身后传来。

　　我忙回头看去，青雾中显现出一名少年的轮廓，他的声音带着隐隐的回声，如梦似幻。

　　"三师兄！"我惊喜地冲过去，"三师兄，你还在！这……是哪儿？"

　　他渐渐在青雾中现身，并没有穿着道袍，而是身着黑带红冠的白衫，尖尖的下颌，俊朗的面容，眉目间几分傲然，如同万年前那般自由自在，清逸脱俗。

　　"白其……"我停下脚步。

　　"这是我以灵幽烛泪为引做出的幻境。"白其说道，"小烛，你是灵幽烛所化之体，你的泪即是灵幽烛泪。你的眼泪落入弱水深潭，可令我借灵幽烛之灵脉，连通弱水内外创此幻境，同你见面。"

　　我睁大眼睛，"你是说，这是你造出的幻境？"

　　"不错。我虽不擅长识别幻术，但也可以借助灵物，施造简单的幻境。"白其回答。

　　听到这句话，我突然沉默了。

　　良久，我低声道："我……对不起，白其。"

　　"为何要说对不起？"白其望向我，"你……还是想起来了？"

　　"是，我想起来了。"我点点头，垂下眼睛，"那时候，我曾以忘忧幻术给你施加幻觉，甚至还利用你的思念造出虹娆的幻影……"

　　我停下话头，不知该如何继续。那时的我对风阡恨入骨髓，为了争取白其的帮助，竟用他最难以抵挡的迷心之术迷惑了他，令他相信虹娆的死是因为风阡的欺骗，然后利用他的仇恨，让他背叛了他曾最为忠心的主人。

　　"不必道歉。那不是因为你。"白其缓缓道，"是我自己，输给了自己的心魔。"

我抬头看向他。

白其的目光悠远，像是穿过这青雾，穿过千年浩瀚的岁月，回溯起那时候的时光。

"在我带着虹娆去寻到风阡神上，发誓要跟从他的那日，就被种下了这个心魔。"白其轻声道，"那天，我看着虹娆被我亲手投入弱水潭中，可她还活着，还会动，还会叫喊，这让我无法相信若我不毁去她的身体，她就会神魂俱灭的事实……她在我怀里挣扎的时候，我曾有个冲动，想就此抱着她离开，可是理智告诉我，风阡神上不会骗我，我必须按照他说的去做。

"然而……我心里仍存着一线微小的怀疑，倘若主人为了我的誓约，真的欺骗了我呢？倘若虹娆本可以救活，却在主人的教唆下被我亲手杀死了呢？

"这个可能性太小太小，小到我每一次想起的时候，都会觉得自己犯了诛心之过，罪不可恕。渐渐地，我几已将这怀疑全然忘却。后来，在第一次跌入你的忘忧幻境的时候，我不慎被你看到了那时候的记忆，同时也被你看到了这个心魔。而我不曾想到的是，三年后，你竟然将我最害怕的事情再次提上台面，还让我亲眼看到了虹娆的身影，让我看见她痛苦，让我听见她哭泣，让我相信这一切都是真的……

我默然低头。

"幻觉与现实，于我而言太难分辨。"白其喃喃说道，"那二十年里，我夜夜梦到虹娆，有时她像生前那般温婉可人，可是更多的时候她幽怨如鬼怪，不依不挠地纠缠着我。二十年里，我几乎不曾见到主人，只有虹娆的声音和你的话语，时时回响在我的耳边。

"最终，我被二十年里积攒的仇恨和怨气冲昏了头脑，为了寻求解脱，我冲动之下，答应了你的请求。然而……当我毁去了檀宫十一株灵檀，就快要焚毁最后一株的时候，望着倒塌的檀宫主殿，我突然间如醍醐灌顶……一下子从噩梦里解脱出来，然而一切已然太迟了。我想要去主殿里找回主人，可是整个檀宫俱已倒塌，处处燃起了弥天大火，此后的千年内都未曾熄灭，主人和你，全都不见了踪影。

"我追悔莫及，想起主人对我的恩德，想起万年来同主人形影不离的陪伴，主人从来未有对不起我分毫，反而是我被幻觉和心魔迷失了头脑，竟犯下如此背叛于主的大罪。天帝告诉我，天界遍寻不到主人的踪迹，但因兰寐是凡人，所以主人极有可能也去了凡间。我惶然在凡间处处寻觅，一如大海捞针，直到有一天，我在京师的天草阁发现了灵幽烛的气息。"

"灵幽烛……"我喃喃道，"是你曾在南疆为我治伤而寻回的灵幽烛？当日魂魄脱离檀体后，我本应该神魂俱灭，可是我没有死……"

"是。我找到了你以后方才明白，檀宫被毁后，主人应是以灵幽烛为凭，再次为你塑出了新的身体。"白其说道，"但魂魄一旦散去，极难悉数救回。算起来，主人从为你收集魂魄开始到你如今的形体再次出生，整整花费了一千年时间。"

我沉默无言。

白其叹道："那日在紫禁城见到檀石，我如遭雷击，既惊诧不已，又欣喜若狂。我知道主人回来了，我在人间寻觅千载，在天草阁潜伏十三年，终于有了结果。那日我激动地将檀石拿回住处，企图通过它同主人交谈，然而檀石并无任何反应。我知自己犯下如此大错，主人并不会轻易理会我，檀石定然只是为你而来。于是，我向大师兄力求让你保管檀石，他答应得十分痛快。我那时只沉浸在主人归来的复杂心情里，竟未发现他的异样……

"巫礼祸心暗藏，行踪诡秘，令我们遭受如此大祸，然而我不曾想到的是，因为他，我竟完成了主人对我最后的托付——我犯下大错，已不奢望主人能恕我背叛之罪，但我以性命相赎，纵然身死，亦是无憾了。"

我紧咬嘴唇，心下五味杂陈。

"兰寐，我离开之前，还有一件事想要嘱咐你。"白其说道。

我望向他，"什么事？"

"我希望你能再回檀宫一次。"白其道，"邵元节说，你是他从桃花源的魔火中抱回的，所以我猜测，主人千年来并未离开檀宫，只是隐藏了起来，是以我们遍寻无果……"

"不必猜了，他就是在那里。"我直言道。

白其停下话头，愕然道，"什么？"

"那天大火后，檀宫被烧成了废墟，他一个人被冻结在十剑冰阵所铸成的千年玄冰里。"我说道，"十六年前，他让师父将重生的我抱走并抚育长大，那枚檀石也是他几个月前交给了巫礼，利用他造成重重怪事后，引导我再去桃花源。"

白其睁大眼睛，颤声道："这些……你怎么知道？"

我默然。

我终于明白，青檀口中那个将他封印的"她"，就是我自己。

而灵石幻境里的一切，就是冰封檀宫之后的景象。千年前，在我即将杀死风阡的最后一刻，他化成了水陌的模样，使我心神震颤，功亏一篑。在幻境中，他对我重现了檀宫废墟的样子，而他也以水陌的形象、青檀的名字，在幻境中同我对话，并利用巫礼对长生的渴望，引我重回桃源。

幻境里他曾说，曾经的我恨他，厌倦檀宫，一心想要离开。他用只言片语、轻描淡写地述说着千年的遗憾。

我一时恍惚，想起幻境里同他谈笑，对他的怦然心动，还有自己曾天真地许下将永远陪伴他的诺言……

我又想起千年前月夜里的温存，白雪之下檀宫里的相依，归华宫里的难过和决绝，想起我曾经对他的渴慕和他对我的疏离，想起曾经的希望和绝望、美梦和梦魇。

可是，与此同时，我又想起了哥哥死去时苍白的脸颊，想起了八十余名族人横尸荒林的场景，想起千年前的恨意在我的身体里冲撞着，有如滚烫的岩浆，透彻肺腑。

我的心痛苦地纠缠成一团。不，我无法原谅风阡。纵然我爱过他，可他与水陌不同——我不相信他就是水陌，不相信！我对他的爱永远是那样令我痛苦，我亲人们的死永远同他有千丝万缕的关联，这仇恨深深刻在我的心里，延续至今，无可磨灭。

"竟然是这样……难怪主人说，巫礼之祸是他的疏忽……"白其喃喃，突然道，"兰寐，你一定要回去！主人既然还在檀宫，还借巫礼和檀石引你回桃花源，定是因为需要你的帮助！"

"为什么？"我忽然笑了，抬头望着白其，反问道，"我为什么一定要回去？"

白其微愕地看着我。

"当初我以幻术欺你，拉你做同谋，的确是我对不住你。"我轻声道，"然而……对于当初刺杀风阡之事，我并没有半分后悔！"

白其脸色一变，"你……"

"怎么，你要变得和云姬一样吗？要数落我如何忘恩负义，不配肖想风阡吗？"我微笑着，笑里面泛着隐隐的冰冷，"我知道，你和云姬一样，和所有的神界之人一样。你们都视风阡为高高在上的不可逾越之神，但是对于我，他并非如此。"

白其沉默地看着我。

"我知道你们之间的纠葛，但主人他，定是有他的苦衷。"他说道。

"他有苦衷，便可视我们兰氏族人为蝼蚁，不论性命还是情感，都随意操控驱使？"我陡然提高了声音，"他有苦衷，即使我曾在魔影中试图相救于他，他依然毫不犹豫地将我囚禁？他有苦衷，即使他害我失去了最亲和最爱的人，我亦要自吞苦水，不能对他有任何仇恨之心？"

千年前与千年后的回忆在我的脑海里糅合混杂，令我一时间失去了理智，对于风阡，对于青檀，我始终无法算清同他的爱恨纠葛，如同陷入了深深的泥沼，无以放下，无法逃脱。

"但是你可知道，主人他为你付出了什么？"白其突然高声道，

"他因为你失踪千年，千年里，他不让任何人找到他，一心留在檀宫为你塑魂，令你借灵幽烛重生！"

"让我重生，或许不过是为他自己而已！"我打断了白其，"我以十剑冰杀毁去了檀宫，他亦被冻结在我所施放出的玄冰之中，只有我才能解救他……"

"不，你错了，兰寐！"白其激动道，"你以为，你的十剑冰杀，真的能佘何主人吗？不是的！当时，在最后一棵檀木尚未斩断之前你就失败了，主人虽受重创，但事后只要他离开檀宫，寻安全之处休养，很快就能痊愈，这也是我和天帝从未想到他居然还留在檀宫的原因！主人选择留在危险的檀宫废墟里，只有一个理由——

"那就是……他想救你，兰寐！虽然你想要杀了他，但他不愿你神魂俱灭，为了给你重新聚魂，主人心甘情愿冒着极大的危险在那里停留了千年，最后被千年玄冰冻结！你明白吗？主人爱惜你，更甚于他自己的性命啊！"

我脑中轰然一响，一片空白，一时间说不出话来。

白其缓下气来，摇了摇头，低声道："主人会做出这样的选择，我并不奇怪。兰寐，你要知道，主人对你本就是极为特殊的。我跟随他这么久，再明白不过。

"你第一次被巫礼重伤，我从未见过主人那般担忧。他为你治伤，寸步不离，整整十年，其间我第一次出发到南疆，未能取回能给你治伤的灵幽烛，主人震怒，险些重罚了我。

"还有那一次，我们第一次见到魔气发作的主人，我被魔影所伤，而你拼死穿过魔影相救主人。那时我曾经也不明白，主人缘何要将你囚禁于归华宫……后来我才知道，主人魔气发作时极为危险，而当时的归华宫是唯一安全的地方。你是凡人，不能抵抗魔气，主人为了保护你，只能远离你。

"你在归华宫的二百年，你可知道，主人曾经多少次前去归华宫，在结界之外默默看你？我每次前去同你交手，他都在旁看着。他看你练功，看你独自哭泣，只是他不能接近你……你去幽容国以后，主人曾停留在不周山数月之久，望着你离开的方向久久不去，直到魔气发作才不得不返回檀宫……这些，你可都知道？"

我愣愣地听着他的话。

白其说的这一切，都是真的吗？

在我因对风阡复杂的感情而心生痛苦的时候，风阡也曾同我一样痛苦吗？

在我对风阡的生死奋不顾身的时候，他也曾为我的安危担心忧虑吗？

他也同水陌一样，珍爱我胜于他自己的性命吗？

"不……这不可能……我不相信……"我喃喃自语。

"兰寐，你知道，借忘忧幻境，可以看到我的记忆，"白其说道，"若你不相信我的话，可以自己来看。"

我愕然，睁大眼睛看着他，"你……"

"没关系，"白其缓缓闭上了眼睛，"我不会反抗。来吧，兰寐。"

我愣愣地看着他，"你……确定要这样做吗，白其？"

白其没有回答，他只闭目站立在那里，静静地等待着。

我怔了片刻，心中踌躇许久，方最终下了决心，手紧握成拳，闭上眼睛，脑海中回想起千年前施放忘忧幻境的咒诀：

"忘忧更忆，忆往由心，心息梦断，皆为幻景——"

我口中轻轻念起咒诀，挥起衣袖，白色的雾霭从我的手中散出，驱散开那些青雾，幽幽地将我们笼罩起来。

迷雾浓重地缠绕着我们，又逐渐淡淡地散去。我的面前一亮，只见春日的暖阳从东方照射而来，一片梨花林在春阳下静静地绽放，欢笑的歌声在梨花林中回荡。

那是千年前的兰邑城，还有年幼时的我。那时的我正在梨花林中恣意地唱歌跳舞，而哥哥正吹着竹笛为我伴乐，那是我最爱唱的《梨花殇》。

我扬起袍袖，跳得十分尽兴，笑靥如花，仿佛是世界上最快乐的人。而那时我并不知道，在梨林上空，有一双仙神的眸子正在注视着我。

"白其，你可看见那名女孩儿？"

风阡在半空的隐形结界之中，问向白其。

白其立在他的身后，轻鸣了一声。

风阡望着我道："如今兰氏一族族长的女儿，相貌和性格倒是十分灵秀，想来其根骨也不会差。"

然而我很快就让风阡知道，他想多了。这时忘忧幻境中画面一转，长大了一些的我开始跟着哥哥学习法术，然而我表现得笨拙异常，加上小时候太过调皮任性，学了好多遍也不会，被父亲训斥得哇哇大哭。

风阡依旧在空中望着我，微微皱眉，"竟如此不开窍，她是否当真继承了兰氏的灵根？"

梨花盛开的树林里，我同父亲赌气，倔强地想用木术把土块劈开，结果不小心摔在地上撞了一头包，疼得团团转。为了安慰我，哥哥拿起身旁的竹简，为我讲述族书上祖先们的故事，我听得入神，很快就忘记了头上的包，大声笑道："哥哥哥哥，等寐儿长大了，也要像先祖那样，练成法术去打大妖狐！"

风阡望着我笑了，"罢了，先天灵力不足，后日修炼可补，算是个可造之材。只是，她太过依赖她的兄长，还须经历些磨难，方能成长。"

风阡转身离去，白其在他身后鸣叫一声，似乎带着些许疑问。

风阡没有回头，"我已等了太久，等她长大，便不必再等了。"

时光流转，画面变换，兰邑的梨花开了又败，直至我十三岁那一年的鹤神祭典上。那一天，我不经意地望向风阡的方向，蓦然睁大了眼睛，惊惶莫名，大叫起来，打断了盛大的鹤神祭礼。

半空里，风阡却微微一笑。

"她能看到我，灵根并不逊于他人。只希望她能明白，磨难已至，试炼将始。"

画面加快了，盛开的梨花迅速凋零成灰，就在当日，秦将王翦携三千秦兵临境，击溃了兰邑城的结界，踏平了我们的故园。战场之上，处处都是鲜血和尸体，黄尘和哭喊交织成一片人间地狱。

而那一刻，我再次看见了风阡的真身，呼唤着他，声嘶力竭。

"鹤灵之神明，求求您！求您救救我们族人，救救哥哥！……"

风阡立在半空，一双如火蓝瞳望了我片刻，随即移开目光，看向那血肉纷飞的战场，看向蓝光中拼死操纵着鹤羽灵石的哥哥。

我的希望渐渐破灭，绝望地趴在地上哭泣。风阡微叹一口气，轻一摆手，哥哥手中的鹤羽灵石登时绽放出刺目的光彩，爆裂出一道巨大的光剑，为族人们斩出一条血路，带着我们逃出生天。

"我是不是对她太过心软了，白其？"风阡轻声向身后的白其问道。

白其轻鸣一声。

风阡缓缓道："只是如今的程度，仍不足以证明她的能力。继续看吧。"

在燕国蓟城寄居的三年中，我常常会在梦中见到风阡，然后在噩梦中醒来。风阡依然在旁观望着我，看着我一点点成长，静静不语。

有一天夜晚，我终于崩溃，守在昏迷不醒的哥哥身边哭泣出声。

那一夜，我疲惫不堪，伏在案上睡去，再一次梦到了风阡，而此时风阡正在窗外望着我，举手指向案上的鹤羽灵石，灵石应声熠熠闪耀起来，将床上昏迷的哥哥笼罩于蓝光之中。

在灵石之光的治愈下，哥哥终于醒来了，我喜极而泣。

幻境之外，我怔怔地看着这一切，突然想起那时候，哥哥曾对我说——

"寐儿，你怎知鹤神不曾给予我们以保护？说不定鹤神的确有在暗中护佑着我们族人，只是你未曾看见而已，不是吗？"

而那时的我却坚决摇头，不肯相信。

我猛地挥了一下衣袖，忘忧幻境中的场景瞬间变虚，渐渐化为了白雾。

白雾之中，白其睁开眼睛看向我。

"你是说，那时我的哥哥得以从兰邑带着我们逃脱秦兵的围攻，还有他后来在燕国能从昏迷中醒来……都是因为风阡的帮助，是吗？"我喃喃问道。

"是。"白其点头，"除了这些，还有很多你不曾知道的事情。"

我怔然无言，而此时虚化的白雾再次变幻为场景，眼前的杜鹃花开了漫山遍野，天地间一片嘈杂。

是苗疆。那一天，我因斩杀魔兽而被巫礼重伤，风阡将跌落山巅的我抱在怀中，随即袍袖一挥，一道刺目的白光越过山谷，如雷电般击中了山那边的巫礼。巫礼大叫一声，从山巅摔下，立即被神将们擒住，押至帝夋跟前。

"天帝陛下……"巫礼咬牙，"陛下可是于几千年前就答应了臣下，吾于封地之作为，陛下绝不干涉！如今却因此惩罚于我，是要食言而肥吗？"

帝夋面露难色，看了看巫礼，又看向风阡。

风阡望着怀中昏迷的我，冷冷说道："让他滚！"

他的神色和声音都是那般冰冷而可怕，帝夋也是一愣，"风阡，你——"

风阡骤然提高了声音，"让他滚！"

帝夋立即挥手下令道："今日起，废去巫礼神王之位，罚下神界，入凡世轮回！"

伴着巫礼不甘的怒吼声，场景又一次发生了变化。

纷飞的大雪落在檀宫的琉璃穹顶上，我仍在昏迷当中，风阡怀抱着我，望着我不语。

大门开了，白其小心翼翼地走近，来到风阡的身边。

"灵幽烛呢？"风阡问它，目光却并未离开他怀中昏迷的我。

白其小心地低鸣了一声。

"南灵神不肯？"风阡微微侧目，冷冷道，"寐儿若是死了，我就算是去阴曹地府，也要把她救回来。告诉南灵神，不要让我亲自前去见他。"

白其不敢再说，退了回去。

我怔怔地看着这一切。

"原来他那时候，曾经是这样待我的吗？"我喃喃道，"可是后来呢？后来为什么……"

忘忧幻境中的画面迅速转变，在那冥界的鬼檀宫里，我拼死在魔影中救下风阡，而他苏醒之后，却当即冷脸，将我囚禁。

那是我第一次被他关入归华宫，那时的我被他的冷漠伤透了心，以为他永不会对我有感情。可是如今在白其的回忆里，我却看见风阡站在归华宫的结界之外，望着我独自一人在那囚笼里，时而伤心痛哭，时而呆呆出神。二百年过去了，日升月落，花开花谢，在我看不见的地方，他一直在沉默地看着我，目光里透着难言的忧伤。

二百年后，我被他送去不周山幽容之境。不周山上，他良久伫立，望着我离去的方向，久久不曾离开，直至他身边的四周忽有魔影闪现，他眉头微皱，闭上双目。

"走吧，白其。"风阡轻声道，"三年之后，接她回家。"

白雾渐渐变浓，将幻境悄然掩盖。我愣愣地看着这一切，心脏跳动得极快，头脑中却一片混乱，不知今夕何年。

突然间，我痛苦地捂住头颅。

白雾再次慢慢散去，刺目的亮光照来，我费力睁开眼睛，眼前又出现了那漫漫的梨花林，梨花团团落下如同纷飞的大雪。我又来到忘忧幻境的深处，而他，也再次出现在我的面前。

他一双眸子如墨般漆黑，立在那如雪梨树之下，凝望着我。

我愣愣地看着他。

"风阡，是你吗？"我喃喃道，"你……是青檀吗？是水陌吗？"

我不由得迈开脚步，一步步向他走去。

然而他仍然不语，只望着我，目光忧伤而沉默。

我在他面前立定，痴痴地看着他，仿佛跌落在他的双眸中。

他微微叹了一口气。

"一直是我，寐儿。"他轻声道，"你所看到的，一直是我啊。"

我一下子惊醒，踉跄后退数步，"不，不可能！你是风阡，才不会是水陌，这些都是假的，全部都是假的！"

我突然尖叫起来，忘忧幻境瞬间如落地的镜面般跌成碎片，一切记忆和幻景在我的叫声中结束了，青色的浓雾萦绕着我们，白其站在我的面前，诧异地看向我。

"兰寐，你……"

我喘息着，后退两步，转过头去。

"我不要再看了，白其！"我冷冷说道，"这些并不能说明什么。我怎知你不是为了让我去檀宫救他，而故意让我看到这些'回忆'？"

白其一愣，"你……兰寐，你是在自欺欺人！"

我咬了咬牙，又摇头道："不论如何，这一切都改变不了他曾害我哥哥和族人惨死的事实！所以，我看不看得到这些，又有什么区别？"

白其默然地看着我。

"今日主人离开前，他说，他何曾没有犯下许多过失。"白其道，"跟随主人万年以来，我从未在主人口中听到过歉意之语。他之所以这么说，都是因为你……兰寐，你的兄长和族人死于非命，主人也定有悔意。"

我猛然抬起头来，"他后悔吗？他若后悔，对他做过的一切感到歉意，又何必一直要借这灵石，企图抹去我从前的记忆？"

白其微微一顿，道："我不知你们之间发生过什么，但我听到主人亲口说，他并未试图抹去你从前的记忆。"

"不是他，还能是谁？"我质问道，"难道附着在檀石上的，还有第二个神魂不成？"

白其半晌无言，道："所以，兰寐，你终究还是不肯听我的劝告吗？"

我咬紧牙关，摇了摇头。

白其叹道："你我都曾不信任主人，可是事实上，主人从不曾欺骗我们。但，若你执意不愿听从我，我也不能十分勉强于你。"

说话间，他身上的白衫突然开始变得破碎，化为遍体鳞伤的羽。青雾开始散去，我发现那雾原本是弱水潭中的水。青雾全部消失之时，我已看不见白其，青色的雾气仿佛全部化成了碧色的死水，从黑暗的四面八方沉沉压来，令我窒息。

"等等，白其！你去哪儿？"我不由得慌张喊道。

"我没有时间了，兰寐。"白其的声音传来，"我效仿虹娆，以火鸟涅槃之术与巫礼同归于尽，而我自己也和她一样，即将死去。"

"什么？"我脑中嗡地一响，急道，"白其，你……你不能死！"

"不必为我难过。"白其的声音在黑暗中隐隐传来，"我自盘古开天辟地之始，已于此世间游荡数万余年。如今我世缘已了，罪亦赎清，能与虹娆同因而死，同潭而葬，亦了却了我最后的心愿。"

我怔然，喃喃说道："可是……这里的水这样可怕……你不害怕吗……"

"心中有不灭之念，便再无物可惧。"白其如是回答。

"对不起……"我闭上眼睛，喃喃重复道，"对不起……"

"我已说过，无须道歉。"白其的声音极致地平静，"再见，兰寐……小烛。"

他的声音渐渐远去，消失在了未知的世界里。

"白其……三师兄……"

我的泪水汹涌而出，碧绿的潭水呼啸而来，吞噬了一切幻景。

【 心结 】

白其沉入了弱水深处，碧水的幻象消失，我猛地睁开眼睛。

将我束缚的法阵消失了，我失去依靠，如一片落羽，从高冈之上跌落在地。

巫礼已经身亡，然而天空依然呈昏黄之色，并未有清澈之象。天色甚至越来越浓了，像是要落入黑夜。

我无心顾及这些，站起身来，面对弱水潭白其沉落的方向，以兄妹之礼深深拜了三拜，拭去泪水，转过身来，呆呆地望向天空。

白其死了，可他的话依旧在我耳畔回响，久久不去。

"你我都曾不信任主人，可是事实上，主人从不曾欺骗我们……主人爱惜你，更甚于他自己的性命啊！"

忘忧幻境中的一切再次在我的脑海中闪现，可是那些回忆让我更加纠结痛苦，难以释怀。

我忽然想起了云姬。她爱慕风阡达数千年之久，为了他甘愿抛弃神女之身，在凡世之间寻觅他的踪迹，只为了风阡能多看她一眼。

那样纯粹而毫无保留地爱一个人，那感觉究竟是怎样的？我也很想体会。

可是，想起千年以来那些过往种种，纵然千年之后重活了一次，我却仍然无法全然跨过心中的坎。兰氏一族数百年来的苦难，哥哥和族人们的死，还有水陌的死，始终让我难以忘却。

千年前的我，无力保护我爱的人们，眼睁睁地看着他们在我眼前消逝，却谁也救不了……

而千年后的我，与那时又有什么分别？

我们师兄妹五人从京师出发前去寻找长生之术，至今不过数月，四位师兄已经全部罹难。可是，我们年迈的师父还在京师，被皇帝关在禁宫之中，等着我们带着长生之药前去解救。

如今，我已经彻底知晓了兰氏族人长生的秘密，然而这又有什么用？

我忆起了千年前的往事，忆起了那五百年的生命坎坷、岁月悲欢，然而这又有什么用？

哥哥、族人、水陌、师兄，所有的亲人都一一离我而去。不论是千年前还是千年后，我竟同样是如此无用。到头来，我仍是孑然一身，谁也救不了！

泪水再次涌出，我一下子跪在地上，失声痛哭。

千年里的悲伤从我心中接连刺过，如同成丛的荆棘，巨大的痛苦中，我似乎出现了幻觉——我看见了父亲，看见了哥哥，看见了师兄们，看见了水陌……那些死去的人都在不远的地方向我招手，仿佛只需我自戕于此，就能与他们重聚。

我恍惚地站起身来，踉跄着走到了弱水深潭畔。

我迷蒙地低头看向潭水。潭面如镜，映出了我的脸。我轻轻将一只脚踏进潭中，碧水如波，从我的足下荡漾开去。

"寐儿。"

我忽然听到身后有人在唤我。

我一个激灵，回过了神。我猛然回头，可是面前空空荡荡，一个人也没有。

"寐儿……"

那声音再次响起，伴着一缕蓝光从我的眼前掠过。我终于看见不远的地面上，巫礼的尸体消失的地方，那鹤羽灵石似是再次苏醒，散发出莹莹的耀眼光芒。

我不由自主地走了过去，弯腰将它拾起，怔怔地看着它。

风阡附在灵石上的魂魄已然散去，那么此时灵石是在被谁操纵？

难道附着在檀石之上的……真的还会有第二个神魂吗？

灵石像是感应到我的到来，它缓缓地升至半空，旋转起来，周身散发出幽幽的蓝光。那光将我笼罩，我的心中忽然仿佛被和煦的春风平抚，感到一阵平静和安宁。

正在这时，我猛地想起一事——风阡说，这枚雕刻着鹤羽的檀石，在他附魂之前就已被塑成檀体，为别人使用过。

而那个人，正是……

"是……"我不敢相信，喃喃道，"是你吗……"

风在微拂，我又听见有人在低低地唤我："寐儿……"

弱水潭畔的清气强于别处，难道这灵石上面所附着的魂灵即将借这清气摆脱束缚，重新现身于世？

此念一起，我一个激灵，慌忙将灵石放在手心，急急念起解缚咒，心脏咚咚直跳，几乎跳出喉咙。漫长的等待过去，灵石的旋转终于慢了下来，一个影子从灵石之上飘然而出，如烟云，如星光，如漫长的思念汇聚。

"寐儿……"他轻声唤我。

我浑身一颤，失声叫道："哥哥！"

真的是哥哥的身影出现在了我的面前，真的是哥哥！他的身影薄若透明，面庞和神情却如千年前一般温柔，那是我最熟悉的人，最亲的人，这个事实在千余年里，从来未曾改变。

我扑了过去，想要扑进他的怀里，可是手臂却从他的身体中穿了过去。

"哥哥……"我的泪水一下子溢满了脸颊。

哥哥早已不在了，如今的他只是一个影子，是一缕魂灵……或许连魂灵也不是，他只是一抹意志，一抹在灵石之中存了上千年的意志。千年前，他没有见我最后一面便离开，我知他定然不肯就此离去。哥哥，我的哥哥……

"哥哥，"我哭得抽噎，"这么久，你为什么不曾出现……"

哥哥的影子在空中飘浮着，微微叹息。

"我一直在啊，寐儿。"哥哥轻轻说道，"只是我已神魂俱散，徒留几分执念，无法现身，也不能保护你。寐儿……你可还好？"

"我一点也不好。一点也不好……"我掩面而泣。

"苦了你了，寐儿。"哥哥叹道，"千年前，我未能见你最后一面，执念竟将我的意志留存至今。直至四个月前，当我再次见到你时，天知道我有多么惊喜……可是这些日子里，我眼睁睁看着你数次陷入险境，却无力保护于你……"

哥哥的目光中满是心疼，"寐儿，我曾以为，这一生再也无法见到你，我等了千年，若不与你见最后一面，我无法安心离去……"

我无言地抽泣着，有太多的话想对他说，可是话到口边，竟一句也难以出口。

"为什么……"我喃喃低语，"为什么你就这样离开了？为什么，为什么不肯等我回来？"

我的眼泪如同决堤的洪水般滚落，大声喊道："为什么不肯等？你们只需再等三年……不，说不定只需再等一天，我就能从幽容国回到檀宫，去桃花源告诉你们檀体的真相，阻止你们离开，而你们也不会死去，我们也不会变成今天的模样……"

"原谅我，寐儿。"哥哥闭上眼睛，摇了摇头，"事已至此，无法挽回……但是，寐儿，我希望你不要再为我和族人们的死这般痛苦，我们兰氏一族与鹤神之间的纠葛太过复杂，我不想让你再深陷其中……"

"我无法原谅鹤神，哥哥！"我痛苦地摇头，"因为他，你和族人们全部死去，因为他，我亲手杀死了我爱的人，我忘不掉，我什么都忘不掉……"

"正是因为这样，我才害怕你想起往事，再次深陷于仇恨之中，无法自拔。"哥哥叹息道。

我一愣，忽然仰起头，直直地看着他，"你说什么？"

哥哥没有再说下去，只凝目望着我。

"等等，哥哥，"我喃喃问道，"难道说，在这几个月里，是你在借灵石抹去我的记忆，不让我回想起从前的事吗？"

"是啊，寐儿。"哥哥望着我，"我曾是鹤羽灵石的宿体，与之共存五百年，纵使如今只留一抹意志，偶尔也能令它听从。"

我蓦然睁大眼睛，不敢相信地望着他。

那个声音，是他吗？

每一次借灵石之力阻止我回想起从前记忆的人，竟然是哥哥吗？

"真的……是你，哥哥？"我喃喃道，"可是为什么？你为什么要这样做？你难道愿意让我忘了你吗？你愿意让我忘记我曾经历的一切，变成另一个人吗？"

哥哥摇了摇头。

"寐儿，你曾经为了我们的死，险些失去了性命。"哥哥缓缓道，"我知道你难过、痛苦，可是，我不愿见到你一生活在仇恨里，更不愿看到你为此自戕。"

哥哥抬起手来，抚上我的脸颊。

"这一切的责任，就让我来承担。"哥哥望着我道，"是我未曾保护好族人，未能制止他们做下错事。寐儿，你已经为我们做得够多了，千万不要自责，也不要再生活在仇恨里。若不能看到你开心快乐，我永远无法安然离去……"

哥哥透明的手抚着我的脸，我仿佛感到有风掠过。

"寐儿，答应哥哥，好吗？"

"你让我忘记……可我如何能忘记……"我哽咽道。

"不要再做傻事，也不要再纠结于此。就算是为了我，"哥哥轻声说道，"好吗？"

我哭得抽噎，最终点了点头。

"我该走了，寐儿。"哥哥望了望天空，"感谢上苍，让我身死之后，还能见你最后一面……"

哥哥说着，他的身影渐渐淡去，我几乎快要崩溃，从前的时光一幕幕回到我眼前——儿时梨花丛下的厮磨亲密，长大后共同经历的苦难，桃花源的夕阳，他死去时的模样，往日的一幕幕在我面前重现，我忍不住伸出手想要抓住他，"不，哥哥，我不要你走……你走了，让我怎么活……"

"我的小寐儿，早该长大了。"哥哥笑了，"这一千年来，你一直为别人活着，为我活着，为族人们活着，为命运活着。我想，你应该知道，以后该如何为自己而活。对吗？"

我怔怔地看着他。

"我从前说过，不论寐儿喜欢什么样的人，爱做什么样的事，哥哥都不会拦着你。"哥哥轻声道，"以后的日子里，哥哥只希望看到你为自己而活，明白吗？"

"为我自己……而活……"我喃喃重复着。

风在竹林里穿梭，仿佛悠长而绵延的歌谣。

"还记得吗，寐儿，这里便是我们族书开端的地方。"哥哥望着弱水潭畔的竹林，轻轻说道，"族书上说，殷商之时，我们兰氏一族的祖先，曾在这弱水深潭救起了一只仙鹤，由此得遇鹤神，并得赐灵石与灵根……"

我一时恍惚，仿佛又回到了小时候，哥哥在春阳照耀的梨花林里，拿着那泛黄的竹简，给我讲述那些古老的传说。

他提起风阡和兰氏族人的故事，这本是我最为痛苦的根源，然而经过哥哥对我说的一番话后，我竟没有再因此而悲伤流泪，反而感到内心一片平静，如同放下了亘古的心结。

我闭上眼睛，轻轻靠在他的身侧，如同儿时依偎着他，"哥哥，我想听……你小时候给我唱的歌……"

哥哥轻声唱了起来：

"孟月飞雪，陟彼远冈，桑梨漫野，盈我顷筐。

彼女之嗟，彼子之狂，东风其郁，岁华其伤……"

在《梨花殇》的歌声之中，哥哥的身影渐渐消失了，化作一阵清风，在我万般的不舍里，在昏黄的日光里，在无尽的岁月里，在这个爱恨纠缠的尘世里，终十散去无踪，无处寻觅。

【真相】

"当年，捡到你时是在蜀地的大火之中。为师觉得你与火有缘，故而为你起名叫'烛'。如何？你可喜欢？"

火，漫天的火。

我在檀宫的大火之外踟蹰着，犹豫着。我仰起头，望着这个传说中我这一世出生的地方，大火千年不灭，狰狞而可怖，隔着炙热的空气，舔舐着我的脸。曾经美轮美奂的宫殿和世外桃源，如今已俱成焦土，曾在那里生活的人，也全部不见了踪影。

哥哥说，要我放下一切过往，为自己而活。

于是我的第一个想法，竟是回到檀宫。

回到檀宫，回到我这漫长的一生最为爱恨纠结的地方，回来找那个曾经令我爱到刻骨，又仇恨一生的人。

风阡……我回来了。

而你呢？你可如说好的那般，在这里等着我？

我紧紧握住双手，颤抖着迈开脚步，踏上那遍地焦痕和废墟的故土。

风阡，如果不曾有那么多隔阂和羁绊，我们之间，又应是怎样的呢？

在檀宫匆匆五百年，我曾爱过你，却只能将爱痛苦地压抑。我又恨过你，那仇恨将你我共同湮灭。

我欲让你毁灭，你却令我重生。那么如今的你，我应该如何面对？

我们千年来的种种恩怨情仇，该当怎样算清？

我如同一个木偶，茫然地一路向前行走着，魔火像是自动为我分开道路，不多时，我已来到檀宫之外。

这里是千年以前被我焚毁的地方，四处都是断壁残垣，焦痕累累，檀宫的主殿倾塌，而主殿之旁，仍是那一株高大的檀木，它在千年前的灾难中硕果仅存，安然伫立着，花叶纷纷，疯狂如雪。

我望向那坍塌的檀宫主殿，犹豫片刻，越过漆黑的大门，踏步走了进去。

那是我再熟悉不过的情景。宫殿黑暗而空旷，在那黑暗的尽头，有一团巨大的冰雪。

寒冷的冰雪里面，禁锢着一个人。

我紧攥着双手，竭力平复着跳动的心脏，一步步来到他的面前。

他闭着双目，长发如墨般垂下，一袭月白长衣，在冰雪中折映出淡淡的幽蓝色。他被冻结在那冰雪里，犹如凝固在了时光之中……他静静立在那冰雪里，尽管他合着双目，那容貌却比身旁的冰雪更加无瑕纯粹，那般无法言说，惊心动魄。

一切同我在灵石幻境里看到的一模一样，我甚至以为自己回到了那个时候，回到了此生初见他内心满是惊喜和慌乱时。

我的手触上了寒冷的冰，呆呆地看着他。

"风阡……是你吗？你……听得到我吗？"我低声呼唤着他。

如果我现在施法融冰，将你从禁锢中释放出来，你会不会像幻境中那样，将这焚毁的檀宫重新变回原来的模样？

你会不会像那时一般，带我玩耍，同我说笑，告诉我，你叫"青檀"？

青檀……那是我曾在忘忧幻境里，给你的幻影胡乱取的名字。

那是褪去了仙神的躯壳，于我而言完美的爱人。

是的，风阡，我有多少次渴盼你成为我的爱人，在幽容国时，我之所以那般不受控制地爱上了水陌，原因就是……他同你太像了。我把他当成了你，当成了一个不是高高在上的神仙、与我没有那么多纠葛的你。我与他相爱，想与他相守一生，为他的死而伤心欲绝，这一切的症结，还是因为你。

千年后，你化作青檀的样子同我相遇，我还是不能自已地爱上了你。你在的时候，我珍惜每一场有你在的梦境，在你离开的时候，我又疯狂地思念着你。

风阡，我已经寻回了所有记忆，无论喜悦或悲伤，无论欢笑或痛苦……我还是回来了。

你可愿睁开眼睛，看一看我？

可是风阡依旧闭着双目，看不出是生是死，是悲是喜。

风阡……风阡？

我一声声地唤着他，然而他却如同已失去生命，对我的呼唤没有丝毫反应。

我心下忽然一沉。

为了在巫礼手中救下我，他强借檀石分魂化形，后来又湮灭而去，难道这中间出了什么问题？

我的手颤抖起来，立即想要借灵石之力劈开玄冰救出风阡，可是又怕太莽撞会伤到他，一时间心念百转，不知所措。

正在这时，我忽然听到身后有辘辘辕辕之声，伴着风声呼啸，由远及近，向我而来。

我一凛，回过身来，只见坍塌的大殿突然被白光照耀，透过大门向外望去，昏暗的天际，有一架九色天车踏云而来，辚辚萧萧，在高空之中停驻。

随后，许多神侍和神将拥簇着一名仙神，从天车中缓步走出。他身形高大，气度高华，穿着金色天衣，踏过云梯，从空中走下。神侍们在门前停驻等候，他独自一人从大门迈入，走过长长的殿廊，来到我的面前。

“兰寐姑娘，许久不见了。”

帝夋微笑着，铿然而洪亮的声音在空旷的大殿里回荡。

我望着他，良久不言，半晌方低头对他行礼，“天帝陛下。”

“我已得知弱水潭一战之事。”帝夋道，“巫礼作乱之时，天界被魔气侵扰，四处陷入混乱，我疲于处理，故而来迟了。兰寐姑娘能击败巫礼，实为六界生灵之福。”

我摇摇头，“打败巫礼是白其之功，兰寐此世法力低微，并未参与许多。”

帝夋叹息，“灵鹤白其跟随风阡数万年之久，又为寻觅其主于人界流离千年，最后以身殉难。得此忠仆，是风阡之幸。不过，你身为凡人，能力挫巫礼气焰，亦有不世之功，不必推却了。”

我抬起眼睛，直视着他。

“天帝陛下，”我轻声道，“你真是这般想的吗？”

“哦？”天帝面色不改，“缘何有此一问？”

“我身为凡人，却曾对你不敬，更曾尝试以十剑冰阵弑杀你的挚友风阡，令他被残冰封印于檀宫之中，使你千年来未寻到他的下落。”我直言道，“弑神犯上，是大逆不道之罪，当年我意图杀死风阡未果而失踪，陛下难道不曾于六界对我宣下追捕之令？时至如今，缘何还对我如此善言相向？”

天帝淡淡一笑，并不答言。他转过身，望向冰中的风阡。

“无论你做过什么，都是他的心爱之人，我若杀了你，只怕以后的日子，风阡都会与我反目为敌了。”

我愕然。

心爱……之人？

“说起来，我的确是一千年未曾见过风阡了。”帝夋悠悠说道，“你所言不错，一千年前，这里被十剑冰杀所毁，风阡不知去向，我立即派神将于六界间上天入地，四处寻找。我本以为，在十剑冰阵凝聚成玄冰之前，风阡定会脱身离去，却从未曾想过，他为了不使你神魂俱灭，竟留在了这里，以至于被玄冰禁锢千年。"

我怔怔地望着风阡。

"可我方才呼唤了他很久，他并不答应我，"我喃喃道，"他究竟是怎么了？"

"因为，风阡如今已不在此地。"帝爰话锋一转，"你所看到的，不过是一副残影。"

我猛地抬起头来，"什么？"

帝爰的话音刚落，那冰雪中忽然散发出熠熠白光，将整个大殿映得宛如白昼。

随后，伴着白光的淡去，冰雪里的风阡的影子缓缓消失了，只留下一个冰雪的轮廓，在黑暗里空洞而模糊。

我呆若木鸡地看着他消失的地方，脑中一片空白，浑身颤抖，"他不在这里？那他去了哪儿？"

帝爰目光一动看向我。

"兰寐姑娘，在问这个问题之前，你难道没有其他问题想要问我？"

我一凛，蓦地看向他。

"风阡，他究竟是何来历？"帝爰说道，"他为何要从凡人之中选中你在身边？为何要你携残冰剑进入幽容之境？你去幽容国所刺杀之人究竟是谁？难道这一切，你都未曾寻找过答案？"

帝爰的话字字惊心，宛如重锤般砸在我的心上。我的心怦怦地跳起来，想要说话，却不知从何开口，千言万语哽在喉咙。

帝爰笑了，"兰寐姑娘，若你有耐心，我会将所有前因后果同你讲明白。最后，我自会告诉你风阡如今身在何处，以及，我来此寻你的目的。"

我怔怔地看着他，忽然有个可怕的预感——他将对我说出惊人的故事和真相，甚至是我这漫长一生所追寻的答案。我张了张口，竟莫名感到有些恐惧，一时说不出话来。

"怎么，你不愿听？"天帝微笑。

我咬咬牙，定了定神，道："自然不是。兰寐洗耳恭听。"

帝夋望着檀宫之外的大火，对我缓缓道来：

"自盘古开天辟地以来，世间曾有两次劫难。第一次，是万余年前轩辕部族同蚩尤部族的涿鹿之战；第二次，则是八千年前幽容国国主共工叛乱。涿鹿之战时，我年岁尚轻，未曾参与。及至共工之乱时，先伯父颛顼在位，我辅佐先帝处理共工之事，却被共工部族打得节节败退，几乎陷入绝境。我一筹莫展之时，有神将向我进谏，可去西方求助于上古之神风阡。

"风阡的来处，原本十分神秘。最早的天书中，曾有这样一句话：上古之神风阡，以白鹤为骑，白衣蓝瞳，容貌绝美——那是吾先祖黄帝时期的轩辕神族做下的记载。然而风阡行踪太过飘忽，万年之中几乎无人见过他，甚至连他存在与否也成了传说，修天书者便删去了关于他的记述。我等轩辕神族只知他是与三皇并生的仙神，居于西方神境，除此之外，其他一概不知。我依照传说历经艰难地寻找到了他，本欲苦苦求他出山，不想我们见面之后，竟甚为投缘，便由此结为好友。风阡很快答应相助于我，而他一旦出手，便是强助。

"在风阡的协助之下，我得以在决战中率各部神将战胜共工，更将整个幽容国打入凡间。然而共工竟在最后一刻怒触不周山，借不周山断裂，盘古结界开启之机，将整个幽容国沉入了幽容结界之内，从此与世隔绝。

"天柱倾塌，九天破裂，众生涂炭。此祸一起，惊动了沉睡已久的女娲神上。女娲神上独自炼石补天，我们则召唤群神急速修复天柱，然而，跌入幽容境内部的数万神民怨气渐盛，不周山天柱不断为怨灵所侵蚀，竟致其难以修复。与此同时，断裂的不周山持续塌陷，若不能尽快地稳固住幽容境，天柱便再也无法修复，由此天地崩溃，整个六界都会因此毁灭。"

帝夋停下了话，仰起头蹙眉望向远方，似在回忆那一段可怕而混乱的岁月。

"后来，在我们一筹莫展、自以为世间无幸之时，是风阡及时出手，拯救了六界生灵。"

我看着他，等着他下面的话。

帝夋道："在最危急的时候，风阡以分魂之术分裂出部分魂魄，借天池之雪化形出另一个自己，亲自进入那幽容结界。不出一年，幽容国神民的怨气竟被渐渐平复，我们得以趁机迅速修复天柱。"

我猛地睁大眼睛，"什……什么？"

我的大脑仿佛被惊雷击中。分裂出部分魂魄……化形出另一个自己……

"然而风阡此番作为，除我以外，无人知晓。"帝夋接着道，"众神都以为幽容国的怨气是自行消失，于是天柱被成功修复，皆大欢喜。然而不周山天柱修复后，幽容结界也被彻底封闭，风阡那一部分魂魄也就永远留在其中，无法追回。"

我感到腿脚发软，退后两步，几乎踉跄跌倒。

"那一半魂魄……就是……就是……"

"把完整的神魂生生分离，将自己一分为二，这是神界从未有过的事情。"帝夋道，"当时我十分担忧，但见风阡分魂之后，元神本体竟与从前并无异样，我也就没再追究。但是……"

说到此处，帝夋欲言又止。

"但是什么？"我颤声问道。

帝夋道："后来我才知道，风阡本是与三皇并生之神，然而他一直避居世外，并不曾如三皇那般做出一番丰功伟绩，是因为他曾于远古时期身染剧重魔气，所以会在万年之中避世隐居。若是他神魂完整，自是不惧魔气，但他如今神魂缺失，如不能尽快追回缺失的部分魂魄，他将会在数千年后被魔气侵蚀，渐渐彻底魔化。"

"什么？"我蓦地睁大眼睛。

帝夋叹道："那时我才明白，为了助我平乱，风阡竟付出如此大的代价，我内心十分愧疚，询问是否能够帮助补偿于他，但风阡淡然表示，他自有方法，不必我过问。"

"那办法就是……"我喃喃自语。

帝夋颔首，"风阡将你接到檀宫时，我曾经十分诧异。一直以来，神界都将进入幽容结界视作完全不可能的事，直到风阡从我这里借去伏羲所铸、可导神魂的残冰剑，我才恍然明白他的计划：他可以挑选凡人，以檀石赐予其长生之身，再加以培育修炼，从而送入幽容境中，借此杀死那个分身，收回那一部分魂魄。"

我怔怔地僵立在当地，思绪混乱如麻。

我想起初见水陌时那个飘雪的三月，我看见他那同风阡一模一样的脸，震撼莫名，竟失足从树上跌下。在幽容国的三年中，关于水陌的身份，我猜测了很久，然而水陌在幽容境中时日太久，亦不记得自己从何而来，我最终只能放弃了对真相的追寻。

然后，我抛下了一切疑惑和顾虑，如扑火的飞蛾般与水陌相爱，却躲不开因缘和宿命，他最终仍因我而死。我将失去水陌的悲痛转化成了对风阡的恨，当我试图用十剑冰阵杀死风阡的时候，他却突然变成了水陌的模样，令我心神散乱，失手自戕。

如今，一切终于真相大白。水陌是风阡的分魂之身，故而会同他那样惊人地相似。水陌于八千年前毫无征兆地来到幽容国，是因为他在幽容国的降生，本来就是为了平复幽容国民的怨气。水陌没有风阡的记忆，却同他有着一模一样的容貌和性情，所以我会那样不受控制地爱上了他……

原来这是真的。

原来我自始至终所爱的，一直都是一个人。

不论是风阡、水陌，还是青檀，这千年的岁月里使我痛苦不堪、令我思念如狂、同我生死纠缠的……都是同一个人。

我呆呆地站着，脑海中一片空白，帝夋接下来的话不受控制地进入我的耳中。

"然而，我与风阡都没想到，这看似简单又可行的计划，竟以惨烈的失败而收场了。"帝夋叹道，"风阡大意了，我们都大意了。你并不是一个听话的凡人，你会质疑，会反抗，甚至会让风阡倾心于你，无以自拔。天界的其他人等也没有料到，一介与三皇并生的仙神，到头来竟会心迷于你这名凡间女子，从而险些死在你的手中。"

"他……真的倾心于我吗？"我轻声颤抖道，"真的吗？你怎知道？"

"我怎知道？"帝夋微笑，"那日在苗疆，巫礼将你重伤，害得你险些死去，认识风阡几千年来，我还从未见过他那般恼怒。为了给你疗伤续命，他整整十年未曾出檀宫一步。连我前去拜访他，都被他挡在殿外，闭门不见。

"后来，他身上的魔气开始发作，若是隐藏不慎，方圆数里之内都会受到波及。为了不祸及你，他特意将你以结界隔绝在别宫……我知道，风阡此人，从我认识他起便是那般漠然，不肯对自己的行为言语做出解释。我想，他一定会让你以为他是在惩罚你，是不是？"

我的手紧攥成了拳，指尖刺痛着手心。

"再后来，你从幽容国将他缺失的魂魄成功带回，他终于可以开始融魂，接收那一部分魂魄的同时，也接收了那魂魄七千年来的记忆。"帝夋道，"然而融魂时魔气发作，会比魔化时更加危险……他只能再次将你隔绝起来。你的兄长和族人，他或许是真的不曾放在心上。风阡所在意的，从始至终只有你一人而已。而这一次，他显然是铸下了大错。"

我紧紧咬着嘴唇。

帝夋叹道："你们失踪以后，我派人在檀宫内外四处寻找，却未发现任何遗体或踪迹。直到巫礼之乱震惊天界，青丘王向我告知了你的行踪，我才似醍醐灌顶，终于明白了前因后果——当初风阡为了你，并没有离开檀宫，而是隐藏于檀宫主殿之内，摒却外界干扰，以灵幽烛为凭，一心一意为神魂俱散的你重新聚魂。然而灵幽烛不比檀石，必然会耗去他太多的力量和元气，因此，千年之后，他已彻底被玄冰禁锢，只能借助凡间术士之手，将你抚养成人。"

我紧紧抓着自己的胸口，几乎透不过气来。

风阡，我曾试图杀死你，你却无数次救了我的性命。我想起那些被放逐的日夜，想起那些痛苦交加、自以为是仇恨的过往，如今真相摆在面前，我却终于明白……

白其是对的，而我在他的忘忧幻境里看到的一切，也都是千真万确的事实。你作为檀宫的神主风阡，亦同幽容国国主水陌一般，爱我如同生命。

所以，风阡……若我能放下一切心结，回到你的身边，你……是否还愿意接纳我？

我们会不会回到从前……不，是放下过去的一切，开始全新的生活？

可是，你究竟在哪里？

"他借巫礼和檀石引我来檀宫，说明他还是需要我的，是吗？"我颤声问道，"解铃还须系铃人，当年是我留下这冰阵，在千年里将他冰封，所以他还等着我回来为他解除束缚，对不对？可是……他现在去了哪儿？他为什么不在了？"

帝夋不答，半晌方道："兰寐姑娘，我一直未曾问你，巫礼在苗疆神殿取回神力之后，风阡发生了些什么事？"

我愣了片刻，道："那时候……我被巫礼挟持于血噬之阵，险些魔化死去。风阡为了救我，借檀石分魂化形，带我逃出巫礼神殿。白其说，他那样做，等于放弃了那一部分魂魄……"

帝夋缓缓点头，"那便是了。风阡的一部分魂魄已经彻底毁去，千年前的融魂功亏一篑，所以……他离开了。"

"可他的元神并没有消失，不是吗？"我急道，"他只是失去了部分魂魄而已，这么几千年来，他不是都这样过来了吗？若他那样轻易就能离开，又何必在此被禁锢千年？"

"几千年来，他的魂魄虽然分隔两处，但并未消散，故而无妨。"帝夋叹道，"千年前，风阡本已收回分魂，然而今日他再次分魂化形，而且彻底丢失了那一部分魂魄——如今他残缺的元神已无法支撑，很快就会彻底魔化，届时岂止是这烈焰玄冰，整个六界之物都将无法阻挡他。"

我蓦地睁大眼睛，"你说什么……"

正在这时，大地突然开始震动，轰隆之声由天际传来，震耳欲聋。

我险些摔倒，惊道："这是怎么了？"

"终于来了。"帝夋抬起头，隔着破碎的琉璃穹顶望向天空，"你看这天，难道没有发觉，巫礼死后，空中的魔气并未消退，反而愈发增加了吗？"

外面的天空已是阴云密布，大火燃起浓烟滚滚，本应是白日的天空却像是被浓夜暗然笼罩，比之前巫礼放出魔影的时候更加可怖几分。整个世界像是被蒙上一层阴翳，被可怕的未知覆盖着。

我的脑中嗡嗡作响，"他现在……究竟在哪里？"

"一个时辰前，青鸟来报，风阡如今身在万里之外的北荒。"帝夋缓缓道，"他怕自己魔化后彻底不受控制，故在理智未消前率先自我放逐。"

在这可怕的事实面前，我几乎已经失语。我听着外面山崩地裂的声音，仿佛又回到了幻境崩坏的时候，眼睁睁地看着风阡离我而去，看着那世界崩毁，却无能为力，痛苦难言。

"兰寐姑娘，"帝夋道，"风阡分魂消失之前，可曾对你说过什么？"

"他说……"我喃喃道，"如果你要求我做什么事情，就一定要答应你……"

帝夋突然走到我的面前，面色极为郑重地看着我。

我茫然地抬起头看向他。

"兰寐姑娘。"帝夋神色凛然，"吾以天帝之名，请你前去北荒之境，刺杀业已魔化的风阡！"

我蓦然瞪大了眼睛。

"你疯了？"我几乎是跳了起来，刹那间怒不可遏，"帝夋，你可知你说的是什么话？你可还记得风阡曾帮助你做过多少事？没有他，你如何能成功修复不周山天柱，从而坐上今天的位置？如此忘恩负义，不念旧情，你于心何安？"

我话一出口，突觉自己竟毫无指责帝夋的资格。在十年以前，风阡曾多少次救我性命，我却从不念旧情，反而屡次对他刀剑相向。风阡，我如今的痛苦，可是你留给我的责罚？

"刺杀昔日挚友，亦非我心中所愿。"面对我的指责，帝夋面上没有丝毫恼怒之色，他只平静地说道，"但是你要明白，彻底魔化的风阡，已与死去并无多大分别。而且，风阡成魔，比巫礼要可怕千倍万倍，他将不受控制地毁去这个世界，届时不论是天界还是凡间，都将毁灭而再成混沌。"

我愣在当地，如堕冰窖。

"怎么可以……怎么可以这样……"

"风阡太过强大，已非吾等能敌，纵使我派上百万名神兵神将前往北荒，亦不过是徒去送死而已。"帝夋道，"如今这世间，只有你能够唤醒他，从而伺机行事。我会将残冰剑再次给予你，你若成功拯救六界，我可以满足你所提出的任何要求。"

世界一片静寂。

我无力地瘫软在地上，泪水不受控制地流下。

天外魔光肆虐，大殿里却一片寂静。我的眼泪落在地上，在冰雪冻结的地面留下一道痕迹。一块冰雪随之融化了，一样红色的东西悄然滚落，滑在了我的面前。

我心下突地一跳，颤抖着伸出手将它拾起。

竟是水陌的并蒂花结。

是我千年前以十剑冰阵刺杀风阡时，从我的袖中跌落在地上的并蒂花结。

我颤抖着，抬起头，怔怔地看着风阡消失的轮廓。

帝夋说，风阡收回了水陌魂魄的同时，也收回了他作为水陌的所有记忆。难道这也是他在二十年后重遇我时，会那样情不自禁的原因吗？

恍惚中，我又忆起了幽容国的白雪，忆起我们曾经的海誓山盟，忆起婚礼那日漫天的红霞，忆起水陌死去时满目的鲜血。

而他在那被禁锢的一千年里，在寒冷冰雪中数十万个日夜里，在他用双手将破碎的我一一拼凑起的时候……也曾回忆起这些吗？

我仿佛看见风阡在那大殿的尽头，风雪扬起他的月白天衣，十剑冰阵遗存的碎片是那样冷，一千年里，寒冰渐渐在他身畔凝固，然而他不能离开，因为我死后的魂魄消散在这里。霜雪攀上他的长衣、他的头发、他的身体，千年的聚魂之后，我被重塑而生，而他却在刺骨的寒冰中被彻底冻结，漫长的岁月如雪花般在他的身旁流散铺陈。

风阡，水陌……一千五百年以来，造化和命运弄人，我错过了太多次能够同你相守的机会……

而这一次，若我愿付出所有的一切，能不能换来与你永世相守？

我望着手中的并蒂花结，久久不语。

“好，我答应你。”我终于开口，对帝夋说道，“若我成功了，天地不致毁灭……你能否于人界京师的紫禁城中，救出我年迈的师父？”

“这是举手之劳，不在话下。”帝夋道，“你可还有其他要求？”

我垂下眼睛，缓缓地摇了摇头。

“没有了。”

这尘世之间，再没有什么可以让我留恋。

檀宫之外，大火仿佛在黑夜里嘶吼着，张牙舞爪，犹如赤瞳的猛兽，将平静的人间撕扯成了地狱。

【恩仇】

北荒，天崩地裂，地动山摇。

大地的极北之处，是一片极为广阔的荒漠。我向着地动和魔气的根源艰难走去。大风吹起黄沙，铺天盖地，伴着极强的地震，仿佛末世之景。

我跋涉着，一路寻觅。在这里寻找风阡，无异于大海捞针。帝夋提出让神侍和青鸟跟随我同来，被我回绝了。因为我知道，别人跟来只有徒送性命，只有我才能找得到风阡。

一路上，到处都是鸟兽和精怪的尸体。它们经不住这漫天魔气的侵蚀，死去无数，被黄沙掩埋。我吞下帝夋赠予的驱魔丹，成为这无边魔气里唯一的活物，走到后来，我甚至已分不清自己是一个行走的人，还是一缕跋涉的幽魂。

不知走了多少个日夜——因为如今我已分不清日与夜，脚下大地的震动越来越强烈，我知自己已靠近了魔气的中心。荒原已至尽头，前方的地平线上，矗立着一座巍峨的高山。

"又来一个活物！"

我突然被袭击，闷哼一声跟跄跌在地上。

许许多多黑色的魂灵在空中出现，它们大笑着围住我，在我的身边游荡。它们形状各异，如各种魔兽精灵，疯狂的笑声叠在一起。

“哈哈，不知还有多少来找死的！这一个还带着天界神器！你是轩辕天帝派来的？”

我悚然，“你们是谁？”

“我们是万年前蚩尤神上的旧部！我们在涿鹿之战里被轩辕黄帝杀死，从此魂魄在北荒游荡，直至魔主前来，我们才得以借魔气重生！轩辕神族篡取天界神权，如今总算是得到了报应！哈哈哈哈！”

它们大笑，聚集，癫狂，宛如末日的狂欢。

魔主……是说风阡？

“你们认错了，他并非你们的魔主！”我站起身来，高声道，“蚩尤神上已逝，你们也早该前往鬼界往生！”

“你这活物！待魔主毁去六界，我们自可在混沌之中永生！你既然来到此地，就别想活着回去，要么同我们一起变成魔灵，要么等着被魔主之力杀死，你且选吧！哈哈哈哈！”

魔灵们将我包围，离我愈来愈近，我紧紧握住手中的残冰剑剑柄，正在这时，忽又有一拨魔灵从北方飘来，同先前那些魔灵纠缠在一起，疯狂地笑着，“这个活物我见过！在不周山的幽容结界里！”

我蓦然一惊。幽容结界？

幽容国的怨灵不是几千年来一直被囚禁在幽容结界的夹缝里吗，怎么竟会跑来了这里？

那些怨灵在我的面前盘旋片刻，望见我手中的残冰剑，突然尖叫起来，“她又带着那柄白剑来了！干掉她！干掉她！”

伴着一声尖锐的嘶吼，怨灵们向我一拥而上，我立即拔出残冰剑，剑光如白昼，一下子将它们逼开。

怨灵们退去片刻，一下子又散成无数道魔影，张牙舞爪地向我疾冲而来，我仿佛又回到幽容结界里，那些鬼魂一般的影子铺天盖地地将我吞噬。

“寐儿，别慌，出路就在脚下。”

那时候……风阡温暖的声音似乎穿过千年的岁月缥缈而来，我目光一沉，袍袖一挥，残冰剑放出数十道光影，向怨灵们疾速斩去。

怨灵们被残冰剑所伤，尖叫无数，落在地上扭曲起来，我不敢耽搁，急忙摆脱了它们的围攻，向前奔去。

一口气奔跑了许久许久，我终于来到高山脚下。

遥远的高山之上，魔气如旗帜般四面辐散，仿佛有一轮黑色的太阳，将无数云朵染成黑色的魔影，布满了整个天空。

风阡，是你在那里吗？

我正茫然出神，忽然听见风中传来呼喊之声。我一凛，放目望去，只见不远的山脚下，竟有一个人影，在同一团魔影激烈地作战。

我吃了一惊。这里除我之外，竟然还有其他生灵？

那人的声音从风中断断续续地传来："滚开！你们这些肮脏的魔物，从我身上滚开！救命！父亲……先祖……谁来救救我……"

他被魔灵围攻着，啃噬着，痛苦地大声叫喊，那些魔灵愈来愈多，几乎将他吞噬。那人踉跄数步，支撑不住倒在了地上。魔灵们一拥而上，如黑隼般贪婪地啃噬着他。

我一惊，立刻飞奔过去，挥剑将他身畔的魔灵驱赶开，魔灵们被残冰剑所慑，畏惧地躲开了，向远方飘去。

我忙低头查看那人的伤势，待看见他的脸，骤然睁大了眼睛。

他的红发在风沙中凌乱，赤色的瞳仁已经涣散，浑身发抖地躺在黄沙之中。

千年前的回忆一下子汹涌而来，我如遭兜头一棒，失声喊道："明煜？"

男子赤色的眼瞳映着漫天的黄沙，失神地看着我。

过了很久，他才不可置信地开口，"你是……兰姐姐？"

"……是我，明煜。"我良久方答，心下五味杂陈。

千年过去了，我竟然又见到了他。当初那个意气风发的少年，如今却已是风霜满面，一副垂死的模样。我一时恍惚，想起水陌死的那天，那冰雪和血色充斥的幽容国，那噩梦里的一切，已如隔世之景。

"兰姐姐……真的是你？"明煜想要坐起来，却浑身颤抖，再次跌在地上。

"你受了伤，不要乱动！"我马上按住他，"明煜，你怎么会在这里？幽容结界的怨灵怎么也跑来了这儿？"

明煜的眼睛黯淡下来。

"不久前，不周山被魔气所侵袭，幽容结界再次变得薄弱。"明煜喘着气道，"我本以为，这是我幽容神国终于可以摆脱禁锢的机会，立即汇聚全国之力打开了幽容结界，却没想到，幽容结界外已经变成了这个样子……与此同时，魔气侵入幽容境内，与不周山原本封存的魔兽共鸣，那里彻底被摧毁，再也无法生存，所以，所有人都逃了出来……"

我震惊无言。

"兰姐姐，我做不成一个好国主！"明煜忽然哭喊起来，"一千年前，你离开以后，我终于坐上了国主之位。一千年来，我兢兢业业，厉兵秣马，时刻等待杀出结界的机会，然而神民们却一直在想念水陌治国的时候……他们认为，是我害得他们失去安稳的家园，就将我赶了出来，四散逃难。我气不过，准备来北荒杀死魔主，让他们看看我的本领……可是，那魔主的力量太强，我被魔灵所挡，连这山都爬不上去……"

我心下难过，不知该做何语。

"兰姐姐，我错了吗？"明煜的声音一片空洞，"我想要争回我们家族昔日的尊严和荣耀，想要带领幽容神国重归天界……这一切理想，都错了吗？"

我闭上眼睛，轻声道："不，你是个好孩子。你有志向，有勇气，倘若共工神王的魂灵在此，他也定然会为你骄傲。"

"谢谢你，兰姐姐。"明煜喃喃道，"兰姐姐，对不起……我害死了你的夫君。那时候，我走火入魔，头脑里只有报仇，只有杀死水陌、重登国主之位的念头……"

"没关系……都过去了。"我轻轻摇了摇头。

明煜忽然抬起眼睛，看向我，"兰姐姐……你也是去刺杀那魔主的吗？他到底是谁？我远远看到他的身影……竟觉得他有些熟悉……"

"他是……"

我哽住喉咙，最终没有回答。狂风在我们周围肆虐，吞噬了一切声音。

"兰姐姐，我不行了……"明煜痛苦地闭上眼睛，"共工神王之后裔，如今只余我一人，我宁愿死去，也不要变成魔灵，令祖先蒙辱……兰姐姐，求你……给我最后的解脱……"

明煜的面容已被魔影侵蚀，红色的眼瞳一点点变得黢黑。魔气已在他体内蔓延开来，再过不久，他也会成为被魔气吞并的魂魄，被黑暗俘虏，永远无法重生。

"快，兰姐姐……"明煜声如蚊蚋，"魔主他……就在山上。"

我心一横，在魔气蔓延过明煜双眼最后的刹那，咬牙将残冰剑举起。

"明煜，再见。"我低声道。

"呃——"

伴着长剑刺入身体的声音，明煜一声痛哼，四肢抽搐，他身上附着的魔灵如同受伤般嘶叫起来。残冰剑尖滴下黑色的血，明煜的身体宛如烧焦的灰烬，化入了无边的沙土。

【心劫】

千丈之高的山顶，黑云愈来愈浓，如同末世之景。连不周山幽容境那样的极西之地都被魔气波及，若再不加遏止，整个世界都会被这些魔云覆盖吞噬。

明煜说，魔主就在山上。

我深吸一口气，双手攀住山石，开始朝着山顶爬去。

山路陡峭，大地在摇晃，狂风夹着黄沙阵阵吹来，我紧紧抱住山石，小心翼翼，一步步攀爬向前。

然而尚不到一炷香的时间，突又有一拨魔影出现在上方，它们发现了我，尖声大叫着袭来。

"活物！休想靠近魔主！"

一阵剧烈的坍塌声从头顶砸了下来，我躲闪不及，被许多石子扑面砸来，险些跌下山崖。与此同时，数十道魔影急冲而下，一道又一道地将我穿过。

我闷哼一声，体内的驱魔丹已经开始渐渐失去效用，魔气进入我的身体，开始侵蚀我的神智。

我咬紧牙关，猛然将残冰剑拔出，一把刺入山石，顺势翻身而上。残冰剑爆裂出巨大的白光，在空中幻化出白色石梯，我衣裙翻飞，足尖点在飞石之上，飞快地穿过魔影的阻挡，向着山上奔去。

山石滚滚而落，砸在我的脸上和身上，我满脸是血，不顾疼痛，拼命地奔跑着，用尽全身的力气向山巅跑去。奔跑了将近半个时辰，终于，那些魔影被我甩在身后，我的体力几乎达到极限，伏在山壁上喘息良久，抬起头来，向上眺望。

我的心脏仿佛停跳了一拍。

在那山巅之处，我终于看到了他。

他背对着我，月白长衣，长发如墨。他的四周尽是没有形状的魔影。那些魔影在他的身旁游荡着，飘浮着，如凶兽，如鬼魂。尽管如此，他的天衣依旧没有沾染上丝毫尘埃，仿佛夜空里一轮清月，普照着黑暗的大地。

我颤抖着向他爬去，只有不到五丈远的路程，我却觉得比一千里还长。不知过了多久，我终于爬上了山巅。玄阳烈烈，我在那黑色的云端里，颤颤巍巍地站起身来。

"风阡……"

我唤着他，慢慢地走近。

一阵狂风刮过，吹起他的袍摆疯狂飞舞。我的心怦怦跳动，我如履薄冰，一点一点靠近着他。

"风阡，是我……你还认得我吗……"

我在狂风之中断断续续地说着。

我距他越来越近了，直至近处，仿佛伸手就能触到他的衣衫。

然而不及我再向前迈一步，风阡突然间转过身来，狂风卷着魔气铺面而至，我不及躲闪，踉跄后退两步，跌在了地上。

黑云魔雾里，他袍袖一挥，我突感觉一阵飓风铺天盖地地袭来，我立即拔出残冰剑，试图同他的力量对抗，僵持片刻，我已支撑不住，倒退数步，一下子跌下了山崖。

"啊——"我大叫一声，急速落下数丈，危急时刻，手紧抓住一块突起的山石，使劲地抱住它，身体悬在半空，止住了下坠之势。

我费力地抬起头来，望向风阡。

他慢慢向着山崖走来，立在山巅，居高临下看着我。

我终于看到了他的脸。

他的容颜一如从前，美得无瑕，美得惊心动魄，他的脸庞苍白，如这黑暗里苍茫的雪，蓝色的眸子混上了赤色的血光，变成了妖异的紫色，熠熠如火，闪烁着冷漠的杀意。

千年以前，在我第一次对他刀剑相向之时，他对我雷霆震怒，也曾变成这个样子。那时候他已濒临魔化，尚存一丝理智，然而如今的他已彻底成魔，不认得我，也不再记得任何事情。

我的心沉了下去。

"风阡……是我……"我伸手抓住了另一块山石，费力地向上攀爬，"你……听得到我吗？"

黄沙混杂着魔影混乱了我的视线，我悬在万丈峭壁的半空之中，如一只绷紧了丝线的纸鸢。一阵狂风吹来，我险些落下高崖。

而风阡依旧在山巅冷冷地看着我，透过黑色的云雾，我看见他紫色的双眼如魔瞳，如鬼火。

而此时我的内心竟一片平静——此时此刻，死亡于我而言已经不算什么，这世间的一切对我来说，都不算什么。

我忽然笑了："风阡……你还记得，我们第一次相见的时候吗？"

他没有回答。狂风在我的耳畔呼啸，魔影在我的上方飞旋，贪婪地窥视着我。

"或许，那并不是你第一次见到我，却是我第一次见到你。"我不再呼喊，口中喃喃，如同自言自语，"那年我十三岁，在我兰氏一族的鹤神祭典上，我是族人中唯一一个亲眼看到你的人。我被你的出现震惊得无以复加，那时候，我只觉得害怕。族人们视你为守护他们的神灵，对你虔诚膜拜，只有我，对你始终有着异样的感情。"

魔影伴随着血光向我俯冲而来，体内驱魔丹的药效消失得更快了，疼痛伴着血腥气铺天盖地袭来，几乎令我窒息。我喘息了一会儿，又抬起头来望向风阡。

"你是神，是凌驾于凡人之上的神灵，我一直都知道这一点。"我一边说着，一边开始艰难地迎着魔气向上攀爬，"那一天，兰邑被秦军踏平，你又出现在我们身边，然而你却用审视的目光看着浴血奋战的族人们，对我们的死伤无动于衷……我那时并不知你出手救了我们，那冷漠却深深地伤害到了我，以至于三年以后，在骊山的长生祭坛，我再不肯相信你的庇佑，想要将你赐予我族的鹤羽灵石扔下悬崖，从此与你一刀两断。

"谁知你竟又出现了，你许我的族人们长生，赐予无家可归的他们以仙境桃花源。那时的我们为这赏赐感到无穷的感激，我几乎是立刻答应跟随你去檀宫修炼……那漫长的五百年里，我同你朝夕相对，对你的感情也越来越复杂，复杂得让我迷茫，让我害怕……"

我的手被山石划出了血，然而我已经对疼痛彻底麻木。我犹如秋风中枝头的一枚黄叶，对抗着飘零的命运。我望着风阡的方向，挣扎着继续向他接近。

"风阡，你还记得吗？那一次我被巫礼刺中心口，险些死去，"我喃喃道，"半生半死之际你一直抱着我……那时候我就想，如果我不是凡人，或者你不是仙神，如果我能像云姬那样无所顾忌地爱你，如果我们能毫无阻隔地就这样在一起，那该有多好……可是我太过天真，我以为自己在魔影里救了你，你会对我更好，却没想到你会将我囚禁。你是我的神，我于你而言太过渺小，太过不自量力……"

"你让我去幽容国刺杀水陌，我照做了，却没想到，我竟无可救药地爱上了他……同水陌在一起的三年里，我很幸福，一生之中，从未那样幸福过。可我没想到，我其实是把水陌当成了你，当成了另一个没有仙神的身份、可以让我自由爱上的你！我更没有想到，水陌竟就是你七千年前置于幽容国内的分魂之身，我兜兜转转，还是回到了你的身边……我以为我恨你，可事实上，我一直痛苦地爱着你，胜过一切……"

我感到自己已经看不见了，我的血染红了面前每一寸山石和土壤。

血风吹着我的头发，我的声音嘶哑，仿佛陈年的木门在风中发出刺耳的吱呀声。我不确定风阡能不能听到我的声音，事实上我自己也不怎么能听得到自己的声音。但我不在乎这些，如果他听不到，那么我无能为力。可是如果我不说出这些话，一旦我立刻死去，我将会死不瞑目。

"后来，哥哥和族人们死于非命，可是……那并不全是你的过错。"我闭上眼睛，复又睁开，"我只是被你仙神的姿态伤得太久了，被我们之间的隔阂伤得太久了……因为你，我失去了一切，哥哥、族人、水陌，还有我的善心和理智，更可怕的是，我失去了我自己的心。这一切让我无法控制我的恨意，驱使我谋划二十年，企图杀死你……"

我仰起头，透过魔影和血光，看向风阡。他无声地立于魔影之中，袍摆在狂风中疯狂飞舞，魔影肆虐着侵吞着天地，而我没有退缩，继续无畏地攀爬，离他越来越近。

"可是我失手了，"我颤抖着说，"我没有杀死你，反而害得自己神魂俱散。你本可以趁玄冰未凝之时离开，可是为了给我聚魂，你留了下来，从而在玄冰中被禁锢千年……本来，我以为我会就此神魂俱灭，消失于世间，然而千年后，你竟又让我重活了一次，让我以烛的身份，在人间再次度过了十六年……"

说着，我忽然笑了，轻声道："十六年后，你通过灵石找到了我，在每一个黑夜中，在幻境里与我相遇……在那个重现一切的幻境里，在落满花叶的檀木之下，你教我法术，同我交谈，一切就好像从前那样……你自称青檀，'青檀'……我记得这个名字，那是我曾在忘忧幻境里幻想出的你，那个脱去了仙神身份、酷似水陌的你……"

我的手紧紧抓住山石，血从我的指缝间滴滴流下。

"青檀是你，风阡是你，水陌也是你。一直都是你，永远都是你。而我所爱的、所珍视的、所心心念念的、所爱而不得的、所无可寄托的，一直一直都是你啊！"

泪水模糊了我的眼睛，我几乎是嘶声喊出这一切的。我的力气快要枯竭，仿佛下一刻就要跌下山崖，我的意识已被魔气侵蚀得模糊，视线中一片血红。

就在我快要支撑不住之时，我忽然听到了风阡的声音。

"寐儿……"

那声音越过狂风，越过魔影，越过千年的岁月和笙歌，来到我的耳畔。我蓦地抬起头，透过无边的血光看向他。

风阡立在那山崖之巅，他望着我，妖异的紫色瞳孔泛着血光，那样陌生，而他的眼神却又是那样熟悉。他看着我，良久良久。

然后，他缓缓俯下身，对我伸出了手。

我的心在疯狂地跳跃，他认出我来了！我用尽最后的力气，努力攀身向上，想要抓住他的手——

他的手冰冷如雪。

然而就在此刻，那些窥伺的魔影突然发出刺耳的尖吼，它们再次变得混乱，如同失去了控制的恶鬼，呼啸着，狰狞地向着风阡冲击而去。

风阡的手突然颤抖起来，他开始被失控的魔灵反噬，千万魔影尽皆向他扑去，侵吞着他的神魂。与此同时，更多的魔影向着我袭来，一道道从我的身体里穿过，剧痛无比。我的手一松，身体立即向着山下坠下去。

"啊——"

生死攸关时刻，我的眼瞳骤然一缩，突然之间，我大喊一声，拼尽全身的力气，无数束火苗倏然间从我的身上燃起，如地狱里炽热的炼火，爆裂成巨大的烟云。

我是烛，是再微弱不过的火焰，然而我也能燎出弥天大火，将这世间的一切焚为灰烬。伴着一声巨响，漫天的火焰腾空而起，犹如涅槃重生的凤凰，将我与风阡之间的魔影逼开数丈之外。

我以灵幽烛之体自燃，烛泪与灰烬溶溶而落。我踏着火苗与烟云，一步步走回到山巅。

我终于回到风阡面前。火光将我们包围，熠熠如燃烧的鲜血。

"寐儿……是你吗？"

　　火影与魔影里，风阡轻声说着，冰冷的手抚上我的脸颊。

　　"是我，风阡……"我回应着他。

　　"寐儿……"风阡的声音仿佛千里之外的暮鼓晨钟，"我的寐儿，你回来了吗……"

　　我轻轻摇了摇头，泪水盈睫，"不，我一直在，一直没有离开。"

　　风阡凝目望着我，忽然微微笑了，紫色的瞳孔映着火焰，泛着幽深的光，像是刚从一场长长的梦中苏醒。

　　"你果然来了，寐儿……你曾答应我会按照帝夋所说的去做，我的寐儿，最是听话了……"

　　风阡抚摸着我的头发，我抑制不住地泪流满面。

　　"只是曾经，你也并非那么听话。"风阡叹道，"我也时常怀疑，我当初的选择是否错了。可是，若我不曾这样选择，又怎会遇上我的寐儿，我的此生之劫……"

　　泪水模糊了我眼中的血，伴着滚烫的疼痛划过我的面颊。

　　"不要哭，寐儿……"

　　我费力地扯了扯嘴角，想让风阡看见我的笑，可我知道，我现在的模样看上去比可怕的厉鬼还不如，但是我知道，这并没有关系。他见过我最天真的模样，最可怖的模样，我初生的模样，我垂死的模样……他见过我的一生，而他从来不曾厌弃过我。相反，我知他一直爱着我——无论是作为风阡，作为水陌，作为青檀，无论我是兰寐，还是烛，他都一直在爱着我，正如我一直爱着他。

　　我们如此痛苦地相爱，却始终无法相聚相守。

　　"你看，"我从怀中拿出并蒂花结，颤抖着举在风阡面前，"你还记得这个吗？"

　　"呵。"风阡忽然微笑，"这是寐儿亲手绣的花结。那时候，寐儿差一点就嫁给了我，成为我的新娘。"

　　"你都记得……"我喃喃道，"那时候的事……作为水陌的事，你真的……都记得吗？"

"是啊，"风阡缓缓点头，"一点一滴，历历在目。"

我的泪水滚滚而落，"好，那我问你，你愿不愿意，以后也做我的夫君？"

风阡没有说话，他只望着我，紫色的双眸在火光中熠熠闪烁。

"快说，你愿不愿意？"我一再追问。

"纵我愿意，"风阡缓缓道，"寐儿，所谓'以后'，怕只不过这一刻而已……"

"一刻也好，一生也好。"我固执道，"我只想听你答应。"

风阡叹息，抚着我的脸颊，"我愿意，寐儿。"

我笑了，仰起头抱住他，任他吻着我的脸颊和唇，他的唇也是冰冷的，如冻结的冰雪。

渐渐地，风阡拥我越来越紧，他身上的魔影冲破了压制，突然间再次迸发，那些魔气汹涌袭来，开始融入我的身体。

我的呼吸慢慢变得紧促，仿佛能感到那魔气在一寸寸进入我的神魂，将我肢解吞噬。我的身躯在渐渐熔化，火焰之外的魔影贪婪地窥伺着我们，一旦灵幽烛被魔化，我将同风阡一起，与这世间的魔影融为一体，将天地毁灭成黑暗的混沌。

"寐儿，"风阡的声音在我的耳畔轻声颤抖，"再拖延，就来不及了。"

泪水模糊了我的双眼，我紧紧地抱住风阡，右手从腰间拔出残冰剑。

破空之声响起，雪白的剑身如电般闪过，划过火光和魔影，刺入了风阡的后心。

风阡的身体刹那间僵住。

他睁开眼睛，眸子里的血光渐渐消失，妖异的紫瞳渐渐恢复成了幽蓝。

蓝瞳如火，如暗夜里的潋潋流光，如我第一次见到他的时候，那无言的心悸。

火光里，围绕着我们的魔影刹那间扭曲起来，像是在痛苦地挣扎，片刻后，它们渐渐无声地消散在空中。

"寐儿……"风阡的唇角渐渐溢出了血和微笑。他面色苍白，却一如我初见他时的容颜，美得惊心动魄，令我心跳如鼓。

"谢谢你，寐儿。"风阡的声音缥缈如云，"寐儿，再见……"

"不，我和你一起走。"

我轻声而清晰地说着，猛地一用力，剑尖突地从风阡的前胸透出，刺入了我自己的心口。

世界仿佛一下子变得黯淡，血色的世界变得模糊而苍白。我们的血溅出融在一起，如同刹那间绽放的并蒂红莲。那一瞬间，我看见风阡眼中蓦然流出的讶异与悲伤。

"寐儿……你……"

"说好了……做我的夫君……"我紧紧靠着他的脖颈，极轻地在他耳畔呢喃，"那就……一起走……以后永远……在一起……"

我抱住他，如同抱紧了我的整个生命，这千年的回忆和纠缠如梦境般在脑海中回现。我向后仰去，同风阡一起，落下山崖无底的深渊。天空距离我们愈来愈远，那山巅的火焰如同绚丽的晚霞，燃烧于遥远的天际。

风从我们的耳畔急急地吹过，夕阳之下，远方有渺远的鸟鸣和悲歌，在我们的上空盘旋，久久不去。

彼有神祇，如华如璧。

白鹤于飞，栖于檀西。

悠悠人世，凄凄燕啼。

谁言岁老，谁谓情侬？

夜之将尽，与子同息，

烛之寐兮，永以为期！

番外

大明万历十二年，神宗皇帝在位，一改明世宗追道求仙之风，起用首辅张居正，励精图治，国家始得中兴，百姓们亦开始安居乐业。在大地的西南，蜀地的一隅，正值八月仲秋，日光晴好，天高云淡，苍溪的老老少少皆走出家门，享用一时之闲。

苍溪的村头，一群孩子正聚集在一名白发苍苍的老人面前，纷纷仰着好奇的小脸，听他讲述几十年前的故事。

此时，距离嘉靖年间那场可怕的天灾已有四十余年，但在耄耋老人们的口中，仍然津津乐道着这件事情。

"那年正值寒冬时节，天空先是变得昏黄，不见天日，后来，干脆整整黑了七天七夜，雷鸣电闪，蛇鼠出洞，大家全都被吓得战战兢兢，不敢出门。人们皆言，那是因为有万年不遇的魔星降临凡世，天地险些毁在他的手里……"

孩子们听得聚精会神，追问道："后来呢？后来呢？"

"后来啊，"老人把手中的蒲扇打了几个旋儿，悠然道，"那几天，天色一直漆黑无光，无论日夜，每户人家都点着蜡烛，苦苦守着，等待这天灾过去。然而，一直到第七天夜里快要天明的时候，家家户户点的蜡烛竟一下子同时熄灭了，大家惊恐不已，正惶惶不安的时候，却见天上的黑气渐渐消失，长夜过去，终于等来了黎明。大家都说，定然是蜡烛神打败了魔星，才为人间换回了太平。"

夕阳西斜，快到了回家吃晚饭的时候。故事散了场，孩子们开始议论纷纷。

"你爷爷定是老糊涂了在胡说八道，这世上哪里有什么蜡烛神？"

"不信就算了，去问你爷爷！"

"我爷爷早死了哩！我去问我娘！"

孩子们四散奔走，去寻他们的母亲，而年轻的少妇们一边在溪畔浣衣，一边议论着邻里乡亲的趣事。这一刻，她们正在谈论刚搬来苍溪的一对夫妻。

"东边新搬来的小两口，你可看见啦？"

"可不看见了，你是没见那个小相公，模样可真是……说不出哩！"

"是的哦，从没见过那般相貌的公子，莫不是什么神仙妖怪变成的吧……"

"说起来，几十年前闹天灾，西边山里出过不少次怪事呢！村里的长辈都不让咱过去了……"

"哪有那么多神仙妖怪，吓人兮兮的，再说真该打嘴！"

"我瞧那小两口挺好的，那小相公除了长相不似一般人，也没什么奇怪的吧。"

"是的，他那个小娘子也是可爱，昨日我从她家路过，同她说了两句话，有时候呆呆的，有时候又爱说爱笑，也是有趣得紧呢！"

说着说着，圆月悄然东升，天色渐渐暗了下来，少妇们从溪边拿起洗好的衣物，唤了各自在外玩耍的小孩，一齐向家中走去。

入夜了，月光玲珑如纱，聚在东边的一户人家里面。

一对年轻夫妻正在窗前望月，夫君正为娘子梳发。娘子坐在窗前，手执一只杯盏，望着里面琥珀色的酒，映出窗外的银月和案上的烛火。

"我昨天又做梦了。"娘子嘟嘴道。

"自从搬来这里，你就总是做梦。"夫君的手缓缓落下，梳过娘子的青丝，"若是你不喜欢这里，我们就再搬去别的地方住。"

娘子固执地摇头，"不要。我还没做明白呢，等把这些梦做完再说。"

夫君失笑，"为何？你定要弄个明白吗？"

"是呀。"娘子天真地抬起头，"或许这些梦可以解释，我是从哪儿来的，我们为什么会在一起，为什么会和别人不一样……"

大君的手顿了一顿，"这些，真的这般重要吗？"

娘子叹道："不然，我总觉得自己忘记了什么，睡觉也不曾安眠。"

夫君半晌无话。

"那，娘子曾梦见了什么？"

娘子道："我啊，我梦见我们上辈子就是认识的，那是很久很久以前，发生过很多很多事情，只是梦里……梦里……"

她脸上的笑渐渐消失了，"梦里……"

"梦里怎样？"夫君轻问。

娘子望着那酒樽，忽然落下泪来，"只是梦里，我真的曾很伤心……"

她忽然开始低声抽泣，夫君缓缓地放下梳子，半蹲下身，捧起娘子的脸。

"娘子。"夫君望着娘子的眼睛，"无论前世如何，不论你想起什么，都不要烦恼。有我在你身旁，以后的你只会永远幸福开心。"

娘子泪眼蒙眬，怔怔地看着他。

他一双眼瞳漆黑如墨，映出月亮温柔的影子，仿佛一汪深潭，令人沉溺其中。

娘子渐渐放松下来，不再抽泣，靠进夫君的怀里，"知道了，相公。"

夫君抚着她的头发，笑道："娘子若要做梦，也要做美梦才对。若是再做了什么不快的梦，尽管忘记便罢。"

娘子嗯了一声。

　　"我们的来历，并不重要，也不必深究。"夫君又道，"若再被邻里发觉我们不会如常人般变老死去，再做搬迁便是。"

　　娘子点点头，唇角泛起微微的笑意，"倘若那梦里的回忆太美妙，那我永不醒来也罢，只可惜——"

　　她抱住了夫君，埋在他的怀里，喃喃说道："只可惜如今，再没有任何梦境，能比现实更令我流连不舍了。"

　　夫君一笑，将她紧紧拥于怀中。

　　二人相拥于夜，久久不语。

　　月光渐渐淡去，只留案上一抹兰烛妖娆，映着酒樽里的残酒，闪烁出跳跃的光芒。在这漆黑的长夜里，在无尽的岁月里，仿佛传来亘古的歌谣，飘摇地回荡着……

　　兰烛寐，兰烛寐，残笛声声留君醉。

　　玉盏犹映故人颜，流光摇断旧时泪。